グランド・ミステリー

奥泉 光

角川文庫
18147

グランド・ミステリー　目次

主な登場人物

加多瀬稔	海軍大尉（のち少佐）。伊号潜水艦先任将校（のち艦長）。
木谷紘平	海軍中尉（のち大尉）。伊号潜水艦航海長（のち先任将校）。
入江義明	海軍少尉。真珠湾攻撃、特殊潜航艇乗組員。
顔振清吉	海軍整備兵曹長。空母「蒼龍」艦上爆撃機整備分隊士。
榊原克己	海軍大尉。空母「蒼龍」艦上爆撃機搭乗員。
森下勇治	海軍一等整備兵曹。真珠湾攻撃、特殊潜航艇乗組員。
関善太郎	海軍一等整備兵曹。空母「蒼龍」艦上爆撃機整備員。
水上茂幸	海軍一等飛行兵曹。空母「蒼龍」艦上爆撃機操縦員。
川崎三代司	海軍三等整備兵。
清澄禎次郎	海軍少佐。空母「蒼龍」衛兵司令。
貴藤儀助	海軍大佐。軍令部作戦課長。
紅頭忠宗	海軍中将。神霊国士会主宰。国際問題研究所所長。
梶木平太郎	海軍一等水兵。
彦坂淳一郎	亜細亜通商専務。
本多久繁	弁護士。
安田健	青山学院大学西洋古典学教授。
古田厳風（利明）	作家。国際問題研究所嘱託。
安積彰人	医師。国際問題研究所主任研究員。
昆布谷知親	加多瀬の海軍兵学校同期生。
水村顕子	元代議士夫人。
佐々木明雄	帝大生。のち新聞記者。
友部拓郎	中学教師。加多瀬範子の義兄。
榊原志津子	榊原大尉夫人。
加多瀬範子	加多瀬稔の妹。

そのことが起こる前に死んでいたなら、俺は幸いな時を過ごせただろうに。暗い地下道を潜ったいまとなっては、この世の死者たちの尊厳などどこにもなくなった。なにもかもがらくた同然、名誉も気骨も死に絶えた。生命の酒は涸れ果て、この大いなる穴蔵に残されたものは、ただ澱滓《おりかす》ばかりだ。

——マクベス

プロローグ

その日、長崎地方は、停滞した梅雨前線のもたらす雨が昼過ぎまで続き、しかし夕方から雨はあがって、夜刻には流れ去る雲間に冴《さ》えた月が見え隠れした。

佐世保《させぼ》湾にも月はあって、停泊中の艦船の鉛色を闇《やみ》に浮かび上がらせた。

一九三四（昭和九）年六月十七日。湾内には、海軍工廠《こうしょう》で改装を終えた航空母艦「加賀」や、揚子江《ようすこう》方面の警備から帰還したばかりの二隻の重巡洋艦をはじめ、大小の艦艇が投錨《とうびょう》していた。

あと数分で日付が変わろうかという深夜であった。各艦の当直員を除いて、穏やかな眠りに沈んでいた佐世保湾に、突如轟音《ごうおん》が響きわたった。

夢を破られた兵員たちは一斉に跳ね起き、警報と警戒配備の怒号が交わされるなか、探照灯が暗い海に目まぐるしく交錯した。甲板に飛び出た兵員たちは、そのとき、一隻の船が、真っ赤な火柱を連続して夜空に打ち上げると、艦体の中央部からふたつに折れるようにして海中へ没していくのを目撃した。

敵潜航艇の魚雷攻撃の可能性もあると、小廻《こまわ》りの利く駆潜艇が急遽《きゅうきょ》湾口の封鎖に向かい、しかし湾内の徹底的な探索は朝を待たなければならなかった。緊張と不安の一夜が明けて、まもなく敵艦の攻撃の可能性はないと判断され、その頃までには遭難者の収容も終了して、彼らの証言から、船が火災を起こし、砲弾や魚雷に引火して爆発を引き起こしたものと判明した。

事故を起こした船は水雷艇「夕鶴」。前日の午後に、揚子江方面の任務を終えて、上海から舞鶴《まいづる》へ向かう途中で投錨したところであった。

「夕鶴」は昭和八年竣工《しゅんこう》、基準排水量五三五トン、横須賀《よこすか》鎮守府所属の小艦艇である。日露戦争後、水雷艇は駆逐艦にその役割をとって代わられていたが、ロンドン海軍軍縮条約で補助艦艇の建造を制限されたため、制限外である六〇〇トン以下の、「夕鶴」を含む「千鳥型」水雷艇の建造に海軍は再び着手したのであった。

この「千鳥型」水雷艇は少々呪《のろ》われた船の観があって、「夕鶴」の事故の翌年、昭和十年の三月には、「友鶴」が悪天候のなか転覆沈没する事故を起こした。「友鶴事件」は大きな波紋を海軍内に投げかけ、調査の結果、新造艦のほとんどが復原力に問題があると判明して、多数の艦船が大幅な改装を余儀なくされたのである。

「夕鶴事件」は、これに較べれば影響は大きくはなかった。それでも艦長、服部《はっとり》守衛中佐以下、乗員九二名のうち、士官一人を含む十名の死者と、多数の負傷者を出した火災事故の原因調査は徹底的に行われた。

いまわれわれは、当時は機密として封印された調査報告書を見ることができる。そして、ていねいなペン字でもって記された五百頁にも及ぶ調査報告書の末尾近くには、次のような平明な記載がある。

――火災ノ原因ハ遂ニ不明トセザルヲ得ナイ。

「不明」の二文字が印されるまでに、関係者のいかなる苦悩と努力があったのか、それをこれからわれわれは見ていくことになるだろう。同時に、戦中戦後を通じて一度も解かれることのなかった、事件の謎《なぞ》も明らかにするつもりである。

戦争から三十年の歳月を経て、いまわたしの手中には事故の「真相」がある。これをわたしは自分の手柄だと誇るつもりはない。けれども、そこには戦前戦中戦後の時間を結ぶ、きわめて人間臭いドラマが隠されていたのであり、ついに一編の物語に編む誘惑に勝てなかった。

「夕鶴事件」の真相――。

だが、それを明かすためにはまず、事件から七年を経た、昭和十六年十二月、日米開戦劈頭《へきとう》、真珠湾攻撃へ向かいつつある一隻の潜水艦を、歴史の暗がりから呼び出さなければならない。

複雑にもつれあった糸は、神ならぬ、時間という見えざる手でもって、しだいに解きほぐされていくのである。

――古田利明『失われた遺書』より

◇

昭和十六年十二月七日早朝。南雲《なぐも》忠一中将率ゐる真珠湾攻撃機動部隊は、ハワイ北方六五〇浬《カイリ》の海上にあつた。

厳寒の択捉《えとろふ》島単冠《ひとかつぷ》湾出撃以来、波浪《はろう》荒れすさぶ北太平洋に航路を選び、無線封鎖の隠密裡《り》に敵地へと接近してきた大艦隊は、北緯三二度、西経一五七度に設定された最終変針地点に到達するや、一四五度に転舵《てんだ》し、ハワイへの南下直線コースへ定針した。困難を究めた洋上補給も最後の作業を完了して、足の遅い油槽船団を分離したあと、巡航速度を十ノットから二四ノットへと増した各艦艇の艦首には、外板のフレアに沿つて瀑《ばく》布《ふ》のごとき飛沫《しぶき》が立ち上がつた。

数日来の時化《しけ》模様とはうつて変はり、渺《びよう》と広がる暗色の海面へ、先陣を切つて白い航跡を刻むは、大森仙太郎少将率ゐる警戒隊、第一水雷戦隊旗艦巡洋艦「阿武隈《あぶくま》」。これに後続するのが攻撃部隊主力をなす六隻の航空母艦である。右舷《うげん》方向には南雲中将直率の第一航空戦隊、空母「赤城《あかぎ》」「加賀」、左舷に猛将山口多聞少将を司令に戴《いただ》く第二航空戦隊「蒼龍《そうりゆう》」「飛龍」、さらに後方からは三隻づつ二列をなす空母群のしんがりについて、原忠一少将の第五航空戦隊所属、帝国海軍が誇る新鋭艦「翔鶴《しようかく》」と「瑞鶴《ずいかく》」がならび往く。

さうして、広く洋上に展開して空母群を側面から護衛するのは、三川軍一中将指揮下の第三戦隊、戦艦「比叡《ひえい》」「霧島」、阿部《あべ》弘毅少将指揮下の第八戦隊、重巡「利根《とね》」「筑《ちく》摩《ま》」。さらには巨大艦船群に寄り添つて航行する駆逐艦が計九隻。第一七駆逐隊「谷風」「浦風」「浜風」「磯風《いそかぜ》」、および第一八駆逐隊「不知火《しらぬい》」「霞《かすみ》」「霰《あられ》」「陽炎《かげろう》」「秋雲」。

これら水上艦艇に哨戒《しょうかい》任務を負ふ潜水艦三隻を加へた、艦艇総計二三の堂々たる大艦隊は、無線封鎖の沈黙のまま、曇天下の洋上に整然として列を乱さず、敵の懐深くへと忍び寄らんとしてゐた。

攻撃部隊は遡《さかのぼ》つて十二月二日、「ニヒタカヤマ登レ一二〇八」の暗号命令をすでに受け取つてゐた。艦攻艦爆艦戦併せて三五〇余機に及ぶ航空戦力を備へた機動部隊による奇襲攻撃と云ふ、未曾有《みぞう》の大作戦はいまや弓弦《ゆづる》を離れ、烈々たる気迫の火矢となつて敵陣へと放たれたのである。

東京時七日午前六時三十分。第一航空戦隊旗艦「赤城」は聯合《れんごう》艦隊司令長官発の訓令電報を受信した。

——皇国ノ興廃懸リテ此《この》征戦ニ在リ。粉骨砕身各員其《その》任ヲ完《まつと》フスベシ。

続いて七時〇〇分、「赤城」艦橋後方のマストにDG信号旗が翻つた。これこそ曾《かつ》て日本海海戦の折り、聯合艦隊旗艦「三笠《みかさ》」に掲げられたZ旗の再現である。日露戦役から三六年の歳月を経て、日本帝国海軍は再び其総力を賭《か》け、最強の亜米利加《アメリカ》艦隊へ戦ひを挑まんとしてゐた。

第一章　真珠湾

I　水底の幻像

○六三○。東京時、午前六時三十分。
先端の赤い針が揺れ、それは揺れるというより、まるで針そのものが高熱のせいで膨張しまた収縮するかのような、あるいは沼地の原始的な生き物が神経を刺激されて痙攣《けいれん》するような、どこか肉感的な動きを示し、当直を終えて艦体中央部の発令所へ降りた加多瀬稔《たせみのる》大尉は、針先の詐術的な動きに幻惑されながら一心に深度計を見つめた。

水深三十メートル。たったいま上の司令塔で確かめてきたばかりだから、数値に違いがあるはずもなかったけれど、加多瀬はそれがなにか異常な数字であるかのように針の振動を追い、針先が顫《ふる》えていると見えるのは、本当に針が振れているのか、それとも眼球の動きがそうさせているのかと、訝《いぶか》しく思い、なおも視線をこらしているところへ、先任、と横から声をかけられて我にかえった。

「少し休まれたらいかがです」

加多瀬は、潜水艦乗りに特有の、魚の腹みたいに生白い顔へきまり悪げな笑みを浮かべ、机に海図を広げて座った航海長の幅の広い肩越しから、長いあいだ洗わぬ髪にこもった異臭、絶えず身体にまとわりついて毛穴という毛穴を息苦しく詰まらせる重油の臭いと同様、艦隊勤務とは切っても切れぬ馴染《なじ》みの臭いを鼻に嗅《か》ぎ、海図を覗《のぞ》き込んだ。自分では軽く深度計へ眼をやっただけと思っていたのに、立ったまままいつのまにか半睡に陥ってしまったとするなら、これはまったくの失態に違いなく、動揺を苦笑で紛らわそうとしたものの、そうするあいだにも眼球が砂地の鼠のごとく瞼《まぶた》の裏に素早くもぐりこもうとするので、加多瀬は視線を断固安定させるべく、眉《まゆ》をしかめてふたつの黒目を鼻側に寄せ、黄土色の地に黒いインクで暗礁や海台が細密に描かれた複雑な図形のなかに、オアフ島の海岸線を探した。

三ノットの低速で水中航行する艦に体感できる揺れはわずかで、滑り止めのゴムが貼《は》られた靴裏の感触をたしかめて立つ加多瀬は、音もなく、航跡を残すこともなく、紡錘形の影をなして暗色の海水を滑らかに割って進む巨大な鯨めいた艦の像を思い描きながら、海図上に自艦の現在地、オアフ島東方八十浬《カイリ》の位置を確認した。

「日没まであとどれくらいだろう」

「日没は一二〇〇。およそ五時間ですな」

歯切れのよい航海長の返答に、首を盛大に振って加多瀬はうなずいたけれど、日没の時刻などはとうに頭に入っていた。日没と同時に浮上し、オアフ島東方四五浬まで水上航行したところで再度潜行、湾口より十浬に達する。母港で抜錨《ばつびょう》して以来、幾度となく手順を反芻《はんすう》してきた作戦計画であり、これまでに少なくとも百回、加多瀬は幻影の真珠湾基地を攻撃し、その倍以上の数の敵戦艦を沈めていた。

加多瀬が水雷長及び先任将校を務める伊二四潜、これを含む二七隻の潜水艦隊は、機動部隊本隊とは別に、十一月中旬、それぞれの泊地を出撃し、三手に分かれてハワイ近海の配備地点へ近づきつつあった。なかで特別攻撃隊に属する伊二四潜は、十一月十八日、他の四隻の僚艦とともに呉《くれ》港を抜錨、二八日にミッドウェーとウェークを結ぶ線を突破し、米国海軍哨戒圏《しょうかいけん》に入って以降は、夜間水上航行、昼間潜行を繰り返しながら、ほぼ作戦どおりに予定海域に到達していた。

加多瀬は先刻の短い放心の時間、己の心に浮かんだ事象が何であったか、記憶を呼び戻す必要があるような気がして、意識の暗がりを探ってみたけれど、しかしわずかのあいだにそれは遠くへ去って形を失い、何かひどく気がかりな、それこそ水底の魚影のように、黒々とした塊のごときものが心の深部を通過した感触が残っているばかりで、何ひとつ思い出せず、いくら頑張ってもその時間の出来事は取り戻せなかった。

ぶあつい海水の壁に保護された潜水艦の内部は驚くほど静かだった。二次電力のモーターの鈍い唸《うな》り声だけが絶え間なく響き、しかしそれも慣れてしまえば、むしろ水底の静謐《せいひつ》を強調した。

加多瀬大尉の立つ位置から、発令所脇《わき》の電信室に当直の電信員がひとり配置についているのが見えたが、深度三十までは超長波の指令電波も届かず、受信機の前の椅子に腰を下ろし、事業服の帽子を目深に被《かぶ》った当直員も、宙に視線を漂わせ所在なげに頬杖《ほおづえ》をつく姿勢を崩さない。そんな格好の人物が以前に見た洋画の画集にあったような気がして、加多瀬はしばらく電信室に眼を据え続けた。

「こうなったら、もう、なるようにしかならんでしょう」

航海長の声が再び聞こえた。

「そりゃそうだ」笑ってみせながら、加多瀬の心中では他人の視線に放心の無防備を晒《さら》してしまった過失への狼狽《ろうばい》が続いて、先刻の虚《うつ》ろな気がかりも消えず、何か重大な事柄を失念しているのではとの焦燥感に執拗《しつよう》に背筋を撫《な》でられたが、しかしいまなにより考慮すべきは部下の眼に神経の顫えを明示してしまう危険であった。不安は伝染する。怯《きょう》懦《だ》の菌糸はたちまち縦横に走って、取り消し難く根を張って艦を覆いつくす。自己の意志や判断を封殺され、命令に盲従する以外の行動を許されぬ兵員は、例外なく指揮官の顔色には敏感だ。

加多瀬は唇を横へ一杯に引き、頬に皺《しわ》ができる形に筋肉を動かしそのまま固定した。この人工的な笑顔は内心の動きを表に出さぬための加多瀬独自の工夫である。

潜水艦の水雷長兼先任将校、すなわち艦の副長にあたるこの役職に就いて以来、加多瀬は豪胆さの仮面を塗りつけることに腐心し、ときに百面相よろしく鏡へ向かって表情をいろいろ試してみることまでした、人知れぬ努力の甲斐《かい》あって、仮面は顔を覆うばかりではなく、黄色い脂肪の層のごとく魂の表面にも貼りついて、精神のある種の鈍さは、元来それとは無縁な海軍士官のひとつの性格になりつつあった。

ただし加多瀬大尉のつくり笑いについては傍《はた》の評判は芳《かんば》しくなく、軍港の海軍芸者たちから、半分は御世辞であるにせよ、結構な男ぶりだと評判され、たしかに黙っていれば十分に男前で通る顔だちが、なんだか間が抜けて、ときには不気味とさえ映り、いくら表情を変えてもそこだけは頑固に動かず、笑いから取り残された顎《あご》の尖《とが》り具合が、かえって神経の過敏さの印象を際立たせる結果にもなった。

もっとも百名余りの乗員からなる艦の行動の実務を統括し、なにより潜水艦最大の特性である浮上潜行を管轄する先任将校の役職は、磊落《らいらく》なだけでは勤まるものではなく、瞬時の気の緩みも許されぬ、神経の針一本一本を研ぎ澄ますような細心さがなければ、とても果たせる仕事ではなかった。

加多瀬の水雷学校の同期生に、丹沢山へ独歩した折り、水と間違え白色ガソリンを沸かしてテントをすっかり焼いた男があったが、幸いこの粗忽者《そこつもの》は駆逐艦乗組となったので、帝国海軍は貴重な潜水艦を一隻失わずに済んでいる。駆逐艦ならば放って置いても水に浮かんでいられるが、潜水艦はそうはいかない。

主に船体外殻のバラストタンクへの注排水で操作する、艦の浮沈を円滑に行うには、艦の重量を絶えず把握しておかなければならず、燃料や食糧の消費によって、あるいは決して稀《まれ》ではない漏水から重量は変化するから、瞬時に数値を計算し適切な指示を出すには、艦の全体状況に常時眼を配る必要があり、しかもこれが船体や機械類に限らず、乗組員ひとりひとりの肉体や精神の状態にまで及ぶのは、士官兵卒を問わずたったひとりの小さなミスが決定的な事故に繋《つな》がりかねないからである。

潜行時、万が一ハッチが閉め忘れられるなら、分を刻まぬうちに艦は鉄棺《てっかん》となって水底へ消える。あるいは浮上時、命令伝達を誤り、艦橋ハッチを開放する前にディーゼルエンジンを起動させるならば、艦内には急激な減圧が生じ乗員の鼓膜は破れてしまう。これが急速潜行ともなれば、艦橋の見張り員を収容し、両舷機を止め、複数あるハッチを締め、バラストタンクのベント弁を開き、潜舵《せんだ》を操作する、幾つもの作業をほんの数十秒間に誤りなく完了せねばならず、わずかでもタイミングがずれればたちまち沈没するのだから、こうした難作業を指揮する先任将校には、ときに臆病《おくびょう》なまでの用心深さが要求され、かといって軍の指揮官である以上繊細一方ではやはり勤まらず、大胆にして細心とはいうけれど、言葉でいうほどものごとはやさしくない。だいたい船とは水に浮かんで進むのが有史以来の姿なので、それがわざわざ水に潜ろうというのだから、無理があるに決まっているのだと、加多瀬はいつも諦《あきら》め半分に思い嘆いた。

実のところ加多瀬は絶えず不安だった。

死は恐ろしくない。むろん本物の死がどんなものであるか、聖賢達人でもない身には分かろうはずもないのではあるけれど、いま長く剃《そ》らぬままに伸びた頬髯《ほおひげ》を掌《てのひら》に感じながら思い描かれる「死」は、少なくとも恐怖の対象ではないようであった。

たとえば真珠湾口、目前に迫りつつあるのかも知れぬ戦闘での斃死《へいし》は、軍人を職業に選んで以来、慣れ親しんできたひとつの物語、陳腐ではあるけれど、心を安らがせぬでもない物語中の出来事であるとみなされた。そうではなくて、加多瀬を真に脅かすのは、わずかな気配りの不足から、油断から、怠慢から、任務をまっとうすることもなく水底の藻屑《もくず》と消える、無意味きわまりない死の羅列である。

事故ニ因ル沈没——。

その殺風景な文字が艦歴の最後に記された潜水艦は過去に少なくない。潜水艦の事故は即ち全滅を意味し、しかも帰投日時を大幅に過ぎてなお戻らぬとき、はじめて沈没と認定されるにすぎず、乗員はあたかも不意にかき消されたかのごとく、光の届かぬ海底の泥に消えるとすれば、浮かばれないとはまったくこのことだと、加多瀬は思うたびに背骨に慄《ふる》えがくる。

消しがたく身体にまとわりつく焦燥感は、いくら駆除しても船倉のどこかに棲《す》みつき、貪欲《どんよく》に餌《えさ》を食らい、繁殖し、赤い目を光らせ、憎らしいくらいに太い尻尾《しっぽ》をくねらせる鼠のように、隙《すき》があれば物陰から飛びだそうと待ち構えていた。業務に忙殺されれば忘れてもいられるが、いまのようにふと手が空いた空白の時間には必ず、不安の鼠どもはきいきいと金切り声をあげながら、ぶあつく塗りつけた心の肉を食い破って荒し回った。

不安を解消するには整備と訓練の反復しかないのは分かっていた。ところが今回は急《きゅう》遽《きょ》特別攻撃隊に編成が決まった事情から、訓練が不十分なまま出撃を余儀なくされ、だから心配の種は尽きなかった。

出撃以来、幾度か急速潜行訓練だけは実施したものの、最後が一週間程前、二日前にも予定していたものを、天候と乗員の疲労を配慮して、あるいは指揮官の自己満足にすぎぬかとも反省されて、直前に取り止め、しかしそれがいまになって後悔されてならなかった。現実に潜行が必要な場面では天候だの疲労だのといっておられないのだ。各ハッチの緊締は十分か。ベント弁の油圧の調整はよいか。潜舵の作動は円滑か。ひとつ気になりだすとあらゆることが芋蔓《いもづる》式に気になってしまう。

「航海長はずいぶん鬚《ひげ》が伸びたな」

海図に見入る姿勢をとりながらなおこちらを窺《うかが》う視線を感じて、加多瀬は自分から声をかけた。

「鬚だけなら誰にも負けません」と航海長の木谷紘平《こうへい》中尉は機敏に応じ、笑いながら長く伸びた顎鬚《あごひげ》を強度でも調べるかのように引いてみせた。

水を極端に節約しなければならない潜水艦では、一度出航すれば乗員はごく稀にしか鬚を剃らない。百人もの人間が揃《そろ》ってそうなのだから、むさくるしいことおびただしく、講談本によく出てくる山賊の巣窟《そうくつ》といった様相を呈する。御洒落《おしゃれ》で粋な海軍さんで世間には通っているけれど、ときに何ヵ月も風呂に入らぬ潜水艦乗りに限ってはとうていあてはまるものではないと、作業や整列の際、狭い空間に居並ぶ兵員の鬚面を眺めるたびに加多瀬は苦笑を禁じ得なかった。

加多瀬が日頃観察して面白いと思うのは、同じように鬚を伸ばしても人によって生え具合が千差万別なところで、口の周りが薄青く汚れる程度の者もあれば、もみあげからひと繋がりになった剛毛が鉄ブラシのごとく密生する者もあって、なかでも木谷中尉のそれは群を抜いて、黒々と繁茂密生した熱帯の樹林を形成し、加えて老け顔で恰幅《かっぷく》もよいから、年齢は加多瀬よりだいぶ下であるにもかかわらず、並んで立てばどちらが上級者か分からなかった。

「朝日町のエスに髯のおっそろしく濃いのがいるのを先任はご存じですか」

妙に真面目《まじめ》な顔つきで木谷がいった。

「いや、知らない。女でもやっぱり髯は生えるかい」

「ええ。私の実家には三人姉がおりましたので知っておるんですが、女でも生える者は生えます。しかし、あそこのエスだけは別格です。なにしろ朝になって抱き寄せてみると、妙にちくちくするんですな。夜には可愛《かわい》い顔だったのに、変だなと思って見ると、一晩で立派な鍾馗《しょうき》髯が生えているんだから驚く」

「馬鹿な」加多瀬が笑うと、

「この木谷、嘘《うそ》は申しません。疑うなら呉に帰ったら一度ご案内しましょう」といよいよ真剣な表情で木谷はいうが、十銭玉みたいな黒い眼には笑いが滲《にじ》んでいる。

「ただし先任が朝になって腰を抜かしても責任は持ちません。髯の濃いウーは情も濃いですからな。髯の濃いものは総じてあっちの方も強い。これはズーロジイの見地からも証明できる。すなわち山羊《やぎ》やオットセイを参照すれば真理はただちに実証されます」

今度は声を出して加多瀬は笑った。

海軍隠語でいうところのヘル談、つまり猥談《わいだん》は、洋の東西を問わず軍隊生活には欠かせない潤滑油であるらしく、アレキサンダーの遠征軍でも、象に乗った将兵のあいだでヘル談は盛んだったというし、ナポレオンはヘル談上手の兵卒を士官にとりたてたとは、むろんいずれも木谷一流の法螺話《ほらばなし》ではあろうが、猥談が軍隊という拘束と抑圧の多い場所にあって、絶えず緊張を強いられる者らの必需品であるのは間違いなかった。

ただし加多瀬自身はそうした類《たぐい》の話を好まず、だからこそ木谷はいまも彼いうところの「深度五」、すなわち極々上品なところを披露したので、相手が変われば「深度三十」でも「深度百」でも御望み次第、いくらでも持ちネタはあるらしい。自他ともに認めるヘル談の名手である木谷は、下士官や兵にもよく話をせがまれて、そんなとき木谷は、圧壊するといかんからやめとけ、などといいながら団栗眼《どんぐりまなこ》をくるくるさせて談話の輪に加わる。士官と兵卒が一緒になって猥談に興じるなどは、規律のやかましい戦艦では考えられず、身分階級を問わず全員が艦と運命をともにする潜水艦であればこそ、さような雰囲気も生まれる。

木谷に軽く合図して、もういちど深度計に眼を遣《や》り深度三十を確かめてから、加多瀬は士官室へ向かった。次の当直は一〇〇〇（午前十時零分）から。三時間近くある。少し眠る必要があった。そうでなくとも潜行中は無駄な酸素を消費しないよう、用のない者は横になるのが原則である。

士官室とは名ばかりの、両舷《げん》の壁に二段に寝台が並べられた一般通路をカーテンで仕切っただけの、しかも長期の行動に備えて、艦の余積という余積には缶詰やら米やらの食糧が詰め込んであるせいで、ほとんど足の踏み場もない一区画へ戻った加多瀬は、事業服のまま靴だけを脱ぎ、狭い寝台にもぐり込んだ。遮蔽幕《しゃへいまく》を引くと、眼の前の空間にくすんだ闇が広がり、ふうと息を吐けば、外界から切り離された寝台は、加多瀬だけが知る親しい気分に満たされ、薄いマットを敷いただけの寝床が脱力した身体をやわらかく支えた。

艦内は依然静かで、遮蔽幕一枚でさらに外音は遮られ、姿勢を変えるたびに衣服が敷布を擦る音が誰かが耳元で囁《ささや》くように聞こえ、途切れることなく続くモーターの単調な響きに眠気を誘われて、眼をつむり、ゆるやかな艦の動揺に同調するうちには、先刻まで金板のごとく強張っていた身体がようやく寛《くつろ》いで、全身の隅々にまで血流が行き渡りはじめたのか、指先が心地よく痺《しび》れるのを覚えた。

いまこの瞬間に陸地という陸地が一遍に海中に没したとしても、自分は何も気がつかないだろう。あるいは、いつのまにか天変地異が生じていて、次に浮上したときには世界が一変しているのかもしれない。日本もアメリカもなく、あるのはただ海と陸地だけ。潜水艦乗組になって以来、幾度も想ったあげく、すっかり馴染みとなったこの幻想を、あいかわらず艦の揺れに調子をあわせながら、閉じた瞼《まぶた》の闇のなかに加多瀬はこのときもまた追ってみた。

どことも知れぬ入江に着岸して、艦から陸地に降りたってみれば、あたりは荒涼として、人影はなく、町も村も消え、文明の痕跡《こんせき》すら残っておらず、無機質な海の群青《ぐんじょう》色と鋭い対照をなして赤茶けた、ところどころに貧しい灌木《かんぼく》が生えただけの岩と砂の丘陵が、幾重にもなって見渡すかぎり続いているのだ。風もなく、生きて動くものの気配はひとつも感じられず、鉛色の空に赤く滴るような太陽が鈍い光を放つばかりである——。

この幻想は兵学校卒業後、少尉候補生に課せられる地中海方面への遠洋練習航海の途上、上海からシンガポール、マドラスと経た航海のあと、スエズ運河近辺で練習艦「出雲《いずも》」艦上から眺めた風景、どこから湧《わ》いて出たものか、形の悪いオレンジやら珍奇な野菜類やらを、いまにも喫水が隠れそうなくらいに満載した小舟が舷側に群がり、片言の英語に身振り手振りの愛嬌《あいきょう》で、驚くほどの図々《ずうずう》しさを発揮して乗り込んで来ようとする物売りたち、嗅《か》ぎ慣れぬ香料の匂《にお》いのする男たちを押し返すのに汗をかきながら、上甲板から見た陸地の風景が原図になっているのは間違いなかった。

砂漠。あのとき加多瀬は、正午の太陽が天頂から光を注いだせいで、ほとんど影を造らぬ砂山がどこまでも連なる、見知らぬ風景に強い印象を受け、とても懐かしい甘美なと形容して差し支えない思いにうたれたのだった。いま脳裏《のうり》に描かれた架空の荒れ地は、きわめて拒絶的で刺々《とげとげ》しい光景にもかかわらず、加多瀬にとっては不思議に甘く心を安らがせるイメージに違いなく、これを呼び起こすことが窮屈な寝台で眠りに入るための決まった儀式にいつしかなっていた。

が、ほどなく、ひとりの下士官が、艦長がお呼びですと、遮蔽幕越しに声をかけてきたので、加多瀬の孤独な夢想は破られた。加多瀬はまだ温かみの残る靴に足を入れ、艦長室へ向かった。

II　転輪羅針儀《ジャイロコンパス》

艦長室の扉を軽く叩《たた》いて加多瀬が入っていくと、安藤《あんどう》艦長は、作り付けの小机に広げた、漢籍らしき和綴《わと》じの書物を棚へ仕舞い、加多瀬に着席をうながし、といっても部屋には艦長自身が座っている折り畳み椅子《いす》の他には、腰を下ろせるところといえば寝台があるばかりで、加多瀬がためらっていると、艦長は自分が寝台に尻《しり》を移して椅子の方を勧めた。

安藤中佐は加多瀬より海兵で十期上の四十歳、平均的な背丈の加多瀬と並んで立つと背は顎まで届かず、身体も枯れ木のごとくに痩《や》せて、胡麻塩《ごましお》の短髪が禿《は》げ上がった穏やかな風貌《ふうぼう》は年齢よりも老けて見え、平服でいれば誰も職業軍人とは思わぬだろう。普段の動作もどこか隠居老人めいているけれど、いざ急速潜行となって艦橋から降りるとなれば、若い兵の誰より敏捷《びんしょう》で、垂直のラッタルを滑り降りてくる姿は野猿さながら、命令を伝える声も咆哮《ほうこう》する森の獣を想わせるものがあり、かつて駆逐艦「吹雪《ふぶき》」水雷長時代、五メートルはある伝声管の向こう側で耳をあてていた者の鼓膜を破ったとは、ひとつ話のように語られる彼の伝説である。

伊二四潜を含む丙型では、個室を持つのは艦長ひとりで、部屋の備品といえば、下部が簞笥《たんす》になった寝台、机、椅子の他には、小さな洗面台と物入れの棚があるだけで、広さは三畳にも満たず、どこか独房を想わせるものがあって、ただ壁に据えられた寒色の深度計だけが、ようやくここが潜水艦の総責任者の居室であるのを思い出させた。

同じ艦長とはいっても、冷暖房の完備した広い個室でくつろぐ戦艦の艦長とはえらい違いで、これが大佐に進級して潜水艦隊司令に出世したところで、与えられる室は似たようなものなのだから、士官にとって潜水艦勤務は損だとみるにも一理はあった。実際戦艦や重巡の士官室士官ならば、若い中尉にも従兵がついて洗濯からなにから一切の面倒をみて貰《もら》えるばかりか、食事も一般兵員とは別に専門のコックが用意するし、旗艦ともなれば軍楽隊の演奏を聴きながらディナーを愉《たの》しむ優雅さであるのに対し、潜水艦には余分な兵員はないから、下着も自分で洗うし、食事も一般兵員と差別はなかった。

だからいまも昔も、潜水艦乗りは「どん亀」と蔑称《べっしょう》され、不人気である。近年は潜水艦の性能も急速に向上し、だいぶ様子は変わったけれど、それでも潜水艦乗組を志望する加多瀬に向かって、考え直したほうがよいと、気の毒そうに助言をくれる先輩や同僚は数多くあって、兵学校以来付き合いのあるひとりの友人などは、加多瀬が明日から潜水艦に乗り込もうという前日の夜になって、今からでも遅くはないと、潜水艦勤務の不利益を合計五十余りも列挙し、翻意を促すべく、血涙ともに下る大演説を試みた。加多瀬は必ずしも意地っぱりな性格ではないから、激昂《げっこう》したあげくに、猪口《ちょく》を卓に叩きつけて粉砕するほどの相手の熱意には心を動かされるものがあったけれど、さすがに時すでに遅く、友人の熱意は夜が白む頃までに大量の酒とともに反吐《へど》となって消えた。

若い加多瀬は加多瀬なりに、潜水艦の戦略的な重要性の認識から進んで志願をしたのであったが、実際に勤務についてみれば、やはり損をしたなと思う場合もときにはあって、しかし総じてみれば、大艦では日常になっている陰湿な制裁や無用な抑圧のない、潜水艦ならではの一体感、しばしばいわれる家族的な雰囲気が好ましく、結局はそれがためであったのだと、自分の選択の密《ひそ》かな動機をいまでは理解していた。

兵員と同じ赤茶色の事業服に身を包み、寝台にちんまりと痩軀《そうく》を乗せた安藤中佐が、いまの境遇をいかに考えているのか、卵型の穏やかな風貌からは窺《うかが》えなかった。漢籍にうんちくがあり、漢詩や和歌の創作に才を発揮する安藤中佐は、海軍士官のひとつのタイプを示しているとはいえ、一匹狼の野武士風が多い潜水艦長のなかにあってはやはり異彩を放つ。

「先任はどう考える」

安藤中佐が静かな声で質問した。何をどう考えるのか、きき返すまでもなく、加多瀬には伝令の声を聞いたときから用件は分かっていた。

他の四隻の僚艦とともに特別攻撃隊を構成する伊二四潜の任務は、特殊潜航艇による敵艦船の攻撃であった。

機密保持の観点から「格納筒」あるいは「甲標的」と呼称される特殊潜航艇は、九七式酸素魚雷二本を搭載する二人乗りの豆潜水艦である。

　ハワイ攻撃に先立って真珠湾口へ進出した特別攻撃隊の各潜水艦は、背中に乗せた特殊潜航艇を切り離し、密かに湾内へ侵入した潜航艇は、飛行隊の攻撃開始を待って、係留中の敵艦船に魚雷攻撃を加え、攻撃後は単独で湾外に脱出し収容地点に漂泊して母潜水艦を待ち、搭乗員のみを収容し潜航艇は自爆させる――作戦計画が特別攻撃隊指揮官佐々木半九大佐より下命されたときから、実行へ向けて細目の検討は繰り返されてきたから、計画の内容そのものについては今更考慮の余地はなかった。

　だが、ここへきてひとつの障害が発生し、すなわち昨夜、浮上中、特殊潜航艇に故障箇所が発見され、しかも故障は転輪羅針儀《ジャイロコンパス》に生じたのだから、ことは重大といわざるをえなかった。

　昨夜は、艇付の森下勇治一曹、それから整備担当の佐藤一曹と村田二曹の三人が、命綱を腰に巻き、航行中の危険を冒して甲板に据え付けられた潜航艇にもぐり込み、潜行時刻ぎりぎりまで整備作業を続けたが、結局故障箇所は明らかにならず、土壇場での機械不調に、濡《ぬ》れ鼠になって艦へ戻った三人の整備下士官は、寒さからか責任感からか、全身を小刻みに震わせ、とても正視に耐えぬ陰惨な表情をしていた。

　最後のチャンスは本日日没後、浮上してから再潜行するまでのわずか一時間、それでも回復しない場合には、何らかの決断をしなければならなかった。

「筒は飛行隊の攻撃開始までに湾内に潜入しておればよいのですから、明日の二三〇〇までに切り離せば、十分に間に合うだろうと思います」

事前の作戦計画では、二〇〇〇、すなわちハワイ時間で深夜の一時に潜航艇発進の予定であるが、魚雷攻撃は各艇の判断で、機動部隊の空襲が終わった日没後でもよいと、幅を持たされていたから、少々遅れても夜明けまでに湾内に突入できれば支障ない。それなら修理の時間をだいぶかせげると、故障の判明以来考え続けていた内容を胸中で反復しながら、加多瀬は意見を述べた。

大きくうなずいた安藤艦長は黙ったまま加多瀬を見つめ、光線の加減か、緑色がかって見える眸《ひとみ》から加多瀬は視線を逸《そ》らして、床に揃《そろ》えた自分の靴へ眼を据えた。

それでもなお故障が直らなかった場合どうするか。そこまで踏み込んで艦長が問いを立てているのは明らかで、だが、これはそう簡単に答えの出せる問題ではなかった。

特殊潜航艇に搭乗する入江《いりえ》義明《よしあき》少尉に判断を任せるなら、たとえ転輪羅針儀なしでも行くというに決まっていた。かりに艦長が中止を助言したとしても、あくまで食い下がって出撃を求めることだろう。説得はありえない。やめるなら命令の形にする他ない。艦長命令ならば抗命はありえない。

とはいうものの、長く苦しい訓練に耐え、呉港を抜錨《ばつびょう》以来、決死の思いを日々新たにしてきた入江少尉らの心情を想えば、いまさら中止命令を下すのは忍びないとの思いは加多瀬にもあった。

元来「甲標的」は敵港湾内への侵入攻撃を目的に開発された兵器ではなく、あくまで洋上での艦隊決戦に用いられるべく構想されたものだ。それを今次の作戦へ投入するよう熱望したのは、誰より現場の搭乗員たち自身であったと聞いている。当初、聯合《れんごう》艦隊司令部はこれを許可せず、攻撃後に乗員の収容が不可能な作戦など認められないと、山本五十六《いそろく》長官は首を横に振ったという。そこで位置を報《しら》せる短波発信機を取り付ける等の改良を施した上で、再三具申したあげく、ようやく裁可を取り付けた経緯があるとすれば、搭乗員たちの熱意と覚悟にはなみなみならぬものがあるとは加多瀬にも十分に理解された。

ひとつ大きく息をして、油臭い空気を吸った加多瀬は顔をあげた。

「かりに定刻までに故障が直らなかった場合、筒の発進は中止すべきと考えます」

わずかに前のめりのツリムがかかって、艦長と加多瀬は同時に扉脇《わき》の深度計へ視線を飛ばした。針は深度三十から動かない。まもなくツリムはもとに戻った。

なおも深度計へ眼を据えたままの艦長へ向かって、中止するなら艦長命令の形でするほかないでしょう、と加多瀬は続けようとして、しかしそこまで口を挟むのは出すぎだと思い言葉を飲み込んだ。

黙って相手の言葉を待つ加多瀬は、思案する格好で顎《あご》をつまんだ安藤艦長の心中の苦慮ぶりを察しながらしかし自身は心にわだかまっていたものを吐き出したせいか、気分がいくぶんか軽快になって、いちど中止の言葉を意識に刻むならば、たしかにそうすべきである、たとえ味方の士気を少々損じることになろうと成算のない作戦はとるべきでないと、自分の判断の正しさが議論の余地のないものに思えてきて、先刻までの迷いが馬鹿馬鹿しいとさえ見なされた。

　自信に似た感覚が急速に生まれ育って、自分は特殊潜航艇による泊地攻撃の構想に元来賛成ではなかったのだ、いや、ハワイ奇襲作戦自体にも疑問があったのだと、加多瀬はあらためて考えた。

　日本海軍の仮想敵国は米国であり、したがって日米戦争の戦略戦術について幾多の研究が蓄積されてきたのは当然であるが、しかしながら開戦劈頭《へきとう》、六五〇〇キロも離れた敵基地を空母艦隊でもって空爆するなどという奇想天外な作戦は、少なくとも海兵を出てからおよそ十年を海軍に暮らした加多瀬の常識にはなかった。

　工業力に格差のある米国と我が日本が互角に渡り合える条件は「距離」にある。そのように加多瀬は他の多くの士官とともに考えてきた。日米のあいだには広大な太平洋が横たわる以上、日本が米本土を攻撃することは到底できない相談だが、逆にアメリカが日本を攻めるにも、同じく「距離」の壁を越えなければならない。南方の資源を確保し、国防圏内に防御を固める日本に対して、米艦隊は遥《はる》かな洋上を渡って来襲する必要がある。

　これは日本海海戦におけるバルチック艦隊の運命が証左するごとく、艦隊決戦の大きなハンデとなる。ここに勝機はある。そうして、潜水艦隊こそは、決戦に先立ち渡洋中の敵艦隊に追躡《ついじょう》し、戦力を漸減させると同時に、島嶼《とうしょ》に建設された敵基地への補給線を破壊するところにその戦略的な意義があるのだとは、ワシントン条約以来、主力艦の保有を制限された帝国海軍が、戦力の劣勢を補うべく必死で充実を図ってきた潜水艦、その使用法や造艦をめぐって幾多の研究がなされ、議論が戦わされ、加多瀬もまた兵舎の窓から相模灘《さがみなだ》が望まれる水雷学校での演習や、艦隊勤務の実地経験を通じて考え続け、戦雲がたちこめるにつれいよいよ確信されるようになった、潜水艦乗りたちのほとんど信仰ともいうべき思考法であった。

それをこちらから打って出るというのではまるで話が逆であり、真珠湾に敵主力が在泊している保証はあるか、荒れる海上での燃料補給は可能か、大艦隊の長距離行動が気づかれずにすむのかなど、海の戦についてわずかでも知識を有する者なら、たちまち浮かんでくる幾つものリスクはこの際おくにしても、これでは長年にわたって蓄積した戦術研究が台無しだと思えば、未曾有《みぞう》の大作戦への興奮は興奮として、不満を覚えずにはいられなかった。

むろんさような大戦略について加多瀬は口を挟む立場にはなく、どれほど不服であろうと、日米開戦を政府が決め、軍令部や艦隊司令部が作戦を立てたのなら、命令遂行に邁進《まいしん》するのが現場士官の責務である。しかし具体的な戦術となれば、自己の職責に係わる以上、無関心ではいられないのは当然である。

加多瀬が特殊潜航艇による泊地奇襲の計画案を知らされたのは、出撃の直前、なにしろ三ヵ月間の行動に必要な物資の積み込み一切が先任将校の責任であるから、出航までは猛烈な忙しさに見舞われ、とても作戦の研究どころではなく、「甲標的」の実物も、呉を抜錨して亀ヶ首へ回航し、甲板に搭載されたときはじめて、葉巻状の身体にふたつの瘤《こぶ》みたいな魚雷発射管を持つ、太古の魚めいたその異様な姿を眼にしたくらいだから、加多瀬は作戦について自信をもって意見を述べるだけの用意を欠いていた。

それでも出航後、特殊潜航艇に搭乗出撃する入江少尉と打合せを繰り返すうちに、しだいに理解は深まり、深まると同時に悲観的な感想を抱くようになった。

攻撃の有効性はともかくとして、攻撃後の搭乗員の収容は絶望と考えられた。敵の警備が手薄で、湾内に首尾よく潜入できたとして、空爆がはじまれば、潜水艦による攻撃を予想して湾口には直ちに防潜網が敷かれ、爆雷を抱えた哨戒艇《しょうかいてい》が警戒の眼を光らせるのは当然で、そうなれば特殊潜航艇は生け簀《いす》のなかの魚である。かりに運よく脱出に成功できた場合でも、母潜水艦と会合するのが今度は難しい。

蓄電池で航行する特殊潜航艇の航続力は最微速でも二五時間にすぎぬから、あらかじめ定めた収容配備地点に浮上漂泊して救出を待つことになるが、夜間、しかも敵基地の眼と鼻の先で、潜水艦がこれを発見しうる確率はきわめて低いといわざるをえず、もちろんそのためにこそ潜航艇は無線発信機を搭載しているのだが、しかし実際に搭乗員がこれを使うことはできない。何故なら無闇《むやみ》に電波を出せば、敵の探知機に捉《とら》えられ、自艇ばかりか母潜水艦までもが位置を知られる恐れがあるからで、自分が助かりたいばかりに母潜水艦を危険にさらして平気でいられるような神経の持ち主は、士官兵卒を問わず海軍軍人にあるはずもなかった。

　入江少尉にしても、潜入、攻撃までは、オアフ島の海図を眺めながら、熱心な研究を重ねていたが、こと話が帰投の段に及ぶと、とたんに曖昧《あいまい》になり、というかまったくおざなりで、端《はな》から生還は考えていない様子が見てとれた。

　有史以来の国難、日本のさまざまな階層、さまざまな地方、さまざまな職場で口にされるその言葉がたしかにふさわしいと加多瀬にも思える、日露戦争以来、まさに海軍こそが立つべき国の危機に際して、身を捨て全体に奉仕せんとする入江少尉の若々しく爽快《そうかい》な決意にうたれはしたけれど、しかし死を前提にする作戦は邪道といわざるをえなかった。むろん戦争に損害は避けられず、少数が犠牲になって多数を救うべき場面もあるだろう。しかしいかな困難を要求する命令であるにせよ、わずかなりとも生還へのチャンスには余地が残されるべきで、でないなら少なくともそれは作戦の名に値しない。

　加多瀬は掌電信長の意見を参考に、一定の間隔をおいて短い発信を繰り返すことで探知を極力避ける方法を考え出し、細かいペン字で記した計画表を入江少尉に渡した。

　けれども、ありがとうございます、と坊主頭を深々と下げた入江少尉の顔には、決死以外のなにものも受けつけぬ強い覚悟が漲《みなぎ》っていると見え、これは命令だからと、強く念を押した加多瀬に向かって、はい、と歯切れよく返事をしてから、入江少尉は一緒に搭乗する艇付の森下一曹と並んで清潔な白い歯をみせて笑い、その清明な笑顔が人間の配慮の一切を厳しく拒絶していると感じられた。といって彼らの立ち居振る舞いには余分なものは何もなくて、悲壮感もなければ、過剰な熱情の影もみえず、まるで休日に旅行にでも行くような気軽さで自ら死地に赴くべき計画を練り、必要な機材を整備し、そうなると加多瀬はいうべき言葉を失ってしまい、ふたりの搭乗員はすでに手の届かぬ所にあるように感じ、そうなればあとは攻撃の成功を祈りつつ、確実に予定地で潜航艇の切り離しを行うのが自分の使命だと考えるほかなかった。

だが、故障が判明したいまとなっては状況は一変したというべきだ。転輪羅針儀が使えないのでは艇は盲目と同じである。帰投はもちろん、湾内潜入など到底おぼつかない。出撃はただの自殺にすぎない。

「入江少尉は潜望鏡の視認のみでなんとかなるといっているようだが」

しばらく沈黙が続いたあと、深度計から眼を戻した安藤艦長が口を開いた。

「しかし、やたらと潜望鏡を海面から突き出したのでは、敵哨戒艇に発見されてしまいます」

「夜間ならばなんとかなりそうな気もするのだがね」

可能性の細い穴を穿《うが》とうとする艦長の気持ちは理解しながら、「気がする」程度の曖昧な根拠で作戦を立てるわけにはいかないと加多瀬は反発した。

「あの潜望鏡では視野が限られていますから、実際には視認は難しいと思われます」

「真珠湾にはかなりの灯火がある。その点は考えてもいい。あちらさんはまだ灯火管制を敷いていないようだからね。それを頼りにすればどうだろうか」

「灯は湾内だけにあるとは限りません。だいいち少しでも波をかぶれば、視認そのものが困難になります」

艦長はそれ以上反論せず、うつむいて帽子を脱ぎ、胡麻塩《ごましお》の短髪を右手で繰り返し撫《な》でている様子は、一気に二十歳も三十歳も老けてしまったようで、嫁に叱《しか》られて恥じ入る隠居老人に似て、室内灯に寒々しく晒《さら》された裸の項《うなじ》には、開戦前だというのにはやくも敗残兵の悲哀が漂うように感じられた。安藤艦長は船の艦長室よりも捕虜収容所が似合う軍人である。急に浮かんだ不謹慎な印象をあわてて振り払って加多瀬は加えた。

「しかしまだ時間はあります。整備員も最善を尽くしておりますから、出撃までには直る希望は大いにあります」

「そうだ。まだ駄目と決まったわけじゃない」

安藤艦長ははじめて笑顔をみせ、それで用件はすんだ様子であったが、すぐには立ち去りかねた加多瀬が、先刻まで艦長が机に広げていた書物について質問すると、艦長は手にとってみるよううながし、腕を伸ばして和綴本《わとじぼん》を棚から引き出した部下を見て、長い睫毛《まつげ》が牛のそれを想わせる眼の周りに貼《は》りついた笑いをいっそう濃くした。

「先任もそういうものに関心があるかね」

桃の肌のように毛羽の立つ、濃い紫の表紙を開いてみれば、ぎっしり漢字の活字が並ぶなかに挿絵があって、裸の男女が絡み合うなにやら怪しげな図が眼に飛び込んできた。

「明《みん》代の春本だよ。上海の本屋でみつけたんだが、なかなかの逸品だ。これで好事家《こうずか》なら結構高い値をつけるんだろうね。支那人の印刷技術というのは実にたいしたものだ。内容も珍にして妙でね。存外おもしろい。文章を読まなくても挿絵を眺めるだけでも楽しめる。貸してもいいよ」

丁重に遠慮申し上げた加多瀬が、苦笑しながら書物を棚へ戻したとき、扉を二度叩《たた》く音がした。入れと、艦長が応答すると、扉が開かれ、森下一曹入ります、の声とともに、戸口に海軍式の小さく鋭い敬礼が閃《ひらめ》いた。

「何か」安藤艦長の問いに、眸《ひとみ》をゆらめかせた森下一曹はわずかにためらう素振りをみせ、あるいは先任将校が居あわせるとは思わず、戸惑っているのかもしれないと加多瀬は推測したものの、下士官に対して席を外すのも妙なので黙っていた。

特殊潜航艇乗組の森下一曹は、艇長の入江少尉より四歳上の二七歳、横須賀鎮守府所属の志願兵で、健康に日灼《ひや》けした入江少尉が、何事にもこだわらぬ、真《ま》っ直《す》ぐに枝を伸ばした若木さながらの明るさを周囲に振りまくせいか、普段から無口な森下一曹の顔には、髯《ひげ》が薄く顔色が肺病やみめいて青白いせいもあって、どこか翳《かげ》がさすように感じられる場合がある。狭い艦長室に立ったいまがまさしくそうで、内心に屈託があるようにも推察され、特殊潜航艇の搭乗員は志願ではなく、家庭に後顧の憂いの少ない独身者で、心身とも優秀な者という基準で選ばれたと聞いているが、海軍大臣直々の任命を入江少尉が素直に光栄とみなしている風があるのに対して、同じ任務についた森下一曹が本音のところどう考えているのか、もの静かな動きの少ない面からは窺《うかが》い知ることが加多瀬にはできなかった。

いまも加多瀬には森下一曹の顔色を読むことができず、というより、死地に赴く人間の内心に広がる暗がりを覗《のぞ》き込むのが恐ろしくもあって、加多瀬はそこに立った男の顔から視線を逸《そ》らして、事業服の布地の胸のあたりに広がった、血痕《けっこん》みたいに見える油汚れを見つめた。

しばらくためらってから、意を決したように、森下一曹は、「これをお預かり願いたいのです」と一語一語のはっきりした発音でいい、手にしていたものを差し出した。茶色い封筒である。

「何かね」と寝台に座ったまま艦長がこれを受け取ると、問いには直接答えず、森下一曹はまた思い切ったようにいった。

「お願いがあります」

「何だろう？」

「その封筒は、その、大変申し上げにくいのですが、私が出撃したあとに開封して戴《いただ》きたいのです」

「あとで読めというのかね」

「さようであります」

安藤艦長はしばらく、直立不動の姿勢を崩さずに立った下士官と、掌《てのひら》の封筒を等分に眺めていたが、やがて口もとに優しい笑みを浮かべてうなずいた。

「分かった。たしかにそうする。金庫に入れておこう」

とたんに森下一曹の顔に血の色が昇り、そのときはじめて加多瀬は、森下一曹が艦長の返事を貰《もら》うまで、どれほどの緊張を強いられていたかを知って微笑し、森下一曹は加多瀬の笑顔に一瞬だけ同じ笑顔で応《こた》えると、すぐにまた硬い顔に戻り、きびきびした挨《あい》拶《さつ》を残して扉から出ていった。

森下一曹の足音が通路に遠ざかるのを待って、艦長は、なんだろうね、と呟《つぶや》いてみせたけれど、それが遺書の類《たぐい》に違いないとは二人とも分かっており、あるいは遺髪が納めてあるのかもしれず、ただ、遺書ならばわざわざ艦長に預けるといった大仰な真似をするのが妙といえば妙であったが、いずれにしても決死行の門出に立った者の願いを聞き入れぬわけにはいくはずもなく、艦長は棚から軍機書類の保管金庫を取り出し、森下一曹の遺書は赤い塗装の金属箱へ仕舞われた。

「先任は遺書を書いたかね」と金庫に鍵《かぎ》をかけながら艦長がきいてきた。

「遺書は書きませんが、手紙と一緒に実家には髪を少し切って送っておきました」

「先任はまだ独りだったね」

「はい」

「そうか」とうなずいて艦長がまた思案に沈んでしまうのは、特殊潜航艇を出撃さすべきか否か、搭乗員の決意をあらためて目の当たりにした時点で、思考は同じところを堂々巡りしているからに違いなかった。しかしいまは考えても仕方がない、ぎりぎりまで精一杯の努力を続け、あとは天運を頼みにするだけだと、加多瀬は思いを定め、腕時計をみると時刻は〇七二〇、二四時間後には歴史に残る大作戦の結果はすべて明らかになっているはずであった。

「艦長は何か残されましたか」加多瀬は沈黙のなかに艦長を放置して席を辞すことはできぬように感じて、最後に質問した。

「残してきた」と安藤艦長は飄々《ひょうひょう》とした口調で答えた。「私は上海方面に何回か出撃しているんだが、遺髪を残すなんてことは一回もしたことがなくてね。しかし今度ばかりは大変な戦争だから、何か残しておいたほうがいいとは思ったんだが、いつもしないことをするのはツキが落ちるような気がしてね。だから髪の毛はやめて、別のところの毛にした」

「別のところといいますと」

「下の毛だよ。女房はさぞや吃驚《びっく》りしただろうね」

Ⅲ　亀裂と半靴

東京時、七日、午後九時三十分。

ハワイ攻撃機動部隊、航空母艦「蒼龍」乗組、顔振《こうぶり》清吉整備兵曹長は、真新しい下着をチストから取り出して身に着け、第一種軍装を着込んだ上にさらに事業服を重ねると、船倉上階の士官室から、右舷側《うげんそく》のラッタルを伝って飛行機格納庫へ向かった。

上甲板に出たところで、ラッタルに足をかけたまま顔振は、体操をする格好で両腕を精一杯天へ向かって伸ばし、ぐううと喉《のど》を絞り上げるような音声《おんじょう》をたてて息を盛大に吐き出し、次《つ》いで突き上げた両腕でもって空中に弧を描きながら、潮気を含んだ爽快《そうかい》な夜の大気を肺一杯に吸い込んだ。並行しているはずの「飛龍」の姿が見えないかと思い、しばらく夜の海へ眼を凝らしてみたけれど、僚艦の姿は見つからず、曇天なのか月も星もなく、灯という灯はどこにも見えず、水天別ない茫漠《ぼうばく》たる暗闇が果てしなく続いている。舷側の波音と頬《ほお》をうつ烈風からして、船はかなりの速度で進んでいると思われた。

何かきわめて偉大なものが自分に近づきつつある、その思いに顔振はふるえ、いまばかりでなく、今度の出撃ではわけもなく感激に胸がいっぱいになることが度々あって、これはむろん真珠湾攻撃という、歴史に一頁を刻むであろう大作戦に参加しつつあるとの自覚がもたらしたもので、男の本懐とはいうけれど、これはまったく軍人にとっては望んでも望みえぬ幸運に違いなかった。が、感激の理由はほかにもあった。

顔振はこの六月に兵曹長に任官した。階級表では准士官に分類される兵曹長の地位は、四等兵からはじめて十五年、海軍暮らしを続けてきた顔振のひとつの目標であった。というのも、准士官になれば四八歳まで現役で勤められる、とはつまり生活の保障を意味するのであるから、顔振ばかりでなく、職業軍人として生きていこうと考える一般下士官にとって、兵曹長の階級章はまさしく憧《あこが》れの的であった。

そうした堅実な利益を別にしても、最下層とはいえ士官と名のつくこの階級には数々の特権が付随し、実際顔振にとって兵曹長に任官してから今度が最初の航海だったけれど、同じ艦隊勤務でもいままでとは何もかもがあきれるほどに違ってしまったのを実感した。まず服装が違う。士官と同じ抱《だ》き茗荷《みょうが》の徽章《きしょう》のついた軍帽、腰には短剣を吊《つ》る。食事が違う。食卓には毎度毎度ぴかぴかの白米が出、週に何度かは白いナプキンを胸にかけてディナーの卓につく。寝所も長年馴染んだ吊り床から離れて、三人部屋の私室が与えられ、従兵もついて日常の用を足してくれる。

顔振は新しい眼で職場を眺め、眼前に開けた世界の姿に満足した。もちろん一足飛びに少尉に任官する海兵出の士官に較べたら悲しいほどささやかな満足ではあったけれど、厳しい競争を勝ち抜いて獲得した栄達の味は格別であり、しかも顔振の進級を待つかのように、大きな戦闘がはじまったことには、何か秘められた意味、運命といった言葉でいい表してよい深甚な意味があると感じられ、人が見れば整備科という、地味で目立たぬ兵科ではあるにせよ、自分こそが今度の戦争の鍵を握っているのだとさえ幻想され、この十五年間、自分とは徹底的に無縁であった華やかさ、子供の時分から好んで親しみ、いまも士官室の棚からときどき取り出してみる挿絵入りの戦記物語、それらの頁を絢爛《けんらん》に彩るのと同じ、実際の軍務の殺伐と退屈を嫌というほど知りながら、それでもなお思念から拭《ぬぐ》い去られることのない不思議な華やかさが、新品の軍服から匂い立つように感じた。

烈風がまた激しく頰を打った。まもなく自分に到来しようとしているもの。それが何であるかは摑《つか》みかねたが、少なくともかつて一度も経験したことのない、圧倒的な何物かであるには違いないと思われた。顔振は暗い海上を見つめた。そいつは端的に「死」じゃないのか、おまえを待っているのは地獄の入り口だぞと、頭のどこかで皮肉に嗤《わら》う声も聞こえたけれど、巨大な鉄鋼の翼を逞《たくま》しく広げた飛行甲板の構造を頭上に眺めやり、それが池の葉っぱや木切れと同じく、水に浮かぶものとは到底思われぬ、洋上の要塞《ようさい》ともいうべき大型空母の威容にあらためて感嘆するならば、自己の死はやはりひとつの抽象でしかなかった。

動くものが見えた気がして、顔振は無明の海へ眸《ひとみ》を凝らした。深い水底から高い天空に至るまで、幾重にもなった闇の奥に、眩《まばゆ》く沸き立つような栄光の輝きが孕《はら》まれている、そんな予感が胸を苦しくし、もう一度深く潮風を吸い込んでから軍帽を目深に被り直した顔振は、新兵時代から何千回となくそうしてきたように、かんかんと乾いた靴音を立ててラッタルを駆け上がった。

「蒼龍」の二層になった格納庫の、上部格納庫前の通路へ上がり、鉄扉を開くと、とたんにガソリン臭がむっと鼻を襲い、暗くこもって渦巻く怒声と熱気が一遍に押し寄せた。飛行隊出撃まで残り四時間、二三〇〇の総員起こしを待たず整備作業は早くもはじまって、照明を最小限に抑えた薄闇に懐中電灯の光の矢が目まぐるしく交差するなか、翼を慎ましく折り畳み、鎖撃索で車輪脚を固定された飛行機の陰に、エンカン服の白と事業服の赤茶が入り乱れて蠢《うごめ》き、艦が揺れるたびに車輪に巻かれた鎖がいっせいに引かれ、海鳴りを想わせる音をたてた。

　顔振が分隊士を務める十五整備分隊は、九九式艦上爆撃機の機体および兵装の整備が担当であり、全部で三基ある昇降機のうち、前部中部のふたつの昇降機に挟まれた、九九艦爆が収められた中央区画を顔振は漫然と見て歩いた。

　前部昇降機の向こう側、艦体と同じ鈍い灰色で塗装された、巨大な防火扉に隔てられた艦首側は、零《ゼロ》式戦闘機の格納区画であり、反対に後部昇降機に向かっては九七式艦上攻撃機の巨軀《きょく》が並ぶ。もちろんそちらでも整備作業ははじまっていて、それぞれの機種の整備を受け持つ、第十四、十六整備分隊員らの殺気だった喧騒《けんそう》が高い天井を伝って届いてきた。

　内心の昂揚《こうよう》とは裏腹に、帽子の陰になった顔振の顔が側の者の眼にはむしろ不機嫌と映るのは、准士官に任官して分隊士の役職に就いて以来の数ヵ月、下の者には甘く見られぬよう、上には卑屈にならぬようにと心を砕いた結果であり、こうしたどこか職人風のぶっきらぼうな無表情は、上級下士官に共通の特徴である。

　海軍に入って間もない頃の顔振は、准士官や特務士官といった連中が揃《そろ》いも揃って似たような、牛小屋で藁《わら》を食《は》む牛のごとき鈍重な顔付きをしているのが不思議でならなかったものだが、長年潮に灼《や》かれ波で洗われた結果、使い込まれた皮革ベルトみたいになった自分の顔が、やはり同じような無表情に鎧《よろ》われているのに近頃では気づき、顔振はいまやそうした無表情の奥に、組織を真に動かしているのは自分たちなのだと信じる、傲岸《ごうがん》なまでの自負が隠されているのを知っていた。

顔振は自分が必要とされているのを絶えず実感し、その自信こそが必要最小限しか口を開かない態度、部下の作業のいちいちに口を挟まぬ鷹揚《おうよう》さとなって表にあらわれていた。

両隣に較べ中央区画は落ちついていた。「蒼龍」九九艦爆隊の出撃は、一波二波に分かれた攻撃の、第二波に発進する予定だから時間に余裕があるせいだ。

顔振が整備作業を見守る上部格納庫に、限られた空間を効率的に利用すべく、互いの翼の間に機首を突っ込むような形で置かれた九九艦爆は八機、発進予定は全部で十八機、残り十機は下部格納庫にある。むろん下でも作業がはじまっているはずで、もっとも作業とはいっても、機体から外して調整室へ運ばない限り格納庫内でエンジンの起動は出来ないから、給油と電気系統のチェック、あとは二五〇キロ爆弾の投下装置の確認など、兵装部分が主で、あちらこちらでエンカン服の下級兵が鹿革でガソリンを濾《ろ》過する作業に取り組み、ある者は翼の上に乗って操縦席を覗《のぞ》き込み、あるいは機体にのしかかられるような格好で下にもぐり込んでいる。

誰もかれもが焦燥に駆られた者のように汗をかき、手を油まみれにし、落ちつかぬ足取りで飛行機の間を行き来しているけれど、実のところ、整備作業は昨日までにあらかたすんで、いま行われているのは、念には念を入れる作業にすぎない。いま何にも増してなすべきは、ただ待つこと、出撃命令が飛行長から発令され、飛行甲板へ機を運ぶ昇降機の作動を待つことだけなのであったが、どれほど完璧に整備をしたはずだと思っても、実際に飛んでみなければ調子の分からぬ部分がどうしても残るから、各飛行機付の下士官は、ほとんど念を込めるように機械を愛撫《あいぶ》しながら、緊張と不安の時間をやり過ごしているのだった。

飛行作業がない限り整備員は暇である。陸上航空隊なら毎日のように訓練飛行があるから、寝る間もない忙しさに見舞われるが、佐伯湾を抜錨《ばつびょう》して以来、訓練も偵察も行われず、だから余裕は嫌になるくらいあったのだけれど、時間があればあったで完全を期さねばならぬの思いは昂じて神経は痛むのだから辛い。

整備作業に満点はない。完璧が零点、あとは徐々にマイナスが加算されていく。うまくできて当たり前、少しでも悪ければ叱責《しっせき》されるのだから、整備とはつくづく報われない仕事である。

なにしろ蒸気機関車とほぼ同じ馬力のエンジンが、あれだけ軽い機体の頭にくっついているのだから、どこかに無理が生じるのは仕方なく、長い経験から顔振らベテラン整備員は、マイナスが消えることは絶対にないと、別に諦《あきら》めるというのではなく、事実としてそのように認めていた。なるだけマイナスを減らし、致命的な事故につながらぬよう、故障をうまく散らすところに整備員の腕はあるので、故障をことごとく排除しようなどと考えれば、かえってうまくいかないばかりか、頭がおかしくなってしまうとは、決して口には出されない整備科員の共通認識だった。

五番機の下では、敷いたマットに花瓣《かべん》の形に密集した五人の兵が爆弾投下装置を試していた。信管を外した爆弾を持ち出し、機体下部懸垂器にボルト止めされたフックへ装着すると、機付の合図で操縦席の人間が安全装置を外して投下レバーを引く。バネの働きで金具は外れ、落ちる鉄塊を整備兵たちが呼吸をあわせて受け止めるのだが、なにしろ爆弾は二五〇キロもあるのだから、うっかりすれば指を潰《つぶ》し、あるいはもっとひどい怪我《けが》を負うから、受け止める方も勢い真剣たらざるをえず、真冬に水を浴びるがごとき気合い声があがるのは自然である。

電磁投下器や爆管式に較べると、バネ式は電気を使わなくてよい利点はあるけれど、フックやバネの老化がどうしても心配になる。一度落としてみて、横から難しい顔で眺めていた機付は納得がいかぬらしく、再度装着を命じている。しかし格納庫でいくらうまくいっても、一回勝負の本番で作動しなければなにもならない以上、いま成功しても次の一回は失敗するかもしれないと思えば恐ろしく、搭乗員が命がけで急降下爆撃を敢行した瞬間、もし爆弾がフックから外れなかったらと、試せば試すほどかえって不安は募り、結局のところ時間がある限りテストをやめられないのだ。

分隊士、と甲高い声を浴びせられて、顔振が機から眼を離すと、ひとりの若い兵があばた面を真っ赤に染めて直立不動の姿勢で立ち、息をひどくきらしているところからして、顔振を探してあちこち駆け回っていたものらしい。

「何か」

「関《せき》一曹が来ていただきたいと」

分かったとうなずくと、敬礼を寄越した兵は短距離走者よろしく猛烈な勢いで駆け出していく。いつまで愚図愚図していたのだと叱《しか》られるのが恐いのだ。顔振は急ぎ足で下部格納庫へ向かった。


いまだ黎明《れいめい》の気配のない甲板へいったん出て、外階段を廻《まわ》って下部格納庫へ入っていくなり、七番機の周りに多数の兵が集まっているのが眼に飛び込んできた。

それだけで只事《ただごと》ならざる事態を直感させたが、何よりはっとさせられたのは機のカウリングが外されていることで、である以上発動機に故障が生じたに違いなく、飛行機のそんな姿は日頃から見慣れているにもかかわらず、臓物を露《あらわ》にしたそれがひどく奇形なものに映って、胸騒ぎを抑えつつ、どうした、と顔振が一団の者に声をかけると、脚立から機付の関善太郎一曹が飛び下りてきた。

剣道三段、柔道五段の免状を併せ持ち、士官下士官を問わず「蒼龍」乗組員のなかでも有数の武術家である関一曹もさすがに顔色が悪く、シリンダーに亀裂《きれつ》が、と報告した眼は赤い。

「何番か？」

「五番です」

顔振が脚立へ上がり、懐中電灯で問題の箇所を照らしてみると、詳しく調べるまでもなく、クランクシャフトを中心に放射状二列に並んだシリンダーのうち、前列五番に七センチくらいの亀裂があるのが発見された。

亀裂そのものは珍しくない。シリンダーには熱を逃がすために鋳鉄製の細かいフィンがつけられているが、高温に晒《さら》されるせいか、どうしてもそこに割れが生じやすい。問題は亀裂がどこまでシリンダー本体に浸潤しているかである。割れが点火栓口にかかっていれば絶対に駄目だが、そうでなければ支障がない。何度かスパナで叩《たた》いてみて、割れは浅いと判断したものの、亀裂の位置が点火栓口に近いのが気になった。万が一シリンダー本体が傷つけば、最悪の場合混合気が漏れ出しエンジンが燃えだす危険がある。交換すべしと顔振は断を下した。

「シリンダーを交換しますか？」

いよいよ血の気の失《う》せた顔で関一曹がきくのへ、顔振はエンジン全体の取り替えを命じた。シリンダーを交換するなら試運転をしてみる必要があるから、どのみちエンジンは一度外さなければならない。とすればいっそのことエンジン全体を換えた方が早い。

予備エンジンは顔振自身の手で入念に調整を加えてある。

ウインチが下りて不良エンジンが取り外され、上階の調整室から運ばれてきた三菱製

「金星」四四型発動機がエンジンマウントに仮り止めされたところで、お願いします、と兵員の作業を指揮していた関一曹が、肩幅のある身体を折り畳むように頭を下げた。

顔振は再び脚立に上がり、クロームモリブデン製マウントの七つのネジ穴へ差し込まれた、緩衝ゴム付きの止め金具を、専用のスパナを使って少しずつ締めていった。力任せに締め上げればいいというわけではなく、この作業には熟練と勘が必要だ。マウントと止め金具の癖を摑《つか》んで、バランスよく締めないとエンジンと機体に振動が生じる。搭乗員はこれを「ごねる」と呼ぶが、あまり「ごねる」ようだと操縦性能を低下させるばかりでなく、場合によっては力が偏って止め金具がねじ切れてしまう恐れがある。

実際、この機体の振動ほど整備員泣かせなものはなかった。振動はエンジン自体の微妙な「歪《ゆが》み」にも起因したから、地上試運転で苦心惨憺《さんたん》、ようやく振動を消したと思っても、飛んでみると駄目な場合もあって、普段の演習なら飛んでみてどうしても「ごねる」ようなら戻ってくればよいが、いまはそれは許されず、整備員を信頼してくれる七番機搭乗の榊原克己《さかきばらかつみ》大尉のためにも、絶対に飛ばさなければならないと思えばこそ、機付も作業をベテランの顔振に依頼したのだ。机上の理論はともかく、現場で鍛え上げた技術だけは顔振の独壇場だと誰もが認めているし、また現場の先頭に立って責任の重い場を仕切るのが叩き上げの分隊士の仕事でもある。

下士官兵が息を詰めて見守るなかで、顔振はほとんど祈るように、指先の力を微妙に加減した。ここはまさしく顔振の見せ場であり、であるが故に顔振はわずかなりとも無駄な動きを自分に許さず、いつもながらの職人的な無感動と素っ気なさのうちに作業を終えた。

脚立から降りて、点火用のマグネットの点検がはじまるのを見守りながら、油に汚れた掌を差し出された手拭《てぬぐ》いで拭っていると、後ろから小さな声で呼ばれ、見れば安次嶺《あじみね》一整である。先刻から顔振は、作業を見守る兵員たちの群から少し離れたところに、ぽつんと独り離れて立つ安次嶺一整に気づいていた。

どうしたと問うと、ひょろ長い痩身《そうしん》が小刻みにふるえていて、他聞を憚《はばか》る相手の様子を察し、格納庫の隅へ導いて話を聞いた。

「川崎がいなくなりました」

「いなくなった？」と顔振は川崎三整の饅頭《まんじゅう》みたいな下膨《しもぶく》れの童顔を思い浮かべながら問い返した。

「はい」

「探したか？」

直接には答えず安次嶺一整は紫変した唇をふるわせた。

「右舷《うげん》甲板上に半靴が揃《そろ》えて置いてありました」

「半靴が？」

「ふたつ揃えて置いてありました」

「ふたつとは一足という意味か？」

「そうであります」

　靴がふたつなら一足に決まっている、まったく馬鹿な質問をしたものだと、苛立《いらだ》ちを抑えかねて相手の顔を窺《うかが》えば、硬直するように立ち竦《すく》んだ安次嶺一整の眼は目前の顔振を捉《とら》えておらず、小さく縮みあがった眸《ひとみ》はあらぬ方に飛んで、とたん顔振の背中を冷たい汗玉がころころと伝い落ちた。

「川崎の靴に間違いないか」

「川崎のに間違いありません」

「間違いないか」

「たぶん」

「たぶんとは何だ。はっきりせい」と叫ぶや、顔振の右手は相手の顔に素早く伸び、爬《は》虫類《ちゅうるい》の皮膚みたいにひんやりした頬《ほお》をしたたかに打ち、と、あたかもそれが合図であったかのように、出し抜けにけたたましい金属音がはじけ、格納庫に籠《こ》もり渦巻いていた騒音と異質の響きは、昇降機の作動を報《しら》せるベルに違いなく、振り返って見れば、後部昇降機が九七艦攻を一機載せて昇っていく。

　咄嗟《とっさ》に時計を見れば、時刻は二二五〇。いつのまにか総員起こしの時刻を過ぎ、一番機発進予定時間まで三時間を切った。第一波攻撃隊飛行機の飛行甲板への運搬が開始されたのである。

Ⅳ　儀礼的な出撃

　あるところでは密に、またあるところでは疎《まば》らに、明度の異なる赤や橙《だいだい》や白の光が、はじめは黒い天鵞絨《ビロード》布に硝子玉《ガラスだま》をばらまいたように視野に浮かび上がり、次いで眼のなかで遠近の感覚が立ち上がるにつれ、それら光源の位置関係はしだいに把握されて、同時にそれまで背景に沈んでいた、港湾から続いてゆるやかな傾斜をなす丘陵の形姿が闇の奥から迫《せ》り出してき、海際一列に並んだひょろ長い南洋樹の幹が洗った骨のように白く見えるほかは、黒一色に沈み込んだと見えた丘陵は、蠟《ろう》質の固い葉をつけた樹木や灌《かん》木《ぼく》に密に覆われているせいなのか、街灯を映して鈍い銀色の金属光沢を帯びてもいて、眼を転じた港湾の上空は、薄くかかった夜霧の粒子に光線が散乱し、朧《おぼろ》に煙《けむ》って、それは水底に沈んだ都市、燐光《りんこう》を放つ深海魚が棲みつく太古の都邑《とゆう》のようで、まさに真珠湾の名にふさわしい美しさだと、潜望鏡を覗いた加多瀬は嘆息しながら、低い山塊《さんかい》の黒影が左右から迫り出した真珠湾口の形を再度確かめ、いまや散乱する宝石ではなく、港湾施設や窓灯であると確実に識別できるようになった光源を、ひとつひとつ順番に眼で追っていった。曇天の海上に波浪は高く、潜望鏡の視野はしばしば水に呑まれて、そのたびに鏡面に光が滲《にじ》んだ。

二三二〇。東京時、午後十時二十分。

夜明けまで三時間あまり、黎明の気配はまだ破片もない。黒く波立つ海面に視認出来る限り行き交う艦艇のないことを最後に確認した加多瀬は、潜望鏡を傍らの入江少尉に譲った。

「静かですね」

加多瀬が、感想というにはあまりに素朴な言葉を口にすると、第一種軍装に身を固めた安藤艦長はうなずいた。

「そう。静かだ。ひどく静かなんだ。静かすぎるんだ」

敵は奇襲に気づいていない、とすれば、少なくともこれまでのところ、作戦は予想を超えて上首尾に運んでいるにもかかわらず、そのことにかえって苛立つかのように、眉《み》間《けん》に皺《しわ》を寄せた安藤艦長は、かちかちと傍らの冷却パイプを爪で神経質に叩きながら、静かだ、静かだと、繰り返し唇で呟《つぶや》いた。

伊二四号潜水艦は予定より二時間半遅れて、真珠湾口東十浬《カイリ》の作戦海域に到着していた。日の出までの時間を考えれば、特殊潜航艇を発進するならもう一刻の猶予もならなかったが、しかし問題の転輪羅針儀の故障は、日没と同時に再開された必死の作業も虚《むな》しく、ついに回復せず、よくよく運に見放されたと嘆くほかなかった。

同じ任務についた四隻の僚艦は二〇〇〇の定刻に「筒」の離脱を終えているに違いなく、そう考えると、加多瀬はいわくいい難い焦燥に背中を押されるように感じ、あるいはジャイロなしでも湾口への潜入は可能ではあるまいかとの考えが急速に膨らんで、だが、これは根拠を欠いた妄念に過ぎぬとは分かっていた。この波では潜望鏡の視認のみで航行するのは無謀でしかなく、かりに波がなくとも、特殊潜航艇が装備する潜望鏡の性能では目的を果たしえぬのは、ごく単純な幾何の定理以上に自明であった。

加多瀬は傍らに立つ安藤艦長の顔を密《ひそ》かに窺った。転輪羅針儀の回復が絶望と決まってから、艦長の口から作戦については片言隻句なりとも発せられておらず、主計兵曹の心尽くしの酒肴《しゅこう》が並べられた壮行の席でも、艦長は型通りの訓示を述べ、聖寿万歳を主唱したあと、祝杯に軽く唇を触れただけで早々に自室へ引き取った。あとの座を保ったのは航海長の木谷中尉で、いつに変わらぬ剽軽《ひょうきん》な調子で、はじめて茶屋へ上がった新米少尉時代の失敗談などを面白おかしく披露して一同を大いに笑わせた。

敢《あ》えて触れる者はなかったけれど、艦の空気は断然出撃へと傾いていた。新鮮な野菜や真水の欠乏、便所から漏れる臭いと重油臭が入り混じった、長く潜行が続けば眼の粘膜をひりひりと痛ませる悪い空気、食欲を奪い気力を失わせる船酔い、絶えず口腔《こうこう》のあたりにまとわりつく酸っぱい唾《つば》、何日も陽の姿を見られず、乗組員の顔を揃って幽鬼のごとき顔色に変えるモグラ生活、窮屈きわまりない空間の圧迫、そうした数えあげればきりのない不便を忍び、苦痛に耐え、ようやく敵陣の懐深くへと忍び寄った矢先、なす術なく僚艦の先陣争いを指をくわえて傍観するなどは、残念というにはあまりに辛《つら》い断念に違いなかった。

　むろんこれで伊二四潜の行動の一切が無駄になるのではなかった。奇襲攻撃が始まれば、湾から逃げ出そうとする敵艦への魚雷攻撃が命令されているし、真珠湾攻撃後は引き続き西太平洋及び印度洋上での通商破壊の任務が待つ。特殊潜航艇にしても、いったん母港へ戻って修理の手を加えれば、他に働き場所はいくらもあるだろう。戦争は一日で終わるわけでもないと、自らを慰めてはみるものの、しかしなお日米決戦劈頭《へきとう》の真珠湾攻撃が、歴史に二度はありえぬ、特権的な光輝を帯びて眼に映じるのは誰も同じで、だから本作戦に参加しえたことは軍人にとって望んでも望みえぬ栄光なのであり、その栄光への機会が些細《ささい》な失敗から奪われると思えばこそ、悔しさは募るので、まして搭乗員であるならば心中の痛みは他に倍するものがあるとは容易に想像された。

　壮行会の席では、入江少尉ははしゃいでいるといってよいくらいの明るさを示し、出撃の際に背負って行くのだという白鞘《しらさや》の大刀を持ち出した少尉は、これは祖父から貰《もら》ったもので、先祖伝来の銘刀との触れ込みであったものが、あるときどうしても金に困り、質屋に入れたところ、まったくの贋物《にせもの》だと店の親父《おやじ》から嗤《わら》われたという、愛刀にまつわるエピソードを披露し、しかし斬《き》れ味だけはたしかなもので、一日たりとも手入れを怠っていないのだと慎ましく補足した。

　入江少尉が刀を使わねばならぬ状況とは、端的に作戦の失敗を意味していたけれど、一同少尉の気宇に愉快を覚えて、田宮流居合術の達人である町兵曹長が白刃を鞘から抜いて灯にかざし、うん、反りが立派だ、これなら百人斬ってなお刃こぼれはしないと冗談めかし、いまひとりの搭乗員、艇付の森下一曹はといえば、黙って盃《さかずき》に口をつけるばかりであったけれど、遺書を艦長室に届けにきたときとはうって変わった穏やかな微笑を終始浮かべ、入江少尉とはまた別種の、限りない明朗さの印象を周囲に放って座を照らした。

生の側にある者と死の側にある者の隔絶は残酷なまでに明瞭であったけれど、それを超えてなお和気は座を覆い、作戦中のことであるから、わずかばかりが用意された酒に誰もが気持ち良く酔うようで、盃が干されてなお名残は尽きなかった。澄みきった空のようである、とはあまりに陳腐な比喩《ひゆ》ではあるけれど、まさしくこんな場合に使うべきなのだろうと、加多瀬は覚悟の瞳を清澄に輝やかせたふたりの若者に見惚《みと》れ、彼らのあかるい顔、とりわけ入江少尉の、幼な顔の輪郭を残す陰のない顔がにわかに暗転し、失意と苦痛に塗り込められ醜く歪《ゆが》む、それだけは決して眼にしたくないと切に願った。

ふたりの若者の笑顔を永久に記憶に刻むこと、それのみで出撃を許すに十分な理由ではないかとさえ考え、あるいはまた、今後数ヵ月続くであろう作戦行動のあいだじゅう、挫折《ざせつ》を刻印された兵士を抱えていかねばならぬ鬱陶《うっとう》しさも否応《いやおう》なく予感された。傷ついたふたりの身体から漏れ出る不運の臭いは、便所の悪臭と同様、ずっと艦につきまとって離れず、士気の低下といった単純な言葉では説明できぬ、何か重苦しい、淀《よど》んだ気分をもたらすだろう。

しかし、それはすべきではない。どれほど士気を高めることになろうと、成算のない作戦に貴い命を犠牲にはできない。指揮官はときに兵員を死地に赴かせるが故に、人の命を何より尊いものと見なさねばならず、死に直面すればこそ命は高貴の光彩を帯びるのであると、水雷学校時代に講演を聞いた、ひとりの退役軍人の印象的な言葉を、そのとき窓から見た、五月の薫風に樹葉をきらめかせていた楡《にれ》の樹のざわめきとともに加多瀬は思い、つまるところ戦争とは人が生きるために死ぬことなのではないのかと、講演の結びにいわれた言葉もまた思い出された。

純合理的な見地からしても、ひとりの海軍士官を育てるに要する時間と労力を思えば、士官ひとりの命の価値はゆうに小艦艇一隻に匹敵し、とくに有能な将官ならば軍艦と引き換えにしても惜しくないのだと、やはり水雷学校で或《あ》る教官から聞き、その後加多瀬自身もしばしば口にするようになった見解をあらためて念頭に浮かべてみたけれど、しかしその一方では、奇跡のごとく僥倖《ぎょうこう》が与えられ、ジャイロなしでも潜航艇が首尾よく真珠湾内に侵入できるような気がしてならず、そのたびに加多瀬は不可能の根拠をいちいち数え上げ、迷いを打ち消さなければならなかった。

壮行会の席では機材不調を押しての出撃が既定であるかにみなされていて、加多瀬は不安を覚え、かといって折角の雰囲気に水をさすのも憚《はばか》られて、ひどく居心地の悪い思いをしたけれど、ほどなく当直の時刻になったのを幸い、宴半ばで席を立った。

いずれにしても断を下すのは艦長である。とはいうものの、その構造や装備についてば詳しくを知らず、実際の作業は佐藤兵曹らに任せきりであったとはいえ、特殊潜航艇の整備は水雷長たる自分の管轄であるから、もう一度艦長にはっきり念を押しておくべきかと加多瀬は幾度か思ったけれど、すでに当方の意見は明確に伝えてあるのだからと思い自重した。

　そうして予定海域に到着し、簡便な事業服から紺サージの第一種軍装に替えて司令塔へ上がってきた安藤艦長をみたときには、加多瀬は艦長の決断を察したように思い、あとから続いて、茶色い飛行服に身を固め、七生報国と墨痕《ぼっこん》鮮やかに記された白鉢巻きを締めたふたりの搭乗員が、静かにラッタルを昇ってくるのをみれば、もはや流れは押し止められぬのかもしれぬと、いまさらながらの焦燥に胸を衝《つ》かれた。

　しかしその加多瀬もまた、いや、加多瀬ばかりでなく、司令塔にある士官下士官の全員が申し合わせたように第一種軍装の姿だったのであり、南洋の暑熱にははなはだ不向きな正装を促したものが、壮途の門出を見送る者の礼儀であるのは明らかだった。

　それでもなお加多瀬は土壇場で安藤艦長が出撃中止を命令するのではとの期待を抱いていた。だからこそ艦長が、潜望鏡から離れた入江少尉へ向かって、ジャイロは使えないがどうするかね、と質問したときには激しい動揺を覚えた。この言葉は出撃命令と同義にほかならず、艦長が水雷長たる加多瀬に意見を求めないのは、すでに発進と肚《はら》を決めているからに相違なかった。

「征《ゆ》かせて頂きます」と入江少尉は、予《あらかじ》め決められた台詞《せりふ》を舞台で吐く者のように、白い歯の弾《はじ》ける笑顔で答え、こちらは対照的に笑いなく、謹厳に表情を押し殺した安藤艦長は、黙ってひとつうなずくと、浮上用意、と命令を発し、これを受けた加多瀬は、反射的にメインタンクブローと号令を放ちながら、われわれはいま供犠《くぎ》を捧《ささ》げつつあるのだとの思いにうたれた。

濃紺の制服が居並ぶなか、ふたつだけ形の違う衣服を身に纏《まと》った若者たちは、戦《いくさ》の神に与えられる生贄《いけにえ》であり、殺風景な司令塔に儀式の厳粛がにわかに立ち込めたと加多瀬は感じ、自分もまた死の側に瞬時に身を移したのだと、諦念《ていねん》と甘美さがないまぜになった不思議な感動のうちに自覚した。ふたつの死はあとに続くたくさんの死のさきがけであり、これら貴重な犠牲は清澄な光に照らされ、永遠に輝きを止めることなく、必ずや味方に勝利をもたらさずにはおかないだろう。そうして自分もまた同じ光をまもなく浴びるのだ。夢に似た非現実感のなかで確信が生まれ、鼻の奥を潤ませる熱い感激が喉元《のどもと》にまで押し寄せて、これは違うと、心中で執拗《しつよう》に叫び続ける声を圧《お》し潰《つぶ》した。

わずかにアップツリムがかかって、艦体がゆるやかに浮上し、開放された艦橋ハッチから清涼な大気が音をたてて司令塔一杯に吹き込んだときには、もう最前までの儀式張った厳粛さは消えていて、口々に発せられた激励に送られたふたりの若者は、艦長とまず握手を交わし、さらに司令塔の人々と次々握手をすると、儀礼の晴れがましさとは違う、もっと当たり前な、たとえば郊外の森や野原のようなあかるい場所、平凡で何げない、しかし日頃の拘束からは解き放たれた場所で、気の置けぬ親しい者らが愉快に笑いあうときと同じ、晴々とした笑顔を浮かべ、お世話になりました、行って参ります、とごく簡単な挨拶を残し、実に易々とラッタルを駆け上がっていった。

そのあいだ、急速潜行に備えて待機する加多瀬は、白鞘の大刀を斜めに背負い、門出に際し髪をきれいに刈り上げたせいで、ひどく矮小《わいしょう》に見える頭骨の形を露《あらわ》にした入江少尉の、頼りなく痩せた青い項《うなじ》と、それだけ何故《なぜ》か裸のまま、森下一曹が手にぶらさげたサイダー瓶の青ざめた色が、ハッチの暗がりに消えていくのを見つめていた。

十分後、再度潜行した艦と特殊潜航艇を繋《つな》ぐ電話線は切断された。潜航艇の電気モーターが起動する鈍い音が聞こえ、まもなく、繋締《けいてい》バンドが外れる金属音を最後に残して、特殊潜航艇は離脱した。

東京時、八日、午前一時二十分。

真珠湾北方二三〇浬。第六警戒航行序列をとつた機動部隊の六隻の空母、其《その》飛行甲板上には、暖機を終へた第一波攻撃隊の航空機が勢揃《せいぞろ》ひしてゐた。

整然と列をなす機体が美しい文様を鉛色の甲板に描きだし、其隙間《すきま》を白いエンカン服が忙しく動き回る。夜陰とひとつになつた黒い影の塊から、次第に灰色の鉄の構造を顕《あきら》かにしはじめた艦橋の下、矩形《くけい》をなして整列し、艦長より最後の訓示を与へられた搭乗員らが一時に散つて、それぞれの愛機へと走れば、再びエンジンは起動され、耳を聾《ろう》する轟音《ごうおん》が未《いま》だ暗い海に響きわたつて、排気の白煙が一斉に立ちこめるなか、回転するプロペラが氷の飛沫《しぶき》の如き清冽なる光を放つた。

東天にはすでに黎明《れいめい》の気が立ち昇り、そこを起点に幾重にもなつた紫紺の薄幕がみるみる空へ広がつて、先刻まで雲間に独り冴えた輝きを放つてゐた月が色褪《いろあ》せ、絶え間なく明滅する発光信号に呼応するかのやうに、またたく星が見る間に其数を減らしてゆく。風速十三メートル。海上にうねりは高い。

空母群が一斉に風上へ向かつて二七ノットに増速した。マストの列旗が風を孕《はら》んで後方に流れ、艦首の風見蒸気が飛行甲板に白い筋を描く。

〇一三〇。一番機が旗艦「赤城」から暁暗へ向けて発艦した。

顔振整備兵曹長は、「蒼龍」飛行甲板右舷《うげん》中央脇《わき》の兵員溜《だ》まりから、第一次攻撃隊の出撃を見守っていた。

甲板後部に互いに翼を重ねるように首を並べた九七艦攻十八機、その前部には正しい列をなした零《ゼロ》戦九機、各機にはすでに搭乗員が乗り込み、風防の奥の闇は見通せぬものの、試運転を終えプロペラを停止させた機はどれも、飛行長の発光信号を待つばかりの態勢と見え、そのとき顔振が立つ兵員溜まりのすぐ脇、空母特有の海へ突き出た巨大な煙突から毒々しい黒色の煤煙《ばいえん》が猛然と噴き出して、顔振は煙にむせ、視界は一時閉ざされたが、とたんに誰かが、飛んだぞと叫びをあげ、この瞬間だけは絶対に見逃すまいと、必死になって痛む眼をさまよわせれば、左前方の「飛龍」と思われる船影、夜間照明に飾られ、中空に浮かんだ幻影の城のように映る船影から赤い尾灯がひとつ離れていくのが見えた。

どうして「蒼龍」は飛ばないのだと、悔しさと焦りが急にこみあげ、ぼやぼやするな、あほんだらと、飛行指揮官へ向かって内心で毒づいたとき、甲板左舷端に立つ飛行長の発光信号の緑光が左右に揺れ、機体の下にうずくまって車止めを押さえていたエンカン服の整備兵たちが横へ散ったと思うや、一番機がするすると滑走し、ほんのわずかな助走をつけたあと、驚くほど軽快に宙へ機体を躍らせる。耳元で弾けた誰かの万歳の絶叫に顔振は飛び上がり、しかしすぐに負けじと自分も同じ声を張りあげ、すると万歳は艦上の各所で一斉に沸き起こっていて、唱和する形にはならぬまま無秩序に渦巻き、これもまた規則を欠いた帽子の列が、烈風になぶられる麦穂のように揺れ、顔振もまた興奮と感激に我を忘れて帽子を握り潰し、続いて二番機、三番機と、一瞬のよどみも齟齬《そご》もなく、流れるがごとき連携のうちに次々と発艦していく零式戦闘機にみとれながら、誰よりも激しく、腕がちぎれんばかりに帽子を打ち振った。

上空では暁に銀翼を鈍く光らせた飛行機群が旋回をはじめ、みる間にその数を増やして、そのとき、おう、とどよめきの声があがって、大きく迫りあがった甲板から離れた一機が風にあおられ、揚力を失ったまま左へ傾き、それでもかろうじて姿勢を立て直して旋回するかに見え、兵員溜まりに安堵のため息が漏れた次の刹那《せつな》、平衡を失った機は海面に着水の飛沫をあげた。まもなく不時着機は視野から消えてしまったが、搭乗員は後続の駆逐艦に救助されるはずだから心配はないものの、うねりがきついのはたしかで、艦の横揺れは片舷で軽く十度にはなっていると見え、ひょっとすると最大で十五度に近いとも思え、十度を超えれば発艦は無理であるとの常識を思えば事故は避けられぬとはいえ、軽量の零戦の失敗は不安をいやました。

零戦隊の後に発進する、三人乗りの九七艦攻の重量は零戦とは比べ物にならず、まして雷撃機は八〇〇キロもの航空魚雷を搭載しているのだから、やはり九七艦攻の出撃は見合わせるべきではなかったかと、顔振はにわかな不安を覚えた。事実一度は九七艦攻の出撃は中止との通達があったのだけれど、搭乗員の猛烈な抗議で再度出撃と決まって、ここまで来た以上出撃は当然だ、いまさら止めるわけにいくものかと、顔振も白鉢巻きの搭乗員らと一緒になって息巻いたものの、まるで巨大な海の生き物のように高々と迫りあがってはまた奈落《ならく》に沈み込む、飛行甲板の運動を目の当たりにするなら、胃の腑《いぶ》の辺りがどうにも落ちつかない。

九七艦攻の一番機が甲板を滑りだした。零式にくらべるといかにも鈍重な印象で、車輪を甲板に吸いつかせ飛行甲板ぎりぎりまで滑走してから、苦しげに胴体を軋《きし》ませ翼のフラップを激しく震わせながら、機首をかろうじて持ち上げて、ようやく船を離れたかと思うと、揺動する甲板の向こう側へ大きく沈み込み、一同が吁《う》っと声を呑《の》んだ次の瞬間にはしかし、再度その巨軀《きょく》をのったりと視野に現し、強情な獣みたいなうなりをあげて虚空へ舞い上がれば、やった、やった、とたちまち子供じみた歓喜の声が湧《わ》き上がり、顔振も夢中でまた帽子を振りたてた。

九七艦攻は次々に発進し、その間じゅう顔振は腕をいっぱいに使って帽子を振り、十八機、一機の事故もなく発艦し終えたときには、感激のあまり鼻の奥が熱くなるのを止められなかった。

零戦一機の事故が惜しまれるものの、この悪条件下ではほぼ完璧といってよく、夏以来寧日なく猛訓練を繰り返してきたのだから当然とはいえ、我が海軍の操縦士たちの技《ぎ》倆《りょう》の素晴らしさときたらどうだろう、これほどの技術を持つ飛行隊は世界中のどこを探しても見当たるまいと、顔振は誇らしく思い、陰の役割とはいえ、そうした水準の一端を自分もまた支えているのだと思えば、肚の底から歓喜が突き上げ、いよいよ鼻の奥は潤んで、鼻汁をかんだちり紙は煤煙で真っ黒だった。

折りから水平線に太陽が姿を現し、濃紫の海面に光の矢が走った。いまや堂々の大編隊を成した飛行機群は一塊の影となって茜色の空を飛翔《ひしょう》し、やがてそれは翼を広げた鳥の形になると、刻一刻と色を加える南の空へ淡い霞《かすみ》のごとく溶け込んでいった。

〇一四五。集結を終へた一八三機の攻撃隊は、総指揮官「赤城」飛行隊長、淵田《ふちだ》美津雄大佐に率ゐられ、高度三〇〇〇メートルを真珠湾目指して南下を開始した。

機影が完全に見えなくなるまで見送っていたかったけれど、飛行甲板が空いた以上愚図愚図してはいられない。第二波攻撃隊の出撃は〇二三〇。顔振は格納庫へ急いだ。

興奮と感激はまだ身体を火照《ほて》らせていたものの、芯《しん》では責任の重みがしみじみと身に迫るのを覚えた。分隊受持ち十八機の九九式艦上爆撃機は一機も漏らさず飛ばさなければならぬと、決意も新たに念じれば、ここまでの整備作業に何か重大な見落としがあるように思えてきて、にわかな焦燥が背筋を這《は》い昇り、同時に、しばし忘れていた川崎三整の失踪《しっそう》が脳裏《のうり》に甦《よみがえ》った。

靴が揃えてあったというから、自殺が疑われるけれど、だとしたらまったく馬鹿な奴《やつ》だ。大事を前にしてと思えば本当に悔しくて、むろんそれは無駄に死んだ川崎三等整備兵本人のためでもあったけれど、自分が掌握する分隊から自殺者を出したことへの慙愧《ざんき》がどちらかといえば上回り、分隊員を統率すべき分隊士である自分の責任も問われるかもしれぬと思えば、せっかくの門出が不吉な何かに汚されたようで、舌打ちが出て止まなかった。

分隊員の失踪は分隊長の中沢大尉に報告され、直ちに川崎三整の衣嚢《いのう》が調べられたが、実家からの手紙が幾通かあっただけで遺書の類は見つからなかった。中沢大尉と相談の上、とにかくかような際であるから、詳しい捜索は後日に譲ると決まって、顔振もこの件はつとめて頭から排除して当面の作業に集中しようとしたのだが、気になるのは仕方がないところで、はっきりした根拠があるわけではなかったけれど、必ずしも自殺とは決められないようにも顔振は感じ、とはいえ川崎三整には可哀相だけれど、いまはさよ
うな些事《さじ》に係わっている暇はない、祖国が命運を賭《か》けた大博打《ばくち》の帰趨《きすう》がまもなく明らか

になるのだと、顔振は不安を振り払うべく、潮灼《しおや》けした顔をごしごしとこすって気合を入れ直した。

上部格納庫から始まった飛行機の運搬作業をしばらく監督してから、顔振は下部格納庫へ降りた。零戦と九七艦攻が出撃した格納庫の前と後ろはがらんとして、中央部にのみ翼を折り畳んだ九九艦爆が密集して取り残され、整備員たちはリフトの順番を待ちながら、それぞれ担当の機にとりついて黙々と手を動かしている。上層からリフトの昇降する金属音が響いてくるばかりで、先刻までの喧騒《けんそう》や怒号の消えた静けさが、かえって殺気を孕むとみえる。

顔振の足は先刻エンジンを交換したばかりの七番機へ自然と向かい、運搬作業のために待機する整備兵が立ち並ぶなか、七番機操縦員の水上茂幸《しげゆき》一飛曹が飛行服姿で操縦席に座って、翼に乗って防風硝子《ガラス》越しに覗《のぞ》き込んだ関整備一曹と何事か話し合っている様子を見れば、その後問題は生じていないらしい、まずは安心と、一息ついたとたん、後ろからぽんと肩を叩《たた》かれた。

振り向くと七番機搭乗偵察員の榊原《さかきばら》大尉が立っていて、あわてて敬礼をした顔振へ、榊原大尉は日灼けした真っ黒な顔に白い歯を閃《ひらめ》かせた。

「エンジンを交換したそうだが、ちゃんと飛ぶんだろうな」

「大丈夫です。私が念を入れて調整しましたから。しかし、最悪の場合は泳いで貰《もら》います」

「そいつは御免だ。太平洋で鮫《さめ》と一緒に水泳は有り難くない。おれは鮫とナマコだけは苦手なんだ。兵曹長は鮫は好きか？」

「鮫の好きな者はおらんでしょう」

「そうでもないさ。おれの従兄弟《いとこ》は大学で鮫の研究をしているが、案外と可愛《かわい》いものらしい。一緒に泳いで喉《のど》のあたりを撫《な》でてやると大いに嬉《うれ》しがるといっていた」

「そんな馬鹿な」

こんな冗談が叩きあえるのも、顔振と榊原大尉が霞ヶ浦《かすみがうら》航空隊以来の古い付き合いだからだが、もっとも榊原大尉は士官兵卒を問わず、誰にでも気軽に声をかける人柄で、贅肉《ぜいにく》のない長身に短く刈り込んだ髪、笑い皺《じわ》の寄った黒い顔の真ん中で鋭く輝く眼、いまは黒革のブーツに茶色い飛行服姿であるが、これで糊《のり》のきいた軍装に身を固めて帽子を目深に被《かぶ》って立った姿は、絵に描いたような海軍士官である。いまも首に白絹のマフラーを巻いているところがいかにもお洒落《しゃれ》なこの人らしく、ただし目玉が破格に大きく、かつまた飛びだしているのが容姿唯一の欠点といえば欠点で、そんなところから榊原大尉は「ギョロ」とあだ名され、それがむしろ愛嬌《あいきょう》でもあるのだが、このときは件《くだん》の目玉が普段よりなおいっそう巨大に見えた。

豪快にして細心、血気盛んでありながら冷静沈着、そうした指揮官としての資質は当然ながら、榊原大尉には人一倍情誼《じょうぎ》に篤《あつ》いところがあって、なかには幹部の鼻息を窺うのに汲々《きゅうきゅう》として下にはやたら威張りちらす士官もあるから、正しいと思えば上官に向かって大胆な意見を吐き、下の者には細かく気を配ってくれる人柄は下士官兵に絶大な人気を誇り、顔振も霞ヶ浦時代には、飛行学校の教官をしていた大尉にずいぶん助けられた。

榊原大尉は操縦術でも一級の腕前だが、ことに定評があるのは航空航法の技術で、陸上とは違い何の目標もない海原を飛行する海軍機では、航法がきわめて重要なのはいうまでもなく、なにしろ何百浬も離れた敵艦船なり基地なりを攻撃して、それから今度は同じ距離を戻って豆粒ほどの母艦に帰投しなければならないのだから大変である。無線はあっても方位測定には必ずしも有効でないから、偵察員は絶えず機の速度と風速と方位を測定し、計算して、位置を摑《つか》む必要がある。推測航法の理論と技術については顔振も学んではいたけれど、それでも飛行機が飛び立ったあとの空母から見渡す四囲の海原の広がりを目の当たりにするたびに、一体どうやって戻ってくるのだろうかと呆然《ぼうぜん》となってしまう。

航空兵ならば大空を自在に機を駆る操縦士に憧《あこが》れるのは当然で、だから整備はむろんのこと、偵察員はどうしても一段低くみられがちだが、それでは駄目だというのが、榊原大尉の日頃から熱心に説くところで、優秀な整備、偵察、加えて組織立った航空基地の造成と運営があってはじめて航空は戦力を存分に発揮するのだと、事あるごとに力説する。顔振にしても、操縦に憧れて航空兵を志願したところが、操縦士不適とされて整備に回った経緯があり、少々腐る気持ちがないわけではなかったのだけれど、榊原大尉に出会ってはじめて整備の仕事に誇りを持てるようになった覚えがあり、今次の作戦で榊原大尉が操縦ではなく偵察員を務めるのも、自説を身を以《もっ》て示すためだろうと推察された。大尉の七番機は、「蒼龍」降下爆撃隊十八機、その先頭に立って列機を誘導する重大な責務を負う。

顔振と榊原大尉が立ち話をしているところへ、機から降りた水上一飛曹と、機付の関一整曹が駆け寄ってきて、二人揃《そろ》って正しく敬礼を寄越すと、続いて関一整曹が、七番機整備終わりました、と硬い顔で報告した。

「関兵曹、脚がもげるくらいはかまわんからな。とにかく飛べばいいぞ」とさっそく榊原大尉が整備兵の緊張を解きほぐす気遣いを示した。

「はあ。しかし九九艦爆は固定脚ですから脚が取れる心配はありません」と真剣な顔で答えた関整曹には冗談は通じなかったらしい。一同は笑って、すると今度は水上飛曹が口を出した。

「こいつに何をいっても無駄です。自分が飛ぶわけでもないのに、初夜の花嫁みたいにこちこちになってやがる」

水上飛曹と関整曹とは同年兵、横須賀海兵団以来の仲間で、水上飛曹がいかにも飛行機乗りらしい、何をするにもものにこだわらぬ豪快さをその小柄な身体から発散するのに対して、大柄な関兵曹は無口で生真面目《きまじめ》一本槍《いっぽんやり》、普段の動作にももっさりしたところがあり、両者は実に好対照である。

からかわれて、しかし関整曹は怒るでもなく笑うでもなく、顔面を強張《こわば》らせているのは、やはり交換したエンジンが気がかりなのだろう。

「整備員がそんな風じゃ、飛行機までが固くなってしまうぞ。万が一飛ばんでも、水上が担いで泳ぐゆうとるから安心せい」

榊原大尉が冗談めかして励ましても、はあ、と気弱に答えてますます恐縮している様子を見るなら、これで柔道場に立てば「蒼龍」乗組のなかでも五指に入る猛者《もさ》だとはとても思えない。

「少々具合が悪くたって、気力で飛ばしてみせるさ」と水上飛曹も威勢よくいった。

「なに、エンジンなんてものは、愛情をもって優しく扱ってやりゃあ、必ずいうことを聞くのさ。女とおんなじだ」

「そいつはまずいな。水上のアームはたしかに認めるが、飛行機にシックがうつる恐れがある。おい、関兵曹、戻ったらよく消毒しとけよ」

榊原大尉の半畳にようやく関一整曹の顔も多少ほころんで、その笑いに同調しながら、顔振が胸をつかれる思いを密《ひそ》かに味わっていたのは、愉快そうに白い歯をみせた榊原大尉の爽《さわ》やかな笑顔、いつのまにか周囲にも伝染して、誰もが思わず微笑《ほほえ》まずにおられぬ魔力を持つ笑顔に、再びまみえることはないのではとの思いにうたれたからであった。

決死の出撃を目前に控えながら、いつに変わらぬ冗談口を叩く榊原大尉の顔色に、しかし顔振は密かな覚悟をやはり読み取らぬわけにはいかず、脚がもげても飛びさえすればいいとは半分は本音に違いないと察せられて、実際、不意を襲う第一波に較べ、防御態勢を整えた敵が対空砲火の弾幕を敷き、迎撃戦闘機が発進しているところへ飛び込んでいく第二波攻撃隊は遥《はる》かに危険が大きいと予想され、作戦が成功裡《り》に終わったとしても、味方の消耗は甚大とみるのが常識だった。

武人の道を選んだからにはここで死ぬるは男の本懐と、かくもさように大尉は覚悟を定めているに相違なく、その心情には共感するところがあったものの、それでも顔振は、榊原大尉には是非とも生きて帰って欲しいと痛切に願った。彼のような有能な士官を失うのは味方にとって甚だしい損失であり、二五〇キロ爆弾一つを抱えた爆撃機が敵に与えうる損害からリスクを差し引いたその有効性を考えれば、大尉を本作戦に投入すること自体勿体《もったい》ないとすら思ってしまう。もちろんそのような発想ではそもそも作戦が成立せず、戦力を温存し続けるだけでは勝機は見いだせないとは顔振にも分かっていて、つまり顔振は理屈を超えて、榊原大尉のユーモアを解するおおらかな人柄と、見ほれるほどに美しい彼の士官服姿が失われるのが惜しいのであった。

「それより、関整曹、燃料が少々足らんようだぞ」

榊原大尉にいわれて、関整曹は気の毒なくらい顔色を変えた。

「そんなはずは……。燃料は十分なはずですが」

眼を虚《うつ》ろにさまよわせる関整曹の顔を見て榊原大尉は悪戯《いたずら》っぽく眼尻《めじり》に皺を寄せた。

「機じゃない。操縦士の燃料だ」

そう聞いて顔振もにやにやした。水上一飛曹の酒豪ぶりはつとに有名である。飛行作業時にこっそりウイスキー入りの水筒を操縦席に持ち込んでいるのは公然の秘密で、実際には酒を飲むといっても口に含んで景気をつける程度らしいが、もちろんさような真似が奨励されるはずもなく、それでも絶えず死と隣り合わせの航空兵は少々のことは大目にみられる風潮があって、そうした特別扱いを快く思わない者は数多いものの、水上一飛曹の操縦技術は折り紙付きだから、表立っては文句も出ないし、当の本人とくれば至って平然としたものである。

「そっちの方なら、もう手配はしてあります」と関整曹が大真面目な顔で報告したので、三人はまた声を出して笑った。

顔振はいまこのときの時間を、ひどく貴重なものに思い、愉快そうに喉を震わせる榊原大尉の顔をそっと盗み見れば、視線を感じた大尉は照れ臭そうに眼を逸《そ》らして、さて、そろそろ司令部へ行って打合せだと呟《つぶや》いた。

三つの敬礼に送られて立ち去っていく榊原大尉の後ろ姿を、顔振はひどくはかないもののように感じ、きっと瞼《まぶた》に焼き付けておこうと熱心に見つめ、しかしそうした真似はなんだか不吉な気がして、あわてふためいて腕の時計に眼をやれば時刻は〇一五〇。予定どおりなら一波攻撃隊の真珠湾到着までおよそ一時間三十分。まもなく世界は一変する。なにもかもが変わる。それがほんの一時間半というわずかな長さにすぎないことに顔振は眩暈《めまい》を覚えた。

V　トラ・トラ・トラ

〇二三〇。東京時、午前二時三十分。

第二波攻撃へ出撃すべく、「蒼龍」飛行甲板上に零式戦闘機九機、九九式艦上爆撃機十八機が列をなした。暖機が順次終わって、甲板右舷《うげん》中程に控えた整備長と分隊長の下へ、機付の整備下士官が次々と報告に走るなか、顔振も幹部然とした顔で立ってはいられず、エンカン服の整備兵たちと一緒になって飛行機の並んだ甲板を駆《か》け回った。万が一エンジンに不調があった場合、応急処置が可能か否かを即断し、可能ならば迅速に手を加える作業は余人に任せることができない。加えて翼の折り畳み部分に結合ピンが確実に嵌《は》まっているか、確かめる作業にも顔振のベテランの腕と経験が必要だった。結合ピンには着脱指示装置が連動して、ロックされると桁《けた》の前後に突き出た二つの金属片が自然と引き込まれる仕掛けになっているのだが、うっかりするとピンの位置がずれたまま指示器具だけが引き込まれてしまう場合が稀《まれ》にあって、そうなると外見は固定されているようでも、翼が急激に展張して負荷がかかればたちまち外れてしまう。

顔振は整備兵に運ばせた脚立に乗り、翼に身体を伸ばし、接続部分に両掌《りょうて》で負荷をかけて感触をたしかめていった。そういう「くせ」のある機体はだいたい決まっているから、全部を調べるわけではないけれど、その間にもエンジンの調子を見て欲しいと誰かがいってくるから、息をつく暇もない忙しさに見舞われる。一般の兵科なら階級が上がれば上がるほど楽になるのが普通なのに、技術のある上級者ほど仕事が増えるのが整備科というもので、まして分隊士の顔振は現場の責任者だから、先頭に立って駆け回らなければならない。

十八機もあればすべてが好調といくはずもなく、案の定、十一番機の調子がおかしいと報告が来て、駆けつけてみれば、たしかにエンジン音が妙に重苦しく、バランスを欠いて、そのうちに排気ガスに嫌な黒煙が混入しはじめた。不完全燃焼は混合気の不良のせいだと顔振は即座にみてとったものの、原因は色々に考えられ、かりに気化器周辺に故障があればまずいことになるが、いまは悠長にカウリングを外して調整している時間はないから、土壇場での故障に顔色を失い、棒のごとく突っ立った機付に代わって顔振は操縦席にもぐりこみ、ブースト計と燃圧計の目盛りを確かめつつ、燃料主コックと切替えコックを交互に操作してみてから、燃料管制器のバルブをスパナで心持ち締めつけた。

吸気が足りないとしても、とりあえず給油を押さえることで混合気の割合は調整できるはずだと考えたのだが、思惑通りエンジンは滑らかに調子を高め、シリンダーの燃焼は正常に復したようで、根本原因は分からぬままの応急処置で不安はあったけれど、回転数を何度か上げたり下げたりして異常のないのを確認した顔振は、行けると判断して操縦席から降りた。

その頃には母艦は発艦の揚力を得るべく風上へ走りはじめ、揮発油を浴びた顔面が烈風を受けて凍えた。せっかくの軍装がすっかり油まみれになってしまい、これにはまったく辟易《へきえき》させられたが、作業をするなら事業服かエンカン服の方が具合がいいに決まっているのに、上に重ねていた事業服をわざわざ脱いだのは、整備分隊士として晴れの舞台では是非とも麗々しい軍服姿でいたいと願ったからで、しかし汚れは少々洗濯したくらいでは落ちそうになく、軍装には替えがないから当分のあいだ油臭いままでいなければならないと思えば、ずいぶん馬鹿な真似をしたものだと後悔されたが、いまさら遅かった。

他に二機、やや不調があったものの、顔振が手を貸すまでもなく問題は容易に解決されて、分隊受持ちの十八機すべてが一機の故障もなく試運転を終えた。顔振は顔を拭《ぬぐ》う暇もなく風に逆らって甲板を走り、第十五分隊整備終わりました、と整備長へ報告した声がすっかり嗄《しわが》れているのは、三十機近い飛行機が一斉にエンジンをふかすなかで話をするのだから、怒鳴りあわなければ話は通じず、しかもプロペラから飛び散る油を吸い込み喉《のど》を灼《や》いたせいだ。

艦橋マストに整備旗が上がって、艦橋の下で整列していた搭乗員がそれぞれの機に乗り込み、再び甲板上がエンジンの響きに覆われると、四人一組になって機体の下にうずくまり、車輪の車止めを押さえている整備兵の白いエンカン服が、プロペラの烈風を受けてはためいた。

明けきった洋上には白波をけたてて進む僚艦の輪郭が判然として、「赤城」「加賀」、続いて「飛龍」から、飛行機が離れていくのが見える。

零戦の一番機が発艦し、間髪を入れずに二番機、三番機と続く姿は、何度見ても飽きることのない晴れがましさで、しかしいまは見惚れている場合ではなく、零戦九機が一機の支障もなく発進してしまえば、いよいよ九九艦爆の番であった。早朝と変わらぬ激しいうねりのなか、飛行長の白旗が振られれば、整備兵が横へまろび散って、いよいよ一番機が滑り出す。

二人乗りの九九艦爆は、図太い固定脚のせいもあり、零戦に較べると全体に鈍重な印象があって、しかも三菱「金星」発動機は空冷一〇八〇馬力、零戦の「栄」よりも馬力は小さい。それでも離昇出力を出す際には高オクタン燃料を使うから、高ブースト高圧縮比が可能で、エンジンの音は軽快であり、その馴染《なじ》みの響きを耳にした顔振は、滑らかに、かつ猛然と運動する、星型に並んだシリンダーの様子を想って嬉《うれ》しくなり、先刻までひょっとすると一機も飛ばないのではと悪夢めいた予感に捉《とら》えられていた己を嗤《わら》い、自信が回復され、ところが、いよいよ爆音を高めた一番機が離床しようとした刹那、ひときわ大きく悪意に満ちた波が舷側に嚙《か》みつき、艦首右舷に高々と飛沫《しぶき》があがって、飛行甲板がぐらり傾斜し、吁《う》っと声をあげて思わず眼をつむった。その次の一瞬、機は少し左へ姿勢を傾けただけで、太古の地球ではじめて空を飛んだ生き物、羽のある昆虫を想わせる姿で易々と空へ舞い上がった。

　盛大に帽子を振りながら、よし、と肚の底から声が絞り出され、誰かの指で無理やりそうされたように顔が綻《ほころ》んで、続いて二番機、三番機と発進すれば、そのつど軍服の裏地に縫い込んだ成田山の護符を左手でぐっと押さえつけながら、天地神明、知る限りのあらゆる神に必死の思いで祈りを捧《ささ》げ、無事発艦を見届けるたびに、興奮のあまり身体が小刻みに震えるのを覚えた。先刻第一波攻撃隊の出撃を見送ったときにも、感激が突き上げてやまなかったには違いないけれど、自分の責任で整備した機の出撃となれば、心は幾層倍の振幅に揺さぶられ、一刻も安らぐときがない。

　榊原大尉搭乗の七番機が滑走をはじめたとき、顔振は急に嫌な予感に捉えられ、そのような予感が浮かんだこと自体にたちまち動転し、浮足立ち、自分がさような不吉を心に兆したが故に飛行機は落ちるのだと確信され、恐怖と自責が吐き気をともなって喉元に押し寄せ、しかし、七番機は顔振の動揺を笑い飛ばすかのようにするすると上昇し、風防硝子《ガラス》の奥の、敬礼の形で閃《ひらめ》いた榊原大尉の鮮やかな白手袋の映像が瞼に残され、と思ったときにはもう八番機が動きはじめていて、次は落ちる、次はきっと失敗すると、なんでも最悪の事態を予想してから事にあたろうとする、子供時分からの性分を盛大に発揮して、不安をさきどりし、絶望を最大限にふくらませ、どうして落ちないのか、全体おかしいんじゃないかと、いつのまにやら倒錯的な思念に捉えられた顔振の眼の前で、九九艦爆は次々に飛び立っていき、十八機すべてが離艦し終えたときには、これまでの苦労がすべて報われたとの思いに涙がとまらず、つとめて抑えようとする感情が嗚咽《おえつ》となって切れぎれに漏れ出た。

小躍りしてそこらじゅうを跳ね回り、分隊員の誰彼となく肩を叩《たた》きあい喜びあいたかったけれど、顔振はその感激を帽子を振る腕にこめ、男泣きに泣きながら、軍服の袖《そで》で涙を拭い、そうしてまた帽子を精一杯に振った。

やがて大編隊をなした飛行機群が視界から消え、しかしそれから長い間、顔振は南の空に向かって帽子を振り続けた。

〇二四五。第一波攻撃隊に遅れることおよそ一時間、「瑞鶴」飛行隊長、嶋崎和重少佐を指揮官にいただく第二波攻撃隊一六七機は、ラナイ西二〇〇浬《カイリ》の地点で集結を終へ、オアフ島目指して航行を開始した。

同じ時刻、先発してゐた真珠湾奇襲第一波攻撃隊一八三機は、厚い雲の上片をかすめるやうに、高度三〇〇〇メートルをオアフ島へ接近しつつあつた。

零下三十度の烈風に、雲片の払はれた上空は晴れ渡り、眩《まばゆ》い光を投げかける日輪が、透明な大気を金色に染め上げて、航空機の流線型のシルエットを大空に鋭く描きだす。天の高処は濃紫《こむらさき》だ。

眠気を催すやうな単調な爆音を虚空に残しつつ、速度二〇〇ノットを保ち往く攻撃隊、其《その》先頭を往くのは総指揮官、淵田美津雄大佐直率の水平爆撃隊、九七式艦上攻撃機が四九機。其右手下方には、村田重治《しげはる》少佐率ゐる、同じく九七艦攻雷撃機が四十機。左へは高橋赫一《かくいち》少佐指揮下の急降下爆撃隊、九九式艦上爆撃機五一機が密集編隊を組む。堂々列を乱さぬこれら三梯団《ていだん》の上空には、板谷茂少佐率ゐる制空隊、四三機の零式戦闘機が、軽快に気流に乗り、左へ右へと少しづつ位置を変へながら警戒体制をとる。

〇三一五。密雲が俄《にわか》に切れ、蒼色《あおいろ》に白い絵の具を刷《は》いたやうな波浪《はろう》沸き立つ海面に、くつきり描線をなす白砂の海岸が現れた。オアフ島北岸の海岸線だ。

指揮官機の誘導で、全機が次々と翼を閃かせ右へ変針した。オアフ島西岸からハワイ上空へ侵入し、濃緑に染め上げられた平原をまたたくまに通過すれば、やがて朝靄《あさもや》に煙《けぶ》る真珠湾が眼下に一望される。

「ネバダ」「オクラホマ」「アリゾナ」「テネシー」「メリーランド」「カリフオルニア」「ペンシルバニア」「ウエストバージニア」。

空母の姿はないものの、米太平洋艦隊の主力戦艦が、米海軍特有の籠《かご》マストを並べて静かに停泊してゐるのを双眼鏡で確認した淵田大佐は、〇三一九、後部座席の電信員、水木徳信一飛曹に「ト連送」を命じた。

「全軍突撃せよ」

無電封鎖の沈黙はつひに破られ、爆音を一段と高めた編隊各機は、翼を一斉に傾け目標へ向かつて散開する。

続く、〇三二二、「我奇襲に成功せり」の暗号電文が発信され、さらに三分後には、急降下爆撃機による第一弾がヒッカム飛行場の格納庫へ撃ち込まれた。轟音《ごうおん》が地を揺るがし、雲雀《ひばり》の囀《さえず》る早朝のハワイの空に黒煙が立ちのぼった。

「ト連送、受信しました」

電信員の鋭い声に発令所には声にならぬどよめきが起こった。

「ト連送受信」と電信長が真鍮《しんちゅう》製の伝声管へ向かって叫び、総員潜行配備の敷かれた潜水艦内に静かな興奮が伝播《でんぱ》していくのを感じながら、加多瀬は腕の時計を見た。

時刻は〇三二〇。電信室を覗《のぞ》き込んだ士官下士官は全員沈黙したまま、レシーバーを耳に当てたふたりの電信員を見つめている。

攻撃ははじまった。だがその成果はまだ未知の彼方《かなた》にある。沈黙のなかに時計の針の秒を刻む音が聞こえるような気がして、再び時計に眼をやれば、針がそこに固着していると感じられ、加多瀬は時計を耳に押しつけて振り子の音をたしかめた。

「何か聞こえんか」と砲術士の乾《いぬい》中尉が焦《じ》れたようにきいた。

「音楽が聞こえます」と電信員が答えた。

「音楽？　どんな音楽だ」

「分かりません。ただ賑《にぎ》やかな、ダンスホールみたいな」

「ダンスホールたあ何だ？」素《す》っ頓狂《とんきょう》な声を乾中尉があげた。

「ラジオ放送です。ハワイの放送局と思われます」

「連中は皆でダンスをしているのか？」

「分かりません」

あとになって加多瀬は、このやりとりをひどく滑稽《こっけい》なものに回想したのだが、このときは全然さようには思わず、とにかく一度潜行すべきだと考え、司令塔へ向かった。

すでに夜は明けているから、真珠湾の鼻先で潜望鏡深度を続けるのは危険であり、潜ってしまえばむろん短波は捉えられないが、昨夜二二三〇以来潜行を続け、状況探査のために浮上したのがつい十分前、そこで昇降式短波檣《マスト》が「ト連送」を捉えたのは幸運だったと思いながら、ラッタルに足をかけたとき、トラトラトラ入りました、奇襲成功です、とうわずった声で報告する電信員の声を聞いた。

とうとうやったかと胸裡《きょうり》で叫び、とっさに時計に眼をやれば、〇三二二、「ト連送」の報告からたった二分しか経っていないことに驚愕《きょうがく》しながら、加多瀬はラッタルを駆け昇った。

司令塔へあがったときには、興奮の熱波は艦中をくまなく覆い、誰ともなくいいだした万歳の声に大勢が唱和し、やりましたね、先任と、ぶあつく大きな掌で握手を求めてきた木谷航海長に握手を返し、すると何を思ったものか、髯面をくしゃくしゃにした木谷が何か差し出すので、受け取るとそれは紙に包まれた一個のキャラメルで、加多瀬はなんとなくポケットにしまい、これもあとで笑い話の種になった。本人は覚えがないというのだけれど、余程興奮したせいでそんな真似をしたに違いなく、先任に御使いの駄賃でもやる積もりだったのだろうと、大いに滑稽感をかもしだして一同の腹をよじれさせた。

しかしそのときは、加多瀬は笑うどころではなく、見てみたまえ、と、ひとり冷静な声で、むしろ不機嫌そうにいった安藤艦長にうながされて、爆音聞こえます、と興奮気味の報告が伝声管を通じて水中聴音室からもたらされるのを聞きながら、潜望鏡に眼をつけた。

波浪が高く、視界は良好ではなかったけれど、海水に洗われる鏡面を通して、たしかに真珠湾内にたちのぼる黒煙が認められ、あれが戦艦からの煙であり、火災を引き起こしたのが特殊潜航艇から発射された魚雷であってくれと、痛切に願いながら、なおも視認を続けようとしたとき、出し抜けに艦船から灰色の影を右手に認めた。

反射的に「右六十度、敵艦船」と叫び、続いて「敵駆逐艦、深度七十」と号令を発するや、油圧バルブに連動した把手《とって》を摑んで潜望鏡を引き下げた。

必ずしもしかと確認できたのではなかったけれど、哨戒艇《しょうかいてい》に違いないと直観は告げており、防御力の脆弱《ぜいじゃく》な潜水艦は爆雷を一発くらえば一巻の終わりなのだから、とにかく一瞬の躊躇《ちゅうちょ》が命取りになる。迅速に推進機が起動され、強速前進を確認しながら、「釣り合い、前部へ五百注水、ダウン五度」の命令を発すれば、潜舵手《せんだしゅ》が思い切り舵《かじ》をとり、艦は前のめりに海中へ突っ込んでいく。

「音源右四五度、感度三」「少し右寄りにスクリュー音、感度、変わらず三」

次々に水中聴音室から入る報告からして、まだいくらか距離はあるようだと思う間に、みるみる深度は増し、深度計の針が六十を示したとき、「音源、右七十、感度二、遠ざかる」と報告があって、どうやら発見されずに済んだらしいと一息ついて、潜舵と横舵《おうだ》の操作を命じて艦の姿勢を立て直したときには、深度はすでに七十をだいぶ超え、なおも沈降する様子があったので、あわてて「補助タンク排水」と号令した。

ところがどうしたわけか、急にがくんと艦の尻が下がって、器物が床にころげ落ちるけたたましい騒音のなか、加多瀬は傾いた床に両足で踏ん張り、壁の配管に掴まって身体を支えながら、全速前進、ダウン五度を発令して、釣り合いを保とうと試みたけれど、沈降はなおも止まらず、空気の足りない魚みたいな格好のまま艦は沈んでいく。深度計の針は見る間に七十を超え八十に近づいた。

「補助ポンプはどうした」と傍らで安藤艦長が鼓膜を破らんばかりの声で叫び、じりじりするような数瞬の沈黙のあと、「ポンプ作動しません、排水ききません」の声が届いて、どうしてきかんと、艦長が怒鳴りかえしたときには、深度は八十を過ぎてしまっている。

伊号潜水艦丙型の安全航行深度は一〇〇、理論上は一五〇メートルまでは圧壊しないとされているが、このままでは危険だと判断した加多瀬は、「深度九十になりました」と叫ぶ潜舵手の悲鳴のような報告に押しかぶせて、「メインタンク、チョイ、ブロー」と叫び、総メインバラストタンクに圧縮空気を送り込んでの排水を発令した。「チョイ」とは少しの心持ちで、しかし実際にはメインタンクに空気を送り込めば細かな制御は難しいから、うっかりすると浮力がつきすぎて海面に艦体が飛び出してしまう危険があるが、今はさようなことを懸念している場合ではなかった。

発令とほぼ同時にブロー弁が開いて圧搾空気が水を排除していく頼もしい音が聞こえ、沈降は一〇〇をわずかに超えたところで止まった、と確認したとたん、針が今度はゆるやかに反対へと動き出し、九十、八十、と加速度をつけて数値が減少していくのを見て、「一番、一トン注水」とネガチブ注水を発令し、「二トン注水」「三トン注水」と立て続けに叫んで、その後もさらに細かく指示を重ねて、水中を不安定な姿勢で浮かんだり沈んだりの、三十分近くになる悪戦苦闘の末、ようやく艦は深度七十付近で安定し、水平の釣り合いも回復した。

自動懸吊装置の作動を確認して、ほっと緊張と恐慌から解放されたときには、加多瀬は下着が濡れつくすまでにびっしりと悪い汗をかき、パイプを摑んでいた指が血の気を失って真っ白になっていた。

すぐに掌整備長と掌電気長に命じて故障原因を調査させると、排水ポンプの弁を動かすモーターの配線に誤りがあって、排水をかけたとたん、大量の海水が逆流していたことが判明した。試運転と訓練の不足がはからずも露呈した形となって、加多瀬はいまさらながらに不安を覚えたものの、とにかく大事に至らずにすみ、故障も洋上で直せそうで、以後の航行には支障がなさそうだと分かって、まずは安堵《あんど》の息を吐いた。

だが、問題はこれで終わらなかった。加多瀬が恐れていたのとはまったく別の、思いもよらぬ方向から新たな事件は到来した。というのは、故障箇所を確認してまもなく、当直を交代した安藤艦長と加多瀬が発令所で、主計兵がいれてくれた砂糖をたっぷり溶かし込んだ紅茶を飲んでいるところへ、衛兵伍長《ごちょう》の矢田部兵曹長が愛嬌《あいきょう》のある狸顔を蒼《そう》白《はく》に変えて飛び込んでき、ただならぬ気配に、どうした、と艦長が問えば、肥満した身体を直立不動の姿勢で固定した矢田部兵曹長は答えた。

「金庫がなくなりました」

「ないとは、どういうことだ」

「艦長室の金庫がないのです」

いまにも泣きだしそうに丸顔を歪《ゆが》めた兵曹長の説明は、先刻の事故のさなか、ひょっとすると艦が重大な事態に立ち入らぬとも限らぬと思い、衛兵伍長の役目から、いざのときのために御真影と機密金庫を手元に置いておこうと艦長室へ走ったところが、あるべきところに金庫がなく、方々を探したけれどもどこにも見当たらない、というのであった。

緊張すると矢田部兵曹長は喉が詰まる癖があるようで、はなはだ聞き苦しい兵曹長の報告が終わったときには、安藤艦長の顔面からも血の気が失せていたのは、金庫にしまわれていた暗号書や命令書が紛失したとなればただではすまされず、悪くすれば軍法会議ものである以上、無理もなかった。

「失礼とは思ったのですが、こうした場合ですから、艦長室をすみからすみまで探したんです。でも、ない。一体全体、どこへいっちゃったんでしょう」

いまにも零《こぼ》れんばかりに眼に涙をいっぱい溜めた兵曹長は、癇癪《かんしゃく》を起こした子供みたいに、肥満した胴の周りで短い腕をふらふらさせた。

VI　盗まれた手紙／操縦席の死体

〇六〇五。濃淡まだらをなした灰色の空に黒点が現れ、まもなく棒のごとく長く伸びた爆音が聞こえはじめると、艦橋で双眼鏡に眼を押し当てていた見張り員が、味方機、零戦一機帰還、と叫びをあげ、報告が復唱されるうちにも、黒点は大きさを増し、翼の形が明らかになり、すると同じ方角に黒点がふたつ、さらに三つと、雲から湧《わ》きだすように現れ、その頃には最初の飛行機は銀翼に描かれたマークを肉視できる距離にまで近づいて、風防の奥で振られた搭乗員の腕さえ見えるようになり、機はそのまま右へ舵を取って、艦橋をかすめるように飛びすぎれば、ゆるやかな曲線を描いて上空を旋回した。出撃時とは違って、さみだれ式に飛来する艦攻艦爆零戦入りまじった小編隊が、着艦に備え航走する空母群の上空に間欠的な爆音を轟《とどろ》かせ、まもなく着艦よしの信号旗を確認した「蒼龍」攻撃隊最初の帰還機が、空母の左後方から大きくバンクしながら、慌ただしく走り回る作業員の待つ飛行甲板へ向かって着艦コースに進入してきた。

飛沫《しぶき》混じりの風を受けた艦橋の、見張り員の邪魔にならぬ場所に立って、第一波攻撃隊の帰還を見物する顔振整備兵曹長は、身体が妙にふわふわして、踏む足が地につかぬような浮わついた気分が続いていた。奇襲成功の報が入ったのが三時間前、第二波攻撃隊の発艦を見送ってから三十分程した時刻で、まもなく艦内スピーカーは攻撃隊の戦果報告を次々と放送しはじめたのだった。

「我サラトガ型戦艦を爆撃す」「我巡洋艦雷撃す。効果大」「戦艦雷撃す。大破」「飛行場爆撃す。格納庫二炎上」「基地航空機多数炎上中」

ちょうど午食の時間で、顔振も士官室で特大のにぎりめしを頬張《ほおば》っていたのだが、もう食事どころのさわぎではなく、放送があるたびにどっと湧き起こる歓声があちこちから聞こえてくるなか、こみあげる嬉《うれ》しさにいても立ってもいられず、喜びを誰彼となくわかちあいたくて、用もないのに艦橋や甲板をうろうろし、すると今度は突然の不安に捉《とら》えられてしまい、こんな風に浮かれていては駄目だ、勝って兜《かぶと》の緒を締めよだと独りで力んで、奥歯をぎりぎりと噛《か》みしめながら兜の代わりに軍帽の顎紐《あごひも》をきつく締め直し、にこにこ笑っている者に行き会うたびに、この浮かれポンチの御調子者めと内心で罵《ののし》り、白目で睨《にら》みつけながら格納庫へ上がって、調整室に充満した油の臭いを嗅《か》げば、気分がだいぶ落ちついてきて、道具箱を取り出し予備エンジンをいじってみたりしたものの、至急やらなければならぬ仕事があるわけでもなく、まわりに変な顔をされ、仕方なく部屋に戻って日誌を書こうにもペンが手につかない。結局また飛びだして、新しい情報はないかと、鵜《う》の目鷹《たか》の目で艦橋に昇ってみたりする始末で、後から思い返してみれば、その数時間はまるで夢のなかをさまようようで、自分が具体的に何を思い、どこで何をしていたのか、部分部分で記憶が欠落していた。

とにかくものすごいことになった。評するにほかに言葉が見あたらず、あれほど恐れられていた米国太平洋艦隊が緒戦第一日目にして壊滅してしまったとは、到底信じられぬ話ではあったが、続々入ってくる戦果報告は明らかにそう伝えており、控えめに見積もっても、当分立ち直れぬだけの打撃を敵は被ったと考えてよいと思われた。実際、同僚の士官のなかには、米艦隊が太平洋の制海権を回復するには少なくとも今後十年はかかるだろうと予想する者が多くあり、このままハワイを占領し、ついで米本土まで攻め込んだらどうだと、威勢のよい声さえ笑いとともにあがった。

顔振自身はそうした戦力事情には疎いから、若い士官たちが顔を輝かせながら語る戦局分析を聞くのが楽しくて、普段は敬遠しているあちらこちらの士官室に顔を出しては、紙芝居に興奮する子供さながら、熱弁をふるう者らの話に熱心に耳を傾け、とりわけ生意気盛りの新米将校らが集うガンルームには勝ったも同然の空気がみなぎって、米国本土攻撃は既定の作戦であるかに話されていて、顔振も歳下の若い少尉たちと一緒になって気勢をあげた。

飛行甲板上の着艦作業を上から眺めながら、顔振がしきりに右の腕を左手で揉《も》みほぐす動作を繰り返しているのは、帽子の振りすぎで腕が痛くてたまらないからである。まったくもう一生振る分の帽子を振ってしまった感じだと顔振は苦笑し、ところが先刻までは勝利の陶酔のなかで、腕の痛みさえ心地よいものに感じられていたものが、時間が経つにつれて疼痛《とうつう》はひどくなって、ことに手首は腱《けん》が熱を持ち、実は笑うどころではなく、それでも顔振の顔の筋肉は笑う形にしかならなくて、顔振は笑いながら、痛てててて、と声を出し、その自分の声のおかしさにまた顔を歪めて笑った。

帰投機は順次着艦した。見たところ被弾はさほどない様子で、一機単独で飛んできた九七艦攻のエンジン付近から白煙があがり、機体を左右に小刻みに揺らす不自然な格好で着艦態勢に入ったときだけ、顔振はわずかに掌《てのひら》に汗をかいたけれど、機は待ち構えた消火隊の手を煩わせることもなく、甲板に張られた制動索に着艦フックを引っかけ無事停止した。

未還機はまだ十機ほどあったが、顔振は見物を切り上げ、艦橋から格納庫へ向かった。あと三十分もすれば第二波攻撃隊も帰ってくる。整備の手順を頭のなかで復唱しながら、どんなに故障があってもよいから全機戻るだけは戻って欲しいと、虚《むな》しい願いを心に思うならば、次に搭乗員が整列したときには、必ず欠ける顔がいくつかあるとの否定しがたい事実が胸に迫って、急な悲哀に捉えられ、涙が出そうになり、すると今度は榊原大尉の白手袋の映像が浮かんできて、あれは林縁に咲く百合のように揺れたのだったと、遠い昔の出来事であるかのように懐かしんだ。

「航海長、まだ見つからんか」

加多瀬は司令塔に上がってきた木谷中尉へこちらから声をかけた。

「まだのようです。しかし、艦のなかにあるのですから、見つからんわけはないでしょう」

そう答えながら、熱い緑茶の入った茶碗《ちゃわん》を加多瀬に渡した木谷の顔にも憂慮の色が濃いのは、艦をあげての探索がはじまって一時間以上になるのに、失われた機密金庫の行方に何の手掛かりもないからで、命令電報が打電されている可能性もあり、また奇襲攻撃の成果、とりわけ特殊潜航艇によるそれが知りたくてたまらず、そのためには潜望鏡深度まで浮上する必要があるのに、艦が昨夜から十浬ほど東へ移動した地点に沈座を続けているのは、水中聴音室から爆雷投射爆音が入るとの報告が途切れず、迂闊《うかつ》には浮上できないとの理由もあったけれど、何よりいまはそれどころではないという気分が艦の行動を封じていたのである。

機密金庫は昨日の〇七三〇前後、森下一曹の手紙を納めたとき、艦長と加多瀬が見たのが最後で、あとは棚にしまわれたまま誰も手を触れていない、いや、現に金庫がない以上、何者かが持ち出したと考えるほかなく、しかしさような報告をする者はひとりもなかった。

「浮上中に海へ捨てたってことはないだろうか」と加多瀬は一番恐れている可能性を敢《あ》

えて口にしてみた。

「誰が何のためにです」

「分からんがね。艦内になければ可能性はそれしかない。あくまで可能性の話だが」といったとたん、海泥に沈んだ金庫のイメージが浮かんで、ならばもう取り返しがつかない、敵の手に渡る心配はないにしても、紛失の責任は逃れえないと、加多瀬は眼の前が暗く閉ざされるのを覚え、恐怖はいよいよ馬鹿げた発想を生みさえした。浮力のある密閉容器に金庫を入れ、海へ流したとすればどうだろうか。これに発信器でも取り付けておけば、朝になって掃海艇が回収するのはさほど困難ではないのではあるまいか。そんな活劇みたいなことが現実にあるはずがないと、子供じみた空想を笑いとばそうにも、たちまち笑いは凍りつき、むしろ空想は細目がいよいよ形をなして、荒唐無稽《むけい》であるがゆえにそれがかえって真実と思えてくる。

「その蓋然《がいぜん》性は零《ゼロ》に近いと思いますね」

木谷が断定し、何故か、と加多瀬は救いを求めるように質問した。

「浮上中に艦の外に出て金庫をどうにかするとして、浮上中は艦橋に見張り員が立ちます。神経を張りつめている見張り員たちの眼をかすめて金庫をレッコするなんて無理ですよ。ハワイに近づいてからはレッコにも神経質になっていますからね」

いわれてみればたしかにその通りで、普段の航行では浮上のたびに汚物や塵埃《じんあい》を海中にレッコ、すなわち投棄するのが習慣だが、少なくとも一昨日以来、艦の行動を察知されるのを警戒してレッコはしておらず、浮上中の艦外には四人の見張り員を含め、絶えず複数の人間がいるから、木谷がいうように、そう小さいというわけではない金庫を抱えた人間がおかしな真似をすれば注意に留まらぬはずがなかった。

「ひとつあるとすれば」と、そこで木谷はためらいがちに加えた。「あくまで論理的な可能性ですが、特殊潜航艇に持ち込むという方法はあります」

意想外な相手の言葉に驚いて加多瀬が、どういうことだと問い返せば、あわてて木谷は鬚面《ひげづら》の前で手を振った。

「もちろん、そんなことはありえませんよ。あくまで理屈のうえの話です。ただ潜航艇の乗組員ならば、整備のときに持ち出して、潜航艇内に隠しておくことは出来なくもない」

馬鹿なと加多瀬が否定する前に、素早く木谷は語をついだ。

「単なる抽象です。根拠のない想像にすぎません。純然たる遊戯ですよ。ただ本当に金庫が艦内にないとなれば」とそこで切った木谷は大きな目玉で宙を睨みすえた。

入江少尉らを疑うなどは論外だが、あるいは何かの手違いで、金庫が潜航艇に紛れ込んでしまった可能性は零ではなく、だとすれば金庫の回収は絶望的だ、とそこまで考えたとき加多瀬は、潜航艇乗組員収容のための行動を綿密に計画していながら、自分が計画の成功を信じていないこと、つまりふたりの若者の生還を期待していない事実をあらためて思い知らされ、悄然《しょうぜん》となり、しかしもはやそうした心理の動きは格好だけの、実質をともなわぬものだとも自覚された。ふたりの若者の斃死《へいし》はすでに過ぎ去った出来事で、少なくとも機密金庫の紛失に比べるなら小事であると感じてしまう心の動きは、いまとなっては避けられなかった。

「先任はアラン・ポウの『パーロインド・レター』という小説をご存じですか」

水でも飲むみたいに茶碗の中身を一息に干した木谷が、急に違う調子でいい、気分を変えようという心積もりらしいと察した加多瀬が、知らない、と答えると、パーロインドとは「盗まれた」くらいの意味だと講釈した木谷は、話の粗筋をごく簡単に紹介した。

「つまり、どこかに盲点があるはずなんですよ。見落とされた何かが。名探偵ならばたちどころに発見するんでしょうが」

木谷はどんな場合でも物事を明るく捉えようとする。決して深刻ぶらない。危機に遭遇してなお笑みを絶やさない。かといって軽率ではなく、潜水艦指揮官にはうってつけの男だ。加多瀬は木谷の資質をうらやましく思うことがしばしばある。

「航海長は探偵小説が好きなのか」加多瀬も淀《よど》んだ心の空気を入れ換えようと思い、茶碗の緑茶にひとつ口をつけてから話題を変えた。

「はい。船に持ち込むといったら大体は探偵ものですね」

「原語で読むのか？」

「両方です。近頃は翻訳もいいのがあります。邦人でも乱歩をはじめ、『新青年』あたりから久生十蘭《ひさおじゅうらん》や小栗虫太郎といった優秀作家が出てきております。しかし本場となればやはり米英でしょうな」

やはりベーエー、というところを木谷がやけに強調したので、その米英と自分らは戦争をはじめたばかりだと思えばおかしくて、加多瀬は苦笑し、木谷も笑った。

笑顔こそが幸運を呼ぶ。どんな窮地にあっても笑いを忘れてはならないと、あとで加多瀬がつくづく実感したのは、ふたりの士官が声をあわせて笑った、ちょうどそのとき、伝声管から、金庫ありました、と叫ぶ声が聞こえたからである。

どこにあった、と怒鳴り返すと、便所です、と返事が返ってきて、「ずいぶんと臭い盲点でしたな」と惚《とぼ》けた顔でいう木谷に後を任せて、加多瀬はいつにも増して勢いをつけてラッタルを駆け降り、発令所に立てば、卓の周りには人垣が出来ていて、真ん中で椅子《いす》に腰を下ろした安藤艦長が金庫の中身を改めているのが見えた。傍らの者にきけば、金庫は兵員トイレの隅に置かれ、汚物を始末する布切れの陰にあったので見つけにくかったらしいとのことで、ただ発見されたとき金庫の蓋《ふた》はあいていたというから、道具で強引にこじ開けたに違いなく、とすれば何か盗まれているのではないかとの心配もあって、依然重苦しい沈黙の続くなか、それでも安藤艦長は案外緊張した風もなく、もどかしいくらいにゆっくりと、書類をひとつひとつ調べてから、ふうとひとつ息を吐いた。それは絶望の吐息なのかそれとも安堵なのかと、一同が息をつめて見守る視線のなか、艦長が、大丈夫だ、機密書類はなくなっていない、と嗄《しわが》れた声でいったところで、ようやく発令所の空気はほぐれた。

先任も見てくれと艦長がいうので、加多瀬は金庫に手を伸ばし、みればたしかに蓋には金梃《かなてこ》か何かで強引にこじあけた痕跡《こんせき》があって、しかし肝心の暗号書や、二通の命令書、「格納筒」に関する資料等は失われていなかった。

「どうかね、先任」と艦長が穏やかな声で念を押し、最初から無事は分かっていたとでもいうような、艦長の落ちつきぶりをなんとなく憎らしく思いながら、もういちど書類の束をていねいに調べてから、加多瀬は、間違いありません、と報告し、とたんに全身に温かい血が駆け回りはじめ、毛穴という毛穴から凝りが散って、同時に身体のなかで何かの塊がはじけたかのごとく、疲労感が一遍に押し寄せて、眼球がぐらぐらし、たちまち眠りこみそうになり、そのとき空白になった頭のなかに、ひとつだけ金庫から失われているものがあるとの認識がぽっかりと浮かんできた。

森下一曹の遺書。それが金庫から消えていた。

〇七〇〇頃から第二波攻撃隊の飛行機が帰投しはじめ、顔振もいつまでも呑気《のんき》に戦勝気分に酔ってはいられなかった。作戦計画ではハワイ攻撃は二波で終わる予定だが、戦争は相手があることだから、再度の出撃を命じられぬとも限らず、飛行甲板からリフトで降ろした飛行機を急いで点検し、故障があれば修理し、いつでも飛べるようにしておくのが整備員の仕事である。十一月半ばに呉を出て以来、久しぶりに還ってきた慌ただしさのなか、顔振は上下ふたつの格納庫を忙しく行き来した。

案の定被弾が多かった。第一波攻撃隊では無傷のものもずいぶんあったが、リフトから降りてきた九九艦爆で被害を受けていない機はひとつもなく、とりわけ眼をみはったのは三番機で、プロペラに被弾したらしく、羽の一枚が真ん中から大きくひしゃげて、一体どうやって飛んできたものか、まったく驚かされたが、いまは驚き騒いでいる暇はなく、急いでプロペラを付け替え、穴のあいた燃料タンクも予備のものに取り替えた。エンジンをそっくり交換する必要のある機はそうして、胴体や翼の傷は、骨組みに損傷がない限り応急的に穴をふさいですまし、銃身が焼け切れた七・七粍《ミリ》機銃は取り外す。

顔振は腕のよい医師さながら、脚立に乗って操縦席を覗《のぞ》き、あるいは機体の下にもぐりこんで一機一機を診断しては、処置を機付の下士官に指示していったが、忙しいと部下の動作が鈍いように見えて、つい苛々《いらいら》してしまい、声が怒調を帯びるのは仕方のないところで、それに顔振の神経を苛立たせる理由が幾つかあった。

ひとつは分隊の工具が盗まれたことである。作業をはじめるとスパナやニッパーの数が足りず、調べてみれば工具箱から少しずつ工具がなくなっているのが判明した。ごっそり盗らず、すべての箱から少しずつという手口が、複数人による組織的犯行を疑わせ、もっともこうした出来事は艦隊に限らず、軍隊では日常茶飯事である。工具でも部品でも鎮守府経理部は兵隊が着服するとでも思うのか、必要最低限の数しか寄越さず、むろんそれでは困るから、水増しして請求をするわけだが、いくら大切に扱ったって工具は永遠に使えるわけでもないし、どこかへ紛れてしまうのもあるから、不足がちになるのは仕方なく、かといって工具ひとつがたりないために生じる能率の低下には激甚なものがある以上、上陸の際に自腹を切って購入して間に合わせるのだが、しかし長期の航海ではそうもいかないとなれば、いきおい他の分隊から盗むことになる。

海軍では盗みはむしろ常識で、半靴や帽子や衣服は当然、うっかりすればふんどしまでがなくなり、基地航空隊に艦隊の飛行隊が同居したりすれば、プロペラやエンジンまでがやられ、飛行機がまるごと一機盗まれたなどという冗談みたいな話さえあるくらいで、誰にきいても実に遺憾なことであるとの返事が返ってはくるものの、油断する方が悪いのだとする風潮も根強く、だいいち大抵の兵隊は盗みたくて盗むわけではない。員数が揃《そろ》わなければ古参兵から制裁されるから、やむを得ず「サシクル」ので、しかもやられたらやりかえせというわけで、先輩が新兵にそうした方法を密かに仕込むとなれば、他の国の軍隊がどうだかは知らないけれど、盗みっこはもはや日本帝国海軍の大いなる伝統といってよく、まったく自慢できない伝統だと顔振は思うのだが、その顔振にしても新兵時代には、他人の靴に足を入れて一目散に逃げたり、他班のオスタップをこっそり持ち去ったり、食糧倉庫に忍び込んだりした経験は数知れなかった。

今回の場合、十四、十六分隊は同じ艦隊航空の意識があるから、そうは大規模に工具をかすめたりはしないと考えられた。多分工作科か艦体整備科あたりの仕業と推測されたが、しかしいまさら調べても手遅れで、とっくに盗んだ工具の分隊名は削られて、新たに名前が彫り込まれているに違いなかった。

古参兵は不愉快を顔に出し、下級兵は怯《おび》えている。彼らの心の動きが顔振には手にとるように理解できた。工具の管理は下級兵の責任であるから、制裁は逃れえず、戦闘が一段落するなら、早々に甲板整列の号令がかかるものと予想された。

私的制裁は厳しく禁止するとの通達は再三出されていて、気配を察したらしい分隊長の中沢大尉がわざわざその旨を顔振に念押しに来たものの、バッターはやめろなどと命令した日には分隊の秩序が保てない。古い兵は面子《メンツ》を潰《つぶ》されたと息巻くだろうし、無理に抑えつければあとで隠微に復讐《ふくしゅう》されるのは眼にみえている。不関旗を揚げられては困る。それでも川崎三整の件もあるから、釘《くぎ》をさすだけはさしておかなければならないだろうと重苦しく考えた顔振が、しだいに不機嫌をつのらせつつあるいまひとつの原因は、腕の痛みが耐えがたくなってきたせいである。

人には悟られないように注意していたけれど、スパナを握る手にも力が入らず、手首はひどく熱をもち、まさか帽子の振りすぎで痛めましたなどとは格好が悪くていえないから、転倒してひねったとでもいって医務室で治療を受けようかとも思ったけれど、重傷を負った搭乗員が担架で運びこまれているところへのこのこ顔を出すのはきまりが悪く、帽子の振りすぎで肩が痛いです、兵曹長は痛くないですか、などと笑いながら分隊員にきかれては、とても治療を受けに行く気にはなれなかった。

〇七三〇をだいぶ過ぎても、九九艦爆は三機が未還だった。零戦隊も四機がまだ帰ってこないらしく、搭載燃料から考えてそろそろ戻らなければおかしかった。第一波攻撃隊では零戦二機がこの時刻になっても帰らず、一機は撃墜が目撃され、もう一機も絶望と考えられた。九九艦爆の未還機には榊原大尉の七番機も含まれ、顔振の不安はしだいにつのり、作業の手が離れた隙を見つけて飛行甲板へ出てみようと思い、歩きかけたところへ、兵曹長、と声をかけられた。

向こうで手招きしている分隊長の中沢大尉の、蒸し饅頭《まんじゅう》みたいに色白でふっくりした丸顔に薄い笑みが浮かんでいるのを見て、顔振は嫌な予感を覚えながら、こばしりに走って敬礼すると、

「兵曹長、ひとつ頼まれてくれへんか」という。中沢大尉が関西弁を使うときは大体ろくなことがないのだと思いながら、

「何でしょうか？」ときけば、

「十四分隊の方で潤滑オイルを少し分けてくれゆうとるんや」といって中沢大尉は気弱に視線を逸《そ》らした。

「どれくらいでしょうか？」

「五缶ほど欲しいゆうとるんだが」

「そりゃ無理です」

「分かっとる。分かっとるが、いまはこんなときやから、融通しないわけにもいかんやろ。敵が反攻してきた場合、迎撃の零戦が飛ばんでは困るさかいな」と中沢大尉は少々芝居がかった憂慮を眉根《まゆね》に漂わせつつ、まずは戦略上の必要性を強調しておいてから、

「兵曹長の顔で何とかなるやろ。お願いするわ」と今度は片手拝みの格好になった。

仕方なく顔振は、なんとかしますと、返事をした。表向きは余分などあるはずもなかったが、潤滑オイルに限らず、消耗品を正規の分以外に分隊内にこっそり私蔵してあるのは、工具と同様、消耗品についても鎮守府の経理部が出し渋るからで、普段から気をつけて少しずつ貯めておかないと、いざのときに困る。ありませんでは絶対に通らず、十円しかくれないくせに、二十円の買い物をしてこいというのが軍隊という所であるのを顔振は身に沁《し》みて知っており、だから五缶といわれれば出せないこともなかったけれど、隣の分隊だって同じようにしているはずで、何か手違いがあったのだろうが、せっかく苦労して貯めたものを吐きだすのは悔しかった。

たぶん十四分隊では、分隊士の南兵曹長が分隊長に泣きついて、今度は分隊長の三角大尉が中沢大尉に頼みこんだのだろうと想像されたが、中沢大尉は人のよいのが取り柄といえば取り柄だが、どうも甘いところがあって、だからこんな風に他分隊から使われてしまうのだと思えば苛々はますます昂じた。

分隊内でも、中沢大尉は古参の兵曹連から「ボン」とのあだ名を密かに奉られ、これはつまり「ぼんぼん」の「ボン」であり、事実神戸《こうべ》の呉服屋の三男坊らしいのだが、下士官兵とみればやたら威張りちらし、家畜同然に追い使うのを当然視している士官に較べれば、海兵出の海軍士官にあるまじき中沢大尉の腰の低さは得難いともいえたが、あまり軽率なのはやはり困りもので、他のところの分隊長は、必要とあらば経理部や主計科に出向いて交渉をしてくれるが、中沢大尉は「そういうのは苦手なんや」とうそぶいて逃げてしまう。いちど分隊内で怪我人が出るほどの派手な喧嘩《けんか》があったときも、中沢大尉は見て見ぬふりをきめこんで、ああした場合には分隊長が一喝すればそれで済む話ではないかと、あとから顔振がやんわり厭味《いやみ》をいうと、「ああいう乱暴なんは性にあわんのや」と答えて澄ましていたくらいで、万事がそういう風だから、嫌な事や面倒事はすべて顔振に押しつけられることになる。

「とにかく頼んだで。兵曹長、あとで一緒に甘いもんでも食お。実はな、兵曹長、黒屋の羊羹《ようかん》があるんや」

嬉しげにいい残して甘党の士官が行ってしまうのを見送ってから、顔振は先任兵曹の田所一曹を呼んで事情を説明し、潤滑オイルを五缶出しておくように言いつけ、河豚《ふぐ》さながら不満に頬《ほお》を膨らませる部下の顔から素早く眼を逸らして、飛行甲板へ向かった。

・

伊二四潜は情報を求めて、潜望鏡深度への浮上を〇五〇〇から繰り返した。ラジオ海外放送や新聞電報を総合して摑《つか》んだ戦況は、圧倒的に我が方に有利であり、ウエストバージニア、オクラホマのほかに戦艦三隻、合計五隻を撃沈、航空母艦一を撃沈、さらにネバダ型を含む戦艦四を大破、重巡四を撃沈、航空基地および軍事施設の空爆による破壊、しかも味方の機動部隊はほとんど無傷であるとするなら、分析を加えるまでもなく、緒戦は予想をはるかに超えた完璧《かんぺき》な勝利であると結論された。

だが、加多瀬は戦勝に酔うどころの騒ぎではなかった。海上にうねりは高く、艦の姿勢を安定させるのが難しくて、しかも次々と判明する故障の対策に忙殺された。排水ポンプが壊れたままなので、高圧空気を使うしかないが、それではどうしても細かい制御がきかず、潜望鏡深度を維持しようと思っても、うっかりすると背中を海面にさらしてしまいかねず、他にもタンクの水を移動するポンプに故障があって、前後の傾斜がなかなか直らず、横舵の油圧装置の不良、魚雷発射室の水漏れも懸念された。本格的な修理をするには浮上する必要があったから、いまは応急的な措置で我慢するほかなく、艦の尻《しり》も下がったままで、今後の行動を思うと心配ばかりがつのったけれど、とにかく夜になるのを待つしかなかった。

機密金庫の持ち出し事件も心に重くのしかかっていた。軍機書類は無事だったとはいえ、誰かが金庫を一度は盗み出したのは否定できぬ事実であり、しかもその誰かとは間違いなく乗組員のなかにあるとすれば、徹底的な調査が必要で、まさか間諜《かんちょう》ではないにしろ、さような不心得者がひとりでもあっては危険きわまりない。潜水艦は誰でもその気になれば簡単に沈没させることが可能なのだと思えば切迫感はつのった。

艦長と相談のうえ、本格的な取り調べは特殊潜航艇搭乗員の収容が終わってからと決まったが、調査の責任は先任将校の加多瀬が負うしかなく、懸命になって働く兵員のひとりひとりに疑いの眼を向け、犯人探しをするなどはまったくうんざりだった。

それでも加多瀬の不安をよそに、艦は戦勝の興奮に沸き立ち、何か新しい情報はないかと入れ代わり立ち代わり誰かが通信室を覗《のぞ》き込み、発令所に非番の士官下士官が集まっては戦局分析に花が咲いた。全員共通の関心事は潜水艦隊の戦功であり、ところがラジオは航空隊の華々しい活躍ぶりを伝えるばかりで、潜水艦の「せ」の字も出てこず、もちろん潜水艦隊の行動は秘匿すべきであるから当然とはいえ、やはり残念は残念で、あらためて日陰者の悲哀を味わわねばならなかった。

人々の関心が特殊潜航艇による攻撃の成否に集中したのは当然で、掌水雷長の三村兵曹は戦艦撃沈五隻は潜航艇の魚雷攻撃によるものであるとの意見を披露して、一同に快哉《かいさい》を叫ばせた。つまり水平爆撃や降下爆撃ではせいぜい大破させるのが精一杯だろうから、撃沈にまで至ったとすれば魚雷以外になく、しかし真珠湾の浅い水深を考慮すれば、航空魚雷が効果を発揮したとは考えられぬ以上、魚雷を発射して戦艦をしとめたのは潜航艇であると、三村兵曹はたたき上げの下士官らしい技術屋然とした言葉遣いでいうのであった。

「航空魚雷は発射すると一度五十メートルまで沈みます。それから浮かんで敵艦へ向かう。ところが真珠湾の深さはたったの十二メートルにすぎんのですからね」

三村兵曹が水雷術の専門的見地から評論を加えると、

「なるほどなあ」と乾砲術士が鹿児島産の干し芋をかじりながら、さも感心したようにうなずいた。

「私が思いますに、航空魚雷による攻撃は囮《おとり》でしょうな」と人々の傾聴に調子を与えられた三村兵曹は、卓の上に両肘《りょうひじ》をつき、掌《てのひら》を組み合わせた格好で続けた。

「囮とはどういうことだろう」

「つまり司令部としては格納筒のことはあくまで秘密にしておきたいわけですよ。だから敵に悟られないよう、雷撃機を飛ばしてカモフラージュしたってわけです」

「なるほどなあ」と一律の調子で乾中尉があいづちを打つ。

「大本営が航空隊の戦果ばかりを大々的に宣伝しているのも、格納筒の存在を敵に知られたくないからなんです」

「いや、まったく、そうに違いない」

干し芋を反芻《はんすう》する牛のように食《は》んだ乾中尉は大いに感銘を受けた様子である。

話を小耳にはさんだ加多瀬は半分苦笑しながらも、是非そのようであって欲しいと心の底から願った。撃沈した戦艦が五隻。出撃した潜航艇がやはり五。五イコール五。水雷術の専門家たる加多瀬はこうした算術的な単純さを馬鹿馬鹿しいとみなさざるを得なかったけれど、一方では単純であるがゆえに信じられるのではあるまいかとの思いが繰り返し浮かんで消せなかった。

加多瀬は狭い潜航艇の内部にうずくまるふたつの搭乗服を想像し、かりに魚雷攻撃に成功したのなら、今頃は真珠湾の海底にじっと沈座して、生暖かいサイダーで乾杯でもしながら夜を待っているだろうと、仄暗《ほのぐら》い明かりのなかで、仲のよい兄弟のように、膝《ひざ》を抱いて向かい合わせに座ったふたりの若者の、青ざめた顔に浮かんだ会心の笑みを想い、だが奇跡でも起こらぬ限りそうした状況はありえぬのだと、潜望鏡で見た真珠湾口の、敵哨戒艇《しょうかいてい》が頻繁に行き来し、防潜網の敷設と爆雷の投射が行われている様子を思い出し、脱出は万にひとつの希望もないと思えば、あらためて悲哀と寂寥《せきりょう》に捉《とら》えられ、それでも奇跡とは案外簡単に到来するものではあるまいかとの思いに胸を灼《や》かれもして、戦功の誇りに顔を輝かせた若者たちが、艦橋ハッチのラッタルを降りてくる姿を繰り返し夢想した。

「一機見えました」

艦橋の見張り員が叫び、顔振は空に眼をこらした。

〇七三〇をだいぶ過ぎて、帰投する飛行機はもうほとんどなく、「蒼龍」飛行隊の未還機は零戦が四、九九艦爆が三、やはり第二波攻撃は熾烈《しれつ》をきわめた模様で、他の空母でも未還機がだいぶあるようで、榊原大尉搭乗の七番機もまだ戻らなかった。

顔振はじりじりしながら艦橋に立ち、このたびも悪い予感は当たってしまったのかとの思いに心ふさがれ、海軍に入って以来、予感が生まれるときは決まって悪い予感で、しかもそれは外れたためしがなかったのだと、朝から晩まで殴られ通しでびくびくしていた新兵時代の心持ちがよみがえり、あの場面、この場面と、窮地に追い込まれた体験をひとつひとつ数えあげているところへ、見張り員の声を聞いたのである。

灰色の空に豆粒みたいな機影が見え、眼の周りに跡がつくくらいに双眼鏡を押しつけていた見張り員が、「味方機です」と報告の声をあげたときには、すでに爆音が耳に届いて、顔振は即座にそれが九九艦爆のエンジン音であると認め、大丈夫だ、エンジンはやられていないと心で叫び、まもなく輪郭が明瞭となった機の安定した姿勢を確認するや、艦橋から駆け降り、飛行甲板に立ったその頃には、高度を落とした機の尾翼のマーキングが読み取れ、それは七番機に間違いなく、嬉しさに飛び跳ねながら、着艦作業の邪魔にならぬよう甲板脇《わき》の兵員溜《だ》まりに立てば、艦首を風上に立てた母艦上では、エンカン服の着艦作業員が散って位置につき、着艦よしの信号旗が上がり、九九艦爆は母艦上空を旋回しながらしだいに高度を下げ、しかし慎重を期すものか、さらに二度上空を旋回してから、ようやく機は艦尾から着艦コースに進入してきた。

幸いピッチングもローリングもおさまり飛行甲板の状況は良好で、燃料はもう残り少ないはずだが、珍しく水上一曹が慎重になっているらしいと考えて顔振は微笑した。風防は無惨なほどに破損し、ずいぶん被弾をした様子だから、ようやく命拾いしてここまで辿《たど》り着いたのに、最後で失敗はできないと思うのだろうが、なにしろ水上一曹は甲板後部に張られた六本の横索を、今日は何番と、自在に選んで着艦フックに引っかけるほどの名人である以上、こうなればもう安心だと、万に一つも失敗は思わず、余裕をもって見守る視線のなかで、軽快な身のこなしでパス角に乗った機は、なめらかなラインを描いて着艦コースへ滑り込み、海軍機特有の三点姿勢で降りた機の車輪が甲板にバウンドし、しかし次の瞬間顔振が吁《う》っと我知らず声を出したのは、飛行甲板を滑走する機体が大きく前のめりになったからで、とたんにプロペラが甲板を叩《たた》き、構造物の壊れる嫌な音がし、着艦フックが出ていないのだと知ったときには、機は六本の横索をあっという間に踏み越え、そのまま速度を落とさず三本ワイヤーの滑走制止装置に頭から突っ込んで、尻を一度がくんと浮かせ、それから後脚の車輪を甲板に激しく叩きつけ静止した。

顔振は機めがけて夢中で駆け、そのとき破れた風防硝子越しに、前部の操縦席で飛行服が動くのを認め、水上一曹が水筒に口をつけているのが見え、どうやら怪我《けが》はない様子だと思えば、この程度の事故なら機体は損傷しても、肩バンドを締めた搭乗員に問題はないはずだと安堵《あんど》の胸を撫でながら、首を制動策のあいだに挟んだ姿勢で止まっている機まで走ると、着艦フックが出なかった原因は何だろうかと、はやくも整備員の眼になって機体に触れ、いつもなら水上一曹が颯爽《さっそう》と飛びだしてくるはずなのに、今日に限ってはその気配がなく、あるいは着艦フックは水上一曹の初歩的なミスで、照れているのかもしれないと、少々おかしく思いながら、翼によじのぼる関一曹に顔振は続いた。

関一曹が操縦席の方を覗いたので、こちらは榊原大尉の安否をたしかめようと、後部座席の風防を開け、機内に首を入れた顔振が意外な光景に虚をつかれたのは、そこに水上一曹の姿があったからである。

肩バンドが外れ、座席からずり落ちる形になった水上一曹の、固く眼をつむった顔面から血の気が失せ、ひび割れた唇が茄子《なす》の色に変わっているのを見た顔振が、「水上一曹」と声をかけると、低い呻《うめ》きがその喉《のど》から漏れ、飛行服の右胸から肩のあたりにどす黒い汚れが広がっているのが眼に入り、それは間違いなく血であり、触れてみるとごわごわする布地の血糊《ちのり》は乾ききって、機内に足を踏み入れて、服の上からも高熱の感じられる肩を助け起こしながら、「担架をはやく。怪我人だ」と背後の兵員に向かって叫んだとき、操縦席を覗いていた関一曹が、「兵曹長」と押し殺した声で呼ぶのが聞こえた。「どうした」と問うと、関一曹が意味にならぬ声をあげるので、葉巻型になったコックピットの前方、操縦席へ眼をやれば、羅針儀の向こうに座席の人物の飛行服の背中と後ろ頭が見え、さらにその奥にどこかぼんやり放心する風な関一曹の顔があって、実家の村役場の玄関に置かれた月の輪熊の剝製《はくせい》、あれにそっくりだと顔振は瞬間思い、同時に得体の知れぬ不安を覚えて、いま一度、どうしたと問うても、剝製の熊から返事はなく、偵察席の怪我人が運び出されたところで、顔振は偵察席から反対側の翼に飛び出し、そこに固着した関一曹の巨体、それがひどく邪魔くさく、腕で邪険に押し退けて操縦席を覗《のぞ》けば、肩バンドを締めた榊原大尉が座席についている。

最初に眼に入ったのは剝《む》き出しになった短髪で、そのあまりに寒々した印象に顔振はぎくりとし、飛行帽はどこへいったものか、風に吹き飛ばされたのだろうかと訝《いぶか》りながら顔を覗けば、榊原大尉は物凄《ものすご》い形相で虚空を睨みつけ、例のぎょろ眼が宙へ飛びだすくらいにみひらかれている。見たところ怪我はない様子で、ただ奇妙なのは、口のまわりにうっすら青髭《あおひげ》が生えた顔色が酒でも飲んだかに朱《あか》いことで、にわかな不審を覚えた顔振が、榊原さん、と声をかけて肩に触れたとたん、草の茎が折れ曲がるように首が前へ落ちた。

榊原大尉は死んでいた。

Ⅶ　夢魔の到来

一五〇〇。東京時、八日、午後三時。

太陽は水平線に没して、先刻までは燃え残る燠火《おきび》のように、空の一劃《いっかく》に淀んだ暗く熱のこもった色も、いまはすっかり拭《ぬぐ》いさられて、雲間から顔を覗かせたあかるい月が、波の揺動にしたがって銀沙の模様を黒い水面に描き出し、艦橋から眺める真珠湾は、浮上した時点ではぶあつい黒煙の緞帳《どんちょう》の奥で幾つか燃えていた火も消えて、それだけはいつまでも消えずに、ブロンズで出来た巨大な塑像めいてオアフ島の上空にわだかまる黒い雲塊が、そのまま夜闇とひとつになって灯《あか》りの失われた街を覆いつくし、港湾から背後の丘陵へ続く一帯は昨夜とは変わって墨を塗り付けたような黒陰に沈んで、ただ湾口のあたりにだけ、哨戒艇が行き来するのか、探照灯が間欠的に明滅した。

真珠湾口からラナイ島西八浬へ水上航行した伊二四潜の艦橋では、当直員がまばたきを惜しむように見張りの眼を暗い海へ配り、電信室では特殊潜航艇から発信された信号をとらえようと係員がヘッドホンを耳に押し当てていた。今夜は敵に動きがない限り、この第一収容配備点で特殊潜航艇の帰投を待つ予定であり、四隻の僚艦も付近に浮上しているはずだったが、闇に閉ざされた海上に姿は見えなかった。

待望の浮上以来、艦の故障修理の指揮をとる加多瀬は忙しく動き回り、とはいえ実際の作業を仕切るのは各掌長であるから、故障箇所の確認と指示が終われば手が空き、思いついて艦橋に出た加多瀬は、各方向へ警戒の眼を向ける四名の当直員のあいだで、夜の海を眺めながら一服つけた。写真のフィルムを入れる密封容器にしまっておいても、いつのまにか湿気が忍び込んで、どうしようもなく黴臭《かびくさ》い煙草を、たいした風もなく、そんな小さな灯りならば目印になる危険はないにもかかわらず、掌《てのひら》に押し包むようにして吸った。

煙草の味は最悪でも、長い潜行のあと満身に浴びる大気は爽快《そうかい》きわまりなかった。帆船の時代が遠く去った今日でも、やはり船とは風とひとつになって動き回る何かに違いなく、手漕《てこ》ぎのカッターであれ五万トンを超える大戦艦であれ、絶えず風になぶられながら水上を進むのは同じで、そういう意味からすれば、タンクの圧搾空気で肺呼吸する潜水艦とはきわめて畸形《きけい》な「船」であると、眼のない魚みたいにのっぺりとした船体が黒い波に洗われる様子を眺めながら加多瀬は思い、座礁や衝突の危険、あるいはいまなお残る迷信的な心情故に船乗りが恐れる夜、その夜を潜水艦乗りは心待ちにし、いまも夜の大気に包まれて、不安が幾分か軽減されている自分を見いだし、それでも暗がりのわずかな光の明滅に心臓がびくりと跳ねあがって、まるで弱い夜行性の獣のようだと、歴史に一頁を刻むはずの華々しい戦闘、実際にはずっと哨戒艇《しょうかいてい》の眼を逃れて海中に隠れ、事故と故障の対策に追われ続けただけの戦闘、そのあとの虚脱感のなかで加多瀬は苦笑した。

機動部隊はすでに帰投を決定したと連絡を受けていたものの、潜水艦隊の戦闘はまだ継続中であり、ひょっとしていまこの瞬間こそ、湾内に潜入した特殊潜航艇が敵艦の横腹へむけて酸素魚雷を発射しようとしている瞬間であり、長い忍耐の末ついに摑《つか》んだ好機に血をたぎらせながら、貧弱な潜望鏡に眼を押し当てた入江少尉が、発射管の前で低い天井に頭をかがめた森下一曹に向かって、魚雷発射を号令する場面を加多瀬は想像してみたけれど、暗い海と人気のない前方の島影に眼を向けるなら、すでに勝敗は決し、戦闘の重大な局面は過ぎ去ってしまったのだとの思いは消せなかった。

二本目の煙草に火をつけ、それは一本目にも増して燃え具合が悪く、茶色い脂《やに》の浮かんだ紙がじりじり不愉快な音を立て、それでも我慢して根元まで吸い、つまんだ指に熱を感じたとき、航海長が呼んでます、とハッチから顔を覗かせた兵員が連絡に来たので、加多瀬は吸殻を投げ捨ててラッタルを降りた。

発令所には木谷中尉が待ち受けていた。傍らには特殊潜航艇整備係の佐藤一曹も立っていて、実は金庫の件なんですが、ほぼ解決したようです、と木谷は早口でいい、ここでは何ですから、艦長室へ行ってはどうでしょうと続いて提案するので、加多瀬がうなずいて艦長室へ向かうと、木谷に眼で指図された佐藤一曹もついてくる。

木谷には犯人探しに協力してくれるよう依頼してあった。別に彼が探偵小説好きだと聞いたからではなく、下士官や兵に人望のあつい木谷なら情報を得やすいだろうと考えたからで、見込んだとおりさっそく動いてくれたらしかったが、それにしても佐藤一曹にどんな係わりがあるのか、あるいは彼が持ち出したとでもいうのだろうか、とさまざまに想像しながら、しかし加多瀬は沈黙を破らず艦長室の扉を叩き、返事を聞いて扉を開けば、特殊潜航艇の出撃以来の軍装姿で机に向かった安藤艦長は、立ち並んだ三人の部下を見上げた。

機密金庫のことですが、と木谷は前置きすると、佐藤兵曹に向かって、報告せよと、いたずらをした子供と一緒に他家に謝りにきた父親みたいな調子で促し、敬礼のあと直立不動の姿勢を続ける佐藤一曹は一瞬苦痛に耐えるように顔を歪《ゆが》めたが、報告を、と木谷に重ねて命令されてようやく口を開いた。

「実は、私は、森下を見ました」

「何を見たのかね」

安藤艦長が問うと、その穏やかな口調に安心したのか、相変わらず硬い顔ではあるけれど、落ちついた口調で佐藤一曹が続けた。

「森下一曹が艦長室から出てくるのを見ました」

「それは何時頃か」と今度は木谷が尋問した。

「昨日の一八〇〇頃だと思います。夕食のあとでしたから」

「そのとき森下一曹は何か持っていなかったか」

佐藤一曹は一瞬、眸《ひとみ》をゆらめかせ、加多瀬と艦長の顔を順番に盗み見てから、

「何か白い衣嚢《いのう》のような袋を持っておりました」と答えた。

「どんなものかね」と艦長がきくと、佐藤一曹は、これくらいの大きさのといって手で抱える仕草をしてみせた。

「艦長室の洗濯物かと思いましたが、どうして森下がそんなものを運ぶのか、少々疑問に思いました」

「金庫がなくなっていると聞いたとき、そのことを思い出さなかったのかね」

問われて佐藤一曹はややためらう風であったが、

「思い出しませんでした。さっき航海長にいわれて、はじめて、その……」とそこでいい淀んでしまう。

分かった、と艦長がうなずき、木谷の行ってよろしいの言葉に、敬礼をした佐藤一曹が事業服の痩《や》せた背中を見せて戸口に消えた。

「金庫を持ち出したのは森下一曹と思われます」

三人になったところで木谷が発言した。

「おそらく手紙を取り戻そうとしたんでしょう」

「自分で書いた手紙を自分で盗んだというのか」

加多瀬がきくと木谷は即答した。

「そうでしょう。森下一曹は自分が出撃したあとで手紙を開封するよう頼んだ。先任はそうおっしゃってましたね？」

艦長と加多瀬が揃《そろ》ってうなずくのを見て木谷は続けた。

「一度は託《とぼ》したものの、気が変わったんでしょうな」

やや惚けた風な木谷の言葉に、しばらくは誰も何もいわず、ひとりだけ椅子《いす》に座った安藤艦長も、文人画に出てくる仙人みたいな尖《とが》った顎《あご》を指で撫《な》でながら沈思の態《てい》であったが、やがて指を軍服の詰め襟のなかにいれて頸《くび》をくつろがせると、先任はどう思う、と判断を求めてきたのに、そうですね、とまずはいってから、加多瀬は考えをまとめるべく思いを巡らせた。

かりに森下一曹が金庫持ち出しの犯人だとするなら、現在艦に残っている兵員は容疑をまぬがれ、これはまず一安心というべきで、兵員に疑いの眼を向けなくてすむと思えば肩の荷が下りるのはたしかではあったけれど、果たしてそう決めつけてよいものかと、なお気分がすっきりしないままに、

「航海長はどうして森下一曹だと？」と加多瀬は木谷にもう一度意見を求めた。

「要するに、金庫から紛失していたのが森下一曹の手紙だけである以上、犯人の狙《ねら》いは最初からそれだったのではないかと考えたんです」と木谷は説明した。

「とすれば問題は絞られる。つまり金庫に森下一曹の手紙がしまわれているのを知っていたのは誰であるかを調べればよい」

そこで名探偵木谷、とあとで加多瀬は鮮やかな活躍を示した木谷に尊称を奉り、あの程度で名探偵と呼ばれるのは片腹痛い話ですと、本人は妙に真面目《まじめ》くさって否定したのであったが、その木谷は、森下一曹と一番親しい佐藤一曹を呼び、手紙についてそれとなくきいてみると、そもそも森下一曹が手紙を書いていたこと自体知らぬ様子で、念のため他の何人かにも質問してみてもやはり同様だったと語った。

「佐藤一曹らが嘘《うそ》をついていないとすれば、手紙が金庫にあるのを知っていたのは、森下一曹、艦長、先任の三人ということになります。先任から伺った、手紙を預けにきたときの森下一曹の様子からみても、他の者には内緒にしていたと考えてよいでしょう。となれば犯人は、艦長、先任、森下一曹のうちの誰かでしかありえない」と木谷は眸をくるりと動かした。

「先任、君が犯人じゃないだろうね？」としばらく黙ってから安藤艦長が飄然《ひょうぜん》たる調子でいい、加多瀬は笑いながら、

「私は犯人じゃありません」と調子をあわせた。

「私も犯人じゃない」と付け加えた安藤艦長は、うん、うん、と納得するような仕草で首を大きくうなずかせた。

「で、どうやら森下一曹らしいと目星がついたんで、もう一度佐藤一曹にきいてみたんです」と木谷がまたはじめた。

「佐藤一曹は筒の整備の関係でずっと森下一曹と一緒でしたから。そうしたら、思い出

したことがあったというわけです。あとはさっき本人の口から聞いて頂いた通りです」

「なるほど、筋は通っている」

「おそらく佐藤一曹は金庫の騒動が起こったときすでに、このことを思い出していたんでしょうが、森下一曹への気遣いからいいだせなかったものと推測されます」

ここまで聞いて加多瀬も、森下一曹が金庫を持ち出したと考えてよいと思えて、口に出してそういうと、艦長はまた大きくうなずいた。

「先任がいうなら間違いなかろう。まあ軍機書類も無事だったことだから、そう事を荒立てることもないと思う。いずれにしても森下一曹が戻れば分かることだ」

加多瀬がはっとなって艦長の顔を覗《のぞ》いたのは、森下一曹らの帰投をこの人は本当に信じているのだろうかと疑ったからで、しかし即座に、そんなはずはないと、疑いは否定に変わって、素人ならともかく、潜水艦長の役職につくほどの人間ならば、ジャイロのない潜航艇の真珠湾口からの脱出に万にひとつの可能性もないと、知り抜いているのは自明だった。

安藤艦長は加多瀬の視線に気づいたものか、さりげなく視線を避けるようにしながら、棚から日誌を取り出し机に広げ、それを横から眺めた加多瀬は不意に、ジャイロは使えないがどうするか、と入江少尉に質問した艦長の言葉、あのときの声、老いた鳥のようだった声を思い出し、艦長は、ただ出撃せよとだけいうべきではなかったか、入江少尉に判断を委《ゆだ》ねるのではなく、指揮官としての自己の責任において、死地へ赴けと命令すべきではなかったかと、批判的な気分が身内に湧《わ》きあがるのを覚えた。

かりに入江少尉に下駄《げた》を預けることで負担を逃れようとしたのだとすれば卑怯《ひきょう》だと、批判は憎悪にまで高まって喉元《のどもと》へ押し寄せ、加多瀬はこれまで十分な敬意を払ってきた安藤艦長の教養人めいた穏やかな風貌《ふうぼう》が、なんだかいやに底の浅い、安物の仮面のように感じられてきて、再び出撃を「命令」したときの艦長の顔に記憶は立ち戻って、謹厳な作り顔の裏側にあったはずの、保身の狡猾《こうかつ》と官吏の傲慢《ごうまん》がひとつになった見苦しい表情をえぐりだし、嫌悪にふるえ、だが、あのとき、水雷長たる自分が強く反対すれば、出撃を中止することもあるいは可能だったかもしれぬと思えば、嫌悪はそのまま自分にはねかえってくるのだった。

今夜から明日、さらに明夜にかけて、艦は潜航艇の帰還を待ち、見張り員は波浪《はろう》のつくりだす幻影に悩まされながら監視の眼を光らせ続け、通信員は混乱した雑音のなかに有意味な通信を聴きとろうと、休みなく通信機に耳を押し当てるだろう。徒労と分かってはいても、絶対に奇跡が起こらぬとは誰にも断言できぬ以上、そうするほかに選択の余地はなく、が、同時にそれは自慰に似た、共犯者たちがアリバイ作りに精を出すような、密《ひそ》かに共有されたうしろめたさを焼却する儀式の時間に違いなかった。

「とりあえず、この件はこれでケリをつけよう。僕はすべてを不問に付すつもりだから、是非君たちもそうして欲しい。二人ともご苦労だった」

机に広げた日誌に眼を落として艦長が告げ、それから、机の上に映った影が最後にぽつりと付け加えた。

「それにしても、あの手紙には何が書いてあったんだろうね」

船の胎内は巨大な迷路に変わって、もうずいぶん長い時間、顔振は駆け回っているにもかかわらず、見覚えのある場所にはいっこうに行き当たらず、とにかく一度甲板に出たいと思って、灰色の鉄扉が並んだ格納倉庫を過ぎ、長い長い無人の通路を抜け、と、ようやくラッタルがあって、これを上がれば甲板に出るはずだと、一気に昇りきれば、しかしやはりそこは薄暗い、見知らぬ船倉で、と、前方に別のラッタルが現れ、上を覗けば折り重なるように梯子《はしご》が続いて、その果てのてっぺんには針の穴ほどの紫色の穴があって、それは空に違いなく、しかしあそこまで昇るのにかかる時間を想えば、すでに迷ったせいでよほど時間を食ってしまったから、手遅れなのは明らかで、もう何をしても意味がなく、それでも駆け上がらぬわけにはいかずに、泣きながらただ足元だけを見つめて駆け、そのうちにはまた広い廊下に出て、そこには大勢の兵隊がいるものの、知り合いはひとりもなく、しかも古参兵ばかりで、誰もが顔振には無関心な様子でよそよそしく傍らを行き過ぎ、声をかけられないように祈りながら、顔を伏せたままひた走る顔振は、そのとき自分が手ぶらなのに気がつき、何を命令されたのかさえ失念しているのを知り、総毛が立ち、恐怖と焦燥の冷たい虫が背筋を這いまわるのを覚えながら、しかし立ち止まることもできない。

──おい、そこの新三。

ぎくりとしてふりかえれば、ひとりの兵隊が立ち、機関科の兵らしく、男の向こうには開いた扉があって、なかには巨大な罐《かま》が見渡す限りに続き、猛烈な熱気のなか、大勢の兵隊がむっつり押し黙ったまま、溶鉱炉か地獄の窯めいて赫々《かっかく》と燃え盛る罐の照り返しを受け、赤鬼のごとくに灼《や》けた顔面に黒い汗を滴らせている。

──おまえはどこの兵隊だ。

顔振は自分が新米の三等水兵であるのを不意に思い出し、しかしどうしても所属の分隊名が思い出せず、かといって正直に告白するわけにもいかず、切羽詰まったあげくに、第五分隊でありますと、でたらめを答える。

──五分隊なら砲術か。砲術の新三がこんなところで何している？

──分隊へ帰るところであります。

──帰るだと？

男が顔の真ん中に黒く穿《うが》たれた穴のような口を開いて笑い、後ろにいた兵たちも赤熱した罐の照り返しを受けたあかい顔を歪《ゆが》めて一斉に笑う。

──おまえが帰るところなどどこにもない。おまえの場所はここにない。おまえは存在しない人間だ。そうだろう？

男が薄笑いを浮かべたまま黄色く濁った眼で顔振を見つめ、恐ろしくなった顔振は、失礼しますと叫んで逃げ出し、するといきなり頬《ほお》に風を感じて見回せば、そこは甲板であり、いつのまにか夜になっていたらしく、手摺《てすり》の向こうには暗い海が広がり、イカ釣りの漁船らしい赤い光が遠くに明滅するのが見え、背後をふり仰げば艦橋の窓から黄色い灯が漏れていて、ここは「山城」だと知ったとたん、整列の声がかかって、あわてて顔振は列の端についた。

横一列になった新三等兵の前に、暗がりから三つの影が現れた。群がる羽虫がかつかつと乾いた音をたてる、防火用具庫に吊《つ》られた電球の薄灯《うすあか》りを受けて、三人の人間の横顔が見え、それは顔振が恐れていたとおり、「どた馬」と「貧乏神」と「豆だいふく」の三人組に違いなく、樫材《かし》を削り丹念に磨いたうえで、ごていねいにも握りのところに紅い紐飾《ひもかざ》りを付けたバッターを、掌にぽんぽんとうち当てた「どた馬」が最初に口を開いた。

――おめえらは気合が入っておらん。今日のあのザマは何だ。おめえらみたいな兵隊はみたことがねえ。いいか、覚えとけよ。横須賀で何を習ってきたかしらんが、あんなものはここでは何ひとつ通用しねえ。なあんにもだ。なあんにも。おまえらひょっとしてこの船をなめとるのと違うか。鬼の金剛、地獄の山城って唄《うた》を聞いたことがあるだろう。あれは洒落《しゃれ》じゃあねえんだ。ここはな、世界中で一番恐ろしい場所なんだぜ。地獄の鬼も裸足《はだし》で逃げだすってくらいのもんだ。

「どた馬」はひどく耳障りな、舌打ちに似た短い音を挟《さしはさ》みながら、見事なまでの馬面を歪《ゆが》めて新兵のひとりひとりを順番に睨《ね》め回す。この眼だ、と顔振は思う。この眼が嫌なのだ。赤く凝った、蠟《ろう》でできた細工物のような眼、ひとつの感情に決してとどまることなく、表情もなく、何もあらわさず、ただ世界をのっぺりした事物のつらなりとしか見ない眼、ぎらぎらと脂ぎっていながら、ひとつも光を宿さない眼、それが嫌なのだ。

――このなかでチンポコのついてないやつは手をあげろ。

今度は「貧乏神」がいう。口を開くと金歯が目立つ「貧乏神」も同じ眼をしている。骸骨《がいこつ》みたいに落ちくぼんだ眼窩《がんか》のなかにあの眼がある。

――え、いないのか。そんなはずはないだろう。あのザマをみればな。おまえら他の分隊の連中からなんていわれているか知ってるのか。オカマ分隊だとよ。いいか、オカマ分隊だぞ。まあ、そんなことといったら、オカマが可哀相《かわいそう》だ。おまえらはオカマですらない。虫だ。虫。おれの田舎にはウリムシってのがいる。便所や肥溜《こえだめ》のまわりの石をひっくりかえすとそいつらがのそのそ出てくる。棒で引っぱたいても気がつかないくらいな馬鹿虫だ。どうしてウリムシか知っているか。背中に筋があるからウリムシだ。ハハハ、おもしれえ。おまえらはそれだ。便所のウリムシだ。ウリムシ。この名前をよく覚えておけよ。

耳に錐《きり》を刺しこまれるような甲高い声を放つ「貧乏神」は、自分の言葉にますます憎悪をかきたてられた様子で、膝《ひざ》を疝気病《せんきや》みみたいに小刻みに揺すりながら、声を一段と高くする。

――チンポコのついていないやつ、一歩前へ出ろ。ええ、いないのか。そんなはずねえだろう。ええ、いねえのかよ。ええ、いねえのかよ。

「貧乏神」は、ええ、いねえのかよ、という同じ文句を、狂ったように何度も、同じ粘りつく調子で繰り返し、すると餓死者みたいに痩《や》せて骨ばった身体がぐにゃりと折れ曲がったかと思うや、急な激昂《げっこう》を示し、フザケルナヨ、と真っ赤に焼けた鉄を想わせるしわがれた声で叫び、眼の前の兵隊へ向かって蛙跳びに飛んで、背が異様に低い「貧乏神」は駄々をこねた子供が大人にうちかかるような格好で人を殴り、甲板をうつ乱れた足音と発情する獣じみた息づかいと、肉が肉を叩《たた》く湿った響きが闇《やみ》に交錯するなかで、顔振は「貧乏神」の注意をひかずにすむことだけをただ祈り、震えながら、前の虚空に眼を据えて耐える。

——おまえら、いろいろいわれとるが、なげして気合を入れられているのか分かっとるのかな。

「豆だいふく」が不思議な訛《なまり》のある間のびした口調でいい、いつも身につけている安香水の不潔な匂《にお》いがあたりに漂い、見れば茹《ゆ》でた豚みたいにつやつやする白い顔の真ん中に、やっぱりあの嫌な眼がある。

——実はな、このなかにとんでもない不届き者がおるのだな。だがな、ひとりの責任は全員の責任。全体の気が抜けておるから、馬鹿が出るんだな。恨むならな、そいつを恨めよな。いいかな、間違ってもおれたちを恨むなよな。大海軍を恨めな。海軍へきた自分を恨めな。

そのとき顔振は「豆だいふく」のいう不届き者とはまさしく自分である、すなわち自分が重大な失策を犯している事実に気づいた。自分は「長門」の乗組であり、「山城」ではない。船を間違えているのだ。認識が訪れたとたん、風景全体が望遠鏡を反対から覗《のぞ》いたみたいに昏《くら》く小さく遠ざかり、恐怖の塊が喉元《のどもと》に押し寄せ、息が酸っぱくなって、うっ、うっ、とげっぷが立て続けに出た。

——全員尻《しり》を向け。足を踏ん張れ。

「どた馬」の号令で兵隊たちは後ろを向き、両手を頭の後ろに組んで尻を突き出す姿勢をとる。

樫の棒がびゅうと恐ろしく空を切る音に続いて、低くこもった響きと、悲鳴を押し殺した呻《うめ》き声が聞こえ、それが繰り返されながら段々近づいて、あと何番目だろうか、どうせ逃れられないのならいっそ早く来て欲しいと願う一方で、永遠に順番が回ってこなければいい、あるいはいまこの瞬間に船が沈んでしまえばいいとさえ思い、あと四人、あと三人と嫌でも数えながら、屈辱はなくてただ恐怖だけがあり、残酷な打撃の予感にしんしんと尻は冷えて、睾丸《こうがん》が縮みあがる。

手摺の向こう側、眼の前に広がる海はどこまでも昏《くら》かった。いつのまにか漁船の光も消えて、動くものは何ひとつ見えず、ただのっぺりと一様に黒く、そこには何の意味もないと感じられる。あそこに走って飛び込めば楽になれる、いま肝を摑《つか》んで離さぬ苦しみは消える、そう信じながら、しかし無限にひろがる虚無はなにひとつ受け付けてくれそうになく、拒絶的で無関心な海の印象に、自分を見てくれている者はこの世界のどこにもいないのだとの、惨めきわまりない確信が生まれ、顔振はただ苦痛に怯《おび》えるだけの肉塊に変わって、そうするうちにも肉を打つ音は響き、もうそれを無数に聞いたように思ったけれど、何故かなかなか順番が回ってこず、ヤメテクレヨ、ホントウニ、モウ、ヤメテクレヨ、と誰かが泣いている声が耳元に聞こえ、ヤメテヨ、モウ、ヤメテヨと途切れなく引き続く声は川崎三整の声らしく、あるいは自分自身の声かとも思われ、どちらとも区別のつかぬまま、闇に細く漏れる孤独無縁な魂の発する泣き声を耳に聴きながら、痺《しび》れる脚で不格好な姿勢を支えた顔振はうつろにみひらいた眼を暗い海へ向け続ける。

息苦しさに眼をさましたとき、顔振は自分がどこにいるのか分からず、ひどく狼狽《ろうばい》して跳ね起きたけれど、ほどなく士官室の自分の寝台だと知って深いため息をついた。ここはたしかに「蒼龍」に違いなく、いまのが夢で助かった、まったく有り難いと、心底救われた気持ちになって、恐怖の余韻を安堵感がしだいに掻《か》き消していくのを覚えながら、マットの感触をたしかめるように、もう一度寝台に長くなった。

船室の蒸し暑さと、悪夢のせいで肌着が濡れつくしていた。少し身体を休めるだけのつもりだったのだけれど、夕食のあと軍装を解かずに横になっているうちに眠りこんでしまった。時計の針は一六〇〇を廻り、ハワイ時間ならば午後の八時三十分過ぎ、表はもうすっかり暮れているに違いなく、室内に灯は点《とも》っているが、同室者は当直に出ているのか姿がなかった。

右手首を少し折り曲げてみて、顔振が顔をしかめたのは、あいかわらず痛みがあるからで、痛みは手首に局限されず、右腕全体に回って疼痛《とうつう》を引き起こしているとすれば、従兵に頼んで調達してもらい貼っておいた湿布薬も効果がなかったようで、顔振は生暖かい湿布を剝《は》がすと、左手で二の腕から手首までを順々に揉《も》んだ。

機動部隊は現在ラナィ島北二〇〇浬《カイリ》付近にあった。明日の夜明けを待って再度の攻撃をかけるのかどうか、山口多聞少将が二航戦だけで再攻撃をかけるといっているだとか、本当は南雲長官はやりたいのだが、参謀連中が首を横に振ったのだとか、聯合《れんごう》艦隊司令部が臆病になっているのだとかと、さまざまな憶説風聞が飛び交い、好機をむざむざ逸すべきではないと、顔振も若い士官連と一緒になって気勢をあげたものの、司令部はどうやら撤退の方向へ傾いているらしいとの確度の高い情報が流れるや、武勲の土産をどっさり抱えて日本へ帰れる喜びがうわまわり、そうなればもうすっかり里心がついてしまい、一刻もはやく祖国の土を踏みしめることが唯一の望みとなった。

横須賀市街の外れ、本当なら高台から海が望まれるところが、眼の前に逓信省の官舎の塀が立ったために、めっきり日当たりの悪くなってしまった借家で待つ家族の顔を想うと、生きて帰れる喜びが疲労した身体の隅々にまで広がるのを覚え、どういう具合だか、満開の桜の下、一歳になる娘に乳を与えている妻の姿が瞼《まぶた》に浮かんできて、おい、と声をかけると、あら、帰ったのねと、空想の妻は赤ん坊に乳を含ませたまま振り返って、八重歯の目立つ口を開けて笑い、それから眩《まぶ》しそうに桜の樹を見上げた。敵の姿を直接見たわけではなく、仕事そのものは普段の演習とたいして変わらなかったけれど、凱旋《がいせん》の味はやはり格別で、妻は作戦については何も知らないから、夫が真珠湾攻撃に参加したのだと知ったら吃驚《びっく》りするだろうし、近所にも鼻が高いに違いないと思えば誇らしかった。

家に帰ったらまず風呂に浸《つ》かる。それから、小さな庭に水をうち、相模湾でとれた地魚を自分でさばいて、そいつを肴《さかな》に縁側で一杯やる。去年人から貰って生け垣代わりに植えた槿《むくげ》は花をつけているだろうか。百日紅《さるすべり》には虫がついて、消毒しなければと思いながら、忙しさに紛れてしまったから、たぶん駄目だろうと、そこまで夢想を追った顔振は、とんでもない勘違いに気づいて苦笑した。いまは十二月、日本は真冬である。打ち水などして縁側にたたずんだらたちまち風邪ひきだ。百日紅に虫がついているのに気づいたのは七月のはじめで、それがつい昨日のように感じられ、訓練と整備作業に明け暮れたこの半年余りの時間が瞬く間に過ぎ去ってしまったことに顔振はあらためて感嘆した。

家に帰ったらまず風呂に浸かる。酒は熱めの燗《かん》にして、肴《さかな》は刺身よりは鍋《なべ》がいい。昆布を敷いた土鍋で好物の豆腐と白菜を茹《ゆ》でて食う。炬燵《こたつ》があればもっとよいのだが、暖房具といえば小さな火鉢がひとつあるばかりで、それでなくても隙間だらけの安普請は冷えることとシベリアの監獄並みである。夫婦ふたりのときはそれでも何とかなったが、あまり寒くては子供が可哀相《かわいそう》だ。炭は実家からいいのを送って貰えるのだから、この際大家に交渉して居間に炬燵を掘らせて貰おうと顔振は算段した。それから桜の苗木をどこからか調達してきて、百日紅の代わりに植えようとも考えた。

そう一度思ってみれば、このたびの戦勝を記念するにこれ以上ふさわしいものはないように感じられ、満足感があらたに身体に広がって、先刻ふと浮かんだ桜の下の妻の幻をいま一度空想の舞台に呼び出せば、妻の横に赤ん坊を抱えた見知らぬ女が立っていて、それはどうやら母親になった娘らしく、つまり妻にはもう孫があるらしく、あきれた顔振が、おい、ばあさん、と声をかけると、妻と娘はにこにこ笑い、本当にこの樹は大きくなったわねと言い合いながら、ふたり揃って花影《かげ》に翳った面を上げて満開の桜を見た。

妙な空想だと笑いながら、顔振は痛まない方の腕を伸ばして枕元《まくらもと》の本を取り上げ、腹《はら》這《ば》いに姿勢を変えて頁を開けば、獣の皮をまとった義経が馬上から大弓を引き絞る絵柄が眼に映った。

頼朝に追われて奥州から蝦夷《えぞ》へと逃げ、さらに大陸へ渡った義経は、馬賊の群に身を投じ、いまやジンギスカンと呼ばれる頭目にのし上がっているのだ。古田巌風という作家の手になる、『義経一代記』と題されたこの小説が顔振は大好きで、とりわけ義経が満州に渡ってからの奇想天外な展開が面白く、暗記できるくらい繰り返し読んでいる。日本の英雄が広大なユーラシアを舞台に大活躍する痛快さもさることながら、挿絵がまた素敵で、ことに異人めいた風貌の荒くれ馬賊の先頭に立つ義経の顔が、気品あふれる凜々《りり》しい美青年として描かれ、何ともいえぬ色香が認められるのが好ましかった。

しばらく本の頁を眺めてから、顔振はまた仰向《あおむ》けになり、もういちど家に戻ってなすべきあれこれを想ってみたけれど、しかしそのあいだも汗は出続けて、顔振は先刻の悪夢の余韻が完全には消えきっていない事実を嫌々ながらに認めた。

それにしてもひどい夢だ。とびきりの悪夢というべきである。命令を失念したまま船の迷路をさまよう夢、あるいは違う船に乗艦している自分に急に気がつく夢、これらは顔振にはなじみの悪夢であり、年中うなされるけれど、最後の甲板整列の場面ははじめてで、しかもそれはあまりにも生々しく、汗玉の形になった不愉快がいつまでもまとわりついて皮膚から離れなかった。

「どた馬」「貧乏神」「豆だいふく」。

彼らは海軍に志願した十八歳の顔振が、横須賀海兵団での教育期間を終え、生まれてはじめて乗艦した戦艦「長門」で同じ分隊に巣くっていた古参兵たちで、通称「特三」、すなわち本来なら二等兵になるべきであるのに、何らかの事情で進級が遅れた者らで、だから絶えず鬱屈《うっくつ》を抱え、あるいは自棄《やけ》になり、いずれ日頃の不満の捌《は》け口《ぐち》は下級兵であった。

あれからもう十五年、とっくに忘れた積もりになっていたのに、夢のなかで三人の古参兵は驚くほど鮮やかなイメージをともなって現れ、嫌がる記憶の触手は当時の時間に否応《いやおう》なく捉え込まれた。

あの時代にはいい思い出などひとつもないと、顔振ははっきり断言できる。海兵団でも厳しく鍛えられ、毎日のように涙を流したけれど、まったく天国みたいなものだったと思い知らされたのは、はじめて艦隊勤務についたその日の午後で、海兵団の教班長には厳格ななかにもユーモアと温かみがあり、苦難をともにする同年兵らのあいだにも連帯が育った。だから顔振はいまでも海兵団時代の仲間とは親しく付き合っているし、当時を懐かしく回想もする。

ところが艦隊は違った。しんしんと骨が凍るような殺気と、殺伐として非人間的な空気が艦を満たし、消灯後の甲板整列での制裁は海兵団のそれが子供の遊びと思えるくらいに凄惨《せいさん》だった。同年兵同士が助け合いはしたものの、落伍者《らくごしゃ》があれば自分が迷惑するからにすぎず、ひとりの失策が必ず全員の制裁につながったから、むしろ内心では互いに憎みあった。いや実際には、それは憎しみや恨みといった輪郭の判然とした感情ではなく、もっと漠然とした、しかし遥かに昏《くら》い、そこに他人の肉体が存在すること自体を嫌悪するような感情で、しかし当時は自分の気持ちのありどころなどを反省している余裕は全然なく、ただ意思のない機械のように追い使われたのであり、涙も涸《か》れ果てると は比喩《ひゆ》ではないと顔振は知り、ごくまれに同年兵同士が会話を交わす機会が与えられた場合でも、動きの消えた無表情を互いに晒《さら》しあうばかりで、誰もがはやく眠りにつくことだけを願った。

あの呪わしい数カ月は消してしまいたいと顔振は強く願い、しかし、いま出し抜けによみがえって心を脅かす記憶は、当分のあいだ頭のどこかに居すわって不愉快の種になるとも予感された。「どた馬」「貧乏神」「豆だいふく」。本名はもう思い出せない。だが、その姿、その声、癖、匂い、なにもかもが鮮明な像となってあたらしく胸に刻みこまれてしまった。

悪夢の原因は明らかだった。榊原大尉の死。その衝撃が心理の古層に揺動を引き起こしたに違いなかった。事故が明らかになってから、顔振がそのことをなるべく考えないよう自分を戒めていたのは、余計な詮索《せんさく》をしては危ないと囁く、長年海軍に勤務してきた者が自然身に付けた保身の本能からで、それでなくとも川崎三整の事件があった矢先、整備を担当する飛行機での事故の発生は顔振を臆病にするには十分だった。

七番機は、搭乗員が担架で運び出されたあと、他の機と同様、格納庫へ下ろされ、整備の手が加えられた。被弾はひどかったものの、エンジンや電気系統にはさほど損傷がなく、燃料タンクを交換し、風防を取り替えたくらいで、外見ほどには作業は難しくなかった。問題の着艦フックは、とくに念入りに顔振自身が調べてみたけれど、巻き上げドラムのラチェットにも、引き下げスプリングにも異常はみられず、操縦士の出し忘れと考えられたが、榊原大尉が亡くなり、偵察席にいた水上一飛曹は重体で証言ができないとなれば、真の原因は不明とせざるをえなかった。

作業をはじめてから一時間ほどした頃、飛行長の宮本大尉をはじめ、先任将校、衛兵司令らお偉方が、衛兵を引き連れて格納庫に現れ、整備員らに事故機に手を触れぬよう厳命すると、七番機には格納庫の隅でシートがかけられ、二人の衛兵が見張りについた。実のところ整備作業はあらかたすんでしまっていたから、この措置はほとんど無意味であったけれど、ものものしく緊迫した様子から、上層部が榊原大尉の死に不審を抱いているのは明らかで、顔振がさわらぬ神に祟《たた》りなしを決め込もうと考えたのはこのときである。

——毒だな、こりゃ。

その文句が耳に残っていた。榊原大尉を担架に載せたとき、駆けつけた軍医が漏らした言葉を顔振は聞いたのである。

滑走制止柵《さく》に激突した機へ向かって駆けたとき、操縦席の人物が水筒に口をつけるのを顔振は見た。水上一曹だと思ったのは操縦席ならばそうだとの先入観があったからで、実際に操縦席にいたのは榊原大尉であり、だとすれば、あのとき大尉は毒をのんだものと考えられた。

水筒は口があいたまま操縦席の床に落ちていた。その時点ではっきり意味を自覚はしていなかったけれど、格納庫へ運んで整備をはじめる前に、顔振は機内に落ちているものをざっと確認したのである。操縦席には榊原大尉の飛行帽と白いマフラー、それから水筒があり、後部の偵察席の床には、やはり水上一曹のものらしい水筒と、ペンチやネジ回し等の工具、航空地図等が散らばり、他に薬品や包帯を入れたセロハンの袋も落ちていた。顔振は拾い集めた品物を作業卓にまとめておいたが、これも衛兵伍長がひとつひとつていねいに木箱に納め運んでいった。

どうして榊原大尉は毒をのんだのか。

顔振は大尉の異様な色に染まった顔を思い起こした。青酸カリを飲んだ者の皮膚が朱くなると耳にしたことがあり、士官のなかに自決用の青酸カリを密《ひそ》かに用意している者があるのも知っている。だが榊原大尉が自殺する理由はまるで見当がつかない。

いくら抑えつけようとしても疑惑が黒い渦になって広がるのは避けられなかった。何よりの疑問は着艦フックである。榊原大尉ほどのベテランがフックを出し忘れるとは思えない。やはり予定外の操縦に気が動転していたのだろうか。

操縦を交代したのは敵戦闘機の機銃弾を受けた水上一曹が負傷したからに違いなかった。飛行中に座席を変わる作業は容易ではあるまいが、あのふたりならさような軽業師めいた真似もやれるだろう。狭い九九艦爆の機体には座席を移動するだけの隙間《すきま》はないが、いったん風防から機外へ出て、翼に身体を乗せて移動できないこともなく、実際飛行中に座席を移動した事例があると聴いたことがある。その時点では水上一曹の怪我《けが》は大したことはなく、でなければ座席の移動ができたはずはなく、後部に移ってからしだいに出血がひどくなったに違いないと想像された。

一見榊原大尉に怪我はないようであったけれど、衣服の下をたしかめたわけでもないから、案外と深手を負っていて、そのせいで着艦操作を誤ったのかとも考えられた。逆にそうでも考えなければ辻褄《つじつま》があわない。むろん思わぬ失敗をするのが人間という動物の特徴であるから、単純なミスでないとはいいきれない。あるいは榊原大尉は着艦の失敗を恥じて自殺したのだろうか。

違う。顔振はたちまち否定した。そんな馬鹿な話はない。かりに榊原大尉がミスを犯したのだとしても、すまん、すまん、とでもいって笑いながら機から降りてくるのは疑いなく、実際のところ、機の損傷といったってプロペラが駄目になる程度の話なので、それくらいでいちいち責任を感じて死んでいたら、海軍に飛行機乗りなどひとりもいなくなる。

では、どうして死んだのか。顔振は操縦席の人物が水筒に口をつける場面を再度記憶に呼び起こした。あの時点で榊原大尉は生きていたのは間違いない。死んだ人間が水筒の水を飲めるはずがない。とすれば、ひょっとして水筒の水にあらかじめ毒が混ぜられていたのではあるまいか。謀殺。その二文字にはじめて思い至ったかのごとく、顔振は大袈裟《おおげさ》に身震いしてみたけれど、実のところ、中毒死と聞いた時点から同じ疑惑が心中に根を張っていたのを認めざるをえなかった。だからこそ顔振は拾い上げた水筒の匂いを密かに嗅《か》いでみたのだ。

青酸カリには特有の匂いがあると聞いたことがある。しかし蓋《ふた》が開いて中身が床に零《こぼ》れた水筒には気がつくような匂いはなく、念のため偵察席にあった水上一曹の水筒も確かめてみたけれど、やはり同様で、もちろん無臭の毒物などは世の中いくらもあるだろうから、それだけでは証拠にならない。

今頃軍医長らが専門的に調べているに違いなく、いずれにしても事件は顔振の手をとっくに離れているのである以上、余計な詮索《せんさく》をしてはならなかった。かりに気づいたことがあっても、口を緘《かん》して、何もいってはならない。命令されたことを、命令された通りに、黙って遂行すればよいのだ。脇目《わきめ》をふるのは、整備作業中に限らず、どんな場合であれ危険だ。

そう繰り返し念じれば、十年近くの付き合いになる榊原大尉も、なんだか遠い存在に思えてきて、あの晴れやかな笑顔が永遠に失われたかと思えば寂しく悲しかったけれども、交じわりはあくまで同じ航空隊に所属するという、公務を媒介にしたものにすぎず、互いに胸襟を開き親しく付き合ったのは事実であるにしても、そこにはいつでも越えがたい壁が厳としてあり、最初から身分の違いは歴然としていたのだと思い返された。ともに酒を酌み交わす機会もあったけれど、榊原大尉が下士官への気配りから一緒に酒卓を囲んだのは間違いなく、だからといって酒席では対等に顔振を扱おうとする大尉の振る舞いがただの演技だとは思わなかったにせよ、やはりある種の無理を感じないわけにはいかず、ただ顔振は大尉の気配りへの返礼として、それに気づかぬふりをしていたのだと、いまははっきり思わざるをえなかった。

海兵を優秀な成績で卒業し、軍の中枢に直接繋《つな》がる指揮官の路《みち》を歩みつつある榊原大尉の、たとえば悩みや苦しみ、あるいは夢や希望を、末梢神経にすぎぬ自分は本当のところ何も知りえないし、また知ることも許されない。

榊原大尉と自分は元来無縁であったのだ。その思いに隙間風が胸に吹き込むような寂しさを味わいながら、しかしむしろ自分がその心情を親しく理解しうるのは、あの「どた馬」や「貧乏神」や「豆だいふく」たちなのだと、あらためて知ったように顔振は思った。かりに榊原大尉が何者かに殺害されたのだとして、少なくとも無念を晴らすのは自分の役割ではない。その意味では考えるべきは川崎三整の方だ。

川崎三整の事故は騒動に紛れて調査にはまだほとんど手がつけられていなかった。榊原大尉はともかく、分隊員の生死には明らかに顔振に責任がある。

寝台から起き上がった顔振は、昨夜から今朝にかけての川崎三整の様子について、分隊の者から話を聞いておこうと思い、靴をはいて部屋を出ようとした、そのとき不意に、新たな疑問が意識の表面に浮かび上がるのを覚えた。

水筒はどうしたのだろうか。水ではない。もうひとつの水筒。水上一曹が持ち込んだはずの酒の入った水筒だ。

機内には水の入った水筒しか残されていなかったから、あるいは水上一曹の飛行服のポケットにいま現在もあるのかもしれないが、だとしたら面倒なことになる。医務室へ運ばれた水上一曹の衣服からウイスキーの入った水筒が発見されるなら、これに疑いの眼が向けられて当然で、飛行長の宮本大尉だけなら眼をつむってもくれようが、他の参謀や士官たちに知られては問題になるのは必定である。まして、そこに毒があったら、と考えて顔振は肝が縮みあがった。

そんなことは断じてありえない。絶対にありえない。ありえないけれど、ひょっとしたらの思念が急激に膨らんで、にわかに浮足立った顔振は、寝床にどうしても戻りたくなり、戸口へ背を向けると本当に寝台へもぐり込み、胎児みたいに手足を縮みこませた格好で頭から毛布を被《かぶ》った。

Ⅷ　海の怪異

闇の中に艦体を舐める波音が聞こえていた。

比重の高い有機物が蠢《うごめ》くかの響きを耳に入れた加多瀬は、海はあらゆる生命の故郷であり、人間もまた海から来たものにほかならず、それが証拠に胎児は羊水の海に漂い、体内には血液という海を抱えているのだと、海兵時代に読んだ印象深い書物の一節を思い浮かべ、眼前の黒い広がりと自分がひとつのものであると、ためしに幻想してみたけれど、反復される波音が多数の異国語をいちどきに喋《しゃべ》り出したかに感じられはじめるにつれて、よそよそしい世界に支えなく在る不安と恐怖が幽《かす》かに心に兆した。

実際、海とは縁の深い職業に就いていながら、加多瀬は、季節ごとに、あるいは天候に応じて、さまざまに姿を変える海の景色にふれるたびに、自分が拒絶されていると感じてしまうのだった。

加多瀬にとって一番馴染み深い瀬戸内の、眠たげな響きを残しつつ白い砂浜へ透明な波が押しては引く、うららかな春の海を眺めやるなら、あるいは肌をじりじりと灼《や》く光線が波頭を白銀に輝かせる夏の海に遊ぶなら、大いに浩然《こうぜん》の気が養われ、身が弾むような解放感を味わうのは、なるほどたしかではある。しかしそんな場合でも、水平線に鋭く区切られた紺碧《こんぺき》のひろがりには、どこか純化された鉱物に似た、人を寄せつけぬ印象があって、違和のざわめきを抑えられない。どんなに穏やかな顔をしていても、海は人間に対する酷薄さを秘め隠し、元来海は人間には関心がないのだと加多瀬はいつも思う。海は人間を識《し》らない。

加多瀬は海兵を出てまもなく遠洋練習航海の途上ベニスを訪れ、海のただなかに街がある、あるいは街と海とがひとつになった、その異形の光景を眼にしたときには、珍しさに心を奪われるより、そのような場所に人間が長きにわたって住み続けてきた事実に驚愕《きょうがく》し、よく平気でいられるものだと感心した。

地中海には津波の心配がないのだろうが、わずかでも水位が上がるなら、街はたちまちにして海中に没するに違いなく、石畳の路から運河に架かった橋を経巡るうちには、行き交う異国人の誰も彼もが死者のように見えてきたのを覚えている。彼らは海から多大なる恩恵を受け、あるいは感謝の念を抱きつつ祈りと犠牲を捧《ささ》げる日を送っているのかもしれなかったが、しかし一度桟橋から島の点在する海へと眼を向けるなら、さような人間の配慮などに気をとめる様子はなく、海はあくまで無機質な水色を夏の陽光に晒《さら》すばかりなのだ。

荒れる海にしても、海は人間を襲うべくして猛威をふるうわけではない。ただその力学にしたがい皮膚のほんの一部分を震わせるにすぎない。加多瀬は本格的に時化《しけ》た海を一度だけ経験している。兵学校を出て最初に乗った駆逐艦「夕凪《ゆうなぎ》」の甲板士官時代、演習へ向かう四国沖で熱帯性低気圧の余波をまともにうけたのである。

あのとき艦橋から見た三角波の群は、加多瀬が抱いていた波の概念をはるかに超えた、奇怪きわまりない形態と動きを備え、なにより圧倒的な巨大さでもって迫ってきた。泡立つ海面が円錐《えんすい》の形に盛り上がったかと思うや、エジプトのピラミッドの大きさを瞬時にしのぎ、天からの強烈な力に牽《ひ》かれるように垂直方向へみるみる伸び上がっては、鋭い錐《きり》の形になろうと先端を尖《とが》らせる。水という物質がかような姿をとり得るとは到底信じられなかった。恐ろしい海の巨人たちとでも形容すべき彼らは、途切れることなく、次々と暗い海面から立ち上がっては、船をめがけて殺到し、そのたびに艦は軽々と宙へ舞い、次の刹那《せつな》にはまた奈落《ならく》へと落ち込み、スクリューは虚《むな》しく空を切り、物凄《ものすご》いねじれの力に船体は悲鳴をあげた。

艦橋に身体をロープで縛りつけ、五時間にわたってこの異形の光景をみつめ続けた加多瀬は、しかし怖いとはさほど思わず、息をのみ、眼をみひらき、ただ驚嘆していた。肝が潰《つぶ》れきって腑《ふ》抜《ぬ》けになり、恐怖を感じる余裕さえ失っていたのかもしれぬが、いずれにせよそのとき加多瀬は、同じ自然の一部である人間への、海の根底的な無関心を思ったのだった。海は人間を識らない。この私を識らない。

一六二〇。東京時、午後四時二十分。

加多瀬は艦橋から暗い海を見つめていた。

艦がラナイ島沖八浬《カイリ》に浮上してからすでに二時間になるが、特殊潜航艇から連絡はなく、艦体を繰り返し洗う単調な波音だけが響く闇に何事か変化が現れる兆しもなかった。

先刻までは潜航艇がひょっこり姿を現すような予感にたびたび襲われ、その都度見張り員と一緒に闇の奥に視線を凝らしたのだけれど、やがてそんなこともなくなり、ただぼんやりと夜の海を眺めていれば、空漠として虚《うつ》ろな海そのものに心が浸透されるようで、といって息苦しい居住区に戻る気にもならず、しばらく非番ではあったけれど、潜航艇の帰投があるとすれば最も確度のあるこの時間帯を、水雷長たる自分が眠ってすごすのでは搭乗員に申し訳が立たぬとも思われて、加多瀬は少なくともあと一時間は艦橋に立ち続けるつもりだった。

足下のハッチから黒い頭がにょっきり出て、敵の空母は見えませんかと、元気よく挨《あい》拶《きつ》した声は砲術士の乾中尉で、加多瀬の傍らに立った中尉は煙草を取り出して口にくわえると、しきりに燐寸《マッチ》を擦ったが、いずれも湿気ているらしく、いっこうに火はつかず、見かねた加多瀬が燐寸を貸してやり、ようやく中尉は煙を吸い込むことを得た。加多瀬はちょうど煙草を切らしていて、しかし下まで降りるのも面倒臭く、こうした場合、乾中尉が相手の気持ちを機敏に察して一本すすめるような男でないのを加多瀬は熟知していたから、おれにも一本くれと口に出していい、貰《もら》った「光」はやはりひどく湿って、堆肥《たいひ》みたいな味がしてとても吸えたものではなく、それでも乾中尉はうまそうに鼻から煙を盛大に吐き出した。

「明日は空母を発見できるといいですな」

あまりにも単純な乾中尉の物言いに加多瀬は思わず笑ったけれど、たしかにその言葉は艦全体の願望を端的に表現していた。伝えられる戦果によれば、真珠湾には敵空母は在泊していなかった模様で、戦略的には空母の撃ちもらしは大成功と評すべき奇襲作戦唯一の疵《きず》と見なされ、空母の機動性を考えれば憂慮すべきではあったものの、本隊が離脱した後なお戦場に留まる潜水艦隊にしてみれば、よくぞ大物を残してくれたとの思いがあり、米艦隊の空母が無事との報告が伝わったときには歓声すらあがった。

実際には速力も格段で、駆逐艦に守られているであろう空母を潜水艦が沈めるのは困難と見るのが常識ではあったけれど、釣り糸を垂れている以上大魚がかからぬとも限らないと信じる、釣り師と似た気分は加多瀬にもあった。

一方で加多瀬は、乾中尉の言葉は艦がすでに次なる行動へ向かって走りはじめている事実を明瞭に指し示すもので、特殊潜航艇の運命ははやくも過去の出来事になりつつあると感じないわけにいかず、慙愧《ざんき》に捉えられはしたものの、だからといって、海兵で五期下になる、若い中尉の盛んな血気に水をかける気にはなれなかった。

「砲術長は海が好きか」

吸いさしを水に投げ込みながら、加多瀬はそのような問いを口にした。

「はい。好きです」

乾中尉の答えはあくまで簡明である。

「先任は海が嫌いですか」それ以上加多瀬が語を接がないので、逆に乾中尉がきいてきた。

「おれか。おれは、好きじゃないな」

「だったら、どうして海軍に入られたんです」

「親父《おやじ》が海軍だったからさ。それに海は嫌いだが、船は好きだ」

加多瀬は造船畑を歩いて大佐で予備役になり、四年前に脳梗塞《のうこうそく》で死んだ父親が、似たような台詞《せりふ》を口にしていたのを思い出した。

「私は船も海も好きです。自慢じゃないですが、私は海兵に入るまで海というものを見たことがなかったんですな。子供時分から川で泳いでいましたから、泳ぎは得意だったんですが、はじめて海につかって、本当に塩辛いのにはびっくりしました」

「中尉はどこだっけ」

「飛騨《ひだ》の山猿です」

「その山猿がどうして海兵に行く気になった」

「山国の人間ほど海に憧れるんでしょうな。しかし私の場合は、なんといっても学校の成績がよかったからでしょう」

「というと」

「つまり、私の通っていた田舎の学校じゃ、開校以来、海兵に受かった者はひとりもなかったんですな。そうしたら隣村で、はじめてひとり入ったっていうんで、校長が無闇《むやみ》と悔しがって、だったら、よし、それじゃあ、ひとつ俺が入ってやろうと」

加多瀬は笑いながら、俺も似たようなものだ、と内心で呟《つぶや》いた。

加多瀬の父親は息子の将来については一切口を出さず、兄は医専に進んで医者になったのだが、中学生の加多瀬はとくにこれといった志望はなく、ところが中学校の方では、校長以下、加多瀬の海兵受験を当然とみなしている風があって、これはおそらく加多瀬の成績や父親の職業や加多瀬が次男であることなどが勘案されたのだろうが、加多瀬も漠然とながら、やはり父親の影響もあったのだろう、船に関わる仕事に就けたらいいくらいには考えていたから、周囲の空気に押されるまま海兵を受けた。

合格の報告をしたときには、すでに現役を退き、長崎造船に技術顧問として勤めていた父親は、軍人なら恩給もつき、国が続く限り食いっぱぐれることもないから、悪い選択じゃないと、海の武人からはほど遠い、すっかり軍人臭さの抜けた技術屋然とした口ぶりで感想をいい、ひとつだけ、これからは軍隊でも学歴がものをいう時代になるだろうから、是非海軍大学校には行ったほうがよいとだけ助言をくれた。

父親が現役の頃は世界的な軍縮の時代であり、軍人の価値は下落したものの、ある意味では暢気《のんき》な時代でもあって、だからこそ父親はそんな風にいったのだろうが、ところが加多瀬親子の思惑とは無縁に、世界情勢は独自の力学でもって目まぐるしく運動し、いまや大国アメリカとの乾坤一擲《けんこんいってき》の大勝負に我が海軍は打って出たわけで、加多瀬も帝国日本の存亡を双肩に担う職業軍人として否応《いやおう》なく戦闘の最前線に立たされ、だから父親の助言にしたがい去年海大を受験して合格はしていたけれど、入学は期日を定めずに延期になり、自分が学校の教室に落ちつくことは当分あるまいと加多瀬は予想していた。

加多瀬が海兵に入った頃にはまるで想像できなかったことだが、戦雲が立ちこめるにつれて軍人の人気は鰻《うなぎ》のぼりに上昇して、わけても海軍士官ともなれば花形であり、どこへ行ってもちやほやされる。それが嬉《うれ》しくないはずもなかったけれど、父親が望んだ安定した職業人としての生活と引き替えであるのは間違いなく、結局人生の差し引き勘定はプラスマイナスゼロになるらしい、そんなことを加多瀬は漠然と考え、少なくとも父親は、自分が開発の一端を担った潜水艦に息子が乗って、敵基地の目と鼻の先の海に浮かぶことになろうとは、想像だにしていなかったに違いないと思えば、なんだかおかしくて、加多瀬は暗い海に向かって微笑した。

「海は好きなんですが」再び乾中尉の声が聞こえた。「やはり死ぬときは畳の上で死にたいですな」

そういってから乾中尉はあわてたようにつけ加えた。

「しかし、そんなことはもう、許されんでしょうな」

風がやみ、水蒸気がたちこめたせいで、先刻よりいっそう濃さの増した闇を透かし見るようにしていった男が、そのとき水底へ沈んだかもしれぬふたりの若者に思いを馳《は》せているのは疑いなかった。

決定的な一歩、後戻りできぬ一歩を自分らは踏み出したのだと加多瀬は改めて実感し、死んで、冷たい海の底に沈む己の姿を想像しては、海の、人間に対する根源的な無関心をまた想うのだった。

一六五〇。顔振整備兵曹長は、分隊長が呼んでいるとの報告を受け、中沢大尉の居室へ向かった。

帰投が決まったとはいえ、いまだ戦闘配置が解かれぬまま、床に直に身体を横たえて仮眠する者らのあいだを、夕食の器を運ぶ当番兵が慌ただしく行き来する兵員居住区を抜け、士官室の並ぶ左舷側の廊下に出ると、士官服姿の中沢大尉は扉の外で待ち受けていて、すぐに顔振を眼顔で促し、後甲板の倉庫が立ち並ぶ一角へ導いた。

すでに暮れきって、灯火管制の敷かれた甲板に照明はなく、それでも夜になって空は晴れ、飛行甲板に頭上を覆われてはいても、眼が慣れれば射し込む星明かりを頼りに甲板上を歩くのは難しくなかった。

「水上一曹が死んだで」と中沢大尉は、防火用具庫の陰までくると、人気のないのを確認するようにあたりを見回してから、押し殺した声でいった。

「肺に三発食らってたらしい」

洋上に浮かぶ船に目立った騒音はなく、中沢大尉の言葉は正確に耳に届いた。

「それで、水上一曹はなんと」

顔振が語尾を曖昧《あいまい》にしたまま質問すると、察しよく中沢大尉は、何もいわんかったらしいと、返事をよこした。

「清澄《きよずみ》少佐がいろいろきこうとしたらしいが、あかんかったらしい」

「清澄少佐が」

「そうや。清澄少佐が中心になって調査を進めている。こういうことは副長が扱う仕事やが、副長が清澄少佐に依頼したらしい」

海兵五七期のクラスヘッドで、切れ者と評判の清澄禎次郎《ていじろう》衛兵司令の、いかにも能吏然とした風貌を顔振は思いながらうなずいた。

「それで榊原大尉は」と顔振が最後までいわぬうちに中沢大尉は、自殺らしいと言葉を挟んだ。

「何か自殺する理由でもあったんでしょうか」顔振が続けて質問すると、今度はしばらく黙ってから中沢大尉は口を開いた。

「わからん。とにかく他に説明のしようがないちゅう話や」

自殺と聞いて、顔振はわずかに安堵の気分を味わったが、同時に疑念の雲が胸中に俄《が》然《ぜん》たちこめ、すると顔振の問いを中沢大尉が素早く封じた。

「ええか、兵曹長、何もいったらあかんで。もしかすると、あとで清澄少佐からいろいろきかれるかもわからんが、何も知らんで押し通すのや」

覗き込んでくる中沢大尉の、糸瓜《へちま》形に垂れ下がった眼から顔振は視線を逸《そ》らしたままうなずき、それから、私は何も知りませんと、あわててつけ加えた。

「わかっとる。わかっとる。とにかく何もいうたらあかん。ええか、とくに水筒のことなんか絶対いったらあかんで」

水筒と聞いて、顔振は中沢大尉が自分と同じ不安、関一曹が用意し、水上一曹が機内に持ち込んだはずの、酒の入った水筒の行方に不安を持っているのを知り、たしかに分隊長にすれば、自分のところの分隊員が搭乗員に酒を持たせていた事実が、軍規への厳格で鳴る蔵島参謀あたりに知れたらと思うのは当然で、まして同じ飛行機に搭乗していた士官が毒死したとなれば、ぽっちゃりした丸顔を茄子《なす》のごとく青ざめさせるには十分だった。

「それで、水筒は」

「どこにもなかった。水上一曹が担架で運ばれるときに、それとなく調べてみたんやが、見つからんかった」

普段はものぐさきわまりなく、縦のものを横にもしない中沢大尉にしては、ずいぶんと機敏に立ち回ったものだと、顔振は妙なところで感心した。

「機にもなかったんやろ」

「ありませんでした」

「だから、兵曹長、水筒なんて最初からなかったんや。ええな。関一曹にはもうそういうてある。他の連中が余計なこといわんように頼むで。ええか、兵曹長、これは命令やで」

いまさら命令もないものだと、顔振は内心で嗤《わら》いながら、自己保身となるときわめて精力的になる上司をなおいっそう軽蔑《けいべつ》し、日本が戦争に負けるとしたらこの男のせいではないかとさえ思い、それでも中沢大尉の言葉が現在とりうる最上の策であると認めざるをえなかった。

分かりましたと、顔振は返事をすると、中沢大尉は顔を暗い海の方へ向け、これでよし、これでよし、と何度か呟《つぶや》いて、それからまた思いついたように口を開いた。

「川崎三整の件なんやが、あれは事故ちゅうことで片づけといたから、兵曹長も含んでおいてくれや」

「といいますと」

「飛行作業中の事故死。そういうことで報告を出しといた」といった中沢大尉は、それでなくとも、飛行士官の自殺が問題になっている矢先、整備科の兵隊までが自殺したとあっては、何かと面倒は避けられないと早口で説明した。

「戦闘中の事故死なら名誉の戦死や。ましてただの戦闘やないで。日米開戦の歴史的大作戦や。本人も浮かばれるし、親兄弟だってそれなら鼻高々や。感状のひとつも貰えるかもわからん」

これなら四方丸くおさまると、得意げにいう海軍士官の言葉に、顔振はいいようのない嫌悪と反感を覚えたものの、たしかにこれも認めないわけにはいかなかった。それでも顔振が、しかし果たして本当に自殺と決めてかかってよいのでしょうかと口にして、わずかなりとも調査が必要ではあるまいかと暗にほのめかすと、中沢大尉は吃驚《びっく》りしたように眼を剝《む》いた。

「自殺に決まってるやないか。靴が揃えてあったゆうし」

「しかし遺書はありませんでした。それに本当に川崎三整が自殺に追い込まれるような状況があったかどうかも調べませんと」

「いまさら調べてどないするんや。死んだもんは帰ってきいへん。妙に詮索《せんさく》しては死んだもんだって迷惑や」

なるべく触らぬのが得策だとの思いは顔振も同じではあったけれど、露骨に臭いものには蓋《ふた》を押し通そうとする上司への不愉快、結局はそれに同調せざるをえない自分自身への嫌悪ゆえになおも反論した。

「しかし、人ひとりが死んだとなれば、大きな問題です。しかるべき調査が必要ではないでしょうか」

「だったら兵曹長は、自殺やない、いうんか」

「あるいは」

「どないやて、いうんや」

「突き落とされたのかもしれません」

顔振は口をついて出た言葉の重大さにふるえ、中沢大尉にいわれるまでもなく、余計なことをいうもんじゃないと手厳しく命じる自身の声を頭の中に聞きながら、それでもなお、靴が揃えてあったのだと指摘する中沢大尉に向かって、靴を脱がせてから突き落としたとすればどうか、となお頑固に反論する自分を抑えられなかった。

馬鹿なことというもんやない、と声を押し殺した中沢大尉の狼狽《ろうばい》ぶりが、大尉自身が顔振と同じ疑惑に捉《とら》えられている証拠に違いなく、小気味よく思った顔振がさらに、そもそも川崎三整は自殺するような男ではないといったとたん、中沢大尉が叫んだ。

「畏《おそ》れ多くも陛下の統帥される軍隊にさように不届き千万なことがあるはずはない」

突然のことに顔振は吃驚りし、しかしすぐに、傍らで洗濯板みたいに身を硬くして立つ男の様子が滑稽《こっけい》きわまりなくて、肚《はら》のなかで大笑いした。

「川崎三整は自殺。もとい、飛行作業中の事故で死亡。これは軍機に係わる問題であるからして、分隊長の責任においてそう決着する。余計な詮索は無用。いいな」

分隊長の責任という言葉を聞いて、顔振はますます嗤いをかきたてられ、しかしそれ以上言葉を返す理由もなく、分かりましたと短く返答した。

ふうとため息をひとつ闇に吐いた中沢大尉は、いまになって声高な言葉が誰かの耳に届いたのではないかと恐れたらしく、倉庫の陰から亀みたいに首を伸ばしてあたりを窺《うかが》い、それからまた口を開いた。

「おれはこれから宮本大尉に会ってくる。榊原大尉の件で何か新しい情報があるかも分からんからな。兵曹長はおれなんかよりよっぽどベテランやから、よう分かってるとは思うが、余計なことをしたら絶対にあかんで。いろいろ大変だとは思うが、分隊の方はよろしく頼んだで。まったく、戦争ちゅうのは、いろいろ疲れるもんや。そうは思わへんか、兵曹長」

戦争に疲弊した士官が暗がりに消え、ひとり残された顔振は、川崎三整の死が大きな不審となって胸中に根を張ったのを認めたものの、たしかに中沢大尉の言葉通りにする以外にないと、あらためて自分に言い聞かせた。かりに私闘の末に川崎三整が殺されたのだとして、犯人探しは分隊士程度の権限では手の出しようがなく、それこそ清澄少佐くらいの立場の人間が先頭に立って調査しなければ話にならないだろうし、万が一、分隊内に犯人がいたりしたら、自分の責任がどこまで問われるか分からないと思えば、怯《おび》えの虫が身体中を駆けめぐった。

今日一日の戦闘で「蒼龍」では十人の搭乗員が戦死した。いまとなってはそれらの死と川崎三整の死を区別するものは何もないと、顔振は騒ぎだそうとする気持ちを無理に抑えつけ、船室に戻るべく歩きかけたとき、川崎三整の半靴《げんそく》が残されていたのはたしかこのあたりだったはずだと思い出し、防火倉庫の陰から舷側まで歩いて、手摺《てすり》にもたれて下を覗くと、真っ黒な奈落《ならく》の底からは舷を舐《な》める重たい水音が耳に届いてきた。

かりに川崎三整が突き落とされたのだとすれば、相手はひとりではないだろうと、暗い海の底を覗き込んで考えた顔振は、もう何も考えるなと、再び自分にいい聞かせたものの、一度動き始めた思考は止めようがなかった。

　不意をついて突き飛ばすのならともかく、わざわざ靴を脱がせてから犯行に及ぶには最低でもふたり、複数の人間が力を合わせる必要があるだろう。川崎三整は昨日の〇四〇〇に分隊で食事をとり、全員で仮眠に入った頃には姿があったのが確認されているから、靴が発見された〇九〇〇までのあいだに、何者かにこの場所へ呼び出され、遭難したのではあるまいか。たしかに人に知られぬよう密会密談するには、たったいままで顔振たちがそうしていたように、倉庫の並んだ後甲板のこの近辺はうってつけに違いなかった。

　複数の人間。不意に顔振は、川崎三整を殺したのが「どた馬」「豆だいふく」「貧乏神」の三人ではなかったかとの妄想に襲われ、何を馬鹿なと笑おうとしても、嫌らしい眼を赤く光らせたあの者たちがよってたかって川崎三整を殴りつけ蹴《け》りつける像が頭から離れず、顔振は自分こそがその暴力の犠牲者であるかのように身震いし、そのとき、先刻まで自分がいたあたりで物音がし、人影が走ったように思って小さく声をあげた。

　ふたつの防火倉庫に挟まれた空間、さっきまで顔振と中沢大尉がいた、濃い闇に塗り込められたその場所に人がいるはずはなく、顔振は子供じみた恐怖心を抑え込み、小走りに走って倉庫の隙間に戻り、思い切ってさらに奥へ進めば、人の姿はないのに何者かが蠢《うごめ》く気配だけはなおも消えず、ぎょっとして様子を窺ううちに、防火倉庫と並んだ別の倉庫からごとりとまた物音が聞こえて、どうやら鼠の仕業らしいと察しがついた。

馬鹿野郎と、顔振は舌打ちし、それから扉に記されたペンキ文字の「主一七」から、鼠の跳梁《ちょうりょう》するそれが主計科の倉庫であるのを認めた。主計科の倉庫なら食糧が仕舞われているはずだから、鼠がいても不思議ではないと思いながら、念のために施錠をたしかめたところ、妙なことに気がついた。鋳鉄の閂《かんぬき》にぶらさがった南京錠がいやに真新しいのである。潮に晒《さら》される甲板上の金属は、どれほど丹念に防錆剤《ぼうせいざい》を塗ってもすぐに錆《さ》びがつくもので、実際ほかに並んだ倉庫の錠はどれも錆び付き、つまり「主一七」の錠はごく最近に付け替えられたらしいとは、推理するまでもなかった。

防火倉庫の隙間からもう一度舷側の方へ眼をやった顔振の胸中には、ひとつの仮説が生まれて、馬鹿な、と声を出して否定しようとしたが、しかし直感は仮説の正しさを声高に告げ知らせ、動かしがたく根を張ってしまい、余計なことを絶対するんじゃないぞと脅迫する狡《ずる》い獣の囁《ささや》きを頭に聞きながら、再度南京錠の冷たい感触をたしかめてから、顔振は歩き出した。

「光が見えるぞ」

一七〇〇。その時刻を腕時計でたしかめた加多瀬がいったん船室へ戻ろうと思い、艦橋のハッチに身体を潜り込ませようとしたとき、付き合ってずっと一緒に艦橋に立ち続けていた乾中尉が鋭い叫びを発し、にわかに活気づいた四人の見張り員たちが、一斉に乾中尉が指さす左舷方向へ顔を向けた。

「どこです、砲術長」と金沢三曹が問うのへ、乾中尉は、ほら、あそこだ、あそこ、と腕を伸ばして指し示したが、加多瀬にはぶあつい闇以外には何も見えず、双眼鏡を並べた他の兵員も同様のようで、しばらくは誰も声を発しない。

「何も見えませんなあ」

片岡一水が懐疑の声を発すると、乾中尉は、貴様の眼は節穴かと叱《しか》りつけるや、その手から双眼鏡を奪い取り、おれは頭は悪いが眼はいいんだといいながら、暗い海へレンズを向けた。

「星が瞬くと、灯火に見間違えやすいんですよ」

眼のよい士官から声がないのを見計らって、片岡一水が慰めるようにいい、

「ずっと眼を凝らしておると、目玉がちかちかしますからな」と双眼鏡を眼から外した田中一水が言葉を添えたとき、いや、星じゃない、間違いない、ほら、あれだと、再び乾中尉がいい、続いて見張り員たちが、本当だ、見える、と口々に叫ぶ声を聞くと同時に加多瀬もそれを見た。

「ありゃなんです」

田中一水が素《す》っ頓狂《とんきよう》な声をあげ、「なんだあれは」と金沢三曹も同じく疑念を表明したのは、その光は艦船の灯火とは似ても似つかぬ、不思議な色と形状を伴っていたから

で、淡い黄緑色に発光する紡錘形、それが黒い波間に見え隠れし蠢く様子は、巨大な蛞《なめ》蝓《くじ》のように肉視する加多瀬の眼には映った。

「でかいですよ。百メートルはある」

田中一水が興奮を押し殺した声でいい、いや二百はある、と乾中尉が訂正したとたん、それは天に向かって躍り上がる姿勢になり、と、いきなり反転するや今度は潜り込むような格好で海底へ消えた。

「何なんでしょう」

片岡一水が沈黙を破ると、ややあってから、鯨だろうと乾中尉が応え、しかし鯨があんな風に光るものでしょうかと、片岡一水は納得のいかぬ様子で、光が消えた辺りへ双眼鏡を向けている。

「白子の鯨さ。突然変異でああなる」乾中尉が断言すると、

「白鯨ですか。そいつは凄《すご》い。だったらエイハブ船長に教えてやらないと」とそれまで黙っていた峰二水が教養のあるところを見せたものの、乾中尉には通じるものではなく、馬鹿をいうな、エイのわけないだろうと、峰二水の発言は一蹴《いっしゅう》されてしまった。

「烏賊《いか》じゃないですか」と今度は田中一水が新説をたてた。「ものの本によると、大王烏賊ってのは、百畳敷きだっていいますからね」

「烏賊はあんなに長くないさ。海月《くらげ》か夜行虫の群じゃないかな」

金沢三曹が意見を吐き、加多瀬もそれが一番ありそうだと思ったものの、あれが一個

の意志ある生き物だったとの印象は消しがたく、しかしそれ以上議論にかまけているわけにはいかなかった。加多瀬は見張りを続けるように命じ、まあこれだけ広い海だ、何がいるか分かったもんじゃない、という乾中尉の暢気なまとめを最後に兵員一同は持ち場に戻り、加多瀬もそれを潮に、垣間《かいま》みた海の怪異に心を残しながら、ハッチに身体を潜り込ませた。

IX　幻影への帰投

一九二〇。東京時、八日、午後七時二十分。

顔振兵曹長はひとり、飛行機格納庫上層のエンジン調整室にいた。

この数時間のうちに顔振は川崎三整の件に関する「仮説」について確信を深め、であるが故に不安は昂じ、「仮説」を証明すべく精力的に動きまわったわけでは必ずしもないのに、成果は着実にあがってしまい、子供の頃の蝗《いなご》捕りが思い出された。

顔振の田舎では秋になると家族総出で田圃《たんぼ》の蝗を捕るのだが、顔振少年は蝗捕りが抜群に巧《うま》く、人の何倍も捕ってくるのであったが、本人はさほど一生懸命やった積もりはないので、というのも顔振少年は蝗の佃煮《つくだに》ほど嫌いなものは世の中になく、しばらくは毎日これが食卓に出て、骨を強くするのだからと無理に食わされる地獄を思えばうんざりなのに、何故かたくさん捕れてしまうのであった。欲しいものはなかなか手に入らず、欲しくもないものばかりが集まってしまう、自分の人生はこれからもそういうことばかりが繰り返されるのではあるまいかと、顔振はひとりで悲観した。

実際に顔振がしたのはきわめて簡単なことなのであった。安次嶺一整を人気のない場所に呼び出し、主計科倉庫の鍵を出せと、いきなり言葉を浴びせたのである。

不意を衝《つ》かれたためか、なにもかも見通されていると観念したものか、安次嶺一整は、なくなりましたと、顔面は蒼白《そうはく》であるものの、案外平静な調子でいい、川崎を倉庫へ行かせたな、と畳み掛けた上官の問いには、はい、行かせました、と、さすがに不安気な眼をそっぽへ逸らして答えた。

顔振の方は予想があまりに簡単に当たってしまったことにかえって狼狽《ろうばい》してしまい、しばらくは言葉なく、自分より頭ひとつ分背の高い水兵の、顎《あご》から疎《まば》らに生えた針金みたいに太い鬚《ひげ》を眺めながら、目の前に直立不動の姿勢を崩さずにいる男の内心で渦巻く恐怖や不安や絶望を感得し、部下の苦痛を眺めて愉楽を覚えるほど顔振はしかし残酷ではなかったから、鍵は川崎が持っていたんだなと念を押し、相手の首が肯定の形で縦に動くのを確認して、このことは忘れろ、絶対に他言無用だと言い渡し、この件が漏れたら大変なことになるぞと恫喝《どうかつ》を最後に忘れず加えてから、羽のもげた蜻蛉《とんぼ》を想わせる、手足の割に妙にひょろ長い胴体を持った分隊員を放免した。

主計科員が鍵を差しっぱなしにして忘れるか何かして、安次嶺一整らは主計科倉庫

「一七」の鍵を手に入れ、なかの食品を密《ひそ》かに持ち出していたに違いなく、それがいつ頃から何回くらい行われたかは知らぬが、いずれにせよ主計科では鍵の紛失に気づき、錠そのものを新品と取り替えたに違いなかった。

問題は錠が取り替えられる以前、安次嶺一整に命じられた川崎三整が問題の倉庫に忍び込んだと推察される点だ。そもそも顔振は、これだけ広い空母のなかで、整備科員には普段縁のない後甲板の一画に置かれた川崎三整の半靴を、安次嶺一整が何故あれほど早く発見できたのかが疑問だったのだが、安次嶺が最初から川崎の行き先を知っていた以上疑問は氷解した。川崎三整は食糧倉庫へ忍び込んだ。それから何が起こったのか。最小限にまで落とした調整室の灯火のなかで、壁一面に収納された鉛色の発動機の列が奇怪な生き物の標本のように見え、もうすっかり慣れてしまったせいで、それとはほとんど体感されない船の揺動にあわせて、どこかに紛れ込んだ金属片がからからと転げて音をたてた。顔振は工具棚から軍手と工具箱を取り出し、調整台のひとつに据え付けられたエンジンのカウルフラップを外しかけたが、右腕の痛みのせいもあって、作業に集中できそうにもなく、幾つかネジを外したところで工具を放り出し、放心する者のように傍らの椅子へ腰を下ろした。

川崎三整が主計科倉庫へ忍び込んで盗品を物色していたとき、先刻顔振と中沢大尉がそうしたように、誰かがあそこで密談を交わし始めたのだ。思考は否応《いやおう》なくそこへ引きつけられ、顔振は防火倉庫の狭間の暗がりに立つ複数の影を追った。それらの影は軍帽に面を隠すように何事か話し合い、と、すぐ側の倉庫に物音を聞き、錠が外れているのを見るならば、そこにひとりの怯え顔の兵を発見するにたいして時間はかかるまい。かりに川崎三整が殺されたとするなら、密談は決して人に聞かれてはならない内容だったはずだと考えたときには、話はすでに「かり」ではない真実味の感触を顔振に伝えてきた。影たちは兵に密談を盗み聞かれたと思い、その場で殺すか昏倒《こんとう》させるかして、甲板の端にまで運び、靴を脱がせて海に捨てる。

頭上を覆う飛行甲板に反響する船の騒音で人声がかき消され、無言劇のごとくに推移したであろう出来事を顔振は脳裏《のうり》に想い描いた。歴《れっ》とした証拠はなにひとつなかったけれど、直感はこの想像が正しいと主張してやまず、そんな馬鹿なことがあるはずもないと、己に向かって必死で言い募ろうとしても、そうすればそうするほど無言劇は迫真の度を増した。

確信がある以上、もう一度安次嶺一整を呼び、前後の事情について詳しく調査すべきである。そう思いながら機敏に行動できないのは、かりに「仮説」の正しさがある程度証明されたとして、そのあと一体どうしたらいいのか、まるで見当がつかないからであった。こうした事柄は副長の管轄だろうが、少なくとも分隊長の頭越しに報告をするわけにはいかなかった。

顔振の直感は直感として、報告をなすにはまだ不明な点が多く、またハワイ攻撃の歴史的勝利の余韻のなかで、にわかにもたらされる愉快ならざる報告が、艦長をはじめとする幹部連にいかなる反応を引き起こすのか、あるいは捜査と責任追及がどういう形をとるのか、何より重大なのは、顔振自身の身に一体何が降りかかるのか、顔振にはまるで予想がつかず、ただひとつだけ考慮の余地なくはっきりしているのは、分隊長の中沢大尉がこの際まったく頼りにならない点で、こんなときに榊原大尉がいてくれたらと顔振は思い、その榊原大尉の件もあったのだと不意に思い出し、あの人が自殺したはずはないとあらためて確信され、ひょっとしてふたつの死のあいだには何かしら連動するものがあるのではないかとの発想が生まれて、いよいよ不安は身を締め付け思考は混乱した。

今後とりうる方策として、顔振の眼に映る有力な選択肢がひとつだけあった。すなわち何もしないという方策である。証拠がない以上、川崎三整が殺されたのだとの事実はいまだ事実とはいえず、顔振の頭のなかにだけある妄想と区別なく、しかも顔振の分隊士たる権限では捜査は難しく、である以上事実はいつまで経っても事実にはなりえない。つまりそれは事実ではない。

この論理はほんのわずかばかり顔振を安堵《あんど》させ、かつて経験した身近な死、なかでもとりわけ悲惨な、旋回するプロペラに首をはねられ、胴体とふたつになってしまった整備兵の事故の模様を思い起こし、それと較べることで川崎三整の死の重みを軽減しようと努めた。むろん事故と殺人を同じに扱うことはできまいが、事故で死んだ兵隊にしても、前後の状況を考えれば、当時の霞ヶ浦では連日猛訓練が行われ、整備兵は不眠不休の作業を強いられ、そのせいで集中力を欠いたあげくの事故であったので、本人の不注意ばかりを責めるわけにもいかなかったとするなら、その男も誰かに殺されたのだとの言い方もできなくはなかった。

このたびの戦闘で「蒼龍」では十人の搭乗員が死んだのであり、それらの死と川崎三整のそれとを区別すべきものは何もないのだと、顔振はあらためて自分に言い聞かせ、まして名誉の戦死で決着されるなら、これほど有り難いことはないではないかと考えてみたけれど、それでもなお傷んだ右腕と同様頑固な疼《うず》きは残った。組織の最下級に属する者として、備品同様の扱い、いや備品以下の価値しか与えられず日々酷使されたあげく、最後にはそれこそ倉庫に紛れ込んだ鼠みたいに始末された川崎三整、その惨めきわまりない姿を思えば、引火したアルコールのように、青白い炎が心の裡《うち》に燃え上がるのを覚えた。

だが顔振は、自分の心の芯《しん》に驚くほど鈍くて冷たい塊があって、そこまでは決して炎は届かず、かつて幾度もそうであったように、自然に火が消えていくのを知っていた。理不尽は軍隊に限らず世の中にいくらもある。誰もが理不尽に折り合いを付けて生きていくほかないので、そこから逃れようと一度でも考えてみたことのある者ならば、自分がいかに深く理不尽さの網の目にからめとられているかを知らざるを得ない。

かつて顔振にとって「どた馬」「貧乏神」「豆だいふく」の三人こそが理不尽の具体的形象であった。どうにか逃れたいと思った顔振は、奴等《やつら》を殺すしかないと本気で思い、夜毎吊《つ》り床のなかで殺害の方法を練った。他に逃亡も考えたが、いずれにせよ厳罰を覚悟しない限り出口はなく、当時に較べ遥かに高い組織の階梯《かいてい》を登った現在でも、ただ苦痛が直接自分に向けられることがなくなったというだけで、「どた馬」たちそのものを取り除くことは依然できないのだ。芳醇《ほうじゅん》な酒にも必ず樽《たる》の底には澱《おり》が溜《た》まる。澱をなくせばそれはもう酒ではない。軍隊は顔振が知る唯一の組織であり、いうならば彼の世界そのものであり、そうしてその世界とは大小数々の理不尽を膠《にかわ》に結び合う細胞の集塊なのであった。

たとえば天翔《あまかけ》る奔馬のごとき力を謳歌《おうか》する義経にしたところで、頼朝の理不尽な妬心《としん》から故国を追われてしまうのだ。そう思った顔振は何故『義経一代記』があれほど自分の心の琴線に触れてくるのか、その秘密を理解した気がした。古田厳風の小説では、主人公たる義経は兄の理不尽な討伐命令に対して、片言隻句たりとも不平不満を漏らさず、むしろ兄のはからいに感謝しつつ、新天地に新たな活躍の場を求めていくのだ。義経ならざる凡人にとってこの物語は文字どおり夢物語に違いなかった。

川崎三整は運が悪かったのだ。自分たちが義経でないことを、そしてまたそのような平凡な言葉しか思いつけない己を悲しみながら、突撃する兵隊の誰に敵の弾が当たり誰に当たらないか、それと同じ意味で川崎三整は不運だったので、どれも区別ない「戦死」として公示される書類上の手続きを含め、今度の戦闘で死んだ十人の飛行搭乗員と川崎三整の死とを区別すべきものは何もないのだと、顔振はさらにまた念を押すように思い、それになにより「事実」は現在のところ顔振の頭のなかにある空想の泡にすぎず、本物の「事実」とは自分の外に確乎《かっこ》としてある何かに違いなく、「事実」を「事実」たらしめるのは顔振自身の行動以外にはないのだという重苦しい思考は極力排除した。人が何を望もうが、それが正しかろうが正しくなかろうが、物事はなるようにしかならないのであり、そうなってしまったものがつまりは現実なので、軍隊の人間にとっては絶えず現実的であることが要求される。盗んだ備品でも自分の名前を刻んでしまえば自分のものになる。それが現実的ということであり、その意味で分隊員の謀殺とはあくまで個人の空想の域を出ない何かで、要するに全然現実的でなかった。

結局どうにもなりゃしねえんだよなあ、と精一杯明るい口調で無人の調整室に声を放った顔振は、椅子《いす》から離れて調整台の前に立つと、腕の疼痛《とうつう》に顔をしかめながら、カウルフラップのねじをドライバーでひとつひとつていねいに外しはじめた。

加多瀬は眠っていた。

この三日間でとった睡眠は合計で五時間にも満たず、過労が原因でミスを犯す危険を恐れ、義務感から寝台ベッドに横になったのであったが、しばらくは身体が睡眠の仕組みを忘れてしまった具合に、眠気が襲ってくる気配がなく、眼前の薄暗がりを虚《うつ》ろに漂う思考はまたも特殊潜航艇乗組の若者たちへと向かい、ふたりを最後に見た場面、軍装の人々に見送られて艦橋ハッチのラッタルを上がっていくまでの時間へと意識は触手を伸ばして、入江少尉と森下一曹が司令塔の人々と順番に握手を交わす姿を思い起こした加多瀬はそのとき、自分がふたりの搭乗員と握手を交わさなかった事実に気がつき、そう思えば、あのとき司令塔にいた人間のなかでふたりと握手をしなかったのは自分一人だったと思われ、何か取り返しのつかない失策に不意に思い至った者のように胸を衝《つ》かれた。

とくに意識してそうしなかったわけではない。こちらから無理に手を差し出さなかっただけの話で、入江少尉の方から手を出されれば、いや、ひとこと挨拶《あいさつ》をしてくれれば、当然その掌を握りしめたはずだ。ということは入江少尉は一度も加多瀬に眼を向けなかった理屈になるわけで、実際に記憶には入江少尉の飛行帽の裾から覗かれる青々と刈り上げた項《うなじ》の印象ばかりが残っていて、しかし呉を出て以来、真珠湾潜入作戦について入江少尉が最も密に打ち合わせてきたのは水雷長たる自分であり、言葉にしなくとも入江少尉の信頼はたしかに感得されていたとするなら、いよいよ出撃となって、その加多瀬にひとことの挨拶もないのは奇妙であった。

加多瀬は壁に相対する形で寝返りを打った。滴になった汗が首筋を流れ落ち、裸の背中は水でも浴びたように濡れている。熱帯地域に入って以来ずっとそうしてきたように、頬《ほお》と腿《もも》を壁の鋼材に押しつける形になると、充電用の発動機の振動が顎《あご》から頭蓋《ずがい》に伝わり、ビタミンの欠乏から傷んだ歯茎の軟泥のなかで歯が踊った。

あるいは入江少尉は、加多瀬が特殊潜航艇出撃に反対なのを知って、挨拶を遠慮をしたのかもしれない。これが唯一考えうる解答であったけれど、だとすれば、本意に反して部下を死地に赴かせねばならない、上官の心の負担を入江少尉が軽くしてくれたのかもしれず、しかし、であればこそ、入江少尉は他の誰でもない、加多瀬の命令を、加多瀬の言葉をこそ求めていたのかもしれなかった。思い切ってやってこい、たとえばそのような加多瀬の激励が、わずかでも深度を誤れば猛烈な水の圧力にたちまちひしゃげてしまう、ちっぽけな鉄の容《い》れ物に乗って大海を行く入江少尉の心をどれほど安らがせたかと想えば、土壇場で部下の信頼を手ひどく裏切ってしまったのではとの思いが胸を灼《や》いた。

思い切ってやってこい。そんな空々しい文句は自分には絶対にいえない。ならばあくまで出撃には反対すべきではなかったか。艦長に幾度も念を押し、入江少尉本人をはじめ他の兵員士官にも説いて廻って、そうすれば出撃へと傾いた艦の空気を押し返すことができたかもしれない、とそこまで繰り言めいて考えたとき、実は入江少尉と森下一曹のふたりこそが密かに中止命令を望んでいたのではないかという暗黒の想像が生まれ、その黒い想像の沼に身体が沈んでいくように感じ、しかしもう何もかもが決定的に手遅れなのだった。

加多瀬は森下一曹が手にぶらさげていたサイダー瓶を思い浮かべ、あの瓶と同じ蒼色《そうしょく》の海底に沈んだ筒型の黒い鉄塊を想い、いま遮蔽幕《しゃへいまく》に閉ざされた寝台に横たわる自分が小さな棺桶《かんおけ》に収まって水底にあるのだと幻想してみた。酸素が切れるまでの短い時間、自分は一体何を思うだろうか。生者死者を含めた懐かしい人々の顔を想い、愉快だった出来事を回想しては、自分の人生もこれで満更ではなかったなどと呟《つぶや》き、そうやって記憶の断片を繋《つな》ぎあわせることで最後に与えられた貴重な時間をやり過ごすのだろうか。あるいはもう何も考えられずに、子供の頃に熱を出し、寝床から天井の杉板の模様をぼんやり眺めていたときと同じように、浮かんでは消え行く思考の断片をただ漠然と眺めているのだろうか。いずれにせよ迅速に死は訪れる。やがて周囲に広がる蒼色の水は、なかの人間などには無関心なまま、長い時間の果てに外壁を腐食させ、すべてを他と区別のない冷たく青ざめた色に変えるだろう。

一切の具体性を欠いた、寒色で描かれた抽象画のようなその想像は加多瀬の趣味に合ってはいたけれど、しかし安らぎはなくて、加多瀬は熱い息を幾度か吐き、またいつものように、赤茶けた砂漠の風景を想像に呼び寄せて、流れ込む砂で靴を一杯にしながら、どこまでも果てしなく連なる砂山をふたつ、三つと越えて行き、そのとき加多瀬は、水底にある自分が最後に想うのもきっとこの荒涼たる砂漠の風景に違いないと確信し、さらに砂山をふたつ越えぬうちに、深い眠りに沈んだのだった。

〇二四五。東京時、九日、午前二時四五分。

奇襲攻撃からほぼ二四時間、二度目の夜明けとともに、機動部隊は潜水艦隊をハワイ近海に残し、戦場からの離脱を開始した。

第二章　東　京〈一九四二〉

Ⅰ　猫とオデュッセイア

柱時計がぽんとひとつ鳴ると、いつものように安田教授が、少し休みましょうか、といって鼈甲《べっこう》の眼鏡を外した。

ノートから顔をあげた加多瀬範子《のりこ》は、覚えずふうと息を吐いて、上気して汗ばんだ額をハンカチで軽く押さえた。ただでさえ南向きで日当たりのよい硝子《ガラス》戸の部屋は、瓦斯《ガス》ストーブで暖められ蒸し暑くなっているせいもあったけれど、範子がかかなくてもよい汗をかいたのは、今日はじめて訳読の順番が廻《まわ》ってきたからで、九時に読書会がはじまってからの一時間半は瞬く間に過ぎ去ってしまった。

佐々木という帝大の学生と水村女史が、茶器や菓子を載せた盆と、沸かした薬缶《やかん》を台所から運んできて、畳の上に絨毯《じゅうたん》を敷きつめた部屋の、まわりに椅子《いす》を並べた黒檀《こくたん》のテーブルにお茶の用意が調えられた。五人の参加者のなかでは一番の新参であり、まして女性である範子が席を立たないのは、お茶の支度は当番制と決まりがあるからで、一流の学者から古典文学の手ほどきを受けられる喜び以上に、週に一度のこの集まりのくつろいだ雰囲気にも範子は魅力を覚えていた。

青山学院で西洋古典学の教鞭《きょうべん》をとる安田健教授が自宅で主宰する読書会は、今年で三年目になるらしいが、範子が参加させて貰《もら》うようになってからはまだ二月足らず、ギリシア語そのものは二年ほど前から、日曜毎に通う渋谷《しぶや》のキリスト教会の、礼拝のあと午後に開かれる聖書の勉強会で触れていたけれど、『オデュッセイア』を原語で読むなどまだとてももと尻込《しりご》みしたのだが、進んで恥をかくくらいでなければ上達はおぼつかないと周りから説得された。いま読み進んでいるのは、巻の十、恐ろしい巨人、ライストリュゴネス族の国から逃れたオデュッセウス一行が、次なる苦難に遭遇しようかという辺りで、一行が魔女キルケーの棲《す》むアイアイエーの島に到着するくだりをちょうど範子が訳出したところだった。

学生服の佐々木が案外器用な手つきでポットから花柄の茶碗《ちゃわん》に紅茶を注ぎ、砂糖とミルクをたっぷりと入れた香りのよい印度紅茶が必ず出る、この休憩時間が範子は毎回楽しみなのであるが、休憩後のことを考えると今日ばかりは香りを愉《たの》しむどころではなく、ましてこれから読む部分に、辞書をいくらめくり返しても分からない箇所がふたつあって、どうにも気持ちが落ちつかなかった。

「範子さんのお兄さまは家に帰ってらしたの」

お茶と菓子が全員に行き渡ったところで水村女史が口を開いた。

「ええ、昨日の夜」範子は答えた。

「お兄さま、ハワイまで行かれたんでしょう」

「ええ、そう申しておりました」

「そいつは凄《すご》い」横から口を出した佐々木がやや大袈裟《おおげさ》な反応をするのへ範子は、「でも、真珠湾のときはずっと海の底にいて、横から眺めていただけらしいですわ。潜水艦というのは、平目みたいなもので、だいたいは海底の物陰に隠れているんだと申しておりました」と冗談めかした。

実は範子は兄が話題に持ち出されることが嫌で、というのも兄の話になるなら、当然今度の戦争が話題にならざるをえず、そんな場合、安田教授が穏やかな笑みを浮かべながら、必ず沈黙を保ち続けることに気づいていたからで、古典学をオックスフォードで学び、英国に友人を数多く持つ教授がどのような思いで開戦以来の出来事を眺めているのか、少なくとも日本の戦勝を単純に喜んでいるのではないだろうとは見当がついて、教授の門下生でもあるふたりの青学の学生は、やはり遠慮があるのか、そうした話題には積極的に口を挟まなかったけれど、佐々木はまるで頓着《とんちゃく》というものがなく、機会があれば範子の兄である海軍士官の話を聞きたがり、あるいはそれは範子への御世辞かもしれないと思えば、ますます鬱陶《うっとう》しかった。

「でも、よかったわ。お兄さま、無事にイタケーに帰り着いて。カリュプソーに捕まらずにすんだのは日頃の行いがいいからね」

水村女史が漂泊するオデュッセウスの物語に引っかけて軽口を叩《たた》き、兄はポセイドーンの恨みを買うようなことはしていないからと範子も調子をあわせると、今度は安田教授が口を開いた。

「範子さんのお兄さんはまだ独りでしたか」

はい、と答えた範子は、何故そんなことを教授はきいたのだろうかと不審に思い、続く質問を待ったが、それきり教授は黙って紅茶茶碗に口をつけている。

「やっぱり独身が一番よ」

水村女史が会話を引き継ぎ、少々唐突なその言葉に一同が笑ったのは、安田教授も水村女史も独り身で、離婚を経験している水村女史が、日頃何かといえば独身生活の利点を強調するからである。

「さすがに範子さんのお兄さん、迂闊《うかつ》に結婚したりしないところが偉いわね。結婚ていうのは、カリュプソーに捕まるようなものですからね。海のカリュプソーより陸のカリュプソーの方がずっと質《たち》が悪いのよ」

「ということは、あれですか」そこで佐々木が半畳を入れた。「水村さんも昔はカリュプソーだったんですか」

「ええ。でも私の場合はカリュプソーどころじゃないわね。ほとんどゴルゴーン」

「おっかねえなあ」

「だから夫は私のことをほとんどまともに見なかったわね。見てたら大変よ」

「石になっちまう」

「そうよ。で、可哀相《かわいそう》だから、夫が石になっちゃう前に別れてあげたわけよ」

範子より五歳上の水村女史には、いわゆる出戻りの鬱屈《うっくつ》は微塵《みじん》もなく、もちろんひとつには実家が裕福な造り酒屋で、不自由なく勝手気ままが許されるという条件があるからであろうが、しかし何より持ち前の精力が暗さを寄せ付けず、どんなに疲れているときでも、目尻と口元あたりに漂う皮肉味がやや増すくらいで、早朝の朝顔みたいな元気は変わらなかった。それでも離婚前後にはいろいろと面倒事があったようで、ことに結婚した相手というのが、実家のある福岡選出の、有力代議士の長男であったとすれば、相当の悶着《もんちゃく》があったとは容易に想像されて、事実かつての代議士家の若嫁が憂悶《ゆうもん》の果てに自殺を図ったらしいとの風聞は、範子も耳にしていたけれど、洋装のよく似合うすらりと高い肢体と、生き生きとよく動く大きな眼と立派な鼻の目立つ華やかな顔付きからは、さような翳《かげ》りは窺《うかが》えなかった。

水村女史とは範子が津田塾の学生だった時分に通いはじめた教会で出会い、すぐに仲良くなった。読書会に誘ってくれたのも彼女である。ヴァイオリンを巧みに奏で、絵画や文章にも才のある水村女史は、とにかく活動的な人で、安田教授のところばかりでなく、作家の集まりや同人誌の会など幅広い交際を保ち、いまでは妹分といってよい範子にしても、彼女の活動範囲のすべてを知っているわけではなかった。なかには左翼崩れの演劇青年がたむろする銀座のカフェといった怪しげなものもあるようで、目白の叔父の家で厳重「監視」つきの謹慎生活を送っているのだと本人はいうものの、たとえば恋愛に関して、水村女史はかなり「自由」に振る舞っているのではないかと範子は想像していた。

「とにかく範子さんのお兄さんには独身主義者連盟に入ってもらうわ」

「そんな連盟があったんですか」と佐々木がいうのへ水村女史は機嫌よく応じた。

「ええ。メンバーはいまのところ、私と安田先生。そうですわよね、先生」

「別にぼくは主義主張から独身でいるわけじゃないのさ。ある日ふと気が付いたらこの齢になっていただけの話でね」

安田教授のとぼけた調子がおかしくて、一同はまた声を揃《そろ》えて笑った。先祖は旧幕時代に山陰の小藩の御殿医を代々務め、国立病院の内科部長であった父親から受け継いだ広い屋敷に、手伝いの老婆とふたりで住む安田教授は、学生がそのまま齢を取り、中年を経て初老の域へ到達しつつあるといった風情があって、ある日ふと気がついたら、という言葉には修辞以上の実質があると範子には感じられた。

「主義主張がなくたって実績の点から先生はメンバーの資格十分ですわ」とまた水村女史が話題を先導した。

「どう、佐々木君、あなたも独身主義者連盟に入ったほうがいいわよ。カントだってニーチェだって、偉大な思想家はみな独身なんですからね」

「遠慮しておきます。イタケーに帰れなくてもいいから、この際カリュプソーと一緒に暮らしたい。範子さんもそうでしょう？」

佐々木が隣に座った範子を一瞬盗み見るようにしていうと、水村女史が素早く会話を引き取った。

「範子さんは私の妹ですからね。やっぱりゴルゴーンのひとりよ。海辺の洞窟《どうくつ》の三姉妹。そうでしょう」

「ええ。でも、私でしたら夫を石にして床の間に飾っておきますわ」

範子の言葉に遠慮なく声を出して笑った水村女史は、

「どう、佐々木君。あなたが範子さんの家の床の間に飾ってもらったら」と年下の学生をからかい、範子が涼しい顔をしているのに較べて、佐々木が耳まで紅くしたので、またも笑い声が硝子戸《ガラスど》から射《さ》し込む明るい日差しのなかに渦巻いた。

来月の誕生日で二三歳になる範子は、いずれ自分が結婚するのだろうと漠然と思ってはいたけれど、さしあたって結婚すべき相手はなく、専門学校を卒業して以来、十を超える数で持ち込まれた縁談にも積極的になれなかった。小説好きの同級生のなかには、家の都合で相手が決められるなどは不純だ、恋愛の末に結ばれるのでなければ絶対に嫌だと主張する者もいて、しかし範子はそういう人に限って恋愛は難しそうな御面相である場合が多いとの知見を得ながら、「夢見がちな乙女」の心情を冷笑し、実際恋愛至上主義を標榜《ひょうぼう》する友人たちに向かって、結婚するなら見合いが一番と発言して、反動的だと反発をかったこともあるが、だからといってすぐに結婚すべき理由も見あたらなかった。

職業婦人として自立した人生を歩もうと考える人も周りにはいて、この人たちに対しては掛け値なしの敬意を払ってはいたけれど、英文科を出た範子が身につけた技能が生かされる場所がどんどん狭まっている、どころか英語そのものが敵視される現状で、自分の持てる時間と労力の大半を費やしてもよいと思えるような仕事は見つからなかった。たとえば代用教員の口ならいくつかあったが、範子は子供が好きではなく、自分がよい先生になれるとはとても思えず、かといって丸ビルあたりで一日中タイプを叩《たた》いたりするのは肩が凝る。贅沢《ぜいたく》なのは十分に承知してはいたけれど、財産というほどではないが父親の遺《のこ》してくれたものと、ふたりの兄の庇護《ひご》の下で、不自由なく暮らせる現実は現実なのであって、しかも範子は知り合いの弁護士が経営する法律事務所に週に三日か四日通い、頼まれて翻訳や書類整理の仕事をし、代用教員をするより高い報酬を得ていたのである。

花嫁修業をしていると、訊《たず》ねられれば範子は答え、花嫁修業の内容がギリシア文学を学ぶことや、学生時代から続けている乗馬の稽古《けいこ》だとは知らずに、きいた人が納得するのがおかしかったけれど、それ以上の追及を避けるには便利だった。むろん範子は年ごとに自分の花嫁としての「価格」が下落していくのは知っており、花嫁修業の遁辞《とんじ》が通用するのもあと一、二年だとも承知していて、焦りを覚えぬでもなかったが、しかしそれは嫁《ゆ》き遅れになる不安ではなく、いまの安穏な生活を断念しなければならぬときへの恐れが主因であった。

西洋文学に興味があり、とりわけ語学には人並み優れた才があるとの自負もあったけれど、例えばそれを「仕事」として続けていくような条件はどこにもなく、まして範子の一番の夢が、専門学校で学んですっかり虜になったシェークスピアを自分で翻訳上演してみたいというものであるとするなら、鬼畜米英の大合唱のなかで、範子の活動力が発揮される場所は永遠に得られる見込みはなかった。

であるならば「価格」が下落せぬうちに手を打つのが賢明に違いなかった。専門学校を卒業と同時に結婚した友人のひとりは、範子がギリシア語を勉強していると知って、内面を磨いている範子さんは偉いとほめてくれたけれど、結婚するなら内面など磨いても仕方がなく、見た目を磨いた方が余程よいに決まっていて、むしろ文学的教養、とりわけ西洋文学などは邪魔以外の何物でもなく、一般に世間の男が可愛い女、つまり頭の足りない女を妻に望んでいるのだと、至極冷静に観察していた。

それでもなお範子が勉強をやめないのは、要するに好きだからで、ことに近頃ではギリシア語という言語、文字そのものの魅力、あるいはそれら文字の作り出す、英語とも日本語とも違う意味の広がりや彩りに魅了されていて、安田教授から借りたオックスフォードの分厚い辞書をスタンドの灯《あか》りの下で繰っていれば時間を忘れた。

好きを貫くには犠牲を払わなければならない。それを知る範子は払うべき犠牲の大きさに怯《おび》え、というより一体自分はどこまで犠牲を払えばよいのか、あるいは好きなことがどこまで本当に自分は好きなのか、掴みきれないところにつまり不安の内実はあったので、二千数百年の昔、東地中海の透明で乾いた空気と、オリーブの生い茂る白茶けた石灰岩の風土に育まれた文化、文字という形になった文化の手触りに悦《よろこ》びを覚えるたびに、不安の虫が腹の底では蠢《うごめ》くのを感じないわけにはいかなかった。

ヘクトールが、硝子戸の前の一間廊下に現れ、籐椅子《とういす》に這《は》いあがって室のなかの人間たちを睥睨《へいげい》する格好で寝そべった。

猫好きの水村女史がさっそくご機嫌を伺い、脇に手を差し入れて持ち上げると、英雄の名にふさわしからぬ肥満した老猫は、にゃあとも鳴かず後ろ肢をだらりとぶら下げた格好でされるがままになる。それでも髯《ひげ》の生えた顔だけは不愉快そうなのが生意気である。

「そろそろ名前を変えるべきじゃないかしら。これじゃあ、いくらなんでもヘクトールに悪いわ」

水村女史が抱えた猫を壊れ物でも置くみたいに籐椅子へ戻した。

「それにヘクトールは犬の名前でしょう。たしか夏目漱石の飼っていた犬がそういう名前じゃなかったかしら」

「貰《もら》ったときにすでに名前はついていたんでね。急に変えたりすると、猫といえどもアイデンティティーが傷つく恐れがある。それに彼も昔は精悍《せいかん》でないこともなかった」と安田教授が猫のために弁明した。

「ところが、ある事件を境にすっかり柔弱の猫になってしまったのだね」

「猫がどうしたんです」

佐々木が問うのへ、あそこに槿《むくげ》の木があるでしょう、と安田教授は庭へ眼を向けた。

滝野川の六義園《りくぎえん》に近い、古くは大名の下屋敷であったところを幾つかに区切って、それでもなお十分な面積のある敷地には、屋敷森の名残の丈高い樹木が、日本家屋の黒瓦《くろがわら》へ覆い被《かぶ》さる形で鬱蒼《うっそう》としている。木造の純和式の家を安田教授は洋風に改装して使い、洋書の詰まった書棚に並んで水墨画の掛け軸が下がった床の間があって、しかもそこに蓄音機が置かれていたりする様子は、しかし決してちぐはぐな感じはなくて、むしろモダンな印象を範子に与えた。とりわけ範子はこの家の匂《にお》い、古い家に特有の黴臭《かびくさ》さと書物のインクの香りがひとつになった重たい空気が大好きで、そうした雑然たる気品ともいうべき家の雰囲気にふさわしい、ほとんど手入れらしい手入れをせぬまま放置された庭の風情にも心やすらぐものを覚えた。

「ヘクトールはあの槿が大の気に入りでね、毎日登っていた」

安田教授は硝子戸へ眼を向けたまま説明をはじめた。

「猫という動物は木に登るのはいいが、降りるのは下手でね、毎回苦労していたんだが、ある日、突き出した枝の間に挟まってしまってね。逆さまの格好で身動きがとれなくなってしまった。それだけで済めばよかったんだが、そこへ鴉《からす》がやってきて、さかんに嘴《くちばし》でつついたんだね。哀れ縛られたプロメテウスという格好だ。それからというものヘクトールはすっかり気抜けがしたらしくて、臆病になり、表にも出なくなってしまった」

まあ、可哀相なヘクトール、と水村女史は大袈裟に声をあげながら、椅子に寝そべった猫の髯を引いた。女史は親愛の情を示したつもりかもしれないが、ああされたのでは猫には迷惑だろうと範子が見ていると、ヘクトールはうるさそうに眼をつむっただけで動かない。

「このままじゃいかんと僕は思った」と安田教授が続けた。「鴉どもによってたかってつつかれる経験というのは、たしかに猫にとって悪夢だろうが、この精神の危機は自力で乗り越えられなければならない。そこで僕は剝製屋《はくせいや》で鴉の剝製をあつらえて、ヘクトールに与えて爪で引き裂くよう勧めてみたんだね。ところが、ヘクトールは剝製を見ただけで家中逃げ回る始末で、怖くないから大丈夫だと、ずいぶん慣れさせようとしたんだが結局うまくいかなかった。そのうち段々と瘦《や》せてもきたので、とうとう諦めて、医者に連れて行って相談したら、注射を一本してくれて、これでもう大丈夫ですと請け合うから、家に帰って剝製を見せると今度は何も反応しない。試しに嘴でつついてみたんだが、ただされるがまま、なんら抵抗しない。一切の事象に対し無感動になって、それからぶくぶく太り始めた。あの医者はまったくの藪医者《やぶいしゃ》だ」

安田教授の本気で怒っている様子がおかしくて、範子はハンカチで口元を押さえて笑いをこらえた。

「でも、いまのお話は、何かの寓話《ぐうわ》なんですの」

ようやく猫を解放した水村女史がやはり笑いを含んだ声できくと、ただの実話だと安田教授は答えた。

「しかし漱石の猫にも、鴉に負ける話があったんじゃなかったでしたか」と佐々木がいい、君たちでも漱石を読むの、と安田教授がきいたので、談話は気概なく肥満した老英雄から離れた。

「漱石は子供の頃に読みましたが、まあ要するに通俗でしょう」

答えた佐々木が他のふたりの学生の方へ顔を向けると、

『道草』などは結構いいように思いますが、あとはちょっと」と、山本という痩せた眼鏡の学生がいい、もうひとりの学生も同意を示してうなずいている。

「そうかね。僕などは、日本の小説家のなかでは漱石が一番偉いと思うんだが」

「小説の大衆性に着目すれば偉大といってもいいとは思いますが、芸術の観点からすればどうでしょうか」と師匠の意見に疑義を差し出した山本は、普段は大人しいけれど、文学には関心が深く、話がそこへ及べば黙っていない。

「それに大衆性というのであれば、菊池寛や大佛《おさらぎ》次郎などの方が、遥かによく考えているんじゃないでしょうか」

「そこに佐藤紅緑《こうろく》と吉川英治を加えてもいい」と佐々木が補足する。

「ええ。つまり漱石はどこか中途半端なんですよ。大衆性につこうとしながらつききれない。かといって芸術性に徹底もできない」

「そういいながら、君たちも結構読んでいるみたいじゃないか」

安田教授がからかうようにいうと、

「そんなに読んでもいませんが。とにかく漱石は何かピンとこないんです」と山本は眼鏡の奥で笑った。

「結局、漱石は知識人なんです」佐々木がバトンを受けていうのへ、文学論となればこちらも黙ってはいない水村女史が介入した。

「知識人じゃいけないの」

「そういうわけじゃありませんが」

「あなただって立派な知識人じゃない。この国では血統書付きの知識人は主に三四郎池の周辺に生息しているんですからね」

「しかし漱石は個人主義なんです。個人主義の知識人」

「あら。知識人というのはだいたいが個人主義なんじゃないかしら。どこの国でも」

「西洋じゃそうかもしれませんが、日本ではそうはいきません。知識の花は民衆という土壌の上に咲くものですからね。民衆に背を向け孤立した知識の植物は立ち枯れてしまう。芥川がいい例です。芥川はたしかに当代一流の知識人だったのでしょうが、結局は自滅するしかなかった。彼には民衆の姿が見えていなかったんです」

「しかし個人主義と民衆から孤立することは必ずしも同じことではないのではないかな」安田教授が穏やかな調子で疑義を挟《さしはさ》むと、

「ええ、たしかにそうだと思います」と教授の方へ浅黒い顔を向けた佐々木は一度は同意してみせてから、しかし、とすぐさま反論した。「日本では同じことに結果的になってしまうんですよ。西洋の知識人は絶対的な神に向かい合うことで個人主義の立場を支えられるんでしょうが、どっこい日本ではそうはいかない。知識人だろうが何だろうが、立脚すべきは民衆以外にない。他に支えはない。民衆あるのみ。ただ民衆あるのみです。そこから外れては誰も何もできない。だから知識人が個人主義を貫こうとすれば、たちまち支えを失って宙へ浮いてしまう。ましていまの時局では個人主義などは許されるものではないでしょう。国家や民衆の現実に背を向けて知識の殿堂に独り閉じこもり、個人の価値をただ追求するなんてことは到底できることじゃありません」

最後の言葉が、若年より脇目《わきめ》もふらず、ただ西洋古典文学の研究にのみ没頭してきた安田教授への痛烈な批評になりうると思い、範子ははっと胸を衝《つ》かれたが、紙巻きをくゆらせた教授は煙の向こうで穏やかに微笑し、いった佐々木本人は何も気づいている様子はなかった。

範子は、佐々木の理屈には少々おかしいところがある、つまり個人主義の定義を曖昧《あいまい》にしたまま否定している点に納得のいかないものを感じたけれど、発言するまでの自信はないので黙っていると、水村女史がまた質問した。

「佐々木君は日本には個人主義は根付かないというのね」

「ええ。根付く必然性もないし、その必要性もない。個人主義は要するに西洋人の発明品ですからね」と答えてから、理屈っぽい割には世慣れたところのある佐々木は、話が少々青臭くなってしまったと思ったのか、笑みに顔を歪《ゆが》めて加えた。

「それに個人主義じゃ戦争には勝てません」

三人の学生は小さく声を合わせて笑い、その声を聴いた範子は、彼らの雰囲気が短いあいだに大きく変化していることに気づかされた。開戦以前、とりわけ日米交渉が暗礁に乗り上げ、苛立《いらだ》たしく不快な気分が世間を覆っていた時期、彼らは文学のみに価値を認め、他の一切に対しては軽蔑ないし無関心を貫いているように見え、そうした文学青年風の臭みが範子には少々うとましくもあったわけだが、育ちの良さからくる明るさ、率直さが臭みを軽減してもいて、好ましく思う場合が多かったのである。

いまも上品なところが全然失われたのではなかったけれど、その身体から発散された気分にはどこか浮わついたところがあって、つまりは彼らもまた世間並みに祖国の戦勝に興奮しているにすぎないのであったが、ギリシア古典を読むこの場所だけは、世間一般の動向とは無縁の別世界のように思っていた範子は、真面目《まじめ》に応対していた客が実は酔っぱらっているのに気づいたときみたいな軽い衝撃を受けた。

と、三人の笑いに同調せずに、安田教授がぽつんといった。

「個人主義を排除するような国家はいずれ自滅するよ」

佐々木は眼に明らかな怒りの閃《ひらめ》きを走らせ、しかしなおいっそうの笑みを顔の表面に貼《は》り付けていった。

「先生もあれですね、『三四郎』の広田先生でしたっけ、あの人と同じ台詞《せりふ》をいうわけですね。日本は滅びるよ」

語り手の剽軽《ひょうきん》な調子がかえって悪意の毒をはらむと見え、座はぎこちない緊張に捉《とら》えられたが、安田教授ひとりは別段のこともなく、黙って煙草をくゆらし、むしろ苛立たしげな調子で口を開いたのは佐々木の方であった。

「僕は滅んでよいものが日本にはたくさんあると思います。実際今後十年くらいのうちに多くのものが滅ぶでしょう。この戦争を戦い抜くなかで滅ぶべきものは必然的に滅んでいく。しかし何が滅びようとも、民衆だけは滅ぶことはない。個人は死ぬ。政治体制も変わる。しかし民衆だけは決して死なない。民衆は永遠の生命を持っているんです」

「その民衆なんですけれど」

それまで紅茶茶碗の底に溜《た》まった砂糖を匙《さじ》で掬《すく》って舐《な》めようかどうしようか迷っていた範子は、思わず言葉を発して一座の注視を浴びてしまい、自分でも何がいいたいのか分からぬまま後を続けた。

「その民衆のなかには私も入っているんでしょうか」

「当然ですよ。なんでそんなことをきくんです」

佐々木が問うのへ、範子はいよいよ混乱しながら答えた。

「佐々木さんのおっしゃる民衆に、私は入っていない気がするんです」

驚愕《きょうがく》から疑惑へと表情を変える佐々木の眼から逃れて、一段と日差しの増した硝子戸へ視線を逸《そ》らすと、籐椅子の猫がひとつ大きな欠伸《あくび》をした。

II　冬の陽

御徒町《おかちまち》で省線から市電に乗り換えた加多瀬は本郷三丁目で下車した。

二月の空は雲ひとつなく晴れ渡り、むろんどんな好天気であっても、冬の日差しは正午を越えればどこか白濁した翳《かげ》りを帯びてしまうものであるが、十時になったばかりのこの時刻、冬枯れた街路樹の、裸の枝を透かして斜めから射し込む陽は新鮮で暖かかった。

蒸し暑くて窮屈な鉄の容《い》れ物に長らく閉じこめられた加多瀬が、陸に上がってなにより感激したのは、のびのびと手足を広げて横たわる畳の感触であり、蛇口をひねるだけで奇跡のごとくに迸《ほとばし》る濁りのない水であり、あるいは肩を沈めると浴槽から溢《あふ》れ出る風《ふ》呂《ろ》の湯であったけれど、しかしそれにも増して、加多瀬は冬の清冽な大気が有り難く、右手に続く帝大敷地の、石塀の向こうに見える常緑樹の茂み、その辺りから漂い来る樹木の甘い香りを含んだ空気を存分に吸い込み、棕櫚《しゅろ》の間に覗《のぞ》かれた建物の、陽光に晒《さら》され燃え上がるような橙《だいだい》に染まった煉瓦《れんが》壁を眺めながら、本郷通りを千駄木《せんだぎ》方向へ歩いた。

去年の十一月に呉を出撃して、ハワイ攻撃の後一度クェゼリンの基地へ戻り、それから印度洋をマダガスカル近海まで遠征した、三ヵ月近い行動を終えて日本へ戻ったとき、加多瀬の嗅覚《きゅうかく》は驚くほど敏感になっていて、とりわけ植物の匂いには過敏なほどで、座敷に切り花があれば、以前はそこに花があることに気づきさえしなかったのに、襖《ふすま》を開いたとたんに強烈な香りを感じたし、上陸直後には椿や柊《ひいらぎ》の生け垣の側を通りかかるだけで青臭さに胸が悪くなった。四季を通じて草木の最も貧しい季節であったにもかかわらず、日本は実に緑の多い国だというのが、久しぶりに見た故国の印象で、どの家のどの庭にも草木が溢れ、半分崩れ掛かったような掘っ建て小屋にさえ、軒先や縁側には鉢植が所狭しと並べ置かれている様子は加多瀬を驚かせ、この国の住人の国民性についてあらためて考えさせられる一契機となった。

日本民族の優秀性。その論説は日米戦争緒戦の勝利から、マレー沖海戦におけるレパルス、プリンス・オブ・ウェールズ両戦艦の撃沈、二月に入ってのシンガポール侵攻、スマトラ島パレンバンの占領と、華々しい戦果が発表されるたびに、新聞やラジオを通じて鼓吹され、人々は我らが陸海軍の無敵ぶりに半ばあきれながら、ずっと頭を押さえつけられていた大男を一発で殴り倒した痛快さに酔いしれ、英米国民とはつまり総身に知恵の廻らぬ腰抜けにすぎぬと嘲笑《ちょうしょう》する一方で、少なくとも国民をして一丸となす団結力、および老若を問わず民族の血のなかにある生来の気迫については、世界に向かって誇りうるだけのものがあるのだと確信した。

加多瀬は一部の者が主張するような、天孫降臨に遡《さかのぼ》る優等民族の純血性といった考えには全然与《くみ》しなかったけれど、北方南方大陸の、多種多様な民族の血統が混交した結果、極東の島国に独特の文化が発達することになったのだとの説には共感納得するところがあって、日本人の雑種性、それこそが民の強さの根拠ではあるまいかと、漠然とではあるが考えていた。

純粋とはときに脆《もろ》く、雑草は荒れ地にあって逞《たくま》しい。そうしたイメージに加えて、日本人に特有の慎ましさ、大輪の花ばかりでなく、地味で目立たぬ野の草木をも大切に育て、身近に置き、さりげない工夫でもって生活を豊かにしようとする慎ましい配慮こそが、欧米人にはない美質ではあるまいかとも新たに考えさせられた。そうした慎ましさは、ひとつひとつは決して目立たぬが、一個に結び合うならば途轍《とてつ》もなく大きな力となる。加多瀬は圧倒的に有利に推移する戦局を見るにつけ、この戦争は案外早く終わるかも知れないと明るい見通しを持つとともに、繊細で優しい人々が、まさに繊細で優しいが故にこそ発揮する力、より合わせた絹糸の強靭《きょうじん》さに想いを向けるのだった。

赤門を過ぎて、少し時間を潰《つぶ》す必要を感じていた加多瀬は、左手に現れた小さな書店に入った。大学近くの本屋らしく、法学や経済学の専門書の並ぶ書棚の前に、学生服を着た学生が一人佇《たたず》んで書物に眼を落とし、奥の勘定台の向こうでは、毛糸の帽子を被《かぶ》った親父《おやじ》が詰碁の本を眺めながら火鉢に掌《てのひら》をかざしている。

炭が焼ける香りと混じり合った、書店に特有のインクと黴《かび》の匂いを嗅《か》いだ加多瀬は、ふと見知らぬ地境に迷い込んだような、それでいながらひどく懐かしい、不思議な感覚に捉えられ、この場所を支配する静寂は戦勝の熱気から遠いせいなのだと突然のように気がついて、同時にその静けさに心やすらぐ自分を見いだし、ふうと息を深く吸った。

日本へ戻って以来の加多瀬は、祭りの真ん中に放り出された旅人さながら、大勢の歓呼と万歳に迎えられたと聞く機動部隊の凱旋《がいせん》とは違って、横須賀への入港こそ出迎えもない淋しいものであったけれど、上陸した途端押し寄せた空気には、戦勝の興奮と熱気が猛然として渦巻き、たちまちにして「武勲の英雄」を四方から押し包んだ。大活字の躍る新聞や勇壮な行進曲ではじまるラジオ放送が浮かれ騒ぎに景気をつけ、毎日毎時、何か新しい戦果はないかと人々は報道を心待ちにし、何もない日でも、新聞ラジオはあの手この手で勝利の模様を新たな彩りとともに再現したから、祝勝気分をいよいよ煽《あお》り立てられた人々は、落ちつきなく旗を振っては往来を駆け回った。

加多瀬にしたところで勝利が嬉《うれ》しくないはずがなく、人に会えば必ず与えられる祝福と感謝と賞賛に自尊心が大いにくすぐられはしたものの、世間の狂騒ぶりに戸惑いを覚えたのも事実である。

ひとつには細胞の隅々にまで蓄積された疲労があった。潜水艦勤務が兵員にもたらす消耗は通常艦船の比ではなく、まして三ヵ月の行動となれば病気にならぬのが不思議なくらいで、実際、帰投と同時に十数名の乗組員が体調不良を訴え入院した。加多瀬も胃が荒れたのか、めっきり食欲を失い、不眠と腰の嫌な鈍痛にも悩まされ、しかも横須賀へ入港してから二週間というもの、人間以上に傷みに傷んだ船体の補修作業に追われ、昨日になってようやく阿佐ヶ谷《あさがや》の実家へ戻れたので、今日の土曜と明日の日曜、二日は休暇がとれたものの、そればかりの休息ではとても元気回復という具合にはいきそうにもなかった。

だが、加多瀬の疲労感を倍加したのは、あれほどの消耗を強いられた作戦行動のあげく、何ひとつ戦果を挙げ得なかった事実にこそあった。同じく印度洋に展開した六隻の僚艦が、それぞれ優劣はありながら通商破壊に一定の成果を得たのに対して、加多瀬の乗艦する伊二四潜に限っては、筏《いかだ》ひとつ沈め得なかったのである。

ハワイ攻撃後、両舷機に故障があり、修理のため一艘《そう》だけクェゼリン出撃が遅れた点に、たしかに不首尾の原因の一端はあって、足の遅い潜水艦が効果的な通商破壊を行うには、狩りをする狼のように群をなして行動する必要があるとは、加多瀬自身が欧州大戦におけるドイツ潜水艦隊の研究から、水雷学校時代にまとめた報告書で強調した点で、つまりずっと単独行動を強いられた伊二四潜の失敗は、加多瀬の見解の正しさをはからずも証明する結果になってしまったのである。

しかし原因はこれだけではなかった。実際西太平洋では、単独行動の艦が敵駆逐艦を大破させる手柄を挙げた例も一方にはあったのであり、では何故駄目だったのかといえば、つまるところそれは「不運」のひとことに尽きた。敵国商船に遭遇する機会が全然なかったのではないけれど、いずれも状況は当方に有利でなく、一度は日没直前で夜陰に取り逃がし、二度目は魚雷発射の角度が得られぬまま追蹤《ついしょう》するうちに両舷機の故障が再発し、攻撃を断念、そして「三度目の正直」を実証する機会はついに与えられなかった。

どれほど腕のよい釣り師でも魚信がなければいかんともしがたい。そのようにいってみたところで慰めにもならぬのは当然で、焦燥は悪く内攻し、引き続く故障に苛立《いらだ》ちが昂《こう》じ、作戦行動の後半、艦の空気は総じて沈滞した。詰まらぬミスが重なって怪我人《けがにん》が続出したばかりか、アメーバ赤痢が発生し、他ならぬ安藤艦長本人が赤痢にやられ艦長室で寝たきりになる始末で、兵員の不満と憎悪を一身に集める結果となった。気の毒にも安藤中佐は潜水艦長失格の烙印《らくいん》を押され、つまりそれは彼が運が悪いからであり、戦場ではつきのない者が敗者となるのが冷厳たる事実である以上、運も実力のうちであるとの評価は仕方がなく、何より潜水艦の指揮官に求められる資質は強運であると、近い将来同じ立場につくであろう加多瀬は、不安とともに実感したのであった。

そういうわけで、世間の昂揚ぶりとは裏腹に、帰還した加多瀬の気分は消沈しがちであったのであるが、晴れぬ思いに拍車をかけたのは親友の戦死の報《しら》せであった。榊原大尉の戦死を聞いたのは、上陸の翌日水交社で晩飯をとっていた最中、顔見知りの職員が教えてくれた。

加多瀬と榊原は海兵の同期生である。何故か最初からうまがあい、卒業後は航空と水雷と進路は分かれたものの、付き合いは途切れることなく、お互い多忙な勤務の隙《ひま》を見つけては会って親交を深めた。

この半年ばかりは、極秘裡《ごくひり》に進められた日米開戦への準備ゆえに連絡も途切れていたけれど、生きて日本に帰れるならば、加多瀬が真っ先に会って酒を酌み交わしたいと思う相手は、他の誰でもない榊原であり、今度の出撃で機動部隊の空母の少なくとも半数は沈められるだろうと予想し、戦死率の高い航空に所属する以上、榊原の生還の可能性はかなり低いのではと考えていたにもかかわらず、現実に戦死と聞いたときには、きわめて理不尽な、ありえざる事が起こったように感じ、死を覚悟すると言葉ではいうけれど、自分の死であれ他人の死であれ、それが本当に訪れる瞬間まで、死を現実として捉えることは出来ないのだと加多瀬は悟った。

四年前に結婚した榊原は、俺と加多瀬ではどちらが上等な人間だかわからないが、少なくとも俺は加多瀬の経験していない事をふたつ経験している、ひとつは機を駆って大空を翔《かけ》る爽快感《そうかいかん》であり、もうひとつは結婚生活だといって、独身のままでいる友人をからかったものだが、とうとう三つ目までも先を越されてしまったと、加多瀬はいつも笑いをたたえているように見える榊原の巨《おお》きな目玉を思い起こしては、喪失感と悲哀のなかに独り取り残された自分を持て余した。

葬式は加多瀬が蒸し暑い印度洋上、歯痛と野菜不足からくる皮膚炎に悩まされつつ悪戦苦闘していた一月中には済んでいて、何を措《お》いても弔問に駆けつけるべきであったけれど、平時とは違って容易に暇は取れず、二月も半ばを過ぎた今日になってようやく時間が出来たので、朝早く実家を出、霞ヶ関《かすみがせき》の海軍省で所用を済ませてから、榊原の自宅のある本郷区森川町に廻ったのである。榊原夫人には今日の訪問を葉書で知らせてあった。

本屋の二筋になった通路を漠然と見て歩いた加多瀬は、棚の隅に「中央公論」が積まれているのを見つけて、一冊を手にとって勘定台で金を払い、包んで貰《もら》わず裸のまま外套《がいとう》のポケットに突っ込み店を出た。書店から二つ目の路地に入ってしばらく行くと、小さな鳥居のある神社の杜《もり》が見え、その裏手に榊原が借りた二階家はある。

鳥居の脇《わき》にある、葉を落とした銀杏《いちょう》の大木の下まで来て、加多瀬は道順に迷う者のようにしばらくそこに佇《たたず》んでいたが、実際には榊原が家庭を持って以来、幾度となくその家を訪れていたから、迷いたくても迷いようはなかった。

鳥居を潜ってすぐ左手に続く、一番の近道になる小道へ踏みいるのを加多瀬に躊躇《ためら》わせていたものは、子供のないまま未亡人となった榊原夫人とふたり、広からぬ部屋で顔をあわせる息苦しい時間への懼《おそ》れであった。

腕の時計を見ると、針は十時を過ぎたところで止まっていて、加多瀬は二十分くらいだろうと見当をつけて針を調節し、ゆっくりとネジを巻き直してから、鳥居を潜り、藪《やぶ》をなす低木の狭間に踏みわけられた小道を静かに歩き出せば、青臭い葉の香りがにわかに鼻を襲った。

榊原の遺影は二枚飾られていて、一枚は霞ヶ浦《かすみがうら》で撮ったらしい、複葉の練習機の前に飛行服姿で立った写真、もう一枚は結婚記念の軍装姿、仏壇のない家なので、背の低い本棚の最上段に、写真と遺髪の納められた小さな白木の箱、それから青磁の一輪挿しに活《い》けられた白い水仙が並べ置かれて、祭壇というにはあまりに素朴ではあるけれど、いっそさっぱりと清潔に片づけられているところが榊原の人柄にふさわしいと、加多瀬は好ましく感じた。

榊原夫人の志津子は、来訪を報せてあったためだろう、地味な鼠色の紬《つむぎ》に錆朱《さびしゅ》の帯を締めた姿で加多瀬を迎え、小さな玄関からすぐの八畳間へ上がった加多瀬が、「祭壇」の前でしばらく黙って頭を下げて瞑目《めいもく》し、写真のなかで歯を見せた飛行服姿の男をいま一度眺めたときには、茶碗と菓子皿を盆に載せて運んできて客に勧めた。

何度か食事に招かれ、泊まり込みで飲み明かしたこともあったから、志津子とは互いに軽口を叩《たた》き合うくらいに馴染《なじ》んではいたけれど、むろんそれは家の主を間に挟んでの話であって、予想していたとおり、媒介を欠いては座の空気はぎこちなくなりがちで、まずは型どおりのくやみを述べた加多瀬に、志津子もやはり型にはまった挨拶《あいさつ》を返し、そうしてしまえば後の話を続けるのが難しくて、茶碗を掌《て》にしたまま障子を開け放した縁側に眼を向ければ、竹垣に囲まれた狭い庭があって、わずかにあげた眼には、隣接する神社の楠《くすのき》の大木を透かして青い空が映った。流れ込む空気は冷たかったけれど、日差しは暖かで、閉め切った部屋で向かい合う息苦しさを思えば、この志津子の配慮は有り難かった。

「薔薇《ばら》は今年はどうでした」とようやく話題を見つけて加多瀬は口を開いた。

「秋には幾つか花をつけましたわ」

薄く紅を掃いた唇の横にえくぼを穿《ほ》って志津子が笑ったのは、新居に移ってまもなく竹垣の下に蔓薔薇《つる》を植えたのだが、蔓だけはうるさいくらい伸び、葉も盛大に茂るのに、何故《なぜ》か花がつかず、そのことが何度か笑い話のように語られたことがあるからである。

「子供が出来るのと、薔薇の花が咲くのでは、どちらが早いかなどと榊原は申していたんですが」

微笑する志津子に向かってどう挨拶すればよいか分からず、曖昧《あいまい》にうなずいた加多瀬が背広のポケットから「光」を取り出すと、ごめんなさいと志津子がいって奥へ煙草盆を取りに立った。

畳を滑る足袋《たび》の清潔な白さを瞼《まぶた》に残しながら、加多瀬はいまの志津子の言葉の意味を探り、その内心は窺《うかが》い知れなかったけれど、子供のないまま夫を失った事実は、本人の思いはどうあれ、客観からするなら志津子の将来にとっては幸いかもしれない、志津子はたしか二六か七、例えば再婚といったことを含めて、少なくとも人生の選択肢は広がるはずだと、先刻玄関戸を開いたとたんに眼に飛び込んできた、三日月型の細く切れ長な眼の黒さと、衰えの翳《かげ》りのない肌の艶《つや》めきに驚嘆した加多瀬はあらためて考えた。

妻になる女だと、はじめて榊原から紹介されたとき、それは花の季節で、三人で花見でもしようということになり、珍しく和服を着た榊原の後ろに立って上野の山を歩く志津子の、着物の襟足から頰《ほお》にかけての肌が満開の桜の色を映すかのように真珠色に輝いて、どうしてそんなに色が白いんですと、感嘆した加多瀬がつい無遠慮にきいたのへ、難癖をつけられたとでも思ったのか、ただ微笑する本人に代わって榊原が、肺病じゃない、身体は至って丈夫だと答えたのが妙におかしかったのを加多瀬はよく覚えているけれど、あの頃に較べても、志津子の顔はいっそう張りが出たようにさえ思えた。

運ばれてきた陶の灰皿に最初の灰を落としたとき、志津子がこの度の出撃について質問し、答えられる範囲で加多瀬は答え、次に家族についてきかれたので、家族の者は小鳥に至るまでみな元気だと答えた。それでまた志津子が黙ってしまい、今度は自分が話題を提供する番だと焦った加多瀬は、これからどうなさるんです、といってしまってから、そうした立ち入った詮索《せんさく》だけは絶対にすまいと道々考えてきたものを、早くも裏切る形になったことを悔やみながら、しかし一度出てしまった言葉は取り返せなかった。

「やはり実家に帰られるのですか」

「いずれはそうなるのでしょうが、もう少しここに住もうかと思って」

「ひとりでは不用心でしょう」

「ええ。でもご近所の皆さんが何かとよくして下さいますし」

陸軍を大佐で予備役になった父親が一昨年亡くなった後、たしか銀行に勤める兄が志津子の実家を継いでいるはずだと加多瀬は思いを巡らせ、ひょっとして実家へは戻りづらい事情でもあるのか、それとも亡き夫との思い出深い家に愛着があるからなのかと、想像したところへまた志津子がいった。

「私、働こうと思っていますの」

「働くって、どこで」

「どうせ私などには何もできないと考えてらっしゃるんでしょう」

志津子の頰に浮かんだえくぼを見て、加多瀬はあわてて顔の前で手を振り、そんなことはないと否定してみせた。

「いいんですのよ。私にしたところで自分がちゃんとできるのか、自信がないんですから」

「もう働き口は見つけたんですか」

「ええ。事務のお仕事。国際問題研究所というのですわ」

「何ですって」

「国際問題研究所。金子子爵や三菱《みつびし》の遠山さんの肝煎《きもい》りだそうで、事務所は青山にあるんです」といった志津子は、これは海軍の嘱託機関で、世界各国の経済情報や文化情報を収集分析するのが機関の主な目的であると説明した。

「本当のことをいうと、私もよくは知らないんです」と志津子は笑った。「貴藤《きとう》大佐の御紹介なんです。書類の整理だとか、手紙の清書といったことを私はするだけらしいですわ」

榊原夫妻の婚儀で仲人を務めた貴藤儀助大佐の紹介なら信用できる、報酬の点でも有利に取り計らって貰えるだろうと、加多瀬は志津子のために安堵《あんど》した。

「しかし独りでは大変でしょう」

「覚悟はできていますわ。それに週に何回かは実家の方からお手伝いを寄こしてくれることになっていますから」といってから志津子は唇の端を歪めて笑い、私って甘いわねとつけ加えた。

わずかに媚態《びたい》をはらんだ最後の言葉に接したとき、志津子は独りで生きていく決心をしているのだと、加多瀬はたしかに悟ったように感じ、胸をつかれた。

いわゆる二夫にまみえずといった倫理観からではなく、亡き夫への純粋な思慕ゆえに、夫との生活の記憶を貴重に思うがゆえに志津子は孤閨《こけい》を守ろうとしている、しかもそうすることに何の疑問も迷いもさし挟んでいないとの理解が生まれ、岩山に根を張る樹木のようなその強さ、その気品に加多瀬はうたれ、同時にそこまでの愛情を獲得した友人への嫉妬《しっと》に心が疼《うず》いて、榊原が死んだと聞いたとき、ひょっとしたら自分が志津子を貰うことになるのではあるまいかと密《ひそ》かに考え、そうなるのが自然なのではないかとさえ思った自分の見苦しさ、身勝手さを恥じ、慚愧《ざんき》と嫌悪のただなかで、しかしはっきりと己の欲望を自覚した。

「加多瀬さん、なんだかおかしいわ」

志津子が不意にいった。加多瀬は内心を透かし見られる恐怖に怯《おび》え、相手のいままでとは違う調子を臆病なくらい敏感に聴き取った。平静を装いながら、しかし絶望するほど固い声で、何がです、と問えば、志津子が笑いの漣《さざな》む声でいった。

「だって、さっきから、私の口ばかり見てらっしゃるんですもの」

動揺を押し隠して加多瀬は笑い、潜水艦は喧《やかま》しいので人の話を聴くときに口元を見る癖がついてしまったのだ、などと理屈にならぬことを口にしながら、男女が二人きりで向かい合う窮屈な状況にまるで頓着《とんちゃく》しない志津子の自然な態度に驚き、それもこれも戦死した夫との絆《きずな》へ自らも殉じようとする爽快な決意ゆえに違いなく、翻っては意識過剰になった己の硬直ぶりをいよいよ自覚した。

新しい煙草を吸おうとすると袋は空で、加多瀬は立ち上がって長押《なげし》の衣紋掛けにかけられた外套《がいとう》のポケットを探り、丸めた雑誌が邪魔なので取り出すと、横から志津子がその雑誌名を口にした。

「さっきそこの本屋で買ったんです」

「ちょっと見せて頂いていいかしら」

どうぞ、といって加多瀬は雑誌を渡し、座布団に戻って煙草の封を開くと、志津子は頁を繰って紙面に眼を落としている。その横顔を加多瀬は盗み見るように、しかし今日はじめて眼を据えて見た。

畳に端座したその姿は、衣装も表情も姿勢も柔らかいのに、全体には崩れのない堅固な形を取り、襟からのびた細い項《うなじ》から、後ろでまとめた黒い髪、広くはないけれど決して狭小ではない額へと続く輪郭が、衣装に隠された身体の線の勢いのまま張り切った曲線を宙に描き出し、伏せ眼になると一段と目立つ長い睫毛《まつげ》と、上方へ飛びだそうと力をためているかに尖《とが》った耳が強いアクセントになって造作を引き締めている。ひっつめに結ってはいても、奔放な強い力のこもった黒い髪が驚くほど豊かで艶やかだった。

目の前の存在には触れることができない、手を届かせることができない、その思いが加多瀬の眼をむしろ大胆にし、不躾《ぶしつけ》なまでの視線のなかで志津子は彫像めいて動かず、そのとき不意に庭先で羽音が立ち、数羽の小鳥がもつれあうような形で樹の枝に飛来したのを見た加多瀬にひとつの直感が生まれた。志津子は見られているのを知っている。こちらの視線を全身の神経で受けとめている。とたんに欲情を煽《あお》りたてられた加多瀬は、着物を剝《は》ぎ取った志津子の裸体を脳裡に思い描き、そのままの格好で畳の上に押しころがしさえし、それでも端然と姿勢を変えずにいる女の前で息苦しさに耐えられなくなり、煙草を灰皿の石の肌でもみ消しながら、何か面白い記事でもありましたか、と笑顔で声をかけた。

いいえ、と答えてから志津子がゆっくりと顔をあげるのにあわせて室の空気がゆるやかに動いて、加多瀬は志津子が衣装のどこかに忍ばせた香の匂いを嗅《か》いだ。

「谷崎潤一郎の『細雪《ささめゆき》』」

その言葉を加多瀬は異国語の詩の一節のように聞いた。

「小説ですか」

「今月号に載るんじゃないかと思っていたんですけど、勘違いしていたみたいです」

志津子が小説を好んでいるのは知っていたけれど、その執着ぶりと、雑誌を手にしたときの唐突な印象に、何か場違いのような不思議な思いを加多瀬が抱いていると、ていねいに雑誌の頁を閉じて脇へ置いた志津子は、あらためて膝《ひざ》を揃えるように座り直した。

「それで、榊原の最期はいかがでしたんでしょう」

志津子が居ずまいを正したからには、さような問いが発せられるだろうと予感した加多瀬は、座布団の上で正座に姿勢を直してから、立派な最期であったと聞いていますと、訪問した時点から用意してあった文句を口にした。

実際には加多瀬には詳しい情報がなく、そのために今日の朝、わざわざ霞ヶ関まで出向いたのであったが、軍務局でも広報課でも公式発表を待ての一点張りで、それでなくても真珠湾攻撃の論功行賞をめぐって各セクションがぴりぴりしている折り、潜水畑の加多瀬の詮索《せんさく》は警戒されて、あとは私的に情報をくれそうな知り合いを見つけるしかなかったけれど、一番期待していた軍令部の貴藤大佐は不在だった。

なおもの問いたげな志津子の視線のなかで、抽象的な言葉だけでは具合が悪いと感じた加多瀬は、発表はまだであるが、多分二階級特進は間違いないだろうとつけ加え、すると、志津子が遮るように口を開いた。

「本当のことを教えてください。何を聞いても、私、驚きませんから」

本当のこと、と加多瀬は呟《つぶや》き、志津子の真意を探ろうと顔を窺《うかが》えば、真っ直《す》ぐに見つめてくる強い光の凝《こご》った黒い瞳《ひとみ》に遭い、たちまち視線は弾《はじ》かれて、そのまま庭に眼を向ければ、先刻鳥が飛来した樹木にいつのまにかたくさんの同類が集まって、喧しいくらいに啼き交わしている。薄く雲が出てきたのか、縁側から畳へ射《さ》し込む陽が翳《かげ》った。

「自殺だったんでしょう」

その言葉を加多瀬は隣家のラジオから漏れる声のように聞き、まもなく言葉が輪郭の曖昧《あいまい》なまま脳髄に広がったときには、背筋に冷気が立ちのぼり、それはつまり目の前に座った女性の精神の錯乱を疑ったからで、すぐそこにある肉体に得体の知れぬ気配が充満していると感じられ、何かいわねばならぬと焦りながら声が出ず、茶碗に手を伸ばせば、なかは空で、それでも両掌で紅い茶碗を包み込むようにして茶を飲む格好をした。

「ご存じなかったのね」

相手の声に変調を聞き取ろうと加多瀬は神経を尖らせ、しかし続いて「貴藤大佐から伺ったんです。榊原は自殺したんだそうです」と不思議なくらい平静にいわれた言葉を聞いたときには、語り手が長い時間をかけてその事実に向かい合ってきたのだとの感触を得、はじめて自殺の言葉が明瞭な意味をともなって耳に届いてきた。

「貴藤大佐がなんていったんです」

「あの人は自殺したんだそうです。私もおかしいと思ったんです。だって榊原の遺骨が送られてきたんですもの」

「遺骨が？」

「ええ」とうなずいた志津子は、飛行機乗りが戦闘中に死んだのなら、遺骨などあるはずがないのではと問い、榊原の遺体は氷詰めで呉まで運ばれ当地で茶毘《だび》に付されたという話だと説明した。

お骨は四十九日を待たずに府中の多磨《たま》霊園にある榊原家の墓に入れたのであると、続けていう志津子の言葉を遮って、そんな馬鹿なと、加多瀬は顔に無理な笑いを貼《は》り付けていい、まっすぐに見つめてくる、どこか憐《あわれ》むような色の浮かんだ黒い瞳から素早く眼を逸《そ》らして掌の茶碗を傾ければ、やはりそれは空に違いなく、加多瀬はいま一度架空の茶を飲んだ。

III　ヒットラーとキャビア

範子が阿佐ヶ谷の自宅へ戻ったときには午後の四時を過ぎていた。

安田教授宅を辞してから水村女史の家に寄って昼食をご馳走《ちそう》になり、そのあと一緒に新宿へ出て買い物に付き合い、映画でも観ないかとの誘いはしかし断って、範子が家の玄関の戸を開けると、昼過ぎには戻るといっていた兄はまだ帰らず、代わりに義兄の友部氏が居間の掘《ほ》り炬燵《ごたつ》にあたっていた。

聞くと母親は隣組の人が呼びに来て、配給品を貰いに行ったとのことで、義兄は独りで、母から借りた浅黄《あさぎ》色のちゃんちゃんこを、ネクタイを締めたワイシャツの上から羽織った格好で、笊《ざる》に盛られた薩摩芋《さつまいも》を齧《かじ》っていて、瓦斯《ガス》コンロに薬缶《やかん》をかけてから、着替えを済ませ、お茶の支度をして居間に出て行った範子に向かって機嫌よく声を張りあげた。

「これは有り難い。さっきから芋が喉に詰まって困っておったんですよ」

「お昼はまだでしたの」

「いや、学校の食堂でうどんを食べたんだけれど、米と違って小麦粉はやっぱり腹持ちが悪い。栄養もないし、あれは駄目だ」と義兄は小麦粉を強力に非難した。「それに僕はこのところ各方面で大活躍でしてね、どうもすぐ腹が減って困る」

市内の中学校で歴史を教える義兄がどんな活躍をしているのか知らないけれど、夫の食欲は馬並みだと姉がこぼすのを聞いている範子は、このところ統制が厳しくなって、義兄の胃袋も淋《さび》しい思いをしているのだろうと同情したが、それでも戸棚に仕舞ってある栗羊羹《くりようかん》を切って出すほどの親切は示さなかった。

範子が統制のことをいうと、義兄は憤懣《ふんまん》やるかたないといった口調で嘆いた。

「なにしろ学校食堂のうどんというのがあまりにもひどい。元来これがうどんかと文句をいいたくなるくらい細いのに、しかも日に日に量が少なくなっていくんですからね。僕はこのあいだ数えてみたんですよ。丼《どんぶり》のなかのやつを。一体全体何本だったと思います」

「さあ」

「きっかり十本。丼の底までさらってそれだけ。たったの十本ですよ。僕ら大人はそれでもいいが、発育盛りの生徒のことを考えると、これは大問題です。大東亜建設の次代を担う若者たちのお昼がうどん十本ではね。いくら我慢倹約が大切だといったって、身体を悪くしたのでは元も子もない。そこで僕は食堂の責任者に掛け合って、最低でも二十本はうどんを入れるよう要求したんです。あとで教頭から、よくぞ気づいてくれたと感謝されましたよ。本当はそういう仕事は保健体育科の教師がやらなければならないんだが、どうも日本の学校教育というのは、末節に終始して根本を見ないのだから困る」

義兄の大活躍の一端を知って範子はうなずき、湯飲みに茶を注ぎ足した。

「そこへいくとドイツは凄い。国民の体軀《たいく》向上に本気で取り組んでいますからね。栄養学から優生学から総動員して、超一級の学者研究者が一堂に会して計画的にやるんだから合理主義が徹底している」

義兄のドイツ贔屓《びいき》がまたはじまったと、範子は剣呑《けんのん》に思ったものの、少なくとも母親が帰ってくるまでは相手をしないわけにもいかず、仕方なく耳を傾ける格好をした。

「『我が闘争』はどうです。もう眼を通しましたか」ときかれて、範子がいいえと答えてから、図書館で探してみたのだが見つからなかったのだと弁解したのは、前々から読むよう勧められていたからである。

「一体どこの図書館です。ああいう立派な本は必ず入れるべきですよ。僕などは校長に談判して、学校の図書室に五冊ほど入れさせました。生徒は大喜びですよ。しかし買ってもたいした額じゃない。絶対に損はない。近頃は紙も統制で出版も大変のようですが、あれは何しろ軍の推薦図書ですからなくなる心配はない。このあいだ丸善へ行ったら、ドイツ語の原書と翻訳書が並べて積んでありましたよ。もっとも原書の方はほとんど売れてなかったようですがね」

義兄は生え際の後退しつつある広い額を光らせて嬉しそうに笑った。むろんその笑いは自分は原書の方を買ったのだとの思い入れであるが、本を所有することと読むことのあいだには千里の隔たりがあるとは、五年ほど前に姉と結婚して以来、ときおり顔をあわせる機会をもってきた目の前の人物を観察しての範子の感懐である。

読みもしない本をやたら買い漁《あさ》って家計を圧迫するのだとは、大食と並んで、実家に顔を出した姉が必ずこぼす夫への愚痴のまずは筆頭項目であった。とはいえ姉の愚痴は挨拶のようなもので、またのろけの変奏でもあって、実際姉の考えでは、夫以上に理想的な家庭人はないので、酒も飲まず、博打《ばくち》もやらず、子供を目一杯に可愛がり、しかも妻を愛するについては頗《すこぶ》る情熱的であった。

大学祭に遊びに来た女学生、すなわち範子の姉をみそめた義兄は、ゲーテの『ファウスト』に匹敵する分量の恋文を書き、しかもそれには古今東西の名著名作一〇八編からの引用がちりばめられ、何故《なぜ》一〇八かといえば、恋する男の煩悩の数であるというのが義兄の解説であり、まるでふざけているのかと思えば本人は大真面目で、結婚した現在でも、旅行で留守にする度に血を吸った蛭《ひる》みたいに膨らんだ封筒が家に届くそうで、姉の家に遊びに行った折り、行李《こうり》一杯になった手紙の束を見せられたときには、呆《あき》れるのを通り越して範子は敬服の念をさえ抱いた。

姉の総子は四人の兄弟姉妹のなかで学校の勉強が一番駄目で、その分人柄は善良であったから、内容はともかく『ファウスト』と同分量の文字が書けるというだけでとりあえず夫を尊敬したし、もっとも近頃では、旅行先から手紙をくれるくらいなら、土産物でも買って来て貰いたいと思っているようで、しかしそれは贅沢というものだ、だいいちつまらない名産品なんかより心のこもった通信の方が遥かに価値があるのだと範子がからかい半分にいえば、姉は、そうよね、と素直にうなずいて、出世と家族の幸福のどちらかをとれといわれるなら、あの人は躊躇なく後者を選ぶ素敵な家庭人であると述懐し、その素敵な家庭人の家庭といえば、いまや五歳を頭目とする三人の子供の跳梁《ちょうりょう》を前に、手の施しようのないほどの騒乱に見舞われていた。

姉たちが幸せな家庭を築いていることを範子は疑わなかった。けれども、ときにはその幸福の内容のあまりの単純さに苛立《いらだ》ちを覚えることもあって、やめようと思いながらつい皮肉をいってしまい、しかし大抵姉は皮肉に気づかず、気づいた場合でも、範ちゃんは恋愛の経験がないから、何でも頭で考えるからそんな風に思うのだと大らかに笑い、たしかに姉のいう通り、恋する人々とは、シェークスピアを参照するまでもなく、「頭で考える」限りにおいては、みっともなくも滑稽《こっけい》に違いなく、たとえば範子は、義兄の崇拝してやまぬゲーテの『若きウェルテルの悩み』を読んだときには、主人公の珍妙かつ大袈裟な振る舞いに笑いが止まらず、滑稽小説として珍重すべきとの評価を下したのであった。

もちろん範子とて恋愛は「頭で」するのではないことくらいは分かっていた。何かしら抗しがたい魔力に自分が巻き込まれていく、そんなのっぴきならぬ事態への期待が全然ないのではない、いや、むしろ大いに期待しているといってよい。けれど、どれほどの熱に巻かれようと、「頭」をなくすわけにはいかず、恋愛とは一種の熱病で、やがて覚める夢にすぎず、かけがえのないと信じる相手はいくらでも代替えが可能であると、自分でも驚くくらいに老成して乾燥した考えが捨てられるとは思えなかった。

「しかし範子さんなら、半年も勉強すれば、原語で読めると思いますよ。やはり翻訳では思想の肝心なところを摑みそこねてしまう心配がありますからね」

「私なんかにドイツ語は無理ですわ」と範子が謙遜《けんそん》というより、面倒を避ける意味でいうと、義兄は眉根《まゆね》に皺《しわ》を寄せてうなずき、これは彼が勿体《もったい》をつける場合に特有の表情であった。

「たしかにドイツ語という言語が女性には不向きな言語であるのは間違いないでしょう。なにしろきわめて論理性の高い言葉ですから。であればこそ、あの高度な哲学的思索の花が咲き得たわけです。とはいったって同じ人間の使う言葉ですからね。真剣に取り組むならできるようにならないはずがない。まずは初歩を固めることです。なに、人間死ぬ気になれば何とでもなる。斧《おの》を研いで針にする勢いってやつです。参考書はいいのを僕が選んであげますよ。とにかく三ヵ月間、寝る間を惜しむくらいの気持ちで、まあ、死ぬ気でやってごらんなさい」

いかなる根拠があるのかは知らぬが、人がドイツ語を勉強しないのは怠慢であると義兄は考えているようで、いずれにせよそれが何であれ死ぬ気になる積もりのない範子は、このままでは剣呑だと思い話題を転じた。

「でも、ヒットラーは黄色人種は劣等人種だと書いているそうじゃありませんか」

「そんなこと誰から聞いたんです」と義兄はやや警戒気味に質問した。

「雑誌で読んだんです」と答えたのは実は嘘で、『我が闘争』にはさような記述があるのだが、翻訳本ではその部分が削除されているのだという話を、先頃安田教授から聞いたのである。

「そりゃあ、おかしい」と義兄は疑義を呈した。「だって考えてごらんなさい、日本とドイツは同盟国ですからね、同盟国の人間がそんな悪口を書く道理がない」

相手の妙ちくりんな論理に呆《あき》れた範子が黙っていると、さすがに本人も少々理屈がおかしいと反省したのか、義兄は語を加えた。

「いや、たしかに白色人種の優越といった風に読めるようなことをヒットラーは書いていたかもしれません。彼自身が白色人種ですからね。その点は少々割り引いて考えなくちゃいけない。多分ヒットラーは日本人についてあまり知らないんでしょうね。もしよく知れば、黄色人種がどうのこうのなんて簡単にはいえないはずですよ」

そんな日本を知らぬ人物が指導する国と同盟して大丈夫なのかと思ったけれど、範子はやはり黙っていた。

「かりにですよ、かりに黄色人種が劣等人種だとしてもですよ、そのなかに日本人は入っていないと思います。だいたい白色人種だ黄色人種だと簡単に口にするが、学問的には諸説あって、まだまだ解明されていない事実がたくさんあるのですからね。素人はどうも物事を単純に捉えてあれこれいう癖があって困る」とあたかも自分が専門家であるかの口振りでいった義兄は、湯飲みの茶を一口飲んだ。喋《しゃべ》りながらも食欲の満足にはおさおさ怠りがなく、笊《ざる》のなかの芋はひょろ長い尻尾《しっぽ》だけが幾本か残るばかりになっている。範子の沈黙を傾聴と勘違いしたらしい義兄は、潤した喉からまた声を出した。

「それに日本人は実は白色人種だという説もあるんですよ」

「日本人が？」とさすがに驚いた範子がいうと、義兄は重大な秘密を明かすとでもいうような深刻な顔で答えた。

「名前はいえませんが、京都帝大の教授で、学士院にも名前を連ねるような学者の説なんです。その学者の説によれば、原日本人の故郷はシベリアのさらに北方で、いまの北極圏に近いあたりからカムチャッカを経て日本列島に到着したっていうんですね。で、もともと原日本人とアーリア人は同根だというわけです。アマテラスというのが彼らの神の名前で、なんでもキリスト教伝道以前の古いアーリア人には語源的に見て同じ神が崇《あが》められていたんだそうです。つまりは元来同じ人種であったものが、一方は西へ、一方は東へ移動して、現在のゲルマン人と日本人になった」と説明した義兄は続けて、彼いうところのアーリア人日本人同根説なるものの証拠を列挙しはじめた。なかには猿股《さるまた》の起源はアーリア人であるなどという怪しげなものもあったけれど、話そのものは馬鹿馬鹿しいなりにつまらなくもなくて、範子が耳を傾けていると、気をよくした義兄はいよいよ教師然とした口調になって演説した。

「結局は基督教《キリスト》に問題がある。考えてみればキリストはユダヤ人ですからね。基督教にユダヤ的なものが流れ込んでいるのは当然すぎるほど当然だ。ユダヤ的とは、つまり、資本主義的、拝金主義的、功利主義的といった内容を指すわけですが、西洋文化は連中が考える以上にユダヤ的なものに汚染されているんですよ。だからむしろ基督教以前の、本来のアーリア人種の文化伝統は、基督教に汚染されなかった日本の方に保存されている可能性がある。つまり日本人の持っている美質の多くは本来アーリア人、つまり現在のドイツ人のものでもありうるんですね。なのに連中はいまだに基督教をありがたがっているんだから、まったく困ったものです。ユダヤを一掃するというなら、まず何より基督教を撲滅すべきだ」

義兄は妻の妹が基督教会に通っているのを知っていた。だからといって、知ってわざと厭味《いやみ》をいっているのかといえば、そうではなくて、単に無神経なだけなのを範子は理解していたから、別に腹は立たなかった。基督教についても、範子は洗礼を受けておらず、確乎《かっこ》たる信仰を持っているわけでもなく、教会に来る人たちや雰囲気が気に入って通う面が強かったから、義兄の説に敢えて異を唱える気にはなれなかったけれど、人間の持ちうる悪徳のなかで無神経を最も憎んでいるのもまた事実で、いきおい義兄に対する軽蔑《けいべつ》は深まらざるを得なかった。これはいまに限ったことではなく、軽蔑を深めることなく彼に会うのは原理的に不可能なのであった。義兄が喋るのをやめ、ぐちゃぐちゃ音をたててものを食べるのをやめてくれたら、たとえば棺《ひつぎ》のなかに静かに横たわってくれるならば、少しは優しい気持ちになれそうな気がいつも範子はするのであった。

このままでは世の終わりまで義兄の講義が続くだろうと恐怖した範子は、もうすぐ兄も戻ってくるはずだと、相手の話が途切れた隙を逃さずに口を挟んで、炬燵《こたつ》から抜け出す機会を窺った。

「ええ。実は今日は稔さんにお願いがあって上がったんですよ」

義兄はユダヤ人陰謀説からあっさりと身を退くと、ちゃんちゃんこの袖《そで》からワイシャツの腕を伸ばして、炬燵の横の鞄《かばん》から封筒を取り出した。

「校長からの書簡を僕が預かってきたんです。稔さんに講演をお願いしようと思ってるんですよ」

「稔兄さんに？」

「ええ。同窓会の主催なんですが、毎年、各界で活躍されている方をお呼びして生徒のための講演会を開いているんです。昨年は将棋の木村名人に来て頂いたんですが、今年は誰が何といったって真珠湾です。ほかのじゃ何を持ってきたところで面白くない。大東亜共栄圏建設の、まさしく前線中の前線に立って苦労した人の話ですからね、こんな意義のある話はめったに聞けるもんじゃありません」

「でも稔兄さんは人前で話をするのは苦手だから、きっと駄目ですわ」

「いやいや、いいんですよ」と義兄は顔の前で妙に白くて柔らかそうな手をひらひらさせた。

「多弁に能なし、というくらいのもので、人前でやたらぺらぺら喋るような者は大抵ろくな者じゃない」

まさしく多弁に能なしを地でいく義兄は勢いよくいい切ったが、年下の義妹のからかうような視線をその瞼《まぶた》の奥に引っ込んだ小さな眼に捉えると、落ちつかぬ様子で座布団の上で尻をもぞもぞさせた。

「まあ、私ら教師は喋るのが仕事ですから、嫌でも喋らないわけにはいかないわけですがね」

自意識のあるところを珍しく示した義兄にいたく感心した範子は、こちらもまた珍しく義兄の意にかなう発言をした。

「無口なのが大人物の証《あかし》しなんていいますけれど、そういう人に限って頭の中身は無内容な場合が多いんじゃないかしら」

「いや、まったく、そうです」と義兄は顔を輝かせた。「若いご婦人の口からそういう辛口の批評がなされるようになったのだから、いや、日本もずいぶんと進歩したものです。たしかにドイツの例を見れば分かる通り、あちらでは思想でも文学でも徹底的に言葉を尽くすところに特色がありますからね。カント然《しか》り、ゲーテ然り、そうしてまたヒットラー然りです」

また話が同じあたりに戻る危険を察した範子は素早く口を挟んだ。

「でも、前線で苦労した方の話を聞くんでしたら、威張っているばかりの士官より普通の兵隊さんの方がいいんじゃありません」

「いや、いや」と義兄はまた顔の前で手をひらひらさせた。「同窓会主催の講演会ともなれば、父兄も聞きに来る立派な学校行事ですからね。やっぱりしかるべき肩書きがないとね。海軍大尉がぎりぎりの線です」

「皇軍兵士じゃ駄目なんですか」

「駄目ですね」と義兄は言下に否定した。

「どうして？」

「ただの兵隊じゃねえ。生徒だってちゃんと聞かないですよ」

「本当に苦労なさった方の話なら聞くんじゃないかしら」

「範子さんは教育というものを知らないんだから仕方がないが」と義兄は嫌に居丈高な感じでいった。「教育というのは子供に夢を与えなければならないんですよ。例えば彼らの夢は海軍大将です。聯合艦隊司令長官です。それには稔さんのように、海兵に入って士官にならなければ話にならない。そういう人の生き方こそが彼らの夢を育むんです。

ただの兵隊が苦労したなんてのは、かえって嫌気を与えるばかりですからね。へたすりゃ厭戦《えんせん》思想につながりかねない」

義兄がエリート主義の言説を衒《てら》いなく述べたとき、門口に案内を請う声がした。炬燵から脚を抜いて、玄関に立った範子が、どなたと声を掛けると、黒い影がゆらめくように現れた。瞬間、それが大きな鴉《からす》のように見えて、範子は声をあげそうになったけれど、石炭みたいに黒い色の帽子に、同じく真っ黒な、全身を覆うマントを着たのはたしかに人間に違いなく、戸口から三和土《たたき》に立った男は、帽子をとって小さく頭を下げた。

何のご用でしょうか、と範子が問うと、男は細くて甲高い、きわめて聞き取りにくい声で、加多瀬大尉はご在宅でしょうか、と用件を述べ、範子は丸い縁なし眼鏡をかけた男の顔の病的なまでの青白さに驚きながら、声の調子といい、長く伸びた髪が襟足に汚くかかっている様子といい、以前映画で観た墓より蘇《よみがえ》った男を想い、また高く尖った鼻がどこか鳥の嘴《くちばし》を連想もさせて、最初の鴉の印象はますます強められた。

兄の不在を伝えると、男が考え込む様子なので、なんだか気味が悪くなった範子が、お約束でしょうか、とこちらから問えば、男はふと我に返ったような調子で、いえ、では、また伺いますといい、懐から名刺を出して範子に手渡すと、また小さく頭を下げ、帽子を被って出ていった。

何なの、あの人、と呟《つぶや》いた範子は、掌《てのひら》のなかの名刺に眼を落とした。肩書きの類《たぐい》はなく、ただ名前が印刷されている。古田巌風。それがあの鴉に似た、不吉な感じのする男の名前であるらしかった。

加多瀬が清澄少佐を捕まえたときには、すでに夜九時を廻《まわ》っていた。

本郷からもう一度霞ヶ関に戻って、榊原「戦死」の事情を知るべく、赤煉瓦《あかれんが》の建物をあちこち経巡ったものの、榊原が乗っていた「蒼龍」を含む機動部隊は現在南洋方面へ作戦行動中である以上、詳しい情報を得るのは難しく、半ば諦めかけたとき、具合よく「蒼龍」乗組だった清澄少佐が軍務局に転勤しているのが分かった。

海兵で同期だった清澄ならば腹蔵なく話ができると思い、姿を求めたところ、所用で席を外しているが、午後七時に戻りの予定になっていると職員に教えられ、床に塗った油の刺激臭がする、火の気のない廊下のベンチに座って待ち、戦時とあって土曜日にもかかわらず煌々《こうこう》と点《とも》っていた室の灯《あか》りが半分ほど消えた九時になっても清澄は戻らず、諦めた加多瀬が海軍省の裏玄関を出たところ、ちょうど目の前に止まった黒塗りのフォードから清澄少佐の制服姿の長身が現れ出た。

加多瀬より先に清澄は、よう、元気だったか、と帽子を被《かぶ》ったまま気さくに声をかけて寄こし、挨拶を返した加多瀬が、少し話があるのだがというと、笑顔は崩さぬまま一瞬探るような眼付きで加多瀬の顔を覗き込んでから、榊原のことだろうと、予期していたように死んだ同僚の名前を口にした。相手からそういってくれれば話は早い、加多瀬が黙ってうなずくと、少し待っていてくれといい残した清澄は、赤煉瓦の建物に入って行き、加多瀬が煙草を二本灰にするあいだに私服に着替えてきて、じゃ、行こう、と先へ立って歩き出した。

冬枯れた樹木の幹が、点在する水銀灯の明かりに白く凍りついたように光る日比谷公園を抜け、帝国ホテルの脇を通って省線のガードを潜ってから銀座裏を新橋方向へ少し歩いて、清澄が案内したのは「千楽」と暖簾《のれん》がかかった小料理屋で、きれいに化粧をした女将《おかみ》がふたりを奥の小座敷へ導いた。

酒が運ばれるのを待ってから、忙しいところわざわざ時間を取って貰ってすまないと加多瀬があらためて礼をいうと、清澄は、自分も少し飲みたくて相手が欲しかったところだと笑いながら猪口《ちょく》を口へ運んだ。

「実際気持ちがくさくさして、酒でも飲まんことにはやりきれない。どんなに忙しくても艦隊はやっぱりいい。潮風に当たってりゃ気持ちが清々《せいせい》するからな」

広大な海を船を駆って自在に進む爽快さばかりでなく、海上での海軍士官は特権階級であり、従兵にかしずかれた貴族であるのに対して、陸上では雑務に追われるただの役人にすぎないのだから、陸上勤務を嫌がるのは海軍士官に共通の傾向である。今日も艦政本部へ行って一日中頭を下げてばかりいたと嘆く同僚に加多瀬は同情したけれど、口ほどには相手が陸上勤務を嫌ってはいないらしいとも観察した。

戦争は組織が行うものであり、また海軍が勝手にするのでもなく、陸軍や政府をはじめとする、網の目のように入り組んだ幾多の組織との連携においてなされなければならぬ以上、政治力に優れた管理者が是非とも必要である。海兵では加多瀬たちの学年のクラスヘッドであり、出世頭でもある清澄少佐が、頭の切れ味といい知識の幅ひろさといい、未来の海相と評判されるくらいに政治行政の面でずば抜けていると周りの認めるところで、本人も密《ひそ》かに自負があるに違いなかった。

加多瀬は海兵時代、清澄には敵《かな》わないと掛け値なしに思った経験が幾度もあり、なにより舌を巻いたのは語学の才能で、英語でも独語でも、加多瀬が何時間もかけて四苦八苦して予習するものを、同室の長崎出身の青年は、読本をほんの十分くらいさらさらと眺めるだけで済まし、それで加多瀬より遥かに成績がよかったのだから驚いた。もっとも上には上があるもので、昆布谷《こんぶだに》という鹿児島から来た男があって、彼がいつも成績では清澄の上をいっていたが、三年目に身体を壊し、精神にも異常をきたして退校したため、あとは卒業まで清澄に好敵手はなくなった。

学業ばかりでなく、清澄青年には統率力もあり、加多瀬たちが最下級の四号生徒だった時分、三号生徒の理不尽な鉄拳《てっけん》制裁に耐えかね、何とかしようということになったとき、清澄はいつのまにか二号生徒ら上級生を味方につけ、見事に要求を貫徹した実績があって、清澄の政治力はこの頃からすでに眼を見張るべきものがあったのである。

久しぶりに会った清澄は、階級がひとつ上になっている点はともかくとしても、ずいぶんと貫禄がついた印象があって、かつての同級生に加多瀬はあらためて気圧《けお》された。道すがらも、現今の戦局如何が当然のように話題になったのだが、この戦争はもう勝ちだろうと加多瀬がいうと、清澄は、どちらの？　と素早く切り返し、日米の石油備蓄量や鉄鋼の生産高などの数字を具体的にあげ、そう見通しは明るいものではないと、実に明快かつ説得力のある仕方で解説した。酒卓を囲んでからもしばらくは同じ話題が引き続いて、加多瀬は相手の情報の精度と目配りのよさに感心しながら、もっぱら高説を伺うに終始し、実際その話には傾聴に値するだけの内容があった。

「問題は油だ。油がなければ船はただのがらくただからな」と前置きした清澄は、いまの備蓄量では燃料はあとせいぜい二年しかもたず、存分に活動するなら一年でなくなるといい、ところが石油の問題を本気で心配している人間が海軍にはほとんどいないと嘆いた。

「油がなければ船は動かない。この単純な事実が軍令部の連中はからきし分かっておらんのだから嫌になる」

「しかしスマトラやジャワの石油があるんじゃないのか」加多瀬がこの問題となれば誰もがいう文句を口にすると、清澄は盃《さかずき》をぐっと呷《あお》ってから、そう簡単じゃないさ、と素人考えを正すような調子でいった。

「原油だけじゃ燃料にはならない。いくら稲を刈ったって脱穀しなければ飯は食えないのと同じさ。もちろん南方の石油についちゃあ、軍も政府も必死になって確保に努めている。が、いくら頑張ったところで生産が軌道に乗るにはもう数年はかかる。とすれば、ここ一、二年は節約に節約を重ねる必要があるはずなのに、そんなことにはまったくおかまいなしなんだから困る」と軍令部に対する不満を重ねた清澄は、それから輸送のこともある、とさらに続けた。

「例えばシンガポールから台湾までがおよそ三〇〇〇キロ、一六〇〇浬強、この南支那《シナ》海の輸送船の確保こそ、まさに日本の生命線であるはずなのに、その点がまるでなおざりにされている。せっかく油を掘っても、日本に届く前に沈められたのでは仕方がない」

しかし英国東洋艦隊が撃破されてしまった現在、南支那海の制海権は我が手中にあるのではないかと加多瀬がいうと、清澄は唇の左端を糸で引かれたように歪める、独特の皮肉な笑いを、酒のせいでわずかに朱のさした顔に浮かべて、なんのために潜水艦はあるんだ、と問うてきた。

「戦《いくさ》の要諦《ようてい》は敵の弱点を衝《つ》くところにある。日本の最大の弱点が資源不足であるとするなら、敵は絶対にここを衝いてくる。もし俺がアメリカ海軍の司令官なら、多数の潜水艦を南支那海に派遣して、日本に着く前に輸送船を沈めさせるね」

うなずいた加多瀬は相手の議論の正しさを認めた。

「とするなら、輸送船の護衛は火急の課題であるはずだ。戦力のかなり大きな部分を割いてもいいはずなのに、いくらいっても耳をかして貰えない。まったく敵の戦艦を沈めるだけが戦争じゃないことが連中には分かっていないんだ」

またうなずいた加多瀬は、単独で航行する輸送船は潜水艦の格好の餌食《えじき》であり、逆に複数の輸送船が船団を組み、少数であれ駆逐艦や水雷艇に護衛された場合には、潜水艦による攻撃は著しく困難になると、印度洋での実践経験を例に出して、清澄の議論を側面から補強した。

清澄はしばらく考え込むように黙って盃に口をつけていたが、やおら顔をあげると、

「貴様、研究してくれんか」とやや唐突な言葉を発し、その意味を探る加多瀬に向かって清澄は続けた。「輸送船の効果的な護衛についての研究だ。船団の規模、駆逐艦の数と組織法。これは誰も本気では考えていないだろうが、必ず必要になる。貴様ならうってつけだ」

むろんこれは命令ではなかったが、清澄の口調には上官が下級の者に命令するような有無をいわさぬ風があって、だが加多瀬は格別嫌な感じは抱かず、むしろ攻撃精神、敢闘精神がやたらと強調され、艦隊決戦の研究ばかりが優先され他がなおざりにされる風潮には日頃から不満を抱いていたこともあり、また輸送船護衛の重要性はたしかに間違いなく、そうした一般にはないがしろにされがちな「地味な」分野こそ自分にふさわしいとも思われて、即座に承諾し、勤務がある以上どれだけ出来るか分からぬが、早急に研究をはじめて報告にまとめたいと伝えた。そうしてくれると大いに助かる、貴様ならきちんとやってくれるだろうと、必ずしもお世辞ではない調子でいった清澄は、徳利を取って加多瀬の盃に酒を満たした。

話が一段落したところで、様子を窺《うかが》っていたのか、店の女将《おかみ》が挨拶に現れ、しばらく

は加多瀬の知らない人物の噂話《うわさばなし》が、常連らしい清澄とのあいだで交わされ、と、急に思い出したように清澄が加多瀬を女将に紹介し、愛想笑いを浮かべた女将が加多瀬の盃に酌をした。それで女将がさがると、清澄は加多瀬もよく知っている大佐の名前を挙げ、あの女将は大佐のこれだと声を潜め、小指を立ててみせた。

「この店の肴《さかな》は結構いけるだろう。銀座でもいまどきこれだけのものを出せる店はそう多くはない」といって清澄は、先刻女将が運んできた、緑色がかった灰色の粒々が盛られた小皿へ匙《さじ》を伸ばし、ひとすくいして口へ運んだ。

なんだ、それは、ときくと、清澄が、まあ、食ってみろよ、と勧めるので、加多瀬は同じように匙ですくって口へ入れた。

「キャビアさ。チョウザメの卵だ。西洋人は美味として大いに珍重するものらしい」

「あんまり旨《うま》いもんじゃないな。やけに塩辛いし、生臭い。これなら鱈子《たらこ》の方がずっと旨い」

「そうか。普通はパンに載せて食うものらしいからな。しかし、これは高級品なんだぜ。なにせウラジオからの直輸入品だからな」

つまりこの店は海軍が後ろについているのであると、にやりと笑って見せた男の言葉には含意があるわけで、実際士官が海外の珍しい物品を密かに国内に持ち込む例があるのは加多瀬にも周知であり、違法には間違いないにせよ、商売をするわけでもないし、食わんのそうめくじらをたてることもないと考えていたのだが、このときに限っては、ら俺が貰《もら》うといって、加多瀬の皿にまで匙を伸ばした海軍将校がなんだか卑しいように思えて嫌悪を覚えた。

「それで榊原なんだが」

そろそろ本題へ入るべき頃合と見て加多瀬がいうと、すぐには返事をせずに清澄は残りのキャビアをゆっくりと平らげ、口をすすぐように盃の酒を飲んだ。どう話を展開するべきか考えているのか、せっかくの珍味を存分に味わいたいと望んだからなのか、それとも単純に勿体《もったい》をつける積もりなのか、清澄の沈黙の意味をあれこれ考えながら加多瀬は待った。

「聞きたいことは何だ」とようやく口を開いた清澄の声の機械が喋《しゃべ》るかのごとき無機質な印象に驚かされながら、しかしそれを押し返すように加多瀬は、榊原が自殺したというのは本当なのか、と単刀直入に切り込んだ。

「情報源はどこだ」と清澄は問いには直接答えずにきいた。志津子の名前を出そうとして、しかし何故《なぜ》だかそれが躊躇《ためら》われた加多瀬が、ある人から聞いたのだと曖昧《あいまい》に返事をぼかすと、誰なんだ、と清澄は尋問調で畳みかけてくる。

先刻までの仲間同士の親密な雰囲気から、にわかに官吏然とした警戒心を露《あらわ》にした相手の気分が感染して、眼の前の海軍士官との距離を慎重に測った加多瀬は、貴藤大佐の名前を出した。そうしてから逆に相手の反応を窺ったのは、清澄が貴藤大佐の娘婿だからである。

「会ったのか」ときいた清澄の、ほのかに朱のさしていた顔はすっかり白くなって、髭《ひげ》の剃《そ》り跡のせいでむしろ青味がかり、しかしそこにはどんな表情も浮かんでいない。加多瀬は昔から清澄が日に灼けにくい体質だったのを思い出し、整列すると真っ黒な石炭みたいな顔が並ぶなかにひとつだけ白粉を塗ったような顔が浮かび、顔立ちが整っているせいもあって、「役者」と皆からあだ名されていたこともまた想起した。あれから十五年が経って、恰幅《かっぷく》の良くなった同期生はいよいよ役者然とした顔つきになっている。

「会ってはいないが、貴藤大佐がそういったと人から聞いた」

「誰から聞いた」

志津子の名前を出すべきか、再び加多瀬は迷い、だが口を開く前に清澄がふっと緊張を解いて、彼の一番魅力的な表情である、皮肉っぽい笑顔が浮かんで、我々の要求が通ったと、江田島《えたじま》の、海を挟んだ対岸に真道《しんどう》山を望む表桟橋に集まった四号生徒の仲間らに報告したときの清澄の顔、いまと同様、嬉《うれ》しそうに笑いながらどこか諧謔《かいぎゃく》の含まれた顔が、真冬の残照にきらめく海の匂いとともに想い出され、鮮やかな印象を見る者の眼に残すその笑顔が、依然警戒を解かぬままの加多瀬を押し包んだ。

「人の口に戸は立てられないからな」とまずはいってから、親密さを取り戻そうとするかのように、卓の上にぐいと身を乗り出して清澄は続けた。

「これだけは理解しておいて欲しいんだが、榊原は戦死ということで決着している。俺の判断でそうすることにした。飛行長、軍医長の他数名が知っているが、みな賛成してくれた」

「艦長は？」

「多分知らんと思う。現場の人間には徹底的に箝口令《かんこうれい》を敷いたからな。もっとも畑違いの貴様に知られるようじゃ、怪しいものがあるがな。まあ、とにかくだ、分かると思うが、それは奴《やつ》のためであり家族のためだ。貴様の気持ちはよく分かるが、妙に詮索《せんさく》するのは奴のためにならん」

「本当に自殺だったのか」

「多分な。青酸カリだ」と答えた清澄は着陸した九九艦爆の操縦席で榊原が発見されたときの模様を、加多瀬が根ほり葉ほりきくまでもなく、持ち前の明晰《めいせき》さでもって的確に要点を押さえて説明した。

「遺体は軍医長が調べた。戦闘中だから十分にというわけにはいかなかったがな。榊原は頭に打撲を負っていた。しかしこいつは致命傷じゃない。多分後部から操縦席に乗り移ったときか何かに頭をぶつけたんだろう。いずれにしても、命を奪ったのは致死量を超えた青酸毒だ。着艦した飛行機の操縦席で毒をのむ榊原も目撃されている」

「榊原は毒を持ってたんだろうか」

「そうだろう。青酸カリを忍ばせている者は多い。三宅坂《みやけざか》の方じゃ、中隊長以上には軍医が歳暮代わりに配って歩くそうだ」

最後のは冗談にせよ、たしかに自決用の毒を所持している士官が海軍にもいるのを加多瀬は承知していた。ただし徹底的な身分制の下で、生きて虜囚の辱めを受くることなかれといった思想に代表される武士道精神は、士官に対して強調はされていたけれど、戦闘の形態上、絶えず組織的な行動が求められる海軍では、個人が自由な判断を下しうる範囲は陸軍に較べて狭く、自分の死といえども勝手には裁量できない面もあったから、加多瀬を含め誰もが自決の準備をしているわけではなかった。

江田島では、士官たる者、時と場所を選ばず朝起きて顔を洗うのと変わらぬ調子で呵々《かか》と笑って割腹できるようでなければならないと、『葉隠《はがくれ》』を講じつつ演説する教官のいる一方で、命令を受けることなくして自決するのは軍規に反するのだと強調する教官もあり、なかには前の大戦時、ドイツ軍の捕虜収容所での英国兵捕虜の組織的抵抗を記録した文書を配って、英語の副読本に使う教官もあった。加多瀬自身についていえば、潜水艦勤務の性質上、死ぬときは艦もろとも海底に沈む場合しか想像できず、しかしなにより保管に神経を使う面倒を思えば、毒物を身近に置く気にはなれなかった。

榊原はどうだったのだろうか。加多瀬の知る限りでは、毒物を用意しておくような男ではないと思われたけれど、開戦劈頭《へきとう》の大勝負、その中核を担うべき出撃にあたって、覚悟を新たにする意味でそうした心境になったとも考えられないわけではなかった。

「薬の瓶はあったんだろうか」と思いついて加多瀬は質問した。

「なかった」と鋭い視線を寄こした清澄は答えた。「しかし瓶とは限らんさ。セロハンに包んで軍服の襟に縫い込んでいる者は多い。他ならぬ俺がそうさ」

「包み紙は」

「分からん」と答えた清澄は間をおかずに押さえつけるような調子で続けた。「事が起こったのは戦闘のまっただ中だ。詳しい調査ができなかったのは仕方がない。整備兵が片づけてしまったのかもしらんし、風で飛ばされてしまったのかもしらん。しかし、とにかくだ、榊原が操縦席で水筒から水を飲むのが目撃されているのは間違いない。青酸カリは口に入れただけで効くらしいが、おそらく確実に腹に収めようと考えたんだろう。水筒は調べた」

先回りして清澄は疑問に答えた。

「榊原の水筒は蓋《ふた》が開いて搭乗席の床にあった。残っていた水には毒は含まれていなかった。軍医長が調べたから間違いない」

榊原の自殺がそれで腑《ふ》に落ちたわけではなかったけれど、自殺したのだとすればどんな理由がありうるのかと、胸のなかに大きな黒い虫が這《は》い廻るような気分のなかで加多瀬は思考を巡らせはじめ、とまたその内心を透かし見たように清澄がいった。

「事故という線はある。別の薬をのもうとして誤って毒をのんだ可能性だ。例えば頭を打った榊原は痛み止めをのもうとしたのかもしれん。そこでうっかり間違えた。あるいはこれが正解なのかもしれない。あの状況で自殺するとは考えにくいからな」

凱旋《がいせん》したばかりの飛行機のなかでうっかり毒をのんで死ぬ死に方が、自殺に較べてよりましな死に方といえるだろうか。さして意味があるとも思えぬ問題を考えはじめた加多瀬に向かって、寒鰤《かんぶり》の煮付けに箸《はし》をつけた清澄は続けた。

「とにかく、これ以上触らんことだ。ただでさえ妙な噂《うわさ》を立てる連中がいるからな」

妙な噂？　と加多瀬がきき返すと、つまらんことだ、と清澄は笑い、それから黙って盃《さかずき》を傾け、妙な噂とはどういうことだ、と重ねて問えば、箸の先で煮魚の皮をていねいに剝《は》がしながら答えた。

「戦闘中にひとりの士官が自殺した。しかも完全な勝ち戦だ。彼が責任を感じなければならないような状況は何もない。とすれば自殺する理由はなにか。絶望の原因は何か」

例えばその士官が米国のスパイであったとしたら、と物語は続くに違いなく、それは荒唐無稽《むけい》というより、あまりに発想が幼稚にすぎるけれど、噂とはかくもさように幼稚な想像力の土壌に根付くものなのかもしれなかった。あれだけ有為な人材であった榊原が下らぬ噂話の具になること自体に加多瀬は怒りを覚え、このおれが榊原の名誉を徹底的に守ってやると力んでみたものの、かりに榊原が自殺したのではないと証明できたとして、そのあげくが迂闊《うかつ》に毒をのんでしまいましたでは、かえって名誉は傷つくようで、馬鹿野郎と、思わず怒鳴りつけたくなるような気持ちになり、しかし荒れる気持ちのやり場はどこにもなかった。

「触らないことだ。それが一番さ」

清澄は自分の言葉が相手の胃の腑に落ちたことをたしかめるようにいい、たしかにその通りであると認めながら、加多瀬は平気な顔で鰤を口に運ぶ眼の前の役者顔の将校が憎らしくてたまらなくなり、しかしその怒りは理不尽に違いなく、怒りを酒と一緒に飲み込み、とにかく調べられるだけは調べてやろう、死んだ友人のためというよりむしろ、自分自身のこのやり切れぬ気持ちを処理するためにそうしようと考え、そう考えただけでも幾分か気分は晴れたが、すると今度は冷え冷えと湿った悲しみに捉《とら》えられてしまうのだった。

だが、当分身体にまとわりついて離れそうもないと思われた悲哀は、次に続く清澄の言葉に遭って、少なくとも一時だけは消し飛ぶことになった。

「入江が捕虜になった」

「入江が？」

「そうだ。アメリカが通告してきた。現在情報の確認中だが、間違いなさそうだ」

「入江少尉ひとりか？」

「そうだ。他の格納筒の乗組員は全員戦死と認定された」

司令塔のハッチに消えていく、飛行服姿の痩《や》せた項《うなじ》を想起した加多瀬の耳に言葉が流れ込んだ。

「つまり入江少尉は捕虜第一号というわけだ」

つまらなそうにいった清澄は、皿から煮魚の骨を指でつまみ出し、口に運ぶと脂光りする唇でていねいにしゃぶった。

Ⅳ　グランド・オダリスク

阿佐ヶ谷の駅に降り立ったときには零時を廻っていた。人影のない改札に切符を置いた加多瀬は、夜が深まるにつれて出始めた風に飛ばされぬよう帽子を目深に被《かぶ》り直し、寝静まった商店街を歩き出した。店の板戸ががたがたと鳴り、電柱から下がった電灯が風に吹かれて、埃《ほこり》っぽい街路に落ちた加多瀬の影を揺らした。風は冴《さ》えた星々が輝く高い空から降り落ちてくるようで、猛烈な寒気に酒に火照《ほて》った身体はたちまち凍えた。

飲み過ぎたのではなかったけれど、全身がだるく、とりわけ重苦しい痛みのある腰のあたりから、穴のあいた燃料タンクさながら気力が漏れ出ていくような虚脱感があった。寒さにすくめた首から足先までを小刻みに震わせた加多瀬は、冬は嫌だ、早く暖かい春にならないものかと思い、今朝は清冽《せいれつ》な冬の気候ほど有り難いものはないなどとうそぶいていたのだから、まったく人間というやつはいい加減なものだと、索然とした気分で考えた。

南洋の海底でさんざん味わった酷暑の苦痛を試しに想い起こしてみたけれど、あのときの体感はいかにしても甦《よみがえ》らず、人間には苦痛の経験をそのままには記憶できない仕組みがあるのだという、以前に本で読んだ学者の説が思い出された。

人間が苦痛をことごとく覚えているとしたら、産道を抜け出るときの苦しみ、分娩《ぶんべん》の痛み、歯痛のいやらしさ、それらをなにもかも記憶しているとしたら、人生は耐え難いものになるであろう、苦痛を忘れることができる、そのことが人に生きる勇気を与えるのであり、もしも創造主なる者がこの宇宙に存在するとしたら、忘却というこの精妙な仕組みこそ創造主が人間へ与えた最高の賜であると述べた筆者は、そこから発して遠く文化論にまで敷衍《ふえん》し、忘却こそ創造の源なりとの論を立て、沙翁《さおう》の後に芝居が書け、アリストテレスを知りながら哲学を講じ、ベートーベンのシンフォニーに酔いしれながら作曲ができるのも、ことごとく人間の忘れ易さのおかげであると主張するのであった。

その話を榊原にすると、西洋絵画の趣味を持つ彼は笑って、まったくそいつは正しい、こんな完璧な絵がすでにあるのに絵筆を執る奴《やつ》の気が知れんといって、膝《ひざ》に置いた画集を開いて見せた。あれは何という画家の絵であったか、青い幕のかかった寝台に、背中を見せて横たわった裸婦が顔だけこちらへ向けた構図。

その実物を加多瀬はルーブル美術館で見ている。もっとも加多瀬自身には記憶がなく、海兵を出てすぐの遠洋練習航海の途上、半日パリで自由な時間があり、なんとしてもルーブルに行くのだという榊原に付き合い、その絵を一緒に見たと榊原はいうのだったけれど、漫然と美術館を見て歩いただけの加多瀬は覚えておらず、水交社のロビーの椅子で、画集を見せながらあらためて榊原が解説してくれたのであったが、やはり題名も作家の名前も忘れてしまった。

寒風に逆らって駅から十分ほど歩き、行き止まりになった路地の一番奥にある家に着いて、二階の窓に明かりがあるのを眼にとめながら玄関戸の前に立てば、戸を叩《たた》くまでもなく電灯が点《とも》って、磨《す》り硝子《ガラス》の向こうに影が立った。戸を開けた妹の範子は加多瀬の帽子を受け取ると、ずいぶん遅かったのね、といい、うんと生返事を返した加多瀬が、靴を脱ぎながら、おふくろは、と訊《たず》ねると、さっきまで起きていたんだけど、もう寝たわと返事を寄こした。

ちょっと待って、すぐに炭を熾《おこ》しますから、といって、紺のズボンに灰色のセーターという、男の子みたいないでたちの範子は台所へ引っ込み、奥の六畳で洋服から和服に着替えた加多瀬が、立ったまま煙草を吸い、廊下の棚に置かれた籠《かご》の文鳥を眺めていると、瓦斯《ガス》コンロで熾した炭を範子が十能で運んできて炬燵《こたつ》へ入れた。

早いと思ったからご馳走《ちそう》を用意して待っていたのに、と範子は文鳥の籠《かご》に黒い幕をかぶせながら、さして咎《とが》める風もなくいい、炬燵へ脚を入れた加多瀬は、悪かったなと謝り、食事は済ませてきたからお茶をくれというと、お酒はもういいのね、と範子から念を押され、いわれてみれば少し飲みたい気もしてきて、奥の六畳の棚からスコッチを自分で取り出し、コップに注いでちびちびやりはじめた。

簡単なつまみを皿に盛って運び、向かい側から炬燵へ脚を入れた範子に、加多瀬は先刻から気になっていた絵画についてきいてみた。ルーブル美術館にあるやつで、多分フランス人が描いたもので、青い幕のかかった寝台に顔だけこちらを向けて寝た裸婦の、とひととおり説明したものの、それだけじゃ分からないわと、範子は笑い、その絵が一体どうしたのと今度は範子がきくと、明瞭な返事がないので、忘れないうちにと思い、義兄の来訪を伝えた。

「昼間友部さんが来たわ。稔兄さんに用だって。学校で講演して欲しいそうよ」

「おれに？」

「そう。前線で活躍した人の話が聞きたいんですって」

「おれは駄目さ。活躍なんてしていない」

「でも苦労はしたんでしょう」

「苦労なら誰だってしてるさ」と答えた兄の言葉にざらざらする苛立《いらだ》ちの匂《にお》いを敏感に嗅《か》いだ範子は、義兄が持参した書簡が隣の部屋の机に置いてあるとだけ伝えると、いまひとりの訪問者に話題を移した。

「手紙と一緒に名刺を置いておいたけれど、なんだか変な人。古田ゲンプウって読むのかしら。知ってる人？」

「ゲンプウ？　知らんなあ。どんな奴だ」と兄がきくので、範子が肺病に罹《かか》った怪人二十面相みたいな男だと答えると、加多瀬は笑いながら、知らんな、そんな妙な奴は、と答え、それきり「古田厳風」は向かい合う兄妹の話題から去った。

遅いから先に寝てかまわないといわれたけれど、範子はめったに会えない兄に付き合うつもりで、自分のために紅茶をいれ、友部氏は元気だったかと兄がきいたので、頗《すこぶ》る元気だけれど、相変わらずのドイツかぶれには辟易《へきえき》させられたと、少々の誇張を交じえて報告し、加多瀬は加多瀬で、家族のなかで一番気が合う下の妹と話をするのが楽しく、帰宅した時点では気分は最悪で、声を出すのさえ億劫《おっくう》なくらいの疲労感があったのだが、酒と炬燵で身体が暖まったせいか、心身がくつろいで、やっぱり家はいいなと、ありきたりな台詞を何度か吐いた。

「友部さん、つい先頃までアメリカ映画の大礼賛者だったのよ」と範子が義兄の噂話を続けた。「姉さんから聞いたんだけど、友部さん、学生時代、ハリウッドに行ってディズニーに弟子入りしようと本気で考えていたらしいもの。一緒にアメリカへ渡ってくれるかって、姉さんにいったらしいわ。一昨年だって、『駅馬車』を観に日比谷《ひびや》へ連れていって貰ったときも、やっぱり映画はこうじゃなくちゃならないなんて、えらく興奮して、日本映画の革新こそ現代知識人が取り組むべき最重要課題だなんて息巻いていたんですからね。それが今じゃ、アメリカ文化こそが人類を毒に染める元凶だなんて平気でいうんだから」

「君子は豹変《ひょうへん》す、さ」と義兄の悪口をいわせたら右に出る者のない妹の話を遮って加多瀬は笑った。「まあ、元気なら結構だ」

「元気といえば、このあいだ新聞に出てたんだけれど、寝たきりだったお年寄りが、真珠湾のラジオを聞いたとたん、しゃきっと起きあがって町内を走り回ったそうよ」と範子がまた話題を提供した。

「いまの日本で元気がないといったら、英文学者くらいなもんだわ」

「じゃあ範子も元気がないわけだ」

「私？　私は別に学者じゃないもの。だから中くらいだわ」

「範子は結婚しないのか」と不意打ちを喰《く》わせるように加多瀬が質問すると、範子は眼のあたりに笑みを漂わせて、稔兄さんはどうなの、と反撃した。この話題は昨日の夜、家族三人が囲んだ食卓で母親がため息交じりに繰り返し提出した話題で、北陸の医専に勤める上の兄は当分東京へ戻れそうもなく、時局柄加多瀬がどうなるか分からぬ以上、範子が嫁いでしまうと母親は独りになってしまうのだったが、こっちに呼んでもよいと再三長兄がいってくるのへ、寒いところは嫌だと言い張っていた母親も近頃ではそうするより仕方がないと思いはじめたようで、であればこそ早く嫁に行けとの娘への要求は強まって、母親にすれば、日頃自分の手には負えない娘に、兄の立場から意見して貰いたいとの考えがあったらしく、しかしその肝心の兄なる者がいい齢をしていまだ独身なのだから、母親の企図が挫《ざ》折《せつ》を余儀なくされたのは仕方のないところであった。

　いま加多瀬が同じ話題を持ち出したのは、別に母親の意を汲《く》んだからではなく、ほぼ一年ぶりに会った妹、年齢を考えれば大人びたというのも今更変ではあるが、ずいぶんと落ちついた雰囲気の出てきた妹の生活ぶりに興味があったからで、もちろん近況については昨夜一通り耳にしていたけれど、加多瀬はもう少し突っ込んで、母親にはいいづらい「本音」を聞いてみようと思ったのである。

「男は独りでもやっていけるが、女はそうもいかんだろう」

　加多瀬がいうと、範子はたちまち反論した。

「それは逆じゃないかしら。世の中には女に助けて貰わなければ生活できない男の人が多いでしょう。仕事さえあれば、女の方が自立してやっていけると思う」

「それじゃあ、一生独りでいる積もりなのか」

　志津子のことを思い出しながら加多瀬がきくと、稔兄さんはどうなの、とまた笑ってから、そういう選択肢もあると思うと範子は真面目な顔で答えた。

「しかしそれじゃあ淋《さび》しいだろう」

「大丈夫。恋愛は恋愛でちゃんとする積もりだから」

「齢をとったら恋愛したくたって相手にされないぜ」

「そのときは、そうね、お金をせっせと稼いで男の人を囲うわ」と冗談めかした範子が、口ほどには大胆ではなく、むしろ根は臆病なのを加多瀬は知っており、結局は妹は利口な選択をするだろうし、かりに少々失敗したとしても、めげずにやっていけるだけの力が備わっているとも思っていて、兄にそう思われているのを範子も十分承知していたから、何を話しても、要は互いへの信頼を確認するだけのことになり、それはふたりにとって悪いものではなかった。

　加多瀬はその生活ぶりに若干の変化はあっても、範子は自分の知る範子のままで、基本的に変わっていない点を確認して安心しながら、ただ妹の言葉遣いや発言内容が少々

「不良」めいて感じられもして、若干の違和感を覚えたけれど、しかし注意するまでもないと思い、範子は範子で少し老けたように見える兄に色濃い疲労の影を感じとり、その黒い影が兄から潑剌《はつらつ》としたところを奪ってしまうのではないかと危惧《きぐ》を抱き、しかし口には出さず、兄の女性関係はどうなのだろうと密かに考えた。

軍港には軍人のための慰安施設があるとは範子も承知していて、父や兄もそうした場所に必ず出入りしているに違いないと確信していたけれど、亡くなった父親も兄もさような素振りは家族の前では毛ほどもみせることなく、大抵の子供が、自分が生まれ出たという歴然たる証拠があるにもかかわらず、両親が性交渉をするとは到底思えぬのと同じで、範子は例えば軍港の芸者と兄が金銭を媒介に関係を結ぶといった事柄をなかなか想像できなかった。

兄が兵学校へ入ったとき範子は八歳の子供で、以後兄は生活の本拠を海軍へ移したので、つまり兄にとって範子はずっと「子供」のままなのであり、範子もまた心地よくその役柄に安住していたから、思春期を過ぎて、性に関する興味が生まれ、女学校の教室で医者の娘が持ち出した性医学書が回し読みされるような時期になっても、ときおり実家へ顔を出す兄は性にまつわる興味や関心の対象にはならず、だから勘のよさについては自負のある範子も、兄の周辺に女性の影を感じたことは一度もなかった、というより、感じないよういつのまにか努めていたというべきかもしれない。

ところが、この夜、範子は兄の身体から鬱屈《うっくつ》した肉の匂いが発散されているのを嗅《か》ぎつけていた。その匂いは眼を背ければかえって鼻につくようで、なにか苛立たしい、残酷な気分を掻《か》き立てられてしまい、それが兄に対してに限らず、普段なら決して口にしない言葉を範子に吐かせた。

「このあいだ読んだ本には、女には性欲はないなんて書いてあったけれど、とんでもない間違いだわ。女にだって性欲はあるし、だから経済事情が許せば、男がそうしているように、女がお金でもって男を買うことだってありうるわ。女が男を囲い者にするんだって不自然とはいえないわ」

範子は自分が品のない娘だと兄から軽蔑《けいべつ》されやしないかと深く怯《おび》えながら、一方で兄の嫌悪に歪《ゆが》む顔を熱望し、なお過激な言葉を探しはじめたとき、それより、おまえは国際問題研究所というのを知らないか、と素知らぬ顔で兄がいった。

はぐらかされ、何か淋《さび》しいような気持ちになった範子は、幼い頃、わけもなく癇癪《かんしゃく》を起こした自分が兄が大切にしていた船の模型を投げつけ、すると黙って壊れた模型を拾い上げた兄が、泣きわめく自分をひとり残し二階へ上ってしまったときの、廊下から見上げた階段の風景を急に思い出した。

「国際問題？　何かしら」

「知らないか。青山だから、ひょっとして知ってるんじゃないかと思ったんだが。海軍の関係らしい」

海軍の関係といわれて、範子は思い当たった。

「知ってるわ。だって、うちの事務所の近所だもの」

「近くなのか」

「そう。海軍国際問題研究所っていうんでしょう。隣の隣よ」

範子の手伝う本多法律事務所は、青山墓地に面して幾つか並んだビルディングのなかにあって、煉瓦《れんが》造り風に装飾された五階建ての建物の三階にある。そのひとつおいて右隣にある、やはり五階建ての灰色のビルは、一階が花屋になっていて、ときおり範子はそこで花を買うのだが、何度か同じビルへ入っていく海軍の制服を見かけたことがあって、花屋の脇の階段口の郵便受けに「海軍国際問題研究所」の文字があるのを記憶していた。

どこにあるのかと兄がきくので、渋谷から青山三丁目の停車場で降りて真っ直《す》ぐ墓地へ向かえばよいと説明した。

「たしか金子ビルヂングっていうんだったと思うわ。一階が花屋さんだからすぐ分かります」

「金子子爵の持ち物なのかな」

「そうだと思うけれど」

なるほどと、うなずいて煙草の煙を鼻から吐き出した加多瀬へ、どういうわけかと今度は範子が質問し、榊原大尉の未亡人がそこで働くことになったのだと、素気ない調子で加多瀬が説明するのを聞いたとき、範子はその女性への兄の思慕を直感した。

榊原大尉は彼が少尉の時代、ときおり家に遊びに来て、正月に兄と三人で花を引いて遊んだりしたから、範子もよく知っており、昨日の夜、戦死したと聞かされたときには、兄や父とは違って、いかにも軍人らしい磊落《らいらく》さ率直さを備えた、いつでも眼が笑っているように感じられる明るい人柄を懐かしく思い起こした。

榊原夫人は直接知らず、陸軍の退役軍人の次女で、聖心を出た人であるくらいの知識しかなかったけれど、たしかにかつての兄の談話のなかに、榊原の奥さんという名称が幾度か登場したことがあって、そのときには別段何とも思わなかったのであるが、いま不意に兄の口から榊原の奥さんの言葉が出た瞬間には、何か生々しい、兄の鬱屈した欲望の粘液がそのまま噴出したような印象を受けたのである。

「榊原さん、お子さんはなかったんだったかしら」

自分でも不可解な残酷な気分を再びかきたてられた範子は、黙ってうなずいた兄に向かっていった。

「それじゃあ、榊原さんの奥さんも私と同じ独身恋愛組ね。一緒に男の人を囲おうかしら」

正面から投げかけられた鋭い視線を眼に捉《とら》えて、範子は空いた皿を取って台所へ立ち、取り戻し得ぬ言葉への後悔と慙愧《ざんき》に全身を灼《や》かれながら、焙《ほう》じ茶の用意をするべく薬缶《やかん》をコンロにかけると、マストの折れた帆船を胸に抱えて階段を上がっていく中学生だった兄の、慎ましく痩《や》せたランニングシャツの背中が、あのとき縁側から見た日盛りに咲いた鶏頭の鮮やかな紅色と一緒に甦って、流しに向かったまま範子は一筋涙をこぼした。

深夜を過ぎて風はいよいよ強く、雨戸が間欠的に鳴り、遠い樹木の梢《こずえ》が低いうなりをあげた。寝る前に便所へ立ったとき、遠くで消防車のサイレンが響くのを聞き、この風では大変だと心配されたが、まもなく何事もなく静まって、風の音だけが残った。

仰向《あおむ》けの姿勢で冷え切った寝床に横たわり、眼をつむった加多瀬の思念は志津子へ向けられ、小さな二階家の正面にそびえる神社杜《もり》の木々が黒い叢雲《むらくも》のごとくざわめく様子を想い、それを海鳴りのように聴きながら独り暗闇《くらやみ》に横たわる女を想い、闇に仄白《ほのじろ》く浮かんだ女の横顔を想い、しかし布団が暖まるにつれて夢想が猥褻《わいせつ》な方向へ動き出す前に、志津子の面影を払って、入江少尉へ意識を向ければ、清澄の口にした捕虜第一号の文句が甦って加多瀬の胸は昏《くら》く鬱《ふさ》がれた。

ジャイロのない潜航艇はやはり方向を見失い、オアフ島のどこかで座礁し、身動きがとれなくなり、魚雷攻撃を断念した入江少尉は艇を捨て、単身斬《き》り込む覚悟で上陸したのかもしれなかった。白鞘《しらさや》の刀の柄《つか》をしっかり握りしめ、ひとりぽっち見知らぬ土地へ踏み出した入江少尉の、絶望と不安に苛《さいな》まれる心中を想えば、苦しいほどの胸のざわめきを覚え、想像のなかの飛行服、傷ついた獣みたいに喘《あえ》ぎながら、椰子《やし》の林を彷徨《さまよ》い歩く飛行服は、ひどく小さく頼りなく、さながら群からはぐれた幼い羊のようで、しかしなおその弱い獣は原始的な武器を手に、敵の姿を求め、死に場所を求め、はかない名誉を求めてあてどなくさまようのだ。

入江少尉が捕虜になった経緯は色々に想像された。疲れ果てて倒れたところを捕らえられたのかもしれないし、陸へ泳ぎ着くまでに力尽きたのかもしれない。いずれにせよ、同乗していた森下一曹の戦死の模様を含め、一切の状況は不明であるが、少なくとも入江少尉が命を惜しんだはずはなく、いや、たとえ惜しんだとしても誰も責めることは出来ないと加多瀬は思い直した。機銃や爆弾で武装した敵地の真ん中でたった独り、質屋の親父《おやじ》に笑われるほどの安物刀一本を抱えた人間に戦闘を続行せよと、一体誰が命令できるだろうか？　にもかかわらず捕虜第一号の汚名は永久に消えず、入江の名前に付着して離れず、そうした残酷な運命の只中へ、耐え難い不幸の昏い穴のなかへ若い彼を突き落とした責任の一端は、他ならぬ加多瀬自身にあるのだ。

こうなると分かっていれば、特殊潜航艇の発進は中止されたはずで、しかしあのとき分かっていたのは、ふたりの搭乗員が確実に死ぬ、その事実だけであり、こうして暖かくて安全な寝床に寝そべって、あらためてあの出来事を観照してみるならば、自分らがふたりの若者をただ無意味に死なせようとしていたとしか思えず、殺すために殺したとしか思えず、そうすることの必然性、現実性はどこにも見当たらず、まるで全体が悪夢のようで、それればかりか狭い鉄の棺桶《かんおけ》のなかで過ごした三カ月がなにもかも夢だったように思われ、だが、入江少尉が捕虜となったのは事実であり、人々の確信を裏切って彼が生き延びたことが、自分の無責任への懲罰であるかに加多瀬は感じた。

虜囚となった入江少尉の心境は手の届かぬ想像の彼方にあったけれど、もしいまこのとき彼が己を責めているのだとしたら、それは違う、君には責められるべきものはひとつもない、責められるのはわれわれの方なのだと、闇に描かれた入江少尉の若鹿みたいに痩せた項に向かって、うなだれ放心した幼ない顔に向かって、光のない虚《うつ》ろな眼に向かって、加多瀬は声をかけた。

腹這《はらば》いに姿勢を変え、手探りで煙草をくわえ、燐寸《マッチ》をすったついでに枕元の腕時計を見れば、時刻は午前二時を廻っていた。すると隣の居間に電灯が点《とも》って、稔兄さん起きてる？　と声が聞こえた。

ああ、と返事をすると、襖《ふすま》が開いて、さっきの絵、これだと思うんだけれど、と範子がいいながら、天井から下がった電球を点した。

まだ寝ないでいたらしく、先刻と同じ格好の範子は、厚手の本の頁を開いて、腹這いになった加多瀬の前に置き、これじゃない？　といって頁の左隅にある写真を指で示した。本は美術の解説書らしく、写真は小さく色はなかったけれど、即座に加多瀬はそれがあのとき榊原が見せてくれた絵であると認めた。

「アングルの『グランド・オダリスク』」

「そうか」と返事をしながら、加多瀬はそこに描かれた裸婦の顔がどこか志津子に面影が似ていると感じ、不思議に思いながら、よくわかったなというと、範子は意外な返事を寄こした。

「前に稔兄さん、この絵のこと、私にいってたもの」

「そうだったっけ」

「そうよ。二階で日記を書いていたら突然思い出したの」

そのとき兄は、榊原の奥さんはアングルの絵に出てくる女に似ているそうだといい、いまと同じ美術書を出してきて絵を見せると、たしかにこれだ、そういえば似ているといったのを範子は覚えていたけれど、そのことはいわずに、電気を消し、おやすみなさいと挨拶して、本を抱えて二階へ上がった。

「グランド・オダリスク」、それがオリエントの娼婦《しょうふ》を描いた絵であるのを範子は知っていた。

V　日曜日の邂逅

日曜礼拝は十時半に、水村女史の弾くオルガンを伴奏に賛美歌の斉唱ではじまり、ところが昨日の寝不足が祟《たた》った範子は、普段でも眠くなりがちな牧師の説教にいつにも増して眠気を誘われて、ただ睡魔と闘ううちに礼拝は終わってしまった。

顔馴染《かおなじ》みの人たちに挨拶していると、水村女史と、久しぶりに顔を見せた本多弁護士が、一緒に食事をしないかと範子を誘った。いつもは水村女史と教会の集会室で弁当を使い、二時からの聖書の読書会に出るのだが、今朝は寝坊したために弁当を作る暇がなく、リンゴをひとつ紙に包んで持ってきただけだったので、この誘いは好都合であった。英国生地の背広に蝶《ちょう》ネクタイをした本多弁護士は、集会室から外套《がいとう》と帽子とステッキを取ってくると、先に立って教会堂を歩き出た。好天の日差しを急に浴びて、範子が眩《まぶ》しさに眼を細めながらついていくと、本多氏が教会の表の歩道に佇んでいた男性に合図をして、彦坂淳一郎《ひこさかじゅんいちろう》君だと紹介した。

彦坂ですと範子へ眩しそうに笑顔を見せた男が、水村女史には会釈だけですませたところを見ると、ふたりは顔見知りのようで、事実すぐに水村女史が、髭をお生やしになったのね、といったのへ、彦坂と呼ばれた男は薄い口髭に指で触れて、ええ、ちょっと、とはにかんだ笑みを浮かべた。

約束がしてあったらしく、当然のように彦坂が加わり四人になって歩き出し、道々本多氏が淳一郎君は亜細亜《アジア》通商の専務だと教えてくれたので、範子も納得がいった。亜細亜通商は、海外との商取引にまつわる法律事務を得意とする本多氏が、顧問弁護士を務める会社のひとつで、本社は大阪にあるが、築地《つきじ》の東京支社へ範子も何度か書類を届けに行った覚えがあった。

本多氏が案内したのは、教会から歩いて十五分ほどの、道玄坂《どうげんざか》の裏手にある中華レストランで、四階建てのビルディングの一階にある入り口こそ地味で目立たぬ造りであったけれど、内部に一歩入れば、紅と金を基調にした装飾が賑《にぎ》やかで、といって決してどぎつくはない、心を落ちつかせる雰囲気が空間には工夫されていて、碧色《へきしょく》の目玉を炯々《けいけい》と光らせ、長い髯《ひげ》をぴんと張った二匹の龍が金色の雲間で絡まり合う絵柄の屏風《びょうぶ》に仕切られた区画の、回転する円卓の前に腰を落ちつけ、木耳《きくらげ》と蒸《む》し鶏《どり》の前菜がボーイの手で運ばれてきたときには、財ある者が天国に入るのは駱駝《らくだ》が針の穴を通るより難しいと、マルコ福音書に記されたイエスの言葉をひいての説教を聞いた後でする食事としては、いささかふさわしからざるものがあるとは思ったけれど、和洋中のなかでは中華が一番好きな範子は、こうなっては神にも人にも遠慮してもはじまらないと思いを定め、出てくる料理をせっせと口に運んだ。

「近頃は統制、統制で、やれ外食券だなんだとやかましくて、食べたいものも食べられんからねえ」

運ばれてきた老酒《ラオチュー》を一口飲んだ本多弁護士が機嫌よくいった。「しかしこの店なら亜細亜通商の委任統治領みたいなものだからね、それでわざわざ淳一郎君を呼びつけたというわけでしてね」

彦坂は慎《つつ》ましく笑い、その顔をはじめて正面から見た範子は、第一印象よりも若いようだと観察し、全体に力強さには欠けるものの、目鼻立ちはまずまず整って、とにかくきれいに刈った髪と灰色の背広に同色のネクタイを締めた服装が清潔なのには好感が持てた。

「弁護士さんが、そんな風に闇を奨励してよろしいんですの」

範子と彦坂は遠慮した老酒を、ひとりだけつき合った水村女史の言葉に、本多弁護士は見事な銀髪を撫《な》でつけながら応答した。

「奨励はしませんがね、だが経済法則がまるで分かっていない政府が作った法律などは破った方がよろしい。悪法も法なりとはいいますが、誰も守れないような法律を作る方が悪いんです。その昔、イタリーのある町で、あんまり風紀が乱れるんで、不義密通を犯した者を死刑にすると法律を作ったところ、町から人間がいなくなってしまったという逸話があるくらいですからね」

大阪控訴院の判事として左陪審まで進んだところで弁護士に転身した本多氏は、本人によれば判事時代は稀代《きたい》の堅物だったそうであるが、それがどうしてこうなったのか、範子の知る限りでは、お洒落《しゃれ》でも美食でも、相当の快楽主義者であり、音楽のレコード蒐集《しゅうしゅう》や、まだ日本には数の少ない電気式の高級蓄音機を所有するなどの趣味もあって、むろんそうした贅沢が可能なのは有力な「得意先」をいくつも持つからであるが、範子は本多氏に出会ってお堅いとばかり思っていた基督教徒のイメージがずいぶん変わった。

本多氏がクリスチャンになったのは、二年間視察留学したドイツで結婚した夫人の影響だそうで、数年前に夫人が亡くなり、いまはもう妻との思い出をただ懐かしむために教会に来ているのだなどといっているが、どうして信仰には篤《あつ》いものがあり、教会の運営にも積極的で、最近では教会役員からは引退しているものの、献金や寄付は惜しまず、「得意先」とはまた別に、教会の土地貸借をめぐって持ち込まれた係争事件なども手弁当で扱い、目立ったところでは、反戦を唱えた論文を雑誌掲載した基督教系の出版社が、不敬罪で起訴された事件の弁護も引き受けていた。

本多弁護士における自由主義の旗幟《きし》は鮮明であり、自由主義が犯罪として指弾される今日では風当たりが強いのは当然で、実際国粋主義団体を名乗る男が事務所に乗り込んでくるなどの嫌がらせはあるのだが、本多氏には何か範子の知らない人脈があるらしく、そのお洒落ぶりを新聞で非難がましくからかわれるのを尻目《しりめ》に、イタリア製の粋なネクタイを締めて裁判所に出廷し、フランス料理に舌鼓をうちながらワインに蘊蓄《うんちく》を傾け、ハバナ産の葉巻を吸い、教会で祈った。

「アメリカの禁酒法時代を見れば一目瞭然、過剰な統制は必ず腐敗を生んでしまうものなのです。ギャングの大活躍、まさに闇の横行だ。実際我が国ではもう手の施しようがないくらいに腐敗は進んでいる。近郊の農民が闇米や大豆を売りに来るなんてのは可愛《かわい》いもんで、闇はもっともっと深いのですよ。そもそも日本ではギャング自身が国を運営しているのだから始末に負えない」

「じゃあ先生はギャングと闘う正義の味方ね」と眼の周りをほんのり朱に染めた水村女史が、官憲に聞かれたら只では済みそうもないことを平気でうそぶく弁護士を遮ると、

「いやそれは違います」と本多氏はすぐに否定した。

「何が正義かなどということは常に相対的なものですからな。汝《なんじ》、殺すなかれと十誡《じっかい》にはいうが、戦争になれば、汝、殺すべしが格律となる。とすれば普遍的な正義などはあ

りえないことになる。これは実に単純ではあるが、きわめて根本的な問題です。恐らく人間には永久にこの矛盾は解き得んでしょう。つまり唯一の正義があるとしたら、それは神だけが知りうる。翻って人間に出来るのは自分が有限だという厳然たる事実を知ることだけです。だから我が輩は、いうならば、正義が唯一絶対の何かではなく、時代によって状況によって変わりうるものだという認識の味方なのです」

事務所で会うときはそうでもないが、礼拝のあとは決まって思弁的になり饒舌《じょうぜつ》になる本多氏は続けた。

「ところが困ったことに、この国には神がいない。したがって人間の作った正義が絶対の正義として流通してしまう」

「でも、日本にだって神様はいるんじゃありません？」と水村女史が薄く笑って疑義を呈した。

「おりますか」とそちらを眺めた本多氏は面白そうな顔で問うた。

「ええ。ここから東の方へ少し行ったあたりに」

「なるほど」とうなずいた本多氏は彦坂から注いで貰った老酒で軽く喉《のど》を湿らせてからいった。「我が輩はあの方を大いに尊敬しております。いや、尊敬などという言葉では足りないくらい敬愛している。あの方が住まわれている緑の園が眼に入る度に、自然に帽子に手が伸びて、頭《こうべ》を垂れてしまうほどに尊敬しております」

そこで一度切った本多氏は、グラスを捧《ささ》げ持つような格好で、他の三人の顔を等分に見ていった。

「しかしながら、人間が尊敬できる対象はあくまで人間だけです。神ではない。あの方が人の子、イエス・キリストだというのなら、また話は別ですがね」


読書会のはじまる二時にはまだ少し時間があったので、本多氏らと別れた範子と水村女史は、道玄坂から円山町を抜け、松濤《しょうとう》の屋敷町あたりを散歩した。ちょうど梅が盛りの時候で、石塀や生け垣から覗《のぞ》ける紅い花が澄み切った空に映え、透明な大気が春の素晴らしく豊かな香気を運んでくる。暖かな日差しを心地よく浴びて、範子と水村女史はゆるゆると歩を進めた。ふたりは決して派手な装いではないけれど、灰色の外套に同じ色の帽子を頭に載せた水村女史の洋装姿は人目を牽《ひ》き、映画女優だとでも思うのか、往来でじっと見つめてくる男性などもいて、しかし範子は水村女史と連れだって歩く際に投げかけられる好奇の視線には慣れていた。

「どう、あの人」と口を開いた水村女史がきいてきた。

「どうって、何が」と範子はとぼけて見せたけれど、相手の問いの意味はすでに承知していた。

「彼よ。彦坂淳一郎」

食事がはじまった時点では、彦坂は水村女史の恋人なのかと想像したが、まもなく範子は、この席が自分のために用意されたもので、本多弁護士は一言もいわなかったけれど、自分と彦坂を引き合わせることに会食の目的があるらしいと見当がついた。

席では主に水村女史と本多氏のあいだで会話が交わされ、彦坂はときおり投げかけられる質問に短く応《こた》えるだけで、範子もほとんど喋《しゃべ》らず、彦坂が範子に直接話しかけたのは、暖かくなったら是非鎌倉の別荘に遊びに来て欲しいと水村女史を誘い、よろしかったら範子さんもと、別れ際についでのようにいったときだけであったけれど、途中からひとり麦酒《ビール》を注文して飲み始めた彦坂がちらちら寄越してくる視線を十分に範子は感じとっていた。ただ、どうして本多氏がさような「見合い」を企画したのかだけが不審であったけれど、彦坂は会社にお使いに来たあんたを見初めたらしいわよと、からかうようにいった水村女史の言葉で疑問は解けた。

「私は会った覚えがないけれど」

「向こうはてきぱき仕事をするあんたに強い印象を受けたのね。それで、どうしても紹介してくれって、本多先生に頼み込んだらしいわ」

「ただ書類を届けに行っただけだわ」

範子は本願寺に近い運河沿いにある、以前は炭問屋の倉庫だったという、お世辞にもきれいとはいえない亜細亜通商の事務所を思い出し、それを気にしたらしい彦坂が、もうすぐ京橋の新築ビルへ事務所が移される予定だと、会食の席で幾度か強調していたのもまた思い出した。

それで、どう思ったのと、重ねてきいた水村女史へ範子は笑ってみせた。

「さっきのがお見合いなら全然駄目だわ。だって、私、ぱくぱく食べてばかりいたんですもの」

「それは本当ね。まるで欠食児童みたいなんだから」と水村女史は笑いに同調した。

「でも悪い感じじゃなかったわ。だいたい男性の前に出るとものを食べなくなる女なんて駄目よ」

自分が見合い相手であるかにいう水村女史がおかしくて、範子は声を出して笑った。

「とにかく、あんたがその気になりさえすれば、向こうは喜んで話を進める積もりだと思うわ」

水村女史は観測を述べ、で、どうだったの、とまた返事を急かしてから、そういきなりでも困るわよね、といって範子の手をとって軽く握った。

右手に瀟洒《しょうしゃ》な洋館が現れ、きれいに刈った植木のあいだからひときわ巨《おお》きな紅梅がそびえているのが見えてきた。余程丹精を込めたと見えて、無数の鉤爪《かぎづめ》が空を摑み取ろうとするかのように枝を伸ばしている姿が見事である。ふたりは足をとめ、花に見入った。きれいねえ、と水村女史が掌を眼の上にかざした格好で声を出し、すると、梅の木に眼を据えたまま、並んで立った範子にいった。

「私は悪い話じゃないと思うわ」

範子は黙って歩き出し、しばし留まって範子の背中を観察するかのように眺めていた水村女史が小走りに追いついて、騙《だま》して紹介したのに気を悪くしたのかときけば、範子はそんなことは全然ないと笑顔で否定した。

「でも水村さん、独身主義を奨励していたんじゃないんですか」

範子がからかい半分に問うと、そのとおりよ、とうなずいた水村女史は、ただし、それには条件があるのよ、と今度は真面目《まじめ》な顔で加えた。

「条件というのは、つまりお金。自由な独身生活を支えるには経済的な条件が必要だわ。これは気を悪くしないで聞いて貰いたいんだけれど、あんたがこのまま独身生活を続けていくのは難しいと思うわ。あんたは働けばいいと思っているかもしれないけれど、もちろん、そうやって生きていくことは可能だけれども、でも、とても自由にっていうわけにはいかない。世の中、そんなに甘いものじゃないわ」

範子の横顔を窺《うかが》ってから、水村女史は続けた。

「もちろん、あんたはそのうち結婚するかもしれない。たとえば月々八十円の勤め人。でも、それじゃあ、いまみたいな贅沢《ぜいたく》な生活はとても無理」

私は贅沢などしていないと、範子が不平の声を挙げる前にまた水村女史はいった。

「着るものとか、食べるものとか、そんなんじゃない。例えば、週に一度、安田先生のところでギリシア古典を読む。学者でもない人間がギリシア文学を勉強する。いまの時代に、これ以上の贅沢はないわ。結婚するにせよしないにせよ、いずれあんたはその贅沢を手放さなければならなくなる」

一度切った水村女史は、範子から反論がないのをたしかめて続けた。

「ひとつだけ方法がある。加多瀬範子がいまの贅沢を手放さなくてすむ方法。それは、つまり、彦坂淳一郎と結婚することよ」

さように宣言した水村女史は、彦坂の父親はもともと和歌山の大地主で、製材や土建の会社を幾つも持つ資産家であると説明し、彦坂は妾腹《しょうふく》の子ではあるが、亜細亜通商をはじめかなりの資産や事業を相続をするはずであるとも忘れずに加えた。何故そんなに詳しいのかと範子がきけば、水村女史の母方の叔父が貰った妻の姉が彦坂の祖父の弟の後添いだそうで、要するに「三弦琴の師匠」ということね、と水村女史は笑った。

「彦坂なら、結婚してもあんたを自由にさせてくれるはずだわ。とくに大事なのは、私と付き合い続けることができるっていうこと。だからこのことは私にも利害がある。あんたが日々の生活に追われるようになったら、とても私なんかと気ままに会ったりは出来なくなるわ」

とくに路を選ばず歩くうちに、いつのまにか明治神宮の近所まで来ていて、歩いて帰ったのでは時間に遅れそうなので、原宿《はらじゅく》から電車で渋谷へ戻ることに決めた。

切符売場で切符を買うと水村女史がまた口を開いた。

「五銭出せば電車に乗れる。でもその五銭を惜しまなければならない生活だって世の中にはあるのよ。財産を別にしても、彦坂はそう悪くはないわ。もちろん、相対的にの話ですけど」といった水村女史は、彦坂の父親の正妻の子供はどれも、どうにもならないぼんくらであると報告した。

「それに較べたら彦坂はまだまし。頭だって悪くないし、見た目もまあまあ。年齢も二十九でちょうど釣り合いがとれる。仕事については、あれで彦坂は案外やり手だっていう話だわ。でも、いいことばかりいうのはフェアじゃないと思うからいっておくけれど」と前置きした水村女史は続けた。

「彦坂は見た目ほど背が高くないわ。何故なら、上げ底の靴を履いているから。それから遠からず禿《は》げるわね」

範子が思わず吹き出すと、水村女史は父親も薬缶《やかん》であるし、遺伝的に彦坂は禿《は》げる体質であると説明し、事実彦坂は髪が細くて少ないのを昔から気にしていて、ありとあらゆる毛生え薬を入手して試しているのであると秘密を暴露した。

「それから彦坂には趣味がないわね。テニスや乗馬は一応やるみたいだけれど、基本的に運動音痴。読書の習慣はなし。音楽は騒音と区別できない。芝居や映画は観るみたいだけれど、まあ通俗物でしょうね。シェークスピアだったら、五秒で眠ることを保証するわ。そうね、趣味があるとしたら、毛生え薬の蒐集《しゅうしゅう》かしらね」

範子はまた笑い、しばらく一緒に笑っていた水村女史は、それから肝心なのを忘れていたんだけれどと、彼女の「釣書」に最後の項目を加えた。

「彦坂は女癖が悪い。いままでカフェの女給や芸者に何人も手をつけて、子供も一人生ませてるわ。その子は亜細亜通商のいまの社長、つまり忠実な番頭さんね、その人が養子にとって育てている」

警笛をけたたましく鳴らして、プラットホームに電車が入ってきた。相手の言葉に範子もさすがに一瞬顔色の変わるのを自覚したけれど、電車に乗り込むために会話が一時途切れたおかげで、水村女史の好奇の眼に顔を晒《さら》さずに済んだ。座席は半分以上が空いていたけれど、一駅だけなので範子たちは扉の前に並んで立った。

「彦坂はあんたにのぼせあがっているんだと思う」とさすがに声を潜めた水村女史が話をもとの場所へ戻した。

「堅気の娘さんである以上、結婚という風に考えたんでしょうね。つまりあんたは尊重されているわけよ。でも結婚したら、多分一年もしないうちに熱は冷めるでしょうね。子供が古いおもちゃに飽きるのとおんなじ。こういう言い方をするからって気を悪くしないでね。私はあんたが正しい判断ができるよう、なるべく精確な情報を与えようとしているだけなんですから」

範子がその方が有り難いというと、水村女史は深くうなずいた。

「彦坂は余所《よそ》に女を作るでしょうね。それは間違いないわ。なにしろ暇も金もあるわけですからね。でも、ものは考えよう。つまりそれはあんたが放っておかれるっていうことだから。自由な時間を持てる。子供ができたって、子守を雇えばいいしね。まあ、夫に愛されない妻。それを例えば不幸と呼んでもいいのかもしれないけれど、他にも不幸な事は世の中にいくらもあるわ。それに他の誰かと結婚したからといって、愛され続けるとは限らないでしょう。貧しい者同士の結婚にこそ本当の愛があるなんて嘘よ」

さように断じた水村女史は、彦坂と結婚するならば、少なくとも「不幸」と引き替えに、自由で贅沢な生活を手に入れることができると続けた。

「ちょっと正直にいいすぎたかしら」

いいえ、と範子が首を横へ振ると、水村女史はしばらく考えるように、移り行く車窓の景色に眼を向けてから、再び怜悧《れいり》な瞳で真っ直ぐ範子を見つめ、これだけは知っておいて欲しいんだけれど、といって語をついだ。

「あんたが彦坂と一緒になっても、私は決してあんたを軽蔑しない。上辺《うわべ》の美辞麗句に騙されて結婚したんだったら、笑っちゃうけれど、ここまで教えたんですからね。そのうえで結婚すると決断したら、私は惜しみなく拍手を贈るわ」

減速した電車が渋谷駅に滑り込み、水村女史の白い顔が翳《かげ》った。その様子を何か映画の一場面のように感じながら、範子は続く言葉をまった。

「決断ていうのは、要するに犠牲を払うことを決心することでしょう。だから欲張りな人間には決断はできないのよ。大抵の女は欲張りだわ。だから何も決断しないまま、ただ流れに流されていくだけ。あんたは違うと思うわ。あんたは欲張りじゃない。犠牲を払う勇気のある、決断のできる人よ。そうじゃないかしら?」

範子と水村女史が仲のよい姉妹のように肩を並べ渋谷駅のホームに降り立った時刻、加多瀬は東海道線を大森へ向かっていた。

陽気のよい日曜の午後、どこかへ梅観にでも繰りだそうというのか、行楽の家族連れや町内会の仲間らしい一団で列車は混みあっていた。車窓から見る東京の街は、あかるい春の日差しを浴びて、家も道路も樹木も、全体がふわりと宙へ浮かび上がるように眼のなかを流れていく。新橋を過ぎたあたりから、建物の隙間《すきま》にときおり東京湾の青い海が見えた。

膝《ひざ》の上にずしり重たい紫色の風呂敷包《ふろしきづつみ》を置いた加多瀬は、東京駅で座席にかけて以来、それを開いてみたい誘惑に何度か駆られたけれど、人混みのなかで調べるべき性質のものではないと思い我慢した。風呂敷の中身は榊原の手帳、ノートの類《たぐい》である。午前《ひるまえ》に家を出、再度志津子を訪問した加多瀬は、神社の杜を庭先に望む小さな家に着いた時点では、絶対に他言無用であると清澄から念を押されたこともあり、前夜に手に入れた情報をどこまで、どんな形で志津子に披露するか、心づもりができていなかったのだけれど、昨日と同じ部屋で向かい合った志津子は、事実を余すところなく知りたいとの強い意志を直截《ちょくせつ》に見つめてくる黒い瞳と少ない言葉で示し、結局加多瀬は清澄から聞いた内容のほとんどを報告することになった。

昨日とはすっかり違って、薄茶色のスカートに黒いセーターの姿で不意の訪問者を迎えた志津子は、やはり昨日とは違って、部屋の硝子障子を閉め切ったままにおき、それでも加多瀬が息苦しさを覚えなかったのは、死んだ榊原が再びふたりの媒介になったせいなのかもしれなかった。榊原の自殺、その謎を挟んで加多瀬と志津子は広からぬ座敷で対峙《たいじ》し、そうするあいだじゅう、加多瀬は昨日はほとんど感じなかった、かつての家の主の濃い影と匂《にお》いを感じた。

一通り説明してから、榊原は青酸カリを普段用意していただろうかと問うと、志津子は知らないと答え、清澄が示唆《しさ》したごとく、榊原が飛行服のどこかに薬物を縫い込んでいた可能性を確かめたいと思った加多瀬の求めに応じて、遺品の収められた、それ自体が遺品である大型の旅行鞄《かばん》と、何着かある軍装を二階から運んできた。

時計、双眼鏡、磁石、万年筆、鞄から取り出された品々は、主を失って急速に古ぼけつつあるような印象があって、加多瀬が悲嘆を新たにしていると、何か形見に貰ってくれないかと志津子が急にいい出し、するとなかから皮革の鞘《さや》のついた銅製のペーパーナイフが出てきて、長く使われていない机の引き出しが久しぶりに開けられたときに似た、不思議な感興が湧《わ》き出して、絡みあう葡萄蔓《ぶどうづる》の文様に飾られた柄を調べると、小さくveneziaの文字が彫られていて、たちまち記憶が甦《よみがえ》った。

地中海方面への遠洋練習航海の途上、立ち寄る機会のあったベニスを半日、加多瀬と榊原はふたりで歩き回り、どこかの街路で屋台風のみやげ物の店を出した老人に捕まって、うらぶれた店といい、パナマ帽を被《かぶ》って妙に伊達男《だておとこ》風に若作りをした老人のいかにも怪し気な風体といい、どうせ碌《ろく》なものはないからやめておけと傍から加多瀬がいうのを聴かず、榊原が面白半分に買ったのがこのナイフだった。

懐かしさが透明な湧き水のように胸に溢《あふ》れるや、石壁と水路に囲まれた街路を海軍服姿でふたり、あてもなくさまよい歩いたときの情景、物珍しそうに視線を寄こしてくる異国の人々の顔や、堅く鳴って石壁に反射した靴音や、ゴンドラの通過を見おろした石橋や、サンマルコ寺院のきらびやかな天井画や、淀《よど》んで腐った運河の耐え難い臭いなどが一時に記憶の映写幕に浮かんで、溢れる思いを抑えられぬままに、これはベニスで榊原が買ったものだと加多瀬がいうと、いま手にしてみれば案外重量感があるナイフを受け取った志津子は、しばし真剣な顔で手の中のものを観察した。

「これはどこで買ったんです？」

「ベニスです」

「ベニスのどこでしょう？」

志津子の問いの意図が摑《つか》めぬまま、あそこは迷路みたいな街だから、どこだかまるで分からないと加多瀬は冗談めかし、そんなはずはあるまいと思いながら、ベニスに行ったことがあるのかと問えば、志津子はあわてたように否定して、ナイフを加多瀬の手に戻すと、よかったらこれを貰ってくれないかと頼み、幾度か遠慮して見せたあげくに、加多瀬は背広の内ポケットに入れた。

肝心の飛行服と飛行帽がないので、きけば、遺骨と一緒に送られてきた品目のなかにそれらはなく、多分遺体と一緒に焼かれたのではないかと志津子は推測を述べた。念のために軍装も調べてみたかったけれど、ていねいに畳まれたそれに手をつけるのは死者と志津子をともに冒瀆《ぼうとく》するような気がして、加多瀬がためらっていると、むしろ志津子の方が積極的に調査を提案し、調べてみたところ、しかし何かを縫い込んだような痕跡《こんせき》はどこにも見つからなかった。すると志津子が今度はノートや書類の束を運んできて、畳に堆《うずたか》い書類の山が出来上がった。

「これを調べて頂きたいのです」と黙って書類の山を眺めていた加多瀬へ向かって志津子はいった。「榊原が自殺したとすれば、何か原因があるはずでしょう？」

夫の自殺という条理を欠いた現実に眼の前の女性は正面から向かい合おうとしている。そのことを加多瀬はありありと感得し、真っ直ぐに覗《のぞ》きこんでくる黒い瞳に気圧《けお》されるものを感じながら、しかし榊原の死は自殺とは限らず、事故の可能性も否めないのだというと、志津子は書棚に飾られた夫の遺影にしばし眼を遣《や》ってから、私、納得がいかないんです、といまさらのように呟いた。

事故の説明に納得がいかないのか、それとも夫の死という事態そのものに納得できないのかと、セーターの暗色のせいか一段と白く映るその横顔を盗み視て思いを巡らせた加多瀬は、そのとき不意に、ひょっとして志津子は榊原の自死について何かしら思い当たる節があるのではないかと疑惑を持ち、しかし口に出すのはさすがにはばかられて、書類の山を眼顔で指しつつ別の質問をした。

「志津子さんは、もう読まれたんですか」

「いいえ」と志津子は同じように眼をそれへ向けて首を振った。「私なんかが読んでもわからないことばかりですから」

頬《ほお》にえくぼを作った志津子の顔色に密《ひそ》かな恐れが浮かんだように思った加多瀬は、夫の自殺の原因がそれら書類のなかに隠されていると志津子は直感していればこそ、自らの手でえぐり出すことを躊躇《ためら》っているのではあるまいかと勘ぐり、馬鹿な、考えすぎだと自分を諌《いさ》めながら、しかし先刻の、事故の言葉を歯牙《しが》にもかけなかった素振りといい、ずっとひとつところに思いが捉《とら》え続けられている様子といい、志津子が何かしら知っているとの印象は消えず、彼女の予感の眼が闇の奥に見据えているらしい実体を、自分もたしかに感じたように思って、にわかな胸騒ぎを覚えたのであった。

列車は品川で停まった。乗客がだいぶ降りていき、目的地はもう間もなくであったけれど、とうとう我慢しきれずに加多瀬は風呂敷を解いて、一番上にあった本を一冊だけ取り出した。緋縅《ひおどし》の鎧《よろい》に三日月型の金飾りのついた兜《かぶと》を被り、大弓を手に白馬に跨《また》った人物が表紙に描かれた書物の表題は『義経一代記』とある。作者の名前は古田厳風。

その文字に眼がとまったのは、榊原の遺《のこ》した書き物を包んだ風呂敷を抱えて玄関に歩きかけたときで、いまいちど榊原の遺影に挨拶してから帰ろうと、書棚へ向けた加多瀬の眼にその文字のある背表紙が映ったのである。

ゲンプウと読むのかしら、といった妹の声を耳に甦らせ、これはゲンプウと読むのかと自問しながら、あの本は、と問えば、どれですと志津子がきき返し、いいでしょうか、とことわってから加多瀬は本を書棚から引き出し手に取った。

「この本は志津子さんが？」と問うと、ええ、と一度首肯してから、あわてたように首を横に振って否定した志津子は、ちゃんばらは好きではないと笑った。

「榊原は好きだったんでしょうか」と加多瀬は、泰西名画の全集本や美術の概説書を中心に、他には思想書や歴史書などが並んだ書棚を眺めてきいた。

「小説はあまり読む方じゃなかったんですけれど、時代小説だけはときどき読んでいたみたいですわ。でも、その本が何か？」

「いえ、面白いものを読むなと思ったものですから」

「加多瀬さんもそういうのがお好み？」

そうでもないんですが、と笑ってみせてから、志津子の承諾を得て風呂敷へ入れたその本を、列車の座席の加多瀬はあらためて手にしてみた。風呂敷包みは脇の席へ置き、あまり上等とはいえない紙質と装丁の本を膝の上でぱらぱらとめくって、思いついて奥《おく》付《づけ》を調べた。昭和十四年、二月十日、玄冬出版、発行者は立木往由とある。

古田巌風。聞いたことがあるなら昨日机の名刺を見た時点で気がついたはずで、小説には詳しい範子も知らない様子だったから、いずれ無名の作家なのだろう。その男が昨日留守中に訪ねてきたという。これはただの偶然なのだろうか。

志津子の様子も妙であった。古田巌風の小説が話題になってからというもの、口では何気ない風を装いながら、加多瀬の手に収められた本をいやに気にするかに揺らめいた黒い瞳が印象にとどまった。その志津子と、あるいは榊原と『義経一代記』の作者が結びつく要素は一体どこにあるのか。かつまたその人物が何のために自分を訪ねてきたのか。疑問が渦巻き、しかし加多瀬にはそれがほんのわずかな錯誤や偶然がもたらしたものにすぎないとも思われて、とにかく必要なのは事実である、妄想でも幻影でもない、不動の事実だけであると、自分に強く言い聞かせて、背筋を伸ばすように車窓へ眼を遣《や》るなら、いまだ衰えの見えぬ早春の日差しが、押しつぶされたように低い家々の屋根瓦《やねがわら》を鉛の色に輝かせていた。

貴藤大佐の自宅はすぐに見つかった。大森駅の改札を出た正面に見える高台、山王の屋敷町の一画に、柿渋の板塀に囲まれた和風庭園があって、瓦屋根のついた棟門には「貴藤」の表札が掲げられ、上部に透かし彫りのついた格子戸をあけて、きれいに刈り込まれた植木や、大きく横へ張り出した枝を添木で支えられた常磐松《ときわまつ》、鰭の長い錦鯉《にしきごい》が滑らかな波紋をたてる池を左右に眺めながら、玉砂利を踏んで車寄せ風の屋根がついた玄関で案内を請えば、女中らしい若い女が加多瀬を玄関脇の応接間へ通した。

飾りものの、それでも本物の赤煉瓦《あかれんが》を組んで作った暖炉のある、六畳ほどの部屋に置かれた応接椅子《いす》でしばらく待たされたのは、他に来客があるからだろうと、表の道路に黒塗りの自動車が止まって、運転手が座席で居眠りをしているのを先刻見た加多瀬は考え、卓の上の木箱に収められた「スリー・キャッスル」には手を出さずに自分の煙草を吸い、女中の運んできた茶を啜《すす》った。

二時に訪問したいと、貴藤大佐には電話で連絡してあった。いわゆる海軍時間というやっで、時間は必ず五分前と海兵以来たたき込まれた習性にしたがって、到着したのは二時より少し前で、それから十五分ほど待ったとき、外の廊下に気配が立って、どうやら来客が玄関へ向かうとみえた。

加多瀬の位置からは、玄関を出て表門へ向かうふたりの人物の横顔が窓を通してちょうど覗かれ、ひとりは鞄を抱えた背広姿の若い男、そうして、もうひとりの和服の老人には見覚えがあった。

紅頭《べにず》忠宗《ただむね》中将。そう認めた加多瀬が意外の感にうたれたのは、以前貴藤大佐と紅頭中将が海軍内部で対立暗闘した経緯があったと耳にしていたからである。紅頭中将は海軍内の右派、すなわち日独同盟の推進と軍備条約の破棄、そうしてなにより日米開戦を強硬に主張する者らの頭目のひとりであり、かたや、日独の連携に徹底的に反対し、日米開戦回避を模索した米内《よない》海相、山本次官の時代に情報課長を務めた貴藤大佐は、まさしく左派の代表的人物で、最後まで日米開戦に反対し続けたことで知られ、数年前突然紅頭中将が予備役に回されたのは、貴藤大佐の画策によるものだとのもっぱらの噂であった。

あるいは別人かとも思ったけれど、老年になって眼を患い、片方の眼はもうほとんど失明している紅頭中将の、ほとんどトレードマークになった丸い黒眼鏡は見間違えようがなかった。

いうならば仇敵《きゅうてき》同士であるふたりの人物のあいだに何の話があったのだろうかと、加多瀬が好奇の思いを巡らせはじめたとき、応接間の扉が開いて、やあ、待たせたな、とくつろいだ和服姿の貴藤大佐が顔を覗かせた。直立して敬礼した加多瀬が、お休み中に申し訳ありませんと詫《わ》びを述べると、かまわんさ、まあ、こっちへこいよ、ときさくにいって、大佐は廊下を先に立って歩き出した。

硝子戸《ガラスど》から庭を見渡せる座敷に落ちつくと、貴藤大佐が女中に酒の支度を命じ、遠慮しても無駄なのを知っている加多瀬は、余計な口をきかずに、用件を切り出すべき機会を窺った。用件とはむろん榊原の件で、なにより加多瀬は、どうして大佐が志津子に榊原が自殺したと漏らしたのかが不可解で、まずは率直に疑問をぶつけてみる積もりだった。

「どうだ、久しぶりの日本は。何か感じるところがあるか」

貴藤大佐が口を開き、どう答えるべきか考えはじめた加多瀬が緊張を覚えてしまうのは、かつて江田島で貴藤大佐が教官だった時分の気分がどうしても甦るからである。当時、まだ少佐であった貴藤大佐は、兵学校教務副官を務め、間近に接する機会はそう多くはなかったものの、比較的小柄なその身体からは絶えず鋭気が放たれ、前に立っただけで何もかも見すかされそうな雰囲気があって、別に怒鳴りつけたりするわけでもないのに、生徒にとっては怖い教官だった。加多瀬自身公務ではその後貴藤大佐との接点はなく、幾度か私的に話す機会を得たのは榊原を介してである。

榊原が航空本部付き時代、直属の上官が貴藤大佐だった縁で、ふたりは公私にわたって交流を深め、志津子を部下に紹介したのも大佐であり、榊原のかつての教官に対する崇敬には並々ならぬものがあった。もっとも貴藤大佐は榊原に限らず航空畑の人間の信望が篤《あつ》く、というのも、自身は砲術出身であるにもかかわらず、大西瀧治郎少将などと並ぶ航空論者として海軍内に知られていたからである。

陸海軍とは別個に独立の空軍を創設すべきとの論説は、江田島時代、加多瀬も貴藤教官の口からきいた覚えがあるが、これからの戦争は航空が主力であり、空母や航空基地を含めた航空兵力の整備こそが急務であって、戦艦などは無用の長物になるだろうという、航空機の性能と兵装が急速に向上し、上海事変における渡洋爆撃や、真珠湾およびマレー沖海戦での実績を通じて、航空兵器の重要性が広く認められるようになってきた今日でさえ、加多瀬を含めた大多数の士官にとってなお「奇矯」と思える意見を、その当時から吐いていた。

真偽のほどは定かではないが、機動部隊による真珠湾奇襲の着想を、航空本部長時代の山本長官に最初に与えたのが貴藤大佐だったとの話で、しかし同時に聯合艦隊司令部から出された真珠湾攻撃案に、軍務局で最後まで反対し続けたのも貴藤大佐であったらしい。いずれ一筋縄ではいかない人物には違いなく、先見の明と、陸軍や政府にも密かなパイプを持つ、軍政家としての行政手腕は高く評価されながら、どこか人柄に「癖」があって内部には敵も多く、実は加多瀬もどちらかといえば苦手な部類に属していた。

しばらく考えてから加多瀬は口を開いた。

「最初は少々浮かれすぎかとも思ったのですが、まあまあ全体には落ちついているといえるんじゃないでしょうか。今日も汽車で来たんですが、一体どこの国が戦争をしているんだろうという感じでした」

　懐手の格好で座卓に寄りかかった貴藤大佐は、ふんと鼻を鳴らすようにうなずいて、それから硝子戸の外の庭へ眼をやった。加多瀬は煙草が吸いたくて仕方がなかったけれど、大佐が煙草嫌いであるのを知っていたから我慢した。

「現代の戦争は総力戦だと、あちこちでしきりにいわれるが」

　貴藤大佐は再びこちらへ顔を戻した。

「前線の兵隊は別にして、銃後の国民には戦争のリアリティーなんてまるで感じられんのさ。まあ、敵の飛行機が飛んできて、爆弾をまき散らすようになれば、少しは感じるんだろうが。しかし、それだって、地震か台風と変わらん。爆弾が雨霰《あめあられ》と降るなかで、わが民はきっと粛々として列を乱さず、あくまで落ちついているのさ」

　軍の中枢にある人間の口から飛び出た、敗北主義ともとれそうな揶揄《やゆ》的な調子に加多瀬は衝撃を受け、しだいに滲《にじ》みだす胆汁のような不愉快を抑え込んで、眼の前の人物をあらためて観察すれば、そこには不可解な笑いが浮かんでいる。それでも太い剛毛になった眉毛《まゆげ》の下のふたつの目玉は凝固して動かず、眉のあいだに刻まれた深い縦皺《たてじわ》や、口から頬《ほお》にかけて刀傷みたいに長く伸びた皺、それらもまた硬質の人工素材で出来ているかに一所で固着して、白いものが混じった口髭《くちひげ》に縁取られた唇だけが沼地の生き物めいて動く様子からして、それはひょっとして笑いではないのかもしれず、しかしだとしたら、一体それは何なのかと加多瀬は疑い、しばらく見ないうちにずいぶんと老けたのは間違いないにせよ、そんな平凡な感想では到底及ばぬ人相の変化が生じていて、被った仮面がそのまま肉にめりこんで、元来の輪郭とは異なる第二の輪郭が貌《かお》にあらわれたかの印象にそぞろ脅かされた。

「しかし銃後の民が平静であるのは、われわれにとってずいぶんと頼もしいように思われますが」

加多瀬が遠慮がちにいうと、貴藤大佐は語尾に覆い被せるように切り込んできた。

「何故だと思う？　何故日本人はそんなに平静なんだと思う？」

質問を畳みかけるのが貴藤大佐の会話の癖であり、また相手が即答しないと機嫌が悪くなるのを知っていた加多瀬は、戸惑いながら、やはり民族の血に流れる何かなのではないでしょうかと、さして確信のあるわけでもない返答をすれば、今度こそ貴藤大佐は唇を歪《ゆが》めて笑った。

「違うな。そうじゃない。日本人が平静なのは、彼らが諦めているからだ」

彼ら、という言い方に違和感を覚えながら、加多瀬は黙って相手の言葉を待った。

「日本人は幽霊みたいなもんさ。幽霊がそこいらじゅうをうろうろしている。弾に当たったって痛くも痒《かゆ》くもない。だから落ちついているのさ。アメリカは要するに幽霊を相手に戦争をしているようなものだ」

「日本人が幽霊なら、アメリカ人は何なんです？」

「アメリカ人か。連中は動物だ」

加多瀬は笑い、だが相手の顔に笑いがないのを見て即座に笑いを消した。

「少なくとも動物は生きている。生活している。幽霊は違う」

若い女中がウイスキーとグラスを運んできて卓へ置いた。少し寒いな、と主人にいわれて、瓦斯《ガス》ストーブに火を入れてから黙って襖《ふすま》の向こうへ退《さが》った。

「ノモンハンのことはきいたか」

二つのグラスに生のままウイスキーを注いだ貴藤大佐がきいた。

「若干は。あまり芳しくなかったときいていますが」

「一個師団が壊滅した」

「やはり油断があったんでしょうか」

何故二年以上も前の出来事をいまさら持ち出したのか、いささか不審に思いながら加多瀬は返答した。

「何から何まで油断だらけさ」

「しかし三宅坂だって、今度は考えるでしょう」

加多瀬がただのあいづちの積もりで発した言葉に、たちまち貴藤大佐の顔色が変わった。

「考えるだって？　連中が何を考えるっていうんだ。馬鹿をいうな」

陸軍への伝統的な反感とは違う場所からくるらしい、憤怒を顔面に走らせた相手の剣幕に加多瀬は恐縮し、貴藤大佐は気を鎮めるかに和服の袖《そで》から腕を伸ばしてグラスの酒に口をつけ、大佐が昔からあまりアルコールは飲めない体質であるのを思い出しながら、加多瀬もつられてグラスを口へ運べば、香りの強い酒にたちまち舌を灼かれた。

貴藤大佐は一瞬の激昂《げっこう》を消し去った声でいった。

「とにかくはっきりしているのは、陸軍はソ連に勝てんということだ。ソ連の機甲部隊が満州になだれ込めば、日本軍は総崩れになる。ソ連はいつ来ると思う？」

ソ連が来る。その意味が加多瀬にはにわかには摑《つか》みかね、しかし質問された以上、何か応えねばと、ソ連は来んでしょう、といってから、ソ連は対ドイツ戦でそれどころではないはずだと、人には脚が二本あるのだとわざわざ解説しているような、何か自分が頓珍漢《とんちんかん》なことを口にしているのではないかとの不安を覚えながら加えた。

「モスクワではソ連の反攻が続いている。ソ連への侵攻はヒットラーの間違いだ。欧州戦争はドイツの負けだ」

今度こそ加多瀬は掛け値なしの衝撃を受けた。ドイツが負ける。貴藤大佐がそう断言する以上、有力な情報と根拠があるに違いなく、しかしこれは到底信じがたい話で、もしそれが本当なら、日本の従来の戦略は根底から覆されてしまうとは、作戦の中枢からは離れたところにいる加多瀬にも十分理解された。

「ソ連は必ず来る。不可侵条約などは紙屑《かみくず》にすぎん。ソ連が来る前にアメリカと停戦するにはどうしたらいい？」

「日本は勝ちます。いや、是非勝たなければなりません」

内部から湧き上がる熱に押されて加多瀬はいった。

「日本が勝つとは、いかなる事態を想定してそういうのか。アメリカを占領するわけにはいかんのだぞ」

貴藤大佐は海軍大学校の口頭試問のような調子できいた。

「簡単です。つまり、アメリカが降参すればいいんです」

かように理屈を欠いた威勢がよいだけの物言いが、一部の将官には歓迎されても、貴藤大佐に通用しないことは分かっていた。それでも加多瀬は、わざとのように悲観的な調子で発言するかつての教官に向かっては、そのようにいってみせるべきではないかと直感が働き、直感のままに言葉を接いだ。

「国防圏をしっかり固めて敵を寄せ付けない態勢を二年か三年、あるいは五年でも十年でもいい、徹底してとり続けるなら、敵はいずれじれてくるはずです。国内でも厭戦《えんせん》気分は広がるでしょう。アメリカ人は根本的に快楽主義ですから。いずれにしても、向こうに降参といわせることです」

「つまりアメリカの方から停戦の申し出をさせるということか」

「そうです。ただし、日本の権益が全面的に守られる形での停戦でなければ意味はありません」

貴藤大佐は笑ったようだった。が、その顔から加多瀬は素早く眼を逸《そ》らして、グラスの酒を一息に呷《あお》った。

「アメリカに参ったといわせるまで対峙《たいじ》し続ける。それはいいとしよう。だが、そのあいだにソ連が攻めてきたらどうする？」

「そんな仮定の話には答えられません」

「あえて仮定してみたらどうなる？」

相手のからかうような調子に反感を深めながら、加多瀬が返答に窮していると、何故か愉快そうに貴藤大佐は続けた。

「ソ連のことは陸軍任せで管轄じゃないというわけか。しかし、これは仮定の話じゃない。現実だ。近い未来の現実だ」

他の者ならともかく、情勢分析では右に出る者のないと評される貴藤大佐の発言だけに、加多瀬も不安を覚えぬわけにはいかず、しかし一方では、眼の前の人物の身体から発散される重苦しい疲労が先刻から色濃く感じとられもして、精神の荒廃、とそこまではいわずとも、たとえば大佐は過剰な情報に消化不良を起こし、敗北主義に捉えられているのではあるまいかとの印象が生まれた。神経が鋭敏で先が見えるだけに、かえってありもしない亡霊の影に怯えるということはありえる。

「ソ連が来る前にアメリカと停戦する方法がひとつある。それも十分な譲歩を引き出す形でだ」とまた貴藤大佐が口を開いた。

「どういう方法でしょう？」

「ソ連に来て貰うことだ」

混乱した加多瀬はたしかに相手の精神の変調を疑い、病者を観察する眼で卓の向こうを眺めたが、貴藤大佐は聞き手の眼など知らぬげに先を続けた。

「アメリカの真の敵は日本じゃない。アメリカが最も恐るるべき敵はソ連だ。ソ連が満州の日本軍を破れば、極東はソビエトの支配下に置かれる。支那も朝鮮も赤く染まる。日本だって戦争が長引いて国が混乱すれば、赤化の危険に晒《さら》される。それはアメリカの最も恐れる事態だ。とすればむしろアメリカは日本を赤化の防波堤にしようと考えるだろう。日本と早めに停戦協定を結んで、ソ連に当たらせるのが得策だということになる」

話の筋道だけは一応理解した加多瀬はうなずいた。

「しかし、いずれにしても、日本は権益の多くを失うんじゃないでしょうか」

「無傷というわけにはいかんさ。それより、今のおれの話をどう思う？」

はじめて貴藤大佐が親密な気分を投げかけてきたように感じられ、ひょっとするといまの話はすべて、昔の教え子をからかうための悪い冗談だったのではないかとさえ疑った加多瀬は、ふっと肩から緊張を解いた。

「なんだか夢物語のようです。悪い夢です」

貴藤大佐は庭へ顔を向け、同じように加多瀬もそちらへ眼を遣《や》れば、硝子戸《ガラスど》を透かして見通す庭には午後の光が降り注いで、植木の幹や葉を白っぽく輝かせ、わずかに覗《のぞ》かれる池の面だけが光を寄せつけぬように濃い緑色に沈んでいる。

悪い夢か、と顔を庭へ向けたまま懐手の貴藤大佐が呟《つぶや》き、どこか遠くを見つめる調子で言葉を続けた。

「歴史というのは悪い夢の集積なのかもしれん。夢を見ている人間はいま自分が夢を見ているとは思わない。いまを生きている人間も同じだ。自分がどんな歴史のなかにあるのか知らない。歴史とはすべて、あとから来た人間が作り上げる、死んだ人間についての物語だからだ。死んでしまった人間にとっては何の意味もない。彼らはただ自分の見ている悪夢のなかで、あくせくともがきまわるだけだ。——少し暑いな」

大佐が立ってストーブの火を消した。天井の高い座敷に瓦斯《ガス》の臭いが残った。

貴藤大佐の家を辞して大森駅へ向かったときには四時に近かった。今日の午後は木谷中尉らに自宅へ遊びに来るよう誘ってあり、彼らがもう家に到着している可能性もあったけれど、自分が不在中でも家に上げて酒でも振る舞ってくれるよう母親に頼んでおいたから、とりあえず心配はいらなかった。

榊原の件については結局清澄から聴いた以上の情報は得られなかった。もっとも貴藤大佐も清澄少佐から報告を受けただけなのだろうから、これは当然といえば当然で、一番の疑問であった、何故志津子に「自殺」の情報を漏らしたか、その点をきけば、貴藤大佐は、知らんな、と素気なく答え、志津子さんには榊原の葬式で会ったが、と加えた後は物思いに沈んでしまい、捉《とら》えどころのない沈黙にそれ以上の追及は阻まれた。貴藤大佐が何もいっていないのだとしたら、何故《なぜ》志津子はそのような嘘を吐いたのか。加多瀬は考えざるを得ず、先刻の別れ際、神社の敷地に通じる庭木戸まで見送りに出た志津子の姿が呼び起こされた。

加多瀬は近所の眼が少々心配になったのだけれど、志津子は気にする様子がなく、一緒に散歩にでも出るような格好で気軽に後からついてきて、庭木戸のところまで来ると、横からつと手を伸ばして風呂敷包みを奪い、重量をたしかめるように持ち上げてみせ、ずいぶん重いわ、と笑った。加多瀬は庭下駄《にわげた》を突っかけた志津子の、枝を張った楠の木の仄暗《ほのぐら》い葉陰で発光する海月《くらげ》のように見える、スカートから伸びた脛《すね》の白さを眼にとめながら、翳《かげ》りの見えぬ屈託ない笑いに驚き、夫の自殺への頑固な確信と、この笑顔とをどう結びつけたらよいのかと、ひどく戸惑いを覚えたのだった。

戸惑いを覚えたというなら、貴藤大佐の言葉や表情がまさにそれであったと、たったいままで卓を挟んで向かい合っていた人物が再び意識の舞台へ呼び戻された。相手の押し隠した表情の奥で苛立ちや冷笑や恐怖が閃《ひらめ》くのを加多瀬は感じ、開戦以来の華々しい戦果に、横須賀でも霞ヶ関でも晴れやかな顔つきばかりを見慣れた眼には、その暗鬱《あんうつ》と諧謔《かいぎゃく》がひとつになった表情はきわめて異様に映った。

蓄積した疲労がひとりの有能な佐官の神経を蝕《むしば》みつつあるのではないか。さように危《き》惧《ぐ》を抱きつつ、ただ少なくとも、軍の中枢にあって情勢の推移に誰より敏感に眼を配る貴藤大佐の一番の心配事がソビエトであるとは理解できた。ソ連が来る。その文句を幾度か大佐は口にし、それは確度の高い情報に基づく予測なのか、それとも絶えず最悪の事態を想定しておこうという心づもりなのか、あるいは単なる妄想なのか、いずれとも判断はできなかったけれど、とりあえず向こう一、二年の間にソ連が満州へ侵攻するとは加多瀬にはどうしても思えず、かりに侵攻があったにしても、精鋭無比で鳴る関東軍がそう簡単に白旗を上げるとは考えられなかった。だとしたら何のための陸軍か分からない。

ドイツが負ける。ソ連が極東方面へ兵力を投入できる条件はたしかにドイツの敗北であるが、ポーランド侵攻以来の鮮やかな戦いぶりに眼をみはってきた者の眼には、それもなんだか信じるには足らぬようで、要するに貴藤大佐は弱気の虫に捉えられているのだと思うほかなく、或《あ》る種の完璧主義者がほんの小さな失敗を気に病み、何もかもが駄目になったと思いこんでしまう、そんなイメージが漠然と想われた。

貴藤大佐の不可解な印象は、榊原の「戦死」について語られたときにも強く残され、志津子がそうだったのと同じように、大佐は事故の可能性をいってみた加多瀬の言葉をほとんど相手にせず、自殺を端《はな》から疑っていないと見え、ここでも加多瀬は相手に何か心当たりがあるのではとの疑惑を持ち、自殺だとしたら、原因は何なのでしょう、ときいてみれば、大佐は、明瞭な返事を与える代わりに、紅頭中将はね、と退役した提督の名前を口にした。

「紅頭中将は知っているか？」

「面識はありません。さっきお見受けしましたが」

貴藤大佐は一瞬疑う眼で加多瀬を窺《うかが》い、しかし相手の真っ直ぐに見つめてくるまなざしに遭って、はぐらかすように表情を緩めた。

「紅頭中将によれば、人間は誰でも己の死期を本来知っているそうだ。自殺者は、いまが自分の死すべきときだと急に気がついて自殺するらしい。傍《はた》からは死ぬべき理由が何もないように見えても、自殺する本質的な動機はあるってことになるそうだ。しかし大抵の人間はそのことを忘れている。死すべきときを逸して、ぐずぐずと生きながらえる」

自分がその死ぬべきときを逸した者であるかに、貴藤大佐は自嘲的《じちょうてき》な冷笑を浮かべた。意味を摑《つか》みかねた加多瀬がぼんやりと、大佐が背にした襖絵《ふすまえ》の、二羽の鶴が天に向かって飛翔《ひしょう》する姿を眺めていると、紅頭中将は近頃国粋主義団体の主宰に収まって、神霊学だか神智学だかに凝りかたまっているのさ、と嘲笑的にいう貴藤大佐の声がまた聞こえた。

「紅頭のじいさんは親切にも、世の中の人間に己の死期を悟らせてやる計画らしい。死期を越えて生きながらえた人間は国家社会に害毒を流すそうだ」

貴藤大佐が喉《のど》を鳴らして笑った。

「しかしおれが思うには、じいさんがまず自分の死期を悟るべきだと思うがね。それにだ、国家や社会にだって死期はある。死ぬべきときがあるんじゃないかな」

貴藤大佐の乾いた笑いが頭に虚《うつ》ろに響くのを聴きながら、加多瀬は大森駅へ通じる坂道を下った。

駅前の大通りに出ると、路《みち》に面した市場の前に長い行列ができているのが見えた。割烹着《かっぽうぎ》に買い物籠《かご》を抱えた主婦が中心だが、なかには制服姿の女学生や、中折れ帽を被《かぶ》った中年の男、地面に顎《あご》が届きそうなくらい腰の曲がった老人なども列に混じって、とくに順番の来るのを心待ちにする風もなく、寒そうな格好で立ち並び、後から来た人は、餌《えさ》をついばむ鶏のように市場のトタン屋根の下を覗いて見てから、大人しく列の最後につく。これは近頃ではすっかり見慣れた光景で、爆弾が降る中で我が民は粛々と列を乱さないといった、貴藤大佐の言葉を加多瀬は漠然と思い浮かべ、それにしても紅頭中将は何の用で来ていたのだろうかと、いまさらのように不審に捉えられながら、列の先で何が売られているのか確かめてみることもなく、駅の切符売場へ向かった。

阿佐ヶ谷駅の改札口に範子は兄の姿を認めた。ホームを小走りに駆けて、兄さんと声をかけると、加多瀬は小さく右手をあげて、妹が改札を抜けるのを待った。

「一緒の電車だったのね」兄妹肩を並べて歩き出すと範子はいった。

「らしいね。今日は教会か？」

「ええ。稔兄さんは？」

範子は兄が下げた風呂敷包みを眼顔で指して問い、加多瀬は荷物を軽く持ち上げてみせた。

「ちょっと野暮用でね。何ヵ所か廻ってきた」

「大変ね。戦争だから仕方ないんでしょうけど」

このところだいぶ日が長くなって、五時になっても午後の日差しが西の空に残って、低い雲が紅《あか》く染まっている。風はなく、銭湯の黒い煙突から灰色の煙が真っ直ぐに立ち昇って、その向こうに濃い影になった富士山が見えた。

「それより、範子、今日家に帰ったら芸者をつとめてくれないか。部下が何人か来ているはずなんだ」

「いいけれど、花代、高いわよ。そういうの、花代っていうんでしょう？」

加多瀬は笑って、

「芸のない芸者なんかに、花代は出せないさ」と妹をからかえば、

「あら、そんなことないわ。唄《うた》くらい歌えるし、ダンスだって大丈夫よ」とすかさず範子は応酬した。

「唄って、何を歌うんだ。学校唱歌か？」

「何だってお望みのまま。ドイツリートから『大利根月夜』まで。そう、あれも知ってるわ、『月月火水木金金』」

「まあ、お手柔らかに頼むよ」

少々恐れをなした加多瀬は釘《くぎ》を刺した。

「妹があんまりお転婆じゃあ、おれの信用がなくなる恐れがある」

帰ると家には木谷中尉、乾中尉、三村兵曹の三人が来ていた。三時過ぎに着いたとのことで、座敷の卓にはすでに煮物や和《あ》え物を盛った皿のあいだに麦酒《ビール》の瓶が並び、真ん中の大皿に載った平目とイナダの刺身は、客の手土産で、台所でまな板と包丁を借りた三村兵曹が三枚におろすところから全部やったそうで、本職みたいに上手なのよ、と母親はしきりに感心していた。

かえって済まなかったな、と礼をいった加多瀬は三人の部下に妹を紹介し、さっそく範子は台所に立って酒の燗《かん》をつける母親を手伝い、「芸者」たる自覚のもと、しかしあくまで控えめに、三人の客に万遍なく酌をして廻り、また料理を勧めた。

「範子さんはいける口ですか」

見事な鬚《ひげ》を顔一杯に生やした木谷中尉がきくので、範子が兄の方へ悪戯《いたずら》っぽく眼を遣《や》ると、仕方なさそうに笑った兄から、いける口だ、少し飲ませてやってくれと許しが出たので、母親の咎《とが》める眼を尻目《しりめ》に範子は猪口《ちょく》へ口をつけた。

するとと範子の姿を正面からつくづく眺めていた乾中尉が口を開いた。

「私の田舎じゃ、女で酒を飲む者はありません」

感に堪えぬといった調子がおかしくて、一同は思わず吹き出し、すかさず木谷中尉がからかった。

「だいたい乾の田舎には猿はいても、女はおらんのだろう」

「そんなことはないです。いくら飛騨が田舎でも、女はおります」

当然の事柄を真面目《まじめ》くさっていう年若い中尉がおかしくて、範子は笑いをこらえながら質問した。

「飛騨では女はお酒を飲まないんですか」

「いえ、つまり、普通のといいますか」乾中尉はあわてたように言葉を探した。「素人の娘さんは飲まんという意味です」

「じゃ、玄人は飲むんですの？」

「はい。やはり商売ですから」

「待て」とそこで両者のやりとりをきいていた木谷中尉が介入した。「飛騨に玄人の女なんてものがいるのか？」

「あまりいません。少なくとも私の生まれた地域一帯には姿が見えません」

なんだそりゃ、と木谷中尉が笑い、するとこんどは三村兵曹が口を出した。

「すいません。砲術士はあがっているんです。まさか先任の妹さんがこんな美人だとは思っていなかったものですから」

三人のなかでは一番年かさで、子供が二人いるという三村兵曹は、さすがに世慣れたところがあって、見え透いたお世辞もさして厭味には感じられず、おかげで座はいっそう和んで、あがってなどおらんさ、と顔を赤くした乾中尉ひとりがやや不満げである。

「まあ、私の田舎じゃ、男もそんなには飲まんです」と乾中尉がまたはじめた。「飲むといったら婚礼か葬式か、あとは盆と正月くらいですな。米もそんなに食わんくらいですから」

「何を食ってるんだ」

「稗《ひえ》や粟《あわ》ですな。あとは芋。ゼンマイや茸《きのこ》も食います」

「貧乏なんだ」

「はい」と乾中尉は木谷中尉の問いに簡潔に答えた。「なにしろ山しかないところですから。生まれてこのかた三つ以上山を越えたことがない者も村には大勢おります。前に田舎へ帰ったとき、東京じゃ毎日米を食うとるといったら、みんな眼を丸くしておりました」

「とんでもない田舎だな」とつくづく感じ入ったように木谷中尉がいった。「しかしそんな田舎からよく海兵に来たな。学校はあるのか？」

「むろんです。毎日三時間かけて通っておりました。学校は隣村にあったんですが、山ひとつ越えねばならんもんですから」

当たり前のように乾中尉が答えると、一緒に席につくよう強く勧められて遠慮がちに加わっていた母親が、まあ、三時間も、と感嘆の声をあげた。

「それじゃ、全体何時に起きるんです？」

「三時に起きます。朝のうちに薪割《まきわ》りなどの仕事をして、五時に家を出ます」

「まあ、大変」

「何時に寝るんだ？」と今度は呆《あき》れたように加多瀬がきいた。

「暗くなったらじき寝ます」

「まるで原始人だな」という木谷中尉の感想に、

「実際、原始人も近所にはいました」と乾中尉が答えたので、なんだそりゃ、と一同は声をあげた。

「山の中に住んでおるんです。夏は男も女も腰布一枚の裸で、冬は獣の皮を被《かぶ》っておるんですが、魚も獣も生のまま食らい、言葉を喋《しゃべ》りません」

「本当にそんなのがいるのか」と一同の不審を代表して木谷中尉が懐疑の声を漏らすと、乾中尉は続けた。

「おります。実際私もこの眼で見ました」

「山から鬼が来るとかいってよく子供を脅かしたりするが、その類《たぐい》じゃないのか。山の怪物とかなんとかいって。怖い怖いと子供心に思っているから、きっと猿か何かを見間違えたんだろう」

「違います。第一、見たときには私は中学生になっていましたから。山のなかでばったり出くわしたんです」

「ちょっと、待て」とまた木谷中尉が遮った。「中学も歩いて通ったんじゃないだろうな」

「まさか。中学は高山ですから。下宿しておりました」

「よく金があったな」

「山を二つほど売りました」

「なんだ、結構金持ちなんじゃないか」

「山なんて二束三文です。あとは兄弟がみんなで金を出してくれて、村の人間も少しずつ山を売って貸してくれました」

「なんだか、ひでえ田舎だな」といって猪口《ちょく》の酒を飲み干した木谷中尉は、口とは裏腹にやや感動の面もちである。

「それで原始人の方と会ってどうなさったんです」と母親が話を元へ戻したが、原始人の方という文句がおかしくて、みな一斉に笑い出した。

「逃げました」

「あら、まあ、でもどうして」

「怖いです。それでなくても山の中っていうのは気持ちのよいもんじゃありません。そこでそんなのに会ってごらんなさい、誰だって逃げ出します」

「捕まえりゃよかった」と木谷中尉が残念そうにいうと、乾中尉は、とんでもありませんと、顔の前で手を振った。

「もう脇目《わきめ》も振らずに逃げました。あんまりあわてたんで、木の株にけつまずいて、ひどいこぶをつくりました。これがそのときの傷です」といって乾中尉は額の生え際のあたりをさすってみせた。

「災難でした」と母親が同情すると、乾中尉は深くうなずいた。

「まったくです。怪我《けが》ばかりじゃなく、その晩から高い熱が出て、身体中に出来物が出来て、一週間くらい起きれんかったです」

「まあ大変」と母親は心配したが、すぐに木谷中尉が、そいつは水疱瘡《みずぼうそう》だろうと笑うと、乾中尉も、えへへと笑い、実はそうなんですと白状した。

範子はあまりに興味深い飛驒の原始人についてもっときいてみたいと思ったけれど、加多瀬が横から、三村兵曹はどこだっけ、と話題を転じたので、座の関心は乾中尉の異常体験から離れた。

「三村兵曹は横浜です」と本人に代わって木谷中尉がまた飛び出した。「乾中尉とは正反対。この人は海軍随一のハイカラです。なにせ、外人墓地で産湯をつかったってくらいなもので」

「いくらなんでも墓場で産湯はつかわんでしょう」と三村兵曹が抗議したので、座はまたしばらく明るい笑い声に包まれた。

「三村兵曹は趣味もハイカラなんです」と木谷中尉がいうので、どんな趣味なんですと範子はきいてみた。

「薔薇《ばら》です。薔薇の栽培です」

「薔薇ですか？」

鸚鵡《おうむ》返しにいった範子は、軍人と薔薇の意外なとりあわせにしばし虚をつかれ、斜向《はすむ》かいの席の穏やかな笑顔をみつめた。すると横から乾中尉が勢いよく口を添えた。

「三村兵曹の薔薇はすごいもんです。こればかりは私も請け合います。一度家に行ったことがあるんですが、もう庭中が薔薇だらけでした。珍しい品種もたくさんありました」

「貴様に薔薇の品種なんか分かるのか？」木谷中尉がからかうと、乾中尉は生真面目に返答した。

「まるで分かりません。しかし三村兵曹がそう説明したんで、そうなのかと感心しました」

「実際にすごいんですよ」と乾中尉の言葉を受け取った木谷中尉は、範子と母親に半分ずつ顔を向けた。

「自分で交配を工夫したりして、世界的にも珍しい品種があるんです」

「それは少々大袈裟です」と三村兵曹は謙遜《けんそん》してみせた。「好きで育てているだけですよ。もっとも近頃は女房任せで思うようには育ちません」

「薔薇は大変なんでしょう」

範子がお世辞をいうと、ええ、まあ、それほどでもありませんと、薔薇の栽培者が曖《あい》昧《まい》な返答をよこしたのへ、木谷中尉が茶々を入れた。

「珍しく謙遜するなあ。普段はもう蘊蓄《うんちく》がすごくて、何時間でも話をきかされるんですけどね」

「そいつは事実です」と乾中尉も同意を示した。

「三村兵曹の話をきいて、自分も薔薇を育ててみようという人間が艦にもたくさん出てきたくらいですから」

海軍の軍人たちがこぞって薔薇を育てる様子を想像して、範子は愉快になった。

「木谷さんはどちらなんです？」

薔薇談義が一段落したところで、銚子《ちょうし》から酌をしながら範子は次にきいてみた。恐縮した格好で猪口を捧げ持った木谷中尉が答えた。

「私は函館《はこだて》です」

するとしばらくは黙って里芋を咀嚼《そしゃく》していた乾中尉が口を挟んだ。

「航海長が子供の頃、熊と角力《すもう》をとってたっていうのは本当ですか」

からかっているのかと思えば、どうやら真剣にきいているらしい。

「馬鹿。冗談に決まってるだろ。足柄山《あしがらやま》の金太郎じゃあるまいし。第一、函館には動物園にでも行かなきゃ熊なんかいない。原始人がうろうろしている所なんかと一緒にするな」と木谷中尉が決めつけたので、乾中尉を除く一同はそれぞれ笑った。

一緒になって笑いながら範子は、四人の男たちのあいだの親密な雰囲気、三ヵ月も狭い潜水艦に閉じこめられ、苦楽を共にしたことが、深い信頼と絆《きずな》になって結実しているのを感じとり、潜水艦勤務が自分には向いているらしいと、何度か漏らされた兄の言葉がはじめて理解された気がした。とくに印象を受けたのは、三村兵曹が他の三人にさして遠慮をする風もなく、冗談口を叩《たた》いたりしている点で、父親を通じて知られた海軍というところには、海兵出の士官が主人だとすれば、残りは下男であるとのイメージがなんとなく付着していたから、ずいぶんと意外で、しかし当然ながらそれは好ましく感じられた。

乾中尉はともかく、木谷中尉と三村兵曹は、一見粗雑のように見えながら、料理の味について細かく問うたり、母親得意のちらし寿司《ずし》だときけばさっそく箸《はし》を伸ばしたりと、細かく気を配ってくれているのが分かり、これにも範子は感心した。ことに木谷中尉は、見た目はややむさ苦しいけれど、場の雰囲気や人の心を読むのに機敏で、他人との距離を絶えずはかりとる繊細さがあって、しかし決して厭味《いやみ》にはならない大らかさも備えていると好感を持ち、今日の昼間紹介された彦坂といつのまにか比較している自分に気づいて、範子は内心で苦笑した。

話題は飛騨の原始人から、今度は海の怪異へと移って、乾中尉がハワイ近海で目撃したという、白く光る物体についての報告がはじまっていた。

「二百はあったと思います。伊号潜水艦の倍はあったですからね。そいつがちょうど潜水艦と同じような形で、白く光っているんです」

「その話ならこのあいだもきいたが、波頭か何かじゃないか」

木谷中尉が合理主義の見地から意見を述べると、

「たぶん星明かりが反射して、そんな風に見えたんでしょう」と三村兵曹も同じく疑念を表明する。

「それが違うんです。たしかに生きているんです。私は鯨かと思ったんですが。先任もご覧になりましたよね」

「見た。でかい蛞蝓《なめくじ》みたいだったな」とうなずいた加多瀬は、ラナイ島沖に浮上していた夜へと記憶の触手を伸ばし、上陸してから二週間あまり、蒸し暑い艦とともに洋上を行動した三ヵ月の出来事全体が、のっぺりした鉛板か何かに書き込まれたもののような、ひどく遠い、自分とは無縁な、きわめて鈍い印象としてしか思い出せないなかにあって、あのとき艦橋から眺めた夜の海、艦体を舐《な》める重たい水音、空に帯を描く銀河、そうして奇怪に光る海の生き物、それらばかりが実に鮮明に心に残されている事実に気づいて、不思議な思いに捉《とら》えられた。

特殊潜航艇の帰還を待つために艦橋に立っていた事実は、意識しようとすればむろん意識できたけれど、ぼんやり記憶を辿《たど》る限りでは、あの不可解な現象を見物するために自分はあそこに立っていたような気がしてならず、入江少尉のことを思えばまた胸が疼《うず》くのを覚えたが、飛行帽から覗《のぞ》く痩《や》せた青い項と、あの時間を結びつけるものは何もないと感じられてしまう。

それでも加多瀬は、先任が見たというなら何かいたんでしょうなと、三人があれこれ仮説を立てるのをききながら、あらためて入江少尉の運命を思い、しかし、公式発表がまだであることを含め、彼が捕虜になったとはこの場で報告する積もりはなく、むろんいずれは分かることではあったが、それでなくとも通商破壊に戦果をあげ得なかった事実が誰の心をも重く閉ざしている現在、自分の口を使ってわざわざ追い打ちをかける気にはなれなかった。

先任はどう思われますときかれて、加多瀬は口を開いた。

「金沢三曹が夜光虫の群じゃないかといっていたが、それが一番ありそうだ」

なるほどと木谷中尉があいづちを打ち、そうかもしれませんねと、三村兵曹も納得している。

「しかし、でかい蛞蝓くらいで驚いている場合じゃないかもしれません。私の知り合いの飛行機乗りからきいたんですが」と木谷中尉がまたはじめ、団栗眼《どんぐりまなこ》がくるりと動くのを見て、加多瀬は、奴《やっこ》さん、やる気だなと微笑した。

「あるときの飛行中、昇降舵《しょうこうだ》に故障が生じて、飛行機が意志に反してどんどん上昇してしまったというんですな。雲はとっくに突き抜けて、一万メートルを超え、もう高度計の針もきかなくなってしまった」

「そりゃあ事ですね」と本気で心配したかに乾中尉がいい、それはもう大変さ、と木谷中尉が真面目な顔で応《こた》えているのを見て、つくづくこのふたりはいいコンビだと加多瀬は愉快になった。

「しかし幸いにも、そのうちに故障も直って、ふと周りを見るとだ」といったん切った木谷中尉は聴衆の顔をぐるり見回し、一同の謹聴を満足げに確認してから先へ進んだ。「紺碧《こんぺき》の空に何か浮かんでいる。雲じゃない。見ると、非常に大きな海月《くらげ》みたいな半透明の生き物がいる。それも一匹や二匹じゃない。大群だ。機はいまや得体の知れぬ生き物の群に囲まれている。しかもさらに上を見ると、蛇みたいにぐるぐる廻っているやつもある」

「まさか」と測ったようなタイミングで乾中尉があいづちを打ち、ますます勢いを得た語り手は注釈をつけた。

「その飛行機乗りは決して嘘の吐ける男じゃない。かみさんに浮気を責められて、子供の頃に手を繋《つな》いだことのある幼なじみのミヨちゃんの名前まで白状してしまうような人間ですからね」

一座の笑いが収まるのを待って、木谷中尉は再開した。

「飛行機乗りはこの大空の怪異に眼をみはった。が、みはっているで済んでいるうちはまだよかった」

「どうしたんです」と今度はさすがにおかしそうに乾中尉が合いの手を入れた。

「紫色の怪物が襲ってきた。そいつはぎろりとした二つの黒い目玉で飛行機乗りをにらみつけると、零戦より速い猛烈なスピードで近づいてきて、鋭い嘴《くちばし》で飛行機をつつこうとした」

そこまできいて話のネタが分かった範子は、すっかり嬉《うれ》しくなってしまい、思わず発言した。

「その、お友達の飛行機乗りなんですけど、名前はコナン・ドイルというんじゃありません？」

びっくりしたように木谷中尉は鬚面《ひげづら》で範子を見つめた。

「よく分かりましたね。正解です」

The Horror of the Heights. たしかそういう題名の小説だったと思い出しながら、範子は木谷中尉を見返し、微笑を浮かべた木谷中尉は眩《まぶ》しそうに範子の視線から眼を逸《そ》らした。

するとこちらも驚いたように乾中尉が頓狂《とんきょう》な声をあげた。

「航海長にはあれですか、外人の友達がおられるんですか」

VI　魔の航路

二月中は春めいた暖かな天候が続いた反動からか、三月の声をきいたとたん猛烈な寒波が関東地方を襲い、塵埃《じんあい》混じりの冷たい烈風が連日吹いて梅の堅い花弁を凍えさせ、ようやく寒気がゆるんだかと思えば、今度は天気がぐずついた。三月七日の土曜日も朝から暗色のぶあつい雲に空は覆われ、安田教授宅で読書会がはじまってまもなく、細かい霧雨が硝子戸の外を濡らし出したが、先週やり残した訳読に懸命だった範子は休憩時間になるまで雨に気づかなかった。

「今朝の新聞をご覧になりましたか」

お茶の支度が調うのを待ちかねたように佐々木が口を開いた。

「まったく凄《すご》いもんです。朝日も読売も全力投球って感じですからね」

昨夕刻、真珠湾「特別攻撃隊」の戦果が大本営より発表され、今朝の新聞各紙には「軍神」の文字が華々しく躍った。具体的細目は書かれていなかったものの、真珠湾内に決死的潜入を果たした挺身《ていしん》部隊が、アリゾナ型戦艦を魚雷でもって撃沈したあと、自爆ないし撃沈させられたと記事は報告し、戦死して二階級特進の栄誉を得た九人の士官下士官の写真が掲載されているのを範子も見た。

しかし朝から佐々木が興奮しているのは、新聞紙面を賑《にぎ》やかに飾る「壮烈殉忠の武勲」だとか「赫奕《かくやく》たる勲功」とか「散れる若木の桜」といった文句に煽《あお》られたばかりではなく、彼自身の身辺に慶賀すべき変化があったからで、つまり今春大学の卒業を控えた佐々木は、先週ようやく大阪の新聞社に就職が決まったのである。

「来るときにめぼしいのは全部買って見たんですが、さすがに各社とも一流記者が腕をふるっただけあって、格調高い名文揃《ぞろ》いです。ウチの社でも幸田露伴の高弟という人が担当したようですからね」

まだ入社もしないうちから、自分の会社のごとくにいうのが笑止ではあったけれど、とにもかくにも就職口にぶらさがり得たことが、静岡の旅館経営者の一人息子には余程嬉しいらしいと範子は観測した。猪鍋と田螺《たにし》の煮付けが名物の、田舎旅館を継ぐのだけはどうしても気が進まず、就職の件は安田教授にも相談していたようだったが、帝大出とはいえ文学専攻では思うような仕事は見つからないものらしく、職が決まったと報告した今日の佐々木は人変わりがしたように明るかった。

むろん以前が殊更に陰気だったのではなく、饒舌《じょうぜつ》ぶりは同様ではあったけれど、先週までなら軽快に舌を動かしながら焦燥と苛立《いらだ》ちが皮膚の薄い面に閃《ひらめ》く場合がときにあって、それは現代青年に特有の、人生に対する漠たる不安のごときものが原因であるらしいと範子は想像し、また佐々木自身も芥川《あくたがわ》風の形而上学的《けいじじょうがく》苦悩に苛《さいな》まれているのだと周囲に思わせたがっている様子が見て取れたのだが、いまこうして屈託のかけらもなく、滑らかな口舌を披露する姿を見るならば、佐々木の悩みが人生への漠たる不安ではなく、具体的な不安が原因であったのがよく理解された。

「でも、ああいうのを名文というのかしら。美文は美文なんでしょうけど、なんだか嫌に感激的で嫌いだな」

自社の名文家を手放しで賞賛する「新入社員」に水村女史がたちまち水をかけた。

「安田先生はどうお考えになります？」

水村女史から水を向けられた安田教授は紅茶茶碗《ぢゃわん》を皿に置いて、佐々木の持参した新聞に手を伸ばした。

「新聞報道はなるべく冷静であって欲しいね。あくまで事実に忠実に、といってもこの事実の確定というやつが一筋縄ではいかないわけだがね」

「それはまったく同感です」如才なく同意してから佐々木は語を加えた。

「しかし、事実は事実として踏まえた上で、国民の戦意昂揚《こうよう》に一役買うのも新聞の役割なんじゃないでしょうか」

「たしかに今回は凄いわね。なにしろ九軍神ですもの。一遍に軍神が九人も出て来ちゃねえ。国民の戦意は鰻《うなぎ》のぼりに昇って天を突き抜く勢いだわ」

水村女史の皮肉の刺《とげ》に、佐々木は気づかなかったのか、それとも気づいて気づかぬふりをしたのか、いつもよりきれいに髭《ひげ》が剃《そ》ってあるせいで、幼くなったように見える顔を小刻みにうなずかせた。

「でも、もうひとつ、何か足りないわね」

「といいますと?」

「胸をうつドラマ。日露戦争の旅順閉塞《へいそく》作戦、広瀬中佐にはドラマがあったわ。ああいうお話に日本人は弱いのよ。忠烈だ、壮挙だと、ただ抽象的にいわれてもねえ」

「同感ですが、今度の場合には軍機に係わりますからね。おいそれとは書くわけにはいかないんですよ。国益に反するわけにはいきませんから」

自分が新聞社を代表するかのような佐々木の物言いに、今度は明らかな皮肉の影が水村女史の白い頬に浮かび上がった。

「大本営の発表をただ記事にするんだったら、字さえ書ければ誰にでもできるわ。いやしくも帝大文科を最下位の成績で卒業した佐々木明雄のやる仕事じゃない」

「最下位はひどい」抗議しながら佐々木は満更でもない調子で抱負を述べた。

「僕もこの仕事につく以上は、自分なりのテーマを持っていたいと思ってます」

どんなテーマかときかれて佐々木はすぐに語を加えた。

「やはり今度の戦争です。日本人にとってこの戦争の意味するところが何であるか。それをさまざまな角度から取材して明らかにしてみたいですね。そのことは恐らく日本という国の歴史を書き換える仕事になるのではないかと思います。そこで、範子さんにお願いがあるんですが」

「何でしょう?」

「お兄さんに話を伺ってみたいんです。もちろん許可なしに話はできないとは思いますが、伺える範囲でいいんです。実戦に参加した人の実感に基づいた感想をきいてみたいんですね。海軍報道局あたりに頼めば誰か紹介してくれるんでしょうが、それでは本音は出てきませんからね。僕自身今後仕事を進めていく上で、現場の手触りといったものを是非摑んでおきたいんです」

はやくも新聞記者然とした、図々しさと率直さがひとつになった調子で依頼した男の関心が、真珠湾攻撃に参加した海軍士官ではなく、その妹にあるのを範子は薄々察してはいたけれど、素知らぬ顔で、今度兄に会ったら伝えておくとだけ答えた。実際には先週来兄には会っておらず、三月中にはまた出撃になるだろうとの話だったから、佐々木の依頼は当分果たせそうにもなかった。

「そんなに実感が欲しいんだったら、従軍記者に志願して戦場を駆け回った方がいいんじゃないの」

水村女史がいうと佐々木は真面目な顔でまた大きくうなずいた。

「機会が与えられれば是非そうしたいと思います」

「だったら佐々木君自身が挺身部隊に志願するってのはどう？　ひとりの人間が軍神に成り変わっていく様子を記者本人が刻々報告するのよ。ね、面白いんじゃない」

死んでしまっては記事は書けませんよ、と歯を見せて笑う佐々木が、水村女史の冷笑にまるで気づく気配がなく、かつてはときに発揮されることもあった、他人の発言の細かいニュアンスにもいちいち反応しないではいられない神経の鋭敏さがすっかり影をひそめて、その発言の平板で鈍い印象に範子は驚かされた。世知に長けるとはある種の鈍感さを身につけることだとは範子も理解はしていたけれど、一世代前の学生とは違って、アカのレッテルを貼《は》られたあげく放校になったり、刑事から尾行されるような経験はないにしろ、人並みに左翼思想の洗礼を受けたはずの佐々木の進化適応の速度は常軌を逸していた。

しかし佐々木の変貌《へんぼう》ぶりは意識に長くはとどまらず、範子は香りのよい紅茶を楽しみながら、午後の予定に思いを向けた。水村女史を通じて彦坂からお茶に誘われていた。最初は一緒に食事をとの申し出であったのだけれど、今度は箸《はし》と顎《あご》の上下運動に専念するわけにもいかないと思えば億劫《おっくう》で、お茶だけなら、それも水村女史と三人でなら、という条件で承諾した。

第一印象で得た必ずしも悪くない彦坂の印象は、水村女史の「仲人口」に脆《もろ》くも破壊されたのは当然であったが、であればこそもう一度会って自分の感情のありどころを確かめてみたいという気持ち、好奇心というのが一番近い気分があって、また端《はな》から拒絶するのは妙にお高くとまっているようで、横目で窺う水村女史の手前具合が悪かった。加えて範子は、先週会ったばかりの男の、シャツの水色によく合ったグレーのネクタイや、薄い口髭の下で品よく動いた赤い唇や、茶色い紙巻きをつまんだ白くて細い指や、マニキュアでも塗ったみたいに艶《つや》のある爪《つめ》、それらの印象は明瞭に記憶に残っているにもかかわらず、肝心の顔立ちの全体がどうしても思い描けず、それがなんだか心持ちが悪くて、今後二度と会わぬにせよ、いま一度網膜にその顔を映してみないことには気が済まなかった。

このときもまた彦坂の目鼻立ちを記憶の画布に描こうと試みた範子の意識は、もうひとりの人物、同じ日に偶然知り合うことになった海軍中尉の髭面《ひげづら》へと自然に移っていった。こちらの方は判然としすぎるくらいに顔の像が記憶に刻まれていて、両者の違いは個性の力の差かとも思われたが、しかしそれでは彦坂が可哀相で、単純に会話を重ねた時間の量の違いにすぎないと一応解釈された。

探偵小説に守備範囲は限られていたけれど、木谷中尉はかなりの小説好きのようで、範子も好んで読んでいたポーの小説を種にしばらく会話が交わされた。

夜になって客が帰ったあと、中尉が独身だと知った母親は比喩《ひゆ》ではなく眼を輝かせ、事実、手洗いに起きた母親と夜中に廊下で出くわしたとき、双の眼が猫のそれみたいに光っているのを見て範子は仰天した。軍人の妻などなるものではないと日頃口癖のようにいっているくせに、是非娘を貰ってくれるよう頼んで欲しいと母親は兄に懇願し、じゃあ、次の作戦から戻ったら話をしてみようと、炬燵《こたつ》で蜜柑《みかん》の皮をむく妹の顔をおかしそうに眺めて兄はいい、もうすっかり独り決めした母親は、それでは心配だから出撃前になんとか話を決められないだろうかとまで言い出す始末で、これにはさすがの兄も困って、祝言をあげてすぐ未亡人にするわけにはいかないだろうと、母親の前では禁句のはずの「戦死」を匂《にお》わす言葉を吐き、それもそうよねと、放心する眼になった母親が深いため息をつきながら、敵の船が来ない海の深いところにずっと隠れていることはできないのかしらと呟《つぶや》いたので、兄妹は大笑いし、なるべくそうすると兄は請け合ったのだった。

雨模様のせいでいっそう暗鬱《あんうつ》な色に支配された、熊笹に侵食されつつある荒れ庭を硝子戸から見通す座敷では、報道の国家社会における役割と意義について新米記者の演説が先刻からはじまっていた。育ちのよいふたりの学生は儀礼的な微笑でもってこれを遇し、安田教授は猫のヘクトールが三日前から病気に罹《かか》ったとかで気もそぞろの様子で、かろうじて水村女史ひとりが、字義通りには賛同の意でありながら、ききようによっては嘲笑《ちようしよう》以外の何物でもないあいづちを打つばかりで、しかし佐々木はそうした場の空気を察しもしないようで、いまとなっては饒舌《じようぜつ》の押しつけがましさばかりが目立つ結果となった。

会話の流れを変えるのは自分の役割かもしれないと感じた範子は、話の隙間《すきま》を捉《とら》え、古田厳風を知っているかと、思いついてきいてみた。

「厳しい風と書くんですけれど。作家らしいんです」

「先週の土曜日、兄を訪ねて来た気味の悪い男について、どうやらそいつは作家らしいと兄がいうのを、月曜の朝に食事をとる最中に範子はきいていた。

佐々木もふたりの学生も知らず、水村女史も首を横へ振ったところで、意外なところから返事があった。

「古田厳風なら知ってるよ。小説は読んだことはないが、会ったことがある」

安田教授は新聞から眼をあげて老眼鏡を外した。

「鎌倉の美術館で学芸員みたいな仕事をしているらしい。一度家に来て、黒田清輝を預からせてくれないかといいに来た」

「お宅に黒田清輝の絵があったんですか」

佐々木の問いへ教授は、うん、と返事をした。

「昔、父親が買って、油絵とデッサンが一枚ずつあった。保管が面倒なんで、美術研究所に寄贈したんだけれどね。古田という男はそれを知らなかったらしい。とんだ無駄足というわけさ。しかし、古田巌風がどうしたんです？」

きかれて範子は先日の出来事を簡明に説明した。

「なんだか妙な男ですね。どうして作家が美術館なんかにいるんだろう」

感想をいった佐々木が手帳を出して鹿爪《しかつめ》らしく何か書き込んでいるのを見て範子は、余計なことをいったものだと後悔したが、好奇心こそが新聞記者たる者の第一の美徳であると信じる佐々木はすっかり調べる積もりになっているらしい。

「範子さんの家にも何か美術品を買いに来たんじゃないのかしら」

水村女史がからかうのへ、範子は笑いながら否定して見せた。

「家にある美術品といったら、父が思いつきで買ったがらくたの骨董《こっとう》だけですわ」

「分からないわよ。縁の下を掘ったら小判がざくざくということだってあるかもしれないわ。どう、佐々木君、範子さんの家の庭を掘ってみたら。新米記者の初仕事としては悪くないんじゃない。第一、それなら弾も飛んでこないし、爆弾も落ちない。怪我《けが》する心配がないわ。帝大文科出の秀才にはふさわしい仕事じゃないかしら」

全員が声をあげて笑う中で、さすがに佐々木は気を悪くしたらしく、ひとりだけひきつった笑いを浮かべたけれど、就職して地方勤めになる佐々木のために送別会をやろうと水村女史が続いて提案したので、佐々木の機嫌も簡単に直った。来週の読書会の後で送別会を催すと相談がまとまったところで、眼鏡をかけ直した安田教授が、ではそろそろはじめましょうかと提案し、一同は再びテキストをめいめい広げた。

『オデュッセイア』は第十巻、悪風に巻かれたオデュッセウスの一行は魔女キルケーの棲《す》むアイアイエーの島に漂着している。たどたどしい発音でギリシア語を読み上げた範子は、館《やかた》に誘い込んだ人間たちを魔女キルケーが魔法の毒薬でもって豚に変える一節を訳読しはじめた。


新橋の駅舎を出たときには霖雨《りんう》が街路を煙《けぶ》らせていた。大した降りではないと思い、海軍省の赤煉瓦《あかれんが》目指して歩き出したのだけれど、いくらも行かぬうちに傘をささない加多瀬の帽子からは滴が垂れはじめた。

この一週間、加多瀬は業務に追われ、夜は連日海軍士官が利用する横須賀の旅館に寝泊まりし、それも寝につくのはだいたい夜中過ぎで、榊原の件を調査する時間はほとんどなく、それでも真珠湾攻撃のとき「蒼龍」に乗っていた軍医のひとりが、陸上勤務に代わって医務局に配属になっているとの情報を得て、先方に連絡をとったうえで今日の昼に海軍省で会う約束を取り付けたのである。

他に進展といえば、志津子から預かった書類をざっと点検してみたことで、大方は技術関係のノートの類《たぐい》であったが、なかに幾つか勘に触れてきたものが見つかったので、他は実家に残しそれだけを鞄《かばん》に入れ、時間を盗んでは調べてみた。

ひとつは葉書大の画帳である。鉛筆のデッサンにクレヨンで彩色された風景が何枚かに描かれたもので、もっともこれは手がかりというより、絵の好きだった旧友を懐かしむ気持ちから手元に置いておきたいと望んだ面が強く、その意味では年間予定表を兼ねた小型手帳の方が重要で、これには昭和十三年、十四年、十六年と計三冊あって、十五年が抜けている理由は不明ではあったけれど、いずれにせよ榊原の行動を知る上では有力な手がかりには違いなかった。

神田の白雲堂書店が発行する皮革装丁の手帳は、一頁に一週間分の予定が書き込めるようになっており、所々に意味の不明な数字や計算の跡がある他は、出張や会議の予定など、ほとんどが加多瀬にも理解できる事項で、眼につくような不審な記述はいまのところ発見されていなかった。それだけに注意を牽《ひ》いたのは、十六年の手帳に頁が一枚破りとられた痕跡があった点である。

失われているのは三月三一日の月曜日から四月六日の日曜日までの一週間分、しかもそれ以降の頁はすべて空白で使われた形跡がなかった。一番最後が三月二五日の欄に鉛筆で記された「１４００航本」の文字で、これは午後二時に航空本部に用事があったと理解された。

手帳が途中で使われなくなった理由は、自宅に帰った際に置き忘れたまま取りに戻る暇がなかったと推察され、だからこそ手帳が志津子の手元に残されたので、でなければ当然持ち主と一緒にハワイまで海を渡っていただろう。

むろん引きちぎられた頁には格別の意味はないのかもしれなかった。誰かにメモを渡すために使われた可能性もある。しかし手帳には後ろの方にメモ用の白紙が何枚かついているので、どうしてわざわざ日付の頁を破ったのか、やはり疑問は残った。

昨年の三月三一日から四月六日。その日付は、加多瀬が川崎造船で竣工《しゅんこう》されたばかりの伊二二号潜水艦の艤《ぎ》装《そう》員として、装備と試運転の指揮をとるべく神戸に長期出張していた時期にあたる。榊原は空母「蒼龍」が第二航空戦隊に編入されると同時に「蒼龍」乗組になったはずで、艦隊編成がたしか四月十日だったから、三月三一日から四月六日は勤務先の館山《たてやま》航空隊で転勤の準備をしていた時期にあたるだろう。

思えばその数日前、土曜日だったと記憶しているから、三月の二九日、加多瀬は榊原の本郷の家を訪れて酒食を共にしている。たしかあの日は、父親の法事のために東京へ戻った加多瀬を榊原が誘ってくれ、夕刻から志津子の手料理をご馳《ち》走《そう》になり、翌日に父親の三回忌を控えていたので割に早めの十時頃に帰ったと覚えている。あのとき榊原が空母に乗り組むまでの一週間ほどはやや暇がありそうな話をしていたとも覚えていて、それがちょうど手帳の「空白の一週間」にあたっていた。

榊原に最後に会ったのは六月、「蒼龍」が横須賀へ回航してきた際で、しかしそのときは互いに時間がなく、ほとんどすれ違ったようなものだったから、じっくり会話を交わしたのは三月の夜が最後であり、といっても別段内容のある話をしたわけではなく、海兵時代の思い出話やら、落ちついたら志津子と三人で温泉にでも行こうなどといった他愛のない相談がされ、和服でくつろいだ榊原はよく飲み、よく食い、よく笑った。頑丈な白い歯と、目尻に刻まれた深い笑い皺《じわ》の目立つ、あの笑い顔を思えば、「空白の一週間」、かりにそこで何が起こったにせよ、榊原が自殺するとは到底思えないと、加多瀬は何百回目かになるため息をついた。

日比谷公園を通り抜けようとすると、公会堂では何か祝勝の国民大会が催されているらしく、あいにくの天気にもかかわらず、日章旗に飾られた入り口付近には、日の丸の小旗を持った人が溢《あふ》れ、烏賊焼きやら焼き蕎麦《そば》やらの店も出て賑《にぎ》わいを見せている。正面から旗を立てた黒塗りの自動車が二台現れ、建物の脇に停まると、陸軍の茶色い制服が幾つか降りて会場に入っていくのが見えた。

公会堂から図書館の脇を抜ければ喧噪《けんそう》は急速に遠ざかり、湿った土と朽ち葉の匂いのなか、霧雨が音もなく樹木の梢《こずえ》を煙らせ、濡れた砂利が足下で鳴る音だけが大きく耳に響いた。今日は海軍省で軍医に会ってから、清澄に約束した輸送船護衛の研究資料を資料室で探し、あとは久しぶりに実家へ帰る積もりでいたのだが、「空白の一週間」の榊原の行動をたしかめるべく志津子のところへ廻ってもよいと考えた加多瀬はそのとき、まったく出し抜けに、自分がひどく無駄なことをしているのではないかとの思いに捉えられた。

「空白の一週間」といえば、なにやら意味ありげではあるけれど、要は手帳の頁が破り取られていただけの話で、それくらいは子供にだって、いや猫にだってできるだろう。

これから会う軍医にしたところで、清澄から聴いた以上の情報を持っている見込みは少なかった。

悄然《しょうぜん》となりながら、自分が探そうとしているものは何なのかと加多瀬はあらためて自問し、たとえばそれが榊原の自殺の動機ならば、そもそも榊原が自殺したと信じ得ぬのである以上、最初から空虚なものを探していることになるのではと思い、つまり自分は何でもよいから納得できる筋道が欲しいので、しかし攻撃から帰還した飛行機のなかで服毒したという死に方それ自体が条理を欠いているとするなら、一体何が明らかになれば納得できるというのか。

いずれにしても時間はもうあまりなかった。おそらくは三月中に、遅くとも四月のはじめには出撃命令が下るはずで、今度はソロモン方面の作戦になるだろうと高い確度で予想され、そうなれば最低二ヵ月は日本には戻れず、またそれ以上に、次に出撃するなら再び祖国の土は踏み得ないだろうとの予感、さほどの切迫感は伴わない漠とした予感が加多瀬にはあった。

まるで無意味ではないか。胸の中に空虚がしだいに広がり満ちるのを覚え、四肢の力が萎《な》えていくのを感じながら、それでも加多瀬はいま思いついたばかりの、志津子への訪問だけは必ず自分が果たすだろうと考えた。結局志津子に会いたいがために友人の死を口実に利用しているだけなのではないか。疑念が浮かんで、後ろめたさの黒雲がみるみる胸を一杯にしたけれど、しかし黒雲の奥には隠しようのない欲望の熱があって、加多瀬はにわかに生まれた疑念を全然否定しなかった。志津子に会いたいとは正直な気持ちであり、今更言い訳をしてもはじまらず、今後の業務の予定を勘案するなら、どのみち志津子に会えるのは恐らく今日が最後に違いなく、それも志津子が家にいればの話なのだ。

公園を出た舗道で傘を差した老婆が小机に積んだ新聞を売っていた。この時刻、通る者は少なく、退屈しのぎにパン屑を鳩に投げ与えている老婆を横目に、霧雨のなかでは鉛箱のように見える、官庁街の灰色の建物群に向かって、加多瀬は小走りに道路を渡った。

軍医は中西という医専出の中尉で、医務局で来訪を告げると、小柄な学生風の青年が現れて、人なつこい笑顔を浮かべながら、加多瀬を二階の奥にある倉庫風の小部屋に案内した。

「こんなところですいません。いつもここで昼飯を食べているものですから。いまお茶をお持ちします」

遠慮をする暇を与えず、若い軍医はするりと扉の外へ出ていき、まもなくアルマイトの盆に湯飲みふたつと蓋《ふた》のかかった丼《どんぶり》をひとつ載せて戻ってくると、時間がないので食事をしながらでいいかと断って、店屋物の天麩羅《てんぷら》うどんを啜《すす》りはじめた。

窓のない部屋には木箱やら紙束やらが所狭しと積み重ねられ、荷物の山をようやく押しのけて作った空間に、脚が取れかかった小机を挟んで、やはり恐ろしく時代物の、がたのきた木椅子に腰を下ろした加多瀬は、しばらくは黙ってうどんを食う男を眺めた。

中西の天麩羅の食べ方は少々変わっていて、最初に衣から中身をすべて取り外し、海老《えび》だけすっかり食べてしまってから、残った衣を箸《はし》で丹念につついて粉々にしている。

中西が加多瀬の所属を訊《たず》ねたので、潜水艦隊だと答えると、このたびは大変な手柄でしたねと、若い軍医は笑顔を見せた。

「もうどこへ行っても九軍神でもちきりです。ラジオも新聞も、まったく凄《すご》いものですよ。なにしろ帝大教授から何から、各界名士がこぞって賛辞を寄せてますから」

相手の言葉のどこまでが賞賛で、どこまでがお世辞ないし皮肉なのかと、加多瀬が密《ひそ》かに観測したのは、世間一般はともかく、海軍部内では今回の発表に対して手放しの喝采《かっさい》ばかりがあるのではないのを知っていたからで、とりわけ航空関係者のあいだには不満がくすぶり、というのも特殊潜航艇の搭乗員が二階級特進の扱いを受けたのに対して、特航空部隊の戦死者は一階級進級に留《とど》まったことがあり、加えてオクラホマの撃沈は「特別攻撃隊」の戦果と公式発表されたものの、実際には航空魚雷による公算が大きく、つまり真珠湾攻撃の戦功はことごとく航空部隊のものであるのに、この論功行賞の不公平は何事だというわけであった。

特殊潜航艇による挺身《ていしん》攻撃の発表が三月六日にあるとは加多瀬もきいていたけれど、今朝新聞を広げたとたん眼に飛び込んできた「九軍神」の活字には驚いた。続いて美辞麗句に飾られた記事を読み進むうちには、身の置き所のないような気分に襲われ、胃袋が縮み上がって冷や汗が腋《わき》に溜《た》まった。情報を冷静に総合するに、潜水艦部隊の期待も虚《むな》しく、特殊潜航艇の攻撃はほとんど戦果をあげられなかったと判断する他なく、であればこそこのたびの発表の麗々しさは、事情に精通した人間の嘲笑《ちょうしょう》の声が聞こえてくるようでいたたまれず、また文字通り純潔な自己犠牲の精神を発露した若者たちが、虚飾としかいいようのない宣伝の具になっているかと思えば、腹立たしくさえあった。しかしなにより加多瀬を打ちのめしたのは、九軍神の九という数であった。戦死した士官が四名、下士官が五名。何故士官が一人欠けているのか。むろん入江少尉が捕虜になった事実は発表されず、そもそも入江という士官の存在自体が抹消されつつあった。それでも加多瀬は今朝宿舎を出てからというもの、道行く人々や電車に乗り合わせた人の誰も彼もが、どうして軍神は九人なのかと、数字の半端さに疑念を抱いているような気がしてならなかった。

加多瀬は曖昧《あいまい》に笑って相手の賛辞を受け流し、榊原大尉の死亡の状況についてききたいと用件を述べた。自分は海兵以来の榊原の友人だというと、そうでしたかとうなずいた中西は、ずいぶんと素直な性格の持ち主らしく、予想に反して特に警戒する風もなく質問に答えてくれたものの、こちらは予想どおりというべきか、清澄から得た以上の情報はほとんどなく、加多瀬は失望せざるをえなかった。中西は榊原の中毒死を事故であると疑っていない様子で、将校が自決用の毒物を用意するのはかまわないが、扱いには余程の注意が必要だと、きかれもしない意見をつけ加えた。

「これは秘密ってことになってますが、去年馬公の慰安所で、主計中佐についた芸者が強壮剤と間違って青酸ソーダをのんで死んでいます。嫉妬《しっと》に狂った大尉の奥さんが、旦《だん》那《な》の持っていた毒をウイスキーに混ぜて飲ませた事件もあった。もっともこの場合は、胃洗浄を早めにしたんで助かりましたが」

「青酸カリってやつは、どれくらいで効くんだろう」

「嚥《えん》下《か》した量と体質によりますね。致死量は普通〇・一五から〇・三グラムといわれますが、卒中性だと呼吸困難がすぐに来て、数十秒から数分で死亡します。急性だと数時間は生きます」と説明した軍医中尉は、榊原大尉の場合は致死量をかなり超えていたようだから、卒中性だろうと見解を述べた。

「過去の記録では、致死量を超えた量を飲んで助かったケースもあったようです。毒に対する耐性には個人差があるんです。榊原大尉は飛行機が着陸してから毒を飲んだという話ですから、ほとんど即死だったんでしょうね。気の毒なことをしました」

そういって中西は丼の縁に口をつけて天麩羅の残骸《ざんがい》の浮かんだ汁を飲んだ。

きくべきことはきいてしまい、相手の食事も済んだようなので、立ち上がろうとした加多瀬は、あらためて湿っぽく黴臭《かびくさ》い部屋を眺め回し、どうしてこんな妙な場所で飯を食うのかと、最初から気になっていた質問をしてみた。

「ひとりになるためです」

「ひとりに？」

ええ、とひとつうなずいた中西は、湯飲みの茶で口を濯《すす》ぐようにしながら、人間の生活には絶対にひとりの時間が必要なのだと、ストレスという聞き慣れぬ専門用語を持ち出して説明した。

「たくさんの鼠を狭い箱に閉じこめて飼うと、毛が抜けたり、弱ったりしたあげく、衰弱死するに至ります。人間も同じで、始終他人と一緒だとストレスがたまって病気になりやすい。それで勤務中も一定時間はひとりになるように気をつけているんです。船で病人が出るのはだいたいがストレスが原因ですね」

自分は目の前の男の大切な養生の時間を邪魔してしまったわけだと、気の毒に思いつつ、だったら潜水艦などはストレスの巣窟だと加多瀬が冗談めかすと、中西は真面目な顔で応答した。

「まったくその通りです。実は私は軍隊におけるストレスを主題に研究しているんですが、私が集めた統計でも潜水艦が病人の発生率が一番高い。これはもっぱらストレスが原因です」

この男は何でもストレスのせいにしたいらしいと加多瀬が観察していると、一服つけた中西は続けた。

「私も今回はじめて船に乗ってみて、ストレスの恐ろしさを実感しました。そもそも戦争というのはストレスの塊のようなものですからね。あれだけ大きな空母で、しかも一軍医にすぎない私でも、やはりストレスは発現しました。どうなったと思います？」

「さてね」

「毛髪の一部が抜け落ちて禿《はげ》になりました」

そういって中西は頭を下げて頭頂部近くを指で触って見せた。見るとたしかに十銭玉みたいな丸い禿がある。

「これがストレスの恐怖です」

「なるほど、恐ろしいものだね」

「そうなんです。これでもだいぶよくなったんですがね」と得意そうに中西は何度も禿を撫《な》でて見せた。

加多瀬の人生で禿をこんなにしげしげと眺めるのは最初の経験であったが、他人の禿をいつまで見ていても仕方ないので、礼をいって立とうとしたところ、ストレスの原因は種々あるけれど、やはり対人関係の軋轢《あつれき》が一番であるといった中西は、専門家にありがちな無頓着《むとんちやく》ぶりで、己のストレス論をさらに述べ立てる構えのようであった。

こちらが頼んで時間を割いてもらった手前もあり、あまり素気なくしては悪いと思い、加多瀬は会見を打ち切るきっかけを探りながら、相手の言葉に耳を傾ける格好をしていたのだが、こうした気配りが、わざわざ霞ヶ関にまで足を延ばす労力に値する情報がもたらされる幸運を加多瀬に与えた。

「蒼龍」で出た重病人について追跡調査をした結果、ほとんどのサンプルが対人関係に問題を抱えるか、精神に負担がかかるような状況にあったと述べた中西が、そういえばたしか、榊原大尉の搭乗機の整備員もそのひとりだったといったのである。

「重病人ということは、つまりその男は船から降りて入院したんだろうか」

「ええ。たぶん胃《い》潰瘍《かいよう》か十二指腸潰瘍でしょうね。かなりひどいんで、入港と同時に海軍病院に入院したはずです。気の弱そうな男で、精神的にも参っていたようです。榊原大尉の事故がこたえたんでしょうね。ずいぶんと尊敬していたみたいですから」

「名前は分かるだろうか？」

「調べれば分かります」と請け合って、加多瀬の依頼で部屋を出て行った中西は、五分も待たせぬうちに戻ってきて、名前と兵員番号を記したメモを渡した。

「関という男です。一曹です。気は小さいが身体は大きな人物でしたね」

さように報告した中西軍医中尉は最後につけ加えた。

「気は優しくて力持ち。鼠でもそうなんですが、ああいうタイプが一番ストレスに弱いんですよ。一般に、鼠にあてはまって人間にあてはまらないことは、世の中にほとんどありません」

駒込橋《こまごめばし》の停車場で佐々木たちと別れて省線の駅へ向かって歩き出すとすぐ、水村女史が声を潜めていった。

「さっき安田先生の家の前にいた男、あれ、刑事よ」

「刑事？」鸚鵡《おうむ》返《がえ》しにいった範子は、先刻その男を一瞥《いちべつ》した瞬間に生まれ、しかし即座に意識から消し去った違和感が、傘をささず門前に佇《たたず》んでいた灰色の外套《がいとう》と一緒に甦るのを覚えた。

「間違いないわ」

「でも、どうして刑事が？」

「安田先生が地裁に出廷したからよ」

そういわれて範子も思い当たった。本多弁護士が弁護を担当する、美野里出版の不敬罪事件の法廷へ、先頃安田教授が弁護側の証人として出廷したのは範子も知っていた。とはいえ、それくらいのことで刑事に見張られるとは驚きで、なんともいえない不快感が胃の辺りにわだかまった。

「安田先生なんか見張るくらいなら、泥棒のひとりも捕まえなさいといいたいところだけれど、私たちも少し気をつけないと危ないわね」

「どうして？」

「彼らにはわざわざギリシア語なんかをやるために人間が集まっているなんてことは想像できないのよ」

「でも、悪いことをしているわけじゃないわ」

「悪いこととはっきり分かるならまだいいのよ。いいことだか悪いことだか分からない、それが一番彼らには恐怖を与えるのよ」

水村女史の「彼ら」という言葉は単純に刑事たちを指すのではないようで、では誰を指し示すのか、半ば分かるような気もしたけれど、やはり判然とはせず、範子は黙って自分の靴先を見つめた。

「読書会ではあんまり変なこと、いわないように気をつけた方がいいわ」

「変なことって？」

聞き返した範子に水村女史は答えた。

「あからさまに反国家的な論評とかね。いつなんどき密告されないとも限らないから」

吃驚《びっく》りした範子が思わず並び歩く女の顔を見ると、雨傘の陰で水村女史は尖《とが》った顎《あご》を何度か上下させて見せ、とにかく油断は禁物よと呟いた。考えすぎだと範子は笑おうとして、しかし顔は笑う形にはならず、相手の警告が重苦しい切迫感をともなって腑《ふ》に落ちるとともに、先刻見た灰色の外套が打ち消しがたく意識に座を占めるのを感じながら、また黙って濡れた舗道に眼を落とした。

いつものように目白の水村女史の家、正しくは彼女の叔父《おじ》の家へ行き、約束の三時には少し遅れそうではあったけれど、少しくらい待たせてもかまわないという水村女史と一緒に食事をとっているところへ、彦坂が手配した迎えの自動車が来た。

革張りのゆったりした座席に並んで落ちつくと、あれで彦坂も案外気がきくわねと、水村女史は満悦の態《てい》で細身の外国煙草に火をつけたけれど、たかがお茶を飲むくらいに自動車を雇うとは無駄遣いもいいところだと、範子は反感を覚え、ガソリンの一般への販売が禁止されている現状で、自由に自動車を使える己の権力をひけらかしているようにも思え、厭味《いやみ》に感じると同時に、もし自分が彦坂と結婚することになれば、これはつまり絵に描いたような玉《たま》の輿《こし》なのだと、あらためて実感し、その感想は車が宮城の堀端を抜けて帝国ホテルの車寄せに到着して、慇懃《いんぎん》な物腰のボーイに客室へ案内されるに至っていよいよ強くなった。

お茶を飲むだけなら着飾る必要はないと思い、範子はレインコートの下は女学生風の紺のスカートに同じ色の上着という格好で、それでもいちおう白いブラウスの胸には、兄が上海で買って来てくれた琥珀《こはく》のペンダントを下げ、口紅だけは薄く塗ってきたのだけれど、扉から入った正面にターナー風の海の風景画がかけられた、絨毯《じゅうたん》も壁も房飾《ふさかざ》りのついた窓の緞帳《どんちょう》も、赤系統の落ちついた色彩で統一された部屋の中央で、脚に象牙《ぞうげ》の装飾がはまった卓の上の銀の茶器が、天井から下がったシャンデリアの照明にきらきら輝くのを見たときには若干の気後れを覚えた。

椅子《いす》から立ち上がってふたりを迎えた彦坂は、お茶の支度を制服のボーイに命じ、範子が椅子に落ちつくとまもなく、幾種類ものケーキやお菓子を載せたワゴンが運ばれてきて、勧めにしたがって範子は、洋梨のタルトとチョコレートケーキを頼んだ。

鼠色の渋い縞《しま》の背広に黒い蝶《ちょう》ネクタイをしめた彦坂は、先週よりもずっと自信に溢《あふ》れているように見え、薄い口髭《くちひげ》も表情を貧相には見せず、品のよいアクセントを卵形に整った顔立ちに与えていた。水村女史の情報のせいで、範子の眼はどうしても彦坂の頭部へ向かい、いわれてみればたしかに髪はやや色が薄く、額の生え際が抜け上がっているようではあったけれど、少なくとも現状では十分に毛髪は繁茂していた。

兄が海軍士官である以上仕方ないのか、ここでも話は今朝の新聞発表になり、それでも彦坂からひととおりの賛辞が述べられただけで、すぐに話題は他へ移って、彦坂は三年前に試みたという欧州旅行について語りはじめ、水村女史の巧みな誘導もあって興味深く範子はきくことができた。一番印象に残ったのはどこかときかれて、彦坂はヴェネチアであると答えた。

「ヴェネチアは俗なところだといわれますが、しかしやはり美しい街ですね。まさに水の都の名にふさわしいところです。それにイタリア人は日本人に似たところがある」

「どんな風に似ているんでしょう？」

範子が質問すると、そうですね、とそれが考えるときの癖らしく、彦坂は頰《ほお》を指先で軽くつついた。

「イタリア人はそんなに大きくない。日本人と同じような体格です。それになんといっても日本人同様、若い女性が美しい」

微笑した彦坂は白い手を空に動かして、卓を囲んだふたりの婦人を架空の観衆に紹介するような格好をした。洗練されていなくもないその動作を眺めながら範子は、やはり先日水村女史から聴いた彦坂の秘密、背丈をごまかしていることと女癖の悪さを、それとは知らずふたつながらに本人が白状しているようでおかしかった。

それでも範子は彦坂の話に、洋行の話をする男が大抵そうであるような、優越感に色づけられた自慢話めいたところがないのには好感を持ち、僕は語学が苦手なものだからと笑いながら告白したのにも、つまらぬ屈折のない素直な感じがして、少なくとも育ちのよい性格の善良さだけは感得せられ、ひょっとして水村女史があれほど彦坂をこきおろしたのは、最初に幻滅を与えておいてあとから好感を引き出そうという、高度な策略だったのではあるまいかと疑いを抱きさえした。

ふたつのケーキを平らげて、もっとどうかと勧められた範子は、男性の前で慎みを見せていると思われるのが業腹で、それほど食べたいわけではなかったけれど、差し出されたメニューのなかから青林檎《あおりんご》のシャーベットを選んだ。

彦坂は自分のためにもアイスクリームを注文し、範子たちに話しかけるときと、ボーイに何かいいつけるときとでは、言葉遣いはもちろん声そのものまでが違うのをあらためて範子は観察し、彦坂がまったく無意識のうちに発揮する階級性に興味を持った。

別に左翼思想を知らなくとも、世の中に階級というものが厳然として存在するのを範子も理解してはいたけれど、少なくとも範子の家庭を中心にする日常には階級の現実を実感する機会はあまりなく、母親は以前雇っていた女中や出入りの商人、用事で訪れた父親の部下に対しても区別なくさん付けで呼んだし、出自からすれば文句なく上流階級に属する水村女史にしても、範子と一緒のときには階級の匂《にお》いはほとんどさせなかった。

もちろん自分は上流には属さないけれど、かといって下流でもなく、いうならば中流なのだろうが、しかしこの中流は上流と下流のあいだに位置するものではないような気がした。たとえば範子は彦坂と結婚したにしても、自分が決して上流夫人にはなれず、同じ日本人であり、同じ人間であるボーイに対して、命令口調でものをいうことはできないだろうと思った。

「範子さんのお父さんは、やはり海軍でしたね」

彦坂が質問した。

「やはり軍人の家ですと、教育は厳しかったんでしょうね」

「いいえ、全然。父はまるで放任主義でした。父に叱《しか》られたことは一度もないくらいですから」

「叱られるようなことをしなかったからでしょう」

「そんなことはありませんわ。子供の頃はお転婆で、いまもそうですけれど」

彦坂は喉《のど》の奥を震わせて笑い、彦坂さんのお父さまはいかがですの、という範子の問いに、一瞬吃驚りしたように眼をみひらき、それからまた慎《つつ》ましい笑いを浮かべた。

「父は厳しいですね。いまも会う度に叱られています。それは水村さんもよくご存じでしょうが」

眼を向けられた水村女史は唇の端に皮肉な笑みを浮かべただけで、何もいわず、するとどうしたわけだか、奇妙に悲しげな眼になった彦坂は言葉を吐いた。

「父は私を一流の人間にするつもりだったようです。ほんの子供の頃から家庭教師がついて、一日十時間は勉強させられました。朝は五時に起きて庭掃除と体操、それはまだよかったんですが、必ず風呂場《ふろば》で水を浴びさせられるのには参りました。冬だけは勘弁してやってくれと母親は頼んだようですが、父は許してくれませんでしたね」

何故彦坂がそんなことを言い出したのか不得要領なまま、範子が、でも、おかげで身体が丈夫になったんじゃありません、と冗談めかすと、いよいよ悲しげな笑いを顔に浮かべて彦坂は首を振った。

「全然なりません。九歳のときに肺炎になって、中学に入ると肋膜《ろくまく》炎になりました。いまもどちらかといえば虚弱な方です。兵隊検査も丙種ですからね。まあ、おかげで徴兵にとられなくてすむわけで、この点では父親に感謝していますが」

諦念《ていねん》の表明でも諧謔《かいぎゃく》でもない、淡々とした口調で語る彦坂の意図がますます範子は摑《つか》めなくなって、ただとにかく語り手の胸の底に冷たい水のような哀しみがあるとは感得され、普段の範子であれば、かように退嬰《たいえい》的な告白には軽蔑《けいべつ》しか感じないのだけれど、このときはどういうわけか同情に似た感情が生まれるのを覚えた。

「父親には過去に何百回ぶたれたか数知れません。しかし私は恨んではいません。父親の望むような人間、それはつまり超人的な人間ということなんですが、そんな人間にはなれなかったけれど、まあ人並みにはなれたわけですから。沼に家畜の牛がはまったら、百姓は一所懸命に牛に鞭《むち》をくれるでしょう。そうしないと家畜が溺《おぼ》れ死ぬからです。父は私に必死で鞭をくれていたわけです」

まったく信じられないことに、自分が彦坂に明らかに同情しはじめていると感じた範子は、ひどく狼狽《ろうばい》してしまい、なんとか同情心を打ち払おうと努めたあげく、気がついたときには唐突な言葉が口から飛び出していた。

「彦坂さんにはお子さんがあるそうですけれど、自分の子供にも厳しくするつもりですの？」

彦坂は範子の言葉が聞こえなかったかのように、きわめてゆっくりした動作で、薔薇《ばら》の絵柄の散ったマイセンの紅茶茶碗《ぢゃわん》を皿ごと持ち上げ、背筋を伸ばした姿勢で茶碗に口をつけ正面の絵画に眼を遣《や》った。思わずつられて同じ方に視線を向ければ、いまにも奈落《ならく》の底に落ちんとする小舟が一艘《そう》、大波の縁《へり》にかろうじて貼り付いているのが眼に映った。

裸電球の黄色い明かりが机に置いた腕時計のニッケルを寒々と光らせ、針がそろそろ五時に近づいているのを横目で確認した加多瀬は、万年筆を書類の上に投げ出して、背広のポケットから煙草を探り出した。

地下の資料室は、先刻まではときおり出入りがあったが、いまは人気が絶えて、四方の棚に書類や本が積まれた殺風景で火の気のない部屋には、夜に向かって石壁からしみ出る冷気が深々と立ちこめた。

志津子のところへ廻って帰るならそろそろ席を立つべきであったけれど、予告なく訪問するのは非常識かとも思われて、電球の光の輪のなかへ紫煙がゆるやかに立ち昇っていくのを眺め、紙巻き一本をゆっくり吸い終わってもまだ加多瀬の決断はつかなかった。

中西軍医からきいた関という整備兵曹については、とりあえず連絡先だけは確認できた。中西と別れてすぐに海軍病院に電話で問い合わせると、二月十八日付で関一曹は病気除隊になり、病院にはいないとの回答で、それでは関一曹の実家の住所を調べようと、三階の人事局へ行ってみたが、課員はまったく不親切きわまりなく、艦隊司令部の命令書がない限り兵務課長の許可なくしては教えられぬの一点張りで、だったら兵務課長を呼んでくれと頼めば、不在との素気ない返事がかえってきて、まるで埒《らち》があかないでいたところへ、巧《うま》い具合に清澄少佐が現れたので事情を話すと、清澄の鶴の一声で、それまで仏頂面に鎧《よろ》われていた課員の態度はあらたまり、関一曹の連絡先を記したメモを渡してくれて、最後にはお茶さえ出してくれる親切ぶりだった。

関一曹の名前は関善太郎、実家の住所は秩父《ちちぶ》郡の大滝村だった。距離からして簡単に会って話を聞くのは難しそうではあったけれど、まずは成果を得て満足した加多瀬は予定どおり、資料室で資料を探しはじめ、そこへ清澄が顔を出した。

「例の護衛問題について、資料だけでも集めておこうと思ってね」

書棚の並ぶ一画に置かれた机の前にかけた加多瀬がいうと、忙しいのに悪いな、と立ったまま清澄は労《ねぎら》いの言葉を寄こした。

「何かあったか？」

「前の欧州戦争の資料にあたるしかないんだが、おれは貴様みたいにドイツ語ができんからひと苦労さ」

　清澄は薄く笑って、自分のところにも役に立ちそうなものが二、三あるから、あとで持っていってくれといい、そいつは大いに助かると返事をした加多瀬は、書類棚の前に立った軍服姿の士官から色濃い疲労の匂いを嗅《か》ぎとり、このところ海軍部内では、真珠湾攻撃に続く第二段作戦を巡って、艦隊司令部、軍令部、海軍省入り乱れて議論百出の有り様だと耳にしていたから、階級は低くとも事実上実務の決定権に近いところにある清澄の多忙ぶりも恐らく極限に達しているのだろうと推測した。

「さっきは済まなかったな。防諜《ぼうちょう》にはどこも神経質になっているんでな」

　わざわざそんなことをいいに来たのかと加多瀬はちょっと吃驚《びっく》りして、全然気にしていないという思い入れで笑いながら手を振ってみせた。実際あの種の不愉快には慣れていたので、つまり海軍士官全体を一本の樹にたとえるなら、同じ士官でも幹もあれば枝もあれば根っこもあるわけで、およそ海軍で働く者なら最下層の職員にでさえ、どれが幹でどれが枝葉にすぎないのか、たちまちのうちに見分けられるのであって、それにしたがって応対が変わるのは別にいまにはじまったことではなかった。

　それでも加多瀬は気遣いを見せてくれた同級生には感謝の念を抱き、返礼の意味でこちらから話題を提供した。

「このあいだ貴藤大佐のお宅へ伺った」

「そうか」と義父の名前を出されて清澄は、やはり立ったままあいづちを打った。

「紅頭中将が来ていたな。妙な取り合わせだ」

加多瀬が笑って見せると、制服の桜の肩章が動いて、机の向かい側に座った。

「このことはなるべく口外せんでくれ」

低い声で清澄はいい、相手の深刻な調子に圧迫感を覚えつつ、分かったと答えてから、しかし何故と加多瀬が問えば、清澄は気遣わし気に眉《まゆ》を顰《ひそ》めた。

「いまは相当に微妙な時期だからな。変な噂《うわさ》が立っては困るんだ。紅頭中将が国粋団体に関係しているのは知っていると思うが、あのじいさん、どうも妙なことをはじめたんだな」

「妙なこととは？」

「おれもよくは知らんが、最初は鎌倉の研究所の所長に収まって、大人しく戦略研究をやっていたようなんだが、段々おかしなことを言い出して、いまじゃ宗教みたいなことをやってるらしい」

「宗教？」

聞き返した加多瀬は先日貴藤大佐もそのような話をしていたのを思い出した。

「何だか知らんさ。紅頭中将が何をしようがわれわれの知ったことじゃない。いずれ狂人のたわごとだ」

あっさり斬《き》って捨てた清澄はさらに説明を加えた。鎌倉の研究所そのものは昭和初年頃に海軍の付属機関として設立され、国際情勢の分析や各国の軍備の研究をしていたのだが、数年前に予備役に編入された紅頭中将が所長に就任するや、中将はこれをほとんど私物化し、水戸学系の国粋団体の拠点にしたばかりか、正気とは思えぬ怪しげな研究をはじめたのだという。

「問題は海軍が依然として紅頭のじいさんの研究所に金を出し続けていることだ。しかも資金の流れに不明朗な点がある。そんな馬鹿な研究所にかなりの額が流れているらしいんだな。馬鹿な金の使い方は他にだっていくらもあるが、こいつばかりは遠からず問題になるのは間違いない」

うなずいた加多瀬は、つまりさような問題の人物と「密会」していたなどという話が伝われば、どんな尾鰭《おひれ》がつかぬとも限らず、貴藤大佐が不利を被る可能性があると、娘婿たる軍令部員は心配しているらしいと観測し、それは目の前の男の言葉ですぐに確証された。

「こいつは秘密だが、実はそれが紅頭中将が予備役に回されるときの交換条件だったんだな」

「研究所のことがか？」

「そうだ。所長になる条件で詰め腹を斬ってもいいという話だったらしい。で、その辺の調整をやったのが、おやじさんだったというわけさ」

なるほど、それで紅頭中将が貴藤大佐の家に現れた理由も分かると、またうなずいた加多瀬は、それで紅頭中将はどんな研究をしているのかと好奇心からきいてみた。

「未来を完璧に予測するんだそうだ」

清澄は制服の襟を指でくつろがせ、首筋の後ろを撫《な》でながら、皮肉な笑いを唇の端に浮かべた。

「そんなことができるんだったら誰も苦労はしないいさ」

清澄はくくと喉《のど》の奥で笑い、同じく声を出して笑いながら、研究所の名称を何気なくきいた加多瀬の耳に飛び込んできたのは、国際問題研究所の言葉で、とたんに顔色が変わるのを加多瀬は自覚したが、制服の少佐は何もいわず、大変だがよろしく頼むと挨拶を残して戸口に消えていき、志津子をよろしく頼むといわれたと勘違いした加多瀬は瞬間顔がかっと熱くなり、胸が波立ち、輸送船団護衛の研究について清澄がいったのだと気がつくまでには少し間があった。

同じ名称であるからには、志津子が働くという青山の事務所は紅頭中将の鎌倉の研究所に関係があるのかもしれず、むしろ貴藤大佐が職を斡旋《あっせん》した以上、その方が筋は通っていると考えられた。紅頭中将が少々狂っているのだとしても、公的な機関に勤める一般職員に危害が及ぶことはないだろう、まして貴藤大佐がさような危険な職場に志津子を紹介しはしないだろうと思えば、最初の動揺はおさまったものの、何ともいえぬ不安感が微《かす》かながら胸の奥底にざわめいたのであった。

二本目の煙草を吸殻の溜《た》まった灰皿に揉《も》み捨てたとき、時計の長針がちょうど天辺を指して、志津子の家に行くには決定的に遅くなってしまったと、加多瀬はいまさらのように顔をしかめた。いますぐに出たとして先方に着けるのは早くて五時半、女性独りで暮らす家を男性が訪問するにふさわしい時刻ではないだろう。明日の日曜日は午前中に潜水艦隊本部で会議があって、本郷へ廻る余裕はなく、続く週以降は横須賀から離れられそうになかったから、つまり志津子に会うなら今日しかなく、だが今日というその最後の機会は刻々失われつつあった。

あとで後悔の火に灼《や》かれるのを確信しながら、しかし加多瀬は席を立たず、代わりにだらしなく両脚を前方へ投げ出す格好になって、そうして一度諦《あきら》めてしまえば肩の荷が下りたかのように身体が一遍にくつろいで、あるいは異国の地で独り苦悩に呻《うめ》いているかもしれない入江少尉、その哀《かな》しく無惨な姿を想像裡に思い描けば、まったく私的な欲望に囚《とら》われぐずぐずと迷う己の見苦しさがあらためて身に迫り、そのくせどうせ遅くなったのだから何時になっても同じだろうと自分が考えているのにも気がついて、まったく人間というのは狡《ずる》い動物だと、加多瀬は自嘲《じちょう》の苦い笑いを浮かべた。

外套《がいとう》を着ていても身体は冷え切って、とりわけ膝《ひざ》から下は凍り付いたようで、もはや限界であったけれど、なお席を立つ気になれなかった加多瀬は、外套のポケットから榊原の画帳を出して見た。葉書大の画用紙が螺旋《らせん》になった針金で綴《と》じられた帳面、表紙は黄色と黒を基調にしたしゃれたモザイク模様になって、印刷された横文字は仏語のようで、いずれ輸入品に違いなく、榊原は半分ほどの頁に絵を描いていた。

最初は海辺の風景で、手前に松らしい樹木が並び、その向こうに二艘《そう》の小舟が係留された岩場が覗かれ、画面の上半分が緑と紺の海になっている。二枚目、三枚目も同じく海の風景、ひとつは日の出で、水平線に接した空が橙色《だいだいいろ》に塗られ、一点から灰色の海面に一筋黄色い光が走り、もうひとつは絶壁の上から深緑色の入江を眺める構図だった。

比較的細密な鉛筆デッサンに大雑把にクレヨンを使うのが榊原の手法のようで、素人とはいえなかなかのセンスであり、絵画にも描いた者の性格がにじみ出るものらしいと、緻密《ちみつ》さと大胆さがひとつになったその人柄を加多瀬は懐かしく想ったりした。

これがどこであるかについては、館山近辺の海辺だろうとは見当がついていて、というのも絵の右下には鉛筆で日付が小さく記され、最初が「S15/11/3」、続く二枚が「S15/11/9」となって、昭和十五年の十一月といえば榊原は館山航空隊にいたはずだから、勤務の合間にそんな絵を描いたと考えるのが自然だった。

仕事の手が空いた秋の一日、何もかも忘れて独り海辺を漫歩し、ふと思い立って鉛筆を画用紙に走らせる男の幻を加多瀬は追い、潮風の吹き寄せるどこか見晴らしの良い場所に腰を下ろして、画帳に向かってかがみ込んだ男のまるい背中、くつろいだ柔らかな表情のなかで、集中すると元来大きな目玉がいよいよ飛び出したようになる男の顔を想って微笑《ほほえ》み、と、いま一度右下の日付に眼を遣った加多瀬は、自分が重大な失策を犯していたように思い、あわてて姿勢を正すと、こいつはえらく迂闊だったぞと声に出しながら、画帳の頁を次々に繰っていった。

四枚目から七枚目まではどれも複葉の練習機が、それぞれ異なる構図で描かれ、しかしそれらには日付はなく、八枚目、九枚目がまた海辺の風景で、日付はともに「S15/12/1」。

そうして最後の一枚、低い丘陵を背後にした庭園らしい場所を遠景で描いた構図、濃い緑の奥に屋根に尖塔《せんとう》のある洋館らしい煉瓦造《れんがづく》りが覗《のぞ》かれている。この絵にも日付はない。だがそれが描かれた時期は明らかだった。何故なら背後の丘陵の桃色は間違いようもなく満開の桜だったからだ。

場所はむろん分からない。だが、なんとなく館山近辺ではないように思えた。ひとつには海と飛行機に興味を限定されていた画家が別の画題を選んでいるせいもあったけれど、広い庭のある洋館の風情がどこかの別荘地を想わせ、また暮れの十二月一日以降、しばらく写生をやめていた榊原が画帳を取り出す気になったのは、久しぶりに遠出して、ふと美しい風景に感興を催したと想像されたからである。

いずれにしても重大なのは、関東地方の花の時季といえば四月の初頭、それが手帳の失われていた日付、つまり三月三一日から四月六日にちょうど合致する点であった。「空白の一週間」のどこかで榊原はこの絵の場所へ出かけたのだ。それは一体どこなのか。

発見に興奮した加多瀬は立ち上がり、机の上を片づけはじめた。とにかく「空白の一週間」の榊原の行動について志津子に話を聞く必要がある。きっかけを与えられた欲望の獣が物陰から素早く走り出て、帰り支度をする海軍大尉を狡く光る眼で冷笑した。

ふたりの子供に押されて、友部氏は畳にごろんと倒れ、「ああ、双葉山またも敗れる！　これでついに三連敗！」とラジオの中継アナウンサーの声色で叫んで、と、また子供たちにせがまれて四股《しこ》を踏む格好になった。

範子が戻った阿佐ヶ谷の家には、姉が三人の子供を連れて遊びに来ていて、玄関敷居をまたいだとたん、五歳の男の子と三歳の女の子にまとわりつかれ、仕方なく手乗り文鳥を籠《かご》から出して遊ばせてやり、そのあいだ姉は格好の子守を得たとばかりに、乳飲み子をあやしながら炬燵《こたつ》で母親と茶飲み話に興じ、なにしろ子供たちは若い叔母《おば》に遊んで貰うのが嬉《うれ》しくて仕様がないから、文鳥に飽きてもいっこうに解放してくれる様子がなく、辟易《へきえき》していたところへ、遅れて義兄が現れたのを幸い、さあ、今度はお父さまが遊んでくださるそうよと、調子よく声をかければ、友部氏は破顔して、ようし、じゃあ、相撲だといって上着を脱いだ。

足先が冷たくなっていた範子が炬燵に脚を入れると、隣座敷の大騒ぎには知らぬ顔で、あの文鳥もずいぶん長生きね、と廊下に眼をやった姉がいった。

「何年くらいになるかしら」

「七年目よ。お姉さんが女学校を卒業した年だもの」

まだ羽根の生え揃わぬ雛《ひな》を姉が知り合いから貰ってきて、最初は大騒ぎで竹を削ったへらで粟《あわ》を食べさせたりして可愛《かわい》がっていたものの、まもなく姉は飽きてしまい、あとは範子が世話をしたのだった。

「まったく無責任なんだから」

範子が昔の恨みを口にすると、姉は平気な顔で、あの頃、ちょうど夫と知り合ったのだったと回想した。

「それと文鳥とどういう関係があるの？」

「おおありよ。つまりあのとき私は、人生最大の関心事にぶつかったんだから、小鳥どころじゃなかったわけよ」

「でもアステアっていう名前はなんとかして欲しかったわ」

さらに範子が文句を重ねても姉はまるで動じるところはなかった。

「あの頃はフレッド・アステアに憧れてたんだもの」

フレッド・アステアに憧れていた人間が何故友部氏などと結婚できたのかと、座敷で子供相手に相撲をとる男を横目で眺めて範子は思い、すると母親が、まあ、いいじゃないのと、横から割って入った。

「お姉ちゃんが名付け親、範ちゃんが育ての親ってことで」

「でもアステアじゃ、いまどき人前で名前を呼べないわ。敵性語にひっかかるもの」

範子が別方面から批評を加えると、これには姉も真面目な顔でうなずいた。

「それはそうなのよね」

「だから名前を変えなさいっていってるのよ」

母親がいうのへ、姉が、いまさら変えるのもねえ、と妹へ同意を求めると、母親は、新しい名前は私が考えましたと、澄ました顔で宣言した。

「なんていうの？」

「上原謙」

「冗談はやめてよ、おかあさん」

姉の抗議を母親は受け付けず、もう決めましたと重ねて宣告し、アステアはきれいで声がいいんだから、上原謙がいいのだと、妙な理屈をつけたのがおかしくて、娘たちは声を揃えて笑いだした。

母と姉とのんきな会話を交わしながら、しかし範子の心はどうしても先刻の帝国ホテルでの出来事へと引き寄せられ、普段は人様の調子などにはてんで気の廻らない姉から、どうしたの、元気がないじゃない、と心配されるくらい顔色は冴《さ》えなかった。

範子の、非常識と、まずは評せねばならぬ発言に対して、偉いことに彦坂は微塵《みじん》も破綻《はたん》を見せず、何もきかなかったような平然たる態度で、では、そろそろお宅までお送りしましょうと微笑《ほほえ》んで席を立ち、しかし範子は自動車は断り、水村女史にも失礼をいって独り電車で帰って来たのだった。

何故自分があんなことをいってしまったのか、道々反省した範子は、結局普段の自分には縁のない金持ち階級の贅沢《ぜいたく》ぶりへの反発、というよりは気後れが、あんな形になって出たのだろうと考えて、気後れを感じたこと自体が残念で悔しく、またあまりに直截《ちょくせつ》な反応に自分の幼さが露呈してしまったようで恥ずかしかった。彦坂にも悪いことをしたと思い、それでも最初から自分は結婚はもちろん、彦坂と付き合うつもりなど微塵もなかったのだと考えれば、これはこれで仕方のない結末、まだ何事もはじまらぬうちから結末というのも変ではあるが、とにかく彦坂との出会いはほどなく忘れられてしまうほんの小さなエピソードだとみなされ、それで気持ちの整理がついて清々とするかと思えば、車窓から眺める雨模様の空に似ていつまでも気分は晴れず、何故だか彦坂が自分より上等な人間なのではないかとの感想がたびたび浮かんで、その都度範子はあの男は芸者に子供を産ませて平気でいるような猥褻漢《わいせつかん》であり、上辺の上品な君子面とは裏腹の卑劣漢であり、しかも短足のうすら禿《はげ》なのだと、精一杯の悪口を並べ立てなければならなかった。

「子供が三人もいるでしょう。配給を貰いに行くのだって一苦労。それで寒空のなか二時間も並んでよ、貰えるお醤油《しょうゆ》がたったの二合なんですからね」

姉たちが遊びに来たのは、今日は兄が帰宅すると聴いた姉が、次はいつ出撃になるとも分からぬ兄に是非とも会っておきたいと望んだからで、母親が来るなら当然子供もくっついて来る、子供が来るなら父親もというわけで、一家をあげての来訪となった次第であったわけだが、姉本人が実家へ帰るのも半年ぶりであったから、身内でなければ漏らせぬ不満や愚痴を、子供を三人産んでなお娘時代と体型の変わらないのが大の自慢の、その細い身体にため込んでいたのは自然であった。

「このあいだも駅前に行列ができてたんで、見たら魚の揚げ物を売ってたの。ちょっと値段は高かったんだけれど、惣菜《そうざい》にちょうどいいと思って買ってみたら、臭うのよ」

「ひどいわね」母親の同情に姉は深くうなずいた。

「まったく馬鹿にしてるわ。いくら闇だからって、食べられないものを売るんですからね」

ききながら範子は、さっきまで自分がホテルの上等の部屋で、高級なお菓子を御馳走《ごちそう》になっていたといったら姉は何というだろうかと考え、しかしそれは密《ひそ》かで意地悪な愉快をもたらさず、かえって食べ過ぎの胃袋の重苦しさとともに気を滅入《めい》らせた。範子の思念はいつのまにか彦坂へと向かって、ところがその面影が霧の奥に漂う人影に似て、曖昧《あいまい》然としてどうしても判然と像を結ばぬもどかしさにまたも見舞われ、どうやら彦坂の顔は自分の記憶には留《とど》まりにくい、甚だ浮動的性質を帯びているらしいと範子は首を傾げた。

「うちなんかよく、お兄さんが海軍にいらっしゃるから困らないでしょうなんて、余所《よそ》から厭味《いやみ》をいわれるのよ」

腕のなかで大人しく眠った赤ん坊を、なおあやすように軽く揺さぶりながら姉は別方面に話題を展開した。

「全然そんなことはないのにね。でも、本当にそういうお宅があるのよ」といった姉は、息子が海軍に勤めているお陰で砂糖でも酒でも缶詰でも絶えず潤沢な家が近所にあるのだと報告した。

「それもあれよ、士官でも何でもないのよ。ただの主計兵曹か何かなんだからあきれるわ。そういう家があるから、うちまで変な眼で見られるんだわ。まったくいい迷惑よ」

憤懣《ふんまん》やるかたないといった調子でいった姉は、稔兄さんももう少し目端を利かせてくれたらいいのにと、不満の矛先をまだ帰らぬ身内へと変えた。

「お父さまもそうだったけれど、家の男たちは妙に堅物揃いなんですもの。おじいさまもそうだったっていうから、きっと遺伝ね。まるで鉄兜《てつかぶと》をかぶった御地蔵さんみたいなんだから」

この比喩《ひゆ》は姉にしては上出来で、範子と母親は思わず吹きだし、でも、そこがいいところなのよ、と加多瀬家男性陣の遺伝的素質をごく大雑把に弁護した母親が、それより家の古い着物を仕立て直してもんぺを作るつもりだが、あんたもいるかときいたのへ、姉は是非にと頼み、兄弟姉妹のなかでは一番お洒落《しゃれ》で、もんぺなんて田舎臭くてみっともないもの穿《は》けるわけないと、大いに軽蔑《けいべつ》していたのを知っている範子が、お姉さん、もんぺなんて穿くの、と少々驚いてきくと、姉は金のはまった八重歯を見せて笑った。

「穿いてみれば案外いいものよ。裾がないから活動的だし。それにご近所の眼もあるから、あんまり派手にも出来ないでしょう。範ちゃんも穿いたら？」

「私はいいわ。ズボンを穿くから」

「また色気のないことといって。そんなだからなかなかお嫁に行けないのよ」

ズボンに較べてもんぺが色気があるとはどうしても思えなかったけれど、話が剣呑《けんのん》な方向へ流れそうな気配を察した範子は、遅くならないうちに風呂へ行った方がよいのではと提案し、談話は打ち切りになった。

家に風呂はあるのだけれど、資源節約になるべく銭湯を利用するよう町内会で申し合わせたそうで、母親が着替えや石鹸手拭《せっけんてぬぐ》いを風呂敷に包み、乳飲み子を片腕に抱えた姉は立ち上がり、さあ、さあ、お風呂に行きますよと、子供たちをせきたて、双葉山は十連敗で相撲から解放された。

兄が帰ってくるかもしれないので、範子は留守番役を仰せつかり、風邪気味だから風呂は遠慮しておくと炬燵《こたつ》に脚を入れてきた義兄とふたり、家に取り残されたのは、範子にとってまったく災難としかいいようがなかった。

「まさに忠勇壮烈の他言葉がない。万古不易の国体、その精華ここにきわまれり。このたびの壮挙は、西洋物質文明の悪弊に毒され、ともすれば私利貪欲《どんよく》に走りがちだった我が国民の卑俗惰弱に堕した軽佻奢侈《けいちょうしゃし》の風を一掃してくれることでしょう。軍神九柱《はしら》、その高潔なる気節と明らけき浄《きよ》き赤誠は永遠に歴史に刻まれる。いや、まさにわれわれ歴史家がその事跡を熱い精神のペンでもって書き記すことが刻下焦眉《しょうび》の急務なのです」

座につくや何の前置きも助走もなくこれだけのことを喋った友部氏は、そのあいだに蜜柑《みかん》一個を胃袋に収め、また次なる一個を手に取った。

「私は三十余年生きて、今日ほど感激したことはありません。すなわちそれは、昭和という、これほどまでに偉大な時代に自分が生きているのだという認識故の感動なんですね。朝から私は新聞記事をまず百遍は読み返しました。そうして読む度に新たな涙が鼻の奥を潤ませるのを禁じ得なかった。鬼神をして哭《な》かしむるとはよくいったものです。私は別に鬼じゃありませんが」

二個目の蜜柑を剝《む》き終わるや、友部氏はまるごと口へ放り込み、丈夫な顎《あご》でひと潰《つぶ》しにして飲み込んだ。

「今日は授業が三つあったんですが、どこでも新聞を朗読して生徒にきかせました。もちろんきかせただけじゃない。私なりの論評というか、歴史観ですね、そいつを披瀝《ひれき》したのはいうまでもない。どんな風に喋ったと思います？」

義兄の言葉はただの音声として耳に流れ込むに任せ、範子はよそ事に心を漂わせていたけれど、相手が質問しているのだけは理解したので、負けじと蜜柑を盆から取りつつ、さあ、と答えた。

「まずは今回の壮挙が、決して突然変異的性質のものではなく、二千六百余年にわたる皇国の連綿たる精神の歴史が産み出した成果である点は、まずは基礎として教師は外すわけにはいかないでしょう」

友部氏は炬燵のなかで胸を反らした。

「ご存じのように、一身をなげうって忠孝の道に粉骨砕身した先人は枚挙にいとまがない。古くは扁舟《へんしゅう》に身を託して万里の波濤《はとう》を凌《しの》いだ小野妹子《おののいもこ》、近くは旅順港閉塞《へいそく》作戦に散った広瀬中佐。あるいは楠公《なんこう》、松蔭《しょういん》。そうした颯爽《さっそう》たる魂の遺伝的連続あらばこそ、このたびの壮挙はありえた。忠勇と犠牲の血脈を肥やしにして歴史の大地に繚乱《りょうらん》として花は咲きえたのです。むろんその根底には畏《おそ》れ多くも天皇陛下の慈愛あふるる大御心《おおみこころ》が存したのは当然ですが、加えて本邦の教育についても看過できぬ特質がある。誰が何といおうと、私は教育者として、断固この点だけは譲れんのです。私がいうのは、すなわち、心身一如、知徳相即の教育のことです。ヨーロッパ流の知に偏せぬ教育が健全な魂を持つ九人の若者たちを産み出した。その意味では、国民の誰もが九軍神でありうるだろうし、また、そうであらねばならぬと、教室ごとに大演説を試みたわけです。こうした見解は或る意味では平凡かもしれないですが、遺憾ながらさような平凡事をきちんと分かりやすく生徒に向かって説明できる教師はそう多くはないんですね。したがってここは一番私が役目を果たすしかないと考えたわけでして、しかし、しかしです、私が本当に強調したいのはさような平凡事ではない。実はもっと別なことなんです。ここまではいわばほんの序説にすぎません」

これから本説があるのかと思って呆然《ぼうぜん》となった範子が、ぬるくなった茶で喉《のど》を潤す演者の顔を窺えば、その視線を捉《とら》えた友部は、任せておけとばかりに、爽《さわ》やかな笑みを紅潮した顔いっぱいに広げてうなずいて見せた。

「私が最も強調したいのは、彼らの科学精神、合理精神、そう、まさにこれなのですね。

聞けば真珠湾への潜入について、かなり以前から綿密な計画が練られ、徹底的な訓練が繰り返されてきたという。であればこそ、あれほどの大戦果をあげ得たわけですが、とにかく、ここには人間力と機械力との見事な結合がある。素《もと》に気迫がなければ話にならないが、気迫だけではまた駄目だ。いうならば科学精神と日本精神の結婚がなければならない。その子供として産まれ出たのが今度の快挙と評してよろしい。明治の維新以来、我が国は和魂洋才を合言葉に国を築いてきたわけですが、ここに至って和魂洋才は実質において実現したというべきで、しかもです、洋才、すなわち西洋の近代文明が精神を欠いた物質主義に堕したあげく袋小路へはまってしまったのに対して、和魂と結合した洋才は、藍《あい》より出《いで》てなお藍よりも青しというわけで、我が国において大いなる飛躍を遂げたというべきです。つまり近代は和魂と洋才の結合においてとうとう超克せられた。近頃では近代の超克などと、学者連中がずいぶんとやかましいことをいってるようですが、なに、そんなものは今更口に泡して議論したってはじまらない。もうとっくに実現せられてしまったんですからね。つまりヘーゲル風にいうならば、近代と反近代は和魂洋才によってアウフヘーベンせられ、いわばここにニーチェいうところの超人を産み出した」

友部氏はこのヘーゲルからニーチェへと結ぶ条《くだり》が自慢のようで、思い入れ十分、息を入れて聴講者の顔を覗いたが、相手からはかばかしい反応が得られないので、言葉が足りぬと見たかそのまま先へ進んだ。

「ヘーゲルの弁証法、ニーチェの美学などといえばずいぶんと難しいようだが、なに、分かってしまえば何のことはない、子供にだって分かる理屈です。弁証法とはつまり和魂洋才だと理解すればいいし、科学精神で武装した大和魂、これがつまり超人の超人性の内実です。であるならば、ついにわれわれはここにおいてヒットラーの思想の地平へと到達する。驚いちゃいけませんよ。本当にそうなんだから。すなわち超克せられた近代、その新たな歴史的精神はアーリア人の古代精神でもある、これです、これです、これこそが私の主張の中核をなす思想なんです。いや、実際そうなんですよ。自分でも吃驚《びっく》りするくらいに筋が通っているんです。つまり西洋の、とりわけ英米の唯物主義によってねじ曲げられてしまったアーリアンの原精神、偉大なる魂は、ここ日本の昭和時代に至ってとうとう回復せられたという次第なんです。日本人とアーリア人の類縁性についてはこのあいだ話しましたよね。だからここで一気呵成《いっきかせい》に結論まで展開するならば、すなわち極北アーリアン文明発祥以来二千年の時空を隔てて、清澄にして醇乎《じゅんこ》たる遺伝的資質は開花し、ついに極東亜細亜の地に、八紘《はっこう》を掩《おお》いて宇となすべき大精神が日輪のごとく姿を明らかにしたというわけなのです。どうです、少し難しいですか？」

相手の無反応にようやく気づいたらしい友部氏はきき、何だかぼんやりとしてしまった範子が、蜜柑の筋をていねいに剝きながらなお反応せずにいると、また何度も顎を上下させた。

「わかりました。思い切って別角度から論じてみましょう。まあ、考えてみれば、駆け足でヒットラーまで来てしまいましたからね。なにせこいつは現代思想の最先端の話ですから。いうならば大学の講義の一年分を数分で話したわけで、理解しにくいのも無理はない。ええ、ええ、よろしい、いいでしょう、いいでしょう、最初からもう一度、丹念に説き起こしてみましょう。そもそも我が肇国《ちょうこく》の基をなすものは何であるか。それくらいは範子さんにも分かるはずだ。さて、問題です。それはいったい何でしょう？」

範子は教育熱心な歴史教師の質問には答えず、少し頭が痛いので休ませて貰《もら》いますといって、二階へ上がった。

日暮れとともに雨はあがった。

天を覆う一様な鉛色が段々に壊れ、幾つもの集塊に分裂しながら低層から高層へと不規則に連なる大小の雲が群れ動いて、西の空にしばらく残っていた茜《あかね》色が黒く塗り込められる頃には、もつれ合う断雲の狭間《はざま》に歪《いび》つに欠けた青白い月が見え隠れし、疎《まば》らな星が蒸気の層を貫いてか細い光を放った。

神社の赤鳥居で立ち止まった加多瀬は、この場所へ来れば必ずそうするように、傍らの銀杏《いちょう》の巨木を見上げ、すると月が無数の刺《とげ》になった枝の間に丁度かかって、月明に濃い陰翳《いんえい》をなす樹皮の荒い模様が象の皮膚のごとくに見え、軽く触れてみれば、濡れた樹肌は石に触れたかのごとくに堅く冷たかった。

湿った土と草の匂《にお》いを嗅《か》いで佇《たたず》む加多瀬は、やはりこのまま帰るべきかと、またも迷いの蠕虫《ぜんちゅう》が腹中を這《は》い廻るのを覚え、腕の時計を見れば七時に十五分前、先刻この場所に立ったのは、ねぐらに帰る鴉《からす》がやかましく啼《な》き交わす時刻、空に明るさの残る時刻で、さほど空腹だったのではないけれど、朝から何も食べていないのを思い、どうせ遅くなってしまったのだから何時でも同じだろうと、一度引き返し、本郷界隈《かいわい》を追分《おいわけ》町から蓬《ほう》萊《らい》町あたりまで歩き廻ったものの、結局は適当な飯屋が見つからず、再び銀杏の下まで戻って来たのだった。

志津子は多分不在だろう。ほんの少し歩けば分かることを、今更ながらに加多瀬は深刻に予想し、実際家が灯火なく暗く閉ざされているのを眼にするなら、自分はひどく失望するだろうが、同時に安堵《あんど》もするに違いないと、迷い続ける己の心のうちを探った。週末である以上、実家へ帰っている可能性は高いはずだとさらに加多瀬は考え、ならば不在を確認して帰ればよいだけの話なのに、鳥居の辺りに透明な壁があって侵入が阻まれる具合に足が前に進まなかった。

猫が一匹、神社の藪《やぶ》から現れ、小さく鳴きながら加多瀬の脚に柔らかい毛衣をすりつけた。しばらく猫の好きにさせてから、靴先で腹の辺りを押すようにすると、飼い猫らしく赤い首輪を塡《は》めた三毛は大人しく離れ、また暗がりに消えて行った。猫を見送り、鼻から小さな笑いを漏らした加多瀬は、背広のポケットから出した煙草に火をつけ、この一本を吸い終わったらこのまま帰ろうと、雲間の月を仰いでとうとう心に決めた。空はだいぶ晴れて、清々《すがすが》しい大気が地上に吹き寄せ、黒い天蓋《てんがい》の低いところを薄い雲片が流れた。月も独りかと、以前に観た映画の台詞《せりふ》を口の中で唱えながら、胸一杯に満たした甘い煙をゆるやかに吐き出した、そのとき、拍子木を打つような音を加多瀬は不意に聴いた。

何だろうと不審に思ったときにはまた鳴って、音は一度ならず、続けざまに、一定のリズムをともなって神社杜《もり》の奥から響いて、吸殻を投げ捨てた加多瀬は鳥居を潜り、怪異に誘《いざな》われる者のように音のする方向へ歩き出した。

黒瓦《くろがわら》の社殿の脇を通って、低木の茂る小道を抜け、と、音はたしかに楠《くすのき》の大木の向こうから響いてくる。であるならば音の発生源はその家に違いなく、密に葉の茂った楠の下から低い竹垣に囲われた庭の枝折り戸に立つなら、二階の窓に黄色い明かりがあった。加多瀬は庭木戸を開き、月を背にして、玄関へ廻る小道の砂利を踏んだ。

「機織《はた》りなんです」

「機織り？」

「ええ。祖母が輿入《こしい》れのときに実家から持ってきたんです。高機《たかばた》といって、もう時代物なんですけれど」

「志津子さんが機を？」

「子供の頃に祖母から習ったんです。ずっと使っていなくて、少しずつ、思い出し思い出しやってるんですけれど、なかなか思うようにいかなくて」

いままで夫婦の寝室だった二階の六畳間に実家から機を運び込んで、手慰みの作業場にしているのだと、台所から燗《かん》をつけた徳利と、菜の花の和《あ》え物《もの》の盛られた小鉢を、箸《はし》や猪口《ちょく》と一緒に運んできた志津子は美しい歯を見せて笑った。独り機を織る志津子の姿がいじらしく、また優美で古雅なものに思い描かれて、加多瀬の顔には自然と笑みが浮かんだ。

「どんな布を織るんです？」

「丹波布に似たものなんです。本式にやるとなかなか面倒なんですけれど、簡略なものなら、私でもなんとかなるはずなんです。でも結婚してからは一度もやっていなかったものだから」

加多瀬の猪口に酒を注《さ》してから、私も少し頂こうかしらと笑みを浮かべた志津子は、台所から自分のために猪口を持ってきて、注《つ》がれた酒にほんの少しばかり唇をつけると、あとは手酌でいいですわねと笑いかけ、また台所に立った。

菜の花は食べてしまうのが惜しいくらいに鮮やかな緑色を眼に映し、電灯の下の加多瀬はしばらく美術品でも眺めるように小鉢に眼を据えていたが、やがて有田焼の箸置きから黒塗りの箸をとると、思い切ったように口に運んだ。酒はなるべく遠慮しようと思いながら、芥子《からし》の辛みと灰汁《あく》の苦みに引き立てられた草の清涼な香りが広がった舌と喉《のど》は酒を欲してやまず、猪口を一息にあおれば、今度は腹がぐうと鳴った。

いささか不躾《ぶしつけ》で唐突な夜の訪問に、志津子は驚いた様子も狼狽《うろた》えた様子もなく、ちょうどいまから夕食にしようとしていたところだと、ごく自然に来客を招じ入れ、台所の方からたまらなくいい匂いが漂ってくるのを鼻に嗅ぎながら、食事はもう済ませてきたからと、加多瀬はいちおうは遠慮をしてみせたものの、玄関先で立ち話をするわけにもいかず、帽子と外套を脱いで雨戸の降りた居間の卓袱台《ちゃぶだい》に腰を下ろしてしまえば、志津子は加多瀬の遠慮を端《はな》から問題にせず、すぐに本人が作業着だと笑う、黒いセーターの上に割烹着《かっぽうぎ》を重ねてまな板を鳴らしはじめ、煙草に火をつけた加多瀬も嘘は重ねなかった。

やがて食卓には鶏を馬鈴薯《ばれいしょ》や隠元豆と一緒に煮込んだ皿が出て、これが最前から漂っていたいい匂いの正体に違いなく、いつのまにこんな料理が出来たのか、まるで魔法のようだと加多瀬がお世辞半分に感嘆して見せると、斜向《はすむ》かいに腰を降ろした志津子は、昼間に実家からよい鶏が届いたので、夕方から煮込んでおいたのだと種を明かし、なんとなく誰かが来るような予感があったと笑った。

志津子のきれいな箸使いを眺めながら、加多瀬はいかにも旨《うま》そうな湯気をたてる鶏のスープを匙《さじ》ですくって口に入れ、するとそれは不思議な味がして、笑いの漣《さざな》む瞳で加多瀬の様子を窺っていた志津子が、お口に合わないかしらときいてきた。

そんなことはないと、あわてて否定しながら、再び匙を口へ運べば、やはり少々変わった味で、しかし決してまずいのではなく、そのことを示すべく加多瀬は幾度か続けて匙を往復させた。

「香料を使ってるんです」と志津子が自分もスープを一口啜《すす》っていった。

「香料？」

「ええ。バジルとローズマリーっていうんですけれど、西洋料理ではよく使うんです」

「そんなものどこで手に入れるんです。やっぱり銀座あたりですか？」

加多瀬が問うと、志津子は片頬《かたほお》にえくぼを浮かべ、庭で栽培しているのだと、意外な返答を寄こした。

「そんなものが育てられるんですか？」

「ええ。虫にさえ気をつければ案外簡単に育つんです。種類にもよりますけれど。他にもいろいろ植えてるんですのよ」といった志津子は、タイム、コリアンダー、セイジと加多瀬の聞き慣れぬ植物の名前を列挙した。

「母が好きだったんです。昔、麴町《こうじまち》にいた時分、隣にイタリー人の外交官の一家が住んでいて、そこの主婦から教えて貰ったり、種を分けて貰ったりして、一時は庭じゅうが香料畑みたいになって、臭くて仕方がないなんて父はよく文句をいってました」

志津子さんのお母さまは、といいかけて加多瀬は、たしか志津子が娘時分に亡くなっていたはずだったと思い出し、即座に志津子本人が、自分が女学校に入るとまもなく心臓を患ったのだと答えてから、それがおかしいんです、とまた話し出した。

「母は学問はなかったんですけれど、薬草に興味があって、香料だけじゃなく、いろいろな薬草を栽培していたんです。だから私が頭が痛かったりすると、自分で薬を調合して飲ませてくれるんですけれど、それがものすごく苦くて」

それで効き目はありましたか、と相手の笑いに調子を合わせると、志津子はえくぼをいよいよ深くして笑った。

「母は効くっていうんです。だから自分が病気になったときにも、お医者様の下さる薬は全然飲まないで、自分で調合した薬だけを飲もうとするんで、周りは大変困って、でも最後まで頑固に自分流を押し通して、とうとう亡くなってしまったんです」

これは笑ってよい話なのだろうかと加多瀬は迷い、電灯の黄色い光にさらされた志津子の顔を窺うと、相変わらず唇の横にはえくぼが影をうがっていて、その影が幽《かす》かに動いたかと思えば、また紅い唇が開かれた。

「母が亡くなるまで、父は絶対に浮気は出来なかったと申してました。何故《なぜ》だかおわかりになる？」

「さあ、何故でしょうか？」

「母の調合した薬で毒殺される心配があるからですわ」

志津子は白い歯を見せて笑い、同じく笑う形に顔の筋肉を綻《ほころ》ばせながら、しかし加多瀬は「毒殺」の言葉に違和を覚え、夫の服毒死が問題になっている矢先、平気でそのような言葉を口にする志津子の心の裡《うち》を加多瀬は推し量り、すると志津子は逆に加多瀬の内心を見透かしたかのように、亡き夫の名前を口にした。

「榊原は香料が嫌いで、だから使うのは私ひとりのときだけ」

「榊原は刺身でも何でもさっぱりしたものが好きでしたからね」

「ええ。脂っこいものは全然駄目で。私はどちらかといえば脂ものが好きなので、ずいぶんと困りましたわ。加多瀬さんはどうだったかしら？」

「私は何でも大丈夫です。香料も平気ですよ」

言葉を証明してみせるべく、箸で崩した鳥肉を口へ運んだ加多瀬は、「榊原」の名前が出てむしろしこりが取れたかに場の空気がほぐれたと感じ、毒殺云々の発言も食卓を賑《にぎ》わすおかしな冗談にすぎないと、あらためて愉快な心持ちがして、はじめは気になって仕方のなかった、卓袱台の一角に座るべき人物の不在も、志津子が夫婦箸《みょうとばし》ではなく加多瀬と同じ黒塗りの箸を使っていることも、さして重圧には感じられなくなり、それからしばらく志津子とのあいだで旧友の思い出話が交わされるうちには、どうやら榊原は死者が本来あるべき場所へ落ちつきつつあるらしいと、安堵《あんど》するような気持ちになった。

いうならば今宵《こよい》は三月遅れの通夜であると加多瀬は思いなし、背後の書棚に眼をやれば、そこには青磁の一輪挿しの椿と、白い歯を見せた榊原の遺影があって、それを見るのはいまがはじめてだったと加多瀬は不意に思い、家の敷居をまたいでからいままで、自分が無意識のうちに榊原の笑顔を避けていたのだと気がついた。

加多瀬は詫《わ》びるような気持ちで、猿臂《えんぴ》を伸ばして写真を手に取り、すると志津子が立ち上がって台所から銚子《ちょうし》を二本と鶏の煮込みのお代わりを運んで来、最初は慣れぬ香料に戸惑いもあったけれど、煮込みは食べるほどに旨味を増すようで、加多瀬は感嘆の声を幾度も漏らしながら匙と箸を動かし、酒もついつい進んで、やがてわずかながらに酔いを自覚した。志津子がまた燗をつけに立とうとするので、酒はもう十分ですと断ると、じゃあご飯にしますねといって、志津子は卓の空いた食器を盆に載せた。

「空白の一週間」についてそろそろ話をしなければと思いながら、穏やかでくつろいだ食卓の気分を壊すのが惜しまれ、また静かに眠りはじめた死者を揺り起こすような気もして、なかなか言い出せず、志津子の方も、先日書類の束を調べて欲しいと依頼をしたのをすっかり忘れ果てたかのように何もいわなかった。

旨い酒と温かい食事に腹を満たされたいまとなっては、遠からぬ出撃を前に夕食を御馳走になりに訪問した、それだけで目的は果たされたのではと思えてきて、しかし少なくとも榊原の画帳だけは志津子が所有すべきものに違いなく、香の物と浅蜊《あさり》のつゆで飯を軽く二膳《ぜん》食べ、日本茶が出されたところで、加多瀬は背広の内ポケットから画帳を取り出した。

割烹着を脱いで正座した志津子は、画帳を膝《ひざ》に置いて一枚一枚ていねいに見ていき、秀でた額をうつむかせた女の背後に眼を遣《や》れば、小振りで上品な桐の箪笥《たんす》があって、いつもは箪笥の上方の壁に淡い水色と緑を基調にした風景画が飾られていて、それは中尉任官の記念に京橋の画廊で二月分の給料に匹敵する金額をはたいて買ったという、榊原自慢の品であり、画家はいまは無名だけれど、十年もすれば価格は十倍にも二十倍にもなるはずだと、訪れるたびに榊原は必ず自慢し、是非画家の名前を覚えておいてくれといわれたのだが、加多瀬はもうすっかり忘れてしまっていた。

画題はベニスの海の風景で、水色を基調に緑の陰翳《いんえい》の散った海と、赤い煉瓦《れんが》造《づく》りの建物のある島が描かれ、榊原は一度だけ、それもほんの半日訪れただけのベニスの街に余程魅力を覚えたようで、懐かしさも手伝ってその絵を買ったというのが真相のようであったが、いま思えば構図の取り方といい色使いといい、榊原自身の絵にどことなく似ていたと気づかされ、だが、いまはそこに絵はなく、代わりに木彫りの動物が二体、箪笥の天板にじかに置かれていた。

熊か、馬か、それとも犬だろうかと、加多瀬は不思議な格好をした獣の彫刻へ眼を凝らして、先週来たときそれはあっただろうかと記憶を探りはじめたとき、志津子が小さく声をあげた。

膝をずらして横から覗《のぞ》けば、志津子はちょうど最後の一枚、満開の桜を背景にした洋館の絵のある頁を開いているところで、何に対して志津子は声をあげたのだろうかと興味を覚え、それがどこだか分かりますかと声をかけると、志津子は一瞬加多瀬をなじるような目つきで眺めてから、再び膝に眼を落として、分からないわ、と独り言めいてつぶやき、しかし言葉とは裏腹に、志津子はその場所を知っているのだとの直感が加多瀬の胸に走った刹那《せつな》、空気がにわかに震え、樹葉の鳴る音が狭い室を押し包んだ。

上空から吹き寄せた風に、硬い鱗《うろこ》を持つ魚の群が一斉に泳ぎだしたかのごとく、黒々と密生した楠の樹葉は互いに擦《こす》れ合い、叩《たた》き合い、もつれ合い、それは海鳴りに似た音響を生み、その重く充実した響きは、厚い樹葉に遮られて月明かりの届かぬ神社杜の闇に広がり、散らばり、それで静まったかと思えばまた突如のように還《かえ》ってきて、間欠的《かんけつ》なざわめきが生じるたびに、何者かが合図するかに、屋根瓦《やねがわら》に木の枝が当たってこつこつと乾いた音がした。

「風が出ましたね」

加多瀬の言葉には応えず、不穏な何かの到来を警戒する者のように、沈黙したまま戸外の気配に耳を澄ました志津子は、三日月形になった眼のなかの黒い瞳を直截《ちょくせつ》に加多瀬へ据えた。

「加多瀬さん、今日ここへ泊まって下さるでしょう？」

ごく平凡な頼み事でもするような相手の調子に、加多瀬は黙って頷《うなず》き、先刻、機織りの音を暗闇で耳にしたときから自分はその言葉をきいていたのだと思い、食事のあいだもその言葉だけをきき続けていたのだと思い、急激な熱に身体が灼《や》かれるのを覚えながら、言葉の意味が腑《ふ》に落ちたときには、歯の隙間《すきま》に残った異国の香料が乾ききった口腔《こうこう》一杯に広がって、この香りは昔一度経験したことがある、あれは地中海だと突然記憶が甦《よみがえ》り、遠洋練習航海の船上から眺めた砂漠の風景が瞼裏《まぶたうら》に鮮やかに映った。

Ⅶ　ヴェネチア異景

安田健教授は十一時に滝野川の家を出た。

美野里出版の不敬事件裁判に出廷して以来、ときおり刑事が家の近所に見え隠れするのは知っていたが、幸いこの日は姿が見えないようで、安田教授はまっすぐ駒込橋の停車場まで歩いて、そこから市電に乗った。

湯島《ゆしま》で降りるときにも、いちおう尾行がないかたしかめてみたが、安田教授はさほど警戒していたわけではなく、またかりに尾行があったにせよ、巧みに尾行者を巻いてしまうなどという器用な真似は、折り紙付きの方向音痴である安田教授のよくなしうるところではなかった。

私大会館の入り口で帝大の村上義郎教授に会い、昼食会までには少し時間があったので、二階のロビーの椅子に腰を下ろして雑談した。安田氏よりはだいぶ歳下ながら、西洋経済史の分野では第一人者である村上教授は、いかにも敏捷《びんしょう》そうな小柄な身体を革張りの椅子に据えるなり、今日はいよいよ黒幕が登場するようですと、声を潜めた。

「黒幕というと、あれですか、やはり海軍ですか？」

安田教授が問うと、村上教授は浅黒い顔をうなずかせた。

「古田厳風からの情報です」

「例の紅頭とかいう男ですかね？」

「違うと思いますね。紅頭は看板でしょう。本当の黒幕は別にいるはずですよ」

昼食会は当初より国際問題研究所なる団体の職員が数名来て世話をし、この団体の所長が紅頭中将という海軍の退役軍人であり、紅頭氏が国運大祈《き》禱《とう》会と称する、宮城前に集合した百名あまりの白装束の人間による三日間の断食行《だんじきぎょう》で、先頃新聞紙上を賑《にぎ》わせた国粋主義団体の頭目であるのを安田教授は最近になって知ったのだが、たしかに昨年の九月以来、ほぼ月に一度ずつの割で開かれてきた昼食会のメンバーの顔ぶれを考えれば、紅頭氏が陰の主唱者であるとは思えなかった。

　特に名称もなく続けられてきた昼食会の中核は、政治評論家の海堂栄と商大の笹丸鋭児名誉教授で、学者や作家などの知識人を中心に、官僚や企業家を少数含む二十人ほどのメンバーは、開戦まではそれなりに意味のあった色分けでいうなら、「親英米派」に属する人々であった。安田教授のところへ最初連絡してきたのは笹丸氏で、古田という男が行くはずだから是非話を聴いてやってくれと手紙を貰い、まもなく現れた古田厳風は、日米戦争の愚を縷《る》々説いて、どうにか日米戦回避のために力を貸して欲しいと懇願した。

　趣旨には賛成であり、参加を確約している人々の顔ぶれを見て安田教授は承諾したものの、午後の講義を短縮して出た昼食会は単なる懇親会の域を出るものではなく、これが一体何の役にたつのかと思ったのだが、実際世故に疎い学者連中が二十人くらい集まったところで、日米開戦へとなだれをうつ世論を押し止められるはずもなかった。

しかし昼食会は十二月八日の後も続けられた。国際問題研究所は明らかに海軍の息のかかった組織で、どうして海軍なのかと、はじめは疑問に思ったものの、まもなく理由がおぼろげながらに理解されてきた。つまり海軍は単なる後援者ではなく、会の組織を進めた主体そのものであり、その目的はむしろ開戦後にあって、日米百年戦争のかけ声の裏側で、どうやら海軍は英米とのうまいタイミングでの停戦を見計らい、いざ講和となったときの用意に、英国米国にパイプのある人物たちとの協力関係を確保しておきたいということのようであった。

主宰者である海堂栄と笹丸名誉教授あたりは、海軍側の責任者、つまり村上教授いうところの「黒幕」と通じ、細かい事情を摑《つか》んでいるものと推察されたが、ふたりがはっきりと目的を口にしないのは、肝心の時機が来る前に意図が外部に漏れるのを恐れているからだと推測された。海軍といったって一枚岩であるはずもなく、「名前のない昼食会」はおそらく海軍内の「左派」の人脈に連なる者らの企画だろうと思われ、であればこそ国際問題研究所の所長が紅頭中将であると知って、安田教授は意外の感を抱いたのであったが、なるほど「表看板」という村上教授の解説には説得力があり、紅頭中将を頭に据えることで企図を巧妙に隠蔽《いんぺい》しているのだとすれば、黒幕氏は相当の切れ者に違いなかった。

「どんな人物なんでしょうね？」と好奇心をかきたてられた安田教授は歳下の経済史学者にきいてみた。

「分かりません。今日は都合が悪いと古田にいったら、海軍から出席者があるから是非来てくれというんですよ。誰が来るんだと古田にしつこくきいてみたんですが、肝心なことになるとあの男は口が堅い」

村上教授は目尻に皺《しわ》をよせ長い睫毛《まつげ》をぱちぱちさせて笑い、安田教授も古田巌風の陰気臭い風貌を想い浮かべて、相手の笑いに同調した。近頃は小説家は廃業し、美術館で仕事をしているらしい古田巌風は、いかなる経緯があるのかは不明であったけれど、国際問題研究所嘱託の身分を持ち、会合の連絡を一手に引き受けていた。古田の日米和平への情熱はすさまじく、その話となると普段の無口ぶりからは想像もつかぬほどの大声と饒舌《じょうぜつ》を発揮するくせに、こちらのききたいこととなると瞼の奥に隠れた眼を警戒的に光らせるばかりで、意固地な牡蠣《かき》のごとく口を閉ざしたから、村上教授の苦笑もむべなるかなであった。

「しかし海軍から人が出てくるということは、講和が近いということでしょうかね」

トロイ戦争の経緯やギリシア重装歩兵軍団の戦術には詳しい一方、現代の軍事軍略となれば赤子に等しい安田教授でも、日本が連戦連勝を続けている現在が講和を結ぶべきひとつの好機であるくらいの着想はあった。いま日本側がある程度の譲歩を示すならば、アメリカも耳を貸す可能性は高いのではあるまいか。だが安田教授の観測は、古典学者より遥かに実際的である経済史家によって打ち砕かれた。

「それはどうでしょうか。いま停戦するとして、ハワイを分捕るくらいじゃ、国民は納得しないでしょう。カリフォルニアを租借するくらいのことをいわないと、また日露のときの日比谷騒乱みたいになるでしょうね。しかしアメリカがハワイをくれるなんてことは夢物語です」

「アメリカはハワイを手放しませんか？」

「ありえません。第一アメリカはまだ負けたなんて思ってませんよ。アメリカにハワイを寄越せなんていうのは、いわば平幕が横綱に負けてやるから金を寄越せというようなものです。アメリカは日本が大陸から手を引かない限り譲歩はしてこんでしょう」

だとするなら講和には万に一つの希望もないと安田教授は考え、しかし不可能の細い糸をねばり強くたぐって妥協点を見いだすのが外交であり政治交渉であると思ってはみたものの、果たしてそのような外交が日本にあるのかと問えばはなはだ心許《こころもと》なく、無力感と絶望感が心に広がるのを覚えたけれど、それでも一方には、いずれなんとかなるのではあるまいかとの楽観的な気分もあって、それは安田教授の育ちの良い性質からくるものでもあり、またこの戦争を愚劣きわまりなしと唾棄《だき》しながら、現実に日本が勝ち続けている、その疑いようのない事実が気分を明るくしている面も否定しがたかった。

御維新の折り、御殿医を務めていた藩が幕府側についたせいで冷や飯を食わされたと信じる祖父が、何かといえば口にした「勝てば官軍」の言葉ほど若き日の安田氏が嫌ったものはなかったけれど、負けるよりはやはり勝つ方がよいに違いなく、また戦争の当事者である海軍が闇雲に猪突《ちょとつ》しているのではなく、講和を前提に現に動き出していることも楽観を幾分か支えていた。

　安田氏は難破した船が陸に向かって吹き寄せられていると信じる人にどこか似ていた。同じような気分があるのか、和平の不可能と、今後の戦局の悪しき見通しをしきりに語る村上教授の口調も必ずしも暗くはなかったのである。

　定刻が近づいてメンバーが次々と姿を現し、挨拶を交わしながら四階の会議室へ入ってコの字になった机の前に座ると、いつものように国際問題研究所の職員がお茶を出してくれた。職員は大抵は三人ほどが来ていて、誰も顔馴染みになっているのだが、この日はひとりだけ紺色のスーツを着た新顔の女性の姿があって眼をひかれた。その女性は三十歳にはならないだろうが、﨟《ろう》たけたと形容するのがふさわしい落ちつきと品のよさを備えた美しい人で、厳格なプロテスタントで知られる村上教授も興味を持ったらしく、あれは誰でしょうねときいてきたが、安田教授に分かるはずもなかった。

　お茶を配り終わると職員たちは戸口から消え、安田教授は新顔女性が急須《きゅうす》から茶碗へ茶を注ぐ、作法正しく美しい仕草をもう少し見ていたいと思ったので少し残念だった。定刻を過ぎても肝心の主宰が到着せず、いつも必ず顔を見せる古田厳風もまだ姿がなくて、卓をぐるり囲んだ出席者たちは雑談に時を過ごし、村上教授が向こう隣の憲法学の教授と話しはじめてしまったので、安田教授は手帳に落書きをして無為をやりすごした。

定刻を二五分過ぎて、遅延にも少々度がすぎるのではとの気分が会議室に広がったとき、扉がけたたましい音を立てて開かれるや、和服姿の笹丸教授の白髪が登場した。例のごとくせかせかした動作で用意された席まできた笹丸氏は、立ったままいきなり頭を下げた。

「皆さん、申し訳ないが、今日の給食会は中止させて頂きたい」

笹丸教授は焚《た》き火の焼き芋を喰《く》おうとして、炭になった薪《まき》を喰って火傷《やけど》を負ったという逸話があるほどのあわて者で、いまも昼食会というべきところを給食会といい間違え、いつもなら笑い声があがるところが、誰も声を発しなかったのは、教授の硬い声と表情のせいに違いなかった。

「それから、この会もしばらくのあいだだけ、無期延期ということにさせて下さい」

しばらくのあいだ無期延期というのもなんだか妙な言い草であったが、誰も何もいわず、白髪の老教授の続く言葉を待ったものの、教授には次なる言葉の用意がなかった模様で、それでは、そういうことで、とだけ挨拶すると、また白髪を机につくくらい深々と下げた。

そういうことで、ではさすがに困ると思ったのか、ひとりが、何かありましたかと、のんびりした口調で質問すると、ハンカチで額の汗をしきりに拭った笹丸教授は、ええ、まあ、いろいろとございまして、と総入れ歯をもごもごさせ、これほどまでに困惑し狼狽《うろた》えた人間というものを安田教授は久しぶりに見た気がした。

笹丸氏では埒《らち》があかないと思ったらしい別のひとりが、海堂氏はどうしましたときけば、海堂さんは病気で欠席ですと返事が返ってきて、とにかく皆さん、ここは私に免じてご容赦下さいと、人柄の良さでは衆望を集める老教授に繰り返し頭を下げられては、これ以上の説明を求めて老体を責めるわけにもいかず、一同は困惑を抱えたまま沈黙を続け、そのとき誰かの腹がぐうと鳴る音が吃驚《びっく》りするほど大きく響いて、ひとりが我慢しきれずに吹き出すと、堰《せき》を切ったように笑い声があがり、安田教授は一緒になって笑いながら、とにかく海軍による早期講和締結の望みは薄くなったらしいと、参加者の誰もが抱いた観測を胸に仕舞い、大いに失望しながら、しかし何だかおかしくてたまらなくて、目尻《めじり》から涙をこぼして笑った。難破船はどちらかといえば沖へ向かっているのかもしれなかった。

神社の楠の巨木を海鳴りのように鳴らした風は、春の突風だったのか、一陣をもってやんだあとは、住宅地の静けさがまた還《かえ》ってきたけれど、加多瀬はあの夜、一晩中海鳴りを聞いていたような気がし、あれから二週間あまりが経ったいまでも、耳の奥に響きが残るようで、その重苦しい響きに合わせて、自分はまもなく死ぬのであると、繰り返し念じていたと思い返され、実際に自分はもう死んで深い水底に沈み、遠い砂漠の浜に打ち寄せる潮騒《しおさい》を聴いているのだと、何度も幻想されたのもまた思い返した。

水底から幻影の砂漠を想った加多瀬は、蒸気の濁りのない空の蒼色《そうしょく》と、砂の毒々しいまでの黄土色の接する線に向かって、さまざまな形の、さまざまな大きさの、滑らかな曲面を見せた丘陵が連なる風景を眺め、それから風を背に受けて歩き出せば、足下の砂は音をたてずに崩れて流れになり、しかし流れているのは足下の砂ばかりではなく、そこへ静止していると見える砂山は、必ずどこかでするすると砂が滑り落ちていて、一刻も休むことなく崩れ続け、あるいは風に吹き寄せられてはまた自然の砂の塑像になった。風景はわずかずつ揺れ動き、地形は絶えず姿を変え、宇宙は絶えず変貌している、そのことが何か深い智恵《ちえ》に発する神秘であるかに心に浮かびあがって、ふと振り返って見れば、自らが砂地に刻んだ足跡も程なく途切れ、いまはまだ残っている砂地の窪《くぼ》みも、砂の流れに刻々とかき消されつつあった。

丘陵の向こうに赤い煉瓦が見えはじめ、明らかに人工物である石の構造が視野に入ってくれば、それは陸地の縁にへばりつくように海へ突き出た廃墟《はいきょ》であり、半ばは砂に飲み込まれつつありながら、密集する石造りの建物群の半ばは砂の届かぬ海中に建ち、しだいに押し寄せる砂の軍勢の最前線では、防砂壁代わりになった建物の窓から、あるいはもとは路地であった建物の隙間から、さらさらと音をたてて少しずつ砂がこぼれ、灰色の海に溶け込むように落ち続けている。砂と水の両方の勢力から制圧されようとしているこの石の街は、古《いにしえ》の都ベニスに違いなかった。

サンマルコ広場には大勢の人がいた。色とりどりの衣装を身につけ、濃淡さまざまな髪と眼を持ったそれら人間たちはすべて亡霊であり、柱廊にぐるりを囲まれた石畳の、聖堂の鐘が古色蒼然たる響きを渡らせ、鳩の群がきしきしと翼を軋《きし》ませて飛び廻る広場から、亡霊たちは幾筋にもなる路地へ吸い込まれるように消えていき、また逆に路地から出てきては瓶の口からこぼれる酒のように広場に溢《あふ》れ、それら廃墟を虚《うつ》ろにさまよう亡霊たちの作り出す、不思議に規矩《きく》正しい雑踏にもまれながら、なるべく人気のなさそうな路を選んで歩けば、高い煉瓦壁のあいだの狭小な路は幾つにも分かれ、いずれも似たような小路は必ず運河に突き当たって、橋を渡り、あるいは水路沿いの路を進み、すると別の広場に出て、戸外に椅子を持ち出し談笑する人々を眺め、人工の照明を受けて光を飛沫《しぶき》のように散らす硝子器《ガラスき》を売る店や、織物の店、軒先の鉤《かぎ》から羊や豚の臓物を吊《つ》るした店を覗《のぞ》き歩くうちには、また先刻と似たような、しかし明らかに先刻とは違う広場に出て、その頃にはすっかり方向は見失われて、それでも構わずに歩いた。

　夕暮れが近づいて、空の狭い街路には急速に夜気が立ちこめ、ねっとり黒い色に変わった運河に街灯の光が滲《にじ》んで流れ、暗い洋燈《ランプ》を点した舟が往き、遠くでアコーディオンの哀《かな》しげな曲が聴こえ、それと重なるように傍らで石畳を踏む堅い靴音が大きく響いて、それは誰かの軍靴に違いなく、二つの靴音が絡み合うたびに、石壁に貼《は》り付いた黒い影がむくむくと揺れ動くのを眺めながら、仄暗い路地を歩いて、すると人通りの少ない淋《さび》しい場所に土産物を売る屋台があった。

　パナマ帽からはみ出した長い髪、白いエナメル靴、青いシャツの上に赤地に金糸の入ったチョッキを着た遊び人風の伊達男《だておとこ》、と見えたのは暗がりのせいで、アセチレン燈の灯りに浮かんだ物売りの男の顔は、明らかに皺《しわ》だらけの老人のそれに違いなく、ひどく嫌な気分に襲われて、無視して行き過ぎようとしたとき、いきなり腕を摑《つか》まれた。ぎょっとして見れば、老人は皮革の鞘《さや》の付いたナイフを示して、歯のない口は買えといっているらしい。同行の男は興味をもったのか、値段の交渉をはじめ、まもなく金と引き替えに紙に包まれた品物を受け取り、すると老人は内臓を患う者に特有の蒼黒《あおぐろ》い顔に気味の悪い笑いを浮かべ、どこかいいところへ案内してやると片言の英語でいう。男は同意して、金を渡し、老人が運河に係留してある舟に乗れというので、舟の椅子に尻をつければ、パナマ帽の老人が櫓《ろ》を操って黒い水路を舟は進んでいく。同行の者は四人に増えていた。いずれも日本人のようで、三人は老人であり、そうしてひとりだけ、喪服様の黒い衣服の女は志津子に違いなかった。

幾つか橋を潜り、舟はやがて両側から石壁の迫るごく狭い運河を滑って、と壁の一部にようやく舟が通れるくらいのアーチ型のトンネルが現れ、腰をかがめた老人は慣れた様子で穴のなかへ舟を導き入れ、壁を足で蹴《け》って舟を地下水道のごとき水路に進めた。やがて舟が漂いはじめると、案内の老人が笑いを含んだ不愉快な声を出し、着いたといっていると同行の男のひとりが教えた。

背の高い、見事な銀髪を後ろに撫《な》でつけた男はイタリア語が堪能《たんのう》らしく、案内人の説明を通訳していうには、ここは中世の牢獄《ろうごく》であり、多くの人間が飢えと湿気と病気のせいで死に、遺体は埋葬されぬまま鼠の餌食《えじき》になり、しゃれこうべはいまもそのまま放置されている、それを見たら面白かろうというのであった。舟が接岸した石畳に立てば、たしかに壁の一画に太い鉄の格子が填《は》められた小部屋があって、案内人は鍵《かぎ》を出して錆《さ》び付いた閂《かんぬき》にぶら下がった南京錠を解くと、鉄格子は左右に開いた。

案内人がまた口を開いた。ここで獄死した人間の大多数は異端者であり、彼らはイエス・キリストの復活を信じず、そもそもイエスの死を認めず、十字架で死んだのは実はサタンであり、だから教会の信仰する神は悪魔なのであって、本当のイエス・キリストはどこか世界の果てで、人知れず死に、一人子の喪失と引き替えに神は人間に不死を与えたにもかかわらず、悪魔の奸計《かんけい》のせいで、偽の神を礼拝し続ける人間たちはいまだに死の運命から逃れられない。

「ということは、ここで死んだ連中は、自分たちは不死だと信じていたんだろうか」

別の洋杖《ステツキ》を持った男がきき、通訳の言葉に案内人はうなずいた。

「しかし全部死んでしまったんだろう」

きいた男が洋杖を振りながら不機嫌な声でいうと、洋燈《ランプ》の光に青黒い顔を浮かび上がらせた案内の老人は、肩をすくめて笑いを浮かべた。

どんな信仰を持とうが人間は誰も死からは逃れられない。たしかにこの牢獄の人間たちは死んだ。しかも彼らは自分たちが死んだばかりでなく、より大きな死をもたらしさえした。

「どういう意味だ？」

「疫病ですよ。放置された死体が腐って疫病の原因になった。ここはベニスをかつて何度か襲った疫病の巣だそうです」

通訳する銀髪の男がそのように解説した。

「気持ち悪いわ。はやく帰りましょう。臭くて仕方がないわ」

ハンカチで口を押さえた志津子がいい、たしかに辺りに充満したメタンと鼠の糞《ふん》の臭いは耐え難かった。

「死体などないじゃないか」

不機嫌な男がいうと、通訳された案内の老人は洋燈を石室の隅にかざして見せ、たしかにそこには白い骸骨《がいこつ》が手足を折り曲げる窮屈な姿勢で横たわり、男は案内人の手から洋燈を奪い取ると、骸骨の側にかがみ込んだ。

「偽物だ。新しい。せいぜい四、五十年にしかならない。ばかばかしい。とんだ見世物だな。金を返せといってやれ」

「お金くらいいいじゃないですか。とにかく早く帰りましょうよ」

志津子がいうのをきかず、鼻を鳴らした男は洋燈をかざして石室を調べはじめた。

「これは何だ」

男が洋杖で示したのは室の左手奥にある、岩壁に塡められた戸板で、見ると戸板の上部の岩に文字が彫られている。

「ラテン語のようですね」文字を指でなぞりながら通訳の男がいい、この向こうはどうなっているのだと問われた案内の老人は、パナマ帽を載せた首をしきりに振っている。

「なんて書いてあるんでしょう?」

それまでずっと黙ってついてきていた、もうひとりの背の低い小太りの男がきき、語学に堪能な通訳の男が、よくは分かりませんが、無限への入り口といった風なことが書いてあるようですと答え、異端者たちが掘ったトンネルかもしれませんねと推測を述べると、洋燈を持った男は戸板を手で乱暴にがたつかせ、すると案内の老人は大声をあげて抗議し、しかし構わず男は戸板を手前に引き倒した。

背をかがめて通れるほどのトンネルが現れ、奥から微《かす》かな水音が聞こえた。

「案内しろといってやれ。案内しないなら金は返してもらう」

男の命令を伝えられた案内人は、怒りに駆られた者のように何事かを早口でまくしたてていたが、不意に男から洋燈を奪い取ると、ふてくされた態度で穴に潜り込んだ。無限への入り口とは豪毅《ごうき》じゃないかと、白い歯を見せて笑う男が続き、気持ちが悪いわといいながら志津子が穴に消え、銀髪の通訳の男も黙って潜り込んだ。無口な小柄な男はためらうように腰をかがめ、穴を覗き込んでいたけれど、闇の奥から、早くいらっしゃいよと呼ぶ志津子の声が聴こえると、照れたような笑いを顔に浮かべて穴に足を踏み入れた。

独り取り残されたことが淋《さび》しく、自分も是非向こうへ行きたいと願いながら、行ってはならないと強く禁止する声があって、足は動かず、穴を覗けば細い水音が聞こえ、すると不思議なことに、真っ暗なはずの洞窟に洋燈とは違う青白い光があって、遠くに志津子の後ろ姿が見え、志津子さん、と呼びかけても、志津子は気がつかずに行ってしまう。志津子とは二度と会えないのであるまいか、その思いに身体を灼《や》かれ、なおもその名前を呼びながら瞼《まぶた》をいっぱいに開いて闇の奥を見通そうとすれば、光はもうなくて、志津子の姿も見えず、しかも闇の圧力が四囲に迫って、神経がたちまち悲鳴をあげ、すると暗闇に充満した悪臭がにわかに鼻を襲い、洞窟の入り口も分からなくなり、焦って手探りで歩き回るうちに臭いは一段とひどくなって、時間とともにそれは耐え難くなり、息苦しさに喉《のど》から呻《うめ》きが漏れ、有毒ガスに違いないとの認識に全身が恐怖の沼に沈みかけ、気管から肺に押し寄せる黒い刺《とげ》のある粒子の与える苦痛に胸をかきむしったとき、眼が覚めた。

姿勢がうつぶせになっていた。胸を圧迫したことが悪夢の原因に違いなく、はだけた浴衣《ゆかた》の襟を合わせながら仰向けに加多瀬は姿勢を変え、傍らで寝ている女の髪油と白粉《おしろい》の濃厚な匂《にお》いを鼻に嗅《か》ぐと、それから逃れるように横向きにまた寝返りを打った。

いま見たばかりの夢を加多瀬は反芻《はんすう》し、細部を丹念に追い、そうすればいよいよ増し加わる不可解な印象以上に心を捉えたのは、全体のひどく昏《くら》い雰囲気で、それはつまり「死」というものの昏さではないかと思われ、同じ思いをあの海鳴りを聴き続けた夜も自分は抱いていたのだったと回顧され、たしかにあの甘美な夜の過ぎたあと、近所の眼を気にして早朝まだ暗いうちに家を出、庭木戸から天を覆う闇とひとつに黒々と静まった楠の下に立って、仄暗《ほのくら》い窓明かりへ向かって無言の挨拶を投げかけたときにも、自分はすでに死んだ者なのだと、陶酔に似た気分のなかで思い、それはまもなく発令されるはずの出撃命令によって現実化するに相違なく、深い水底から遠い砂漠を想う日は遠くないと信じられ、ところが始発電車を待って帰った阿佐ヶ谷の実家には一通の電報が届いていて、そこに加多瀬は「潜水学校甲種学生及ビ潜水艦司令部付ヲ命ズ」の文字を見たのだった。

三月八日付で発令されたこの転勤命令は、加多瀬にとってはまったく意外で、もちろん潜水畑の人間にすれば、先任将校から甲種学生を経て潜水艦長へと至る履歴は通常のものであったけれど、現在の戦局を考えれば、当面はいまある戦力でもって局面をひらいていこうというのが、軍令部や艦隊司令部の方針と見られていたから、大きな人事異動はないと考えるのが常識で、だからこそ加多瀬は驚いたのであり、また覚悟を決めた身には何だか拍子抜けでもあり、どのような力学が働いたのかとあれこれ推測し、ちらりと清澄少佐の顔を思い浮かべたりしたものの、昔から人事というものには不可解さが付き物であると思えばあまり考えても詮《せん》なかった。

甲種学生への転勤は左遷ではなく、むしろ出世コースであったけれど、この大切な時機に四ヵ月余りも陸上勤務になる、これは何か焦りに似た気分をもたらし、自分が本当は必要とされてはいないのであるまいかと、組織に属する人間に特有の疑心に駆られもした。

一度限りと念じて過ごした志津子との陶酔の夜が明けた、その朝に受け取った転勤命令は皮肉ではあったけれど、電報を手にした加多瀬の頭に最初に浮かんだ想念が、これでまた志津子とは何度か遭う機会が与えられたという内容であったのは否定できなかった。

そうして実際、四月一日に潜水学校へ入校するまで引継業務だけしておればよい身分を得た加多瀬は、この二週間のあいだに三度、本郷を訪れ、丈高い銀杏《いちょう》の脇の神社の赤鳥居を潜っていたのである。

鷗《かもめ》の啼き交わす声が聞こえ、雨戸の隙間《すきま》から青い光が漏れて、腹這《はらば》いになった加多瀬は畳の灰皿を引き寄せて煙草を吸った。

飲み過ぎのせいで重い頭を巡らせれば、薄明かりのなかに床の間の鉄斎の偽物が見え、千代紙で穴を塞《ふさ》いだ襖《ふすま》が見え、銚子《ちょうし》や皿が乱雑に散らばった安物の卓袱台《ちゃぶだい》が見え、それから冬物の布団をすっぽり被った女の、向こうむきで枕《まくら》につけた日本髪と、そこから伸びた石膏《せっこう》みたいにべったり白粉を塗った項《うなじ》が見えた。白粉は項から肩の線まで塗られ、布団の暗がりからわずかに背中の地肌が覗けているのを観察したとき、欲情がむくむくと頭をもたげるのを覚えたけれど、しかし姿勢を変えぬまま、しだいに明るさを増す光のなかに青い煙が渦を巻くのをじっと見つめた。

海軍士官のために軍港ごとに用意されている慰安所には、むろん加多瀬も足を踏み入れた経験はあったけれど、女と一緒に床を取る機会は、他に比較すればそう多くはなく、たとえば女性の肌に三日も触れずにいると気が狂いそうになると告白する友人に較べるなら、お話にならないくらいに少なくて、ただ中尉時代の一時期、呉の朝日町にいた年増《としま》芸者と馴染みになり、乗艦していた駆逐艦が入港する度に通ったのが唯一の例外で、しかしそれも東京は浅草の出身だという当の女が上海のカフェの女将《おかみ》になって呉から去って後は、待合や妓楼《ぎろう》にあがった回数は数えるほどで、性欲は海上勤務中と同様手淫《しゅいん》で処理し、それで不自由は感じなかった。

ところが志津子と一夜を過ごして以来、妙な具合に神経が昂《たかぶ》ってしまい、先週二度、そしてまた昨晩と、立て続けに玄人女の肌を求めたのは、我ながら常軌を逸しているといわざるをえなかった。

踏切が鳴って横須賀線を列車が通る振動が伝わり、目覚めはじめた港の喧噪《けんそう》が耳に届いてきた。雨戸を開ければ軍港の象徴ともいうべきガントリー・クレーンの巨大な鉄骨の構造が見えるはずであったが、いまはまだ起きあがる気にはなれなかった。

口の中が粘ついて、煙草はひどく苦く嫌な味がしたけれど、加多瀬は我慢して根本まで吸い、吸殻をもみ消したときには、悪夢の余韻は消し去られ、「死」は遠くへ去って、二日酔いの気怠《けだる》さと、奇妙に明るい投げ遣《や》りな虚脱感に隅々まで浸された身体が、女の白粉と体臭のこもった布団のなかに残った。

今日は実家に帰って荷物を整理し、昨日決めておいた汐入《しおいり》町の下宿に運んでしまえば、司令部に顔を出すほかはたいした仕事はなく、あとは夕刻から安藤艦長の送別会があるだけだと、一日の予定を漠然と頭に思うならば、戦争中とは思えぬくらいにのんびりしていて、再出撃に向けて準備に追われていた、ついこのあいだまでの緊張と多忙がまるで夢のように想われ、あの夜、本郷界隈《かいわい》をさまよい歩いた自分は悲壮感の塊のようだったと想えばおかしくさえあった。

海軍病院に入院していた安藤中佐は病は癒《い》えたものの、艦長の職は解かれて鎮海要港部に転勤になり、伊二四潜の乗組員の多くも散り散りになって、新しい艦長と先任将校は着任し、すでに引継業務も片づいていた。潜水学校へ入校するまでの向こう一週間はさしあたって仕事がなく、自分の未来にはただ何もない空漠が広がるようで、海軍に入って以来はじめてといってよい無為の時間に、しかしこの数日で急速に慣れた加多瀬は、隣で微かな鼾《いびき》をかいて眠る女を起こさぬよう気を付けて、布団のなかでひとつ伸びをし、送別会が終わったあと志津子のところへ廻ってもよいと心愉《たの》しく考えながら、もうしばらく自分も眠っていようと、夢のなかの骸骨《がいこつ》と同じ姿勢になって布団を被った。

彦坂からの手紙は水色の上質便箋《びんせん》に三枚にわたって綴《つづ》られ、時候の挨拶に続いて、先日はわざわざ帝国ホテルまでおいで頂いて嬉しかったと礼が述べられたあと、自分に子供があるのは事実であること、母親は銀座のカフェの女給で、自分は結婚するつもりでいたものが、親の命令で引き離され、母親は手切れ金を持たされ実家の盛岡《もりおか》へ戻り、今年で五歳になる子供だけはしっかりした教育を与えるべく、しかるべき人物に養育を依頼していることを告白し、若さゆえに周りの事情が見えなかった点よりむしろ、周囲の圧力に抗して初志を貫き得なかった己の弱さを今では反省していると書かれてあった。手紙を受け取ったのは昨日の午後で、夜になって母親が眠ってから、机のスタンド明かりのなかで範子は文面を読み、三度目を読み終えて顔を上げたときには、必ずしも悪い印象を持ってはいない己を見いだしていた。

むろん意地悪く読もうと思えばいくらでも意地悪く読めるのであり、文章の一行一行の裏側に、見苦しい自己弁明に汲々《きゅうきゅう》とする男の顔や、傲慢《ごうまん》な金満家の顔を見つけるのは簡単で、ことに結婚までしようと考えた女性への思いが現在どうなっているのかについては一言も触れられておらず、意図された回避は歴然としていたけれど、しかしそれは敢《あ》えて細部にこだわればの話で、文章全体の印象はむしろ書き手の冷静な自己観察が際立ち、問題の女性への感情についても、巧妙な隠蔽《いんぺい》の印象よりは、事柄の複雑さゆえに容易には説明しがたいのであると、沈黙の裡《うち》に語っているような印象を残した。実際、当の女性への自分の愛情は疑いようもない純粋なものであったなどと、安手のメロドラマみたいな言葉が書かれていたならば、範子が手紙をたちまち破り捨てた可能性は高かった。

範子が一番感心したのは、「私の最大の罪は、母子と云ふ貴重な絆《きずな》を人為の手で以《もっ》て引き裂いた点にあります」とはじまる後半の件《くだり》で、この決定は父親ではなく彦坂自身が自分の意志でなしたこと、それが生まれた子供にとって一番よいと思われる方策だと信じたことを述べた後、「血肉の絆の中で人間は必ずしも幸はせになれるものでは無いと思ひます」と、唯一意見らしい意見が述べられたのに続いて、「只、子供を奪はれた母親の哀しみ、これにはうなだれるばかりです。この罪を私には贖《あがな》ふ手だてが無く、もしかりに神と云ふ者が宇宙に有るのだとしたら、神の裁きが下されるのを待つ他ありません。私は無信仰な者ではありますが、この利己的な理由故に、是非とも神に有つて欲しいと、今は心から熱望してをります」と結んであった。

これのどこに感心したのかと問われれば、必ずしも判然とはしなかったけれども、たとえばここには人間の責任についての思索の跡があるように思え、とはいえ範子は、それは好意的にすぎるというものだ、要はほんの浮気心から他人の人生を狂わせた男の勝手な言い草にすぎないと、繰り返し己に言い聞かせてみたものの、悪印象はどのようにしても定着せず、どうやらその秘密は彦坂の手紙に弁解がましい調子がなく、また逆に「告白」にありがちな露悪的なところもない、過剰なレトリックを用いず事実を淡々と報告する、つまりは文章の巧《うま》さにあるようで、少なくともこれだけの文章を書き得る彦坂の教養と、そして手紙の何より眼につく特徴である、青いインクの文字の整った美しさだけは評価できた。

手紙は最後に、子供のことは別に隠すつもりではなかったけれど、初対面でいきなりいうわけにもいかなかったと弁明し、とにかく自分は現在書き得るだけのことをここに書いたのであり、それで軽蔑されるなら仕方がないが、いや自分はたしかに軽蔑さるべき人間ではあろうが、貴女《あなた》から何かしら言葉の与えられるのを望んでいる、それがどれほど無情な言葉でもかまわない、何か言葉を与えて欲しいと結んであった。

硝子窓《ガラスまど》に映る自分の顔をしばらく眺めてから、上の兄からせがんで貰ったお気に入りの、女性が使うにはふさわしからざる極太のパーカーの万年筆と絵葉書の束を出し、なかから日光で買った「三猿」の絵のある葉書を選び出すと、またしばらく考えてから、比較的ていねいな文面で、先日のお茶の御礼をしたため、一度「かしこ」で結んだあと、「御手紙は拝見いたしました」とだけ短く追伸として書いた葉書を手に、渋谷から青山一丁目の停車場で電車を降りた範子は、交差点からすぐ左手の郵便局で切手を買い、ポストに投函《とうかん》しようとして、しばし手をとめると、いま一度昨夜書いた文面を読み返し、それから葉書の「三猿」、眼、耳、口をそれぞれ手で塞いだ茶色い猿たちが整列する、田河水泡《たがわすいほう》の漫画風の絵を眺めた。

きれいな風景や花の絵柄をあしらった葉書ならいくらもあったが、なかからわざわざ滑稽《こっけい》な「三猿」を選んだ昨夜の心境を範子はあらためて探り、照れなのか、諧謔《かいぎゃく》なのか、虚栄なのかと、色々に考えても判然とは掴めず、逆にこれを受け取った彦坂が文面と絵柄を結びつけてどんな意味を読みとるだろうかと思いを巡らせてみて、むろん本人でない以上分かるはずもないが、ただ少なくとも彦坂が何かしらの象徴をそこから導き出し、範子自身にもはっきりしない感情に方向を与えてくれるのを自分が期待しているらしいと理解されて、そう思ったとたんに投函するのが嫌になったものの、そのときにはすでに葉書は指を離れてポストに落ちていた。

なんとなく諦めのつかぬ気持ちを抱えたまま範子はポストから離れ、青山三丁目方向へ歩き出せば、すっかり春めいたこの日はもう初夏の陽気で、午後の三時を過ぎても日差しは衰えを見せず、道行く人々の服装にも明るい白色が目立ち、日傘をさして歩く女性とも何人かすれ違った。

まもなく右手に見えてきた学習院女子部の桜は、花芽が膨らみはじめて、ときおり通る自動車が舞い上げる埃《ほこり》に混じって、どこかで咲いているらしい沈丁花《じんちょうげ》の香りが鼻に届いてきた。金曜日の今日は本多事務所に出る日ではなかったけれど、昨日やり残した書類の清書が気がかりで、本多氏は急がなくてもよろしいとはいっていたものの、来週前半は家の用事で事務所に来られそうもなく、いずれにせよ半端にしておくのは範子の性分には合わなかった。

彦坂への葉書はもっと素気なく、あるいはもっと残酷な文章にすべきだったかもしれないなどと、忘れようとしても後を引く後悔を胸に愚図つかせながら、墓地の方へ青山三丁目の角を曲がって、本多事務所のある煉瓦《れんが》色のビルを見通す位置まできたとき、ひとつおいて並んだ金子ビルの、一階の花屋の前に黒塗りの自動車が停まっているのが見え、すぐに脇の階段に続く出入口の暗がりからふたりの人物が日差しのなかに現れ出るのが眼にとまった。

ひとりは和服に杖《つえ》をついた黒眼鏡の老人で、もうひとりの、黒い帽子にやはり黒い道服めいた上着を着た男には見覚えがあった。

先日兄に会いたいと突然家に来た、古田厳風という名前の男に違いなく、興味をひかれて観察の眼を向ければ、こちらもどこかで会った人物のように思われた老人の方も、誰であるかがすぐに思い出された。活発に運動する国粋団体の頭領として、紅頭中将は近頃しばしば新聞雑誌で顔写真を見る機会があったし、何より新聞の政治漫画でも強調される、まるい黒眼鏡が紅頭中将その人であることを疑わせなかった。

ふたりの人物は自動車の脇で帽子を被った運転手と何事か言葉を交わしていたが、いかにも陰気臭い黒ずくめの衣装と並んだ、紅頭中将の銀糸の入った袴《はかま》に熱帯の空みたいに派手な水色の着物姿は、妙に心を騒がせる、講談本の挿絵から飛び出してきたような怪しさがあって、花屋の店先の溢《あふ》れんばかりの色彩を背景にいよいよ凶々《まがまが》しく眼に映った。

運転手が恭《うやうや》しく開いた扉からふたりが自動車へ順番に乗り込んだとき、階段口からひとりの女が出てきた。紺のスカートに同色の上着、胸元の真っ白なブラウスを日差しに清潔に光らせた女が座席について、扉が閉められると、自動車は一度バックして方向を整え、白い排気ガスを残して墓地を貫く路を霞町《かすみちょう》方向へ走り去った。

見送った範子は、紅頭中将は兄のいっていた海軍関係の研究所に用があったのだろうと推測し、同じ推理の糸はたちまち中将に付き添って秘書然として佇んでいた女性が誰であるかを直感させた。

距離もあり、顔をしげしげと観察する時間はなかったから、その白い横顔が「グランド・オダリスク」の裸婦に似ているとまでは分からなかったけれど、遠目にも、榊原夫人が範子の予想を越えて美しい女性であるのは、たしかに疑えなかった。

安藤艦長の送別会は六時にはじまった。

旧乗組員のなかには新しい任地に着任したり、別の艦に乗り替わった者も多かったから、「魚勝」の一室に集まった士官下士官は半数にも満たず、まして安藤中佐の転任は誰が見ても左遷である以上、いまひとつ意気が上がらぬのは仕方のないところで、それでも三カ月あまり苦楽を共にした面々の再会であるならば、酒が入るにつれてそこここで愉《たの》しげな笑い声もあがるようになり、なごやかな雰囲気のうちに時間は過ぎた。

主役の安藤艦長はといえば、思いの外元気で、宴途中で見事に艶《つや》のある声を朗々と響かせ得意の詩吟を披露し、決してお世辞ではない喝采《かっさい》を一同から受けた。

航海長の木谷中尉は鬚《ひげ》をきれいさっぱり剃《そ》って現れ、失恋でもしたのかと皆からからかわれていたが、加多瀬同様艦隊勤務を解かれて、春から乙種学生として潜水学校に入校する木谷中尉は、いよいよ本格的に潜水畑を歩くことに決したわけで、しかし鬚は別段決意表明というわけでもないようで、だいぶ暖かくなってきたものだからと、日灼けした皮膚にあって髭剃《ひげそ》り跡部分だけが青白い、紅白饅頭《まんじゅう》みたいな面相でもって照れ臭そうに笑った。

加多瀬は母親との約束を思い出し、膳《ぜん》の前で銚子《ちょうし》を差し出した木谷中尉に向かって、よかったら妹を貰ってくれないかと、さほど本気でもなく切り出せば、木谷中尉は突然真顔になって畳の上に座り直し、本当に貰ってもよろしいんですかときくので、うん、いいよと応《こた》えると、無言で前方の虚空を睨《ね》めつけるようにしている。相手のあまりの勢いに気圧されつつ、加多瀬は言葉を足した。

「しかしうちの妹は難物だぞ。一筋縄ではいかない。なにしろ兄のおれでさえ何を考えているのか分からんくらいだからな」

「承知しています。敵の戦備は十分と見ました。こちらは少々戦力不足の観が否めませんが、まあ、これから真剣に攻略作戦をたてようと思います。そこでひとつ伺ってもよろしいですか」

「何だろう？」

「この場合、先任は我が友軍と考えてよろしいんでしょうか」

「おれか？　おれは中立だ」

「中立ですか。なるほど分かりました」

ひとつうなずいて木谷中尉は加多瀬から返盃《へんぱい》されたコップ酒を一息に呷《あお》った。

「どんな作戦でいく？」

コップに酒をそそぎ入れながら、加多瀬が面白半分に問うと、木谷は愛嬌《あいきょう》のある団栗《どんぐり》眼《まなこ》をくりりと動かして笑った。

「そいつは軍機に属します。中立国には明かせません。どこで間諜《かんちょう》にきかれるか分かりませんからね」

八時近くなって、三本締めで会はお開きとなり、もう少し付き合いませんかとの声を振り切って、加多瀬が料亭の玄関で靴を履いたのは、本郷へ廻る予定があったからで、志津子へは夜に訪問すると電報を打ってあった。

安藤艦長と一緒になったので横須賀中央駅まで同道した。駅前商店街へ続く坂道を下りはじめると、帽子をとった安藤艦長が胡麻塩から少し伸びた髪を掌《てのひら》で撫《な》でながら口を開いた。

「格納筒の件は先任が正しかった。私は間違っていた。あれは行かせるべきではなかった」

その言葉を安藤艦長はずっと準備していたのだと加多瀬は感じ、それをいうためにふたりになる機会を待っていたのだと悟った。潮をはらんだ夜風を火照《ほて》った頬《ほお》に感じた加多瀬は何もいわず、小柄な士官に歩調を合わせた。

「入江少尉のことは私の責任だ」

「水雷長たる私にも責任はあります」

「いや、先任ははっきり反対を表明していたのだからね。責任は私にある」

そうきっぱり断言されれば、あとに接《つ》ぐべき言葉は見つからず、肩までしかない上官のやや薄くなった頭頂部から眼を逸《そ》らして夜空を見た。

「しかしあとからいくら反省しても仕方がない」安藤中佐は続けた。「もう一切取り返しがつかない。これはまったく恐ろしいことだ。ある状況のなかで、瞬間的に正しい判断を下さなければならない。間違いは許されない。まったく恐ろしいことだ」

同じ文句を二度重ねた安藤艦長は一度黙り込み、それからまた語り出したときには声に笑いがはらまれていた。

「いまさら何を寝言をいっているのかと思われるだろうね」

そんなことはない、と短い言葉で加多瀬が否定すると、帽子を被《かぶ》り直した安藤中佐はまた話しはじめた。

「司令官としてぎりぎりの判断を迫られたときにどうするか。私は昔からひとつの方法を採用していたんだがね」

ちょうどさしかかった京急線の踏切が目前で閉まって、横にいる男が踏切棒を両手で摑むのを見た加多瀬は一瞬、安藤艦長が棒をはねのけて線路の真ん中に立とうとしているような気がして、はっとなったが、帽子を目深に被った艦長は踏切棒を手で保持したまま背筋を伸ばして立ち、それは司令塔でも私室でも決して背骨の線を崩すことのなかった彼に固有の姿勢で、自分が踏切棒を支えているがゆえに列車は脱線することも転覆することもなく走り得ているとでもいうように、下り列車が通過するあいだ艦長は同じ姿勢を固く保った。

私の考えていた方法とは、と踏切が開くと同時に安藤艦長は再開した。

「それはつまり、畏《おそ》れ多い話ではあるんだが、陛下ならどう判断されるだろうかと考える方法なんだね。ある困難な状況に直面したとき、私は陛下に状況をあますところなく御報告申し上げる。それから御言葉を待つ。この方法は自分の置かれた状況を客観化してくれるのに大いに役立ってくれる。陛下に御説明申し上げるには余程しっかりした筋道をたてなければならないからね。だからいままで、陛下の御言葉を待つまでもなく、自ずと結論は出てきた。ところが、あのときは、そうはいかなかった」

一度切った安藤中佐は、また帽子を脱ぐと、短い髪を掌で撫でつけた。

「どうしても結論が出せない。あのときは、私はどうしても結論が出せなかった。自分の力はここまでだと思った。限界だと思った。もういちどあの場所に立ってもきっと同じことだろうね。そこで私は陛下に御判断を仰ぐことにした」

陸に上がってからもしばらく消えずに続いた艦体の揺動、息の詰まるような油と有機ガスの臭い、耐え難い湿気と暑熱、臭い水、汚物の溢れだした便所、汗まみれで蠢《うごめ》いた裸体、不機嫌な沈黙と怒号、吐き気と歯肉の疼《うず》き、それらを一遍に思い出しながら、加多瀬は続く言葉を待った。

「私は帷幄《いあく》の前におられる陛下の前に立って、御説明申し上げ、それから御言葉を待った」

艦長は陛下にお目にかかったことがあるのですかときこうとして、加多瀬はそんな筈《はず》はあるまいと言葉を飲み込んだ。すると安藤中佐は、加多瀬の内心を察したかのように、もちろん自分は陛下のお側近くで言葉を頂いたことなどないと笑った。

「観閲式のときに遠くから御姿を拝見しただけでね。だからすべて私の想像さ。まったく畏れ多い話だがね」

「それで陛下は何と？」加多瀬は相手のくつろいだ気分に同調して問いを発した。

「陛下は何もいわれなかった。ただ黙っておられた」

言葉と同時に立ち止まった安藤艦長は、あたかも眼前にその人がいるかのように、靴の踵《かかと》を揃え、裸の頭で一礼すると、それからまた歩き出し、手にしていた帽子を目深に被り直した。

駅へ通じる裏路地に入って、人通りの少ない薄暗い路には赤提灯が侘《わ》びしく灯《とも》り、街娼《がいしょう》らしい女が一人、店仕舞いした薬屋の角に佇《たたず》んでいたが、海軍士官の制服には用がないと思うのか、こちらに背を向け、洋服に下駄《げた》を履いた素足のアキレス腱《けん》が生白く暗がりに浮かび上がった。

小便臭い薄闇のなかへ、枯れ木めいて痩《や》せた海軍士官は何事か確認するかのように再び言葉を吐いた。

「陛下は何もいわれなかった。ただ黙って微笑《ほほえ》んでおられた」

本郷三丁目の停車場に降りたときには十時に近かった。帝大の黒い杜《もり》を右手に見ながら、人影のない本郷通りを歩けば、植物が甘く香る大気のなかに靴音が大きく響いた。

暖気を含んだ夜風のせいか、あるいは酒のせいか、陶然たる気分に見舞われた加多瀬は、夜、来訪を待つ女性のもとへ忍び通う古《いにしえ》の貴公子に自らをなぞらえ、それは悪い気はしなかったけれど、三角関数は得意でも、歌ひとつ詠めぬ無教養さ加減で貴公子とはおこがましいとたちまち反省されて、まったく柄じゃないと独り嗤《わら》った。

志津子との関係をいまのまま継続していくわけにはいかないのは当然で、形をつけるなら結婚であろうが、最低限榊原の一周忌が過ぎぬうちでは世間体がはばかられ、さような相談を志津子と密かに交わすこと自体後ろめたく、それ以上に加多瀬は、社会や世間を介在させることで、現在のふたりの関係、少なくとも加多瀬にとっては幸福な関係が破壊されてしまうのを恐れる気持ちが強かった。かりに加多瀬が結婚を言い出し、志津子が拒絶した場合、いまと同じ関係を今後結んでいくことは出来ないと思われ、そして加多瀬にはきっと志津子が拒絶するだろうとの、否定しがたい直感があったのである。

根拠はなかった。実のところをいうなら、玄関戸を密やかに叩《たた》く男をごく自然な笑みと仕草でもって迎える志津子が、あるいは明かりの消えた布団のなかで直截《ちょくせつ》な要求を口にしながら驚くほど大胆に振る舞う志津子が、何を思い、何を願い、何を求めているのか、加多瀬にはほとんど想像がつかなかった。ただ志津子が亡き夫との生活の記憶を貴重なものに思いなしていることだけは疑えなくて、むしろ夫の友人と肌を重ねるたびごとに亡き夫への愛情と思慕を募らせる風があって、事実志津子は加多瀬の腕のなかでしばしば夫の思い出を語り、加多瀬も自然に調子をあわせ、しかしそれは格別の痛みを心に与えるものではなく、榊原の思い出話は恋人たちにとってむしろ会話の格好の潤滑油でさえあり、死んだ榊原こそがふたりの間を取り持ってくれているのだと思いなすこともできた。

一方で志津子は、榊原の「自殺」については、最初に調査を依頼したきり二度と口にせず、やはりあれは事故と考えるのが自然ではあるまいかと、加多瀬が考えはじめているのと同じように志津子も思い、つまり気持ちの整理がつきはじめているのかもしれず、とはいえそのことを含め、志津子の内心はほとんど窺い知れず、志津子はいまやひとつの不可解な謎となった観があり、しかし加多瀬はここでも、関係の破損を恐れるがゆえに謎の向こう側を決して覗こうとはせず、そこにどんな謎があろうが、いかなる幻影が暗闇に描かれようが、腕に抱き寄せた女の、髪のかぐわしい香りや、肌の暖かみや、頬にかかる吐息は、謎でも幻影でもない、手に触れられるたしかな実体に違いなかった。

鳥居の脇の銀杏《いちょう》の樹を見上げた加多瀬はにわかに心が高鳴るのを覚え、いい齢《とし》をしてと苦笑しながら、鳥居から社殿の脇を通って神社杜《もり》を抜けたとき、心に一斉に刺が生えたような緊張を覚え、次の刹那《せつな》、楠《くすのき》の巨木の陰に人影を発見した。

咄嗟《とっさ》に加多瀬は傍らの藪《やぶ》に身を寄せ、しかしそうするより早く、人影はこちらの足音に気づいたのか、枯れ枝を乱暴に踏みつけながら楠の根本から左へ走り、葉陰から出て月明かりに浮かび上がったその姿は間違いなく男であり、不審な男が志津子の家を窺っていたのだとの理解が訪れるや、猛然と加多瀬は藪から飛び出して、しかし楠の木の下に立ったときには、男は隣家の生け垣沿いの小道から表道路へ出たところで、砂利を蹴《け》って走り去る足音が響いたかと思うと、まもなくそれは急速に遠ざかり、男が通り抜けた小道にはみ出した楓《かえで》の枝だけが、意思あるもののように闇の中で揺れた。

志津子の家に明かりはなく、不吉の思いを胸一杯に膨れ上がらせながら、枝折り戸を開け、玄関へ向かおうとした衣服に薔薇《ばら》の刺が刺さって、絡み付いてくる枝が驚くほど強情な抵抗を示すのに逆らって身体を強引に前へ進めれば、鞭《むち》のようにしなった青枝が手に打ち当たって、が、構わず玄関まで走って、それでも近所の耳をはばかって小さく戸を叩いた。

返事はなく、暗い玄関に気配が立つ様子もなく、引き開けようとした手には抵抗が伝わって、鍵《かぎ》がかかっているのは間違いなく、もう一度庭に廻って二階の窓に雨戸が下りているのを確認すれば、どうやら留守であると納得された。それでも未練がましくまた玄関に戻って、二度、三度と戸を無駄に叩いてから、思いついて玄関の脇の郵便受けを調べてみると、加多瀬が今朝発信した電報が挟まっていた。

電報が受け取られていない以上、志津子は午前中から出ているに違いなく、はぐらかされた欲望の落胆ぶりはともかく、留守自体は別に不自然ではありえなかった。けれども加多瀬は、先刻の不審な男といい、得体の知れぬ災厄が志津子の身に迫りつつあるとの思いに捉《とら》えられて、そのとき不意に、今朝方見た夢のなかの志津子が奇妙な形の黒眼鏡をかけていたと思い出され、暗い水路、岩壁に刻まれた文字、横たわる白い骸骨《がいこつ》、それらが次々に脳裡を過《よぎ》り、黒ずくめの異形の衣装を着た志津子が暗い穴の奥に消えていく映像が浮かんで、志津子は一体どこへ行こうとしていたのだろうかと、脈絡を欠いた疑問に捉えられ、夢の意味を探り、そのときになって左手の甲がひりひりと痛むので、見ると薔薇の刺に皮膚は深く裂かれ、にじんだ血を唇で舐《な》めれば、また志津子の行方が案じられ、不安の虫はざわめいて、その不安の中核にあるのは、二度と志津子の姿を見ることはないのではあるまいかとの予感だった。

しきりに手の甲を舐める加多瀬は、まるで無意味と知りながら、幾度も玄関と庭先を往復しては、月明かりに金属めいた光沢を帯びた楠の巨木が、黒瓦《くろがわら》の屋根に大きな濃い影を落としたせいで、淵《ふち》に沈んだかに見える黒い家を眺めた。

Ⅷ　個人的な戦争

何故殺すのか。殺さなければ殺されるからである。これはそのまま戦場の兵隊の理屈であって、まして殺すべき相手に恨みがあるわけでも、利害の対立があるわけでもないとすれば、いよいよ戦場と情況は似てくるので、つまりこれは一種の個人的な戦争なのであると結論づけた梶木《かじき》平太郎一等水兵は、浦賀《うらが》町の下宿を出た。

夜の八時に近づく時刻、近頃おかしな信心に凝って、一日中踊りながら念仏を唱えている下宿の婆さんは、昼間の疲れのせいで夜は深く眠るから、二階の窓から瓦の軒を伝って路地に降り立っても気取《けど》られる心配はなかった。

下宿前の坂道を下り、浦賀港を回り込んで、丘陵に切り込まれた農道から鴨居《かもい》の港へ抜け、そこからは海沿いの路を、どれもが薄ぼんやりと夜気に滲《にじ》んで、幻灯めいてふわりと浮かぶ船明かりの点在する浦賀水道を右手に見ながら、梶木は観音崎を目指して歩き出した。

人を殺す。その目的のために自分はこうして歩いている。そう考えてみて恐怖も動揺も覚えず、必ずうまく事が運ぶだろうとの、自分でも驚くほど強固な確信があったものの、それでもひたひたと舗石《しきいし》を踏む足音は他人のもののようで、全体がいまひとつ実感にならないのは、新米の殺人者としてはまずは仕方のないところなのだろうと梶木は頬《ほお》を歪《ゆが》めて笑い、完遂さるべき「個人的な戦争」についてまた考えた。

軍隊とは煎《せん》じ詰めれば一個の殺人機械である。そんなことは誰でも知っている、ひとりでも多くの人間を殺傷するために、火薬の爆発力を高め、大砲の口径を大きくし、遠くまで飛行機を飛ばすべく、日夜懸命の努力が重ねられているのである。ならば畏《おそ》れ多くも天皇陛下が統帥されるところの、名誉ある帝国海軍一兵士たる梶木平太郎一等水兵、彼が殺人をなすことはまったくもって理に適《かな》っているというものだ。そのように考えるとなんだか痛快な気持ちになってくる。

人を殺すという意味なら、相手がアメリカ人だろうが日本人だろうがたいして変わるまい。もちろんアメリカ人と日本人をふたり並べて、どちらか片方を殺せといわれたらアメリカ人を自分は殺すだろう。それくらいの愛国精神は自分にもある。けれどもそのアメリカ人が百円を出して命請いをするなら、躊躇《ちゅうちょ》なく日本人の方を殺す。日本人たる自分が百円を儲《もう》けることは、つまりは日本国家が百円を儲けることなのであって、これすなわち報国である。ましてその日本人が役立たずであるならば、殺した方が国のためになるというものだ。

軍人勅諭に曰《いわ》く、凡《およそ》生ヲ我国ニ稟《う》クルモノ誰カハ国ニ報ユルノ心ナカルヘキ。どうして俺はいままで人を殺さなかったんだろう、こいつはまったく軍人として怠慢というものだ、軍人勅諭にまた曰く、軍人ハ武勇ヲ尚《たっと》ブベシ、武勇とはつまり人殺しのことだから、俺は実に軍人精神に悖《もと》る男だったわけだ。さように冗談めかしてみればいよいよ愉快である。

たしかに梶木にとって、四年あまりを暮らした軍隊というところは、殺人機械であるよりはむしろ、無意味な規律と実現不可能な御題目の膠《にかわ》で固めた、馬鹿げた人間の集合体にすぎなかった。

入隊三日にして軍隊なるものの本質を理解した。これが梶木一等水兵の自慢であり、自分は一種の天才であるとの自己規定の根拠になっているのだが、梶木が人に較べて頭の回転が速いのは間違いなく、また人なつこい性格でもあったから、要領さえ摑《つか》んでしまえば、組織のなかを泳ぎ廻るのはたいして難しくなかった。新兵時代から梶木はよい水兵だとの評価を上官たちから勝ち得、それはめりはりの利いた動作の機敏さや、人を逸《そ》らさぬ話術の巧みさ、天性の愛嬌のせいもあったけれど、なにより有り難がられたのは大胆な盗みの技術で、分隊で酒盛りをするとなれば、士官室から上等なウイスキーを何本も掠《かす》め取って来たし、梶木のおかげで分隊の備品の員数はいつもありあまって、上級兵からはほめられ同年兵からは感謝された。

少年時代から梶木は盗みや万引きの常習者であり、しかもほとんど発覚したことがなく、一度だけ隣町の悪童と謀《はか》って神田の質屋へ窃盗に入って捕まったことがあったけれど、そのときはすべて責任を相棒に押しつけ、自分は脅かされて仕方なくつき合ったのだと泣きながら告白すれば、巡査も教師も童顔の小柄な少年に同情してくれた。梶木少年は聡明《そうめい》な明るい良い子で近所では通っていて、ただ浅草で寿司《すし》屋を営む父親だけは末の息子の悪党ぶりを密かに観察し、性根を叩《たた》き直して貰わなければろくな者にならないと、無理やり海軍に入れたのであったが、結果叩き直すべき部分がいよいよ折れ曲がってしまったのは皮肉としかいいようがなかった。

しかし梶木一水は食糧庫に忍び込んだりするような惨めな仕事からはだいぶ前から解放されていた。つまり食糧庫から何かを持ち出すなら、管理している人間にそうさせる方が手っ取り早く安全に決まっている。軍隊という組織が命令系統や軍規とはまた別に、いわゆる「顔」で動いていくものであるのを自然と知った梶木は、持ち前のすばしこさと愛嬌を武器に、あらゆる場所で自分の「顔」を効かせることに腐心し、古参兵に取り入り甲板整列での制裁を手加減して貰うことにはじまって、主計科分隊士の弱みを握ったあげくさんざん甘い汁を吸うところまで、さまざまな形で大小の権力に対して寄生の触手を伸ばしてきた。

梶木は上官同僚を含めすべての人間を軽蔑し、であるがゆえにいくらでも卑屈になれ、誰もがつい気を許してしまう誠実げな笑顔の仮面の陰で、相手を自己の権力下に置くべき方策を練った。梶木のやりかたは巧妙をきわめ、昨年の夏まで乗っていた駆逐艦の、主計科分隊士が物資を横流ししている事実を握ったときにも、決して脅迫めいた言辞を吐いたりはせず、忠実で有能な片腕の地位にいつのまにか収まって、発覚を恐れて弱気になりがちな分隊士を巧みにそそのかしては犯罪を重ねさせ、小遣いというには少々額の大きな金を手に入れたのであった。

遊ぶための金は絶えず必要であったけれど、梶木の欲望の対象は金そのものではなく、別なものへ、何か漠とした力の獲得へと向かい、軍隊にあって力の具体的な形はいうまでもなく階級であったが、出世したいのなら勉強しろというのが海軍の今も昔も変わらぬ方針で、つまり競争を勝ち抜いて術科学校のどれかに合格し、さらに次々と上級の学校へ進んでいかない限り出世の道はない。だから多くの者が忙しい勤務の合間を盗むようにして勉強するわけで、せっかくの上陸日を下宿にこもって机にかじりついたり、消灯後に便所の明かりを頼りに幾何の教科書を開いたりする連中を、しかし梶木はいちばん軽蔑していて、そんな惨めな努力を重ねたところでせいぜいが兵曹長どまりだと思えば、ガリ勉連中の間抜け具合、愚鈍さ具合が腹立たしくさえあった。

おれは全然別なやり方で偉くなってみせると、揃って日向《ひなた》で草を食《は》む牛みたいな顔付きの同僚たちを見るたびに梶木は心に誓い、しかし幻想のなかでどれほど野望を膨らませてみたところで、聯合《れんごう》艦隊司令長官になれるわけではなく、安月給の一等水兵である事実は動かせぬ事実であり、いくら「顔」を効かせたところで士官から見れば虫けら以下の存在、いや存在とすら呼べない、時間がくれば残飯と一緒に海中投棄される消耗品同然であるのは明らかで、威張りくさるだけが取り柄の士官連中より自分の方が遥《はる》かに優秀なのであり、海兵さえ出ていれば大将くらいは軽いものだと信じる、根拠がないぶん限りもない自負心を持て余し、そうした夢想と一兵卒たるにすぎぬ現状との落差が、あるいは梶木に思い切った行動をとらせたのかもしれず、いずれにせよ、その結果が、いまこうして凶器を懐に暗い道を歩かせているのだけは間違いなかった。

梶木の幼なじみに極道者があって、その男は実は質屋へ一緒に侵入した例の相棒だったのであるが、二年ほどの鑑別所暮らしから帰って来たときには、梶木を格別恨む様子もなく、また以前同様親しく付き合いだして、まもなくきわめて自然に渡世の道に入った友人に連れられて、梶木は上陸のたびに女を買い、酒を飲み、鉄火場に出入りするようになっていた。

昨年の夏に駆逐艦から水雷艇に乗り変わり、輸送船の護衛任務で定期的に上海と佐世保を往復していた頃、飲みながら何げなくその話をすると、何日かして友人の兄貴分だというやくざ者が現れて、小遣い稼ぎをしないかと持ちかけてきた。

きいてみると、上海から麻薬を密輸しないかという話で、こいつはかなりヤバイ仕事だと思えば、かえって熱意の炎はさかんとなって、是非ともやりたくなり、水雷艇勤務に変わってから金蔓《かねづる》を失い、懐具合が少々淋《さび》しくなっていた事情も加味されて、梶木は二つ返事で引き受け、三ヵ月のあいだに二度、それぞれ二キロの、油紙に包まれた白い粉を上海から佐世保、佐世保から東京へと運んだ。

そうして日米開戦の直前の三度目には、自分が手数料として貰う金額と、闇の市場で売りさばかれてあがる収益との落差がぜん馬鹿馬鹿しくなり、間抜け面のやくざどもばかりに旨《うま》い汁を吸わせる必要もあるまいと、またも野心がむくむくと頭をもたげて、上陸時に巡検があってどうしても一部を捨てざるを得なかったと偽り、五百グラムほどを着服して、横須賀に縄張りを持つ別の組織に売りつけようとしたところ、しかしそこは素人の生兵法、簡単に発覚し、たちまち人相の悪い男たちに腕を捕まれ暗い場所へ連れ込まれてしまった。

普通ならとっくの昔に海の底で魚の餌《えさ》になるところであったが、ここでも梶木の不思議な「人徳」は発揮されて、幼なじみの友人は自分が指をつめるから許してやって欲しいと懇願したあげく、本当に包丁で左手の小指を切り取り、兄貴分も憎めない奴だと思ったらしく、まあ、無知な素人のしたことだ、損害なく品物も回収できたことだし、勘弁してやったらどうかと幹部連への説得にまわったのが幸いしたのか、最後に飯岡《いいおか》という恰幅《かっぷく》のよい初老の幹部が出てきて、まあ、海軍さんのお陰でアメリカとの戦にも勝てたわけだからと、妙な理屈を口にしながら、ひとつ条件を提示した。

その条件というのがつまり、ある男を殺して貰いたいというもので、煙草を買ってこいというのと全然変わらぬ調子で人を殺せというのだから、なるほど筋金の入ったやくざというのは凄《すご》いものだと梶木はいたく感心しながら、むろん断れば二度と眼が開かなくなるのである以上、否《いや》も応もなく、鼻水と一緒に涙を流し、感謝感激を最大限の修辞でもって並べ立て、床に額を傷がつくくらいにこすりつけた。

遺恨の果てに逆上して刺したとでもいえば、十年も臭い飯を食えば出てこられる、そうしたら組で面倒を見てやると、気味が悪いくらい柔和な声でいう飯岡の言葉を聞いたときには、しかし梶木は土下座したまま密かに舌を出していて、十年も刑務所入りするなど絶対にごめんだと思い、殺すには殺すけれど、警察には捕まらないようにやりたいと提案すると、ど素人がうたうんじゃねえと、いきなり喉笛《のどぶえ》を靴先で蹴《け》り飛ばされた。

しばらく息が出来ずに苦しんだものの、それでも懲りずに、お願いしますと重ねて額をすり付けて懇願すれば、飯岡は黙ったまま腹といわず腰といわず滅茶苦茶《めちゃくちゃ》に蹴り付け、しかしなお鉄板で灼《や》かれる芋虫みたいにのたうち廻りながら、梶木が軍隊で鍛えた発声でもって、お願いしますを連呼するうちには、あまりのしつこさにあきれたものか、それとも根性に感心したのか、最後には飯岡も折れた。

殺すべき相手は関という退役軍人だそうで、秩父に住んでいるという。秩父までこちらが出向いたのでは足がつくだろうし、だいいち艦隊勤務を考えれば時間がない。

一計を案じた梶木は、軍人恩給の手続きで海軍省まで出頭せよと、偽の電報を打ち、海軍省の玄関から釈然としない顔で出てきた、いかにも田舎者然とした風体の男をつかまえ、あらかじめ調べておいた、関一曹と同じ整備分隊の同年兵の名前を出し、一度一緒に飲んだことがありますなどと出鱈目《でたらめ》を並べて言葉巧みに接近し、とりあえず御徒町の縄暖簾《なわのれん》に連れ込むことに成功した。

しばらく酒を飲んでから、暗くなったところで上野の山あたりでけりをつけようと最初は考えていたのだけれど、関という男はぎょっとするほど体格がよく、柔道五段、剣道三段の腕前だときくにおよんで、懐にしのばせた短刀では心許《こころもと》なくなり、急遽《きゅうきょ》計画を変更した。

関が職がなくて困窮しているらしいと見当をつけた梶木は、横須賀の観音崎近くにある、廃屋になった農家の土蔵を思いだし、実はいい仕事があるのだ、川崎で旋盤工場を経営する人が自動車の整備場を持とうとしていて、ついては整備の責任者を求めていると、また嘘八百《うそ》を並べて、是非とも紹介したいと親切ごかして提案し、どうせなら整備工場になる建物を見ておいたほうがいい、明日の夜九時半にここで社長に会わせるから来てくれと、土蔵の地図を書いた。

少々時間が遅いのは、旋盤工場がその時間にならないと終業しないからだと理屈をつけ、家まで帰って出直すのは大変だろうから、今日はこっちに泊まったほうがいいと、金を渡して上野駅前の旅館に送り込んだ。

感謝の言葉を口に、熊みたいな身体を窮屈そうに折り曲げて、何度も頭を下げる関の巨体が旅館の玄関に消えるのを見送ってから、駅へ向かいかけると、このところずっと見張りについていたふたりの男に腕を摑まれたので、手短に計画を話せば、梶木という男は結構役に立つかもしれない、だったら海軍にいてくれた方が何かと都合がよいと、幹部連中が考えを変えはじめていたこともあり、またなにより、しばらく付き合ううちに、見張り役の男たちはすっかり梶木が気に入ってしまい、逃亡するかもしれないなどとはもはや思いもせず、なんとかこの可愛らしい男に首尾よく仕事をさせてやりたいと願いはじめていたから、説明のいちいちに学校の生徒よろしく素直にうなずいて、関の監視役も快く引き受けてくれた。

横須賀へ帰ったときには、帰艦時刻をだいぶ過ぎていたけれど、普段の「行い」が、つまりは鼻薬がものをいって、咎《とが》められることもなく、しかも翌日は上陸日ではなかったけれど、これも適当な理由をつけて分隊士から午後以降の上陸許可を貰ったのであった。

正面に観音崎灯台の光が見えてきた。

何もかもがうまく運んでいる。そう思えば自然に笑みが浮かんで、地面を蹴る足音が軽快に弾んだ。人殺しは自ら望んだわけではなかったけれど、いまとなっては、それが何か自分に与えられた大きな機会であるように見なされ、運が明るく開けていくような予感に心が満たされた。とにかく運気の果実を確実に摑み取るには、誰の力も借りず自分ひとりですべてを成し遂げて、やくざどもから一目置かれなければならなかった。それでなくても梶木は見張りの男たちに助力を求めるつもりは毛頭なく、つまりやくざは根本的に頭が悪く、かえって足手まといになるだけだと考えたからである。昔質屋に入って捕まったのも、相棒が天性の間抜けぶりを発揮して、盗んだ宝石類を次の日に近所の質屋に持ち込んで足がついたのだ。

ひとつだけ気になるのは、関という素朴な男にどのような消されるべき理由があるかの疑問で、それとなくきいてみた見張りのやくざたちも知らないらしく、しかし世の中理由なく死ぬ人間は大勢いるので、この際理由などどうでもよいといえばよかった。とにかく大人しく死んで貰うことだ。戦争では国の都合で人が殺される。ならば個人の都合で人を殺して悪いはずはない。そう思うとまた愉快になり、唇から笑い声が漏れた。

海岸道路の左手に小さな神社があって、鳥居の脇の崖《がけ》に切られた石段を登り切って、蜜柑畑《みかんばたけ》を抜けたところに土蔵はある。盗んだ麻薬の隠し場所に使おうと以前に物色しておいた場所で、だから勝手は分かっていたものの、午後に下見に来たときには、ひょっとして買い手がついて誰か住んでいるかもしれないと、見るまでは少々心配で、その場合は作戦を変えなければなるまいと考えていたのだけれど、幸い土蔵は前に見たときと変わらず、母屋の廃屋も荒れたままで、そして夜になったいま、硬い葉の茂る低木に囲まれた一帯は濃い闇に閉ざされ、土の畑をはさんで一番近い農家の明かりも消えていた。

もういちど崖下まで戻って、しばらく待つつもりで煙草に火をつけたとき、海岸沿いの道に懐中電灯らしい光が散って、あわてて朽ちかけた祠《ほこら》の陰に身を隠して窺《うかが》えば、やがて微《かす》かな靴音が聴こえ、誰かが歩いてくるのに間違いなく、それからいやになるくらい長い時間が経過したあと、急激に靴音が高くなったかと思うや、人は立ち止まり、石段の上り口にある鳥居に電灯の光をあてた。

約束の時間にはだいぶ早く、あるいは別の誰かかもしれないと、梶木は慎重に黒い人影を観察したものの、人が手にした電灯に眼をくらまされて顔が判然とせず、それでも大柄な輪郭と、昨日と同じ灰色の上着から覗《のぞ》かれる白いシャツの胸元を確認して、関さん、と声をかけた。

見張りの男たちには、辺鄙《へんぴ》な場所だけにあまり多人数でうろうろしたんでは目立ってまずいから、田浦駅近くの旅館で待ってくれるようにいってあったが、やくざたちはいいつけをちゃんと守ったようで、さりげなく窺った海岸道路には他に人の気配はなく、ふと眼をやった海は底深い黒色に沈んで、どんと腹に響く重い波音が、あらゆる気配を消してくれるようで頼もしく、人間のなす事いっさいに無関心である海こそが、いまや自分の一番の味方なのだと思った梶木は、海軍に入って以来ずっと嫌いだった海にはじめて感謝の念を抱いた。

用意しろとはいわなかったのに、関が懐中電灯を手にしていたので、ずいぶんと準備がいいですねというと、この辺は暗いですからと返答があって、とたんに鈍そうに見えるこの男がなにもかも見通しているような疑心に駆られ、懐中電灯はどこでと問えば、知り合いから借りてきたとの返事で、ひょっとして誰かにここへ来ることを漏らしたのかもしれないと、こいつは迂闊《うかつ》だったかとおおいに不安になり、石段から土蔵へ案内しながら、何気ない調子でその点を問いただせば、以前下宿していた安浦町の家から借りてきたとのことで、久しぶりに横須賀に来たついでに主人に挨拶しようと思ったところ、あいにく留守だったので、とりあえず顔見知りの女中に手土産を渡して懐中電灯を借りてきたと、関は気軽に答えた。そいつは残念でしたと合いの手を入れながら、自分にはやはりつきがあると梶木は思い、蜜柑畑の甘い香りを鼻に嗅《か》いだときには、急速に自信が回復されて、首尾よく仕事が運ぶことを陶酔に似た感覚のうちに確信した。

土蔵の一階を整備工場にして、二階が倉庫兼事務所になるのだなどと、もっともらしく説明しながら、梶木は垂直の梯子《はしご》を昇って二階へ関を連れていき、昼のうちに用意しておいた蠟燭《ろうそく》を点《とも》し、社長からは少し遅れるかもしれないから酒でも飲んで待っていてくれといわれたと伝えて、これも用意のウイスキーをすすめた。

板の間に正座した関は最初は遠慮をしていたけれど、冗談を適度にちりばめた梶木の弁舌に気持ちがくつろいできたのか、すすめにしたがって膝《ひざ》を崩し、生のまま注がれた湯飲み茶碗に口をつけるようになって、梶木がすかさず瓶から琥珀《こはく》色の酒を注ぎ足したのは、ウィスキーのなかに、例の幼なじみの極道が用意してくれた睡眠薬が混ぜてあったからである。幼なじみは余程強力な薬だと請けあったが、どれくらいで効き目が表れるのかは分からず、もちろん眠ってくれるのが一番だが、かりにそこまでいかなくても、相手が朦朧《もうろう》となってくれれば何とかなると梶木は考えていた。

ところが薬はいっこうに効いてくる様子がなく、あいつのせいでまたドジを踏むのかと、幼なじみの馬面を心中で呪《のろ》い、焦りを覚えながら、しかし顔だけは笑顔を絶やさず、途切れなく話題を接いだのは、わずかでも会話が途絶えると、潮騒《しおさい》が遠くに響くだけの恐ろしいほどの静寂が、二本の蠟燭《ろうそく》ではとても充《み》たすことのできないぶあつい闇に溢《あふ》れてしまい、殺意の冷気が相手の身体に直接流れ込んでしまうような気がしたからである。蠟燭の揺れる光を浴びた関の顔には、何やら恐ろしげな、怪物じみた陰翳《いんえい》が浮かび上がって、相手もこちらの顔がそんな風に見えているはずだと思えば、電気さえ来ていない廃屋にふたり対峙《たいじ》するこの情況に関が疑念を抱くのは自然かもしれず、だとすれば考える暇を与えてはならなかった。

とっておきの猥談《わいだん》をいくつか披露して、それから梶木は思いついて、昨日の夜はどうしたのかと質問してみた。

「久しぶりに都会に出て、あれじゃあないですか、久しぶりにジーハウでストップとしゃれこんだんじゃありませんか」

関が湯飲みに口をつけながら小さく笑うのを見て梶木は続けた。

「兵曹殿はその身体ですからね。一晩に一回や二回じゃおさまらんでしょう。だいいち女のほうがほっておかない。標的艦になりたい女がひきもきらず。十五の娘から年増《としま》まで、新旧艦種を問わず、門前ならぬ砲塔に市をなすというやつです。けれど気をつけて下さいね。この標的艦はいくら大砲の弾を叩き込んでも絶対に沈没しませんからね。砲身が焼ききれる恐れがある」

関がまた笑い、しかしその笑いは儀礼的なものにすぎず、心を他に移した気配を梶木の神経は敏感に察した。

「どうなんです。昨日は」と急いでまたきくと、眼前の男の顔色が変わったように思えて、ついに企図が発覚したかと、とっさに身構えようとしたとき、俺は女は好きじゃない、という声が聞こえた。

「といいますと？」反射的に合いの手を入れると、即座に返答が返ってきた。

「男が好きなんだ」

「こいつは、どうも、おみそれいたしました」

突然のことに思わず笑い出しそうになった拍子に、ついうっかり睡眠薬の入った酒を飲みかけてしまい、胡座《あぐら》のズボンへ酒をこぼすまでの動揺を露《あらわ》にした梶木へ向かって、関は、自分は男色者《なんしょくしゃ》であり、海兵団に入ってまもなく、同年兵に誘われ関係を結んで以来の性癖なのだと、いやに淡々とした調子で告白した。

男社会の軍隊では男色は別に珍しくもなかったけれど、目の前の男が何故急にそんなことをいい出したのか、それがどうにも分からず、みれば関の顔は炎の照り返しのなかで、いよいよ怪物じみた相貌《そうぼう》を明らかにしているようで、脅かされた梶木は背中に冷たい汗をかいた。

「柔道場では、好みの相手とあたると、必ず寝技に持ち込むんだな。しっかりと押さえ込んで、しばらくそうしていると、大概、向こうの気持ちが分かる。すっかり抵抗をやめて、身をゆだねる感じになって、すると股《また》のあたりから魂がすっと抜けて、くっついた皮を通じてこっちへ来る感じがする。そうなればしめたものさ。あとは眼で分かる」

これは昨日から今日にかけて、関から梶木が聴いた最初のまとまった言葉であり、関がきわめて無口な男で、ほとんど自分ばかりが喋《しゃべ》っていたのだったと、突然のように思い返したとき、予告なく目の前の人物が立ち上がり、自分もまた押さえつけられてしまうのか、股から魂が抜けてしまうのかと、恐怖と諦念《ていねん》と哄笑《こうしょう》が一緒になった悲鳴が口から漏れそうになったとたん、小便に行ってくると関がいい、そのまま梯子の方へ歩いて、すると鈍い物音がして、唖《あ》っと思い、立って梯子穴を覗いてみれば、暗くて何も見えず、急いで懐中電灯をとって戻って照らした光の輪のなかに、浜に打ち上げられた海豚《いるか》みたいな男の姿があった。

梯子を降りて恐る恐る様子を窺えば、鼻から飛行機の発動機を想わせる鼾《いびき》が鼻毛をそよがせる勢いで噴出されていて、ようやく薬が効いてくれたかと、暴れ狂う象を倒したハンターのごとき安堵《あんど》のため息を闇に長く引いてから、梶木は服の内袋から針金を取りだし、軍手をはめた手で横たわる男の太い首に針金をふた巻きすると、鋼材の束を縛る要領でもって思いきり締め上げた。

IX　失踪と偶会

三月最後の水曜日、午前中に横須賀の下宿を出た加多瀬は、京浜電車で品川まで出、省線に乗り換えて渋谷で今度は市電に乗り、以前範子に教えられたとおり、青山三丁目で降りて青山墓地へ向かって歩き出せば、金子ビルヂングはすぐ目の前であった。花屋の店舗の脇にある階段口には、たしかに「海軍国際問題研究所」のプレートが郵便受けの箱に掲げられ、四階と五階が目的の事務所であるのを確認してから、広くない階段を四階まで昇れば、磨《す》り硝子《ガラス》の扉は開かれていた。

戸口から事務所のなかを覗くと、十人分ほどの机が向かい合わせに並べられ、いまは職員らしい男女五人ほどが、青山墓地の緑を見渡す広い窓から射《さ》し込む、気持ちの良い風と日差しを浴びて机に向かっていて、加多瀬が案内を請うと、黒い頭がいっせいに動いてこちらへ向いた。

志津子からの手紙を受け取ったのは、加多瀬が本郷の家を虚《むな》しく訪れた夜から数えて三日目の朝であった。あれから二日続けて加多瀬は本郷へ足を延ばし、しかしいずれも志津子は不在で、何か不穏な胸騒ぎを抑えられずにいた矢先、潜水艦隊司令部気付で届いた手紙の封を切ったときには指先が震えるのを覚えた。

手紙は白い便箋《びんせん》が二枚、黒インクで記された文字があるのは一枚だけで、二枚目は空白。女性が書くにはいかにも殺風景な印象にまずは失望させられ、眼で追った文面は最初の印象を深めこそすれ、なんらあらためるものではなかった。

「かやうな御手紙をとつぜん差しあげる不躾《ぶしつけ》を御赦《おゆる》しください」と書き出された手紙には、独りで生きていくなどと格好のよいことをいった手前、まったく恥ずかしい話なのであるが、女が仕事を続けて行くのはやはり難しいのを思い知らされ、結局はしばらくのあいだ父親の故郷である山形の伯父《おじ》の家でやっかいになることになったと記され、肝心の加多瀬との関係については、あれは「過ち」であったと明確に断じ、今後二度と会わないことがお互いにとって賢明な選択と信じると続けて、「主人の生前より引き続く御親切と、ひとかたならぬ御好意にいまは深く感謝してをります」という短い感謝の言葉で結んであった。

続けて三度、手紙を読み返した加多瀬の最初の印象は、志津子の強固な「拒絶」の姿勢であった。とりわけ、素気ない紋切り型の結びが、とりつく島のない、冷淡で堅く閉ざされた姿勢を想わせ、加多瀬の心を凍えさせた。

ひょっとして志津子は加多瀬が密かに玄人女と交情を持ったことを知って、裏切られたと思い、怒っているのではあるまいかと加多瀬は想像し、だとすれば文面の冷淡さはそのまま媚《こ》びととれぬこともなく、加多瀬は文章の裏側を必死で読みとろうとし、あれこれ思いを巡らせてみたものの、しかしどう考えてみても志津子にそれを知られるはずはなく、またかりに知られたとしても、山形へ去ってまで関係を遮断しようとするその意図は解《げ》せなかった。この別れの告げ方はあまりに唐突であり、ふたりの関係を総括する「過ち」という言葉も、どこか三文小説めいて陳腐きわまりなく、滑稽《こっけい》な感じがするくらいで、「二度と会わない」とまで決心するだけの内実を感得することはできなかった。

独りで生きていく難しさを思い知ったと手紙はいうが、加多瀬の観察した志津子は独身になってかえって生き生きした印象があり、会うたびにむしろ溌剌《はつらつ》となり、元気になっていく様子を見れば、この女性は図太いまでに生活を楽しむ術《すべ》を心得ていると驚かされたのであり、この点でも突然の「撤退」は不可解に思われた。

四度目に読み返したときには、加多瀬は手紙にはいささか不審なところがあると思わざるを得なかった。まずは全体の雰囲気である。志津子からは礼状など幾度か手紙を貰う機会があって、それらの手紙は和便箋に毛筆の達筆で記され、状袋《じょうぶくろ》には香のかおりとともに紅葉の葉などが同封された品のよいもので、それから較べるとこの手紙はあまりにも粗雑な印象があった。封筒も便箋もありきたり、ペンの文字は女性の手ではあったけれど、どこか乱れた感じがあって、なにより文面がいかにも雑で、何ヵ所か文章がおかしくなっている部分があり、行き届くといった印象からはほど遠かった。

よほど急ぐ事情があって、走り書きのようにして書かれたのではないか。気がついて封筒の表を見ると、消印は青山郵便局になっていて、当然のように加多瀬は例の国際問題研究所を思い出し、あるいはこの手紙は研究所の事務室で、手近にあった便箋に書かれ投函《とうかん》されたのではあるまいかと想像した。

消印の日付は三月二十日。加多瀬が安藤艦長の送別会のあと、本郷の家を虚しく訪れた日である。ということは、志津子はあの日の昼間に青山へ行き、手紙を書き、そのまま旅立った理屈になるが、これは少々妙なのではあるまいか。

そのとき加多瀬は、ひょっとしてこれは志津子本人が書いたのではないのではないかとの発想が生まれ、志津子のペン字は知らないので、筆跡だけではなんとも判断のしようがなかったけれど、五回目に読み返したときには、他の人間がこれを書いたに違いないとの想像が急速に育って、おまえは要するにふられたのだ、その事実を直視したくないから、そんなごたくを並べているのだと嗤《わら》う声を頭にききながら、いよいよ想像は確信にまで高まって抑えられず、しかし一方では、いつか見た夢の中の出来事、暗い穴蔵に消えて行ってしまう黒い服の志津子の姿が思い出され、志津子とはいずれ別れる運命にあったのだと、不思議な諦念が身体のなかを風のように吹き抜けもした。

志津子の身に何事か起きつつある。いやすでに起こってしまったのかもしれず、加多瀬は不吉の予感に苛《さいな》まれながら、同時に是非そうであって欲しいと熱烈に願ったのは、もちろん別れの言葉は志津子の本意ではないと信じたいがゆえであり、いずれにしても、もはや「手紙」を鵜呑《うの》みにすることはできないと考えざるをえなかった。結局は「二度と会わない」ことになるにせよ、加多瀬にも別れの挨拶をする権利くらいはあるはずで、とにかく一度は志津子と連絡をとる必要があった。

「山形の伯父の家」なるものを加多瀬は知らず、志津子の実家に問い合わせて教えて貰おうとしたところ、志津子の兄は今年の正月明けに満州に転勤になり、一家をあげて大連に越してしまっていて、電報で妹の居場所を教えろともいいにくく、本郷の家の大家が知っているかと思い、以前に一度榊原のところで会ったことのある、小石川の薬局の亭主を訪ねたところ、もと海軍軍人であり、市会議員でもある亭主は、海軍士官の突然の来訪に、下へも置かぬ歓待ぶりを見せてはくれたけれど、肝心の志津子の行き先については、しばらく旅行に行くとしかきいていないとのことで、家賃は半年先まで貰ってあるのだと教えた。

ひとの好《よ》さそうな丸顔の奥で、亭主の動きの少ない眼が好奇に光るような気がして、あまり詮索《せんさく》はできず、何か御言葉を頂きたいという強要に、色紙に「人の和」と下手糞《へたくそ》な字を残しただけで早々に退散した。そうして最後に思いついたのが国際問題研究所であった。

応対に出てきた若い男に、名前と身分を告げると、男は如才なく慇懃《いんぎん》な口調で、いま室長は留守にしておりますがというので、実は榊原さんに会いたいのだがと用件を伝えた加多瀬に対して、男は訝《いぶか》し気に首を傾げてみせた。榊原志津子さんと名前を加えると、ああ、あの方ですか、と今度は男は得心したごとくにうなずいて、今日はお休みですと簡潔に答えた。

休みというからには、まだ退職したわけではないらしいと思い、至急に連絡をとりたいのだがと試しにいってみると、お待ち下さいといって男は机の書類を探りはじめ、そのあいだ所在なく立った加多瀬は、うつむいて仕事を続ける職員たちから、この男は榊原未亡人とどんな関係にあるのだろうと、好奇と詮索の見えない視線が放たれ、身体に絡み付いてくるように感じ、気づかぬうちに自分がひどくみっともない真似をしているのではないかとの思いに苛まれながら、居心地悪く窓の景色を眺めた。

事務員が名簿らしい冊子を手に戻ってきて、もう一度加多瀬の所属と姓名を確認してから、本郷森川町の住所を教えてくれ、加多瀬はそれなら知っているともいいにくくて、鹿爪《しかつめ》らしく手帳に引き写した。

礼をいって加多瀬は戸口を出、するとちょうど五階から降りてきた男があって、階段口でしばし譲り合う形になり、笑顔を浮かべた男の口髭《くちひげ》に軽く頭を下げて、先へ降りていくと、ちょうど花屋の店先に立っていた範子と鉢合わせになった。

あら、お兄さん、と思わず声をあげた範子は、兄の後ろからついてきた人物を見て、さらに驚愕《きょうがく》の眼をみひらいた。彦坂の白い顔がそこにあったのである。

自動車の座席に腰を落ちつけるなり、兄と彦坂が順番に口を揃えて、国際問題研究所に用事があったと釈明したので、範子は内心おかしくて仕方がなかった。続けて彦坂は亜細亜通商と国際問題研究所とは以前から取引があるのだと補足したけれど、かりにそうだとして、わざわざ専務自らがお使いに来る必要があるとは思えず、水曜日に範子が本多事務所へ出るのを知って青山を訪れたのは明らかで、ずいぶんと大事な取引先なんですね、と範子が、我ながらいやな女だと思いながら皮肉をいうと、運転手の隣に座った彦坂は諦《あきら》めたような笑みを浮かべた。

隣の兄についても、なんとなく見当はついていたけれど、確信があるわけではなく、こちらの方はさすがに言葉に出すのがはばかられた。

範子は本多弁護士のお伴をして、日本橋の百貨店から戻ったところで、事務所に飾る花でも買おうとした花屋の店先で兄たちに会った。すぐにこの不思議な邂逅《かいこう》に気がついた本多氏が、進路を変えて合流してきたので、四人の人間が花屋の前で待ち合わせでもしていたような形になり、少々奇妙な感じではあったけれど、本多氏の登場のお陰で範子は彦坂と兄を引き合わせる役目からは逃れることができた。

こうした奇遇はめったにあるものじゃない、是非とも会食をしなければ神の意志に反すると、上機嫌に提案した本多氏の説得に、兄も彦坂も笑いながら同意して、たしかに時刻はもうすぐ正午だった。青山墓地に停めてあった彦坂の黒塗りの自動車に四人で乗り込み、こういう風に意外な形で人が出会うからこそ人生は面白いのであると、なおも言葉を重ねる本多氏の演説をききつつ、以前にも行った道玄坂の中華飯店へ向かったのであった。

このところやや沈静化はしたものの、相変わらず新聞ラジオを連日賑《にぎ》わせる日本の快進撃とは裏腹に、世の中の食糧事情はますます悪化の傾向にあったけれど、ここだけは世間の趨勢《すうせい》とは無縁であるらしく、丸卓に並べられた食事の豪華さにあらためて範子は驚かされた。御馳走を食するに酒がなくては話にならないと、一同の同意を得て本多氏は老酒《ラオチュー》を注文し、兄も彦坂もそれぞれのグラスに酒を半ばまで注いだものの、形ばかり唇をつけただけで、白い陶器に入った赤い液体の大半は、本多弁護士の健啖《けんたん》なる胃袋の中に収まる運命とみえた。

兄は範子のちょうど正面に席をとって、こうしてあらためて眺めてみるならば、ますます亡くなった父親に風貌が似てきた兄の、灰色の背広に縞《しま》のネクタイを締めた姿は、とうてい軍人とは見えず、どこかの研究機関の技術者か大学の先生のようで、どうして兄は軍人を職業に選んだのだろうかと、近頃思うようになった疑問をこのときも範子は思い、眼があわぬよう気をつけながら、観察の視線をふり向けた。

姉一家が総出で待ち受けていた夜、兄は結局帰宅せず、しかし仕事の性質を想えばそれも仕方がなかった。お兄さんにはもう会えないかも知れないと、戦死は既定であるかに姉は悲嘆に暮れ、心に面影を描くなら愛する者にはいつでも会えると、ノヴァーリスの詩を引用した義兄が悲愴《ひそう》感に眼を潤ませながら妻を慰めたあたりでは、これではほとんどお通夜のようだと範子は呆《あき》れたのだったが、まもなく陸上勤務に変わって横須賀に住むことになったと、家族にとっては嬉しい連絡が兄からあり、今度は会おうと思えばいつでも会えるわけで、そうなると人間面白いもので、いつ兄が家に帰ってくるのかと、姉もうるさく問い合わせてこなくなり、範子も兄が昼間に荷物を取りに帰ったとき少し顔を合わせただけで、その後は会う機会がなく、そもそも海軍に入って以来、不在こそが加多瀬家次男の家族における通常の形なのであった。

真珠湾から戻った直後に較べると、顔色は相変わらず青白いものの、頰《ほお》のあたりが少しふっくらとして、健康のためにはそれがよいのだろうが、どこか鋭さが消えた感じがするのが少し残念で、中年の坂にさしかかるや無惨なまでに太ってしまった上の兄みたいになっては困ると、範子が勝手な心配をしたとたん、兄が声をかけてきた。

「範子は少し肥えたな」

「あら、そんなことないわ。だって体重は同じよ」

範子がうろたえ気味に抗議すると、兄は顔を斜に観察してからまた断じた。

「いや、たしかに太った。範子は母方の体質だからな、太る体質だ」

兄弟姉妹のなかで、範子と上の兄が母親似であるのは事実で、たしかに元来食の細い兄はさっきから範子の半分も食べておらず、肥満問題については自分の事をむしろ心配すべきなのは、なるほどそのとおりであった。であるにしても、他人の前で、とりわけ若い男性の前でいう必要はないはずだと、範子は重ねて不満を表明した。

「いやだわ。なにもそんなこと、いまいわなくたって」

「別に太るのは悪いことじゃないさ。痩《や》せているより余程いい。海で遭難した場合でも、脂肪がある方が生存に有利なんだ」

「わたしは海で遭難なんかしません」

「女性はやはり精神も肉体も豊かでなければなりません」とそこで兄妹のやりとりを面白そうに眺めていた本多氏が介入した。

「ミケランジェロにしてもジオットーにしても、女性美の理想は肥満のうちに表現されている。とりわけ西洋人はそうです。私の亡くなった妻にしても、結婚した当初は子鹿のごとく痩せておったのですが、日に日に脂肪を蓄え、最後には、我が輩が抱きしめても胴回りに手が届かないほどになっておりましたからな。しかし我が輩は、そうなればなるほど、いよいよ妻を愛したのです」

範子は笑い、妻を愛したのです、などと平気で口にできる日本人男性は本多氏くらいなものだろうと感心しながらいった。

「でも、本多先生だって、痩せていた奥様をお好きになったんでしょう？」

「それはまあそうですが」

「やっぱりそう。男性はすらりとした女性が好きなんだわ。ねえ、彦坂さんも、そうお思いになるでしょう？」

言葉が出たとたん、範子は自分の口調にはらまれた媚《こ》びに吃驚《びっく》りした。範子はにわかな動揺を覚え、声をかけられた彦坂が兄の前で何をいうのか、つまらないことをいったら殺してやると、自分でも摑《つか》みかねる感情に身を熱くしながら、狼狽《ろうばい》と緊張に頰をこわばらせていると、眼の辺りに笑いを滲《にじ》ませた彦坂が口を開いた。

「私は孔子先生と趣味が一緒です」

「というと？」本多氏の合いの手に彦坂は続けた。

「何事も中庸をよしとします」

本多氏も兄も笑いだし、この返事ならまあまあだと範子は安心しながら、自分の感情のありどころがいよいよ分からなくなり、ひょっとして自分は彦坂が好きになったのかと、わざと考えてみてから、そんな馬鹿なことはないと即座に嗤《わら》って打ち消し、だが、最前までは不躾《ぶしつけ》な視線を投げかけてもまるで平気だったものが、彦坂にさし向ける視線のいちいちが意味をはらんでしまうようで、範子の元来よく動く眼が著しく不自由になったのは否定できぬ事実であった。

スープ皿を黒服のボーイが運んできたところで会話は一時途切れ、それからまた本多氏が話題を提供した。

「大豆一升の公定価格が五九銭であるのに対して、闇価格《やみかかく》では十三円五十銭であるというのだから、大変なものです。二重経済くらい国家社会の屋台骨を腐らせるものはないのが分かっておらんのだから、まったく困ったものです」

本多弁護士の、世の中に対する悲憤慷慨《こうがい》ぶりは近頃著しく、好物の鱶鰭《ふかひれ》のスープに顔を綻《ほころ》ばせつつ、国家批判を展開しはじめた。

「経済の恐ろしさというものを指導者連中は全然分かっておらんのです。経済の荒ぶる神のごとき力の前では法など無に等しい。統制などしきれるものではない。かりに統制が全面的に行き渡ったとすれば、社会は完全な腐敗状態に陥るでしょう。ところが、まったくけしからんことに、さきほどの闇価格を報道した新聞社に陸軍が脅しをかけたというのだから、もはや末期的というべきです」

「どんな風に脅したんです」

彦坂が密《ひそ》かに寄こしてくる視線を横を向いた頰に感じながら範子は質問した。

「紙ですよ。紙をやらないというわけですね。こいつをやられたんじゃ新聞は弱い。雑誌も同じです。我が国の出版言論は死滅しました。出版だけじゃありません。物資が統制下に置かれている以上、私企業の活動は制限される。その一方で、軍の息のかかった怪しげな団体やらなにやらが雨後の筍《たけのこ》のごとく叢生《そうせい》して、やりたい放題ですから、もうどうにもならない。寄生虫の天国です」

狸の尻尾《しっぽ》みたいに毛の長い眉毛《まゆげ》を寄せた本多氏は、目の前の皿の小海老《こえび》を匙《さじ》にすくって、怒りにまかせて二、三匹まとめて口に放り込み、いや、この海老は旨《うま》い、とつくづく感嘆したごとくに呟《つぶや》いてから、また二匹を口に運んだ。怒れば怒るほど食欲が出てくるのが、本人も認める本多氏の胃袋の性質である。

「おふたりにどんな用事があったのかは知りませんが、国際問題研究所などというものも、そうした寄生虫のなかの最も悪質な一匹であるのは間違いない」

海老の唐辛子ソースを平らげ、老酒を一口啜《すす》った本多氏が続けた。

「紅頭とかいう男はとんでもない喰《く》わせ者です。先日ある雑誌に寄稿しておった紅頭氏の論文を読んだのですが、二十頁にわたる全文が祝詞《のりと》のような呪文《じゅもん》のような文句で埋め尽くされ、そもそも何が書いてあるのか分からない。論旨はどうやら日本は勝つということのようなんだが、日本人がこの戦争で全部死ぬことになっても、やっぱり日本は勝つ、いや、むしろ日本人は老若男女、前線銃後を問わず、ことごとく死ななければならんというのだから凄《すさ》まじい。正真正銘、明らかな狂人です。しかしその狂人が大きな顔で影響力をふるうのだから恐ろしい限りです。我が敬愛する海軍はどうしてあんな人物を野放しにしておくのか。我が輩はそれが不思議でならない」

現役の海軍士官である兄が少々困ったような顔をしたので、範子は助け船を出す意味で発言した。

「でも、紅頭中将に本当にそんな力があるんでしょうか」

「権力というのは不思議なもので、実体のないところに依《よ》り憑《つ》く性質がある。世間に知られることが権力になる。たとえば先週でしたか、新聞に紅頭氏が京都を訪れたという囲み記事が載っておりました。なんで紅頭氏の私的な旅行を新聞が報道しなければならないのか、我が輩には分かりませんが、そうやって報道されること自体が権力を生んでいくんですね。しかし国際問題研究所が亜細亜通商と取引しているのだとすれば、案外と実体もあるのかもしれない。亜細亜通商といえば日本を代表する商社ですからな。どうなんです、彦坂君？」

冗談めかしてはいながら、明らかに批判的気分の含まれた本多氏の問いに、彦坂は微笑の鎧《よろい》でもって応《こた》えようとしていると見えた。

「亜細亜通商ではどんな品物を扱っているんですの？」

今度の範子の発言にも、困惑しているに違いない男への助け船の気分がないわけではなかった。彦坂は笑顔の仮面をつけたまま、しかしその眼にひどくふてぶてしい傲岸《ごうがん》な光が一瞬宿ったようで、思わず眼を逸《そ》らした範子の耳に、普段にも増して柔和な声が流れ込んできた。

「いろいろですが、国際問題研究所には主に医薬品を納入しています」

「医薬品？」

「ええ、ドイツから輸入した薬です。他に漢方薬などもありますが――」

「どうして薬なんかを買うのかしら？」

そうきき返して再び相手の顔に眼を遣《や》れば、商売人は先方の事情には頓着《とんちゃく》しないのだとでもいうように、彦坂は小さく微笑《ほほえ》んでみせた。範子もいきがかり上きいてみただけの話だったから、それ以上追及する気もなく、また一瞬飛び込んできた彦坂の探るような視線から眼を逸らして、わざと作った冷淡な顔で皿の料理に戻ったとき、正面の兄が代わって口を開いた。

「亜細亜通商といえば、たしか軍事部品などを輸入している会社じゃなかったですか？」

彦坂は、ええ、そうです、と簡明に応答しながら隣に座った海軍士官へ向かってうなずいて見せた。

「私の乗っていた船の潜望鏡や水中聴音器はドイツ製なんですが、たしか亜細亜通商が納入したものだったと記憶しています」

またうなずいた彦坂は、双眼鏡や航空機用の照準器など、主に光学機器を扱っているのだと補足し、それからしばらくは隣り合う男同士で、精密機器の分野におけるドイツ製品の優秀性をめぐって会話が交わされ、範子ははじめて交流の回路が開かれたらしいふたりの様子に注目した。範子の兄である点を含め、齢下の立場を弁《わきま》えた彦坂の品のよい態度に範子は満足し、一定の距離を保ったまま交わされる穏やかな言葉は、初対面としてはまあ妥当なところだろうと観察したとき、兄が急に先刻の範子の質問をむしかえしたので、場の空気はまた固くなった。

「紅頭中将はどうして医薬品なんかを必要としたんでしょうか？」

海軍大尉からの問いとなれば、今度は微笑でもってやりすごすわけにはいかないと考えたのか、彦坂は思いを巡らせるように口髭《くちひげ》を指でひねってから答えた。

「赤十字？」

「赤十字の関係だと思います」

「ええ。日本赤十字の窓口に研究所がなっているという話をききました」

「なるほど、赤十字ですか」

何度もうなずいて見せている兄が、相手の言葉を全然信じていないのを範子は見て取り、うつむいてグラスに口をつける格好になった彦坂が、相手が自分の言葉を信じていないのを十分察知している事実もまた発見した。

「企業が公正な競争の上で利潤を追求するのは正当なことです」

口を開いた本多氏が彦坂の虚偽を暴き立てるのではないかと、一瞬範子ははっとなったけれど、続く言葉は少なくとも真正面からの論難ではなかった。

「しかしこういう話もあります。アフリカのある地方で、ふたつの部族が絶えず争っておった。彼らは竹槍《たけやり》や刀でもって武装し、始終戦争しては、殺しあっておった。そこへ西洋人の商人がやってきて、両方の部族の酋長《しゅうちょう》に機関銃を売りつけた。その結果どうなったか。両部族はたちまち全滅してしまった。まあ、竹槍なら、たとえ死んでも二、三人ですんでいたわけです」

本多氏は煙草に火をつけると、旨そうに煙を吐き出した。

「いずれにしても紅頭なる人物は要注意です」

固くなってしまった空気をほぐすのは自分の役目かもしれないと思いながら、国際問題研究所なる団体への興味をかきたてられた範子は、今年の桜は例年並みに開花すると新聞に予想が出ていたと、台本通りの台詞をいう代わりに、問題の人物の名前を自分もまた口にしていた。

「わたくしもこのあいだ、金子ビルの花屋さんの前で紅頭中将の姿をお見かけしましたわ」

「ほう、それは残念なことをしました。我が輩も一度御尊顔を拝しておきたかった」

「古田厳風が一緒でした」

「ゲンプウ？　何者です、それは」

本多氏の質問に、自分もよくは知らないが、なんでも作家で、美術商でもあるらしいと説明しながら、その人物の名前が正面に座った海軍士官に対して甚大な影響を及ぼしているのを範子は観察し、長く灰の伸びた煙草をくわえた兄の、それと分かるほどこわばった顔面を眼にしたとたん、先日偶然見かけた、黒塗りの自動車に乗り込んで行った三人の人物が脳裡に描かれ、人物たちのひどくとり合わせの悪い印象が甦《よみがえ》って、不可解な謎を自分は知らずに覗《のぞ》き込んでしまったのではあるまいか、その思いが花屋の店先の繚《りょう》乱《らん》たる色彩の映像とひとつになって一遍に胸に迫り、妙に息苦しく、胸を押してくる息苦しさから逃れるように、範子は絶対に口にすまいと決めていた人物の名前を漏らした。

「それから、榊原さんの奥さん、たぶんそうだと思うんですけれど、その方も一緒でした」

X 「虚」の場所

丘陵を覆いつくした満開の桜が舞台装置のように見えるのは、周囲の空気が凝り固まってしまった具合に、曇天の空が風を失い、花弁のひとひら、草の一片だに動く気配を欠いていたからで、桜に埋もれて点在する松の樹が、やはり固い素材から成る塑像のように見えるばかりか、暗く沈み込んだその緑の、ひとつの「意匠」を想わせるほど見事に花の色と優雅な対照をなした姿が、全体の作り物めいた印象をいっそう強めているのだったが、だからといって花は決して華やかなのではなく、背後に広がるあつい雲の幕に劣らず暗鬱《あんうつ》な色に染まり、表面に浮き出た色彩と形態の奥に冷たく充溢《じゅういつ》した巨《おお》きな塊が隠され、そこから滲《し》みだした冷気が鉛色の空に発散されているようにさえ感じられた。

中央の青銅の屋根のついた尖塔《せんとう》から両翼を広げ、両端にまた中心のものと同型の、しかしそれより一回り小さな尖塔を持った赤煉瓦の洋館は、榊原のスケッチにあった通りの姿で、満開の桜に覆われた丘陵に接する場所にあった。

しかし加多瀬は、横須賀線を鎌倉で降り、鶴岡八幡宮《つるがおかはちまんぐう》の手前を右に折れ、鎌倉宮から覚園寺へ向かう林道を歩いて、目的の建物を見つけたときにはすでに、それがそのようであることを自分は知っていたような気がし、それどころか、青く繁る低木の植え込みとひとつになった鉄条の一画についた鉄門へ通じる小道の端、山道との分岐点にある花《か》崗岩《こうがん》の岩に腰を下ろし、かつて榊原が画帳を広げたのであろう場所に自らもまた身を置いてみるならば、この眼前に広がる風景に自分はずっと見られていたのだったと思いさえし、いまこうして二階建ての古めかしい洋館を見返し得たことに、むしろ安堵《あんど》するような気持ちになり、季節が奇《く》しくも榊原の画帳の絵と同じだった点も、是非ともそうであらねばならなかったのだと、不思議な確信を覚えた。

柵《さく》に較べて異様に丈の高い鉄門の、錆《さび》の浮いた鉄柱に掲げられた木の看板には、「海軍国際問題研究所」の文字があった。門扉は開かれ、そのまま洋館の車寄せまで、砂利の小道がゆるやかに蛇行するように続いている。二本の鉄柱の天辺にはそれぞれ、三本の尻尾《しっぽ》と鋭い爪《つめ》を持つ、翼のある動物の鋳像が神社の狛犬《こまいぬ》のごとく向かい合わせに置かれ、訪問者を獰猛《どうもう》な嘴《くちばし》とまるい目玉で威嚇《いかく》した。

四月一日に加多瀬は横須賀の潜水学校へ入校し、兵学校から数えて四回目の学生生活はすでにはじまっていた。戦時中とあって教育期間が短縮されたせいで、さっそく膨大な課題が与えられたが、志津子の行方を確かめぬことにはなにひとつ手につきそうにもなく、「国際問題研究所」が鍵を握るのは疑えぬ以上、とにかく一度は鎌倉の研究所を訪れてみる必要があると思われ、そうなると気が急いてしまい、休みまで待てず、入校そうそう欠席を願い出たところ、花見にでも行くのかねと笑いながら、校長の折田少将が事情も聴かずに判子を捺《お》してくれたので、加多瀬は苦しい嘘《うそ》を吐かずにすんだ。

朝、汐入町《しおいり》の下宿を出たときには、鎌倉へ行ってどうするか、明確な方針は立っていなかったのだけれど、いまこうしてひっそりと静まり返った研究所のたたずまいを眼にすれば、度胸は据わって、紅頭中将に面会を求め直截《ちょくせつ》に疑問をぶつけてみようと覚悟が決まった。

榊原がここへ来ていた。その事実が再び榊原の怪死の謎を意識の前面に膨れ上がらせ、しかし同時に心強い味方を得たような気にもなり、軍服の襟を正し、軍帽を被《かぶ》り直すと、正面に、刺繍《ししゅう》のある絨毯《じゅうたん》の敷かれた階段と、ステンドグラス風の飾り窓、その下に日章旗と海軍旗が並び置かれた踊り場が見える玄関に立って、案内を請う声をあげた。

左右に長く続く廊下の左側から、黒い背広に丸眼鏡の男が現れ、加多瀬が名乗る前に頭をさげた。

「加多瀬大尉ですね。お待ちしておりました」

電話で訪問を予告してあったから、相手がすぐにこちらの名前と身分を口にしたことに別段の不思議はなかったけれど、男の口調にはらまれた、狎《な》れ狎《な》れしいというのではないものの、事務的な応接を越えた親しげな感じに戸惑いを覚えながら、こちらへどうぞといって先に立って廊下を案内する、短髪に刈り上げた男の、青い静脈の浮き出た病的に細い首筋を加多瀬は漠然と眺めた。

いくつめかの扉まで来たとき、ノブに手をかけた男が急に思い出したかのように振り返って、私は古田厳風と申しますと自己紹介した。

「一度お留守のときに伺いまして、失礼をいたしました」

そういうと男は犬歯の目立つ歯から桃色の歯茎までをむき出しにし、硝子《ガラス》の厚い眼鏡の奥で、ふたつの目玉が互いに反発するように勝手な方向へ動いて、それが親しみを込めた笑顔だと分かるまでには少々時間が必要だった。何故《なぜ》古田厳風という不審な男がここにいるのか、疑念を覚えるより先に、知らぬ間に自分が罠《わな》に落ちつつあるのではないかとの不安に捉《とら》えられた加多瀬は、しかし一切の表情を消して無言のままうなずき、すると男は古風な装飾のある木の扉を開いた。

「大尉は超能力という言葉をご存じでしょうか？」

相手がそう切り出したのは、上辺がアーチになった長窓からイギリス庭園風にしつらえられた庭が見える、応接室になった天井の高い部屋のソファーに向かい合わせに腰を下ろし、事務員らしい少女が運んできた紅茶茶碗を手にしばらく会話を交わしたあと、研究所ではどのような研究を進めているのかと加多瀬がきいたときであった。

それまでに加多瀬は、この洋館が明治二十年代にアメリカ人技師の設計で建てられた、ゴシックとロココを折衷したいまでは珍しい様式で、さる侯爵家の別荘であったものを海軍が買い取ったのであること、古田厳風と名乗る目の前の陰気な人物が、研究所の嘱託の身分を持ち、その委託で美術品の蒐集《しゅうしゅう》を主な業務にしていることなどの情報を得ていた。どうして海軍機関が美術などに係わるのか、加多瀬の当然の疑問に古田厳風は、国際問題研究所には海軍とは別の財団からも出資があって、浮世絵や仏教美術などの海外流出、あるいは散逸を防ぐのも業務のひとつなのだと説明した。

肝心の紅頭中将については留守だとの返事で、加多瀬は一度は落胆したものの、榊原の書棚にあった小説からして、目前の男と榊原のあいだには係わりがあると推測され、また範子の話では、志津子が家から消えたと見られるその日、青山の事務所から自動車に乗り込んだ人物のひとりが古田厳風だったという以上、何かしら事情を摑《つか》んでいる可能性はあり、であればこそ加多瀬はあらためて目の前の得体の知れぬ男に注目し、用心深く探りを入れたのである。

「超能力？」

「ええ。ご存じですか」

「耳にしたことはありますが」

「だったら話は早い。おそらくお分かり頂けると思います」

加多瀬が一番恐れていたのは、紅頭中将に用事があると告げて訪れた以上、当の紅頭中将が留守であるとすれば、面談があっさり打ち切られてしまうかもしれない点で、相手が紅頭中将ならば、榊原の名前を出し、あるいは志津子の名前を出してみるつもりであったけれど、応対に出た人物の素性が判然としないうちには口に出すのがはばかられ、そうなると話の糸口がなく、では、これでと、古田が立ち上がるならば、虚《むな》しく帰路につかなければならない。

ところが幸いなことに、必ずしも話し好きではなさそうなのに、古田巌風は自分から積極的に話題を提供し、加多瀬の紅茶茶碗が空になると、遠慮を制止してお代わりを頼みに立ち、話が途切れそうになればあわてて接ぎ穂を探したりする様子は、むしろ来客が席を立つことを心配している風で、おかげで加多瀬には考える時間が与えられた。

美術や建築には詳しい様子の古田巌風が、明治の洋風建築の歴史を説き、価値を知らぬまま たくさんの浮世絵や水墨画が西洋諸国に売られてしまった経緯を嘆いているあいだは、話自体に関心はなく、半分だけ耳に入れながら、「本題」に入るべき時機を密《ひそ》かに窺《うかが》っていたのだけれど、超能力の言葉を聴いてはじめて、紅頭中将がおかしな宗教家めいたことをしているのだといった清澄少佐の話が思い出され、加多瀬は興味がにわかに動き出すのを覚えて、しかし顔には出さぬよう努めながら続く言葉を待った。

それでも相手が、要するに研究所では超能力のある人間を集めて戦略に役立てる研究をしているのだ、と説明したときには、表情が自然に動くのを避けられなかった。

「どういうことです？」

「超能力とひとくちにいっても、透視や念動力や感応力などいろいろあるんです。しかし、ここで主に研究しているのは予知能力です」

「つまり、それで未来を予測するというわけですか」

「そういうことです」

首肯した男の顔を窺いながら、加多瀬は、なるほどこれでは清澄が馬鹿な話だと嗤《わら》うのも当然だと思い、たぶん紅頭中将は大真面目《おおまじめ》なのだろうが、だとすれば少々狂っているといわれても仕方があるまいと、なにか拍子抜けするような気分になった。

「この分野では日本は大変に後れてしまっているんです。実際ドイツではヒットラー総統が先頭に立って研究を進めているらしいのです。全国規模で調査をして、素質のある子供を一所に集めて訓練をしているそうです。ロシアでもやっているというし、恐らくアメリカだって後れはとっていないでしょう」

古田巌風は、世界的趨勢《すうせい》であるところの、超能力研究の戦略的な意義についてさらに説明し、とくに重要と思われるのは予知能力だと加えた。

「未来を予知できる。これが何を意味するかはお分かりでしょう。未来に何が起こるのか事前に分かるなら、災厄の多くを避けることができる」

「それで予知できましたか」

単刀直入に加多瀬が質問すると、話の腰を折られた格好の古田はしばし黙ってから、また答えた。

「まあ、ぼちぼちというところです」

加多瀬は思わず笑い出し、しかし古田は気を悪くした風もなく、低く陰気な声は天井の高い空間に拡散してしまい、ひどく聞き取りにくいものの、どこか熱をはらんだと感じられなくもない、変わらぬ調子で続けた。

「研究の方向はふたつ。ひとつは素質のある人間を探し出すことです。もうひとつは潜在能力のある人間から能力を引き出す方法の研究です」

「どうやって探すんです」

半分からかうような気分できいた加多瀬の問いに古田は答えた。

「誰が潜在能力を持っているのかは、一般的には分かりません。いまは主に精神病院を廻っています」

「精神病院ですか」

「そうです。精神病者のなかには、予知能力があると信じる人間が結構いるんですね」

「ただの妄想でしょう」

「大半はそうです。しかし、なかにはある種の能力を示す者もある」

有望な被験者があれば、研究所に連れてきてテストをして、可能性がみられれば留め置いてさらに研究をするのだという話をききながら、以前、山本五十六長官が航空本部長時代、手相観を使って航空兵の適性を調べたという逸話を加多瀬は思い出し、要するにその類のことらしいと見当がついたものの、いかにも別荘然とした、森閑として静まり返った洋館にはさような研究をしているような気配がないのを不審に思い、研究所はどこにあるのかときけば、ここだという。全体研究者は何人くらいいるのかとさらにきくと、主任研究者がひとりで助手が三人くらいだというので、余程大規模にやっているのかと一瞬考えた加多瀬はいよいよ馬鹿馬鹿しくなり、超能力研究などといえば元来機密に違いなく、それをどうしてこうも簡単に部外者に漏らすのだろうかと、いささか疑問に感じていた点も納得できた気がした。

超能力以外にどんな研究をしているのかとさらに問うたのに対して、これだけであるとの答えを得たときには、研究内容の怪しさとは別種の疑惑を抱いた。要するに超能力だなんだという話は表向きの飾りにすぎず、清澄がいっていたように、紅頭中将は海軍から流れる資金を別の目的に、たとえば彼の主宰する国粋団体に流用しているのではあるまいか。

榊原は国際問題研究所で密かに行われている不正を調べるためにここへ来たのではあるまいか、と発想は先へ進んで、であるならばその「怪死」にもまた新しい光があたることになる。先日彦坂という亜細亜通商の男から聴いた、国際問題研究所が薬品を購入しているとの話にも発想の糸は絡み付き、榊原と紅頭中将のつながりは分からないが、ひょっとして榊原は正義感から紅頭中将に個人的な諫言《かんげん》をすべく訪れたのかもしれないと考えたとき、しかし加多瀬は榊原の画帳を不意に思いだし、さような穏やかならざる用件を抱えた人間が、いくら桜が美しいからといって、のんびり絵を描いたりするだろうかとの疑問にも捉えられた。

窓の外は相変わらず暗鬱に曇っているようだった。冷たくなった紅茶を口に含み、部屋の右手に眼を向けると、細密な彫刻の施された、人の背丈ほどもある時計があって、しかし硝子の奥の振り子はいまは停まって、針のない文字盤には不思議な形の絵が描かれていた。

「あれは天儀十二獣ですね」

加多瀬の視線の先を察した古田が解説した。その顔色は蒼白《そうはく》で、しかし特に理由があってそうなったのではなく、最初から病的なまでの顔色の悪さは気づかれていたのだが、こうして横顔を眺めれば、眼前の人物は明らかな病人であると断じてもおかしくなかった。

「蠍《さそり》や熊といった星座の動物です。前の持ち主のものですが、ヴェネチア製の高価な品です」

時計の上方の壁には、やはり前の住人が残していったものだろう、たいそう立派な枝角のある鹿の首が掛けられて、見上げた加多瀬を硝子の目玉でにらんできた。加多瀬が茶碗を卓に置くと、顔色の悪い男がまた声をかけてきた。

「よろしかったら、研究の様子をご覧になりませんか」

「しかし、そんな大切な研究を、余所《よそ》の人間に見せてもいいんですか」

加多瀬の少々意地悪な問いに、古田はやや困ったように眼鏡の向こうで眼を伏せ、それから口を開いた。

「本来はまずいんですが、あなたは特別です」

特別？　と聞き返そうとして、しかし即座に加多瀬は、いちおう研究らしいことが行われているのを海軍士官に見せておくのが得策と考えたのだろうと推測し、あなたは特別ですとは、まったく片腹痛い言いぐさだと内心で嗤いながら、それも悪くなかろうと判断した。

腕の時計を見ると午前十一時に十分前、分かりました、と返事をすると、明らかに安堵と見える吐息を古田は吐き、少々妙に思った加多瀬が顔を見ると、めくりあげられた唇から犬歯と歯茎を覗かせ、黒目が蛙の卵みたいに気味悪く蠢《うごめ》いたのが、目の前の人物の笑顔であるのはすでに理解されていた。

肺病病みの怪人二十面相みたいな男という範子の評言を出し抜けに思い出し、なるほど言い得て妙だと感心しながら、立ち上がった男の後に加多瀬は続いた。

「こうなったら、いっそ結婚しちまったら」

棚に並んだシンビジウムの鉢植えに、じょうろで水を与えながら、水村女史が蓮《はす》っ葉《ぱ》な調子でいった。

温室の一番奥の、さまざまな形態と大きさのサボテン類が置かれた棚の前に立った範子は、水村女史の言葉には応答せず、中央の玉座のごとき四角い鉢の、人の頭の倍はある見事なまでの球形をなしたサボテンを軽く指でつついた。

「サボテンって不思議。妙な格好をしているのに、あんなにきれいな大きな花をつけるんだから。どこにそんな力が隠されているのかしら」

「あんまり触らない方がいいわよ。刺が洋服につくから。それから、水はやらないでね。あんたはすぐサボテンに水をやろうとするんだから」

水村女史の注意に、同じくじょうろを手にした範子はいった。

「でも、見ていると、どうしても水が欲しいといってるように感じちゃう」

「絶対に駄目よ」

水村女史の禁令に小さく舌を出した範子は、サボテンの隣のアボカドの樹の根にじょうろの雨を降らせた。

目白の叔父《おじ》の家に「居候」して、家事一切を免除された水村女史の、唯一与えられた任務が庭の一画に建てられた温室の植物の世話で、もっとも水村女史はこの仕事をおおいに気に入っていたから、「任務」以上にきめ細かく世話をしたばかりか、自分で参考書を取り寄せたり種や株を手に入れるほどの熱心さを示した。

観葉植物栽培が昔からの趣味で、ヒーターと加湿器を備えた本格的な温室を建てるまでの入れ込みようだった叔父が、世間でやかましい日本趣味の影響なのか、近頃は盆栽に興味を移してしまい、雇いの庭師も熱帯植物などは見たこともなく、かといって放置も出来なかったから、いずれ叔父としては格好の管理人を得たというべきだった。

範子もこの温室が大好きで、とりわけ好きなのはサボテンであり、去年の夏「玉翁」が真っ赤な大きな花をつけたときには、毎日のように通っては飽かず眺め、水村女史を呆《あき》れさせた。ほかにもデンドロビウムや胡蝶蘭《こちょうらん》など、不思議な形の花弁に魅せられ、目白に来れば一度は温室の扉を開けずには気がすまなかった。ただし水村女史はけばけばした花は嫌いだそうで、本当はシダやカズラばかりを集めて、熱帯のジャングルみたいにしたいといつも希望を述べた。

「たぶん私の前世は熱帯の土人の酋長《しゅうちょう》の娘だったと思うわ。密林のアルテミス。裸で猿と一緒にジャングルを駆け回るのよ。今度の戦争にひとつだけいいところがあるとしたら、熱帯ジャングルが日本の領土になったことね。ねえ、すごいと思わない、いまや日本にジャングルがあるのよ」

そういいながら水村女史は虫の類が大の苦手で、行けば必ず範子は葉の裏についた油虫や蟻を取り除く役目を仰せつけられ、そのたびに水村女史は「あんたは、まるで虫愛《め》づる姫君ね」と憎まれ口をたたいたものの、範子が温室管理の助手として欠くことのできない存在であるのは間違いなかった。目白では範子は大半の時間を暖かい温室で過ごすのが常で、この日も勝手口から入って、顔《かお》なじみの女中に挨拶《あいさつ》しただけで、まっすぐ温室に足を運んだのだった。

「あんたが付き合う気になっているんだったら、さっさと結婚したほうがいいわ。あれで彦坂のところには、毎日のように縁談の話が持ち込まれているんだから。いまのところ彦坂は全部断っているみたいだけれど、いつ何時、例の怖い父親が出てきて話を決めかねないんですからね。いまのところは、選挙と翼賛会の運動に夢中だから、息子の縁談なんかには気が廻らないみたいだけれど。ぐずぐずはできないわよ」

軍手をはめた手に植木鋏《うえきばさみ》を握って、絵描きが作品に仕上げでもするように、コーヒーの枯れ葉を枝から落としながら水村女史がまた話をむしかえした。範子は黙ったまま、湿気と植物の甘い香りでむせかえるような温室から出て、花曇りの冷たい空気を頰《ほお》に気持ちよく受けながら、水道の蛇口からじょうろに水を溜《た》めた。

水曜日は本多事務所へ出る日で、九時に事務所へ行ったのだが、本多氏は不在で仕事もなく、小説本を机に広げたものの、なんだか落ちつかなくて、目白に足を向けた。範子が落ちつかぬ理由は、彦坂から今日一緒に花見をしようと誘われていたからで、約束は先週、兄と彦坂と本多氏と一緒に渋谷で食事をした帰りの自動車のなかでなされた。

中華料理屋を出ると兄はその足で駅へ向かい、本多氏はまだ仕事があるからと事務所へ戻った。金子ビルの前で本多氏が自動車から降りると、彦坂は範子を家まで送るといい出して、とんでもないと断った範子に向かって、是非そうして貰った方がよいと、酒が入っていよいよ上機嫌になった本多氏がすすめ、あなたの分の仕事は我が輩が間違いなくやっておきます、と老所長に冗談めかしていわれれば範子も否応《いやおう》がなかった。

自動車のなかで、先日の葉書のお礼だといって、彦坂は鞄《かばん》から包みを差し出した。開けてほしいと彦坂がいうので、リボンを解いてなかを開けると、小さなオルゴールが出てきた。彦坂が横から手を伸ばして、掌《てのひら》に収まるくらいの木箱についたネジを巻き、それから促されて範子が蓋《ふた》を開くと、滑稽《こっけい》でもの悲しい音楽が流れ、箱のなかでは、ごく小さな猿が三匹、太鼓と洋鍵と笛をそれぞれ奏する格好でぎくしゃくと動いた。

範子は思わず笑いだし、なるほど、これが「三猿」に対する彦坂の応答であるかと思いながら、掌のなかのタキシードを着た猿たちの、珍妙かつ軽快な合奏を楽しみ、ネジが伸びきるとまたまき直して、何度も猿たちに労働を強いたのは、自分が彦坂に対してどのような態度をとってよいか分からず、ぎこちない会話の交換を恐れ、あげくにまた自分が相手を手ひどく傷つける言葉を吐いてしまいそうな予感が範子を不安にしていたからであった。

彦坂がオルゴールを準備したのは大成功といえて、おかげで阿佐ヶ谷へ着くまでの時間、空気はほぐれて会話は順調に運び、もう桜のつぼみがほころびかけていると話題が出たとき、彦坂が花見に範子を誘い、範子は承諾した。週末はどうかと最初はいわれたが、わざわざあいびきに出るような感じになるのがいやで、来週の水曜日、本多事務所の仕事が終わったあとならと返事をし、では二時に迎えに行くと彦坂は約束した。

買い物があるからと阿佐ヶ谷の駅近くで下ろして貰い、走り去る自動車を見送ったときには、どうして自分があぁも簡単に約束をしてしまったのか、いささか不可解で、といって別に後悔に落ち込んだわけではなく、兄に偶然会って彦坂を交じえ会食したことが、彦坂に対する距離を少し変えたのかもしれないと範子は考え、そのときになってはじめて、兄と彦坂はどこか面差しに似たところがあるのに気がついた。

もし自分が彦坂に好感を抱いているとするなら、それは兄に似ているからではないか。そう考えた範子はひどく恥ずかしくなり、顔が赤くなったのを自覚すると、冗談じゃないわと、声を出し、なにもかもあの剽軽《ひょうきん》な猿たちのせいなのだと決めつけ、猿のせいよ、とまた声を出すと、手に下げたプレゼントの包みを乱暴に振って歩き出したのだった。

「怒ったの。怒ったんだったら謝るわ。でも、今日のあんたは、ずいぶんと女らしいわ。いつもよりきれいだし」

範子が水をためたじょうろをさげて温室に戻ると、エプロン姿の水村女史が脚立の上からまたからかうような声をかけてきた。範子は別に怒ってはいなかったけれど、今日はやはりここへ来なければよかったかと少々後悔していた。なにもかもを見透かされているると感じるのはやはりいい気分のものではない。

「水村さんも一緒に来てくれないかな」と範子はわざと甘えてみた。

「駄目よ。私は誘われてないんだから。それに先約があるの」

「先約って？」

「私だって花見に誘ってくれる男友達のひとりやふたりはあるのよ。もっとも私は桜は嫌いだけど。ひとりで行ってらっしゃい。もう少ししたら一緒にお昼にして、約束は二時でしょう？」

「ええ」

「じゃあ、一時に出ればいいわね」と独り決めした水村女史は剪定《せんてい》作業に戻ったが、すぐにまた手を動かしながら語を加えた。

「彦坂と結婚した場合、舅《しゅうと》小姑《こじゅうと》いろいろ出てきて、面倒なことをいうかもしれないけれど、気にすることはないわ。あんたはあんたのままでいれば大丈夫」

見事になったパパイアの実に鼻を寄せて匂《にお》いを嗅《か》ぎながら、さして熱心でもなくいう齢上の友人の言葉に範子が黙って耳を傾けていると、範子の様子をちらりと窺《うかが》ってから水村女史が続けた。

「変わり者になっちゃえばいいのよ。あの人は変わり者だ、そういう評価を得られればもうこっちのもの。変に向こうにあわせようとするからおかしくなる。キルケーはキルケーらしさを押し通しなさい」

「私がキルケー？」

「そう。男を豚に変えて飼う魔女キルケーよ」

「ゴルゴーンじゃなかったのかしら。男を石に変える」

「洞窟《どうくつ》の怪物じゃ可哀相だから、格上げしてあげたのよ。アイアイエーの島に住む、結い髪美しきキルケー。こっちの方がずっといいでしょう。あとで髪を直してあげるから忘れないでね」

「でも、私はゴルゴーンの方がいいな。だってキルケーはオデュッセウスに簡単に押し倒されちゃうでしょう」

範子がいうと、大丈夫よ、と片頰を歪《ゆが》める特有の笑い、範子が一番魅力的だと思う皮肉な笑いを浮かべた水村女史は、脚立から降りてくると、範子の前でパパイアの実を鋏《はさみ》を使って切り取った。

「彦坂はオデュッセウスって柄じゃないわ。アテネが味方についたりしない。彦坂の役回りは求婚者エウリュマコスといったところかしらね」

笑った範子に水村女史はむっと鼻を刺す匂いのある黄色い実を渡した。

「これはおみやげ。もし彦坂が変なことをしようとしたら、ぶつけてやりなさい」

古田巖風に続いて玄関を出ると、黒塗りの自動車が待ち受けていて、うながされるままに加多瀬は後部の座席に収まった。どこへ行くのかと問う前に、隣に座った古田は、道場へご案内しますといい、主任研究員はそちらにいるからと加え、道場とは何かとの問いには、神霊国士会の道場で、同じ鎌倉の明月院の北にあるのだと説明した。神霊国士会といえば紅頭中将が主宰する国粋団体に違いなく、やはり国際問題研究所との癒着は明らかであるらしいと加多瀬が考えていると、疑惑を察したものか、すぐに古田が語を接いだ。

「神霊国士会と研究所は直接関係はありません。たとえば研究所から国士会へ金が流れたりしていることは一切ありません」

しかし両団体の長が同じ人物であれば、一嘱託にすぎない男の断言だけでは信用できるものではないと、加多瀬はかえって疑いを深めながら、しかしその点はいわずに、別の角度から質問を試みた。

「神霊国士会の存在は例の研究にとってどんな意味があるんです」

「直接にはありませんが、さきほど申しましたように、研究所では美術品の蒐集《しゅうしゅう》をしているので、どんどん手狭になりまして、国士会の道場に場所を借りているんです」と答えた古田は前の座席を顎《あご》で指し示す仕草を見せ、どうやら運転手の耳を気にしているらしいと察した加多瀬は、あとは黙って窓の景色を眺めた。

曇天の週日にもかかわらず、八幡宮前の道路は花見の客が溢《あふ》れ、自動車はしばしば徐行を余儀なくされた。自動車は八幡宮を回り込むと、北鎌倉へ向かう道路を行き、横須賀線の踏切にかかる前に右へ折れ、紫陽花《あじさい》で有名な明月院への入り口は素通りして、十分ほど谷間の路を進んだところで停まった。

ここからは歩きです、という古田と並んで、山桜の点在する丘陵を上がる小道の土をしばらく踏んだところで、竹林に囲まれた黒い瓦屋根《かわらやね》が見えてきた。そのときになって加多瀬は、どうして古田厳風が阿佐ヶ谷まで訪ねてきたのか、それはつまり自分をここへ連れてくるためではなかったかと、ふと思い、しかしいずれそれも分かることだと、黙って丹田に力を込めた。

小道から石段を上がって、バショウやネズミモチなどに埋もれるように、さして広くない玄関口がある様子は、茶室のごとくであったけれど、正面の磨いた木の根に「神霊国士会」と彫られた文字を見ながら、三和土《たたき》で靴を脱いで上がってみれば、建物には意外と奥行きがあって、渡り廊下を進んだ奥には、道場の名にふさわしい五十畳はある畳の部屋があり、入った廊下の右側は庭に面して、左手の部屋の、紙垂《しで》のついた縄で囲われた舞台状の空間には、大きな日の丸と「天照大神《あまてらすおおみかみ》」と書かれた掛け軸が、榊《さかき》の枝や蠟《ろう》燭《そく》と一緒に飾られていた。

畳には二十人ほどの白装束の人間が、長く寝そべったり、座禅を組む格好で瞑想したり、書物に眼を落としていたりして、その大半は若い男のようであったが、初老の男性や女性も何人か混じって、廊下に海軍の制服が現れると、物珍しそうな視線が幾つか投げかけられ、しかし人々はすぐにまたそれぞれの関心事に心を移して、と、突然手を叩《たた》く音が天井に響いたのにびっくりして見れば、ひとりの真っ黒な顔の短髪の男が祭壇に向かって柏手《かしわで》を打ったところで、叩頭《こうとう》して何事か呟《つぶや》いた男は、それからまた強く三拍の手を打った。

古田は白装束の人間たちには一切の関心を示すことなく、そのまま廊下を進み、再び現れた短い渡り廊下を歩いて、案内したのは土蔵風になった建物で、入ってすぐの階段を上って硝子窓《ガラスまど》のついた木の扉を開ければ、病院のような薬品臭が鼻をつき、診察台のごとき革張りの寝台のある部屋は十畳間くらいの広さしかなく、ただ入った左手に黒い幕が張られて、そこから奥に空間が続いているらしいと加多瀬は見て取った。昼間なのに天井の電灯が点《とも》っているのは、小さな窓が黒い遮蔽幕《しゃへいまく》で覆われているからで、寝台の他には壁のぐるりに棚が置かれ、事務机が二つあるばかりである。

机の前から引き出した椅子《いす》を加多瀬に勧めた古田は、少しお待ちを、と断ってから幕の向こうへ消え、しかし煙草を出した加多瀬が火をつけぬうちに黒い幕が揺れて、古田の後ろから見知らぬ白衣の男が現れた。

主任研究員の安積《あずみ》であると紹介された男は、まだ若い学生風の、眼鏡を掛けた人物で、加多瀬は先日海軍省で会った中西という軍医を思い出した。安積は如才ない笑顔で、加多瀬に握手を求め、お待ちしていましたと挨拶《あいさつ》すると、棚から灰皿をとって加多瀬の間近に置きながら椅子に腰を下ろし、自分も煙草を胸のポケットから取り出した。

「古田さんからすでにお聞きだとは思いますが、是非ともお手伝い願いたいのです」

加多瀬が妙な顔をすると、安積は傍らに立った古田に眼を遣《や》り、すると古田が、まだ申し上げていないんですといい、お茶の用意をしてまいりますと断って扉の外へ出た。安積は困惑したような顔で眼鏡を直し、扉の方を見ていたが、再びこちらを向いたときにはもとの笑顔になっていた。

「なにもかもご承知のうえで、来られたと思ったものですから。困ったな」

「どういうことです」

「いえ、つまり、私どもの研究をお手伝い願えればと思いまして」

「超能力ですか？」

「そうです。そうです。それはお聞きになった？」

「ええ。いま。しかし、私には超能力はないよ」

煙草の灰を灰皿に落とした加多瀬が冗談めかした調子になったのは、古田厳風とは違って、目の前の人物の明るく腰の軽そうな感じについ反応したせいである。主任研究員というから、どんな立派な人物かと思えば、白衣を脱げば高等学校の生徒と見られてもおかしくなさそうな若僧にすぎなかったことも、超能力と聴いたときからの揶揄《やゆ》的な気分をかきたてた。白装束の人々を眺め、得体の知れぬ建物に足を踏み入れたときには、緊張に頬がこわばるのを覚えていたのだが、煙草を一本吸い終わったときには、これはまったく茶番であるとの冷笑的な感想がまた心に広がって、加多瀬は観察者の優位を取り戻した。

加多瀬の言葉に安積は人なつこそうな笑顔をまた浮かべた。

「案外そうでもないかもしれませんよ。潜在能力は自分では気がついていない場合の方が多いんです。なにしろ潜在能力というくらいですからね」

「そうすると私に超能力があると」

思わず笑い出した加多瀬がいうと、あるいは、と安積は真面目《まじめ》な顔でうなずいた。

「昔から第六感などという言い方がありますが、予知能力、とりわけ危険を察知する能力は誰にでもあるんです。一般に動物にそうした能力があるのはよく知られています」

そういった安積は、鯰《なまず》が地震を予知したり、沈没する船からいち早く鼠が逃げ出す例などをあげて、動物に備わった予知能力の説明をはじめ、聴きながら加多瀬は、研究所を訪れた可能性のある榊原について、あるいは志津子について、古田巌風よりむしろこの軽薄そうな男から情報を引き出せるかも知れないと思い、密《ひそ》かに機会を窺《うかが》った。

「前頭葉の爆発的な肥大が人間を人間たらしめたわけですが、その結果、元来備わっていた能力が圧殺されている可能性があると思うんです。だから、なんらかの方法で理性の桎梏《しっこく》を取り払ったときに、潜在能力が再び浮かび上がる可能性がある。むろんこれは仮説にすぎませんが」

　安積がそこまでいったとき、不意に加多瀬は介入した。

「君は榊原という人を知っているかね」

　奇襲は功を奏したらしく、一瞬そこに現れた動揺を加多瀬は見逃さなかった。白を切るだろうとの予測を裏切って、知っていますが、と出た答えの語尾に重ねて、榊原は何しに来た、と畳みかければ、加多瀬さんは榊原さんを知っているんですかと、安積が逆にきいてきた。うなずいた加多瀬へ、どこか不可解な興奮の色を浮かべた安積がいった。

「そういえば加多瀬さんは榊原大尉とは海兵の同期でしたね。榊原大尉はお元気ですか？」

　安積は知っていながらわざといっているのではないようだった。

「榊原は戦死したよ」

「そりゃ、本当ですか」

　安積は椅子から飛び上がらんばかりという比喩《ひゆ》のままに、素《す》っ頓狂《とんきよう》な声をあげ、それから先刻までの笑顔とは違う、放心したような表情で、どういうことだ、と呟いて震える指で煙草をつまんだ。

「榊原は何しにきたんだ？」と少し語気を強めてもういちど問えば、我に返ったように安積は加多瀬に眼を向けた。

「私は榊原大尉には会ってません。会ったのは奥さんの方です」

動揺するのは今度は加多瀬の番であったが、内心のざわめきを抑え込んだ低い声で加多瀬は問いを重ねた。

「榊原の奥さんがここへ来たのか？」

「ええ。いらっしゃいました。榊原大尉も一緒に鎌倉までついていらしたんですが、私は会っていません」

疑惑の黒雲がたちこめ、不穏な胸騒ぎに襲われた加多瀬が次の言葉を放つ前に、相手の問いが耳に流れ込んだ。

「ひょっとして、加多瀬さんは榊原の奥さんをご存じなんですか？」

「知っているよ」

「どういうご関係なんです？」

あまりに単刀直入な質問に狼狽《ろうばい》させられながら、しかしこの目の前の男が志津子との密かな関係を知るはずがないと思い、友人の奥さんさ、とそれでもどこか弁解する調子が入り込むのを避けられなかった。

「それ以上の何か関係はあるんですか」

関係しちゃ悪いのかと、あまりに不躾《ぶしつけ》な相手の言葉に内心で悪態をつきながら、問いは無視して、「榊原の奥さん」がここへ来た目的を重ねて問うと、相手の険悪な雰囲気をまるで感じていないように、安積は煙草に火をつけて、ふうとひとつ息をついて、煙が天井の傘のついた電灯にまとわりつくのを眺めてから返答を寄こした。

「加多瀬さんと同じです。研究をお手伝い願ったんです」

「研究とは、どんな研究だ」

「だから、それを、いま説明していたところです」

「どうして榊原の奥さんが研究を手伝うことになった？」

そういった刹那《せつな》、志津子が超能力者であるとの突飛きわまりない発想が浮かんで、馬鹿な、とあわてて打ち消そうとしたものの、それこそ自分が知るべき真理であったような気がして、加多瀬を不安に陥れた。

「これには色々と面倒な説明が必要なんですが」と一度切った安積は、鼻から煙を吐きだし、すぐにまた続けた。

「要するに、ある人物に会っていただきたいんです」

誰に？　と加多瀬がきいたのは当然である。

「紅頭柳峰です」

「リュウホウ？」

「ええ。紅頭中将の息子です。ただし、血はつながっていませんが。紅頭柳峰は神霊国士会の導師です」

導師とは何か。新たな疑問にとらえられた加多瀬が口を開こうとしたとき、私がご説明しましょうと、背後から声がかかって、振り向くといつのまにか扉の前に古田厳風の黒い服と青白い顔があって、ゆっくりと歩いてきた古田厳風は、手にした盆から三つの茶碗を机に置いた。

「どうぞ。新茶はまだですが、宇治の銘品です」

先刻紅茶を飲んだばかりだったが、古田と安積がそれぞれ茶碗を手にしたので、つられて茶碗に手を伸ばせば、茶の清涼な香りが鼻をくすぐって、加多瀬はにわかに喉《のど》の渇きを自覚した。

「実は柳峰導師がそもそもの出発点なんです」

古田厳風が語りはじめると、安積は椅子を古田に譲り、自分は机に腰をかけた。天井の電灯を頭がさえぎる形になって加多瀬の膝《ひざ》に黒い影が落ちた。

性急に事を運ぶのはまずい、まずは向こうから引き出せるだけの情報を引き出した方が得策だと判断した加多瀬は、茶碗を掌で包み耳を傾ける形になった。

「柳峰導師は一時は東京の脳病院にいたこともあるんですが、その後は実家の鹿児島に帰っていて、実をいいますと、私は柳峰導師とは中学の同窓なんです」

古田厳風は帰省するたびに旧友のもとを訪ね、あるとき友人の不思議な能力に気づいたのだと語った。

「もともと恐ろしく頭のいい男で、いわゆる紙一重というやつなんでしょう。田舎に逼《ひっ》塞《そく》して新聞などもあまり読まないようなのに、世界情勢の分析などには驚くほどの精確さがあって、ドイツのポーランド侵攻や日米開戦などは、昭和十年頃にはその日時まで予測していました。しかし、私が、はっきり友人の異常な能力、つまり予知能力を確信したのは、例の二・二六の叛乱《はんらん》の際なんです」

友人は事件の経過について、古田厳風の前でほぼ正確に描いて見せた。叛乱軍に参加した部隊名から叛乱将校の名前、殺された人物の一覧、鈴木貫太郎大将が、重傷は負うものの、命は助かるとまで友人はいった。

「もちろん事件の以前にです」

一度言葉を切った古田は掌に包んだ茶碗に口をつけ、傍らの机に置いた。

「どうして分かるのかと、当然私はきいたわけです。すると、おれにはなんでも見えるといって笑うんです。そんな風な言い方をすることはいつものことで、しかし今度ばかりは私も、こいつはただ事じゃないと、思わざるをえなかった。そこで、紅頭中将に相談をしたんです」

どうして紅頭中将に、と加多瀬が問う前にまた古田は語を接いだ。

「紅頭中将は同じ中学の大先輩で、友人の家とも遠縁の関係にあった。まあ、そんな縁です。いずれにしても、紅頭中将は友人の異常な能力を認め、自分の養子にして、東京へ呼んだ」

当時紅頭中将は神霊国士会を結成したばかりであったが、とりあえず「息子」を会のメンバーに加えた。

「導師というのは、別に決まった名称があったわけではないんですが、いつのまにか、そんな風に呼ばれるようになったようです。紅頭中将がどう考えていたかは分かりませんが、柳峰導師の不可思議な能力は、自然と国士会のなかで注目されていったのだと思います」

「いまじゃ柳峰導師の予言を中心に国士会は運営されているんです」とそこで安積が口を出した。「まあ、予言なんて言い方をすると、神がかった連中は一発で参っちゃうようなんですね。いまや、おやじさんまでが、妙に神がかってきているから困りものだ」

その口調に何とはない違和感を覚えて、加多瀬が机に座った若者の、電灯の黄色い光を背後から受けて陰翳《いんえい》の濃くなった顔を見ると、安積は破顔して歯を見せた。

「紅頭は父親なんですよ。ただし名前から分かるとおり、妾《めかけ》の子ですけどね。つまり私は柳峰導師とは兄弟というわけです」

なにがおかしいのか、安積は声をあげて笑い出し、不作法を咎《とが》めるような視線を向けた古田厳風が、引き続く笑いに言葉を覆いかぶせた。

「紅頭中将も軍人ですから、柳峰導師の能力を戦略に活かせないかと考えたのは当然です。なにより、その能力それ自体の研究が必要だと考えられたんでしょう。さっきも申しましたが、ドイツあたりで超能力研究に力が注がれているのは、紅頭中将もよくご存じだったんです。それで国際問題研究所を中心に研究を進めることになったわけです」

「それで、私が急遽《きゅうきょ》呼び寄せられたという次第なんですね」とそこで安積がまた口をはさんだ。「私はドイツのゲッチンゲンの医科大学に留学していたんです。そうしたら急遽帰って来いという命令電報を受け取ったわけです。まあ、金蔓《かねづる》の命令とあっては従う他にない。おやじさんとしては、身内に研究させておいたほうが、なにかと安全だと考えたんでしょうね」

今度は明らかに咎める眼で古田は発言者を見た。しかし安積は気にする様子もなく、机のうえの身体を小刻みに揺らしながら、愉快そうに言葉を吐いた。

「それに、まあ、私の研究というのは、心理学や薬学生理学の軍事的応用というわけで、満更関心がないこともなかったんです。それで研究をはじめてみると、たしかにすごいんです。超能力なんて馬鹿にしていたんですが、目の当たりにすれば信じざるをえない」

紅頭中将までが本気だとすれば、紅頭柳峰なる男にはなにかしらの異能はあるのかもしれないと思いながら、どうすごいのかときいた加多瀬が、実際に問題の人物を知らない以上、揶揄《やゆ》的な気分を消し去れないのは当然であった。

「たとえばサイコロを振って目を予測させるような実験があるんですが、そういうことになると、柳峰導師はまったく駄目なんです。ところが」といった安積は興奮に頰を膨らませて説明した。社会的な事件になると驚くほどの正確さで予測し、とりわけ海軍に関係する出来事については、かなりの細部まで予知像を提示したのだという。

「海軍の?」

加多瀬の思わず発した問いに安積はうなずいた。

「恐らくそれが本人の関心事だからなんでしょうね。いずれにしても、私が予知能力を確信したのは先日の真珠湾です」

紅頭柳峰は昭和十五年春の時点で、真珠湾奇襲を予言したばかりか、その戦果についてもほぼ正しい予測をなした。

「飛行隊の指揮官の名前から、沈められるアメリカの戦艦の名前まで、すべて正確なんです。驚くでしょう。十五年の春ですよ」

「まさか」と加多瀬が笑ってみせると、安積は何度もうなずいてみせた。

「信じられないのは当然です。しかし事実なんです。何らトリックやまやかしが入り込む余地はない。証拠の記録もあります」

証拠の記録という言葉が持ち出されたことで、かえって加多瀬は安積の話に疑惑を深めた。研究する側が最初から予知能力の幻想をふりまく積もりなら、記録などいくらでも捏造《ねつぞう》できるだろう。冷笑がこみあげるのを覚えながら、しかし加多瀬は相手にもう少し喋らせておくのが利口だと判断し、黙って耳を傾ける格好を続けたが、出し抜けに安積が入江少尉をご存じですかと問い、とたんに冷笑は凍り付いた。

「潜航艇による挺身《ていしん》攻撃について、やけに関心があるようで、色々といっていたんですが、こっちはそんなものがあること自体を知らないわけだから、あまり気にしていなかったんです。ところが、記録を読み返してみると、新聞発表のとおりなんですね。柳峰導師によれば、五艘《そう》の潜航艇のうち一艘は故障して、オアフ島に座礁し、士官がひとり捕虜になるっていうんですよ。それで新聞を見たら、たしかに九軍神となっていて、どうみても士官がひとり足りない。入江という名前も導師の記録にはありました。入江少尉という人は捕虜になった。違いますか？」

「しらんね」と硬い声で答えた加多瀬が煙草を出して火をつけたのは、動揺が滲《にじ》み出た顔をさらすのを咄嗟《とっさ》に避けようとしたからで、燐寸《マッチ》をすりながら、安積がこのことを知りうるとしたら、紅頭中将が情報源である他ないだろうと思いを巡らせ、これは何かの罠《わな》に違いないと、警戒の刺《とげ》で体中を一杯にし、だとしたら何のための罠なのか見当がつかないのが不安で、いずれにしても先刻までの相手を見下した冷笑的気分は消えた。

窓の暗幕が風にはためいて、一瞬戸外の光が射《さ》し込み、電灯のくすんだ黄色い光とは異質な光の方へ、三人の人間は一斉に眼を向けた。

「お手伝い願いたいのは」としばらく続いたぎこちない沈黙を古田厳風が破った。「柳峰導師に会って頂きたいのです」

なんのためにとはきかずに、黙って加多瀬は正面に座った男を眼でうながした。古田厳風は少々居心地悪そうに、椅子の上で尻《しり》を動かした。安積は成りゆきを見守るかのように、眼鏡を鼻の上で押し上げる動作を繰り返しながら沈黙している。

「理由をいわないわけにはいかないと思いますので、率直に申し上げます。つまり柳峰導師があなたに会いたいといわれたんです」

「私に？」と加多瀬は声を出した。

「そうです」

「どうして私に」

「分かりません」と答えてからあわてたように古田は加えた。

「柳峰導師は未来を知っているのは自分だけじゃないといわれるんです。他に四人いるというんです」

「それが私だと？」

「そうです。加多瀬稔という海軍士官、その人物も未来を知っているはずだと」

彦坂の自宅は芝区の閑静な高台の住宅街にあって、鮮やかなグリーンのペンキで外壁を塗られた洋風木造の二階家は、独り住まいだけあってさして大きくはないものの、南東に増上寺の森を望む、芝生の植えられた庭が広々して、しゃれた金網塀に沿って植えられた若い樹木のなかで、それだけが老木らしい桜が二本、いまや満開の花をつけていた。

目白から青山まで戻ったとき、本多弁護士は留守であったけれど、事務所で待つのは他の職員の手前気恥ずかしく、金子ビルの花屋で時間を潰《つぶ》していた範子は、午後二時ちょうど、墓地へ通じる角を曲がって来る彦坂の鼠色の帽子を認めた。ものものしく自動車で迎えにくるのはよして欲しいといってあったから、彦坂は徒歩でやって来たので、いやにせかせかした感じで歩いてくる男の姿に範子は笑みをこぼし、やや余裕を得た。

青山一丁目の停留所までふたり連れだって歩いて、そこから飯倉まで市電に乗り、花見というから上野かお堀端でも行くのかと思えば、自宅へ案内したいというので、範子はちょっとびっくりしたが、あまりあれこれと注文をつけるのも気が引けて、黙って同行した。

飯倉の停留所から芝中の脇を抜けて増上寺の方へ歩いて、寺院の山道風の小径《こみち》を抜けて庭木戸から敷地に入れば、真っ先に桜が眼に飛び込んできて、是非おめにかけたいと道々彦坂が示した熱意は決して嘘ではなく、花は見事だった。

「あの桜があったんで、この土地を買うことにしたんです」

彦坂は蜘蛛《くも》のごとく枝を伸ばした樹を見上げ、ここ数年花は虚《むな》しく咲いて散っていたのだが、今年は美しい観賞者を得て、桜も喜んでいるだろうと、歯の浮くような台詞《せりふ》を吐いた。もっとも範子はこのお世辞をさして厭味《いやみ》とは思わず、彦坂の最大の美質は、他の人間なら聴くに耐えないような気障《きざ》な台詞を自然と口にできる育ちの良さにあると、この点だけはとりあえず評価していて、気障な台詞といっても、詩を引用したりするような余計な文学趣味がないのも、範子の気に入っていた。

桜の下には白いテーブルと椅子が用意されていて、老若ふたりの女中が運んできた重箱にはテリーヌやハムなど、洋風の料理が詰められ、この料理は誰が、ときけば、実家から特別にコックを呼んだとの返事で、本来ならお茶の時間でしょうが、花見ですからと、彦坂は白ワインを開けてグラスに注いだ。

寒くないかと、何度も彦坂は心配したけれど、曇天の空には風がなかったので、厚手のワンピースならばさして寒さは感じず、水村女史から借りてきたショールもあり、寒さに備えてコートも用意してきてあった。それにたとえ少々寒かろうと、部屋のなかで向かい合うのは気詰まりに違いなく、広い空の下にあって清涼な空気を吸ったほうが清々してずっと気分がよかった。

彦坂の趣味なのか、庭は一面が芝生になって、みたところ草花はなく、もし自分がここへ住むことになったら花壇をこしらえるだろう、家の西側にも少し地面があるようだから、あそこにサボテン専用の温室を建てたら面白いなどと想像して、自然と笑みが浮かび、どうしました、と彦坂にきかれ、あわてて手提げからパパイアを取り出して、おみやげですといって彦坂に渡した。

これは珍しいと、大袈裟《おおげさ》な声をあげた彦坂は、さっそく切ってくるよう女中に命じ、まもなく卓の上には黄色い花弁の形になった果実の皿が加えられた。

普段食事はどうしているのかと範子が問うと、女中さんにお願いしているが、仕事柄外食することが多いと答えた彦坂は、あの年寄りの女中は、子供の頃から世話をして貰っている人だと説明した。

最初範子は、まだ十代らしい若い女中はともかく、地味な着物を着たその人が、いったい自分をどんな風に観察しているのだろうかと、気になったのであるが、ふたことみこと言葉を交わした限りでは、とても感じがよく、なにかほっとするような気分になっている自分を発見して、姑《しゅうとめ》を恐れる若嫁でもあるまいしと内心で苦笑した。

トキさんと彦坂から呼ばれる老婦人は、範子から声をかけられたこともあって、盆を抱えて立ったまましばらく談話に加わり、はじめて彦坂について東京へ来たときは、なんだか埃《ほこり》っぽくてなじめなかったのだけれど、この家に越してからは気持ちよく暮らせるようになったと、関西訛《なまり》のアクセントで語った。

このあたりは緑が多く、とくに増上寺の森を望むこの家の立地は、東京でも最上の部類であると範子がいうと、さようでございます、と老婦人はいくどもうなずき、それから範子の背中の方向へ顔を向けた。

「あそこの森で鴉《からす》が啼《な》いておりますでしょう」

身体を曲げてそちらへ眼をやれば、やや高台になった庭から見おろす境内の一画に松の木が並んで、梢《こずえ》に何羽かの黒い鳥がいるのが見えた。

「あそこは墓地になっているんです」

「墓地？」

「はい。わたくしが生まれ育ちました、紀州の田舎の家も、すぐ向かいが墓地でございました。子供の頃は、よく墓地で遊んだものです」

「叱《しか》られませんでした？　お墓で遊んだりして」

「見つかればねえ」と老婦人は笑ってみせた。

「でも、いけないといわれると、ますますそうしたくなるのが人間というものでございましょう？」

「同感ですわ」

「最初に奉公にあがった大阪の家も隣がお寺さんで、部屋の窓からお墓が見えたんでございます。よくよくお墓に縁があるんでしょうね。でも、お墓に縁のない人なんて世の中ありませんものね。いずれはどなたもあそこへ行くんでございますもの」

老婦人は手で口を覆うようにして小さく声を出して笑い、そこで彦坂が赤葡萄酒《あかぶどうしゅ》をもって来てくれるよういい、老婦人は芝生を家の方へ歩いて行った。

注意を促されたために、しきりと耳につくようになった鴉の啼き声を聴きながら、なんとなく不可解な印象を抱いたまま、範子が老女の後ろ姿を見送っていると、すぐに彦坂が話題を変えてきた。

問われるままに範子は、学生時代に勉強し、いまも継続して読み続けているシェークスピアの魅力を語り、ことに大好きな『十二夜』については、あらすじを紹介しながら解説までする熱中ぶりを示し、が、途中で自分が知識をひけらかしているような気がしてきて、急に恥ずかしくなり、少し齧《かじ》っただけですけれど、と日頃は絶対にいわない遁辞《とんじ》を口にしたりした。考えてみれば、範子が自分の一番の関心事について、異性の前で語ったのはこれがはじめての機会で、大抵は傲岸《ごうがん》な拒絶か卑屈な迎合の、どちらかの反応にあって口をつぐむのが常であったから、そのどちらでもない彦坂の応対ぶりには、単純に聞き上手というだけでない不思議な力があって、包容力とにわかに呼ぶのはためらわれたものの、いずれにしても心地悪くはなかった。

ときおり桜の花がひとひら、ふたひら、何かの合図のごとくに舞い降りて、そのたびに範子は頭上を覆う花の天蓋《てんがい》から、芝生の庭、薄緑色の家、増上寺の森へと視線をやり、すすめられるままに飲んだ葡萄酒のせいもあるのか、それら風景が美しいものに眼に映じ、もし彦坂との結婚が、ただここにこうしてあり続けることだけを意味するなら、それも悪くないと思い、しかし実際には自分がここへたどり着き、またこの場所を確保し続けるためには、たくさんの面倒事を乗り越えていかなくてはならないのは承知していた。

水村女史の話では、彦坂に持ち込まれる縁談はどれも有力な政治家や官僚の娘だそうで、新興の企業家として財閥の利権の一画に食い込まんとする彦坂の父親にしてみれば、妾腹《めかけばら》とはいえ息子の縁組みは、今度の戦争と同様、自己の権力や富の拡大の好機に違いなく、大佐で予備役になった退役軍人の、しかもすでに故人である人物の娘では、父親にはなんの魅力もないのは明らかで、とうてい賛成するとは思えず、たとえばそれを思うだけで、ごたごたは御免だと、気持ちはそっぽを向いた。

鴉の啼き交わす声が強く耳をうち、桜のはなびらがまたひとつ、範子の手にしたワイングラスをかすめて膝《ひざ》に落ちた。庭に眼をやった範子はそのとき、周りの風景が自分から遠ざかり、急によそよそしくなったように感じ、自分が舞台上の役者であるかの幻想に見舞われて、不思議な気分でなおも外界の気配に耳を澄ませば、ここはつまり「虚」の場所なのだと、かつて読んだシェークスピアに関する批評文のなかに出てきた「虚」

の言葉が、不意に念頭に浮かんできた。

桜も、しゃれた出窓のある家も手入れの行き届いた気持ちの良い庭も、いま見ているものは、ことごとく「虚」にすぎない。それは彦坂の父親の持つ既得権益や財力に支えられて、つまり「実」に支えられてはじめてこの場所がありえるのだ、といったことだけではなくて、ここには「虚」そのものの印象、たとえば芝居が「虚」であるとするなら、心をうつ舞台には必ず出現する「虚」それ自身の輝きがあると感じられ、同じ批評文のなかの印象的な寸言、シェークスピアの芝居や人物が「虚」であるとするなら、それを観劇するわれわれの生活もまた「虚」ではあるまいか、その言葉を思い出した範子は、「虚」という言葉の字義とは裏腹な、眼にした風景の背後から押しよせる「充溢《じゅういっ》」にめまいを覚え、同時に、この世界はことごとく「虚」である、人も金も権力も歴史も、なにもかもが「虚」であるとの実感がにわかに生まれて、だとするならば自分はその「虚」の輝きのなかに生きたい、いまありありと感得せられる「虚」の「充溢」を永遠なものにしたいと、熱烈な願いを抱いたとき、卓の向かいの男が唇を動かし、結婚を前提にお付き合いを願えないでしょうかといい、とたんに舞台の幻影は遠ざかり、書き割りのように見えていた風景ももとの質感を取り戻した。

膝の上の花びらをつまんで範子は赤い葡萄酒に浮かべた。

「私は彦坂さんのことをまだよく知らないし、彦坂さんも私のことを知らないでしょう。なのに契約を結ぶわけにはいきませんわ」

契約とはまた大袈裟なと、彦坂が笑うので、範子は語を加えた。

「前提というのは、でも、そういうことになるんじゃありません？」

「そんなことはありませんよ。つまり真剣にお付き合いしたいという意味です」

「ということは、互いによく知り合ってみて、いやだったら、契約は破棄してもいいわけですね」

「むろんです。そうならないように願ってはおりますが」

「たぶん彦坂さんの方が先にいやになると思いますわ。私はこうみえて結構いやな女なんです」

彦坂は快活な笑い声をあげ、範子はいまの言葉が結局は相手の提案に対する承諾に他ならないと気づくと同時に、自分の発言にはらまれていた媚びが恥ずかしくなり、反発心がむくむくと頭をもたげた。

「じゃあ、さっそくですけど、質問に答えて下さい」

「質問ですか」

「ええ。お互いをよく知るにはそれが一番でしょう？」

「まあ、そうですが」と答えてグラスに口をつけた彦坂の顔に浮かんだ不安の影を範子は見逃さず、先日の帝国ホテルでの一幕を彦坂が忘れているはずがない以上、不安は当然だろうと思うと、残酷な気分がこみあげてきて、しかしそこには飼い犬をからかうような親愛がないわけではなかった。

「正直に答えてくださらなくっちゃ駄目よ。嘘をいわないと誓って下さる」

「わかりました。誓います」

彦坂の穏やかな顔がいよいよ不安に曇るのを愉快に思いながら、さらに範子は言葉を加えた。

「これからお互いに嘘はつかない。そのことを約束して下さいます？」

この台詞《せりふ》は少々三文小説のようだったかと密《ひそ》かに笑った範子は、そもそも嘘のない関係など人間の関係にはありえず、これから彦坂が無数の嘘をつくのは間違いないと確信していて、だとすれば、少なくとも彦坂が嘘をつくたびに負債を負わせるのは損がないと、狡《ずる》い計算をし、しかしまた一方では、約束しますと、真剣な声と表情で彦坂が誓った、少なくともその一瞬だけは、嘘のない関係がこの人とはつくれるかもしれないと、はかなく夢見たのも事実だった。

「じゃあ、質問します」と範子はワイングラスを卓に置いて宣言したものの、実は何を質問すべきか、考えがまとまっていなかった。彦坂の過去の、ひょっとすると現在にも引き続く女性関係については、見苦しい弁解を引き出すだけだと思えば質問する気は毛頭なく、前に彦坂が漏らした父親との関係をきいてみようかとも思ったけれど、それもなんだかしにくくて、自分が彦坂にいま一番ききたいことは何なのかと、原点に立ち戻って考えを巡らせた範子の頭にぽっかりと浮かんできたのは、次のような問いだった。

「亜細亜通商は、紅頭中将に何を売っているんですか？」

瞬間見つめてきた眼の、はじめて見る陰惨な光に範子はたじろぎ、あわてて卓に手を伸ばしてワイングラスをとったとき、前に座った男の声がきこえた。

「何故そんなことを知りたいんです？」

彦坂の声は穏やかで、しかし範子はいま見たばかりの眼の色に脅かされ、であるがゆえに反発的に返答した。

「知りたいから、知りたいんですわ」

「お兄さんから頼まれたんでしょうか？」

「いいえ、兄は関係ありません。私の個人的な興味です。このことは兄にいうつもりはありません」

範子がいうと、彦坂はしばらく考えを巡らせるように、掌《てのひら》でグラスをもてあそびながら沈黙し、冷え込んできた空気を渡って鴉《からす》の声が大きく響いた。

「よろしいでしょう」とやがて彦坂は口を開いた。「僕は嘘をつかないと約束しましたから。そのかわり、範子さんも絶対に他言しないと約束して下さい」

「約束します」と答え、正面に据えられた鋭く射抜いてくる眼を見た範子は、これはきくべきではない、おまえは取り返しのつかぬ負債を背負うことになると、声高に叫ぶ怯《おび》えの虫が体中を跳ね廻るのを覚え、大きな黒い影に自分が身動きならず捉《とら》え込まれるかの幻想に、急激な恐怖に襲われて身体がふるえ、冗談ですわ、と笑おうとした、しかしその直前に彦坂の薄い唇が動いた。

「ウランです。酸化ウランを上海で買い付けて納入しているんです」

　暗幕の向こうはすぐ壁で、のっぺりした漆喰《しっくい》壁には扉の他に、硝子《ガラス》のはまった小窓が目の高さにあって、古田厳風にうながされて窓を覗けば隣の部屋が見えた。

　そこはこちらよりもだいぶ広く、一階二階が吹き抜けになっていて、見下ろす形になった床の中央に大机があり、書物の山に埋もれるようにして、ひとりの人物がスタンドの明かりのなかで本を読んでいた。

　書物は机ばかりでなく、三方の壁一面にしつらえられた書棚にぎっしりと背表紙が並び、さらに板張りの床にもたくさんの書物の類が積まれて、「書物の山に埋もれる」とは決して比喩《ひゆ》ではなかった。人物の姿は机に置かれたスタンドの明かりを浴びて闇の底からくっきり浮かび上がっているものの、うつむいているせいで、半袖《はんそで》の白いシャツと、襟足にまで汚く伸びた髪が見えるだけで、顔は窺えなかった。

　しばらく一緒に小窓を覗いていた古田厳風が、無言のまま加多瀬を促し、扉の鍵を開いた。

「別に監禁しているわけじゃありません」

　鍵を懐に仕舞いながら古田は、加多瀬の視線を感じたものか弁解するようにいった。

「この部屋の鍵はなかからも開けられるようになっているんです。柳峰導師が邪魔されるのをきらわれるものですから」

扉を開けた古田は、どうぞ、と加多瀬をなかへ導いて、しかし自分は敷居から動かず、戸惑う素振りを見せた加多瀬にまたいった。

「余人を交じえずというのが柳峰導師のご希望です。それにおそらく御紹介は必要ないと思います」

何故《なぜ》かと問い返す前に古田は扉を閉じ、扉の向こうで施錠の音が聴こえ、加多瀬は罠《わな》にはめられたような嫌な気になったが、まさか危害を加えられることもあるまいと覚悟を決め、扉からすぐに続く鉄の階段を降りた。

かんかんと乾いた音が、天井の高い、裸電球が寒々しく点《とも》った倉庫様の空間に大きく響いて、すると男が机からつと頭をあげ、はじめてその顔をみた加多瀬は、かなり老齢の人物であるとの印象を最初は受けたのだけれど、それは顔中をおおう灰色の髯と、度の強い眼鏡のせいに違いなく、西洋人めいた鉤鼻《かぎばな》の目立つ顔の皮膚は滑らかで、古田巌風と同級生であるというからには、年齢は加多瀬とそう違わないはずであった。

加多瀬が近づいていくと、眼鏡の奥の眼を子細ありげにみひらきながら、男は椅子《いす》から立ち上がった。かなり上背のある人物だと加多瀬は観察した。

「しばらく。元気そうでなによりだ」

白いものが混じって銀髪と見える男は自分から歩みよってくると、ひとなつこい笑顔を浮かべ手を差し出してきた。警戒した加多瀬は握手は交わさず、親しげに笑う相手を立ったまま観察していると、男はさらに目尻《めじり》の皺《しわ》を深くした。

「分からんかな、おれが誰だか」

狂人の妄想が冷気となって押し寄せるようで、加多瀬はわずかに身震いし、すると相手が書物が山積みになった机の引き出しから何か紙片のごときものを出して渡した。なお警戒を解かぬまま、手に受け取ったものは一枚の写真で、海軍兵学校の制服を着た坊主頭の学生が、生真面目《きまじめ》な表情でこちらを見つめている。

「昆布谷か。昆布谷なのか」

理解が訪れると同時に加多瀬の口からその名前が出て、それからあらためて加多瀬は写真の青年と目の前の人物を見較べた。

海兵の同期生であり、二号生徒になってまもなく退校した青年を、加多瀬が記憶にとどめていたのは、その珍しい名前のせいもあったが、なにより昆布谷が同級のなかで抜群の優秀さを示した男だったからで、昆布谷が健在だったあいだは、清澄でさえ次席に甘んじなければならなかったのだとすれば、昆布谷の突然の退校は同級の誰にも強い印象を残さずにはおかなかったし、退校の理由が精神の不調だとの風説が流れたときには、あの頭のよさはやはり尋常ではなかった、紙一重を破ってあちら側へ行ってしまったかと、しばらく話題になったのは当然で、加多瀬に限らず、海兵五七期の卒業生にとって昆布谷の名前は忘れられる名前ではなかった。

まあ、そこへ座ってくれと、昆布谷は同級生の気安さでもって机の向かいの丸椅子を加多瀬に勧め、自分ももとの椅子に腰を下ろして書物の山から顔を覗かせた風貌《ふうぼう》は、全体に一徹な学者のようで、開襟シャツに黒いズボンの簡素な服装が、俗世には無頓着な学究の徒といった風をいっそう強めていた。

一度気づいてみれば、白髪混じりの長い髪と髯、あるいは学生時代はかけていなかった眼鏡にもかかわらず、昆布谷の印象は昔と驚くほど変わらず、とりわけその声が、ややしわがれて不明瞭な、声だけきくとむしろ鈍重な人間なのではと思わせる、以前と少しも変わりない声が、江田島時代のあれこれの場面をたちまち甦らせ、とはいえ加多瀬は懐かしいと思う余裕はさすがになく、緊張と不安に頬が強張るのを覚えながら、目の前の男の言葉を待った。

「おれが紅頭中将の養子になった話はきいたか？」

昆布谷は顎の鬚《ひげ》を引きながら机の向こうで笑ってみせた。

「きいた。紅頭柳峰とかいうんだろう。貴様はここで何をしているんだ」

慎重に言葉を選ぶつもりでいながら、自分の調子に自然と気安さが混じり込むのを加多瀬は不思議に思った。

「研究をしている」

「何を研究している」と加多瀬は、ぐるりの書棚を眺め回すようにして答えた昔の同級生に向かって問いを重ねた。

「いまは主に中世のユダヤの文献にあたっている」

答えた昆布谷は机の上の冊子を何冊か手にとってみせた。どれにも加多瀬の見たこともない文字が表紙に書かれている。

「ヘブル語ができるのか？」

「勉強した。なかなかに興味深い。いろいろ読んでみると、近代の西洋文明がいかにユダヤ的な智恵や発想の影響を被っているかよく分かる」

学生時代の昆布谷が一種の語学の天才であり、フランス語をはじめて一週間目に、フランス語で書かれた文法書を読んで面白がっているような男だったと加多瀬はにわかに思いだし、ヘブル語ができるのか、とは我ながら愚問であったと苦笑し、いまさらながらに相手の才能を惜しむような気持ちに襲われた。

「いま何ヵ国語くらいできる？」

出し抜けにかきたてられた、目の前の人物の異能への興味のままに加多瀬はきいた。

「数えちゃおらんが、おおかた十くらいだろう」

つまらなそうにいった昆布谷は続けた。

「まあ、そんなことはどうでもいい。それより、貴様は、どうして自分は、いま、ここにいるんだと思う？　いや、そもそも、自分といったときの、その自分の実体は何だと考える？」

あまりにも唐突な、そして学生の青臭い議論そのままの調子に、目下の奇怪な情況や疑惑をしばし忘れて、加多瀬は思わず笑い出すと、相手の笑いに逆らわず、物柔らかな調子で昆布谷はいった。

「おれがいまここにいると思うのは、おれの意識の作用だ。意識が消えれば、たとえば眠ってしまえば、いま、ここにいるとは思わなくなるからな。だとしたら、意識とは一体何なのか。そいつはどこにあるのか。脳味噌《のうみそ》のなかにか、それとも神の創造の意志のなかにあるのか。——大丈夫だ、おれは狂っちゃおらんよ。まあ、いきなりこんなことを言い出せば、狂っていると思われても仕方がないが」

昆布谷は声を出して笑い、相手が精神を病んでいた事実を思い出しながら、しかし加多瀬はその笑い声に、むしろ健康なと形容してよい明るい響きを感じとった。

「むろんおれは自分が狂っていないと、絶対の主張はできんさ。自分が狂っているのかそうでないのか、意識自身には判断する方法がないんだからな。まったく意識というやつは不思議な代物さ。おれの研究というのは、ひとことでいうなら、この意識というやつの正体を見極めようというわけだ。十年以上、おれはあらゆるヒントを求めて知識の荒れ野をさまよい続けているという次第でね」

黴臭《かびくさ》い書物に埋もれた髯面の男がいったとき、

「貴様は榊原志津子さんに会ったのか？」といきなり加多瀬は切り込んだ。昆布谷は不意打ちを食らってあわてる様子も話の腰を折られて気を悪くする様子もなく、ああ、会った、と変わらぬ調子で応答した。

「ここでか？」とさらに問うたとき、スタンドの橙色《だいだいいろ》の光のなかに浮かんだ昆布谷の髯面にはじめて不可解な表情が浮かんだのを見逃さず、ここで会ったのか、と畳みかけた加多瀬へ、顎鬚を神経質に引きながら昆布谷が答えた。

「ここでも会ったが、別の場所でも会った」

「いまあの人はどこにいる？」

「いまあの人はどこにいる——。まるで分からんさ。なにしろおれは自分がどこにいるのかさえ分かっちゃおらんのだからな。磁石も電探もなく大海原を行く船みたいなものさ。むろん陸地は見えず天測も効かない。一瞬一瞬時間が過ぎ去っていくのは分かる。しかしそれは意識がそう感じるというだけの話で、実は一瞬と見えたもののなかに無数の永遠が潜んでいるのかもしれん。いまあの人はどこにいるか——。『いま』とは何だ？　『どこ』とは何だ。おれたちは問いを立てることすらできない」

「おれは哲学をききたいわけじゃない」

加多瀬が遮ると、昆布谷はびっくりしたように眼をみひらき、それから爆発的に笑い出した。ぐっ、ぐっ、と胃袋から食道を絞るような声が漏れ、その奇怪な声が高い天井に反響して、加多瀬を脅かし、しかし相手がはじめて見せた病的な振る舞いに、なにか納得するような気分を味わった。

「まったくそのとおりさ。哲学など何の役にも立たない」

相変わらず切れ切れな笑いをはさんで昆布谷がまたはじめた。

「しかし哲学には面白いところもないわけじゃない。とくに西洋の連中にはおかしなことを考えているやつもいる。たとえば神が世界を創造し、全能である以上、宇宙のあらゆる出来事は神の意志だと考えてみる。そうすると偶然というものは存在しなくなる。どんなつまらない出来事にも必ず神の与える意味があるというわけだ。なにもかもが必然であり、神の栄光を輝かせるべき出来事である。なるほど、こいつは、自由を引き替えにしたとしても、なかなかに魅力ある考え方だ。ところが困ったことには、神にそのような絶対性を与えれば与えるほど神なるものの内容が空虚になってしまう。神を神と呼ぶ必要が、それこそ必然性がなくなってしまう。つまりどうやら哲学というやつには、完全性を求めれば求めるほど不完全になっていく性質があるらしいんだな。哲学だけじゃない。知識は一般に、意味を求めれば無意味を生じ、合理性を求めれば非合理が生まれる、そういうものらしい。意識だって同じさ。つまり正気になろうとすればするほど狂ってしまうわけさ。もしおれが狂っているのだとしたら、それはおれが正気であるのが主な原因だ」

笑う男は机の引き出しからウィスキーの瓶を取りだし、机の隅に置いてあった湯飲み茶碗に瓶の首をがつんと打ち当てて中の酒を注ぐと、半分ほどを口へ放り込み、口をすすぐような音をたててから、そのときだけは生真面目な表情になって、尖《とが》った喉仏《のどぼとけ》を盛大に上下させて飲み込んだ。その様子を加多瀬は病者を観察する眼で眺め、それからまた質問した。

「貴様は榊原にも会ったのか」

「いや。会わない。榊原も鎌倉までは一緒に来たらしいが、会ったのは夫人だけだ。悪いとは思ったが、榊原には待って貰った」

　これで榊原がスケッチに時間を潰《つぶ》した理由は分かったと思いながら、加多瀬は疑問の核心に切り込んだ。

「あの人は、何しにここへ来た？」

「榊原志津子か」

「そうだ」

「何故彼女のことがそんなに気になるんだ？」

　昆布谷が眼鏡を外して、真っ直ぐ見つめてくる、その瞳が底深く、強い光を宿らせてこちらを射すくめてくる印象に、加多瀬は思わずたじろぎながら、しかし視線を逸《そ》らさずにいると、昆布谷の表情に著しい変化が生じた。ようやく飯にありつくことを許された犬とでも評すべき、歓喜と猜疑《さいぎ》がひとつになった、見苦しい顔になった昆布谷が呻《うめ》くようにいった。

「加多瀬、貴様は覚えているんじゃないのか」

「何を？」

「あのことをだ。あのことを、貴様は覚えているんだろう」

　昆布谷の眼には疑いようのない狂的な色が浮かぶと見え、また加多瀬が病者を観察する眼になると、正視しがたい狂者の輪郭がその顔に一瞬出現し、しかしすぐに明らかな落胆の色が全面に広がった。

「覚えていたら、そんな風にしていられるはずはないからな」

昆布谷は湯飲みの酒をまた一口飲んで、自嘲《じちょう》するように呟《つぶや》き、彼女は船さ、と謎のような言葉を吐いたときには、隠棲《いんせい》する哲学者の風貌と声色を取り戻していた。

「船とはどういうことだ？」

「さっきのたとえさ。羅針儀もなく海原を行く船だ。つまり、陸地は見えなくても、同じ海域を進む船があれば、少なくともこちらの相対的な位置や速度を知ることはできる」

どういうことかと、加多瀬が思考を整理しようとしたとき、貴様は銀座を知っているか、と唐突に昆布谷がきいてきた。

「銀座？」

「そうだ。銀座にある店で、つまり酒場だ。数寄屋橋《すきやばし》の交差点から、泰明《たいめい》小学校の裏手を入ったビルの四階にある。店の名前は分からないが、入ってすぐの壁に大きな錨《いかり》と舵《だ》輪《りん》がかけてある。海軍関係の人間が集まってくる店だ。知らないか」

再び熱のこもった眼で見つめてくる昆布谷の視線を感じながら、知らんな、と答えた加多瀬は、ひょっとして志津子はその銀座の店で働きだしたのではあるまいかと思い、であれば、自分の前から忽然《こつぜん》と姿を消した理由も分かる気がしたものの、しかし志津子がさような商売に係わるべき理由は見つからなかった。

「その店に彼女がいるのか」

「いまはいない」と答えて昆布谷はまた短く笑った。

「いや、いまもいるのかもしれん。おれには分からん」

昆布谷はウイスキーを湯飲みにつぎ足し口へ運んだ。

「彼女のことなら何も心配はいらない。あんな図太い女は珍しい。まれにみる凄腕《すごうで》というやつさ」

その評言にひどい違和感を覚えながら、しかし加多瀬は、それが志津子の本質を言い当てているような気もして、不可解な気分が腹中で蠢《うごめ》くのを覚え、しかし相手のとりとめなく摑みがたい言葉の連続に振り回されて、思考はひとところに留まることができない。

「貴様は穴蔵を知らないか」とまた酒を飲んだ男が唐突にきいてきた。

「どこか西洋の街だ。暗い牢獄《ろうごく》のような場所におれたちはいる。穴蔵がある。水の腐った匂いがする。そこにおれたちは入っていく。何か覚えていないか？　貴様も一緒だったはずなんだ。porta in infinitatem porta in infinitatem こいつだ、この言葉だ、鍵《かぎ》になるのは。おれはこいつを探して書物の山に分け入ったのさ。それでもまだ鍵はみつからない。ちくしょう！」

昆布谷は突然の激昂《げっこう》をみせると、いきなり手近な書物を摑んで、右手の壁の方へ投げつけた。

「失《う》せろ！　おまえなどには用はない。とっとと失せろ！」

そう叫んでもう一冊を乱暴に投げ、それから今度はイタリア語らしい言葉で、悪罵《あくば》を口から迸《ほとばし》らせた。危険を覚えて加多瀬は立ち上がり、すると昆布谷は両肘《りょうひじ》を机についた腕で頭を抱え込み、すまん、と最前までとはうって変わった打ち沈んだ声で謝った。

「そこに椅子があるだろう」

見れば書物が投げつけられたあたりの、金文字の背表紙の並ぶ背の高い書棚の前に、革張りの古めかしい長椅子があった。

「そこにあいつがいるんだ。貴様には見えないだろうが、あいつがいる。むろん幻覚さ。幻覚に違いない。だが、そこにいるのは間違いない」

椅子のある暗がりには誰もおらず、加多瀬は目の前の人物の狂気にあらためて背筋に冷気が立ちのぼるのを覚えた。

「座ってくれ、頼むから、座ってくれ。別にどうということはないんだ」

用心しながら加多瀬が再び丸椅子に尻をつけると、昆布谷は自嘲するような笑いを浮かべた。

「そこにいるやつは、なんだかんだとおれにうるさく説教しやがるのさ。薄汚くて、見苦しい、頭の悪い、妙に若づくりにしたイタリア人の爺《じじ》いさ。吐き気のするようなやつだ。西洋人なら悪魔と呼ぶんだろうが、おれは日本人だからな。名前なんかつけてやらない。神を信じていない人間が悪魔を信じるわけにはいかんだろう？」

低い笑いを歯のあいだから漏らした昆布谷は、革椅子へ顔を向けると、その暗がりに本当に誰かがいるような調子で、早口のイタリア語で何かいい、それからまたこちらへ眼を向けた。

「やつは本をぶつけるのはよしてくれ、ぶつけるならインク瓶か、水の入ったコップにしてくれなんていっている。それが自分の大いなる名誉だそうだ。しかしおれはルーテルでもイワン・カラマーゾフでもないからな」

そういって再び革椅子へ向かって異国語で話しかける調子は、親しい友人と議論でも交わすようで、相手の狂気の所在をはっきり確認したと思い、これ以上会話を続けても無意味だと悟った加多瀬は、観察の眼が貼り付いているに違いない高い小窓に眼をやり、椅子から立ち上がりかけたとき、気配を察したらしい昆布谷が声をかけてきた。

「待ってくれ。おれにあと十分だけ時間をくれ。貴様はおれが狂っていると判断したのかもしらん。しかし、おれが幻を見るくらいはたいしたことじゃない。幻覚などは所詮《しょせん》アルコール中毒の一症状にすぎん。少々脳に障害が起こった程度の、要するに生理学の問題だ。それくらいは自分で分かっている。そうじゃなくて、もしおれが狂っているのだとしたら、もっと本質的に狂っているんだ」

狂人の言葉とはいえ、何か筋の通った整然とした語り口にひかれて、加多瀬は再び髯面の男と向かい合った。

「最初から話そう。そのうえで貴様が判断してくれ」

息を整えるように一度切った昆布谷は、やがて静かな声で口を開いた。

「おれは未来を知っている。ただし、それは連中がいうような超能力、予知能力といったことではないんだ。おれにとって、つまりおれの意識にとって、いまのこの現実は、二度目の現実だということだ」

そういって昆布谷は、彼の異様な物語を語りはじめたのである。

XI porta in infinitatem

「それがいつからはじまったのか、おれ自身にもはっきりしたことは分からない。子供の頃から、妙に思うことはあったんだが、この場面は過去に経験したことがあるという感覚、いわゆる既視感というやつは誰にでもあるし、おれが調べた限りでも、生理学の範囲内で説明のつくものらしい。だが、おれの場合、まず頻度が尋常じゃなかった。起きているあいだじゅう、それは何度も起こる。とはいえ、あくまで断片的なものにすぎなかったし、それが普通だと思っていたから、まあ、どうということもないといえばなかった。おれがはっきり異常を悟ったのは、つまり他の人間と違っていると知ったのは、学校にあがってしばらくした頃だ。三年生になった春、教室でおれは他の子供と一緒に教科書を貰ったんだが、読本を手にしたとたん、おれはびっくり仰天して椅子から転がり落ちた。おれはそれを一度読んだことがあったんだ。本を開く前から中身を全部知っていた。もちろんおれがそれを読んだはずは絶対にない。にもかかわらずおれはそれを知っていた。読本だけじゃない。算術も修身もどれもこれも、はじめて見る本であるはずなのに、おれは以前に読んだことがあったんだ。それからは似たようなことが何度も起こるようになった。当時、家には書生がいたんだが、その書生が好きで買ってくる講談本にも、読む前から話の分かっているものがいくつもあったし、大人たちの何気ない世間話や、はじめて会う人物が、しかしおれにははじめてじゃなかった。当然ながら、どういうことなのかとおれは考えた。むろん分かるわけもない。いまだって分からんのだからな。おれは子供の頃、神童と呼ばれていた。まあ、神童なんてものは、どこの町にもひとりやふたりいるものさ。二十歳を過ぎればただの人ってやつでね。ただ、おれの場合、周りの大人たちは、おれの神童たる所以《ゆえん》を、おれが五歳のときに遭遇したひとつの事件と結びつけて語っていた。事件というのは、いわゆる神隠しだ。おれの生まれ育ったのは薩摩《さつま》の垂水《たるみず》なんだが、家の裏山に八幡神社があって、そこからさらに森に入っていける。そのときおれは森へひとりで遊びに行ったらしい。それっきり行方知れずになって、十日ほど経って、串木野《くしきの》の浜で発見された。おれ自身はまるで記憶がないんだが、垂水と串木野といえば、鹿児島湾と薩摩半島をあいだにはさんで、六十キロ近くもあるんだから、まったく不思議な話さ。神隠しは天狗《てんぐ》の仕業なんていわれていたから、おれも、ひょっとして自分の不可思議な能力は、このとき天狗から貰ったのかもしれないなんて考えたりして、いずれにしても決して人にはいってはならないというくらいの智恵は子供ながらにあった。そうして中学へ入る頃には、おれの異能も鈍ってきたらしくて、おれもそのことは段々と忘れていった。それが再び甦ったのは海兵に入って二年目の夏だ」

一度切った昆布谷は茶碗へ酒を注ぎ、しかし口はつけずに、手にした茶碗の中身を上から覗き込むようにしてから机に置いて、再びはじめた。

「はっきりしたきっかけがあったわけじゃない。自然にそれはまたはじまった。悪くなっていた歯がしだいに疼《うず》きはじめたような感じだ。起床ラッパが鳴って一日がはじまる。清掃、座業、体練、そのいちいちの場面で、おれはこれを知っていると感じる。たとえていえば、子供の頃に読んで忘れていた本をもういちど読むような感じだ。何かが起こるたびに、ああたしかにそうだった、これはこうこうだったと、おれは必ず思い出す。病的な現象だと思わないわけじゃなかった。いや、きっと自分は神経がおかしくなっているのだと、おれは考えたが、そのこと自体には不思議と不安はなかった。むしろ不安があるとすれば、変調を周りに知られて、海兵をやめなければならないことになったらという恐れだけで、だからおれは自力で病を克服しようと決意した。そのためには病の核心を直視する必要がある。そう考えたおれは、むしろ徹底的に自分の覚えていることを、意識の底に隠されている内容をえぐり出してみようと決心した。思えば、このときおれはすでに事の真相を直感していたんだろうな。要するに自分は未来の出来事を覚えているらしい。論理的にはこんなことはありえない。ありえないが、しかし直感はそうだと訴えてやまない。おれは積極的に思い出してみることにした。これには実際のところ勇気がいったよ。高い崖《がけ》から底の見えない淵に飛び込むような感じだ。それも刻一刻と迫ってくる水面を凝視しながらだ。意識か記憶のどこかに、何かしら大きな塊のごときものがあるのは感じていたんだが、おれはそれまで必死でそれから眼を背けようとしていたからね」

昆布谷は長く伸びた灰色の髯を引き、右手の人のいない革張りの長椅子へちらり眼を向けてから、貴様は夢を見るか、と加多瀬に唐突に質問し、返答が与えられる前にまた語を接いだ。

「夢など一度も見たことがないなどと主張する人間もあるが、なに、見たことを忘れているだけの話さ。人間は一晩眠れば必ず夢を見るものらしい。しかもその分量は膨大なものだそうだ。実際訓練すれば、いくらでも思い出せる。ひとつきっかけが与えられれば、この場面の前にはこんなことがあった、その前はこんなことがあった、さらにその前は、という具合に、芋蔓《いもづる》式に思い出せる。ひょっとすると一晩に見る夢の出来事は、ゆうに人間の一生ぶんの出来事に匹敵する量なのかもしれない。そう考えると、おれが経験したと信じるものも、一夜の夢にすぎないような気もしてくるんだが、いずれにしても、おれは夜見た夢を朝思い出すのと同じような仕方で、自分の過去を、いや、未来というべきか、とにかくそいつを思いだしてみた。底なしの淵を覗き込んでみたわけさ」

「何が見えた？」

黙って観察者の立場を貫こうと決めていた加多瀬は、そのような文句が口をついて出てしまったことに狼狽《うろた》え、とたんに誰かが笑う声が聞こえたように感じて、一瞬気配を察して眼を向けた革張り椅子には、もちろん人影はなく、机の向こうの髯面にも笑いは浮かんでいなかった。

「一冊の本がそこにあった」と昆布谷は答えた。

「本?」

「本というのはむろん比喩《ひゆ》さ。人生を書物にたとえる、古くからある陳腐な比喩にすぎない。しかし、こいつは説明にはしごく便利でね。つまり人間の一生を一冊の書物にたとえるなら、われわれは毎日毎時、書物の新しい頁をめくっていくというわけだ。次の頁に何が書いてあるのか、あれこれ予想したり見当をつけたりもするけれど、本当のところはめくってみるまでは分からない。場合によっちゃ、物語は佳境にさしかかっているというのに、開いたとたんに死の文字が書かれていて、あっと言う間に話がおしまいになることだってある。考えてみると、こいつはどんな小説より面白い読み物だ。涙あり笑いあり、波瀾《はらん》万丈の一代記。むろん、なかには赤ん坊のうちに死んでしまった人間の、ほとんど何も書かれていない白い本もあるだろうし、もうこれ以上読むのが嫌になって自殺した人間の悲惨な書物もある。いずれにせよ誰もが自分の書物を死ぬまでに一冊ずつ読み終える。つまりおれが見つけ出したのは、おれ自身が読み終えてしまった一冊の本だったわけだ。おれは自分自身の生涯という、完結した書物をすでに一度読んでいたのだ。笑うなよ。いや、笑ってもいい。笑ってもいいから、もう少し黙っていてくれ」

そういう昆布谷自身の顔にこそ、奇怪な笑いは幾筋にもなった皺《しわ》とともに浮かびあがり、しかしそれも一瞬で、すぐに笑いの気配は髯のなかに紛れ消えた。

「おれは海兵をやめた。自分では正気を保っていたつもりだったが、まわりからはやはりおかしく見えたんだろう。精神に異常をきたして退校というわけさ。しかし、おれが海兵をやめて実家に帰ったのは、なにより逃げるためだったんだ。何から？　おれ自身の書物からだ。一番恐ろしかったのは、おれがいま読みつつある書物と、かつて読んだことを記憶している書物が瓜二《うりふた》つだった点だ。同じことが反復される。おれは生きているつもりなのに、単にひとつの物語を反復しているにすぎないと感じたとき、おれは心底恐怖に震えたよ。透明な檻《おり》が四方からぎゅうぎゅう身体を圧迫してくるように感じた。もうただ逃げ出したい一心で、実家へ逃げ帰った。その時点でおれは悪夢から少し逃れることができた。何故ならおれが読み終えた第一の書物では、おれは海兵を出て海軍士官になると書かれていたわけで、つまりおれは自分の意志で無理矢理に物語を書き替えたわけさ。それで第一の書物の呪縛《じゅばく》から逃れることができた。完全にじゃないがね。世の中には宿命なんてことを簡単にいう者もあるが、まったくおめでたいとしかいいようがない。実際、人生は一寸先が闇であればこそ、人間は安心して生きて行かれるんだ。

とにかく、海兵をやめておれは実家の土蔵に隠棲《いんせい》した。隠棲して、この身に降りかかった奇怪な事態の解明にとりかかった。他にできることもなかったからね。それで、まずは第一の書物の内容を徹底的に思い出してみるところからはじめたんだが、こいつがまた新たな悪夢のはじまりでね。つまり思い出される物事の分量が膨大なのさ。いくらでも思い出されてしまう。ほとんど無際限に思い出されてしまう。といって何もかもが鮮明なわけじゃない。むしろ忘れてしまったことの方が多いんで、肝心な事が、何が肝心なことなのか議論は必要だろうがね、それがどうしても思い出せない場合もある。たとえばおれは中尉に任官した翌年に結婚して、次の年に生まれた最初の子供の名前が思い出せない。この子は男の子だったんだが、生まれて三週間目に熱病に罹《かか》って死んだんだが、自分で考えてつけたに違いないのに、その名前がどうしてもおれは思い出せない。それでいて、子供の葬式のときの、斎場の庭に咲いていた紫陽花《あじさい》の様子やら、遺骸《いがい》が焼けるのを待つあいだ、控え室で親戚《しんせき》連中と交わした詰まらない会話やら、軒先に垂れる雨の滴の具合やら、斎場の係員の名前なんかは覚えていたりする。控え室で出た湯飲み茶碗の模様、縁の欠け具合、骨を拾った火箸《ひばし》の感触、妻が手首に巻いた数珠《じゅず》の色、もう際限ない。そうやって細部の記憶を辿っていけば、もう次から次へと事象は引き出されて、実際こいつを記述したりしたら、たった一日の出来事を記録するのに何年あったって足りないくらいさ。もう頭のなかは記憶の断片で一杯になって、めまぐるしく渦巻いて、もういまにもパンクしそうになる。そのままの生活が続いていたら、おれはごく常識的な意味で気が違っていただろう。だが、そこへ巧《うま》い具合に古田が来てくれた。それで救われた。助かった。おれは記憶を呼び戻す作業、その主導権を古田に委譲した。毎日時間を決めて、古田にきかれたことだけを思いだし、それを古田が記録する。いまもそれは続けているんだが、そうすることで、おれは現在の第二の書物が第一の書物によって蝕《むしば》まれるのを防いだわけさ。それと並行して、意識というものの正体を摑むべく勉強をはじめた。なによりの問題は、第一の書物がいかにしておれの意識のなかに定着したかの問題だ。たとえば、それは宇宙のどこかから隕石《いんせき》が飛んでくる具合に、突如としておれの頭のなかに飛び込んだものなのか、それとも実際におれは一つの人生を生き、双六《すごろく》じゃないが、振り出しに戻ってもう一度同じ時間を経験しつつあるのか、あるいは並行するふたつの時間が存在して、それがメビウスの輪のように奇怪な仕方でねじくれているのか、あらゆる仮説をおれは考えてみたが、いまだに何も判然とは分かっていない。だいたい時間の本質はほとんど何も解明されていない。近代科学の扱う時間なんてまったく素朴なもんさ。逆にいえば、時間、空間から徹底的に内容を奪い去ったがゆえに、近代科学は技術文明を大発展させることができたんだがね。まあ、それはいい。おれのもうひとつの関心事は、これがおれだけに生じた出来事かどうかという問題だった。おれの文献渉猟《しょうりょう》はそこからはじまった。するとおれと似たような経験を記したものがないわけじゃないことに気がついた。とくに神秘家と呼ばれるような連中のなかには、反復される生についての記述をなした者が結構ある。なかには人間は誰もが同じ時間を繰り返し反復しているのであって、ただそれを忘却しているにすぎないなんて主張もあって、こいつは大乗にも似たような考え方があるらしい。いずれにせよ自分だけが例外じゃないと思うことは、わずかに慰めになったのは事実だ」

穏やかに笑った昆布谷の口調はここへきていよいよ学者然とした響きを帯び、内容の荒唐無稽《むけい》さとは別に、加多瀬は海兵時代の同級生の語り口に牽《ひ》かれるものを覚え、しかし一方ではその整然たる話し方それ自体が狂気の証《あか》しのようにも感じられて、病者への憐憫《れんびん》の情がはじめて心に兆した。一服つけようとして加多瀬が煙草の袋をポケットから取り出すと、こいつはどうだ、といって昆布谷は机の引き出しから葉巻を取り出して勧めた。

「吸い口は切れている。ハバナ産の上物らしい」

そういった昆布谷は自分も一本を口にくわえて、燐寸《マッチ》で細身の葉巻に火を移し、加多瀬もそれにならった。

「おれのことについては、いまきわめて抽象的な形で報告したわけだが、本題はこれからだ。つまり何故《なにゆえ》、貴様に来て貰ったのか。それを話さなければならない。もうあまり時間はとらせないから安心してくれ」

「ひとつきいていいか？」とそこで加多瀬は質問を挟んだ。

「何だ？」

「これと同じ話を志津子さんにしたのか？」

「何故《なぜ》彼女にしたんだ？」

「した」

「それもいま話す」と答えた昆布谷は天井へ向かって立ち上る葉巻の煙を眼で追うようにしてから、ふっと身体の緊張を解くように歯をみせた。

「話したからといって、何かが変わるわけでもないんだろうが、しかしどうしても話さないわけにはいかないんだ。貴様には迷惑かもしれないが」

そういって、加多瀬の顔に向かって親しげに笑いかけた昆布谷は机の上の鉄皿で、まだわずかしか燃えていない葉巻をもみ消してから再開した。

「おれの意識に巣くう書物、そいつは古田の手を借りて記録されていった。ところで、書物というのがひとつの人生の比喩だとするならば、誰のどんな書物であれ、その最後の頁には同じことが書かれていなければならないはずだ。つまりは死だ。死んだところで、ひとつの人生はとりあえず完結する。死後の生といったものがあるにしても、それはまた別の書物になるわけだ。したがっておれの意識に保存された書物の最後の頁にも当然それはなければならない。ところが、そいつがはっきりしない。もちろん、単に思い出せないだけなのかもしれない。実際のところ、おれはずいぶんと長生きしたようでね、頭も惚《ぼ》けてきているのか、書物の後半はどうにも虫食いが多くてね。あるいは死の経験というものは、元来そうしたものなのかもしれない。死ぬ瞬間がどんなものなのか、死んだ人間なら誰もが例外なく経験していることなのに、まだ死んだことのない人間には、それがどんなものなのか皆目見当がつかないんだからな。いずれにしても、最後の頁は穴蔵だ」

「穴蔵？」その言葉をきいた刹那《せつな》、指先にぴりりと震えるような痛みを覚え、加多瀬は思わず聞き返した。

「そうだ、穴蔵だ。そこにおれはいる。どこだかは分からん。暗いトンネルをおれは歩いていく。それで終わりだ。その場面の後には何もない。もちろん、これは死のイメージそのものではないかとおれは考えた。暗いトンネルを光のある方へ進んでいくというイメージは、死のイメージとしては古今東西を問わずどこの文化にも見られる。たぶん産道からの連想なんだろう。だとすればトンネルを歩き出す直前が問題になる。ところが何も思い出せないんだ。穴蔵の記憶はぽつんと孤立している。ただ、おれはどうやら外国へ行ったらしい。たぶん欧州だ。基督《キリスト》教の寺院か何かを見た記憶が少し前にある。しかも独りじゃない。何人かの人間が一緒だ。実は最後の場面でトンネルを歩いているのもおれ一人じゃない。やっぱり誰かと一緒なんだ。それは誰だ？　何故その人たちと一緒に歩いているんだ？　おれはもう何千回となく、このことを考えてきた。つまり、そのトンネルが第一の書物の最後の頁だとするなら、そこから第二の書物の冒頭へつながっていると考えるのが自然だからだ」

そういった昆布谷は、何がおかしいのか突然声をあげて笑い、引き続く笑いに切れ切れになった言葉を放った。

「まったく、自然とはね。この期《ご》に及んで自然も何もないもんだ。しかし人間というやつはまるで理屈にあわないことを平気でやらかすくせに、どこまでいっても合理性を手放せない動物なんだな。暗いトンネルが第一の書物と第二の書物を繫《つな》いでいる。そう考えるのが最も合理的であるのはたしかに間違いない。合理的だから正しいとは限らんがね。西洋人のなかには、合理性とは悪魔の思考だなんて、しゃれたことをいった者もある。とにかく謎を解く鍵はあの穴蔵にある、メビウスの輪のねじれはあの穴蔵からはじまったというのが、現在のおれの見解だ。もっとも、そういうのはおれじゃなく、そこにいるいかれた爺《じい》さんだがね」

目尻に笑い皺《しわ》を寄せたまま、しかしきわめて暗鬱《あんうつ》な眼を昆布谷は書棚の前の革椅子の方へ向けた。

「porta in infinitatem 無限への入り口。ラテン語だ。その無限への入り口から奥へ自分が案内したんだと、そこにいる爺さんは繰り返しいうのさ。ごくわずかな報酬でね。そのことにはずいぶんと文句があるらしい。それはともかく、その無限への入り口とやらが例のトンネルのはじまりで、第一の書物と第二の書物を繫いでいるというわけだ。むろん爺さんはおれの妄想さ。そいつは分かっている。ということは、爺さんの話は結局、おれ自身の脳味噌《のうみそ》から出たものに他ならない。何か、はっきりしない記憶がおれの意識にあるのさ。何かがある。そいつが異国の爺さんという形象となって表に出ているわけだ。結論をいえば、おれは西洋のどこかの街で、無限への入り口なるものを潜った。それをおれはいまや疑っていない。しかも潜ったのはおれ一人じゃない。誰かと一緒にだ。爺さんは自分が案内したのは全部で五人だという。つまりそのようにおれ自身が記憶しているということだ。しかも一人は名前が分かっている。トンネルを歩いているときに誰かがその名前を呼ぶのをきいたからだ。シヅコ。たしかに間違いない。誰かが暗闇の中で、シヅコと名前を呼ぶのをおれはきいた」

また指先が痺《しび》れて、加多瀬は火のついた葉巻を取り落とし、あわてて床から拾い上げると、貧血にでもなったように辺りの景色が一瞬暗くなり、書物の詰まった背の高い書棚が揺れ動くかに見え、妄想を払うべく眼をつむって頭を幾度か振れば、部屋全体がゆるやかに回転をはじめたかの体感が生じた。

「シヅコという名前には覚えがあった。つまりそれが銀座の店だ。第一の書物の後半には、幾度かその店が登場する。場所も建物もはっきり記憶に残っている。ただ店の名前は思い出せない。おれが何故そこへ行くようになったのかも判然としない。とにかく海軍関係の人間が集まってくる店だったのは間違いない。それでおれも行くようになったんだろう。シヅコは店の経営者で、おれは頻繁に通っていたらしい。さらにおれは、シヅコと常連の何人かで箱根や九州へ旅行したことも覚えていた。その常連が誰なのかは分からんが、ひょっとしておれたちはヨーロッパへ旅行したのではないか、そんな気もしてきた。そう考えると、そのような相談を交わしている場面があるようにも思えてきた。つまりシヅコを中心に、店の常連客の数人がヨーロッパを訪れ、無限への入り口を潜った」

「それはいつの話だ」

先刻からはじまった胸のむかつきを吐き出すように加多瀬はきいた。

「正確には分からん。さっきもいったように書物の後半は空白が多いからな。しかしおよその見当はつく。昭和の五十年代であるのは間違いない」

哄笑《こうしょう》が身体の奥底から湧《わ》き上がり、しかしそれは口から出る前に、得体の知れぬ不安感と切迫する焦燥感にまみれて、たちまちどす黒い悪血のごとく内臓にたまって、胸をなおいっそう悪くした。加多瀬は手を伸ばし葉巻を机の鉄皿でもみ消した。

昭和五十年代！　昭和五十年代！　にわかに飛び出した道化師が頭のなかで叫び廻るが、それでも笑いにはならず、加多瀬の顔面は血の気を失い、凍り付いたように冷たくなった。

「シヅコが誰であるのか判明したのは五年ほど前だ。むろんこいつは第二の書物での話だ。シヅコが海軍士官の未亡人だという話はきいていた。それもあって彼女の店が海軍OB連中のたまり場になっていたわけさ。グランド・オダリスク。そう、その絵だ。アングルの模造がカウンターの奥に飾ってある」

グランド・オダリスクの言葉を聞いたとき、不意に土蔵を暗く充《み》たした明かりが揺らめいたかと思うと、机のスタンドの光はかき消され、周囲が闇に覆われると、どこかで幽《かす》かに鳴る水音が聴こえた。

る。何の水だろうか。紛れ込んだ蝙蝠《こうもり》の羽ばたきのような、重たく軋《きし》むような水の音がする。それはあるいは水音ではなく、自分の頭の血管を流れる血の音ではないかとも思われ、椅子を両手で摑《つか》んで揺らめく身体を支えた加多瀬は、響きの正体をたしかめようと眼をみひらき、なにひとつ見逃すまい、聞き逃すまいと、闇の中いっぱいに神経の触手を広げたけれど、闇はかつて経験のないほどの漆黒に塗り込められ、自分が果たして本当に眼を開いているのかさえ分からぬまま、両腕を前方へさまよわせた。

「つまり海軍士官の奥さんで、シヅコという名前の人を捜せばいい。古田が調べてくれた。海軍士官の夫人でシヅコという名前の人間は七名いた。もっとも調査をした時点ではまだ結婚していない可能性もあったがね。しかしとにかく調べた結果、榊原の夫人がそうだと判明した。簡単なことでね。古田が写真を見せてくれたのさ。写真を見て、おれは間違いないと確信した。ただし百パーセントの確信があるわけじゃない、というか、そもそもこうしたことに確信なんぞもてるはずはないさ。それからもうひとり、一緒に旅行をした人物、それが加多瀬、貴様だ」

闇の中で洋燈《ランプ》の橙色《だいだいいろ》の明かりが揺れ、四角い古風な青銅製の洋燈を下げた人物が、書棚の前の赤い革椅子から立ち上がった。その人物は、さして背丈のない痩《や》せた西洋人の老人で、髪が汚く伸びた頭にパナマ帽を載せ、青いシャツの上に赤地に金糸の入ったチョッキを着た姿は、派手な色彩の服装のわりには陰気くさく、うす汚れた感じを与え、尖《とが》った鼻梁《びりよう》と顎《あご》の目立つ横顔をみせ暗がりに佇んでいる。

「ひとりの客とおれは話をしている。例の銀座の酒場でだ。この記憶は最後の穴蔵の場面とごく近いところにあるんだが、はっきり覚えているのは、その人物と少尉候補生時代の練習航海の思い出話をしている場面で、つまりその人物はおれと海兵で同期、したがって地中海方面への航海に一緒に出ているわけだが、どうもその思い出話の直前に、ヨーロッパ旅行の相談をシヅコを交えてしていたような気がするんだ。はっきり覚えているのはグランド・オダリスクだ。その人物は練習航海の途中でルーブルに寄って、アングルの絵を観たといった。是非とも本物を観に行きたいと、シヅコがいったような気がする。とすれば行く先はルーブル美術館、つまりフランスだったことになるかもしれん。いずれにせよその客が誰だか、名前も顔もはっきりしない。ただ、その男の話は他にも断片的に記憶に残されていた。たぶんその男とおれはしょっちゅう酒場で顔をあわせていたんだろう。で、鍵は入江少尉。この名前だ。この名前。男の口から出たこの名前をおれは覚えていた。真珠湾攻撃の際、特殊潜航艇の乗組で、捕虜第一号になったのが、入江という名前の少尉だったのはおれは覚えていたんだが、その潜航艇を背中に背負ってハワイまで運んだ潜水艦の自分は先任将校だったと、たしかにその男はいったんだ。一度だけじゃなく、何度も聞いた気がする。だとすれば人物の特定は可能になる」

パナマ帽の老人が椅子から離れ、靴音が石壁に反響して高く鳴った。洋燈の光を下から浴び陰翳《いんえい》の濃くなった顔で、老人は黒い壁の一画にあいた穴をのぞき込み、それから穴の上方の岩に刻まれた文字を枯れ木みたいな指でなぞって見せた。porta in infinitatem——。

「無限への入り口。それがどんな意味なのか、おれには分からない。ただいえるのは、無限というものが、人間にとって実に気味が悪いものだということだ。アキレウスと亀の競走の話があるだろう。あれは本当に気持ちの悪い話さ。アキレウスが亀に追いついたときには、亀は少し前へ進んでいる。次にまたアキレウスが追いつくと、やはり亀は少しだけ進んでいる。したがっていつまでたってもアキレウスは亀に追いつけないというやつさ。もちろんおれたちは、実際に競走するならあっというまにアキレウスが亀を抜き去ってしまうのを知っている。つまり気味が悪いのは、人間の意識が、時間や空間をいくらでも細分化して考えられる、その点だ。意識は有限なもののなかに、いくらでも無限なものを発見できる力がある。ひとつの出来事、たったひとつの出来事のなかに、意識は無数の出来事を見いだすことができる。何でもいい、たとえばシーザーがルビコン川を渡る。この出来事を意識が捉《とら》えようとする。すると、シーザーが水に足を踏みいれる瞬間、その瞬間の筋肉の微細な動き、はねあがる水の飛沫《しぶき》の一滴、シーザーの臑毛《すねげ》のかすかなそよぎ、そうしたいちいちを意識は捉えることができる。いや、さらに意識は、跳ね上がる飛沫《しぶき》の一滴のなかに、水の分子の運動を捉えることもできる。出来事はいくらでも、まさしく無限に分割することができる。そうやって意識が力を発揮し続ければ、シーザーはいつまで経ってもルビコンを渡ることはできないだろう。世界は停まる。時間は動かず、歴史は消えてなくなる。出来事は無数の出来事の集積であり、その無数の出来事のひとつひとつがまた無数の出来事の集積である。そうなれば宇宙は動きのない諸断片の集積に変わり、世界はついに凍り付くだろう。意識は世界から動きを奪い、歴史を奪い、ただのっぺりした砂粒の塊みたいなものに変えてしまうのさ。無限への入り口。そこを潜って以来、おれが経験してきたのは、そういう世界だ」

パナマ帽の老人が洞窟《どうくつ》の暗がりに消え、続いて黒い人影が三つ続き、ひとつは洋杖《ステッキ》を持った老人、それから背の高い銀髪が昆布谷、黒い喪服様の背中が志津子、それを見た加多瀬は、引き込まれるように椅子から立ち上がり、水の音を耳に聴き、メタンのごとき異臭を鼻に嗅《か》ぎながら、洞窟の入り口に立ち、すると一人の小柄な男がやはり入り口のところに現れて、男は逡巡《しゅんじゅん》するように洞窟の奥を覗き込み、そのとき加多瀬は、洞窟奥からの声を聴いた。

コウブリさんも早くいらっしゃいよ。それは志津子の声に違いなく、呼ばれた男はすうと吸い込まれるように穴の暗がりに消え、見ると洞窟の奥には、不思議なことに青白い光があって、どこかへ向かって行く志津子の背中が一瞬幻のごとく浮かび上がり、しかしそれはまたすぐに消え、一人取り残される不安と焦燥に駆られた加多瀬は、重たい水音が頭蓋《ずがい》いっぱいに響きわたるのを覚えながら、人々に続いて暗い洞窟へ足を踏み入れた。

第三章　ミッドウェー

Ⅰ　霧

昭和十七年、五月二十七日。

我が蒼龍《そうりゅう》を含む南雲《なぐも》艦隊は柱島《はしらじま》を抜錨《ばつびょう》した。四月の二二日に横須賀《よこすか》へ帰投して以来、約一月ぶりの出撃である。

昨年の十月に横須賀を出てから、真珠湾攻撃、ウェーク島攻略作戦、南洋方面作戦、印度洋方面作戦と、休む間もなく活動を続けてきただけあって、兵員一同、母港へ戻ったときにはさすがに疲労がたまっていた。しかし一月間の休息で艦も兵員もすっかりリフレッシュして、ハワイ作戦出撃時に較べても、艦隊の意気はいっそうさかんであった。

休暇中、私も久しぶりに横須賀の家に帰った。

実は、昨年真珠湾からいったん戻ったときには、正月を家族と共に過ごせるのではと密《ひそ》かに期待していた。ところが、呉《くれ》で補給を受けただけですぐにまた出撃となり、内心おおいに失望したのだったが、今度こそのびのびとくつろいだ骨休めの数日を過ごすことができた。

もっとも帰ってしばらくは、親兄弟やら親戚《しんせき》やらがひっきりなしにお祝いにやってきて、かえって疲れるくらいだったが、それもまもなく落ちついて、最後の二日ほどは親子三人静かに団らんを囲んだ。

去年生まれた長女は、半年間見ないあいだにずいぶん人間らしく（？）なっていて、抱いてやると機嫌よくにこにこ笑う。子供の笑い顔をみれば、疲れは一気に吹っ飛んだ。

休暇の最後の日、午後から庭に桜の苗木を植えた。

これはハワイからの帰途、戦勝の記念にと考えていたもので、手紙で知り合いの植木屋に頼んでおいたのだが、なかなか届かないのでじりじりしていたところ、ぎりぎりで間にあった。家は借家だから、桜の生長を見届けられるかどうか分からないが、話を聞いた大家が大事にすると請け合ってくれたので安心である。いずれ大きく育って、花をつけ、誰かの目を楽しませてくれればと思いながら、妻がつくっている南瓜《かぼちゃ》畑の横に苗木を植え、風で倒れないよう添木をしてやった。

やや余談になるが、昭和十九年の末に妻と子供が長野の実家へ疎開して以来、我が一家は横須賀を離れてしまった。一昨年（昭和四六年）、思い立って昔の借家のあたりを訪ねてみたところ、大家の高橋泰弘氏はまだ御健在で、私たちの住んでいた場所には、新しく家を建ててお嬢さんのご夫婦が住まわれていた。

桜について高橋さんにたずねると、「大丈夫、ありますよ」とにこにこなさるので、見に行くと、立派な樹になっているのには感激した。高橋さんの話では、家の辺り一帯は空襲で焼けたのだが、その桜だけは運良く焼け残ったとのことであった。

今年（昭和四八年）の春には、高橋さんの御招待で、妻と娘と孫を連れて横須賀を訪れ花見をした。満開の桜を眺めていると、戦死した戦友の顔が次々と瞼《まぶた》に浮かんできて、涙を抑えがたく、あらためて人々の冥福《めいふく》を祈りながら、夜遅くまで高橋さんにお付き合い頂いて、昔話にときを過ごしたのだった。

さて、しかし、いまはまだ昭和十七年である。

後部中甲板の左舷《さげん》に出て、小雨に煙《けむ》る豊後《ぶんご》水道を眺めながら、あの桜の苗木は首尾良く根付いてくれただろうかなどと、私がぼんやり考えていると、

「顔振《こうぶり》兵曹長」

と後ろから声をかけられた。

振り向くと、艦爆飛行隊の榊原克己《さかきばらかつみ》大尉（海兵五七期）が立っている。

榊原大尉とは、大尉が霞ヶ浦《かすみがうら》航空隊飛行学校教官をされていたときからの付き合いである。もちろん真珠湾攻撃でも、九九艦爆の整備員と搭乗員として一緒に働いた。

榊原大尉は絵に描いたような航空士官で、操縦や偵察の技術はいうに及ばず、そのさわやかな人柄と公平な態度で下士官兵から抜群の人気がある。この人には私も霞空《かくう》時代、公私にわたってずいぶんとお世話になった。操縦のみならず、偵察、整備、基地造営、それらが一体となってはじめて航空は力を発揮するというのが榊原大尉の持論で、操縦員不適となって整備へ回された私が、整備という職種に誇りを持てるようになったのも、榊原大尉のお陰である。

惜しいことに、榊原大尉（特進して中佐）は、ミッドウェー沖で飛行甲板上にいたと

ころを直撃弾を受け、戦死された。

大尉が隣に立って海を眺めはじめたので、

「敵さんの空母は出てきますかね」と私がいうと、うんと生返事をした榊原大尉は何だか元気がないように見える。どこか体の具合でも悪いのかと思ってきいてみると、そういうわけでもないらしい。

後できいたところでは、榊原大尉はミッドウェー作戦に、防諜《ぼうちょう》や索敵の不備など、いろいろと懸念を感じていたらしい。しかし私の方はそうした不安とはまるで無縁だった。なにしろ開戦以来、連戦連勝の無敵を誇る南雲艦隊である。とりわけ航空隊の圧倒的な技倆《ぎりょう》と実力を目の当たりにしてきた者には、まさか四隻の空母を一遍に失うほどの完敗を喫するなどとは、想像すらできなかった。

精一杯やったつもりだったが、そこに気のゆるみとまではいかなくとも、なにかしら油断がなかったとはやはりいえないかもしれない。少なくとも、ハワイ攻撃への出撃のときほどの緊張がなかったのはたしかだった。さすがに榊原大尉は、このあたりのことを敏感に察していたのだろう。

「今度は真珠湾のようにはいかんさ。敵さんはてぐすねひいて待ちかまえているかもしれん」

「その方がかえって都合がいいじゃないですか。雁首《がんくび》揃えていてくれた方が面倒がなくてすみます」

冗談めかしてはいるが、私の威勢のいい言葉は半分は本気だったので、たしかにこれでは敵をあなどっていたといわれても仕方がない。

「あちらさんのヘルダイバーはかなりのものさ。出てきたらけっこう手を焼くこと疑いない。急降下爆撃はなんたってアメリカが本場だからね」

「こっちの艦爆隊の方が実力はずっと上でしょう」

「しかし連中の気迫はあなどれない。アメリカの飛行機乗りは勇敢だ。ドゥリットルがいい見本さ。油断は禁物だ」

四月十八日に帝都を襲ったドゥリットル爆撃隊の快挙は、損害が軽微だったため、あれはドゥ・ナッシングだなどとからかいながらも、敵ながら天晴《あっぱ》れとの印象を日本側にもたらしたのはたしかだった。後にきいたところでは、ミッドウェー作戦の決定にも、ドゥリットル隊の爆撃は大きな影響を与えたらしい。だが私は、ドゥリットルひとりではどうなるものでもあるまいくらいに考え、あくまで米軍を甘く見ていて、榊原大尉ともあろう者がそんな弱気では困るなどと思っていたのだから、のんきなものである。

しかし、これは私に限ったことではなくて、ごく一部の幹部を除いた下士官兵のほとんどは、アメリカ艦隊なにするものぞ、今度も鎧袖一触《がいしゅういっしょく》にしてやろうじゃないかといった意気込みでいたのである。

こうして、豊後《ぶんご》水道を抜け、太平洋へと躍り出た南雲艦隊は、輪陣形に艦隊を整え、視界の悪い霧雨のなかを、運命の海域、ミッドウェーへ向かって、一路進んでいったの

であった。（顔振清吉著『整備兵曹の太平洋戦史』より）

豊後水道を抜け太平洋に出てからも細かい雨は降り続き、黒い塊だった陸地はもうだいぶ前から見えなくなり、しばらくは靄《もや》を貫いて明滅していた宿毛《すくも》湾口の灯台の光も去り、一面の灰色のなかに輪郭のぼやけた影が右手前方に浮かんでいるのは巡洋艦らしく、先刻までは輪陣形に艦隊を整えるべく、ひっきりなしに交わされていた探照灯の光も消え、いまは巡洋艦からときおり信号が発せられるだけになり、船はかなりの速度で進んでいるにもかかわらず、左舷後部中甲板に立って、灰色の空を背景に黒々とした鉄骨の構造を露《あらわ》にした飛行甲板を見上げるなら、船がずっと同じ場所にとどまっているような幻想に見舞われ、手摺《てすり》から乗り出して舷側の白い飛沫《しぶき》を眺めてみれば、たしかに船は前へ進んでいたけれど、しばらく同じ泡立つ波の繰り返しに眼を据えているうちには、またも錯視に眼は捉《とら》えられてしまい、船体が橋杭《はしぐい》か何かのように海底の岩盤に深く固定されていて、そこへ大量の海水が途切れなく流れ寄せているように思えてならなかった。

顔を上げて空を見、それからまた頭上の飛行甲板に眼を向けた顔振は、半年前、ハワイ作戦へ出撃したときの昂揚《こうよう》と緊張が、いまは影すらないのを認め、それは何故《なぜ》なのか、馴《な》れと疲れがあいまって精神の働きを鈍くしているのか、あるいは一月の休息が魂に里心を植え付けてしまったからなのかと、あれこれ考えてみたけれど、判然たる理由は見当たらず、ただ得体の知れぬ重苦しさ、鬱陶《うっとう》しさが、身体の芯《しん》に巣くっている事実は否定しようがなかった。

もちろん出撃前には、普段同様、種々の面倒事がないわけではなかった。九九艦隊は今度の出撃前に兵装が一部変更になり、新しい潤滑油の冷却装置や旋回機銃の座席台が届いたのだが、それらを取り付けるには従来のリベットやネジでは径があわず、部品も足りなくて、あわてて問い合わせたところ、兵備局でも基地の整備部でも、必要な数はあるはずだの一点張りで、結局は分隊員が呉じゅうを丸一日かけずり廻って、最後には資材置き場に転がっていた錆《さび》だらけのネジを拾い集め、油に浸けて磨くまでしてようやく間に合わせたのだが、土壇場になって新しい兵装は今回は使わないとの通達が来た。

この種の理不尽には慣れっこになっているとはいえ、兵員の心を腐らせるのは当然で、さらに追い打ちをかけるように、分隊内の余分な機材や工具を返還せよとの命令が来て、当然のように素知らぬふりを決め込もうとしたところ、今度ばかりは本気で査察が入るかもしれないと、分隊長の中沢大尉が心配顔でいうので、仕方なく秘匿してあった部品や油の一部を出し、むろん正直に返還などしたら面倒事になるのは眼に見えているから、要するに員数が揃《そろ》いさえすればあとはなんでもかまわないという軍隊方式を採用して、深夜にこっそり海中に投棄した。よその分隊でも似たような始末をしたようだったが、結局のところ、出航直前に兵備局から人が来るには来たけれど、書類にざっと眼を通しただけに終わって、分隊員は誰もが兵備局員の「怠慢」に憤激し、余計な「情報通」ぶりを発揮した中沢分隊長はいよいよ尊敬を失った。

しかもなお悪いことに、中沢大尉は何を思ったものか、今度の出撃の直前になって、整備作業の組織を改編すると発表し、つまりこれまでの、飛行機一機につきひとりの機付が担当する形を改め、三機について二人が担当し、余った人員を予備に回し、問題の生じた機について集中的に整備員を投入しようという計画で、なるほどこれはたしかに合理的でないこともなく、中沢大尉本人は大いに自画自賛の態《てい》ではあったものの、実際に人を動かす分隊士の顔振にしてみれば、職人気質《かたぎ》の多い整備下士官は我流にこだわる傾向があるから、面倒このうえなく、分隊には不平不満が渦巻き、中沢大尉は大尉で、こんな素晴らしい企画が実現しないのは分隊士の掌握力が不足しているからだと、本人の人望のなさを棚に上げて顔振に苛立《いらだ》ちをぶつけたから、まったく余計なことをしてくれるものだと、つくづく嘆かされた。

しかしその程度の面倒事は日常的であるともいえ、むしろ分隊内に漂う沈滞には別種の要因があるようで、それが川崎三整の件に係わりあるのかもしれないと顔振が考えついたのは、つい先刻、分隊員の幾人かから幽霊話を聞いたからである。

顔振は知らなかったのだけれど、兵員便所や格納庫の片隅に川崎三整の姿をみかけたという話は、真珠湾帰投直後から分隊内で語られはじめたようで、いまでは話にすっかり尾鰭《おひれ》がついて、つまりは、夜中に格納庫で誰かが工具箱を開いているので、誰何《すいか》すると、レンチを一本二本と数え上げた川崎三整が、一本足りないんですと、真っ青な顔でいったというような話で、この類《たぐい》の番町皿屋敷風の物語は海軍には昔からあるものだから、とくに異とするには足らなかったけれど、暗がりを蒼然《そうぜん》と徘徊《はいかい》する川崎三整の亡霊をこの眼で見たと、真顔で報告する者が何人もいるとなれば、どうにも尋常ではなかった。

ふざけたことをいうなと、顔振は一喝して黙らせたものの、分隊員の心理に妙な翳《かげ》りが生じているのは間違いないようで、実をいえば、その同じ翳りは顔振自身の心の裡《うち》にもあった。

幸いにもいままで顔振の間近で起こったことはなかったけれど、兵員の自殺はときにあって、いじめ抜かれた下級兵がノイローゼになったあげくに死ぬ場合が大抵なのだが、そうした際、分隊内に漠とした罪悪感がわだかまるのは当然で、つまりその罪悪感が「番町皿屋敷」になって表出するわけだけれど、今度の場合、話はそう単純ではなく、誰も決して口にはしないものの、川崎三整の死になにかしら不審なところがあるとの疑いは各員に共有されている節があって、にもかかわらず顔振を含む上層部が知らぬ顔を決め込んでいることに対して、密かな憎悪と不信感が醸成されているのかもしれず、川崎の幽霊を見たと報告する者たちは、自分でも気づかぬうちに、分隊責任者への批判を表明しているのかもしれなかった。

しかしこれは考え過ぎで、むしろ事件を隠蔽《いんぺい》した顔振自身のうしろめたさが、分隊の雰囲気に投影されているだけなのかもしれないとも思われ、ただ少なくとも、事件から日時を経て、川崎三整の「変死」は顔振の心のなかでかえって重みを増し、とりわけ休暇中の一日を使って川崎三整の実家へ弔問に訪れてからというものは、幽霊こそ見ないものの、何事か訴えようとする川崎の丸顔が頭にこびりついて離れなかった。

川崎三整の実家は千葉県の君津《きみつ》から丘陵へ入った寒村にあった。訪問を電報でしらせておいたせいか、駅には出迎えが来ていて、用意の馬車に乗って一時間半あまり、村では村長以下が礼装で海軍准士官を迎え、線香の一本もあげるだけのつもりだった顔振はあまりの仰々しさに面くらい、尻《しり》の辺りがこそばゆくて仕方がなかったけれど、川崎三整のために「忠君の碑」を建てたので、是非見てやって欲しいといわれれば断れるはずもなく、案内された神社の敷地には高さ二メートルくらいの真新しい黒い石碑があって、根本に綺麗《きれい》な季節の花の置かれた石碑の前で顔振はしばらく黙禱《もくとう》した。

川崎三代司くんは大変立派な奉公をなされました、我が郷の誇りであります、真の誇りでありますと、羽織袴《はかま》を着た初老の村長は訛《なまり》の強い言葉で繰り返し、脇にもひとつ似たような形の石碑があるので、きいてみれば、日露戦争の戦没者の碑だとのことで、村では四人の出征兵士が日露戦役で戦死したのだと説明があって、そちらにも慎《つつ》ましく花が飾られてあった。

その後、村長の家に席が用意してあるといわれて、これも断れる雰囲気ではなく、畳敷きの座敷に村の有力者や近隣の在郷軍人が居並ぶ、真ん中の上席に顔振は座らされ、挨拶を請われたのには、川崎君は立派に勤めを果たし、実に勇敢な最期を遂げられたと、大いに冷や汗をかきながら型どおりの言葉でお茶を濁したが、川崎三整の具体的な戦死の様子をきかれるのではないかと、内心不安でたまらず、しかし幸いなことに、顔振へ順番に酒をつぎに膝《ひざ》を寄せてきた人々は、大変にごくろうさまです、こんな素晴らしい上官をもって川崎君も幸せだと、似たような御世辞を口にするだけだったので助かった。

緊張しているのか、かしこまっているのか、酒席の男たちはみな揃って寡黙で、紋付きで居心地悪そうに隣に座った川崎三整の父親も、ほとんど口をきかず、真っ黒に日灼《ひや》けした顔で黙って銚子《ちょうし》を差し出し、黙って返盃《へんぱい》をうけ、あまりにも気詰まりなので、顔振の方から二、三問いかけたのには、緊張気味にごく短い返事を寄こした。人々は顔振を余程偉い人だと思い込んでいるようで、しかし自分も田舎の農家出身である顔振は嗤《わら》う気にはなれず、百姓仕事しか知らなかった自分の父親を、炭団《たどん》みたいに真っ黒な顔と手をしていた父親を思い、きっと父親も川崎三整の父親と同じく、借り物の似合わない着物に身を包んでこんな風にかしこまっているだろうと、数年前に卒中で死んだ男の顔を思い浮かべたりした。

無口の一座にあって、唯一の例外が村長で、ほとんど彼ひとりが来客に話しかけ、海軍贔屓《びいき》だという村長は、同じ兵役へ行くなら海軍にせよと宣伝しているのだが、兵役年限を考えるせいか、みなどうしても陸軍を選んでしまうと嘆き、しかしようやくこのたび二名ほど村から海軍志願者を出すことができたのだと嬉《うれ》しそうに報告した。是非とも言葉を与えてやって欲しいと、村長は末座にいたふたりの若者を側に引き寄せ、黒ズボンに白いワイシャツを着た若者たちが、いかにも純朴で世馴《よな》れないぎこちなさでいがぐり頭をぺこりと下げたので、顔振は仕方なく、辛抱と努力がなにより大切だと、少年のあどけなさの残るふたつの顔に向かっていい、これからお世話になるんだから、ようく話を聴いて肝に銘じなければいかんぞと、続けて横から村長が訓辞を垂れるのをききながら、障子の開け放たれた庭に眼をやれば、牛小屋の周りにはレンギョウがたくさん花をつけていて、その鮮やかな黄色い花は村の方々にあって、先刻訪れた神社の、茅葺《かやぶ》きの古めかしい社殿の周りを、手入れの行き届いた松の緑といかにも古雅な対照をなして飾られていたのも同じ花だったと顔振は思い出し、すると今度は、松の樹陰《こかげ》にひっそりと佇《たたず》んでいた黒い御影石の石碑が眼に浮かんできて、目の前で神妙に膝を揃《そろ》えた若者たちが、陰湿ないじめと非合理な酷使にあったあげく、川崎三整と並んでその名前を石碑に刻まれることになるのではあるまいかと、胸の底から悲哀がこみ上げてどうにもいたたまれず、断って便所に立ち、廊下の端の手水《ちょうず》でていねいに掌《て》を洗っていると、裏庭の生け垣の陰から、五人くらいの裸足《はだし》の子供たちが、もの珍しそうに海軍の制服を見つめているのが見えたので、小遣いでもやろうと思い、おい、と声をかけたとたん、子供たちはわっと一斉に声をあげて、飛び立つ雀《すずめ》みたいに砂利道を駆けていった。

帰りはまた馬車で駅まで送ってもらった。今度は御者の他に川崎三整の父親ひとりが馬車に同乗した。遅い午後の時刻、人々に見送られて村を出、丘陵の麦畑を貫く路《みち》を少し行ったところで、右手の畦道《あぜみち》を走ってくる人があって、それは先刻の宴席で酒や料理を運んでいた女たちのなかのひとりに違いなく、薄汚れた着物にもんぺを穿《は》いた女は、手を振って馬車を停めると、懐から新聞紙の包みを出して、木の瘤《こぶ》みたいにごつごつした手で顔振に渡した。

新聞紙の中身は打ったばかりの粉を吹いた蕎麦《そば》だった。持って行ってくれと訛のきつい言葉でいってから、何度も何度も頭《こうべ》を低く垂れているその女が、川崎三整の母親だとようやく理解した顔振が、礼をいうと、横の父親は、そんなつまらんもん、と怒ったように吐き捨て、母親は恐縮の態《てい》でまた白髪混じりの頭をぺこぺこと下げて、馬車が走り出した後も拝むような格好で頭を下げ続け、麦畑のなかでひとりぽつんと、豆粒みたいな大きさになっても腰を折ったまま、いつまでもじっと動かなかった。

「兵曹長」と不意に背後から声をかけられ、驚いて振り向くと、対米英開戦から半年を経て、いよいよふっくらとしてきた中沢大尉の丸顔がそこにあった。

「ここや聞いたんでな」

大尉は弁明するようにいうと、顔振と並んで舷側《げんそく》の手摺《てすり》を摑《つか》んだ。分隊の組織替えについて、また文句をいわれるのかと、顔振が内心うんざりしながら身構えていると、しばらく灰色の海へ顔を向け、鬱陶《うっとう》しい天気や、とひとつ呟《つぶや》いて大尉はまた黙ってしまう。何かいい出しにくいことがあるらしいと顔振は察し、警戒を強めながら、相手の発話を辛抱強く待った。

「実はな、兵曹長」

中沢大尉は、相手が何もいってくれないので、諦《あきら》めたように自分から口を開いた。

「何でしょう？」

「関《せき》のことなんや」

「関一曹が何か？」

顔振がきくと、うん、と答えた中沢大尉は怯《おび》えたようにあたりを見回し、人影がないのを滑稽《こっけい》なくらい慎重にたしかめてから声を潜めた。

「関が行方知れずになったらしい」

「行方知れず？」

「そうや。出撃前に耳にして、調べてみたんやが、本当やちゅう話なんや。東京へ行くと家を出てそのまま帰らんちゅうこっちゃ」

「旅行にでも行ってるんじゃないですか」

顔振はいってみたものの、たちまち違うと否定の声が頭に響いて、顔から血の気が引いていくのを自覚した。

「もう二月近くになるらしい。そんな長いあいだどこへ行くんや、金も持たずに」

「警察は？」

「家族が行方不明人ちゅうことで届けたらしい」

「それでまだ見つかっていない」

「そういうこっちゃ。どこまで本気で警察が探したかは分からんが。兵曹長はどう思う？」

「そうですね」といった顔振は海へ眼を向け考えを巡らせる格好になったけれど、すでに何か得体の知れぬ凶事の感触に肝を鷲摑《わしづか》みにされていた。

関一曹はハワイ攻撃からの帰途、牛乳瓶五本分の血を吐き、クェゼリンの基地で駆逐艦に移されてそのまま内地に帰還した。

十二月に艦隊が一時日本へ戻ったときには海軍病院に入院中とのことで、その後除隊になったという話は顔振もきいていた。「蒼龍」の軍医の話では、関一曹の胃袋には穴があきかけていたそうで、かなり前から患っていたものが、例の榊原大尉の毒死事件の衝撃と重圧で、病をいよいよ重篤にしたのだとは、素人の顔振にも容易に想像できた。

見た目とは裏腹に関一曹は気の小さい男で、それが船室のひとつにほとんど軟禁に近い格好で閉じこめられ、清澄少佐をはじめとするお偉方から入れ替わり立ち替わり訊問《じんもん》を受けたのだから、たしかに胃袋に穴があいてもおかしくなかった。顔振自身も厳しい査問を受けたが、三日にわたって何度か呼び出されただけで、最後に一切他言無用と厳命されて解放されたのに較べて、関一曹は直接の整備担当だったからか、一週間以上も分隊から隔離され、ようやく訊問が終わったその日に血を吐いて、あとはずっと病室で療養を続けたのであった。

関一曹の失踪《しっそう》。その情報は二度ほど訪れた病室で見た、木の葉みたいな顔色をして眠っていた男の姿を脳裏《のうり》に呼び起こし、同時に、記憶の隅に押しやりつつあった、榊原大毒死事件の際に経験した、不安、焦燥、猜疑、恐怖、それらの感情が凶々しく、なましく甦《よみがえ》るのを顔振は覚えた。

「女でもできたんじゃないですかね」と顔振は、内心に渦巻く疑惑からはほど遠い意見を、なるだけ軽い調子で口にした。

「案外そんなことかも分からんな」と中沢大尉は調子を合わせて笑ってみせたが、ちらりと顔振の顔を覗《のぞ》き込んだ眼は、相手の言葉も自分の言葉も端《はな》から信じていない事実を明確に示していた。

「でもな、どうも落ちつかんのや。不吉な気がしてならん」

中沢大尉は明らかに怯えており、具体的に何を恐れているのか判然とはしなかったものの、「不吉」という言葉には否定しがたい迫真性が感じられて、弱い獣がいち早く危険を察知するのに似た、中沢分隊長の機敏な嗅覚《きゅうかく》だけは信用できる気がして、顔振は大尉の下で分隊士になってからはじめて、童顔の分隊長を頼もしく感じた。

「お祓《はら》いをしようと思うのや」

「お祓い？」と中沢大尉の唐突な発言に問い返すと、大尉は決然たる様子で軍帽を載せたあたまを何度も上下させた。

「そうや。蒼龍神社でお祓いをする。主計科に地方で神主をしていた男がおって、もう頼んである。大人数だと目立って困るやろから、数人でええやろ。兵曹長も出てくれよ」

急なことに顔振がすぐには返事をしないでいると、中沢大尉は補足した。

「兵曹長もそう思うやろが、川崎のこと以来、どうもおかしなことが続いているさかいな。このへんで一遍祓っておいたほうがええと思うんや」

それで分隊に淀《よど》んだ空気を少しは入れ替えることができるならと思い、顔振が納得してうなずくと、また中沢大尉が口を開いた。

「実はな、兵曹長。わしも見たんや」

「何です？」

「川崎の幽霊や」

顔振に顔を向けた中沢大尉は無理に笑おうとしているようだったが、それは無惨に失敗した模様で、奇怪に歪《ゆが》んだ顔面の、唇から目尻《めじり》にかけての筋肉に、ぴくり、ぴくりと痙攣《けいれん》のごとき波動が生じた。

「さっき部屋にいたら、後ろに誰かいるんや。見たら川崎や。真っ青な顔して、ぼうっと立っとった」

中沢大尉の目玉が海面に浮かぶブイのように、充血した白目のなかでふらふらと揺らめき、それがひどく気味が悪くて海の方へ眼を逸《そ》らせば、前を行く巡洋艦の探照灯が雨幕の中に閃《ひらめ》き、と、それが合図だったかのように背後に人声がして、見ると、十人ほどの事業服姿の水兵の一団が、それぞれ木箱を両腕に重たそうに抱え上層からラッタルを降りて、そのまま黙礼を寄こしながら脇を抜けて後尾甲板の方へ歩いていくのを見送った顔振は、そのとき胸に鈍い衝撃を覚えた。

水兵たちのなかに三人だけ荷物を持たない者があって、彼らの顔に見覚えがあった。

そんな馬鹿な、錯覚だと、即座に自分の認識を否定しながら、しかし一瞬のうちに顔振の視界を通り過ぎた三つの表情のない横顔は、「どた馬」と「貧乏神」と「豆だいふく」のそれに違いなかった。

II　あらゆる物語の種子

六月四日、午後九時三十分（東京時）。私は士官室の寝台から起きあがった。

機動部隊はすでにミッドウェーから三百浬《カイリ》の圏内に侵入し、予定通りなら、あと数時間で攻撃隊は出撃である。むろん整備員の仕事はそれまでが勝負だ。

急いで第一種軍装を着込むと、上に事業服を重ねて着た。

ハワイのときの経験から、この格好では少々暑苦しいのは分かっていたけれど、げんをかついだのである。

成田山の護符がしっかり首から吊《つ》り下げられているのをたしかめてから、防毒面その他を抱えて、蒼龍神社に走り、武運長久を祈って手を合わせる。ここが天下分け目の関ヶ原、いよいよ決戦だと思えば、「さあ、やってやるぞ」と気合が充実してくる。

格納庫では整備作業がはじまっていた。喧騒《けんそう》のなか白いエンカン服が忙しそうに走り回っている。かんかんと音をたてながらエレベーターが動いて、第一次攻撃に出撃する零戦がはやくも運搬されている。

分隊担当の九九艦爆は、今度も第二次攻撃隊になるから、余裕が少しある。けれどもハワイ作戦のときとは違って、いつ何時敵の空母部隊が現れないとも限らないから、油断はできない。

午後十一時四五分、搭乗員起こしの号令が艦内スピーカーから流れた。

発着甲板では列機が暖機をはじめ、エンジン音を熱帯の夜空に響かせている。

日付が変わって五日、午前一時三十分、ミッドウェー攻撃隊の各機が、夜間照明に照らされた甲板上を発進した。（『整備兵曹の太平洋戦史』）

部屋の隅に誰かいた。

それは目覚めてすぐに気づいたのだけれど、顔振は夢の余韻が頭から消え去るのを待つつもりで、小さな常夜ランプの暗い光に照らされた天井を見つめたまま、ベッドの上でじっと姿勢を変えずに横たわり、それから慎重に腕にはめてあった時計を見た。

九時三十分。あと十分もすれば従兵が起こしにくるはずだが、目覚めた以上は一刻も早く身支度をして格納庫へ行くべきであったけれど、足下の扉の脇《わき》に立った存在が身動きを封じた。隣の寝台にそっと眼を遣《や》れば、同室の大庭《おおば》兵曹長の姿はなく、謎の人物とただふたりきりで船室にいる事実の認識が、戦慄《せんりつ》の冷気となってにわかに背中を這《は》いのぼった。

顔振は一度眼をつむり、また開いて天井を長いあいだ見つめ、それからゆっくりと頭を巡らせて足先の方へ視線を向けた。部屋の角の暗がりにまっすぐ立ったその人は、紺色の水兵服に短靴、頭には水兵帽を載せ、右袖《そで》には善行章も何もないシングル・アンカーの肩章がついたところは、絵に描いたような三等水兵の第一種軍装の姿で、それは全体に博物館かどこかに飾られた人形のように見え、たしかにこの時刻、下士官兵は誰しもエンカン服か事業服で走り回っているはずで、こんな格好はあるはずがなく、しかし両腕を正しく身体の脇に伸ばし下ろしたその人の顔は、蠟《ろう》のように生白く無表情ではあっても、決して作りもののそれではなかった。

川崎三整――。そう認めたときには案外と平静であったけれど、その人の全身から放たれた実在感が船室の暗がりに広がるにつれて、顔振の皮膚は粟立《あわだ》ち、髪の毛が静かに立ち上がるのが感じられ、そのときにはもう恐怖の重石にのしかかられた身体は金縛りにあって動かず、声を出そうにも喉《のど》は塞《ふさ》がれ、顔振は歯医者にかかる人のように口を開いたまま、はっ、はっ、はっ、と吐き出される自分の息の音を聞き続けた。

長い、と感じられた時間が過ぎて、気がつくと人の気配は消えていて、不意に金縛りが解け、扉の方を見れば、川崎三整の姿はなく、上体で起きあがってたしかめた時計の針がさっきから三分しか経過していないことを意外に思いながら、顔振はそのままの姿勢で戦慄の過ぎ去るのを待ち、ところがいつまで経っても肌の粟立ちは消えず、それどころかちりちり総毛立つような感触が背中や腹のあたりに広がって、首筋に手をやった顔振は、とたんにわっと叫んで寝台から跳ね出た。

虫だ。虫がたかっている。両腕を滅茶苦茶《めちゃくちゃ》に振り廻《まわ》して身体じゅうをはたいて、それから電灯のスイッチを入れ、橙色《だいだいいろ》の明かりのなかで寝台を覗《のぞ》いた顔振がまた声をあげたのは、虫は一匹や二匹ではなく、敷布を埋め尽くすくらいに群がっていたからで、しかもそれは南京虫でも蚤《のみ》でもない、まるで見たことのない虫だった。慌てて脱いだ下着を猛烈に振って、顔振は寝台の虫を床に払い落とし、それから少し落ちついて観察すれば、そいつはかめ虫に似た、背中に瓜のような薄緑と黒の縦縞《たてじま》模様のある虫で、床に落ちた虫どもは、短い六本の脚でのそのそと鈍重に這い廻った。

従兵を呼んで掃除を命じた顔振は、急いで身支度を整え、格納庫へ急いだ。一度下穿《したば》きまで脱いで徹底的に払い落としたのに、いつまでも皮膚にはむず痒《がゆ》い不快感が残って、あの虫が飛行機にたかって発動機や電気系統にまで入り込み、何もかも駄目にするのではないかと、不安と焦燥に駆られ、一刻も早く様子をたしかめたくて、しかし上甲板を途中まで行ったところで急に思いついて、蒼龍神社へ走り、紙垂《しで》の付いた注連縄《しめなわ》の張られた小さな社の前で手をあわせた。

眼をつむると、先刻見た川崎三整の姿が浮かんできて、頼むから成仏してくれと、幾度も念じながら、邪気を払うかに顔振はぱんぱんと激しく手をうった。

午前二時に夜が明けた。

空に雲はあるが、海は静かで飛行機の発着には好都合の状況である。

第一次攻撃隊が発進するとすぐに、蒼龍でも第二次攻撃に備えて、飛行機が次々と飛行甲板に運ばれた。蒼龍の第二次攻撃隊は制空隊の零戦が九機、急降下爆撃隊の九九艦爆が十八機。いよいよわれわれの出番である。

整然と甲板に並べられた飛行機は、暖機のあと、フル・ブーストで試運転される。その間、私は何か問題が生じてないか、翼のあいだを走り廻って確認した。整備員にとって最も忙しくまた緊張する時間である。幸い十八機ともまずまずの調子で、私は一機一機の胴体に触れて歩いては、（頼むぞ）と心のなかで激励して廻った。

そのとき、ダダ、ダダンと、爆発音が洋上に響きわたって、みると赤城《あかぎ》の高角砲が火を噴いている。対空戦闘を告げる喇叭《らっぱ》が鳴り、赤城と加賀から戦闘機が次々と発進していく。

「敵はどこだ？」と一同空に眼をこらすが、機影はどこにも見えない。

（いよいよはじまったぞ！）と奥歯をかみしめたけれど、気持ちは案外平静である。雲はあるが、まぶしいくらいの上天気である。

しばらくして、左舷側《さげんそく》に黒い機影が三つ見えた。爆撃機らしい。対空砲がいっせいに火を噴き、味方戦闘機が迎撃に向かうが、かなり高いところにいるので、なかなか捕まえられない。そのうちに雲の陰に見えなくなってしまった。そんなことが何度か続いて、（なあんだ、全然攻撃してこないじゃないか）と拍子抜けした私は、格納庫へいったん降りた。

第二次攻撃隊の飛行機はいつでも発進できる態勢が整っていたが、出撃命令はなかなか出ない。私はじりじりしながら、飛行甲板と格納庫を行ったり来たりし、いまのうちに腹ごしらえをしておこうと、主計兵の用意してくれた握り飯にかぶりついた。

それで少し落ちついた気分になって待機していると、四時になって突然、攻撃機の兵装を対艦船から陸上攻撃用に変更せよとの命令が下った。さあ、大変である。兵器科員と一緒になって大あわてで爆弾を付け替える。もっとも爆撃機の場合はたいした手間ではないので、気の毒なのは雷撃隊だ。八百キロもある魚雷をはずして陸用爆弾に替えなければならないのだから、えらい騒ぎである。実際赤城と加賀では大変だったらしいが、蒼龍の雷撃機はいまは出払っている。

その頃から敵の本格的な来襲がはじまった。雷撃機が十数機、低空から攻撃してくる。高角砲が火を噴き、たちまち零戦がとりついてこれを迎え撃つ。空母が魚雷攻撃に備えて高速から全速に変えて波を切った。対空砲はいまや猛烈な弾幕を空にかけて、甲板にいると鼓膜がびりびりと痺《しび》れる。

敵雷撃機は次々と零戦の餌食《えじき》となり、火の混じった黒煙を吐いて墜落し、海面に猛烈な水飛沫《しぶき》をあげる。そのたびに甲板上ではわっと歓声があがる。

突然、誰かが「飛龍がやられた！」と叫びをあげ、右舷方向へ眼をやると、飛龍のそばに水柱がいくつも立っている。敵の爆撃機の攻撃を受けたらしい。が、被弾はなかった模様で、すぐに白い飛沫《しぶき》をあげる瀑布《ばくふ》をくぐり抜けて、悠々とその大きな艦体を洋上に現した。

（ああ、よかった）とほっと胸をなで下ろしている間もなく、今度は艦橋の見張り員から「敵攻撃機！」の声があがるや、ドドンと、大きな石壁が倒れたような音が続けざまに耳を打って、飛行甲板を遥かに超える水柱が右舷側に立った。左舷側のポケットにいた私は、

（やられた！）とかたく眼をつむった。

幸いなことに被弾はなく、すぐに味方戦闘機が敵を追い散らした。それでもしばらくのあいだ私は、脚ががくがくと震えてとまらなかった。

人間は不思議なもので、作業に集中していれば、相当に危険な目に遭っても、さほど怖いとは思わないものである。実際、このあと、米機の攻撃が激しくなってきたときには、私は整備作業に忙しくて、ほとんど恐怖を感じている暇はなかった。ところが、このときの私は手が空いて、艦橋の下で空戦を見物していたので、本当に怖くてたまらなかった。

それにしても零戦隊の強さはすごい。機の性能、搭乗員の技倆《ぎりょう》もさることながら、敢闘精神が素晴らしい。味方の艦砲が雨霰《あめあられ》と降り注ぐなか、敵機めがけて平気で突っ込ん

でいく。味方の弾にあたりやしないかと、見ていてはらはらさせられる。

五時を過ぎて、味方にはほとんど損害のないまま、敵の攻撃は一段落した。ミッドウェー第一次攻撃隊も続々と帰還してきて、その頃になって米国空母発見の報が伝わった。

その時点で蒼龍飛行甲板上には、二五〇キロの陸用爆弾を抱えた九九艦爆が十八機、いつでも飛び出せる態勢で勢揃《せいぞろ》いしていた。零戦九機は直衛隊に加勢して、すでに上空にある。

赤城、加賀の艦攻隊も、そろそろ陸上攻撃用の兵装を終わる頃である。

「即座に空母攻撃に向かうべし」の声が攻撃隊の搭乗員からあがった。たしかに艦船攻撃ならば、徹甲弾と魚雷の方がよいに決まっているが、これでまた兵装を変更するとなると時間がかかる。陸用爆弾でも、飛行甲板に命中させられるなら、沈没はさせられなくても、攻撃力を奪うには十分である。

私はてっきり発進命令が下るものと思い、緊張して待機していたのだが、なかなか命令は来ない。艦爆隊の榊原大尉が珍しく激昂《げっこう》して、「司令部は何をやっているんだ！」と声を荒らげている。

結局、攻撃命令は下らず、上空にいる第一次攻撃隊をまずは収容し、それから再度艦船攻撃用に兵装を整えることになった。

この決定において日本軍は勝機を逸したのである。

ただ、たしかに、戦闘機に護衛されない爆撃機、攻撃機ほど惨めなものはなく、それはさっきまでの米軍の攻撃ぶりを見れば一目瞭然であった。艦爆隊を裸で出したのでは、ただ単に撃ち落とされるために行くようなものであると、司令部が考えたのは仕方のない面もある。

が、結果的に見るならば、この逡巡《しゅんじゅん》は悔いてあまりある痛恨事であった。

あのとき蒼龍と飛龍から九九艦爆を先に飛ばしていたら、ミッドウェー海戦の勝敗は逆転していたかもしれない。そうなれば、最終的には物量でまさるアメリカには勝てなかったにしても、その後の戦局はかなり違ったものになっていただろう。しかし、これはやはり後知恵というものであろう。

いずれにせよ、第一次攻撃隊の収容がはじまった飛行甲板と格納庫は、火事場のごとき混乱と騒動に見舞われた。とりわけわれわれ整備科員の忙しさときたら、ちょっと言葉が見当たらないくらいである。まずは並べられていた九九艦爆をエレベーターでいったん格納庫へ下ろし、制空隊が着艦できるよう飛行甲板を開けなければならない。それから次々降りてくる飛行機をまた格納庫へ下ろし、整備し直しながら、再度九九艦爆から順番に上げ、しかも今度は兵装を徹甲弾に付け替えなければならないのだ。

だが訓練を積んできた兵員は、半ズボンの防暑服を汗まみれにして、文句もいわずに黙々と身体を動かしている。私も飛行甲板と格納庫を忙しく行ったり来たりして、混乱のなか、声を嗄《か》らし、もう夢中で走り回った。

六時十五分。第一次攻撃隊の収容を終えた南雲艦隊は、三十ノットの速度で北上を開始した。(『整備兵曹の太平洋戦史』)

発光する海の生き物さながらの姿で、夜間照明を茫《ぼう》と放つ空母から次々と航空機が飛び立ち、幾重もの響きとなって長く延びる発動機の爆音のなか、赤と青のオルジス灯が黒い天蓋《てんがい》に満ちる様子は、古今のあらゆる勇壮で偉大な物語の詰まった種子がはじけたかのような印象を、第二砲塔脇の兵員溜《だ》まりに立った顔振に与えた。胸を熱くするその昂揚感は、第一次攻撃隊が去り、まもなく水平線を茜《あかね》色に染める太陽が昇って、海がしだいに色を加えてからも続いて、顔振は自分が夢の物語のなかにいるかに感じ、眼に映る事物のいちいちが、不思議に鮮明な輪郭をともなっていて、ひとつひとつの場面、煙突から黒煙をあげ艦体をきしませ疾走する駆逐艦、フレアに切り裂かれる白波、艦橋にひるがえる戦闘旗、砲弾を載せた台車を押す水兵たちの力のこもった防暑服の背中、ラッタルを駆け下りてくる短靴と裸の臑《すね》、昇降機のなかで慎《つつ》ましく折り畳んだ爆撃機、その巨軀《きょく》にとりついたたくさんの白いエンカン服、眩《まぶ》しい光のなかに浮かんで凶々《まがまが》しい黒点をなす機影、発射の猛烈な反動を受け砲鞍《ほうあん》のなかを滑る高角砲、水色の空に咲く閃光《せんこう》の花、艦橋をかすめ飛びすぎていくふたつの銀翼、海面すれすれで反転してまた軽々と天空高く舞い上がる戦闘機、風防硝子《ガラス》のなかで人形のように動かない飛行帽、獣の紅《あか》い舌のごとき火炎と黒煙を吐き滑らかな軌跡を描いて墜落する機体、植物の種子のように空へ飛んで海月《くらげ》のごとく傘を広げる白い落下傘、海面を切り裂き突き刺さって水の白煙をあげる翼、そうした場面が動きの一瞬を捉えた絵画であるかに、ひとつひとつ眼に焼き付いて、そのたびに顔振は周囲の世界から自分ひとりが遠ざかり、好きな挿絵入りの戦記物語を読むときと同じ、刻々と推移していく驚異的な物語を、興奮と陶酔のうちに傍らから鑑賞しているような感覚に見舞われた。

空戦がはじまると、顔振は作業の邪魔にならない艦橋の根本からこれを見物し、「飛龍」がやられたと叫ぶ悲痛な叫びを聞いて、右舷方向に眼を向ければ、空母のまわりにいくつもの水柱が立って、とたんに予感に導かれて眼を遣《や》った空には、眼を痛める眩《まば》ゆい光のなかに黒い機影が見え、そこから離れて、ゆるやかな放物線の軌跡を描いて落ちてくる、くるくる回転する鉄塊をはっきり眼に捉えた。胸を破るような轟音《ごうおん》が身体を打ち、海面から立ち上がった水柱は、飛行甲板から艦橋を悠々と超えて、驚異的な高さにまで達し、しかも白濁した水は物理法則に反していつまでも落下せぬまま中空に静止し、むしろ根本から大量の水が次々と争うかのように天へ向かい、巨大な構築物はどこまでも伸び上がるかに見え、しかし顔振は恐怖も不安も戦慄もなく、このすさまじい光景にただ圧倒され、息を呑《の》み、日本海海戦における旗艦「三笠《みかさ》」の姿を描いた絵画、海軍へ入って以来幾度も眼にする機会のあった絵画の、あたかも構図を引き締める目的のためだけに、画家が戦艦の脇に描いたかに感じられる水柱、きわめて装飾的で人工的に感じられる水の柱と、いま眼にしたそれがまるでそっくりだと思い、それほどまでに眼前の水の構造は、何者かの明確な意匠のもとに作られた建築物のようで、驚嘆した顔振の眼をいよいよ魅了したのだった。

ミッドウェー攻撃隊の飛行機が着艦を開始し、顔振は飛行甲板と格納庫を忙しく行き来して整備作業を指揮しながら、しかし、ふたつの眼ばかりは、眼前に夢幻のごとく繰り広げられる絵物語を貪欲《どんよく》に追い続けた。

連絡の必要があって駆け昇った艦橋で、白い第二種軍装に身を固めた柳本艦長を中心に、いくたりかの士官が静かに戦況を見つめるのを一瞥《いちべつ》したときには、その一瞬の映像を顔振は眼に焼き付け、覚えず涙を誘うような、悲痛な物語がそこで展開されているのだとの思いに胸を熱くし、あるいは騒然とした格納庫、必死の形相で走り回る兵員の、汗と油に汚れた顔が視野に入るたびに、彼らのひとりひとりが哀切で勇壮な物語の登場人物であるかに思いなした。

だから九九艦爆の飛行甲板への再度の運搬と整備作業が一段落し、確認のために下部格納庫へ降りて、用具棚と防火具入れにはさまれた通路の暗がりに四つの人影を発見したときにも、そこでもまたひとつの物語が、無数の物語の中のひとつが密かに進行しつつあるのだと、不思議な確信を抱いたのだった。

四人は全員が水兵服を着ていて、艦内のほとんどの兵員が白いエンカン服や事業服を身に着けているなかにあって、彼らの暗い紺色の服装はそれ自体が異様に眼に映った。通路の前を次々と兵員が通り過ぎるのだが、誰一人として通路の奥へ眼を向ける者はなく、いまや顔振ひとりが無言のうちに進行する劇を眺めているのだった。

床に両腕をついて長く伸ばした身体を支えている人物がひとり。それを三人の男が黙って見下ろしている。伏せの格好をしているのは川崎三整であり、それを取り囲んで、蠟人形《ろうにんぎょう》のように生白い表情を動かさず、傍らに立っているのが、「どた馬」「貧乏神」「豆だいふく」の三人であるのは間違いなかった。

川崎三整は同じ姿勢をもうずいぶん長い時間とり続けているらしく、床に突っ張った両腕がぶるぶると震え、まるく肥えた尻から太股《ふともも》のあたりにも固めた寒天のごとき震えが走って、汗のしたたる顔には苦痛がむきだしになり、はう、はう、とオットセイの鳴き声に似た嗚咽《おえつ》が大きく開閉する口から漏れている。

この苦痛の時間がいつまで続くのか川崎三整は知らず、ただひとつはっきりしているのは、崩れ落ちてしまうことがなおいっそう残酷な刑罰を招来すること、それが少なくともいままで続いてきた苦痛よりなおいっそう長く続くであろうことであり、あるいは拷問者たちは、次の刑罰への前奏として、ただ単に犠牲者が崩れ落ちるのを待っているだけなのかもしれず、であるにしても、拷問者たちは気力体力の限界というものについてきわめて猜疑《さいぎ》的であり、いずれにせよ、見せかけの限界と彼らが考えるものを犠牲者が踏み越えるまでは決して満足しない。演技はたちまち見破られてしまう。

犠牲者は本当の限界、限界と思えるものの先にある真の限界に突き当たることを、その向こうには死か狂気か、いずれ暗黒の空無しかないのを知りながら、なおかつ熱烈に願うようになり、しかし人間とはほんの些細《ささい》な器物でもって、尖った鉄片や少量の毒薬でもって、簡単に壊れてしまうくらい脆弱《ぜいじゃく》なくせに、生命力の根源は幾重もの防御壁に護《まも》られてもいるので、真の限界へ到達するまでには苦痛の長い長い距離を越えて行かなければならず、自分もかつては犠牲者となった経験をもつ冷酷な拷問者たちは、誰よりそのことを熟知しているのだ。

　通路をまっすぐ見通せる位置に顔振は立ちすくみ、そのあいだにも頻繁に整備兵たちが横顔を見せて前を通り過ぎていき、作業を急いだせいで格納庫内に放置されたままになっている爆弾類を、一刻も早く片づけないと大変危険なことになると思い、誰かにそのことをいおうと考えながら、しかし顔振の眼は、あくまで奥の、格納庫に満ちた喧騒《けんそう》と熱気とは別種の、深海の底にあるかのように冷え冷えとした、それでいて息苦しい圧迫感をともなった空間に釘付《くぎづ》けにされ、要領が悪いんだ、おまえは、要領が悪いからいけないんだ、おまえは、とそのように川崎三整の鈍重さを嘆く声が、詰《なじ》る声が、責める声が、繰り返し頭に響いた。

　やがて川崎三整は針でつつかれた芋虫みたいに身をくねらせはじめ、するとそれまで動きのなかった三人の人物のうち、右側にいた「貧乏神」がしゃがみ込むと、黙って川崎三整の顔面の真下に何かを置いた。それは鼠《ねずみ》の屍骸《しがい》であり、嫌らしく太くて長い尻尾《しっぽ》は、そこだけが生きているかのように金属質の光沢を持ち、実際それはぴくりぴくりと脈動していて、しかし生きているのではなく、眼を凝らして見れば、たくさんの虫が、背中に青と黒の縞のある虫どもが鼠にたかり、死肉を喰らっているのだった。

「貧乏神」の狙《ねら》いは明らかであったが、それが効果を発揮する前に、川崎三整は崩れ落ち、鼠の屍骸へ顔を押しつけたまま動かなくなった。縞のある虫どもは川崎三整の首から頭へと這《は》いあがり、と気づいてみれば、奥の通路のあたりは床一面に虫が溢《あふ》れ、這い廻り、うわっと声をあげた顔振は、急激にこみあげた嘔吐感《おうとかん》に口を押さえ、すると「貧乏神」が靴先で倒れた男の尻を蹴《け》り上げ、川崎三整がのろのろと身体を起こすと、他のふたりが左右からはさみつけるような形になって、一塊となった三人の人間は防火用具庫脇の通路から出、後ろから「貧乏神」が真ん中の男の尻をなおも蹴りつけながら、左手の中甲板に通じる扉へ向かい、そのまま格納庫から出ていった。

おまえには関係ない、おまえの職務には係わりない、これはおまえの物語じゃない、そのように警告する声を聞きながら、しかし、自分はこれだけは見届けなければならないのだとの強い確信が、身体のどこかに頑固に巣くっていた。

顔振は四つの紺色の水兵服を追って格納庫から出た。

Ⅲ　被弾そして死の哄笑

午前七時頃までに、蒼龍では攻撃隊の準備がほぼ整い、飛行甲板には九九艦爆と零戦が整然と翼を並べていた。

六時過ぎにミッドウェー第一次攻撃隊の収容が終わった頃から、敵機の攻撃が再開されていたが、これも猛烈な対空砲の射撃と、味方戦闘機の大活躍で、たいした損害は被らずにすんでいた。

もっとも私は整備作業に忙しくて、先刻とは違って空中戦をのんきに見物している余裕はなかった。格納庫にいると、何度か艦体が大きく揺れることがあって、魚雷回避運動だと分かったけれど、別に恐怖は感じなかった。

試運転もだいたいすんで、発艦の合図を待つだけになり、ようやく私はほっと息をついた。

(やれやれ、これでもう大丈夫だ)

そう思って、いったん格納庫に降りてみると、そこいらじゅうに陸用爆弾がころがっている。航空ガソリンの缶もいくつか出しっぱなしだ。急いだから仕方がないとはいえ、

(こいつはまずいな)と私は顔をしかめた。

下部格納庫に降りてみると、そこも似たような状況である。

一刻も早く最下部にある弾薬庫に運んだ方がいいと、分隊長に話をしようと思い、飛行甲板に戻ろうとしたとたん、ドカンときた。

(しまった! やられた)と直感した私はしばらく茫然《ぼうぜん》として立ちすくみ、するとまた爆発音がして、あっという間に格納庫に黒煙が充満した。

(早く消火しないと大変なことになる)と思った私は、肩にかけた防毒面を手探りしな

がら、消火器の方へ向かいかけ、そのとき猛烈な爆風が体をたたきつけてきた。(『整備兵曹の太平洋戦史』)

総員戦闘配備が敷かれているせいか、中甲板の通路には人影がなく、まもなく四つの水兵服は防水扉に前進を阻まれ、床に穿《うが》たれた非常用通路のマンホールに順番に入り込んだ。覗《のぞ》き込むと、垂直になった梯子《はしご》を伝って降りていく水兵帽が折り重なって見え、水兵帽がさらに次のフロアの穴へ這い入っていくのを確認した顔振は、自分も後に続いた。

四つの水兵帽の列は下降していき、多層構造になった艦体を垂直にくぐり抜けて、着いたところは最下層の罐《ボイラー》室で、鼻孔に粘り付いて呼吸を苦しくする重油の臭いを嗅《か》いだ顔振が、床へ降り立つと、右手には燃え盛る罐《かま》が並び、左手に眼を向ければ、巨大な水タンクの横をすり抜けてタービンの方へ紺色の制服が消えていくのが見え、後を追おうとしたとたん、誰かに腕をつかまれた。

——おい、いま何時だ?

腕の時計をみると、針は七時二五分を指して、だが文字盤のなかには黒と青の縞《しま》のある虫が何匹も入り込んで、糞《くそ》っと声をあげた顔振はバンドを外して時計を投げ捨てた。

——いま、上はどうなっている?

そのときになってはじめて顔振は男へ視線を向け、うっと呻《うめ》いたのは、半裸になった男の頭から顔、首筋からさらに脇腹にかけて、ひどい火傷《やけど》があったからで、しかも負傷はいま受けたばかりのようで、焦げ縮れた毛髪からは煙が立って嫌な臭いがし、ただれた皮膚からは透明な体液が滲《にじ》みだして、見る間に片方の眼が火ぶくれに覆われて潰《つぶ》れた。

——やられたんだろう。全部やられたんだろう。おれには分かってるんだ。しかし、どっちにしろ同じことだ。いずれおれたちはこんな深い穴底にいる以上、外には出られないんだからな。あんたらはいいよ。同じ死ぬにしても広々とした海を眺めながら死ねるんだからな。

残りの目玉を紅く光らせて顔振に絡む男は正気を失っているようだった。そのとき艦体がゆるやかに、しかし確実に左へ傾き、顔振は傍らに突き出していたパイプに掴《つか》まって姿勢を支えた。

——回避運動だ。舵《かじ》を切って魚雷をよけただけだ。

顔振が自らにいい聞かすように説明してみせると、男は半分しかない顔で嗤《わら》った。

——もう沈んでるのさ。この船はもう沈んでいる。とっくに沈んでいる。

男は狂ったように笑いだし、とにかく傷の手当てが先決だと思い、誰か呼ぼうと男の肩越しに罐《ボイラー》室へ眼を向けた顔振が見たものは、火に焼かれた幽鬼の群で、猛烈な炎と熱に衣服は燃え尽き、毛髪も燃えてタールを塗ったように真っ黒な地肌がむき出しになり、身体の皮膚は熱にめくれ上がり、あるいは焦げて炭になり、だが、そんな姿になりながら、彼らは持ち場から離れず、必死で罐《かま》にとりついているのだった。なかには噴き出す火焔《かえん》をまともに浴びたのか、肉が溶けて骸骨《がいこつ》になり、うつろにあいた黒い眼窩《がんか》でもって計器を見つめている者もあれば、真っ黒に焦げた棒杭《ぼうぐい》みたいな腕を振り回して何事か叫んでいる者もある。

——ここは地獄さ。一度入ったら二度と出られない。おれたちは地獄の釜底《かまぞこ》を這い廻る鼠みたいなものだ。おれたちはもう長い間お日様の顔を見ていない。それが機関科というやつさ。ましておれみたいな下級兵にとっては、この熱くて暗くて狭苦しい場所だけが世界のすべてなのさ。魚雷を一発どかんと喰らえば、もう助かりっこない。総員退去がかかったときにはもう手遅れ。灼熱《しゃくねつ》地獄から今度は冷たい水底に直行だ。それはそれで仕方がない。けれどもおれたちに我慢がならないのは、何が起こっているのかが分からないことだ。敵は来たのか来ないのか、味方は勝っているのか負けたのか。天気はいいのか悪いのか。それすら分からない。何も分からない。なあ、教えてくれよ。あんたは知ってるんだろう。上では何が起こっている？　広い世界はどんな風になっている？　昔おれが知っていた海はまだ海のままか。そいつは青いか。冷たいか。魚はいるか。それから陸地はまだあるのか。人間が住んで、気持ちの良い風が吹く、あの茶色くて固い陸地はまだあるのか。なあ、教えてくれよ。頼むから教えてくれよ。

つかみかかってくる腕を思わず邪険に振り払うと、男は半分しかない顔を、心底傷つけられたといった風に醜く歪《ゆが》めた。

——あんたはおれたちを見捨てるんだな。見捨てて行ってしまうんだな。何事もなかったかのように！

男の言葉に顔振は胸をつかれながら、しかしなすべきことも、かけるべき言葉も見つからず、とまた艦体が大きく揺動し、平衡を失った顔振は傍らの用具箱に思いきりたたきつけられ、そのとき不意に照明が消え、恐慌に足もとをすくわれながら、眼は光を本能的に求め、すると光は罐室《ボイラー》にあって、それはうなりをあげて燃えるボイラーの火であり、その灼熱の炎が死者たちの姿を紅く闇に浮かび上がらせ、骸骨や目鼻のない肉塊《にっかい》になった彼らはまだ黙々と与えられた作業を続けているのだった。

遠くで爆発音が連続し、再度艦体が激しく傾き、顔振は床を滑って、頭と肘《ひじ》を何かにしたたかにぶつけ、しばらく痛みを堪《こら》えてうずくまってから、次に顔をあげたときには罐室の火はもう見えなくなっていた。

立ち上がった顔振は手探りで歩き出した。

蒼龍は敵の急降下爆撃機の直撃弾を三発くらった。

具合の悪いことに、それらはどれも昇降機付近に落ちたために、飛行甲板を貫いて格納庫内に誘爆を引き起こした。格納庫には片づけられぬままの爆弾が置いてあったのだからたまらない。消火隊は懸命の努力をしたが、とても防ぎきれるものではなかっただろう。

実をいうと、格納庫で爆風をあびてからしばらくの出来事を、私ははっきり記憶していない。次に気が付いたときには、舷外《げんがい》に突き出した狭い通路に、大勢の兵員と一緒にひしめきあっていて、そこまでどうやって逃げたものか、まったく記憶が欠落している。舷外通路で正気を取り戻した私は時計を見た。時計は硝子《ガラス》にひびが入って、針は運命の七時二五分を指して停まっていた。爆風で吹き飛ばされたときに割れたらしい。私はいまでも、この時刻を指したままの時計を、記念として大切にしている。

蒼龍は耐波性を考慮して、甲板通路は主に舷内に設けられていたから、煙に追われた兵員たちは、必然的に舷外通路に集まることになる。だから猫の額ほどの面積しかない通路に次々と人が逃げてきて、満員どころではなく、人の肩の上に人が載っているような状態である。

そこで私は「総員退去命令」が下っているのを知らされた。

飛行甲板では誘爆が続いていて、せっかくの飛行機はすべてお釈迦《しゃか》になってしまったらしく、せめて一機でも二機でも飛ばしておけばと思うが、いまさらどうしようもない。（もはやこれまでか）と思うものの、無念で仕方がない。

左上の方では鋭い爆発音が連続して、機銃に火が移って爆発を起こしている。惨状にはまったく手の施しようがない。それでも船はまだ全速で走っていて、機関兵は果敢にも火だるまになった船の底で奮戦しているらしい。彼らの多くは艦と運命をともにしたが、あらためて冥福《めいふく》を祈らずにはいられない。

まもなく、何時頃だったか、船体が激しく揺れるほどの爆発音が響いて、左舷中央部付近から猛烈な蒸気が噴き出した。このときの爆発で、火を逃れて甲板にいた多くの兵員が亡くなった。私も避難が遅れていたらそのとき死んでいただろう。まったく人の生死は紙一重の差である。

やがて、力尽きたように、船は停止した。(『整備兵曹の太平洋戦史』)

もうずいぶんと長い時間、顔振は闇の中をさまよっているような気がした。先刻まではしばしば脚をふらつかせた動揺はいまはやみ、主機関も停止してしまったのか、出撃以来一刻も身体から離れることがなかった振動も消えて、かすかな水音だけが聞こえていた。時刻を知る方法はなく、自分がどこにいるのかも分からず、ただひとつ明らかなのは、艦がすでに死んでいる、その事実だった。

水音は艦体に亀裂《きれつ》が入って水漏れが生じているためかとも思われたが、それにしては静かに囁《ささや》く一定の調子が続いて、まもなく顔振は自分が小さな水路に足を浸けているのに気が付き、同時に前方に淡い光が見え、水の流れはその光の方向へ続いているのだった。

水路に導かれて、顔振は光へ向かって歩き、やがて出たところは意外にも広い空間で、そこは大きな倉庫のようでもあり、天然の洞窟《どうくつ》のようでもあり、しかしどこからか射《さ》し込む蒼《あお》い光は、空間の隅にまでは届かず、劇場の舞台めいて照明は限られた一部だけを闇に浮かび上がらせ、そうして、暗く蒼い光のなかにはたくさんの人がいた。

互いに向かい合う形で二列に並んでいるのは、水兵服を着た新兵であるらしく、そこには川崎三整の顔があり、あるいは顔振の同年兵たちの顔があり、一番端で向かい合っているのは、川崎三整の故郷で紹介された二人の若者に違いなかった。

はじめ！　と号令が響いて、すると列の左側に立った人間たちがいっせいに身体を動かし、右側に立った人間たちの顔を握った拳《こぶし》で殴った。嫌らしく鈍い音が立て続けに起こって、と、それに重ねてしわがれた怒声が響きわたった。

――なんだあ、その気合の入らん殴り方は！　おまえら、お遊戯をしているのと違うんだぞ。

つやつやに磨き上げ、柄の部分を紅い布で飾った樫《かし》の棒を持った「どた馬」がいい、もう一回、はじめ！　と号令すると、再び左列の兵隊が右列の兵隊の顔を殴った。

――駄目だ、駄目だ。全然なっとらん。いいか、拳固《げんこ》に精神をこめろ。相手を敵だと思うんだ。憎い敵だと思って殴れ。

今度は「貧乏神」が手近にいた兵隊の尻をごく短い足で蹴《け》りつけていった。

――ちゃんと出来るまで何回でもやらせるからな。何回でもだ。

三度号令がかかって、兵隊たちは奥歯をすりつぶすまでにかみしめ、これ以上ないくらい醜く顔を歪ませて僚友の顔を殴り、激しい打撃に幾人かが腰から床に落ちた。

――まだ精神の入っとらんやつがおるようだな。おまえたちは誠が足らんのだよ。心誠ならざれば、いかなる嘉言《かげん》も善行もうわべの飾りにて、何の用にかはたつべき、といってな。つまりは、人間にとって一番大切なのは、まごころなんだな。拳骨《げんこつ》にまごころをこめてみ。

「豆だいふく」が鼻の横にある大きな疣《いぼ》をいじりながら、のんびりした口調でいい、「どた馬」がその驚異的な馬顔に薄ら笑いを浮かべ、「精神注入棒」と墨書きされた樫の棒でひとりの男の尻を猛烈な勢いで打ち、打たれた者は尻を突き出した無様な格好のまま前方へ飛んで、前のめりに倒れた。

――ひとりの失敗は全員の責任！　連帯こそが軍人の美徳！　もう一度、はじめ！

「どた馬」の号令に、同じことが四度繰り返されて、今度は右側の兵隊たちが殴る番になった。

殴る者たちは、眼に毒々しい憎悪をたぎらせ、恐怖や不安や自己卑下やらを、ひとつに混ぜ合わせた塗料でもって青黒く染まった顔を相手に向け、拳をふるい、そこに並んで陳列された顔の表情が、人間という動物が持ちうる最も醜い表情であると顔振は感じ、眼をそむけながら、殺伐として荒れた感情が身体の中を吹き抜けるのを覚え、こんなことはもうやめなくちゃいけない、こんなことはもうやめなくちゃいけないと、癇癪《かんしゃく》を起こした幼児が泣き叫ぶような声が頭に響くのを聞き、そこへ「貧乏神」の陰湿に粘り付く甲高い声が流入してきた。

――おまえらは、いま、目の前にいるやつを憎んだな。それでいいんだ。憎しみを忘れるな。憎しみだけが人間に勇気を与える。いつでも憎しみを心に燃やせるように日頃から準備しておけ。人から憎まれる前に、人を憎むんだ。世の中はなあ、憎しみの強い方が必ず勝つようになっているんだ。憎しみの力が弱い人間は、よってたかって憎まれる、そいつを心して忘れるな。

「豆だいふく」の声が聞こえた。

――軍人は武勇を尚《たっと》ぶべしってのは、そういうことなんだね。それ武勇は我が国にては古よりいとも貴べるところなれば、我が国の臣民たらんもの、武勇なくしては叶《かな》うまじという。つまり日本人は憎しみの力において優秀であるからこそ、優等国民たりえているのだね。ただしね、注意しなくちゃいけないのはね、憎しみは隠しておかなくちゃいけん。顔で笑って心で憎むのが最上、勅諭にもいわく、されば武勇を尚ぶものは、常々人に交わるには温和を第一とし、諸人の愛敬《あいぎょう》を得むと心得よ、といってね。

「どた馬」の声が聞こえた。

――俺は気にくわん。おまえらは、相手を殴るとき、相手の眼から自分の眼を逸《そ》らしただろう。え？　そうだろう？　違うか。それでいいと思うか？　え、どうだ？

すると、列の中のひとりの兵隊が、眼を逸らしました、と叫び、続いて別の兵隊が、もう一回やらせて下さい、と叫ぶと、もう一度お願いします、もう一度お願いします、と他の者も争うように叫びはじめ、兵隊たちの合唱が大音響となって空間に渦巻いた。

――いいだろう。もう一回だ。いいか、眼を逸らすなよ。まばたきもするな。相手の目玉に映った自分の顔をよおく見ながらやるんだぞ。

「どた馬」の助言に「豆だいふく」が続いた。

——今度は笑ってみ。笑いながら殴ってみ。さあ、みんなで笑ってみ。

左列の兵隊たちは戸惑いがちに顔を歪《ゆが》め、やがてそれはたしかに笑い顔になり、本当におかしそうな笑い声が漏れ、それはしだいに輪を広げ、最後には誰もがげらげらと笑い出して、そのとき「どた馬」が号令をかけ、笑う兵隊たちはいっせいに向かい側の兵隊へ襲いかかった。

——やめろ！

我慢のできなくなった顔振は叫んだ。一瞬凍り付いたような沈黙が蒼い光を貫き、人々は動きを止め、そのとき顔振は、左手のやや高くなったところに、蒼龍神社と似たような、注連縄《しめなわ》が張られ灯明の置かれた社があるのに気がつき、同時に、その犬小屋ほどの大きさの社の脇にひとりの人がいるのにも眼が止まった。その人は、軍服らしい、しかし海軍のではない制服を着、丸い眼鏡に口髭《くちひげ》を生やした小柄な人物で、壁に直接貼られているらしい薄汚れた日章旗の前で、何をするでもなく立っている。

あれはいったい誰だろうかと、顔振の注意はその不可解な人物に否応《いやおう》なく注がれ、「どた馬」たちが顔振の方へのろのろと顔を向けるのを見たときにも、まだそちらに気を奪われていた。

——何か、ご用ですかな、兵曹長殿。

安香水の匂《にお》いをぷんぷんさせた「豆だいふく」が問い、慇懃《いんぎん》な口調とは裏腹な、人を見下したような調子に顔振は気分を害したけれど、とにかく相手が自分を上級者であると認めたことに、ほっと安堵《あんど》するような気持ちにもなった。

——こういうことは、もうやめろ。

——こういうこととは、いったい何のことですかな。

——私的制裁は禁止されておる。

「豆だいふく」と「どた馬」と「貧乏神」が声を揃《そろ》えて笑った。日章旗の前の人物の表情にどんな変化も生じていないのを確認した顔振は怒声を発した。

——何がおかしい！

——失礼ながら、兵曹長殿は勘違いをされておられる。

「どた馬」がいい、間近なところで見るその顔はまさしく馬並みの長大さというほかなく、顔振は哄笑《こうしょう》の虫が出し抜けに腹中で蠢《うごめ》くのを覚え、と、短軀《たんく》なのに腕だけが地面につくくらいに長い「貧乏神」が同僚の言葉に続いた。

——これは私的制裁ではありません。われわれは別に個人的な恨みから点呼をしているわけじゃない。あくまで軍の規律と醇風《じゅんぷう》を維持するためにやっておるのですからな。

——とにかく、即刻解散させろ。

顔振が命令すると、茹《ゆ》で豚みたいに艶《つや》のある顔面に薄笑いを浮かべた「豆だいふく」が、のんびりした口調で答えた。

——そいつは無理ですな。

怒りに眼をくらませた顔振が鋭く問い返すと、揶揄《やゆ》する眼で下から顔を覗《のぞ》き込んだ「貧乏神」がいった。

――われわれは命令されておるんです。つまりこれは命令なんですな。

――誰の命令だ？

――上からのです。

――上とは、誰だ？

――上は上ですな。少なくとも准士官などはお呼びでないくらいの上です。

相手の明らかな嘲笑《ちようしよう》に、顔振はむっと顔面を紅潮させた。その様子を残忍な眼で見た「どた馬」が加えた。

――上だけじゃない。われわれは広く一般に支持されてもいる。少なくとも日本人でわれわれのやりかたに反対する人間はひとりもおらんでしょうな。誰よりいまここに並んで殴られている連中が支持してくれる。それが証拠に、こいつらだって、半年もして新しい新三が入ってくりゃ、夜毎に甲板整列の号令をかけるのは眼に見えているんですからな。こいつらこそがバッターの熱心な信奉者なんです。

――そういう兵曹長殿だって覚えがあるでしょう。一度や二度は、こいつでもって人の尻を叩《たた》いた経験があるでしょう。

「どた馬」がいいながら、紅《あか》い房のついた棒を軽く振って見せた。

――しかし、ものには限度がある。

――その通り。ものには限度がある。少なくとも、われわれは、うっかり狙《ねら》いを外して背骨を打って殺してしまうようなへまはしません。

そういった「どた馬」は嫌らしく歯をむき出して笑いながら、顔振の顔を赤く充血した眼で覗き込んだ。やはり薄笑いを浮かべて「豆だいふく」と「貧乏神」がこちらを眺める視線を感じたとき、不意に顔振の背筋に無数の虫が這《は》い廻るような感触が生まれ、全身から冷や汗が噴き出るのを覚えた。

――われわれはバッターにかけちゃ年季が入ってますからな。しかし、慣れないやつがやると、変に力が入って、いや、危ない、危ない。世の中には不器用な人間がいるものでしてね。

嘲笑と皮肉がむっとするような口臭と安香水の匂いとともに顔面に押し寄せ、顔振は思わず叫んだ。

――おれは殺しちゃいない！

三人の男たちは冷たく凝《こご》った眼で叫ぶ男をしばし観察してから、すいと舞うような動きで歩み出し、背後から近づいてきた「貧乏神」と「豆だいふく」が、親しい者へするように、顔振の肩を両側から抱き、前に立った「どた馬」が磨いた樫《かし》の棒を顔振の手に握らせた。

――もちろん、殺すなんて、とんでもない話です。畏《おそ》れ多くも天皇陛下が統帥される皇軍において、さようなことがあるはずはない。といっても軍隊である以上、どうしたって事故は避けられない。むろん戦闘中ならずとも、軍中にあって死んだからには、立派に名誉の戦死です。

「どた馬」に続いて今度は「豆だいふく」が耳元で囁《ささや》いた。

――どんな死に方であったにせよ、お国のために働いて、我が国の御稜威《みいつ》を大いにふるうに功あった以上、靖国《やすくに》神社にて永遠《とわ》に祀《まつ》られるのが当然でしょうな。

さらに「貧乏神」が川崎三整のことについて何か囁いたようだったが、しかしすでに言葉は顔振の耳には入らなかった。何故《なぜ》なら紅い房の付いた樫の棒を掌にしたとたん、棒の先が人間の骨にうちあたる鈍く不気味な感触が伝わったからで、とたんにバッターを投げ出した顔振は悪寒とひどい吐き気を覚え、足腰から力が抜けて、その場に崩れおちそうになるのを「豆だいふく」と「貧乏神」が支え、横手に用意されていた椅子《いす》まで運んで座らせた。

バッターを拾い上げた「どた馬」が、ずっと立って姿勢を崩さずにいた兵隊たちの列に向かって、ざらざらする耳障りな声を張りあげた。

――全員、よく聞け。

こういうことは永遠に続くのだ、途切れることなく未来永劫にわたって続くのだと、打ちのめされ、一切の気力が萎《な》え、暗鬱《あんうつ》な絶望の淵に沈みながら、顔振はその声を耳に入れた。

だぞ。

——いいな、いま聞いたように、おまえらは幸せなことに、全員靖国神社へ行けるん

そういって「どた馬」は手にした樫の棒で背後にある社を示して見せた。暗がりに眼をこらして見ると、その社は小さいばかりでなく、廃材をつぎはぎして建てたような、ひどく粗末なもので、三方《さんぼう》の代わりに焦げ鍋《なべ》がひとつ置いてあるところは、いよいよ犬小屋を思わせる。

——いずれ、おまえらはあそこへ行ける。ただし、そのためには、おまえらはまず死ななければならん。死んではじめて、あそこに入れる。どうだ、生きて地方に帰って、田舎の墓に入るのと、死んであそこにまつられるのとどっちがいい？　草深い田舎の墓に埋もれるのと、護国の神となって、国家繁栄とともに永久にまつられるのと、どっちを選ぶ？　どうだ、前者か、後者か？

後者ですと、争うように兵隊たちが声をあげて闇にこだました。

——ならば、おまえらは死ぬんだな？

死にますと、また一斉に声があがった。

——よし。おまえたちの覚悟のほどは分かった。だが、覚悟がなくても、どっちみちおまえたちは死ぬ。足下を見てみろ。

「貧乏神」が犬歯の覗く残忍な笑いに猿面を歪《ゆが》めていった。すると兵隊たちの何人かが、ひゃあと奇声をあげて飛び上がった。無数の虫が地面を埋め尽くし、短靴を履いた兵隊

たちの足に這い上ろうとしていた。「貧乏神」が大口を開けて笑った。

――そいつはウリ虫といって、おれの田舎じゃ、便所なんかによくいる虫だ。背中に瓜《うり》みたいな青い筋があるだろう。こいつの別名を知ってるか。知らんだろう。死に虫っていうんだ。こいつはな、屍骸《しがい》にたかる。おれの田舎じゃ、死人は土葬するんだが、葬式のあと行くと、土《ど》まんじゅうの上には、こいつが必ずいっぱいたかっているんだ。まあ、何の価値もない、つまらん虫だ。

するとそのとき、社の脇の眼鏡の人物が突然口を開いた。

――つまらない虫というものは存在しません。どんな生命にもそれぞれの価値があるのであって、それぞれ固有の世界をもっているのです。あらゆる生物の種は、種であるという資格においてみるならば対等です。それから、ウリ虫、死に虫というのは単なる俗称でしょう。昆虫は専門でないので分かりませんが、この昆虫にも、新種でなければ、きちんとしたラテン語の属名種名が必ずあるはずです。

やや調子外れの気味のある、甲高い声でいった髭《ひげ》と眼鏡の人物は、足下から虫を一匹つまみあげると、ポケットから取り出した天眼鏡で子細に観察をはじめた。

その人が喋《しゃべ》り出してからしばらくは、何ともいえず居心地の悪い空気が流れて、「どた馬」たちも兵隊たちも、妙にくすぐったいような、どういう顔をしていればいいか分からないといった風の態度をとり、なかにはくすくす笑う者もあって、こらあ、貴様ら、何がおかしいんじゃい、と怒鳴りつけた「貧乏神」の声にも笑いがはらまれていて、すると今度は、「豆だいふく」が髭眼鏡の隣に立ち、やや猫背になったその格好を真似てみせたので、兵隊たちからはどっと哄笑《こうしょう》があがった。

笑いの余韻が消えぬうちに、「どた馬」がまた声を張り上げた。

——おまえらは、畏れ多くもかしこくも、大元帥陛下であられるところの、天皇陛下の軍隊の兵士であるからには、命令があれば即刻死なねばならん。いや、命令がなくとも、率先して死ななければならない。

二列になった兵隊たちに新しい災厄の予感が生まれ、緊張と不安が戻ってくる気配を的確に捉《とら》えて、「どた馬」は次なる課題を提示した。

——いま、ここで、死ねるやつ、手をあげろ。

互いが互いの様子を窺い、動揺と猜疑《さいぎ》と不安が硬く肩を張った兵隊たちのあいだに広がるのを十分に愉《たの》しみながら、「どた馬」は列の端から端までを、芝居がかった靴音をたててゆっくり歩いた。

——どうだ、おらんのか？

何人かがおずおずと手をあげて、まもなく春の草が一斉に芽吹くように、全員の手が天井へ向かって差し上げられた。

「どた馬」は頑丈な歯をむき出し、馬面を歪めて嗤《わら》った。

——じゃあ、死んでみろ。いま、ここで死んでみろ。

兵隊たちはまた互いの顔を窺いながら、しかしなす術《すべ》なく、不安げに立ち尽くし、そこへ「貧乏神」が新たな罵声《ばせい》を投げかけた。

——道具がないからなんていいわけするなよ。その気になれば、人間、いくらでも死ぬ手段はある。舌を噛《か》むもよし、壁に頭をぶつけて頭の鉢を割るもよし。息をとめて窒息してもいいぞ。

そういって「貧乏神」はげらげらと笑いだし、「豆だいふく」が声を重ねた。

——実際、君らが敵の捕虜になったりしたときにはな、武器なんかないんだね。なんにもなしに死ななくちゃならないんだね。

——全員、即刻、死ね。

「どた馬」の再度の号令に、兵隊たちはうつむいたまま動かず、しかし多くの者が身体を小刻みに震わせ、涙をこぼして泣いている者もあるらしく、むき出しの魂がこすられるような嗚咽《おえつ》がどこからか漏れ出た。

——駄目だね。全然駄目だね。精神がまるで駄目だね。

「豆だいふく」がさも呆《あき》れたとでもいうような調子で講評し、続いて「貧乏神」が、全員一列に整列、足を踏ん張って尻を出せ、と号令し、しばらくは兵隊たちの乱れた足音が薄闇《うすやみ》に響いて、やがていつものように、バッターの制裁が開始された。

肉をうつ嫌らしい響きと苦痛の呻《うめ》き、ありがとうございました、ありがとうございましたと次々に叫ぶ真っ赤な声、これをおれは絶えず聞き続け、これからも聞き続ける、こういうことは永遠に終わらず、世界がある限り続くのだと、苦い昏《くら》い絶望感のなかで顔振は考えながら、嫌だ、嫌だ、嫌だ、と癇癪《かんしゃく》を起こして泣き叫びそうになる自分を必死で堪《こら》え、そうすればあたかも世界が終わるとでもいうように固く眼をつむり、と、かえって暴力の響きは生々しく五感に迫って、胸をしめつけ、夜の甲板に足を踏ん張り、しだいに打撃音が近づいてくるときの気持ちを、恐怖が喉元に押し寄せて息を詰まらせる、胃袋が臆病《おくびょう》な獣みたいに縮こまる、あの気持ちを顔振は非常な切迫感とともに甦らせ、しかし列の中にいない以上、いつまで経っても順番は廻ってこず、自分ひとりが苦痛から逃れ得ていることが理不尽に思えてきて、なんだかたまらない気持ちになり、自分も列の端に加わろうと椅子から立ち上がったとき、不意に打撃がやんだ。

見ると顔振のいるのとは反対側の闇の中から、白い制服が現れ、白い帽子に腰から吊《つ》るした軍刀は、士官の第二種軍装に違いなく、襟章はその士官の階級が少佐である事実を示していた。

「どた馬」たちは黙って入来の人物を見つめ、沈黙のなか、長靴の踵《かかと》と軍刀をかちかちと高く鳴らして闇の中から浮かび上がってくる士官を見た顔振は、にわかな熱狂にみまわれ、彼こそが際限のない暴力と苦痛を終わらせてくれるのだと信じ、その口から放たれる命令は、透明な水のように一切の不純物を含まず、一瞬のうちに世界を洗い清めてしまうだけの力を持ち、それは結局のところ「どた馬」や「貧乏神」や「豆だいふく」と同じ、油と汗と残飯の臭いのする、手足も満足に伸ばせず、息も自由にできないような場所に棲《す》む自分ではなく、瀬戸内《せとうち》のさらさらと乾いたかぐわしい潮風を呼吸し、きれいに刈り込まれた植木の緑に眼を細め、よい匂いのする赤煉瓦《あかれんが》の建物に住んだことのある者だけが持ちうる力なのだと、顔振は一度だけ訪れたことのある、初夏の江田島《えたじま》の風光を思い描きながら、半分は哀《かな》しく、しかし半分は大いなるたのもしさを覚えつつ考えた。

顔振の期待の視線のなかで、士官は空間の中程まで進み、それにつれて自然と兵隊たちの列が崩れ、士官を取り囲むような形になった。士官はうつむき加減だった面をつとあげ、その顔を眼に入れた顔振が、不意打ちをくらってうっと呻いたのは、軍帽の影の落ちたその顔一面に青い筋のある虫がたかっていたからで、同じものを眼にしたらしい「どた馬」が、それまでの緊張をゆるめて狡《ずる》い笑みを浮かべ、剽軽《ひょうきん》な調子で口を開いた。

――士官殿が手本を見せてくださる。全員まなこをしっかりと見開いて、謹んで拝見するように。

「豆だいふく」も軽口をたたくような調子で加えた。

――いいかね、しっかりキンタマを押さえておかなくちゃいかんよ。びっくりして、キンタマがなくならないようにしなきゃいかんからね。

すると今度は「貧乏神」が妙な弁士口調ではじめた。

――さあさ、みなさん、ごろうじろ。ここにひとりの海軍士官、戦に敗れて、潰走《かいそう》、ついに敗残。国やぶれて山河は荒廃。辺りは全部焼け野原。ひとり荒れ野をさまよって、ついたところは地獄の穴蔵だあ。ああ、もう仲間はみんな死んでしまった。なんの因果か、生き残った者は自分だけ。ニッポン人も死に絶えて、高貴の種は全部根絶やしだ。ええい、こうなったら、仕方がない。いっそ死んでしまえ、死んでしまえ。

「貧乏神」の声色にあわせて、士官の後ろからその身体にとりついた「どた馬」と「豆だいふく」が、士官の腕や首を文楽人形のように動かしはじめた。虫にたかられた士官は地面に座り込むと、奇怪至極な仕草で手を動かし、やがて懐から凶々《まがまが》しく黒い鉄の塊を取り出した。

——さようなら、おっかさん。これもお国のためなんです。義は山嶽より重く、死は鴻毛《こうもう》より軽しと心得る、わたしは皇国ニッポンの、操《みさお》正しき軍人です。生きて虜囚《りょしゅう》のはずかしめ、あえてうけるくらいなら、見事腹かっさばいてご覧にいれましょう。おめおめ生き長らえて、驕奢華靡《きょうしゃかび》の風に染まりきり、貪汚《たんお》にまみれた故国の醜状、この眼で見るくらいなら、いっそ果てます、死にまする。さようなら、おっかさん。さようなら、わが祖国ニッポン。天皇陛下、万歳！

——やめろ！　やめてくれ！

顔振が叫んで立ち上がったとき、士官は手のなかの鉄塊の金具を引き、発火した手榴《しゅりゅう》弾《だん》の上に覆い被《かぶ》さる姿勢になった。やめてくれ、もうこんなことはやめてくれ、顔振がもう一度叫んだ刹那《せつな》、激しい閃光《せんこう》が眼を打ち、身体は爆風にさらわれた。

疲労のせいか急に眼がくらんで、舷外《げんがい》通路で私はしゃがみこんだ。そうすると、たちまち大勢の人間にのしかかられて、まるで身動きがとれなくなってしまう。

その頃になって、私は身体のあちこちがひどく痛んできた。首筋にさわると、ずるりと皮がむけてしまう。頭髪も燃えてすっかりなくなっている。火傷《やけど》はかなりひどいようだ。しかし一番痛いのは左足で、動かしてみると膝《ひざ》から下が変にぶらぶらする。

骨折していると判断したが、だとしたらどうやってここまで来られたのか。そのときになって、ようやく私は不思議に思った。たぶん誰かが肩を貸してくれたのだろうが、何も覚えていない。見回したところ、顔見知りの顔はなく、いまだに誰に助けて貰《もら》ったのかが分からない。その方も無事救助されたと信じたい。

周りでは溢《あふ》れ返った兵員がぽろぽろと海にこぼれていく。下の海にはたくさんの頭が浮いたり沈んだりしている。

また爆発が起こって、もうもうとした黒煙が押し寄せ、真っ赤に焼けた鉄片や砲弾の破片が降ってきて、そこも危険になった。

「はやく飛び降りろ!」と怒鳴り声があがって、兵員が次々に海へ向かって、飛び込むというより、飛び落ちていく。誰か士官であろう、「戦争はまだ終わりじゃないぞ」と叫ぶ声があって、それを聞いて私も気持ちが少ししゃっきりしてきた。

(そうだ、まだ、負けたわけじゃない)

そう思って歯を食いしばると、今頃になって悔し涙が出てきて止まらなくなった。

「早まるなよ、絶対に早まった真似はするなよ」と同じ士官が何度も怒鳴っている声も聞こえ、そのときは意味が分からなかったのだが、あとで知ったところでは、捕虜になるのを恐れて海中で自決した者が何人かあったらしい。

いまでは想像できないかもしれないが、当時の軍隊では、捕虜になることを恥辱とする風潮は強く、一般の兵士にまで身に染み渡っていたのである。

それでも、普通の兵科では、大方の兵員は軽装で作業していたから、海に放り出されてから自決しようにも、凶器になるようなものは何も身に帯びていなかった。例外が飛行搭乗員で、彼らは出撃時には拳銃《けんじゅう》を携行していたので、実際に自決した者はほとんどが搭乗員だったという。

通路の鉄板も段々熱を帯び、艦体の隙間《すきま》から噴き出す煙はすさまじく、もう一刻の猶予もならなかった。ところが、身体が思うように動かない。飛び込む元気が出てこない。残っているのはとうとう私ひとりになってしまった。これでは海に飛び込んでも溺《おぼ》れるだけだと思うと、急に気が弱って、私は一度は諦めかけた。

下からは「早く飛び込め」と怒鳴る声がするが、動けないものはどうしようもない。

（このまま艦と運命を共にしよう）

そう思うと急に気が楽になってきて、自分の悲愴《ひそう》な（？）決意を下にいる人々に大声で伝え、それから通路の鉄板にごろりと横になった。

妻子に別れを告げ、眼をつむると急に眠くなった。これで死ねるなら、楽なものだと考えていると、驚いたことに、その次の瞬間、私は海のなかにいたのである。どうやら艦が揺れたせいで、うっかり落ちてしまったらしい。いま思えば、笑い話のようであるが、落ちた当人にすれば必死である。ついさっき、艦と運命を共にしようなどと、悲愴な決意をしたことなど吹っ飛んで、もう溺れたくない一心で手足を動かし、ようやく漂流物に摑《つか》まることができた。(『整備兵曹の太平洋戦史』)

眼の中が燃えるように熱く、瞼《まぶた》を手の甲でこすりあげると、奇怪な感触が生じて、見ると手の甲の皮膚は熟れた桃の皮みたいにめくれ、顔振はひやっと声をあげた。

「兵曹長、しっかりするんや。こんなところで死んだらあかん。はやく逃げるんや」

中沢大尉は顔振の腋《わき》の下に腕を差し込むと、顔振をひきずって歩かせようとし、顔振も前へ進もうと思い、杖《つえ》代わりにしようと傍らに落ちていた鉄棒を摑むと、それは真っ赤に焼けていて、顔振はまた悲鳴をあげた。

「ここは危ない。とにかく外へ逃げるんや」

その声を聞き、右手に見覚えのある防火ポンプの倉庫を確認した顔振は、自分が中甲板の通路にいるのに気がつき、下部格納庫からここまで中沢大尉が自分を運び出してくれたのだと知って、顔を見れば、それはもうほとんど顔とは呼べないくらいに煤《すす》け、ちりちりになった頭は仏像のようで、衣服が燃えたからなのかほとんど裸同然の胸に、首から紐《ひも》で吊《つ》るした護符だけが、何かの鑑札みたいに下がっていた。

あの人たちはどうなりました、と不意に先刻までの穴蔵の出来事を思い起こした顔振が問うと、みな、やられてしもうた、燃えたり、潰《つぶ》されたり、吹っ飛ばされたりで、まったくさんざんや、格納庫におったもんは可哀相《かわいそう》やが誰も助からん、助かったんは兵曹長だけや、これも神さんの思《おぼ》し召しやさかい、命を大切にせなあかんでと、中沢大尉が妙に説教臭いことを早口でいったとき、背後にした格納庫から猛然と黒煙が噴き出し、中沢大尉の肩につかまって前へ走り、防水扉で行き止まりになった舷内通路にあいた縦穴を、ラッタルを摑んで降り、そこも毒々しい黒煙が充満しはじめて、煙にむせながら下甲板を中央部へ戻る形で進み、すると前方右手に海へ張り出した舷外通路に通じる出口が見え、そちらへ動こうとしたとたん、裸の皮膚一面に酸を浴びせられたかの鋭い痛みが生じて、同時に身体がふわりと持ち上げられ、顔振はすぐに爆風が下部格納庫中央部での誘爆によるものだと理解し、猛烈な蒸気が破れた天井から噴き出すのが見え、このままだと頭からまともに床にたたきつけられる、そうなれば首の骨が折れると思い、両腕で頭を抱え、身体をまるめるようにひねって、不思議に冷静な気持ちで腰から甲板へ落ち、うなりをあげて飛んでくる危険な器物の破片を避《よ》けてその場に伏せた。

爆発の余韻が消えたところで頭をあげ、中沢大尉の姿を探すと、三メートルほど艦尾寄りに倒れていて、顔振が這《は》って行って抱き起こすと、中沢大尉は真っ黒な顔のせいでやけに白く見える歯をむきだして笑った。

「もう、あかん。やられてもうたわ」

何をいうのかと、怒りに駆られた顔振が中沢大尉の身体を引きずろうとすると、大尉は苦痛に顔を歪《ゆが》め、そのとき顔振は、首を抱いた男の下腹部から大量の血がこぼれ、それは飛来した鉄片が突き刺さっているからだと気がつき、応急に処置しようにも、どう手をつけたらよいやら分からず、途方に暮れ、こんなことをしても無駄だと自分に悪態をつきながら、腰で半分焼け残っていた手拭《てぬぐ》いを傷のあたりにかぶせれば、生地にはたちまち赤黒い滲《し》みが広がった。

「日本の兵隊は本当にすごいもんや。士官はたいしたことあらへんが兵隊は立派や。こんなになっても、みんな必死になって持ち場にしがみついてるんやからな。あんな兵隊がいる限り、日本はよう負けんやろ。結局は日本が勝つやろな」

必ず勝ちます、と瀕死《ひんし》の男へ応答しようとして、しかし顔振は出し抜けに、日本はこの戦争に負ける、それも最悪の仕方で、二度と立ち上がれない形で負けるのだと、強烈な確信が押し寄せるのを感じ、言葉を失い、それでも顔だけは何度も上下に動かして見せた。

「兵曹長、なんでやられたんやろ。あんだけ兵隊が働いて、頑張って、それでどうして船が沈まなあかんのやろ。兵曹長な、わしはお化けのせいや思うんや。この船にはお化けがとりついておった。わしはな、実は見たんや」

何をと、顔振が問う前に、海面に浮かぶブイのように黒目をふわふわゆらめかせた男が口を開いた。

「川崎が殺《や》られるのを見たんや。防火倉庫の脇で、川崎は首を絞められとった。やったんは関や。関が首絞めて、それから海に捨てよった。けどな、本当は関がやったんやないと思う。もうひとりおった。そばに立って手伝っとった。誰だか分からんが、たぶんお化けや、そいつが関にとりついて全部やらせたんやと思う。でなきゃ、あんなことできるはずがない。それで今度は関もやられたんや」

日本は負ける、お化けのせいで、日本は負ける、お化けのせいで、日本は負ける、その文句が呪文《じゅもん》のごとく繰り返し頭に響いて、気づかぬうちに顔振の口からは、お化けのせいだ、お化けのせいだと、虚ろな呟《つぶや》きが漏れ出ていた。

「わしはな、兵曹長、一生懸命、お化けを退治しようとしたんや。方々の寺や神社を廻ってな、お札やらお守りやら、ぎょうさん集めて、持ち込んだんや。蒼龍神社でお祓《はら》いしたのも、兵曹長は嗤《わら》っとったかもしらんが、真剣やったんや。わしはな、兵曹長、なんで自分が士官なんか、ずっと分からんかったんや。でもな、本気でお化けを退治しようとしたら、はじめて分かってきた。要するに、お化けを退治するのが士官の役目なんや。それが士官の仕事なんや。関がお化けにとりつかれているなら、それを調伏《ちょうぶく》するのが、わしらの仕事や。兵隊にできる仕事やない。下士官にもでけん。別に威張るわけやないが、それが士官の仕事や。軍隊にはぎょうさんお化けが棲《す》んどる。それを討伐するのが士官というもんや。けどな、気が付くのが遅かった。お祓いじゃあかんかった。きっと他のことをせんとあかんかったんやろ。けどな、わしにはそれしかでけんかったんや。だから自業自得や。わしは負けたんや。あっさりやられてもうた。お化けをやっつけるつもりが、こっちがお化けになってもうたわけやからな。これじゃ、もう女は抱けんやろな」

そういって笑った中沢大尉は、血塗《ちまみ》れの下腹部をそっと手で撫《な》でてみせてから、再び口を開いた。

「けどな、ええこともある。これでもうシックの心配はなくなったわけやからな。あれは鬱陶《うっとう》しくてかなわん。兵曹長はなったことあるか？　わしは一回だけなったんや、少尉になりたての頃やけどな。ちゃんとサックは使っとったのに、おかしい思うて、調べたら、簡単にゴムに穴があきよるのや。それもひとつやふたつやないで。ひと箱全部が不良品や。わしはすぐに軍医長に報告してな、それからサックを作ってるもんのところへ行って談判したんや。もっと品質のええゴム使えゆうてな。それからは穴はあかんようになった。シックにかかるもんが減ったんは、このわしの功績やで。考えてみると、わしが海軍に入って何かに貢献したんは、この件だけやな」

そういうと、中沢大尉は沈黙し、それからぽつりとつけ加えた。

「まあ、なにも貢献せんよりは、ましいうもんや」

それを最後に、中沢大尉の黒目は、溶けた硝子《ガラス》のような眼のなかで動かなくなった。顔振は大尉の身体を引きずろうとし、しかしそれはいまいる場所からどうしても動こうとはせず、常に腰が軽く、気のいい士官だった中沢大尉が、死を通過してはじめて頑固になったと思い、首に下がった護符をはずして手に握ると、急速に生命のない物質の無関心を露《あらわ》にしはじめた遺骸《いがい》を残して、舷外《げんがい》通路の方へ這った。

火は空母の身体を貪欲《どんよく》に蝕《むしば》み、組織を喰《く》いやぶり、燃やせるものはことごとく燃やし尽くして、船を巨大な鉄の廃墟《はいきょ》に変えつつあった。半円形に海へ張り出した舷外通路まで辿《たど》りつき、吹き付ける風を感じ、硝煙と重油の臭いを一瞬だけ払いのける清涼な空気を胸一杯吸い込んで、人垣のなかにうずくまったときには、顔振の気力は尽き果て、すぐ上の砲塔で爆発が起こって、危険を感じた人々が次々に海へ飛び込んだあとも、ひとりだけ同じ場所に残っていた。

誰かが下から怒鳴る声が聞こえたけれど、もうなにもかもが終わってしまったのだという、底知れぬ諦念《ていねん》の沼に沈み込み、手足を縮ませた胎児の姿勢になって、目の前の床と、そこに秩序なく散乱したいくつかの事物、片方だけの短靴、ちぎれた綱、焦げて薄煙をあげる布片、それらを漠然と眼に映しながら、しだいに明瞭に感覚されるようになった身体の痛みに耐えて、熱を帯びた格子状の鉄板に横たわり、それでも船が沈むまでにはまだ時間はあるはずだとも計算していた。

わずかに視線を移す、それだけのことに大変な気力をふるい、顔振は格子の隙間《すきま》から下の海を見た。重たく緩やかにうねる海は、想像していた通り、きわめて拒絶的な印象とともにそこにあった。

海は人間を、人間の創造した一切のものを嫌っている、だから船が沈むときにも、きっと海はそれをいやいや呑《の》み込むのだろうと顔振は想い、沈んだ船は、消化しきれない食べ物のように、ずっと異物として海底にあり続けるのだろうと考えた。自分もまた海にとって異物であり、暖かな懐に抱かれることもなく、冷たい異郷にひとりあり続けるのだという考えは、顔振を苦しめたけれど、それも意識があるあいだだけの話で、意識が失われてしまえば、そうした思考もなにも一切合切《いっさいがっさい》が消えてしまうのだと思えば、少し安心できた。

これでいい、自分はもうこれでいい、そう呟いた顔振は眼をつむった。急激な睡魔が全身をくまなく襲い、しかし鼓動と一緒に脈動する火傷《やけど》の痛みが眠りを妨害して、顔振は短い睡眠と覚醒《かくせい》を繰り返し、そのあいだに無数の夢を見た。

見慣れない洋装の妻と、赤ん坊を抱いた娘が並んで満開の桜の下に立っていた。ふたりとも正面の夕陽に眼を細めて硬い笑いを浮かべているのは、写真機を向けられているからで、とするなら写真機を構えているのは顔振自身に違いなく、それにしても庭に植えた桜の苗木はもうこんなに大きく育っているのだった。写真店でもらった手帳型のアルバムを開いて見せながら、顔振が興奮した口調で桜の生長ぶりについて語ると、カウンターの向こうにいた黒い服の女が、あの辺は空襲でひどく焼けたのに、よく助かったものねといい、ねえ、コンブダニさん、と顔振の隣に座っていた男に声をかけ、するとやや酔っているらしい男が横から写真を覗き込み、私は桜は嫌いだと答えたので、グラスにウイスキーを注いだ女はよく通る声で笑った。

「また、そんな風にひねくれたことをいうんだから」

「同期の桜ってやつが、私は嫌いでね。あの歌を聴くとむかむかする。だいたい軍歌は全部いやだ」

「ここに来るお客さんで、軍歌がきらいなのは、あなたくらいのものよ」

「ママだってきらいなくせに」

「最近はそうでもないのよ。悪くないなって思うこともあるわ」

「いかんな。思想的な後退だ。よろしい、私が本場仕込みのドイツリートを聴かせよう」

男は狭い店の隅にある古ぼけたアップライトピアノの前に座ると、器用に鍵盤《けんばん》を叩《たた》いて、音程はしっかりしてはいるけれど、艶《つや》のないしわがれ声で歌い出した。水割りのグラスに口をつけ、幾度も聴かされたおかげで、すっかり覚えてしまったシューベルトの歌曲を聴きながら、顔振はカウンターの正面の裸婦の絵を眺め、それから隣に貼られた写真へ視線を移した。

それは昭和十五年頃、宿毛湾に停泊中の空母「蒼龍」を映した写真で、やや艦首寄りの角度から右舷側が撮影された写真は、少々ピンぼけながら、こぶりの島型艦橋の姿や、湾曲して横へ張り出した特有の煙突の形をはっきり示していて、右舷側の十二・七センチ高角砲スポンソンもかろうじて確認でき、とするならば、その支柱の真下に舷外通路はあるはずで、この場所に座ってこの写真を眼にすれば必ずそうするように、顔振は高角砲の下の、暗い、粒子の粗い部分に眼を凝らし、記憶像を補って半円形の舷外通路を眼前に描き出して、するとそこにはたしかに人がいるように見え、それは紺色の水兵服を着た三人の水兵で、彼らは透かし格子になった鉄板上に生命のない人形のような姿で立ち、あれは誰だろう、あんな平気な顔をして、半舷上陸を待ちわびる水兵みたいな様子で立っているのは誰だろうと、不審な思いで、重たい水のうねりを全身に感じ、奇妙に生暖かい水に浮かびながら、見上げた顔振の揺れ動いて定まらぬ眼は、それが「どた馬」「貧乏神」「豆だいふく」の三人であると認め、廃墟となった船のなかでなお陰湿な制裁は続いており、それは船が沈んでからも永遠にやまず、あの暗い穴蔵のような場所で繰り返されるのだと確信され、そう思うと一刻も早く逃げ出したくて、体力の消耗も顧みず泳ぎはじめ、しかしいくら泳いでも、水に浮かんだ鉄棺《てっかん》は一向に遠ざからず、かえって吸い寄せられるようで、顔振は巨大な渦に捉えられた自分を想い、あらゆる漂流物を呑み込む渦の中心には暗黒の虚無が口を広げていて、そこでは死の安らぎすらない永劫《えいごう》の苦痛と恐怖があるのだと直感するならば、身体は恐慌に痺《しび》れ、逃れようにも力はわずかも残っておらず、足掻《あが》こうにも身体は寸分も動かず、鼻から口から塩水が大量に流入して、比重からして必ず人体は浮かぶはずだとの知識を裏切って、水底に引きずられるように沈んで行き、身体も魂もぶあつい海水の檻《おり》に囚《とら》われようとしたとき、カッター から伸びた誰かの手に腕を摑《つか》まれた。

釣り上げられた魚みたいに、カッターの舟底にごろりと投げ出された顔振は、海水を吐き出し、それから強烈な欲望にせかされ、気力をふるって起きあがり、もう一度空母に眼を向ければ、傾きかけた陽光にあかく照らされた艦橋の一番上層に、日本海海戦の指揮をとる東郷元帥とその参謀たちを想わせる格好で、三つの人影が立ち、しかしそれは士官の軍装ではなく、紺色の水兵服であり、顔振の視線を察知したかのように、三人は嗤《わら》いの浮かんだ顔をこちらへ向け、芝居がかった敬礼をいっせいに寄こした。

蒼龍が沈んだのは一六一五、東京時間で五日の午後四時十五分頃。いっとき火災が収まったように見えたので、駆逐艦では消火隊を派遣しようかと相談されていたそうだが、それからまもなく大爆発が起こった。

駆逐艦「巻雲《けんうん》」に救助された私は、火傷と骨折の応急手当てを受け、兵員室で意識朦《もう》朧《ろう》となって横たわっていたので、最後の別れを告げることはできなかった。見た人の話では、あっというまの出来事だったらしい。赤腹をみせて蒼龍が沈みゆくときには、駆逐艦の舷側からいっせいに万歳の声があがったという。もちろん誰もが泣いていた。

それより前、「巻雲」からひとりの兵曹が派遣されて、柳本艦長を救出しようという試みがあったらしい。その兵曹は相撲の猛者《もさ》で、場合によっては力ずくでも連れて帰る覚悟だったが、艦長にむしろ説得されて虚《むな》しく帰艦した。柳本艦長は艦橋に静かに佇《たたず》み、穏やかに海を眺めていたという。

人的な戦力という観点からは議論が分かれるかも知れないが、一兵卒に至るまで、兵員の誰からも尊敬されていた艦長の、まことに見事な最期であった。

柳本艦長以下、三十余名の士官が艦と運命をともにし、下士官兵六百八十名あまりが戦死した。

昭和十二年に竣工《しゅんこう》して以来、幾多の戦場で活躍し、多くの兵員に愛された航空母艦は、太平洋の海底にいまもなお静かに眠っている。（『整備兵曹の太平洋戦史』）

第四章　東　京〈一九四三〉

I　不吉な幕開け

昭和十八年の正月を範子《のりこ》は、なにか捉えどころのない、憂鬱《ゆううつ》とまではいかないけれど、すがすがしさを欠いた気分のなかで迎えた。

範子はよくその件では人から呆《あき》れられるのだけれど、身辺に物が溜《た》まるのを極端に嫌う質《たち》で、海辺で拾ったきれいな貝殻だとか、観光地の安物の土産品だとかいった、まるで役に立たない代物を、それが思い出の品であるという曖昧《あいまい》な理由だけで取っておくような趣味はなく、いらないと思った品物は人にやったり捨てたりして、とりわけ新年には、一年間のうちに溜まった書き物や小物の類《たぐい》を、暮れのうちに思い切って整理し、脱皮でもしたような新鮮な気分で元旦《がんたん》を迎えるのが通例なので、まして今年はいつも以上に徹底して、捨てかねていた子供時代の帳面やら学生時代の友人からの手紙なども処分したにもかかわらず、汗を流せぬまま寝床についた朝に似て、どうにもさっぱりしない気分が肌のあたりにまとわりついて離れなかった。

対米戦争がはじまって丸一年、当初の華々しい戦果からすれば、意外なほどに戦争は長引いて、新聞報道で見る限り戦局は一進一退を続けている模様で、勇ましいかけ声の裏側で漠とした苛立《いらだ》ちが広がっているのは否定しようがなく、暮れに会った義兄などは、どうしてアメリカは降参しないんだ、やせ我慢もいい加減にすべきだと、降伏しないのはアメリカの手落ちであるかに憤懣《ふんまん》を表明し、しかし、そうした空気に自分もいつのまにか巻き込まれているのだとは、範子は断じて考えたくなかった。

もっとも、この正月、範子は元日の朝を自宅ではなく、水村女史の目白の家で迎えたので、例年と気分が違うのは当然であるとも考えられた。

去年の夏頃から、めまいがして仕方がないと母親がいいはじめ、病院で診てもらったところ、三半規管に異常があるらしく、薬をのんでおれば寝付くほどのことはなかったものの、これを機にいよいよ東京を離れる決心を母親も固めたようで、まずは正月を長男一家と過ごすべく、暮れの二六日、迎えに来た女中に連れられて金沢へ発《た》った。

家の片づけが終わり次第、必ずあとから来るようにと、上の兄からは厳命されていたけれど、いまの時期の汽車の混雑ぶりと切符を買う行列を思うと億劫《おっくう》で、なんだかんだと理屈をつけ、正月は姉のところにやっかいになるからとわがままをいい、しかし、手狭なうえに、眠る時間とものを喰《く》う時間以外、一刻も静止することのない子供たちが跳梁跋扈《ちょうりょうばっこ》する姉の家に行くつもりは端《はな》からなく、大晦日《おおみそか》の午《ひる》までに阿佐ヶ谷《あさがや》の家の掃除を終えた範子は、午後には身支度を整え、文鳥の籠《かご》を抱えて目白へ向かったのだった。

水村女史はむろん大歓迎で、普段彼女が使っている離れの、茶室になった六畳間を範子と小鳥のために用意してくれた。水村女史は範子以上にわがままで、叔父《おじ》の一家とは食事も風呂も別にしていたから、範子には気詰まりがなくてすみ、大晦日の夜は、水村女史の友人である、作曲家の主催するパーティーに招かれ過ごしたし、元日の朝、着物に着替え、年始の挨拶をしたあと、逓信省の次官を退官して、重化学メーカーの役員に収まっている家の主と一緒に、田舎風の白味噌《しろみそ》仕立ての雑煮を神妙な顔で食べ、品よく屠蘇《とそ》に口をつけたくらいが、居候としての唯一の「義務」であって、昼前には再び洋服に着替え水村女史と連れだって外出した。

教会の新年礼拝に出たあと、滝野川の安田教授のところへまわり、夕刻には持参したおせちでもって、水村女史いうところの「独身主義者連盟」で会食をする予定だった。台所でごまめやら栗きんとんやらを重箱に詰める作業を手伝っていると、あんたが独身で正月を迎えるのも今年が最後ね、と水村女史が笑い、範子は微笑しただけで何も言葉を返さなかったけれど、実際には事はそう順調に進んでいるわけではなく、しかし彦坂《ひこさか》との交際がうまく進展していない、それが晴れぬ気分の原因だと考えるのは、なにより範子にとって不愉快だった。

去年の四月に交際をはじめてから九ヵ月近く、週に一度くらいの割合で範子は彦坂と会い、食事や芝居見物にときを過ごし、といっても七月から九月まで彦坂は大阪に長期出張し、十一月のなかばからはまた大連と台湾で仕事があって、いまも東京には不在であったから、実際に会った回数はそう多くはなかった。

会えば彦坂の物柔らかで気配りの行き届いた応接のおかげで、気分のよい時間を持つことができ、そのように会う機会が増え、手紙のやりとりを重ねれば、親しみと呼んでよい感情が互いのあいだに堆積《たいせき》するのは自然であったけれど、結婚を前提にお付き合いをいただきたいと、花の季節にいわれてからその後は、「結婚」の言葉が彦坂の口から出る機会は一度もなく、彦坂が距離を詰めてくる様子はいっこうになかった。

最初あれだけ積極的に接近してきながら、急に慎重になったのは何故だろうと、当然ながら考えた範子が、彦坂が自分への情熱を失い、結婚相手にはふさわしくないと感じはじめているとだけはつゆ思わなかったのは、決してうぬぼれではなく、懐疑家を自負する範子の冷静な観察の結果だった。ただ、彦坂の主観はどうあれ、世間的には範子が結婚相手にふさわしくない事実は、依然として間違いなかった。かりにふたりのあいだに合意ができあがったとして、さまざまな方面から横槍《よこやり》やら邪魔やらが入るのは眼に見えていて、ただ、例の怖い父親は六月に卒中で倒れ、いまも入院中で、横槍の最大のものは消滅したともいえたが、今度は相続を巡って争いが生じた模様で、彦坂が夏に大阪に長期縛りつけられたのもそれが理由で、いま彦坂が結婚したりすれば、紛争の新たな火種となりかねず、ただ以前の範子ならば、かような人間関係のごたごたは御免だと、端からそっぽを向いただろうが、いまは邪魔が入るならかえって自分は意地になって目的を遂げようとするだろう、こと意地悪にかけては誰にもひけをとらぬだけの自信があるのだと、範子が思うようになったのは、九ヵ月にわたる交際の、彦坂側からいうならば最大の成果であった。

とはいえ、それでは自分は彦坂との結婚を望んでいるのかと自問すれば、答えは容易には出て来ず、かりに彦坂が結婚をいいだしたときに、自分がどのような返答をするのか、依然範子は自分の心を量りかねた。

武器商人の妻。彦坂の妻になるとは、つまりそういうことだと、範子はいっさいの虚飾をはぎとって考え、だからといって格別の嫌悪はなかったけれど、彦坂の仕事についてもっと知りたいとの欲求はあって、しかし彦坂は巧妙に問いをはぐらかし、範子の方も最初にいきなり重大な情報、紅頭中将に係わる情報を投げ与えられ、秘密をわかち持たされたことが負担になってしまった具合で、それ以上の立ち入った質問を封じられる風があった。

範子は詳しい話を聞かされたわけではなかったけれど、彦坂の父親の回復に見込みがないとなった時点で、腹違いの兄弟たちや、古くからの番頭、地元の有力者ら、幾重にも錯綜《さくそう》した内紛、あるいは権力闘争があった模様で、結局は所有する山林と鉱山、鉄道、海運事業をふたりの正妻の子供が受け継ぎ、彦坂が亜細亜《アジア》通商の社長に就任することで決着したらしく、彦坂はさっそく本社を京橋の新社屋に移した。水村女史の情報によれば、彦坂のやり方はかなり強引だったらしく、彦坂にあれほどの決断力と統率力があったとは驚きだ、やはり父親という重石《おもし》がとれてようやくやる気になったのかもしれないと、水村女史は感心しきりであったのだが、依然として社内には旧社長の息のかかった「関西派」が残存していて、彦坂が大連および台湾に出張したのも、支社の引き締めが必要だったとのことで、そういわれると、結婚どころではないというのも分かる気もしたが、では、実際に亜細亜通商がいかなる事業を展開しているのか、利権の本質は何なのか、依然として範子には不明のままであった。

酸化ウラン——。それがどんなものであるのか、範子には正確な知識はなかったけれど、いずれ国家や軍の機密に係わる、下手に口にすればどんな災厄に見舞われるか分からぬ代物であるくらいは理解されて、その未知の危険物が大きな重石になって、彦坂という男の実体に通じる戸口に封がされていると範子は感じ、誰にも漏らすべきでない事柄を知り合ってまもない女性にあえて漏らしたのは、彦坂の高度な戦術だったのではあるまいかとすら疑われた。

ひとりの男の思惑で自分の人生が左右される。そのこと自体にはたいして不愉快は感じなかったけれど、相手の出方にいちいち感情が揺さぶられるのは我慢ならなかった。たとえば明日、突然彦坂が自分の前から姿を消したとしても、自分はひとつも動揺しない、餌《えさ》を与えていた野良猫が不意に姿を消したくらいにしか感じない、そのように範子は絶えず心の準備をし、暮れの掃除で処分してしまう品物と同じく、彦坂の存在が生活の中心に場所を占めぬよう細心の注意を払い、それでも年末に届いた彦坂からの手紙に、正月頃には東京に戻れるかもしれないと書かれていたことが、範子をして独り東京に留《とど》まらせた密かな動機である事実は否定しがたかった。

戦時という非常時である点を含め、予想される種々の障害が彦坂に一歩を踏み出させることを躊躇《ちゅうちょ》させているのではないか、というのが範子のとりあえず思いつく理由で、昨日の大晦日、作家や批評家や音楽家など、三十人ほどが集まった築地《つきじ》のカフェから戻って、作曲家夫人のピアニストと、やはり女流である若いヴァイオリン奏者が最後に演奏した「クロイツェルソナタ」の、圧倒されるような力感溢《あふ》れる音楽の印象を心に残しながら、紅茶茶碗《ちゃわん》を手に水村女史と雑談をはじめたとき、問われるままに範子が彦坂との交際の成りゆきについて漏らすと、椅子《いす》から瓦斯《ガス》ストーブに両足をかざした、少々行儀の悪い格好の水村女史は皮肉な笑みを片頬《かたほお》に浮かべた。

「彦坂は身辺整理が大変なのかもしれないわ」

「身辺整理って？」

「別れ話を持ち出したり、手切れ金を渡したり。冗談よ」

「別に本当だってかまわないけれど」

「彦坂が結婚を切り出せないのは、主にあんたのせいよ」

範子が口を開こうとするのを遮るように水村女史は断言した。

「だって、彦坂が正式にプロポーズをした場合、あんたが断る可能性は依然として高いわけでしょう。だからよ。彦坂はあんたが絶対にオーケーするまで待つつもりなのよ。熟柿《じゅくし》が落つるを待つというのかしら。あれで彦坂も案外気が長いのね。見直したわ。長いのは鼻の下だけだと思っていたから」

そのとき遠くに誓願寺の除夜の鐘が鳴りはじめ、霜の降りはじめた澄んだ夜気を貫いた響きは範子の耳にも届いて、痛々しいまでに細い腕をふるい、弓を弦にたたきつけるようにしていたヴァイオリン奏者の、日本人の平均からしても小柄な身体から放たれた、どこにそんな力が秘め隠されているのかと驚かれるほどの気迫、カフェの低い天井に渦巻いて人々を圧倒した熱気が、夜の底へ向かってしだいに遠ざかっていくのを惜しんだ。

「今年も終わるわ」

水村女史がぽつりといい、ええ、と返事をしながら、範子は来年は自分も二四歳になると思い、このままでは何もかもが中途半端だと、かつてない焦りを感じ、すでに自分には彦坂と結婚する以外の選択肢はないのではあるまいかと、急に心細くなった心の裡《うち》に、正月が過ぎたあとは、阿佐ヶ谷の家には自分一人が取り残されるのだと、はじめて寂寥感《せきりょうかん》が広がるのを覚えた。

下の兄が戻る可能性はなくはなかったけれど、もう半年以上兄の顔すら見ておらず、戦争が続く限り、兄が家に腰を落ちつけることは当分ないと覚悟するほかなく、ひょっとすると兄とはもう会えないのかもしれない、寝床に横たわった身体にさような不安が一度根をおろしてしまえば、次から次へと悪い想像が、枕が変わったせいもあってなかなか寝付かれぬ頭に浮かんで離れず、あげくには、自分が男だったらどんなにいいだろう、迷う余地なく戦争にかり出され、戦地に引っ張られ、わあと叫んで敵に向かって突撃したらいっそさっぱりするだろうなどと、とりとめもないことを思いながら、寝しなに飲んだ紅茶を深く後悔した、それが昭和十八年の幕開けであった。

おせちの重箱をいれた包みを抱え、水村女史と肩を並べて目白駅へ向かう途中、門松と日の丸の並んだ路地の奥で、笛と鉦《かね》の賑《にぎ》やかな囃子《はやし》にあわせて獅子《しし》がかたかたと歯を鳴らしているのが見えた。周りでは家々から姿を現した晴れ着の子供たちが、穏やかな冬の日差しのなかで羽根つきや凧上《たこあ》げに興じて、それはいつもの平和な正月風景に違いなく、しばらく範子は立ち止まって、絵画でも鑑賞するように路地へ眼を向けた。

「ああいうセンス、どうにかならないのかしらね」

一緒に立った水村女史がいい、すぐに範子は何が傍らに立った女の眉根《まゆね》に不愉快の雲を広げたのか理解した。それは路地の板塀に貼られたたくさんのチラシで、赤くてどぎつい印刷の文字で「迷利犬《メリケン》と暗愚魯《アングロ》を殺せ！」と書かれていた。

「ああいうのを、しゃれてると思う人間がいるのよね。きっと考えた人は自慢で仕方がないのよ。愚劣きわまるわ」

苛立《いらだ》った調子で評論した水村女史が歩き出し、範子も続いた。

「たぶん考えた人は駄洒落《だじゃれ》好きね。だいたい駄洒落好きの人間にはろくな者がいないのよ」

いよいよ舌鋒《ぜっぽう》の鋭くなった連れの言葉に範子が思わず笑いだしたのは、先刻まで食卓を共にしていた、水村女史の叔父《おじ》という人がやたらと駄洒落を口にする人物だからで、今朝も雑煮を食べながら、姪《めい》の思想傾向は刑事が踊っているようでよろしくないと、正月早々得意顔でのたまうので、何でしょう？　とたずねると、分かりませんか？　とつけなくていい勿体《もったい》をつけたあと、刑事がダンス、デカダンスといって独りで笑い、しかたなく追従笑《ついしょうわら》いをした範子を大いに辟易《へきえき》させたのであった。

まったく同感であると、範子が笑いながら賛同の意を表すると、佐々木くんの記事を読んだ？　と水村女史が急に話題を変え、しかし範子がいよいよ笑いをかきたてられたのは、ふたりの共通の知人で駄洒落をいう人物というなら、誰をおいても佐々木を忘れるわけにはいかなかったからで、水村女史の心理に生じた一瞬の連想が範子にはおかしかった。

「読んだわ。だって、新聞の切り抜きをわざわざ送ってくれたんですもの」

「あんたにも送ってきたの？」

「ええ」

「はじめての署名記事だっていうんで、彼氏、よほど嬉しかったのね」

それ以上水村女史は何もいわず、佐々木記者の「傑作」についての評論は避けたけれど、当の記事への否定的気分だけは間違いなく伝わってきた。

佐々木が記者署名入りで書いた記事は、兵庫県の山奥の鉱山で働く朝鮮人労働者たちが、自分らで相談して神社を建て、戦勝を祈念して毎日社に手をあわせているという話を、感激的に報告した一種の「美談」であり、何であれそれが「美談」であるというだけで懐疑的になる性質のある範子は、この記事にも胡散臭《うさんくさ》いものを感じないわけにはいかなかった。

「あれ、本当の話かしら？」

水村女史が黙っているので、範子がいってみた。

「佐々木くんの創作だっていうの？」

「そうは思わないけれど」

「私も分からないけれど、少なくとも、何が本当のことかなんて、当事者にしか分からないのはたしかよ。私も昔、離婚した頃に新聞に色々書かれた経験があるから分かるんだけど、一番本当らしく書いてあることが一番嘘なのよ。しかも、困るのはね」

そこでやや間を置いてから、片頰に冷笑のえくぼを浮かべた水村女史は加えた。

「嘘を吐《つ》いている本人が、それを本当のことだと思いこんじゃうことなのよ。嘘を吐いている自覚のない嘘吐きを、本物の嘘吐きっていうの。あんたの周りにもそういう嘘吐きは多いでしょう？」

範子は肯定も否定もせず、曖昧に笑って雲のない冬空を見上げた。

この未曾有《みぞう》の国難にあたって、戦地にあって働く兄弟たち、戦地にはなくとも、同じ苦難をともにする兄弟姉妹に、神よ、どうか力と勇気を与え給えと、この節では型通りというべき祈りの文句を最後に聞いて教会を出た範子が、一度水村女史と別れ、ひとりで阿佐ヶ谷へ向かったのは、届いている年賀状を取って来る必要があったからで、門松だけは例年通り飾った玄関戸を開け、窓と硝子戸《ガラスど》を開け放って空気を入れ換え、神棚と仏壇の灯明に火を点《とも》し、それから火の入っていない炬燵《こたつ》の上で郵便受けから取った年賀状を見た。

失礼していたら代わりに返事を出してくれるよう、くれぐれも母親からいわれていて、一枚一枚差出人の名前を確認して自分宛《あて》の葉書を横に分けながら、母親の書いてくれたリストと照合していく作業は、別にいますぐしなければならないわけではなかったけれど、ほんの一晩留守にしただけなのに、家には黴臭《かびくさ》い空気が淀《よど》むようで、隅々にまで外気が行き渡るのをしばらく待ちたかった。

母親宛の葉書のなかに一枚、小高い丘に何頭かの羊が草をはんでいるところを線画で描いた、なかなか巧みな絵入りの賀状があって眼を惹《ひ》かれ、表書きを見ると、差出人は「木谷紘平」となっていて、すぐに範子は恰幅《かっぷく》のよい中尉の髭面《ひげづら》と、昨春家に兄の三人の部下が集まって過ごした愉快な一夕を思いだし、化粧気のない顔にたちまち微笑が浮かんだ。賀状の羊は今年の干支《えと》にちなんだものであるのは分かるが、羊の群の傍らにふたりの人物が漫画風に描かれ、ひとりの人物の横に台詞《せりふ》らしい文句が書かれているのが奇妙で、小さな文字は「わしの一番の自慢は楽しみは、牝羊《めひつじ》たちが草を喰ふのや、仔羊《こひつじ》たちが乳を吸ふのを見てることぢや」と読めた。

どういうことだろう、と範子は首を傾げたが、すぐにそれがシェークスピアの戯曲の一場面だろうと見当がついた。台詞を喋っているのは、手にした杖《つえ》と胸に下げた角笛からしてどうやら羊飼いらしく、羊飼いが登場する戯曲はといえばと、葉書を手に思いを巡らせたとき、庭先に人影が立って、顔をあげると、ふたりの男が木戸の前に立っていて、範子の視線に揃ってびっくりしたような顔になり、しかしすぐに胸を張る格好になると、左側の男が、あけましておめでとうございますと、声をかけてよこした。

挨拶を返しながら、範子はそれが角の魚屋の主人であり、隣に立つのは駅前の乾物屋の主人であると、認めるのに少々時間を要したのは、ふたりが普段は見慣れないカーキ色の国民服を着ていたからで、いいお正月になりましたね、と範子が声をかけると、兵隊帽みたいな帽子に、正月だからなのか、真新しいゲートルを脚に巻いたふたりの男は、おまえがいえ、ヒトシちゃんこそいえよ、と互いをつつき合うようにして何事か揉《も》める様子であったけれど、やがて魚屋の主人が意を決したように口を開いた。

「留守にする場合には、隣組長にちゃんと連絡していただきたい」

普段きわめて腰が低く、愛想が服を着て歩いているような魚屋の主人の、いやに居丈高な物言いに範子は驚きながら、お隣には断りましたがというと、魚屋はなおいっそう声を高くした。

「私にいっていただきたい。こうした問題は隣組長たる私の管轄です」

近所で稀代《きたい》の好人物と評される魚屋の、人変わりでもしたような押しつける調子に、なんでこの人はこんなに威張っているのかと、不愉快になる以前に範子は不思議でならなかったが、とにかく逆らうと面倒なことになるかもしれないと考え、今度からそうしますと、とまずは答えた。隣組長は満足げにうなずき、と隣に立った乾物屋の主人がまた何事か囁《ささや》いて、ヒトシちゃんがいってくれ、いやおまえがと、しばらく揉めたあと再び魚屋は緊張の面もちで宣言した。

「それから、なるべく留守はしないでいただきたい。出かけるなら、留守番を置くようにすること」

「何故《なぜ》ですの？」

少々反発する気分をかきたてられた範子が質問すると、魚屋は人前であがっている人のように、みるみる顔面を朱に染め、それはなんです、あれです、とうまく言葉が出ないでいるところへ、乾物屋の主人が助け船を出した。

「火災のときの用心ですな。留守の家があると延焼を止める者がなくて、大惨事になりかねない。このあいだの防空演習で役所から通達があったんです」

すると勢いを得た魚屋が決然たる口調で宣言した。

「長く留守にするなら、家を取り壊してもらいます」

取り壊すとはまたずいぶんな話だと、範子は呆《あき》れ、またも反発心が頭をもたげた。

「じゃあ、あれかしら、魚勝さんは、敵の爆弾が降ってくるっていうの。日本の守りはそんなに脆《もろ》いのかしら」

範子の反撃に魚屋は急に気弱な顔になって、口ごもってしまい、するとまた横から乾物屋が口を出した。

「心構えの問題です。心構え。国民が心をひとつにする。そこが大事。ひとりでも不心得な者があると、上手の手から水が漏れるんです」

な、そうだよな、と乾物屋から同意を求められた魚屋は、うん、うん、と何度もうなずいてみせた。

「備えあれば憂いなし。国民が一丸となって敵の飛行機を寄せ付けない、そうした気迫がなくちゃいかんのです。同じバケツで水をかけるんでも、この気迫のあるなしで、火の消え方は違ってくる。国民が肩を組んで国防意識を固めなくちゃいかん。敵につけいる隙《すき》をあたえちゃいかんのです」

理論家らしい乾物屋が演説するのへ、盛大に頭を上下させた魚屋は、蟻《あり》の一穴、蟻の一穴ってやつですよ、と呟いて同僚の顔を覗き、しかし残念なことに、意味が分からなかったらしい乾物屋が不審そうにしていると、たちまち卑屈な笑みを浮かべ、助けを求めるように範子の顔を見てから、またも横の「ヒトシちゃん」から促されて、今度は急に厳しい顔になっていった。

「とにかく、おたくも皆さん日本人である以上、隣組長の指示に従って貰います。お兄さんが海軍さんでも、特別扱いはしませんから。防空演習にはきちんと出て貰います」

暮れの二七日に隣組の防空演習があるとは範子も知っていたけれど、その日は本多事務所で仕事があり、出なかったので、その点を真面目な隣組長としては見過ごすわけにはいかないと考えたに違いなく、こうして注意しに来るまでには、町会で何か役職についているらしい乾物屋とのあいだで、幾多の議論があったに違いなかった。きっと出がけには、気後れしちゃならん、がつんといってやらなきゃだめだ、くらいに「ヒトシちゃん」から発破をかけられたのだろうと想像して、おかしくもあり、しかし普段から人当たりのよい魚屋の主人の眼に、まるで別人のような凶暴な光が宿っているとも思えて、不安をかきたてられ、とにかく逆らわないのが賢明と判断して、今度からちゃんと出ますと、本人からすればあまり当てにならない約束を範子がしたので、ふたりのゲートル巻きの役員はいちおうの戦果に満足したのか、ぐいと肩をいからせ、「ヒトシちゃん」を先頭に一列縦隊になって庭木戸から裏通りへ出ていった。

範子の家では、毎年正月には角の魚屋に刺身をあつらえ、去年などは、戦勝のお祝いだといって、気のいい主人は尾頭付きの鯛《たい》を一匹持ってきてくれ、母親に頼まれて台所で刺身におろしてくれたのだったと、そんなことをぼんやり思いながら、見慣れた風景が少しずつ歪《ゆが》んでいくような、居心地の悪さ、というのが一番近い、形の判然としない感情を抱きつつ、範子が戸締まりをはじめたとき、今度は玄関に訪《おとな》う声がして、はいと応《こた》えて戸を開けた範子が、あっと小さく声をあげたのは、そこに例の男の姿があったからであった。

黒いマントに黒い帽子、講談本の挿絵から抜け出したみたいな異様な風体は、昼間とはいえ家に独りでいる不用心をにわかに意識させ、加多瀬《かたせ》大尉はご在宅でしょうか、と以前に来たときとそっくりの調子で黒い男がいい、不在であると、やはり前とそのまま同じに範子は言葉を返し、そういえば前回は奥に義兄がいたのであり、あんな義兄でもいてくれればずいぶんと安心できるものだと、意外なところで友部氏は点数を稼いだ。

「それでは、お帰りになったら、これをお渡し願います」と黒い男が鞄《かばん》から取り出したのは、今回は名刺ではなく、封筒で、手渡されたものの表に「加多瀬大尉様」と書かれたきり、あとは裏まで真っ白である。

兄は勤務で当分戻る予定はないから、海軍の方へ送った方が早いと思うと範子がいうと、黒い男は斜視気味の目玉をくるりと動かし、範子は脅かされながらも、それが男の困惑の表情だとは理解できた。

「直接お渡し願いたいのです」と目玉をあらぬ方向に漂わせながらいった男は、しばしいい淀《よど》んで、それから再び目玉をぐるり動かし、と、それはもとの場所に収まって動かなくなった。

「つまり、転送したりせずに、ここへ戻られたときか、お会いになったときに直接手渡して頂きたいんです。直接にです」

重ねられた念押しの意味は量りかねたけれど、それほど大切な手紙ならば、それこそ自分で直接渡した方がいいのではないかと、範子がさような内容のことをいうと、男は得心したような顔でうなずいたものの、次に出てきた言葉は前の繰り返しだった。

「大尉に直接手渡していただきたいんです。お願いできますか？」

仕方なく範子が承諾すると、黒い男はほっと安堵《あんど》するかの長い息を吐き、そのとき範子は男の顔色が著しく劣悪であり、息をするのも苦しげである事実を観察し、男は病に罹《かか》っているとの観察が生まれ、大丈夫ですか、と思わず言葉が出かかったときにはすでに病気の男は戸口へ向かい、玄関から姿は消えた。

範子にはいまの人物が空間に湧いて出た幻であったかの印象が生まれ、あわてて下駄《げた》を突っかけて通りまで出てみると、もうどこにも姿は見えなくて、家の前のごみ箱に黒い鴉《からす》が一羽、それはたちまちいままで向かい合っていた人物のイメージと重なって、見つめる人間の視線を感じたのか、鴉は警戒の声をひとつ短くあげて空へ飛び立ち、向かいの家の瓦屋根《かわらやね》の向こうに消えていった。

わけもない胸騒ぎを抱いて戻った玄関には、訪問者が残した香り、鴉にはふさわしからざる白檀《びゃくだん》に似た甘い香りが漂い、手にしたままの封筒にも同じ匂《にお》いがあった。

そのときになって範子は、正月には必ず靴箱の上に母親が飾った水仙が今年はないことに気がついて、乾《き》いた水盤と錆びた剣山が放置されているのをたまらなく淋《さび》しい気持ちで眺め、すると先刻の魚屋の言葉、取り壊しの言葉が甦り、この家はもう使命を果たし、取り壊されるのを待つばかりなのではあるまいかと、不意に思われて悲しくなり、水仙でなくてもよいから何か飾ろうと、植木鋏《うえきばさみ》を手にして庭に出、しかしそのあいだにもさきほどの男の、正月にはふさわしからざる黒い不吉なイメージが頭から離れず、どこかで鴉が鳴いているような気がして、そのたびに範子は西の空に眼を向けた。

II　時間と歴史

東支那《シナ》海を渡るのは何度目かになるが、これほど怖いと感じたのははじめての経験であると、デッキに立った梶木《かじき》平太郎は曇天の下鉛色にわき返る洋上を不安な思いで眺め、折りからの寒風に白い波濤《はとう》の傷口が海面に浮かび上がるたびに、それが魚雷の航跡に思え、肝が縮みあがり、もうこのあたりの海域一面は、鮪《まぐろ》の群のごとき敵潜水艦で溢《あふ》れかえっているような幻想に脅かされて、以前に乗っていた水雷艇に較べ、ゆうに排水量で三倍はあるのに、丸腰の貨客船がどれほど頼りないものであるのか、いやでも理解された。もっとも往路はさして怖いとは思わず、復路でにわかに臆病《おくびょう》の虫が騒ぎ出したのは、高雄で聞いた噂《うわさ》、聯合《れんごう》艦隊がミッドウェーで壊滅的な敗北を喫し、ソロモン方面の戦局もおもわしくなく、とりわけガダルカナル島は悲惨な状況になっているとの噂のせいで、ほとんどわが家の庭のように思っていた東支那海が、急に危険きわまりない場所に思えてきたのだった。

風は冷たく鋭く、外套《がいとう》の襟をたてても到底防ぎきれるものではなかった。船室を出て一分と経たぬうちにたちまち身体は芯《しん》まで凍えたけれど、荒れ気味の海のせいか気分が悪く、重油の臭いのこもった船倉に戻る気にはなれなかった。

右手を外套の隙間《すきま》に差し入れ、背広の内ポケットに隠した拳銃《けんじゅう》を衣服の上から確かめた梶木は、それにしても船酔いするとは俺も焼きが廻ったもんだと、自嘲《じちょう》気味に呟《つぶや》き、千トンに満たぬ小艦艇で時化《しけ》に時化た海を航行しても全然平気だったものが、たいした揺れでもないのに気分が悪くなった原因もおそらく、護衛なく、武装なく、でっぷりとした船腹をさらして海を行く不安感のせいに違いなかった。

背後に足音がして、とっさに拳銃の銃把を摑んで振り向くと、船室の扉から出てきた灰色の外套を着た痩身《そうしん》の男が、梶木くん、とかけてきた声を聞いて緊張を解いた。

「なるべく客室にいていただいた方がいいと思いますが」

梶木は傍らに立って午後の海を眺めた男に声をかけた。

「大丈夫でしょう。船のなかは安全です」

「分かりませんよ」

「船では事を起こしたあと、逃げ場がない」

相手が頭が空っぽのやくざでは分かったものではないと、梶木は唇を歪めたものの、あえて反論はしなかった。

「しかし、魚雷でも一発くらえば、どっちみち助かりませんね」

男が梶木の内心を見透かしたかのようにいって、懐から上等の外国煙草を出し、梶木にも一本すすめ、しかし風のせいでいくら擦《こす》っても燐寸《マッチ》の火はつかず、ふたりとも煙のたたない紙巻きを口にくわえたまま舷側の手摺《てすり》にもたれた。

「正月早々、敵さんもおとそ気分じゃ攻撃してこんでしょう」

梶木が冗談めかすと、男は薄い口髭に手をやって小さく笑い声をあげた。

「それに、この辺はうちの縄張りですからね。ここを荒らされるようじゃ、我が海軍もおしまいです」

「海軍の人がいうのなら、間違いないんでしょう」

男のからかう調子にあわせて梶木はうなずいてみせたけれど、実際には昨年の五月いっぱいで満期除隊となり、海軍とはとうに縁が切れていた。梶木と同年の志願兵たちは下士官に任官していない者もほとんどが服役延期で海軍に残ったのだけれど、人殺しとは思わぬまでも、さすがに梶木の素行の悪さは上層部にも知れたようで、あっさりとお払い箱になった。

最後に乗っていた廃艦寸前の水雷艇から、衣嚢《いのう》を抱えておさらばしたその足で、梶木が浅草へ向かい、北島組の盃《さかずき》を受けたのは、例の関という男を殺害した一件以来、極道者たちとの付き合いがのっぴきならぬものとなっていたからで、また他に仕事のあてもなく、自然のなりゆきでその筋へ足を踏み入れることになった。

北島組は、前にいろいろと面倒をみてくれた、幼なじみの兄貴分が新しく構えた一家で、是非とも来て欲しいとの要請に応えて縁組みしたのだったが、梶木は三日で嫌になった。親分の北島はともかくとして、八人ほどいる子分舎弟どもは、件《くだん》の幼なじみをはじめとして、いずれもとうもろこしと擂《す》り粉木《こぎ》の区別もつかないような単純馬鹿ばかり、浅草寺裏手の特飲街からあがるかすりと、飴《あめ》や玩具《おもちゃ》の屋台店くらいしか収益はないくせに、やくざの一般的な特性とはいえ、やることなすこと儀式張り、いうことはどれも大袈裟で時代錯誤もはなはだしく、梶木が智恵を出して金儲《かねもう》けの手だてをあれこれ提案すれば、任侠道《にんきょうどう》などという過去の遺物が持ち出されて、思うようにはかどらず、その一方で、一家の者が揃っては、組をみんなで盛り上げていこう、親子兄弟の盃は血よりも濃いのだからなどと、酒臭い息で気炎をあげる様子を見ると、弱い獣が身を寄せあうようで反吐《へど》が出た。

このままではまるで芽が出ないと、上昇志向の強い梶木が焦りを覚えはじめた頃、幸いにも北島の「伯父《おじ》」にあたる飯岡《いいおか》が、梶木の身柄を預からせて欲しいといってきた。極道の筋からするなら、梶木はこれを是非断るべきであったけれど、北島組もその傘下にある、関東共栄会なる大組織の幹部である飯岡の下でならいろいろと機会が摑《つか》めそうで、飯岡も関の殺害を命令して以来梶木に眼をかけてくれていて、梶木本人としては渡りに舟、結局は籍を移さぬまま客分のかたちでと話がついた。

飯岡は梶木を江戸川土手の採石場跡に連れていくと、拳銃を与えて四人の男と一緒に射撃の稽古《けいこ》をさせ、聞いてみると四人は全員陸軍の退役兵で、どうやら飯岡は関東共栄会直属の兵隊を育成する腹らしいと見当がついてきた。採石場の飯場《はんば》小屋で十日ほど「合宿」したあと、飯岡はしばらく遊んでいろと少なからぬ金をくれ、それから二週間ほど経って、梶木は最初の仕事を与えられた。

標的は飯岡の経営する闇屋の物資を持ち逃げした品川の工場の経営者、梶木は江藤《えとう》という元警察官の男と組み、三鷹《みたか》の青線にしけこんでいた小太りの中年男を捜し出し、店から出たところを、銃で脅して操車場に連れ込み柵《さく》に縛り付け、男がヒロポン常習であるのを利用して、中毒死にみせかけるべく致死量を超えるヒロポンを注射して殺した。飯岡に報告すると、飯岡は梶木たちの周到なやり方を褒め、これからのやくざは侠気と蛮勇《ばんゆう》だけではやっていけないと笑い、要はここだと薄くなりかけた簾頭《すだれあたま》を指で指し、それから金を渡しながら、次はもっとでかい仕事をやって貰うというので、しばらく遊んでまた呼び出されたときには、共栄会が縄張りを巡って争っている、横浜の組織の親分でも殺《や》ってこいといわれるのではと、緊張を隠せずにいると、意外にも飯岡はひとりの男の用心棒をするよう梶木に命じた。

男の名前は彦坂淳一郎《じゅんいちろう》、亜細亜通商なる会社の社長だそうで、その日のうちに彦坂に紹介された梶木は、秘書という形で高輪《たかなわ》の彦坂の自宅に一室を与えられ、彦坂が出歩く先にはどこでも影のようについて廻ることになった。

飯岡は詳しい説明をしなかったけれど、しばらく彦坂に寄り添ううちには、彦坂が亜細亜通商を通じて闇物資を共栄会に流しているらしいと見当はついてきて、彦坂が狙《ねら》われる理由についても、もともと大阪に本社のあった亜細亜通商は、関西の組織と結びついていたものが、共栄会がうまく彦坂に食い込んで利権を横取りした経緯が漠然と理解されてきて、だとすれば彦坂さえ消してしまえばと、関西の組織が考えたとしても不思議ではなかった。

それにしても用心棒という仕事は辛気くさく、神経も遣い、最初梶木はいやでたまらなかったのだけれど、しばらく我慢してみれば、この仕事は自分の将来にとって損ではないかもしれぬと思えてきて、しかも梶木は彦坂という妙に取り澄まして上品めかした男に興味をひかれ、彦坂の方も梶木を気に入った様子で、友情というには歪《ゆが》みすぎているものの、単なる主人と使用人の域を越えた交流も生まれて、最初は江藤と交代で用心棒をする予定だったものが、彦坂の要望もあって、梶木ひとりが「秘書」役を務める結果となり、十一月からは大連、そして台湾へと同行して、ようやく年が明けた一日、内地へ帰る船に乗ったのだった。

雲が割れて薄日が射《さ》し、波立つ海面にわずかに生色が甦った。ようやく正月らしい日和になったかと、背筋をせいせいと伸ばしたとき、右舷に船影が忽然《こつぜん》と現れ、それが急速に接近してくるように見えて、思わず右六〇度敵艦、と叫びそうになるのを堪《こら》えて、胸を押されるような気持ちで梶木は眼を凝らし、しかしどうやら漁船であると判断されて、緊張は解けた。

気がつくと傍らの彦坂が小さな笑い声をあげていて、海軍なんかにいるとかえって臆《おく》病《びょう》になるもんなんです、と照れた梶木は相手の笑いに同調した。

天性の愛嬌《あいきょう》に加えて、人に対していくらでも卑屈になれる梶木は、他人に取り入ることにかけては天才的な才能をこれまで発揮してきたが、不思議なことに、彦坂という男に限っては、さして術策を用いるまでもなく懐深くに飛び込み得て、自然に振る舞っていればとくに機嫌を取り結ばなくとも円滑に関係は保て、ようするに馬があうということなのだろうと梶木は、いままでにない経験にやや戸惑いを覚えた。彦坂の方も梶木をさして警戒する風もなく、びっくりするくらい率直に胸襟《きょうきん》を開いてみせ、これも梶木にしてみれば自分の類稀《たぐいまれ》なる才能ゆえであると自負してもよかったが、彦坂に限っては単純にそうとも思えず、なにか不可解な気分が残って、生まれながらの金持ち階級というものは喰えないと、絶えず用心だけは忘れなかった。

「早く夜になって欲しいですよ。暗くなりさえすればこっちのものです」

彦坂と話すと妙に自分が素直になることに、半分は苛立《いらだ》ち、しかし半分は心地よく感じながら梶木がいうと、

「夜なら安全ですか」と、いつもながら感情の揺らぎの感じられない、平板で上品な物腰で彦坂がきいた。

「ええ。夜は潜水艦は標的が摑めませんから」

「そうともいえないと思いますよ。アメリカは電探を使っていますからね。かなり性能はいいらしい。日本も開発を進めてはいるが、もう間に合わないでしょうね」

彦坂のときおり漏らす国家情報や戦局分析は非常におもしろく、梶木は必ず熱心に耳を傾け、それは必ず日本にとって悲観的な見通しの披瀝《ひれき》であったけれど、彦坂の語り口にのせられると、幻想的な物語でも聴かされているかのような、しごく魅惑的で陶酔を

誘う響きとなって耳に流れ込んだ。

「ミッドウェーでもソロモンでも、電探の優劣が決定的な意味を持ったようです」

らしいですね、とあいづちを打った梶木は、高雄で偶会した同年兵から、ミッドウェーでの惨憺《さんたん》たる敗北の有り様を聞いて、ようやく彦坂の日頃語る悲観的な物語が腑《ふ》に落ちるようになっている自分に気がついた。

「電探の差が勝敗の帰趨《きすう》に直結するでしょうね。もちろんそれだけじゃありませんが」

海に遠い眼をやったまま穏やかな声でいう男に梶木は質問してみた。

「日本は負けますか」

「負けますね」

彦坂は変わらぬ軽い調子で即答した。負けますか、と鸚鵡《おうむ》返《がえ》しに呟いた梶木は、本当に負けるのだろうと思い、胸にかすかな痛みが走って、そんな感情が自分に残っていたことにかえって驚いた。

「負けると、日本はどうなりますか」

「梶木くんでも、そんなことが気になりますか？」

彦坂は表情を変えぬまま、しかしまた笑ったようだった。

「少しは。いちおう自分の生まれた国ですからね」

そういったときには、すでに梶木は彦坂の言葉が動かしがたい事実として自分のなかに定着したのを感じ、同時に、日本がどうなろうとおれの知ったことじゃないと、皮肉で図太い笑いが頬に浮かんで、関を絞め殺したときの、軍手をはめた掌《てのひら》に食い込んだ針金の感触が出し抜けに甦った。

「日本はどうにもなりませんよ。せいぜいアメリカの属州になる程度です」

「じゃあ、日本人はあれですか、全部アメリカの奴隷ですか」

彦坂は喉《のど》をふるわせて笑った。

「奴隷もなってみればそんなに悪いものでもないでしょう。それより英語を勉強しておいた方がいいですよ。アメリカのギャングには啖呵《たんか》は通じませんからね」

彦坂は煙草を口にくわえたまま、梶木が付き合いはじめてからはじめて聞く冗談をいって、またポケットから燐寸《マッチ》を出して擦り、しかしやはり火はつかず、燃え尽きた軸は煙草と一緒に海へ投げ捨てられた。

「正月とはいえ、こんな御馳走《ごちそう》にありつけるとは、今年はついてます。もっとも、ここへくれば、目白方面からの補給物資が潤沢だろうとは、最初から見当はついていたんですが」

以前にはなかった薄い口髭《くちひげ》を生やした佐々木が、皿に盛られただて巻きを箸でつまんで口に運び、それを卓の反対側から眺めた範子は、斜向《はすむ》かいに座った男がだて巻きを食べるのはこれで四つ目だと数え、このままだと自分の好物は新米記者に喰い尽くされてしまうとの危惧《きぐ》が生まれたけれど、朝食べた雑煮がまだ残っているのか食欲がなく、争って箸を伸ばす元気は出なかった。

阿佐ヶ谷にまわって滝野川に着いたのは午後四時過ぎで、玄関に漂う煙草の匂いと、水村女史の草履と並んで三和土《たたき》に置かれた革靴から、来客らしいと思ったときには奥から佐々木の喋る声が聞こえてきて、範子は一瞬今日が土曜日で、ホメロスの読書会のために自分はここへ来たのだと錯覚したが、玄関を上がって廊下から客間へ進めば、読書会に使っている卓のうえには、おせちの重箱が並び、近頃では手に入りにくくなった麦酒《ビール》の瓶や、葡萄酒《ぶどうしゅ》の瓶も卓に出ていて、いつもの時計の前の席に和服姿の安田教授が座り、向かい側に背広を着た佐々木、水村女史は台所に立っていて姿はなく、代わりに縁側の籐椅子《とういす》に猫のヘクトールが寝そべって、部屋に入った範子は立ったまま、長幼の序にしたがって、安田教授、佐々木、それから猫と、順番に新年の挨拶をした。

新聞社の舞鶴《まいづる》支局に勤務する佐々木は、正月休みを利用して東京へ遊びにきたとのことで、静岡の実家には帰らないのかと範子が問うと、あんなところへ行っても仕方がありませんと、さも軽蔑《けいべつ》した調子でいい、刺激を受けるにはやはり東京である、それにこうして旨《うま》いものも喰えると笑って、まただて巻きに箸を伸ばした。

いつ東京へ来たのかとの問いには、今朝夜行列車で着いたとの返事で、本当は二七日に来たかったのだと佐々木はいった。

「是非とも大東亜戦争美術展を観に行きたかったんですが。ご覧になりましたか？　東京府美術館は大盛況だったようですが。残念なことに二七日で終わってしまった」

範子も安田教授も観ないと首をふると、自分で土産に持参した麦酒を、コップに半分ほど注いで飲んだ佐々木は呆《あき》れ顔で声を高めた。

「東京にいながらあれを観ないとは、まったく怠慢ですよ。宮本三郎の、山下大将とパーシバルの会見図などは、大傑作という評判じゃないですか。ぼくはだいたいが芸術至上主義なんですが、国家意志と芸術が結びついたところに、芸術家個人の力の限界をはるかに超越した表現が可能になるという思想も、あながち否定できない気がしますね。藤田《ふじた》嗣治《つぐはる》にしても中村研一にしても、かつてない霊気が画布に漂っている」

自分では観ていないという佐々木に何故《なぜ》そこまでの批評が可能なのかと、範子が訝しく思っているところへ、盆に吸物の椀を載せた水村女史が台所から戻ってきた。

「先生のところは何もないんですもの。昆布の出汁《だし》だけじゃどうにもならないけど、仕方がないわ。普段はどうなさっているの？」

「なんとか食べてるよ」とさっそく着物の袖《そで》から腕を伸ばして椀を取った安田教授は笑ったが、老齢で身動きが不自由になった手伝いの老婆が深川の実家へ引き取られてしまってからは、週に何度か妹が様子を見に来てくれるだけの生活をしている教授の、男やもめの困窮ぶりは、教授の都合で十一月と十二月は読書会が開かれなかったために、しばらく滝野川を訪れる機会のなかった範子の眼にはっきりと映った。佐々木に負けないくらいの勢いで、やや品を欠いた仕方でがつがつとおせちを喰い、椀の汁を啜《すす》る安田教授の姿は普段の食生活の不満足を十分に証《あか》していると思われた。

「自炊をするのなんて、学生時分以来久しぶりなんだが、人間せっぱ詰まれば、どうにかなるものさ。人間だけじゃない、猫もそうだ」

笑った安田教授は、怠惰と無感動に尻尾《しっぽ》の先まで冒されていたかに見えたヘクトールは、近頃は十分な餌《えさ》を貰えなくなったせいか、もう長いあいだ庭にさえ出たことがなかったのに、野良猫のごとく近所を徘徊《はいかい》しはじめたのだと語った。

「このあいだなんか、隣の家の金魚をとって食べた。驚くべきことさ。もっとも僕は謝るのが大変だったがね」

「まあ、偉いわ、ヘクトール」

水村女史が賛嘆の声をあげ、乾いた笑い声をあげた佐々木が続いた。

「やはり今度の戦争は猫にすら英雄の魂を吹き込むんですね。ヘクトールは東亜に新時代を築くべき聖戦の息吹を感じ、まさにヘクトールたる自己を回復した。万歳、ヘクトール」

一同の賞賛を浴びて、しかし猫はとくに自慢そうな様子もなく、籐椅子に不機嫌に寝そべったまま動かず、ただ顔の真ん中から横へぴんと張り出した髯が、教授の話を聞いたせいか、いつもより偉そうに見えるのが範子にはおかしかった。

「しかし、配給の行列、あれには参る」と安田教授が嘆息した。「僕もできることなら金魚でも取って食べたいくらいさ」

「先生も行列に並んでらっしゃるの」

「むろんだよ。並ばないと飢えてしまうからね」

「まあ、お気の毒。先生がそんなことなさるなんて、文化的な損失だわ」

「しかし、国民はみんな不便に耐えているんです」とそこで佐々木が水村女史の同情へ水をさした。「前線の兵士の苦労を思えなんて、前線にいない人間には無理に決まってますが、彼らが苦労しているのは事実です。戦争である以上少々の不便は当然でしょう」

「なんだったかしら、大政翼賛会と情報局が募集した標語が新聞に載ってたわ」と水村女史は相手の話を聞き流すように言葉を挟んだ。「笑って死んだ友がどうしたっていうやつ」

「『たったいま、笑って死んだ友もある』でしょう」

「そう、それ。さすがに佐々木くん、よく覚えてるわ」

「標語募集には、うちの社も絡んでますからね」

「でも、どうして日本人はこう標語が好きなのかしらね。標語じゃお腹は一杯にはならないのにね」

「そういうことは、あまりいわん方がいいと思いますよ」

急に佐々木が警告の声を漏らした。

「政府も軍も体制批判にはぴりぴりしていますからね。こっちも職業柄、そのあたりには敏感になります。実は今朝、社に寄って聞いたんですが、朝日の件はご存じですか？」

一同が首を振ると、佐々木は自分だけが重大情報を摑《つか》んでいると信じる者に特有の、歓喜を押し殺した真面目顔で報告をはじめた。

「今朝の朝日は発禁になったんです。中野正剛の論文なんですが、東条の逆鱗《げきりん》に触れたようなんです」

「中野正剛はなんて書いたの？」

「ぼくも読んではいないんですが、『戦時宰相論』というものだそうです。聞いた話では直接東条首相を批判したものではないらしいんですがね」

「じゃあ、どうして東条さんはそんなに怒ったのかしら」

「分かりませんが、いろいろなことに過敏になっているのはたしかでしょうね」

「気が小さいんじゃないかしら」黙っていようと思いながら、人の悪口となるとつい舌が滑らかになる範子は発言した。「気の小さい人は、なんでも自分が悪くいわれてると思い込む傾向があるでしょう」

「細かいのは事実ですね」と佐々木は範子の発言を押さえ込むかに素早く言葉を挟んだ。

「しかし人間、長所は短所ですから」

「でも、どうなの、記者仲間じゃ、東条さんの評判は？」と水村女史が妥協的なものいいでけりをつけようとした新聞記者を追及した。

そうですね、といって佐々木は、えへへと笑い、いろいろと情報は入って来ますが、といってまた笑うのへ、でも情報を伝えるのが新聞の役割でしょう、と、相手を上回る笑顔を浮かべて水村女史がいい、しかし範子はその白い顔に一瞬亀裂《きれつ》のごとくに浮かんだ苛立《いらだ》ちの閃《ひらめ》きを見逃さなかった。

「なんでも情報を垂れ流せばいいってものじゃありませんよ」

佐々木は素人考えをたしなめるように笑ってみせた。

「必要な情報を選択するのも新聞の大事な役目です」

「でも、何が必要かそうでないかは、情報局が決めるわけでしょう。だったら単なるお先棒かつぎじゃない？」

「そんなことはありませんよ」佐々木はやや色をなして反論した。

「自由独立の精神は新聞言論のあくまで中核に存します」

「中野正剛の論文だって鶴の一声で発禁になるわけでしょう。自由独立といったって怪しいもんだわ」

「そうおっしゃいますが、新聞も企業ですからね。まあ、いろいろとね。いろいろとあるわけですよ」

薄い口髭を動かして、佐々木はいやに高い軽薄な声で笑い、今度こそはっきりと水村女史の眼に軽蔑の冷笑が浮かんで、同調の笑顔を期待していたらしい佐々木はむっと表情を変えた。

「それに大局的な、あくまで大局的な見地に立てばの話ですが、新聞と情報局の考えには大きな違いはありません。この戦争にいかに勝利するか。問題はそれです。日本人ならば誰だってこのことを考えないわけにはいかないでしょう。戦術ではさまざまな違いがあるのは当然です。しかし大きな戦略ではほとんど一致している。この戦争を戦い抜くためにはどんな情報が民衆には必要なのか。こういうとわれわれが民衆を一方的に操作しているかの印象を与えるかもしれませんが、決してそうじゃありません」

批判を挟ませぬ機敏さでもって佐々木はいい、泡の消えた麦酒を口のなかに放り込んで、ごくりと喉《のど》を鳴らした。

「つまり、われわれもまた民衆のひとりなんです。われわれは民衆という巨大な意志に従うにすぎないんです。この戦争には絶対に負けるわけにはいかない。それが民衆の意志です。この意志こそが絶対なんです。ここだけの話ですが、天皇の絶対性というものを認めるとするならば、天皇が民衆の意志を代表するという意味において認められる。その限りにおいて、天皇を神だといっても間違いではない」

「この昆布巻、ちょっとからかったわね」

箸《はし》を手にした水村女史が急にいい、あんたもそう思わない？　と聞かれたので、範子は、ええ、少し、と返答した。明らかなはぐらかしに腰を折られた格好の佐々木は、しかしさほど気を悪くする風もなく、取り皿に載っていた食べ物をまとめて口に運んで咀《そ》嚼《しやく》し、また同じような調子で喋り出した。

「東条についてもですね、いろいろ話はあります。仕事柄、いろんな話が耳に入ってくるのは事実です。しかし、東条というのは日本にとって悪くない選択です。少なくとも近衛《このえ》よりはいい」

「あら、どうして？」さして気もなさそうに水村女史が問うと、

「近衛は所詮《しょせん》は貴族ですからね。といっても、貴族にはこの戦争を戦い抜くだけの気迫はない、などという陳腐な意見を主張したいわけではありません」と佐々木はいい、それからまた熱意を欠いた聴衆を相手に演説をはじめた。

「近衛じゃ根本的に駄目な理由があるんです。つまり、ぼくはですね、今次の戦争の本質を次のように捉えているんです。すなわち、この戦争は平等社会の階級社会に対する闘いであるということです。西洋型の階級社会に対して、東洋型の平等社会が闘いを挑んだんです。というか、ふたつの原理の闘いですね。平等原理と階級原理。ぼくはそう考えています。日本がアメリカやイギリスと戦争していると現象的には見えますが、実は平等原理と階級原理が戦っている。だから日本のなかにも敵はいる。たとえば財閥や政商といった連中がそれです。階級支配に与《くみ》する連中です。その意味では彼らは米英の資本と結んでいるといってもいい。これがわれわれが戦うべき真の敵です」

着物を懐手にした安田教授は、聴いているのかいないのか、ときおりグラスを口へ運びながら眠そうな眼で硝子戸《ガラスど》の外を眺め、「階級支配に与する連中」の末席に居心地よく座っていると目される水村女史は、膝《ひざ》に抱き寄せたヘクトールの喉を撫《な》で、眼を普段よりも大きく見開いてふん、ふん、とうなずいてみせてはいるものの、これは人の話を

全然聴いていない場合に特徴的な彼女の仕草であるのを知っている範子は、内心おかしく思いながら、自分もまた格好ほどには熱意はなく、それでもいちおうは佐々木の話を順次頭に入れ、どこかでさんざん聴いたような内容だと感想を抱きつつ、皿にふたつ残っていただて巻きのひとつを、ライバルが話に夢中になっている隙《すき》を捉え素早く確保した己の手際に、内心密《ひそ》かにほくそえんでいた。

「逆に考えれば、敵のなかにも味方はある。支那は元来は味方なんです。敵対すべきはまさに軍閥政商、欧米資本の走狗《そうく》となっている連中で、民衆は絶対に敵ではない。階級社会の抑圧をともに打破すべき仲間なんですね。だから日本が支那と戦争をしていると見るのは間違いです。日本は支那の支配階級を追い払おうとしているにすぎない。残念なことに支那の民衆はそのことに気づいていませんが」

「しかし中共はどうなんだい。彼らも階級打破を目指しているんじゃないかね」

急に安田教授が意見を口にしたので範子は少しびっくりしてその顔を見た。佐々木も虚をつかれたようで、麦酒《ビール》に手を伸ばしながら、教授の動きの少ない顔を観察するがごとくに見つめ、それからポケットから出した煙草に火をつけ、ここだけの話にして下さいと、あたかも謀議でも巡らせる者であるかに一同の顔をぐるりと見回し、煙草を指に挟んだ腕の肘《ひじ》を卓につける、少々気取った仕草でまた口を開いた。

「ぼくは本当をいえば、中共とは連携できるんじゃないかと思うんです」

「あら、単なる迎合主義かと思ったら、危険なことも密かに考えているのね」

水村女史の冷やかしに、佐々木は満更でもなさそうな顔で、絶対に他言は勘弁して下さいよと、いよいよ謀反の首謀者然とした調子で続けた。

「現在中共は抗日一辺倒で話にならないが、そこのところの重石《おもし》さえとれてしまえば、中共は元来平等原理の陣営なんです。こっちの味方ですよ。連中が反日抗日で凝り固まっているのは、主にアメリカの宣伝戦略のせいです。だって、他に理由が考えられないじゃありませんか。事の本質を直視すれば、日支民衆が敵対する道理がないんですからね。そうでしょう？　結局はアメリカなんですよ。アメリカの差し金なんです。その意味では、支那の状況はアメリカを討つことで自然に解消すると考えていい。扁桃腺《へんとうせん》が腫《は》れて、そこを切ってしまえば、自然と熱が下がるようなもんです。まあ、いずれ支那はどうとでもなります」

佐々木は支那を鼻先で軽くあしらってから、麦酒で喉を潤し先へ進んだ。

「それで、アメリカです。これだって単純な敵とばかりもいえない。アメリカは典型的な階級国家です。階級支配、資本家支配に苦しむ広範な大衆の層がある。この被支配層は実は本来の敵ではない。憎むべき敵は一握りの資本家であり、金融を支配するユダヤ財閥なんです。その意味では日本はアメリカにとって、支那の場合と同様、階級支配からの解放者として現れる。日本的あるいはアジア的平等の原理が、戦争を通じて西欧世界に浸透するんです。こういうとおかしく聞こえるかもしれませんが、戦争もまたひとつの文明の交流の形ですからね。この戦争は革命なんです。革命と戦争は双子の兄弟である、といった平凡な水準を超えて、世界史上に画期をなす、一大革命。東洋が培った平等社会の世界規模での実現なんです。日本はその革命運動のいまや先頭に立っている。近衛じゃ駄目なのはこの理由です。革命を押し進めていくのに、やはり貴族階級出身では、やり方が手ぬるいものになってしまいますからね」

「東条さんならプロレタリアート出身だからいいというわけ？」

　赤い葡萄酒で唇を濡らした水村女史が冷やかすようにいうと、佐々木はあわてて顔の前で手を振った。

「別にそういうわけじゃありません。それにブルジョアジーだとかプロレタリアートとかいった概念自体、階級社会を前提にした概念ですからね。意味はないですよ。たとえば、デモクラシーなんてのもそうです。アメリカのデモクラシーなんていいますが、これは早い話が、階級社会の言い替えにすぎない。あるいは階級社会の現実を隠蔽《いんぺい》し美化する概念にすぎない。そういえばデモクラシーというのはギリシア語でしたね？」

　水を向けられた安田教授は、うん、と最小限の挨拶を、相変わらず眠そうな顔のまま返し、それから口を開けた。

「君はアメリカの階級社会というが、アメリカはヨーロッパ諸国に較べたら、だいぶ平等なんじゃないのかな」

「しかし、アメリカはそもそも奴隷制の上に築かれた国家ですよ」

　佐々木が安田教授ののんびりした調子とは対極的な早口でもって反論した。

「そういや、ギリシアのポリスも奴隷制の上に築かれていましたね。デモクラシーってのは奴隷制を前提に築かれる国家体制なのかもしれませんね」

開かれようとした安田教授の口をさらに封じて佐々木は語を接いだ。

「いずれにせよ、アメリカの民衆は抑圧に苦しんでいるんです。もちろん彼らはそれを抑圧だとは気づいていない。しかし、ここに平等原理を体現した国家が出現したとしたらどうでしょう。いくら鈍感なアメリカ人とはいえ、自らの置かれた悲惨な状況に気がつかないわけにはいかない。ここに日本の勝利の根拠はある。何度もいうようですが、日本が勝つのは、ただ日本という国が勝利することだけを意味しない。原理の勝利、アジアの勝利、平等の勝利なんです。これは世界史の必然なんです。日本は勝たないわけにはいかない、負けようとしたって結局は勝っちゃうんですね。一時的には負けたように見えても結局は勝つ。歴史の巨大な流れには、どんな人間も国家も逆らえない。ギリシアの都市国家はアレキサンダーに征服され、ローマ帝国はゲルマンに敗れた。同じことです」

「じゃあ佐々木くんは、アメリカの民衆が日本に味方してくれるっていうわけ？」

水村女史のからかう調子を佐々木は真顔で受けとめた。

「原理的にはその通りです。むろん実際にはそう単純にはいかない。具体的には、アメリカの兵士たちのサボタージュという形でこのことはまず現象するでしょうね。自分たちが真に戦うべき相手、それは誰なのか。自分たちを奴隷のくびきに繋《つな》いでいるのは何者なのか。その自覚が民衆のなかに生まれたとき、アメリカは内部から瓦解《がかい》していく。成功する革命は常に体制側のなだれ的な内部崩壊を引き起こすものです。ただ、そのためには、ひとつ条件がある。それは日本が一刻も早く平等社会を実現することです。残念なことに日本にはまだ封建的な体制の残滓《ざんし》がある。これを一掃しなければならない。そうなってはじめて、胸を張って、世界の民衆に連帯を呼びかけることができるんです。日本のなかに世界史の先端をいく理想社会が実現すれば、戦争の勝利はおのずと約束される。この戦争はつまりわれわれのわれわれに対する闘いでもあるんですよ。黒船到来以来、社会に染みついてしまった資本主義、拝金主義の毒を払わなければならない。日本人ひとりひとりの自覚が、歴史の先頭を走っているという自覚がこの戦争に勝利をもたらすんです」

演者は手応《てごた》えを感じたらしく、静かに口を閉じると、目前の宙をしばらく睨《にら》み付けるようにしてから、ゆっくりと麦酒のコップに手を伸ばした。

水村女史が猫を膝《ひざ》からどさりと落として椅子から立ち上がり、部屋の電灯を点《とも》した。いつのまにか寒々しい夕闇に覆われていた荒れ庭は消えて、卓を囲んだ人々の絵姿が硝子戸に映った。範子は何時頃だろうと思って、天井の明かりのせいで顔に濃い影をつくった安田教授の背後の時計を見ると、それはおかしな時刻を指していて、振り子は妙な形で傾いたまま止まっていた。

硝子戸にカーテンを引いた水村女史が椅子へ戻り、すると佐々木は自分に念を押すような調子で、大切なのは歴史の先頭ランナーの自覚なんです、と呟《つぶや》き、するとすぐに水村女史が、歴史の先頭ランナーねえ、と皮肉な笑いとともに引き取った。

「競技場の先頭を走っているつもりで、実は一周遅れだったりすることもあるんじゃない。先生はどうお考えになる?」

一瞬向けられた憎悪の視線を、安田教授へ向けた横顔でもってはねかえした水村女史は、まったく無理解もはなはだしいと、佐々木がいいかけたのには、あなたには聞いてないわ、と発言を封じ、先生はどうお考えになるかしらと問いを重ねた。

そうだね、と教授は、剛毛の生えた黄色い腕を掻《か》いて呟き、また懐手に戻してから、話し出した。

「ぼくには、よく分からんが、六千五百万年の時間からすれば、一周二周の差は無きに等しいといえるだろうね」

「何です、六千五百万年て?」

水村女史の質問は当然で、範子も忽然《こつぜん》と提出された六千五百万年には虚をつかれた。

「中生代が終わってからいままでに経過した時間の長さが六千五百万年さ。近頃はそんなことばかりを考えていてね」

笑った安田教授は、右手の書棚から何冊かの書物を引き出して卓に置き、手に取った一冊はドイツ語で書かれていたので、範子には判読不能であったけれど、開いた頁には巻き貝や奇妙な格好の生物の絵が描かれた図表があったので、どういう方面の書物であるかは見当がついた。

「中生代というのは恐竜の繁栄した時代さ。中生代そのものは一億年くらい。恐竜が滅んで新生代、それが六千五百万年。六千五百万年ていうのはどれくらいだと思う？」

六千五百万年ねえ、と水村女史が考える風でもなくいい、佐々木が、余程長いようですねと感想を述べると、教授はまたはじめた。

「ぼくは、この時間を実感してみようと考えてね、そこで、自分がどれくらいの長さの時間なら実感できるか考えてみた。そうすると五千年くらいならなんとかなりそうに思えた。いまから五千年前というと、紀元前三千年、エーゲ文明などが始まる頃になる」

「エジプトで王朝が始まるあたりになりますか」といった佐々木も五千年を実感してみているらしいと観察した範子は、このあたりの子供っぽい素直さが唯一佐々木について評価できる美点であると思い、同時に今日会って以来感じていた佐々木の変化の最大のものが、以前に較べて幼くなった印象、それであると思い至り、先日雑誌で読んだ、近頃の青年は十年前の青年に較べて全体に幼稚化していると嘆く、老評論家の文章を漠と思い浮かべながら、懐手のまま話を続ける教授に視線を移した。

「そこでまず、想像のなかで、五千年前のクレタ島に立ってみる。そこからさらに五千年前に遡《さかのぼ》る。そこからまた、五千年を数える。そうやってどんどん五千年を重ねていってみたわけさ」

「先生も暇ですね」

佐々木の評言に、ふふんと笑っただけで教授は先へ進んだ。

「そうすると十回くらいまでは、なんとかなった。しかし、それじゃまだ五万年にすぎない」

「先は長いですね」

「そうなんだ。そこで今度は方法を変えて、こうやって五千年を積み重ねていく作業をどれくらい続ければ六千五百万年になるかを考えることにした。するとだ、かりにぼくが五秒に一回五千年を数えるとして、どれくらいで六千五百万年になるかといえば、どれくらいだと思う？」

五秒に一回ですか、ええと、つまり六千五百万を五千で割るわけですね、と佐々木青年は秀才の本領を発揮して暗算をはじめたけれど、なかなか答えが出てこないのを見はからった安田教授がいった。

「十八時間だ。五秒に一回、十八時間数え続けると六千五百万年になる」

なるほど、と佐々木はさも感心した様子でうなずいてみせたけれど、すぐに水村女史が男たちの共感に水をさした。

「それで何が分かったんですの？」

「つまり、非常に長い時間だということが分かったのさ」

なんですそれは、と水村女史は口のあたりに手をそえて笑いだし、教授自身も唇を綻《ほころ》ばせた。

「ぼくがいいたかったのは、六千五百万年も経てば、日本もアメリカもないということさ。人類だってもう存在していない。案外猫の天下になっていたりしてね」

笑った安田教授は足下にいたヘクトールを爪先《つまさき》で軽くつついた。安田教授が急に老け込み精気を失った印象を、今日最初に会ったときから感じていた範子は、猫をからかう男の横顔に、肌が荒れて皺《しわ》が深くなったり白髪が増えたりといったことだけでは説明できない、眼を背けたくなるような老衰の影が貼り付いていると思い、なにかいたたまれぬ感情が胸中に生まれ、それはたちまち言葉となって表へ出た。

「でも、いまのお話にどんな意味があるんですの？」

「とくに意味はないよ。ただ、古いことを考えるのが面白くてね。もともとぼくは西洋哲学をやろうと思っていたんだが、どんどん古い方に遡って、結局はギリシアをやることになったんでね」

「それにしても、六千五百万年は極端ですわ」

安田教授の温厚で柔和な人柄もあって、近頃では範子も遠慮のない口をきくようになってはいたけれど、大学教授に向かってあえて論難するがごとき口調は、一同の注目を浴びないわけにはいかなかった。

「たとえ宇宙の果てまで競走するんだとしても、競技場での一周二周は、人間にとっては大きな問題だと思うんですけれど」

「まったく同感です」

大きくうなずいた佐々木は、範子に向かってちらちら寄こしていた視線、そのたびに気になって鬱陶《うっとう》しくて仕方のなかった視線ではなく、今日会ってからはじめての、あたかも何か合意がなったとでもいうような確信に満ちた眼でもって範子を正面から見つめた。

安田教授はといえば、そうかもしれんね、ととくに反論をせずに呟き、机に載せた書物を手にとって膝の上でぱらぱらと頁をめくりはじめ、先生、老眼鏡は？　と水村女史が気を利かせたのには、いや、いい、ありがとう、と応えてから、日本が周回遅れかどうか、ぼくには分からないがね、とまた口を開いた。

「少なくとも、ぼく個人は、一周どころか、もう何周も遅れてしまっている」

「そんなことありませんわ」と範子は教授の自嘲的な笑いに即座に反応した。

「先生は先頭だと思います。世界のなかでは分かりませんが、少なくとも日本のなかでは断然先頭です」

範子がいうと、再び意味ありげな目配せを寄こした佐々木が、そのとおりです、と勢いよく介入した。

「ギリシア古典なる学問にどんな意味があるのか、先生が疑問に感じられているのはよく分かります。革命の過程で数多くの文化形象が消滅を余儀なくされるのは、いわば運命ですからね。何が必要で何が必要でないか、最終決定するのは民衆です。すべては民衆の判断にゆだねられている。民衆的な基盤のない芸術も学問も消えていかざるをえない。しかしそれは人類の発展にとっては必然なんです」

　ギリシア古典などはとっくに用なしになっているとでもいわんばかりの佐々木の口調に、安田教授は薄い笑いを浮かべただけでなにもいわず、佐々木の無神経より以上に、教授の無気力ぶりに苛立《いらだ》ちの昂《こう》じた範子は、つい強い調子になった。

「先生が歴史の先頭を走っているのは、民衆から離れているからだと思いますわ」

　それは違う、と佐々木が横合いから飛び込んでくるのを遮って範子は言葉を続けた。

「そもそも私は、佐々木さんのおっしゃる民衆というのが全然分からないわ。実体のないお化けみたいにしか感じられない」

「そんなことはないはずですよ」と少々あわてたように佐々木が応答した。

「範子さんだって、日本人としての自覚を持っている以上、立派に民衆のひとりなんですよ」

「私は日本人としての自覚なんてありません」

　佐々木は驚いたように眼をみひらいて範子を見つめ、それから相手の激情を抑え込んだ頑な様子にようやく気がついたのか、急に媚《こ》びるがごとき卑屈な笑みを浮かべた。

「範子さんは十分に民衆の一員ですよ。まあ、このなかで民衆じゃないといったら、水村さんくらいなものでしょうね」

「あら、どうして？」とそれまで興味深そうに成りゆきを眺めていた水村女史が芝居がかった仕草で小首を傾げた。

「他の三人は、安田先生を含め、少なくとも配給や外食の列に並んでますからね。水村さんは並んでないでしょう？」

矛先を変えるのが得策と判断したらしい佐々木の批評に、媚態《びたい》ともとれそうな婉然《えんぜん》たる笑みを白い顔に散らして水村女史は逆に質問した。

「私がブルジョアジーだっていいたいのかしら」

「いわば、そうです。三対一ですから、分が悪いですよ」

「だったら、二対二よ。範子さんは、佐々木くんは残念だろうけど、こっちの陣営」

「何故《なぜ》です」

笑みを浮かべたまま、しかし顔色をたちまち蒼白《そうはく》に変えた佐々木に向かって、水村女史はいった。

「範子さんは婚約したの」

範子が止めようとしたときにはすでに遅く、薄く紅を刷《は》いた水村女史の唇から、亜細亜通商の名称とともに彦坂の名前は洩《も》れ出し、こちらへ鋭く放たれた佐々木の眼はいくつもの感情に混濁して、不潔なものから眼を背けるようにうつむいた範子は皿に取っておいただて巻きを箸《はし》でつまんだ。

Ⅲ　ドイツ製の拳銃

最初に飯岡から渡された拳銃は旧式のコルトの回転式であったが、こちらの方が使いやすいでしょうといって、彦坂がモーゼル三二口径の自動拳銃をくれ、たしかにこれは新式だけあって、使い手の立場に立ってよく考えられ、扱いやすく、さすがはドイツ製品だと思わされ、すっかりドイツ機械工学の賛美者となった梶木は、毎日銃の手入れだけは怠らなかった。

元来機械類が嫌いではなく、海軍でも機銃や高射砲をいじる仕事だけはわりに好んだ梶木は、ねじ回しを使って分解した銃を、ミシン油とフェルト布でもって丹念に掃除をしていれば時間を忘れた。天井の電灯を黒布で包み狭められた明かりのなかで、一通り掃除を終えた梶木は、一度分解した拳銃を組み立て直し、弾頭を自分で細工した炸裂弾《さくれつ》を、ひとつひとつ慎重に弾倉にこめてから卓袱台《ちゃぶだい》に置いて、懐中時計を引き出してみると、時刻はまだ八時にならなかった。

三日の早朝に貨客船は神戸《こうべ》港に着き、迎えに来ていた亜細亜通商の自動車で、彦坂の父親が入院している阿倍野《あべの》の病院へまずは向かい、それから西成《にしなり》の会社へまわって、夜は市内のホテルに泊まり、四日、五日も一日中彦坂は会社やホテルのロビーで忙しく人に会い、五日の夕刻にようやく予定を消化し終わって、最後に向かったのが、夙川《しゅくがわ》の、閑静な住宅街の一画にある、こぢんまりとした二階家であった。手入れの行き届いた植木のなかに置かれた敷石を踏んで、彦坂が奥へ声をかけると、格子戸の陰に現れたのは二十代半ばの顔色の悪い女で、彦坂の神戸の妾宅《しょうたく》を訪れるのは梶木もこれがはじめての機会であった。

なにしろ関西は「敵地」であるから油断はできず、梶木はずっと神経を張りつめていたのだが、彦坂はこの隠れ家は知られていないし、送ってきた運転手は信用できる男であると請け合い、しかしそれで安心というわけにもいかなくて、近所の様子でも見ておこうとぶらり歩いて、戻って来たときには彦坂は風呂をすませてもう二階に上がっていた。

梶木に与えられた、階下の廊下の奥にある、布団部屋をあわてて片づけたような三畳間には、女主人に負けぬくらいに顔色の悪い女中が用意したのか、布団が敷かれ、夕食の膳《ぜん》が置かれていて、梶木はお櫃《ひつ》の飯を茶碗によそって、ひとりで飯を食い、それから拳銃の手入れをはじめたのだった。

機敏で目端の利く梶木は用心棒にはうってつけで、梶木の方も与えられる報酬は別にしても、彦坂につき従うことで得られる余得は、いまのところ具体的ではないものの、たくさんありそうに思え、少なくとも彦坂は、いままで取り入って利用してきた人間の誰よりも大きな権力と財力を持っているのは間違いなかった。

俺《おれ》はやっぱりついていると、梶木は子供の頃から信じてきた己の強運を新規に確信し直し、だからいまや梶木自身こそが亜細亜通商の若き経営者の安全には多大なる関心が生じていた。そのせいか梶木は仕事を余人に任せる気になれず、何度か来た交代要員も断ってしまったから、九月以来一日も休んでおらず、女も抱かず、好きな鉄火場にも顔を出さず、元来自分が勤勉な性質であるとは分かっていたけれど、これではほとんど海軍の新兵並みだと苦笑が漏れた。ただ用心棒という仕事で辛いのは、「待つ」時間の長さ退屈さで、この点彦坂は梶木を含めた使用人に対してまったく思いやりというものを欠いていて、妾宅に入ったまま出てこない主人を待って自動車のなかで夜を明かしたことも幾度かあり、しかし梶木はこのことで不満を覚えたことは一度もなく、にしても退屈なのは単純に辟易《へきえき》だった。

拳銃を上着のポケットに入れて梶木は便所へ立ち、帰りがけに玄関脇の階段下で上の様子に聞き耳をたてていると、台所から銚子《ちょうし》を盆に載せた女中が現れたので、あわてて部屋へ引き返した。まだ宵の口、一晩たっぷりとお楽しみというわけかと梶木は笑い、まったくいいご身分だと、紋切り型の呟《つぶや》きが歪《ゆが》んだ唇から洩れたけれど、別段恨みがましい気持ちになったわけではなく、彦坂という男の好き者ぶりについても、呆《あき》れる段階はすでに通り過ぎていた。

彦坂は東京にも二軒の妾宅を持ち、他に銀座のカフェの女給や浅草の踊り子など、幾人かの愛人があって、当然のように大連にも台湾にも馴染《なじ》みの女が待ち受けていて、自分の会社の事務員にさえ手を出しているのを知ったときには、虚弱とも見える痩身《そうしん》のどこにさような欲望が仕舞われているのかと驚かされ、足腰の強さや頭の切れから飯を食う早さに至るまで、あらゆる面において過剰なまでの自信を持つ梶木も、こと淫欲《いんよく》という一点についてのみは彦坂の足下にも及ばぬと認識せざるをえなかった。海軍時代にも、一晩に淫売宿を何軒もはしごする、発情した鹿なみと称される男は身近にいたけれど、彦坂は勝るとも劣らず、しかも普段は女になど触れたこともありませんとでもいうような君子顔を崩さず、下卑た風はいっさい窺わせず、その一方で梶木などの身近な人間に対してはまるで悪びれるところなく、己の欲望の所在を平然とその眼にさらし、まったく育ちのいい人間にはかなわないと、梶木をしばしば苦笑させた。梶木は退屈のあまり妾宅の寝室を幾度か覗《のぞ》き見したことがあり、どうやら彦坂もそれを知っているようで、しかし別にとがめもせず、むしろ自分から秘密のコレクションを披露しさえした。

コレクションというのは、ドイツ製の上等なカメラを何台も持ち、自宅に暗室もある彦坂が、自分で撮った女のヌード写真をアルバムに貼ったもので、写真のなかの被写体はどれも猥褻《わいせつ》きわまりない姿勢をとり、縄で縛られていたり、拷問台のような装置にかけられていたりして、しかもいずれもがわざとのように汚らしい、露骨で即物的な印象を与える構図ばかりだった。

感想を求められた梶木が、こういう趣味があったんですね、と笑ってみせると、彦坂は趣味と呼べるほどの水準ではないと、つまらなそうにいった。

「サディズムというなら、サド侯爵とまではいかなくとも、相手を殺してしまうくらいでないと本物じゃない。こんなのは所詮《しょせん》児戯に類するものにすぎません」

相手のいっていることはよく分からなかったが、高輪《たかなわ》の家の書斎の金庫にしまってあったアルバムを、居間のテーブルまでわざわざ運んできた以上、てっきり自慢がしたいのだろうと思っていた梶木は、彦坂の自嘲的な調子に拍子抜けし、それでも、自分にはこれでも十分刺激的ですと、お世辞をつけ加えるのだけは忘れなかった。

「もし殺してみたいんでしたら、ひとつ思い切ってやってみちゃいかがです。段取りはこっちでつけますが」

やはりお世辞のつもりでそういうと、小さなグラスに注いだスコッチウイスキーを軽く舐《な》めた彦坂は、頬に笑いを浮かべて、相手にペースをあわせて同じくグラスに口をつけた梶木に質問した。

「梶木くんは人を殺したことがありますか？」

ええ、と答えた梶木は、何人くらいときかれて、四、五人ですかと、やや見栄を張って水増しして報告した。

「人を殺した後で、考え方は変わりましたか？」

梶木は関を殺したときの、掌にくいこんだ針金の感触を思い出しながら、別に変わるところはなかったと報告した。

「ただ、お化けがこの世に存在しないってことは分かりました」

相手の問いかける視線を待って梶木はいった。

「殺したやつは誰も化けて出てきませんからね。出たらいっちょう捕まえて、見世物にでも売っぱらおうと思って、こっちは待ちかまえているんですがね」

彦坂はふふふと低い声を出して笑い、グラスに半分くらい残っていた酒を口にほうりこんだ。高輪の自宅で、寝しなに軽く一杯やる習慣のある彦坂に梶木が付き合わされる機会はそれまでにも何回かあって、しかし大抵は文字どおり一杯飲んだだけで彦坂は寝室へ消えるのが常なのだが、大連に出発する前日だったその日はもうそれが三杯目で、「秘蔵の」コレクションを見せてくれたことといい、かなり上機嫌と見えて、原因はどうやら昼間に会った女にあるらしいと梶木は見当をつけた。

女は青山墓地近くのビルのなかにある事務所に勤めているらしく、いままでにも何回か彦坂はその女学生風の髪の短い女と会い、食事や映画を一緒していたが、気づかれぬよう用心棒の役割を果たす梶木は、そのたびに奇異の念を抱いた。

というのも、彦坂は本質的に夜行性の獣であり、女と会うのは必ず夜、相手は玄人女がほとんどで、しかも彦坂の好みは、それこそ幽霊のごとき、痩せ型で病的な感じのする、いわゆる影の薄いタイプであり、梶木が唯一知っている素人の、彦坂が手をつけた会社の事務員は実際に肺を病み、アルバムのなかでは、麻薬中毒のせいで肋骨が浮き出るくらいに痩せ衰えた芸者の隣で、青黒い皮膚をさらして笑っていた。

近頃ときおり街頭に見かける、陸軍省かどこかが作った「銃後の守りは万全」とかいう宣伝ポスターの、白鉢巻きも凜々《りり》しく弓を引く女の写真を梶木は気に入っていたのだけれど、その種のポスターのモデルになってもふさわしいと思える、あの女はいったいどんな女なのだろうかと、梶木は興味を持ち、しかし妙に詮索がましい真似は慎むべきだと用心深く構えていたのだが、この日の彦坂の珍しい上機嫌に便乗して、あれは誰なのかと、質問してみた。

「あの人は私の婚約者です」

簡明な答えがかえってきて、それは、それは、おおきに失礼いたしましたと、梶木はおどけてみせながら、内心意外の感にうたれたのは、たしかに美人ではあるけれど、事務員をしているような娘と彦坂が結婚するとは考えられなかったからで、しかし、ああ見えて、あるいはどこかの有力者の子女なのかもしれないなどと想像していると、あの人は退役軍人の娘です、と梶木の疑問を見通すかのように彦坂が加えた。

「格別の資産も縁故もありません」

そんな女とどうして結婚するのかともきけずに、まあ、結婚ともなれば女の趣味も変わるのだろうくらいに考えた梶木が黙ってうなずくと、グラスの酒を口に運んだ彦坂がまたいった。

「私はあの人が好きなんです」

そいつはごちそうさまです、と茶々を入れようとした梶木が口をつぐんだのは、いくら飲んでも顔色の変わらぬ男の表情が妙に硬いからであった。

「それは、あの人が私を嫌っているからです。根本的に嫌っているからなんです」

彦坂は別に応答を求めているようではなかったけれど、いやよいやよも好きのうちといいましてね、と自分でもあきれるほどつまらない文句を軽い調子で梶木が口にすると、その声が聞こえなかったかのように彦坂は続けた。

「あの人が私を嫌う理由はよく分かる気がします。非常によく分かる気がする。しかし、だとしたら、あの人が本当に私を嫌いきることができるかどうか、おおいに興味のあるところです」

虚空に眼を据えていってから、彦坂は今度は梶木へ顔を向けた。

「私はずいぶん女性と付き合ってきたんですが、いままで一度も嫌われたことがないんですね」

自分の言葉に彦坂は短く乾いた笑い声をあげ、梶木が追従笑《ついしょうわら》いをする前にまた語を接いだ。

「これは別にうぬぼれでも何でもないんです。金で買った女でも、私を軽蔑《けいべつ》しきることがない。相当にひどいことをしても、どこかで私を許してくれるんですね。女は必ず私を許してくれる」

「女に限らず、人間は金には弱いですからね。札ビラでもって頬をひっぱたきゃ一発でしょう」

「そういうことじゃない。全然そういうことではない」

彦坂の白い顔に激昂《げっこう》の閃《ひらめ》きが浮かびあがり、しかし、それは瞬時にして無表情の沼に沈んだ。

「それもあるのかもしれませんね。まあいいでしょう」

卓の上にグラスをかたんと置くことで、小酒宴の突然の打ち切りを示した彦坂は、ガウンの裾《すそ》をあわせて立ち上がり、あわてて同じく立ち上がった梶木の挨拶を冷然と無視して寝室へ向かい、相手の感情など一切忖度《そんたく》しない、まるで物にでも対するような使用人への振る舞いには慣れていたにもかかわらず、そのときの梶木は自分が軽蔑されたと感じ、傷の感覚が皮膚に残って、はじめて彦坂という男が憎いと思い、憎悪はそれからもときおり表層に浮かび上がってきて、そのたびに梶木は彦坂の婚約者だという女を犯してやりたいと思い、しかし見かけるときはいつも遠目であるため、脳裏《のうり》に想い描かれた架空の裸体にはめ込むべき顔が判然とせず、代わりに弓を引く女の顔で代用して、手淫の精液と一緒にわだかまる憎悪を放出した。

いまもこのときの会話を、彦坂が一度限り見せた激昂の表情とともに梶木は思い出し、他人に対しては等しく無関心を貫いていると見える主人が、それほどまでに関心を寄せるあの女はいったい何者だろうと、火の気《き》のない三畳の布団部屋に戻った梶木は、彦坂の婚約者だという女の印象を意識に呼び出し、ひょっとするとあの女が彦坂というとらえどころのない人物を知る鍵になるかもしれないと、とくに根拠があるわけでもない発想が浮かんで、東京に戻って時間があったら、彦坂には内緒で少し調べてみてもいいと考えた。

拳銃を卓に置き、外套の内懐から新聞を取りだした梶木は、着衣のまま布団にごろりと横になった。三月に退役軍人を殺害して以来、新聞を確認するのはすっかりくせになっていて、いまのところ死体が発見されたという話は聞かず、二度ほど見に行った廃屋の土蔵も元のままで、これもまた梶木の己の強運への信仰を強める一因となった。

一面からゆっくり活字を眺めていった梶木は、社会面までめくってひとつの記事に眼がとまった。「作家凶弾に斃る」と二段抜き見出しのついた記事が注意をひいたのは、「凶弾」の文字に関心を持ったからであった。

「四日、午前五時頃、鎌倉市、山ノ内の山林で、男性が死んでゐるのが発見された。男性は胸と腹に合計六発の拳銃弾を受けてをり、何者かに殺害されたと見られる。殺された男性は作家で美術評論家の古田巌風(本名、利明)氏、三十二歳。鎌倉警察では三日の深夜、古田氏が同所に呼び出され、殺されたものと見て、付近の聞き込みを進めるとともに、目撃者がなかつたかどうか、捜査を進めてゐる。

古田氏は雑誌「新青年」に掲載された『幻影の砂漠』で文壇デビュー、代表作に『義経一代記』があり、最近では美術評論にも力を入れてゐた」

合計六発の拳銃弾。一読、梶木はこれが「同業者」の仕事だと直感した。

胸と腹に六発。しかしこいつはちょっと撃ちすぎじゃないだろうか。心臓か頭に一発撃ち込めば息の根は止められるはずだ。六発。あわてふためいた犯人は装塡されていた弾をすべて撃ち尽くしたのだろうと想像した梶木は、拳銃を人に向かって撃った経験はまだないにもかかわらず、自分ならもっとうまくやれると、自負とともに「同業者」の手際の悪さを嗤《わら》い、それからゆっくり起きあがって、卓の拳銃を手にとると、押し入の襖に描かれた白鷺《しらさぎ》の群に狙いをつけた。

Ⅳ　古田厳風の手紙

「前略
斯様《かよう》な通信を差し上げる危険を小生も十分に弁《わきま》へて居る積もりです。然《しか》し乍《なが》ら、小生の身辺に生じた出来事を御報《おしら》せしない事が、寧《むし》ろ貴兄により大きな危険をもたらしかねぬと判断し、斯様な手段を敢《あ》へて執つた所以《ゆえん》です。

一口に申せば、柳峰導師の『予言』（ととりあへず呼んでおきます）一切を抹消しやうと云ふ動きが現在進行しつつあります。

小生は十二月の初頭に国際問題研究所の顧問を解任され、其《そ》れ以降、柳峰導師には会ふ事が出来なくなりました。現在柳峰導師は何処《どこ》かに軟禁されて居ると推察され、研究員の安積氏とも、所長の紅頭《べにず》中将とも連絡が取れません。他に数名居た研究助手も全員解雇になつた模様で、但し彼らは柳峰導師の『予言』の核心については知らされて居りません。

肝心なのは、馘首《かくしゅ》になつた翌日、小生は研究所に私物を取りに行き、其の際、金庫を確認した所、保管してあつた研究資料（柳峰導師からの聞き書きを含みます）が全て持ち去られてゐた点です。

然も、同じ日に小生の家に何者かが侵入し、ノートや手紙の類《たぐい》も持ち去つたのです。明らかに何者かが柳峰導師の『予言』を抹殺しやうとして居ると思はれます。小生も身の危険を感じ、現在は某所に身を隠して居るやうな状況です。

問題は誰が左様な画策を為《な》したかです。小生を馘首したのは紅頭中将であり、金庫の資料を持ち去つたのが中将であるのは、金庫の鍵を保管してゐるのが小生と中将の二人だけである以上間違ひありません。

しかし研究の突然の打ち切りを決定した（柳峰導師は小生以外の人間には一切情報を与へません。従つて小生ぬきで研究を続行することは不可能です）のが紅頭中将だとは思へません。と申し上げるのも、国際問題研究所の所長は、御存知のやうに紅頭中将ですが、実際に動かして居るのは別の人物で、云ふならば紅頭中将は傀儡《かいらい》にすぎないからです。実際のところ紅頭中将には殆《ほとん》ど力はなく、また中将本人も最近ではいよ〳〵神憑《かみがか》りが昂じて、神霊国士会の運営以外には興味がありません。柳峰導師に対しても、紅頭中将は当初、柳峰導師の異常能力を利用する積もりで、また実際に利用して組織の拡大を図つてきたのですが、近頃では却《かえ》つて中将自身が柳峰導師の神秘的な力の虜《とりこ》となつたやうで、文字通り導師として崇《あが》める風が見え、紅頭中将が柳峰導師の『予言』を敢へて抹殺するとは考へ難い。

今の所、紅頭中将に真意を確かめる事は出来ては居りません（国士会の道場では門前払ひを喰《くら》ひました）が、今回の決定には紅頭中将とは別の意向が働いてゐるのは明らかです。決定権を持つ組織人脈の全体像を小生は把握して居りませんが、少なくとも決定の中心にある筈《はず》の、一人の人物は知つて居ります。これは是非とも秘密にする必要があり、貴兄にも云はずに来たのですが、今は寧《むし》ろ知つて頂くのがよいと判断し、申し上げます。その人物とは貴藤《きとう》大佐です。

実を申せば、貴兄にかうして通信を差し上げるのは、お願いがあるからです。つまり是非とも貴藤大佐に会つて、真意を質《ただ》して頂きたいのです。無論小生自身がさうする積もりで居りますが、現在まで接触は出来て居りません。迂闊《うかつ》に動くのは危険であると、小生の必ずしも鋭いとは云ひがたい触覚が警告を発して居り、小生にはもう時間が殆どない、左様な予感もあります。

だから小生に代はつてお願ひする、と云ふのでは、あまりに図々しいと思はれるかもしれませんが、事情を理解されるなら、他に手段がなかつたのだと納得して頂けるのではないかと、儚《はかな》い期待を抱いてからして手紙を書いて居ります。

そのためには少し遡《さかのぼ》つて事情を説明する必要があります。少々話が長くなりますが御容赦下さい。

海兵を中途で退校し、鹿児島の実家へ戻つてゐた柳峰導師の異常能力を、小生が知るに至つた経緯は前にお話ししました。然して、其れを知つた人物は、実はもう一人居たのです。即ち貴藤氏です。

貴藤氏が当時兵学校の教務副官を務められて居たのは御存知だと思ひますが、貴藤少佐(当時)を信頼してゐた柳峰導師は、兵学校当時、自分の能力について貴藤氏に打ち明けたのです。其の時、二人の間で如何《いか》なるやり取りがあつたものか、小生には知る由もありませんが、何《いず》れにしても、貴藤氏は全てを信じたと推察されます。

鹿児島へ帰つた柳峰導師と貴藤氏は手紙で連絡を取り続け、その過程で貴藤氏はいよ〳〵柳峰導師の異能力に確信を抱かれた様です。貴藤氏は数度鹿児島を訪問され、その際に小生も面識を得て、それからは小生との間にも密接な係はりが生じました。

貴藤氏の在米武官時代には一時途切れましたが、あとは基本的に連絡が取られ続け、満州事変の勃発《ぼっぱつ》の頃、柳峰導師を東京へ呼び寄せ、紅頭中将との縁組みを進めたのも貴藤氏です。貴藤氏と紅頭氏との関係がどのやうなものであるのか、小生には判然とは分かりませんが、貴藤氏が、海軍軍人には珍しく、政界財界官界に幅広い人脈をもつ人物であることは、御存知のことと思ひます。

また、貴藤氏が日米開戦に最後の最後まで強硬に反対し続けたことも周知と思ひます。

貴藤氏は日米戦の可能性が具体的に問題になりはじめた昭和十年頃から、各界に横断的な日米和平の研究組織を密《ひそ》かに作り、国際問題研究所は主にさうした活動の支援と資金獲得の目的のために設立されたのです（さう云ふ名称の海軍機関自体は以前からありましたが、実質的には別物です）。

柳峰導師の『予言』が貴藤氏の思想や活動に如何に影響を与へたか、小生には想像が出来るのみですが、何らかの影響はあつたと考へるのが自然と思はれます。

昭和四、五年の段階で、柳峰導師は十六年の日米開戦を『予言』し、さうして、二十年の敗戦までをもすでに明らかにして居ります。柳峰導師の能力が疑ひないものになるにつけ、小生がこの暗黒の予言に震撼《しんかん》したのは当然でせう。日本は負ける。完膚無きまでに叩《たた》かれる。首都をはじめ大きな都市はどこも焦土となる。左様に聞かされて平静で居られる者があるでせうか。尤《もつと》も、普通なら狂人の妄言で片づけられるところでせうが、小生は信じぬわけにはいかず、恐らく貴藤氏も同様だつたと推察されます。小生は柳峰導師の世話係（とでも云ふべきでせうか）を務める傍ら、日米開戦を何とか回避すべく、微力ながら貴藤氏に協力しました。残念乍、結果は御存知の通りです。

同時に小生は、貴重な文化財を焼失から守るため、国際問題研究所から資金を得て、東京府内に私蔵されてゐる美術品、工芸品を鎌倉（柳峰導師の『予言』に拠《よ》れば鎌倉は焼かれずに済むのです）に集める仕事もはじめました。然し、勿論《もちろん》、東京が焦土となる以前に停戦するのが最上に違ひなく、貴藤大佐も柳峰導師から情報を詳しく得ると同時に、早期の停戦の機会を窺《うかが》ひ、軍、政府を和平の方向へ導くべく、官界政界をはじめとする各界に散在する良識派（と呼ぶべきでせう）の勢力をまとめあげやうと活動して居られたわけです。少なくとも小生はさう考へて居つたのです。

尤も小生は貴藤大佐の活動内容を具体的に知らされてゐたのではありません。それでも此《こ》の六月、貴藤大佐が軍令部から舞鶴鎮守府の軍需部へ転勤になつた時には、いよ〳〵停戦は近いかと希望を抱いたものです。貴藤大佐の異動は常識的には左遷でせうが、目立たない閑職に就く事で貴藤大佐は停戦へ向けて動き出したものと小生は想像して居つたのです。作戦中枢に居たのでは自由に活動が出来ぬのは自明です。柳峰導師の『予言』を分析する限り、ミッドウエー作戦の失敗の後あたりが、停戦交渉の開始には最もよい時機だと、貴藤大佐は考へられたのだらうと、小生は小生なりに推測して居つたわけです。

然し、夏が過ぎても、停戦の話などは影すら現れず、さうして今回の突然の小生の解雇です。

小生が職を失つた事などはどうでもよい。問題は柳峰導師からの情報がもはや得られない点です。先にも書きましたが、柳峰導師は小生にしか話をしない（貴兄は例外です）のです。然も柳峰導師の『予言』の内容が抹殺された形跡がある。

是《こ》れを如何に考へたらよいのでせうか。

正直に申して小生は混乱して居ります。国際問題研究所自体はまだ存続して居る様子ではありますが、貴藤大佐はどうされて仕舞つたのか。仮に貴藤大佐が影響力を失つたとするなら、我国の将来にとつて大変な打撃であるのは間違ひない。日本は負ける。確実に負ける。停戦は早ければ早いほどよい。左様に考へる人々は広範に存在して居りますが、さうした勢力を結集するに、貴藤大佐は不可欠な人物の筈です。是非会つて頂きたい。会つた上で、貴兄が柳峰導師と同様の能力を持つ者である事を明かし、貴藤大佐に協力して頂きたいのです。

柳峰導師の『予言』、あれが国策決定の上で、重大な意味を持つと、小生は信じて居り、資料が何者かに持ち去られた事実こそ、資料の価値を証《あか》すものと考えられるでせう。とにかく貴藤大佐に会つて頂きたい。貴藤大佐の真意を質して頂きたいのです。無理は十二分に承知して居ります。然し、貴兄にお願ひする他に、小生には手だてが見当たらないのです。

混乱の余り、脈絡のない文章を書き散らしました。斯《か》様《よう》な通信をお送りする事が如何に危険であるか、小生も重々弁《わきま》へて居ります。然《しか》し乍《なが》ら、資料一切を盗み出し、柳峰導師の『予言』を抹殺しやうとする者があるならば、貴兄の身も既に安全とは云へない。十分な注意が必要かと思ひます。榊原志津子さんにも同様の警告を差し上げるつもりで居ります。榊原志津子さんは現在、大連に居られますが、鎌倉にある妙《みよう》厳《げん》寺が内地での連絡先です。あるいは、貴藤大佐がそちらへ連絡をしてくる可能性もあります。ガダルカ既に十八年を迎へ、日本は今や奈落の底へ向かつて転げ落ちつつあります。

ナルの悲惨を経験しつつある現在、さうして山本長官が健在で居られる現在こそが、停戦への最後の機会ではあるまいか。左様に思へば、焦燥に身を焼かれる心地がいたします。国家や歴史の前に個人は無力です。三流作家たるにすぎぬ小生などに一体何が出来るのか。長らく小生はこの問ひの前に立ちすくみ、然し、柳峰導師の描いて見せる未来図を知るにつけ、その暗黒悲惨なる未来像に平気で居られるほど小生は豪胆ではなかつた。何も出来ずとも何かしないでは居られなかつた。

小生とは違つて、未来を現実に知る貴兄の苦渋は察して余りあるものがあります。正気を、是非とも正気を保つて下さい。貴兄と云ふ個人に起つたあの奇跡は、決して偶然ではない、必ずや意味のある事に違ひない。さうです。貴兄には何かしらの使命があるのです。果たすべき使命があるのです。御自分の使命を見据ゑた上で、冷静に行動して下さい。国家の軌道を動かし、歴史を変へる、其《そ》れはまさに奇跡の様な事かもしれません。だが、貴兄や柳峰導師に起こつた奇跡を思ふとき、より大きな奇跡が起こらぬとも限らない、其の様に小生には思へてならないのです。さうして何より、現実に歴史を動かしてきたもの、其の究極を探るなら、其れは結局は個人の力なのです。一つ一つは微力な個人、然し其の個人の力の綜合力《そうごうりょく》が歴史を作つてきたのです。ここに人間のあらゆる希望の根拠はある。小生は左様に信じます。

それにしても、貴兄との奇《く》しき縁《えにし》を思へば、世の不思議に、いや、今更不思議と云ふのもをかしな話かもしれません。貴兄は既に思ひ出されてゐるかもしれませんが、柳峰導師の云ふところの『第一の書物』では、小生は戦争の後、太平洋戦争に材を取つた小説を書くらしい。其の際、貴兄に会つて取材をするといふのですから、全くもつて不思議と云ふ以外に言葉がありません。尤も小生は不思議には疾《とう》に慣れて居ります。何《いず》れにせよ、当の小説は『第二の書物』のなかでは書かれない。其の事がやや心残りの様な気がするのは、一体如何なる心情故なのでせうか。全く笑止と云ふ他ありません。

必要を越えて長々と書き過ぎました。もう筆を擱《お》きます。貴兄が此の手紙を読まれる頃には、小生は既に此の世には無いかもしれない。切迫する予感があります。然し、小生は此の世の不思議を知つたのであり、其の不思議を信じられる限り、死を恐れる気持ちは然程《さほど》無く、貴兄ともまたいづれかでお会ひする事が出来るやうな気がします。それでは再びお会ひできる時を楽しみに、まづは失礼いたします。

草々

昭和十八年　元旦　古田巌風」

加多瀬稔様

　範子が刑事の訪問を受けたのは、七日の朝、前日の午《ひる》に目白から戻って、午後から町内会の防空演習に出、在郷軍人会の退役軍人からはじまって、町会長、市会議員と、どれも似たような、許しがたいほどに長たらしく、内容というものを一切欠いた挨拶を聞かされたあと、防空隊長の肩書きを持つ駅前の乾物屋の指導号令で、近所の婦人たちと一列になってバケツリレーを稽古《けいこ》し、それから家に戻って生まれてはじめて独りで過ごした夜の明けた朝のことで、隣組長が点検に来るというので、鳶口《とびぐち》やら火はたきやら砂箱やら、防火用具一式が出たままになった玄関に、ふたりで立った背広の男たちは、帽子も取らずに、古田巌風が来なかったかと質問した。

前夜、ほとんど眠られぬまま、早朝五時には寝床を出て、熱い茶を飲み、それから洋服のまま炬燵《こたつ》でうたた寝をしていた範子は、刑事の前に膝《ひざ》をついたときにはまだ半分眠っているような状態で、ぶあつい皮膜越しに風景を眺めている感覚のなかにあって、それでも古田巌風の名前に顔から血の気が失《う》せていくのを自覚し、だが同時に、一昨日《おととい》目白で古田巌風死亡の記事を読んだときから、早晩警察から何かしらの接触があるだろうとも予想していた自分を思いだし、やや余裕を得た。

元旦に下の兄を訪ねて来たと答えた範子に、右側に立った背の低い初老の刑事は、古田巌風との関係やら、会話の内容やら、訪れて来たときの古田巌風の様子やらについて次々と質問し、傍らでずっと黙ってメモを取る、吃驚《びっく》りするほど大きな靴を履いた若い男の、表情というものを一切欠いた扁平《へんぺい》な顔と、質問する刑事がときおり寄こしてくる刺すような視線に脅かされながら、ひとつひとつ的確に答えていく範子が、背中に冷たい汗をかいたのは、古田巌風から預かった手紙の件だけは秘匿しなければならないと、心に決めていたからで、範子の不眠の原因も、新聞を見たあと、まる一日を挟んだ長い逡巡《しゅんじゅん》の時間を経て、昨日の深夜になって思い切って開封した手紙にあった。

内容は異様きわまりなく、書き手の正気を疑わしめるに十分であったけれど、文中に登場する人物名と、とりわけ国際問題研究所の名前が眼の奥に突き刺さって、以前金子ビルの花屋の前で見た三人の人物、古田巌風、紅頭中将、そして恐らくは榊原志津子、黒塗りの自動車に乗り込んで走り去った人物たちの映像が毒々しい色彩と凶々《まがまが》しい縁取りを伴って頭に渦巻き、そうしてなにより、そのなかの一人がいまや殺された事実が、手紙に書かれた文章の一行一行から切迫する危険と恐怖の匂《にお》いを立ち昇らせていた。

範子は深夜に独りある不安に耐えて、その都度悪夢の深みに足を取られそうになりながら何度も繰り返して手紙を読み、さらに考えあぐねたあげく、念のため備忘のメモを別の紙に取った上で、手紙を封筒ごと台所で焼却した。

軍や政府へのごく些細《ささい》な批判を口にしただけで特高に引っ張られる時勢下にあって、手紙の中身は危険に過ぎ、所有していること自体災厄の種になりかねないと、さすがの範子も青くなり、まして書いた本人が殺されたとあっては、一刻も早くこの世から消滅させるのが得策だとの思いが、兄への通信を勝手に開封したばかりか、焼き捨てたことへの呵責《かしやく》を上回り、たしかに検閲の可能性を考慮するなら、元日の訪問者が絶対に本人に手渡して欲しいと懇願したのは納得でき、であるならば、次に兄に会ったときに内容を口頭で伝えればいいと判断したので、そのための備忘メモであったけれど、深夜の孤独が気を弱くしているのだとしきりに反省しながらも、そうした証拠を残すことすら危険な気がして、範子は人より優れていると日頃自負する自分の記憶力を頼みにして、結局はメモも焼いた。

あの手紙はもはやどこにも存在していない。いま刑事の前に座って、前夜の自分の判断の正しさを範子はあらためて確認し、それでも背中を這い廻る臆病の虫は一刻《いっとき》も休むことなく、下着は濡《ぬ》れつくし、古田から何か渡されたものはなかったかと聞かれたときには、何もかも見透かされているような気がして、すべてを包み隠さずに打ち明けるべきではないか、正直こそが最高の戦略なのではないかとの思いが喉元《のどもと》にまで押し寄せ、しかし範子ははっきりした声で、いいえ、何も、と返答をし、とたんに自分の顔面が無惨なくらいに硬直しているのが恐怖のうちに自覚されたけれど、それ以上の追及はなく、別な質問へと訊問者《じんもんしゃ》の関心が移っていったので助かった。

眼ばかりは鋭いけれど、初老の刑事には物柔らかいところがあり、範子の家族についてあれこれ質問した後、娘さんが独りでは不用心だ、是非とも誰か知り合いに来て貰《もら》いなさいと、親身の助言を最後に、結局最後まで声を耳にすることのなかった扁平な顔の刑事とふたり、肩を並べて玄関を出ていった。

範子はしばらく冷たい廊下にへたりこんだまま立ち上がれず、玄関戸の磨《す》り硝子《ガラス》に映った芭蕉《ばしょう》の青い葉の影をぼんやり眺めていたが、やがて台所に立って薬缶《やかん》を火にかけた。棚には水村女史から持たされた鶏と、大根や蕪《かぶ》があったけれど、食欲はなく、湯を沸かしたのも、何もしないでいるのが苦痛だったからしたまでで、とりあえずお茶でも飲もうかと考え、しかし、すぐに火を落として外出の支度をはじめた。

このまま家に独りでいるのが心細く、こんなとき彦坂が傍らにいてくれたらどれほどよいだろうかと、範子ははじめて熱烈といってよい感情のなかで婚約者の面影を、いつも泰然自若たる微笑でもって心を安らがせてくれる男の面影を想《おも》い、しかし彦坂からは二日前に、日本には戻ってきたものの、仕事の事情でもうしばらく関西にとどまらなければならなくなったと電報を受け取っていた。

可愛《かわい》がっている文鳥でもいれば気が紛れるのだが、大晦日《おおみそか》以来目白に預けっ放しで、本多事務所は八日にならなければ開かず、安田教授は母親の実家のある甲府へ旅行中で、水村女史もどこかへ出かけるようなことを昨日いっていたから目白にはいないはずで、母親は金沢へ行ったきり戻る様子がなく、兄は潜水艦に乗ってどことも知らぬ南の海、範子は自分が実に頼りない存在だと思い知らされ、泣きたくなり、本当に涙がこぼれ、最後にようやく姉の家を思いついた。

いまは子供たちにまとわりつかれることもむしろ歓迎で、子供の乳臭い匂いがひどく懐かしく、できれば義兄が不在であってくれれば申し分ないのだけれど、この際贅沢《ぜいたく》はいえないと思い直し、もし万が一義兄しか家にいなかったら、一緒に丸善に『我が闘争』を買いに行くか、日比谷《ひびや》へ『ハワイ・マレー沖海戦』を観に行ってもいいとすら思い、火の元と戸締まりを確かめ、玄関を出たところで、手紙にあった鎌倉の寺、妙厳寺を思いだし、いま自分がなすべきは、あの「グランド・オダリスク」の婦人と連絡をとること、兄に代わってそうすることではないかとの思いにうたれ、範子は冬の午前の柔らかい日差しのなかを、家屋や樹木の長く伸びた影を踏んで、阿佐ヶ谷の駅へ急いだ。

急勾配《きゅうこうばい》の坂になった石の参道を、靴音を冬空に響かせ近づいてくる人影を発見した梶木は、注連縄《しめなわ》の張られた杉の大木の陰から観察し、それが女だと知って緊張を解いたものの、まもなく冬枯れた木立ちのなかに現れた女の姿を視野に捉《とら》えたとたん、啞《あ》っと小さく声が漏れたのは、それが見覚えのある顔だったからで、何故《なぜ》彼女がここへ来たのか、むろん彦坂の婚約者である以上、彦坂に会いに来たと考えるべきなのではあろうが、しかし昨晩、夜行列車で神戸を発《た》って、朝小田原《おだわら》で鈍行に乗り換えて鎌倉に下り、出迎えの自動車もなく、梶木と彦坂のふたりだけで隠密裡《おんみつり》に山間《やまあい》の古寺を訪れた以上、会社の人間も彦坂社長の行き先は知らないはずで、もっとも梶木の知らないうちに彦坂が電報でも打っておいたと考えれば辻褄《つじつま》は合うけれど、だとしても他の女と密会している所へ、自分の婚約者をわざわざ呼び寄せる魂胆が分からなかった。

そもそも梶木自身がてっきり東京まで乗るものと思っていたので、急に小田原で降りるといわれて驚いたのだが、目的地らしい鎌倉の寺に着いて、庫裏《くり》から出てきた女の顔を見てなおいっそう驚愕《きょうがく》したのは、神戸の妾宅《しょうたく》から間をおかず女のところへと直行した彦坂の乱淫《らんいん》ぶりにではなく、当の女というのが、大連で幾度か彦坂が密会を重ねていた女だったからで、彦坂と梶木が台湾へまわっているあいだに内地へ戻って来たのだろうが、焦げ茶の渋い着物に銀鼠色の帯を締めた女は、顔立ちといい、品のよさといい、彦坂の愛人のなかでもとびきりの美女に違いなく、彦坂が是非とも手元近くに置いておきたいと考えたとしても不自然ではなかったけれど、玄人ではなさそうで、いったいどんな女なのか、また何故こんな不便な古寺に隠れ住んでいるのか、梶木は首を傾げざるを得なかった。

単なる妾ではないのかもしれないと直感は働いていたけれど、寺の留守番らしい老婆に金を渡して町まで使いにやり、つまり人を遠ざけて、人気のない古寺の、茅葺《かやぶ》きの堂《どう》の奥にこもった男女がすることといえば、昔からひとつに決まっていて、少なくとも勤行《ぎょう》ではありえなかった。

参道の最後の短い石段を来訪者が昇りきるのを見計らって、梶木は木陰から歩み出ると、何かご用ですか、と笑顔で声をかけた。

女学生風の紺のスカートから黒い靴下を覗《のぞ》かせ、丈の短い外套《がいとう》を着た娘は、脅やかされたような眼で梶木を一瞥《いちべつ》し、しかし即座に取り澄ました顔になると、あなたは、こちらの方ですか、とはっきりした声できいてきた。

遠目で見ていたときより、ずっときれいで上背もあり、肉付きもよろしいと、密《ひそ》かに品定めをしながら、ここの者ではないが留守番の者だと梶木が返答すれば、娘はどう見ても寺男には見えず、古刹《こさつ》には縁のありそうもない、背広に帽子の男の素性を窺《うかが》いつつ思案する風であったが、まもなく意を決したように尖った顎《あご》を引く格好になると、榊原志津子さんにお会いしたいと、用件を述べた。

それがどうやら「大連の女」の名前らしいと見当をつけたものの、てっきり彦坂の名前が出てくると予想していた梶木は混乱し、ひょっとしてこの気の強そうな娘は婚約者の不倫現場に単身乗り込んできたのかもしれないと思ったりしたが、いずれにせよ取り次ぐわけにはいかないと判断した。

「榊原さんは大連にいらっしゃるんでしょうか？」

「ええ、そうなんです。いまは向こうに行ってまして」

笑顔で梶木は調子をあわせ、大連まで知っているなら、どうやら女同士は知り合いらしいと推察した。

「いつ頃、お帰りになるか、ご存じでしょうか」

「さあて、いつになるか。ちょっと見当がつきません」

娘はとくに落胆する風もなくうなずくと、大連の住所が分かれば教えて欲しいといい、返答に迷った梶木は逆に質問した。

「どんなご用です？」

「会ってお話ししたいことがあるんです」

少し迷うような素振りのあと娘は答え、梶木は即座に、伝言があるなら伝えると誘いをかけたが、相手は曖昧《あいまい》に返答を濁し、重ねて住所をきかれたのには、ちょっと教えられないんですと、わざと謎めかしてみた。

「いえ、なにね、本人が誰にもいってくれるなというんで。まあ、ちょいとわけありというやつでして」

そういった梶木が、伝言はきっと伝えるからと、再度撒《ま》いた餌《えさ》にしかし娘は食いついてはこず、またも睫毛《まつげ》の長い黒い眼でこちらを観察する風に見つめ、人に警戒感を与えないことにかけては天才と自負する梶木は、取って置きの笑顔でもって視線を受けとめるうちに、悪戯《いたずら》心がむくむくと頭をもたげた。

「あれです、少々いいにくいんですが、あの人にはいい人ができましてね」

「いい人？」

「そういうわけです。つまりは男ができたっていう、世間じゃよくある話で」

相手からははかばかしい反応が得られないので、梶木は言葉を足した。

「いわゆる駆け落ちっていうやつです」

駆け落ちの言葉に娘の表情が動くのを見た梶木は、余計なことをいうとあとでまずいことになると思いながらも、若い娘をからかう愉快には勝てなかった。

「この男というのがまったくひどいやつでしてね。婚約者があるっていうのに、芸者には手をつけるわ、妾は囲うわで、もうとんでもない男でして。あの人も大変です。お嬢さんも、男だけにはくれぐれも気をつけた方がいいですよ。あとでひどい目にあいますからね」

梶木の剽軽《ひょうきん》な調子に、儀礼的に笑みを浮かべてみせた娘は、では、カタセの妹が連絡を取りたいといっていたと伝言をして下さいと固い声で依頼し、カタセさんですね、と念を押した梶木に向かって頭を下げると、もと来た路《みち》へ踵《きびす》を返した。

人の婚約者であれ若くてきれいな娘と話をするのはなんといっても気分がよく、いましばらく退屈しのぎの具になって貰いたいと願っていた梶木は残念に思ったものの、それ以上引き留めるのは得策ではないと判断した。

娘の黒い靴下と紺色の外套が、坂道に枝を張り、あつく参道を覆う形になった木々のあいだに紛れ消えるのを、煙草の煙を薄曇りの空に立ちのぼらせながら見送った梶木は、面白いことになってきやがったぞと、妙にうきうきした気分になり、とりあえずこの件は主人に報告しておいた方がよいだろうと思い、煙草を投げ捨て、本堂の奥の、重たい襖《ふすま》に隔てられた小部屋へと向かった。

V　訊　問

机の向こう側の男が雑誌に目を落とし、窓のない部屋にときおり響く、頁のめくられる機械的な音が、背もたれのない木の椅子に座った範子の神経を痛めつけた。警察署の取調室という、探偵小説でしか読んだことのない場所への好奇心は、歩くたびに軋《きし》みをあげる薄暗い廊下を歩いて、火の気のない部屋に入ったときにはもう消えていて、それから二時間近く続いた訊問《じんもん》のあいだ、範子が全身を小刻みに震わせていたのは、足下から立ちのぼる寒気のせいだけではなかった。

　男がまた一枚を乱暴にめくり、範子は本の頁が陵辱されていると感じ、相手が本だろうが人間だろうが、男は手つきを変えずに平等に扱うに違いないと想像されて、身を固くしたが、冷え切った身体はすでにこれ以上は無理だというくらいに縮こまっていた。

　鎌倉から阿佐ヶ谷へ戻ったのが午後四時すぎ、家に戻って格子戸を開けようとしたところに、ずっと待機していたのか、今朝方訪れて来たふたりの刑事が現れ、阿佐ヶ谷警察まで同道願いたいと用向きを伝え、範子はそのままバス通りに停まっていた自動車に乗せられたのだった。高い位置に小窓がひとつあるだけの取調室に案内されてから、十分以上もひとりきりで放置され、それだけで不安の毒は神経に滲《し》みだしたけれど、やがて現れたのが馴染みになった初老の刑事ではなく、ふたりの特別高等警察官であり、特高ときいて範子も顔色を変えないわけにいかず、二十代かせいぜい三十そこそこにしか見えない男たちは、いかにも能吏然とした顔つきと、相手を人間扱いしない居丈高な訊問口調でもって範子の自尊心を破壊しにかかった。

　古田厳風についてきかれるのだろうと不安のうちに予想していたところ、氏名は、年齢は、学校は、家族は、といった具合に範子の身上調査めいた内容が長々と続いて、何故そんなことまで知る必要があるのかと思われる事柄まできかれ、いい加減辟易《へきえき》し、恋人はときかれたときには、何故そんなことにまで答えなければならないのかと反問すると、小机を挟んだ反対側に座って訊問をしていた小太りの男ではなく、ずっと黙って壁に寄り掛かる格好で煙草をくゆらせていた、髪を後ろ向きに油で固めた茶色いチョッキの男が、いきなり壁を靴で蹴飛《けと》ばし、きかれたことだけに答えていろ、と怒声を発し、範子はまず突然の物音に単純に吃驚《びっく》りし、続いて、怒鳴り声を発した男がまるで何事もなかったかのように、表情を消した顔で天井にのぼっていく紫煙を眺めているのを見て、肝は冷え冷えと凝り固まり、映画のなかの刑事を真似ているような男の気障《きざ》な態度、よく観察すれば無表情の仮面の向こうでにやけた笑いを浮かべていると見える、ふざけた態度を揶揄《やゆ》するだけの反発心は萎《な》えた。

もういちど彼氏に会いたいなら、質問に正直に答えることだ、と訊問役の男が肥満した人に特有の、口のなかに頰の肉がはみ出して発音が不明瞭になった、しかし事務的な調子でいい、再度、恋人は、ときかれたのへ、彦坂の名前を範子は出した。彦坂が亜細亜通商の社長だときいて、男たちは興味ありげに顔色を動かし、それから両者の「関係」について、露骨な言葉を使っての訊問がしばらく続いて、範子は屈辱に耐えてつとめて平静に返答を重ねていき、内心では絶対に涙を流すまいと精一杯の努力を続けた。

古田巌風の名前が出たときには、範子はむしろ安堵《あんど》するような気分になって、いま鋭い質問にあったなら、例の手紙のこともなにもぶちまけてしまうだろうと気弱く予感したけれど、意外にも訊問者は古田巌風については深く追及せず、すぐに訊問は安田教授の読書会へと移って、男は読書会への参加者、会合の日時、会合の内容などを根ほり葉ほり質問し、いらいらするくらいていねいな文字で帳面に記録し、範子は嫌いな男性のリストに字を書くのが遅い男という項目を加えたが、訊問と記録の合間には、しばらく泊まっていって貰おうかだとか、以前勾留《こうりゅう》したアカの女があんまりしぶといので、裸にして虱《しらみ》だらけの独房に入れておいたら簡単に自白したなどと会話を挟み込み、芝居がかった調子は明らかに脅しと分かってはいても、特高の悪名は範子の耳にも届いていたから、恐怖が喉元《のどもと》に切迫するのを感じないわけにはいかなかった。

訊問者は古田巖風が読書会に参加したことがなかったかどうかをしっこく訊《たず》ね、また読書会で出た話題についても、ギリシア語の本を読んでいただけだと答える範子のちょっとした言葉尻《ことばじり》を捉えては、それだけじゃないはずだと、しつこく追及を繰り返した。彼らはどうやら安田教授と古田巖風の関係について情報を欲しがっていると見当がつき、古田巖風の手紙に書かれていた、「良識派」の組織に安田教授が係わっていたのかもしれないと想像が浮かんで、であるならば安田教授のために、そうして誰より兄のためにも、絶対にあの手紙のことだけはいってはならないと、範子は弱気になる自分を励まし、しかし一度廊下へ出ていった茶色いチョッキの油頭男が、一冊の雑誌を手にして戻ってきたときには、自分が窮地に追い込まれたと知って鼓動が切迫した。

雑誌は「中央公論」の新年号であり、列車待ちの時間を潰《つぶ》そうと覗いた鎌倉駅裏の本屋で範子がこれを買ったのは、谷崎潤一郎の連載小説が掲載されていたからで、学生時分から愛用している小型の革鞄に雑誌を入れたまま警察署まで「連行」され、規則だから一時預からせて貰《もら》いますと、鞄ごとどこかへ持ち去られたものを、油頭男がわざわざ持ち出して来たとすれば、範子が今日鎌倉を訪れた事実を知っているからに違いなく、何故鎌倉へ行ったのかときかれたなら、古田厳風の手紙に言及せずに疑惑を呼ばぬ返答を返す自信はなかった。

雑誌は裸のまま鞄に入れたから、鎌倉で買った証拠はどこにも残っていなかったけれど、何のためにか知らぬが、ときおり机の脚に靴先をぶつけながら、黙って頁を繰る男が範子の立ち回り先についてすでに知っているのは疑いようがなかった。

小太りの男は入れ違いに出て行ったきり戻らず、安ポマードの匂いが狭い取調室に濃厚に漂い、範子はハンカチで鼻を覆った。悪臭の素である男がまた机の脚を蹴ってがたんと大きな音をさせ、それは苛立《いらだ》ちの表現なのか、威嚇のつもりなのか、それとも単なる癖なのかと、疑いながら、大きな甲虫《かぶとむし》みたいに黒光りする革靴の凶暴な靴先が胸のあたりに突き刺さってくるような印象に範子は脅かされ、それからさらに十数度、同じ動作が繰り返されても男は机の雑誌から眼をあげず、機械的に頁をめくる音が響いて、時刻からして表はとっくに暮れきっているはずで、このまま家には二度と戻れぬかもしれないとの予感と、電球の明かりはあるけれど、まるで暖かみを欠いた灰色の冷たい箱のなかに、何を待てばよいのか分からぬまま放置された理不尽さが、範子の鼻の奥をどうしようもなく潤ませた。

不意に男が顔をあげた。範子は重大な宣告を聞く者の観念の眼をつむり、しかし男の質問は範子の鎌倉行きでも、妙厳寺への訪問でもなかった。

「ササメユキ、というのは何だろう」

硬い陶器で出来ているかに見える頭髪を電灯の明かりに光らせた男がいい、その顔には笑いはなかったけれど、いままでの訊問とは明らかに違う調子があって、範子はかえって警戒を深めた。ササメユキとは何かと、男が再度問うたとき、わりに整った顔立ちがにわかに作りものめいた、デパートで売っている安物の石膏《せっこう》像みたいに思えてきて、小説の題名でしょう、と範子がいうと、石膏の唇が歪んで笑い顔になった。

「そんなことは分かっている。きいているのは、つまりササメユキというのは何であるかだ」

「細かい雪でしょう」

我ながら馬鹿な答えだと思いながら範子がいうと、真っ直《す》ぐに顔を覗《のぞ》き込んできた男は、どこかに知的な欠陥があるようにも思える顔で何度も首をうなずかせながら、また雑誌の頁をめくりはじめた。この人はひょっとしたら人間に非常によく似た猿なのではないか、そんな感想を範子が浮かべていると、頁から眼を離さぬまま男がまたいった。

「しかし小説には雪なんて出てこない」

ずっとひとりで訊問を続けていた小太りの男が消えてしばらく、ふたりだけが密室で向かい合う状況下で、油頭の若い男はいままでとは異なる何かしらの関係を求めているとも感じられたが、だからといって相手の感情にいちいち反応する気力は範子のなかには残っていなかったから、連載の一回目だけを読んでの感想としてはまるで道理に合わないと、意見をいう気には、とりわけ人間に似た猿に対してはならなかった。

「しかし細雪というのは、ちょっとしゃれている。悪くない。ただ雪というのよりはよっぽどいい」

本当は猿である特高警察官はひとりで納得し、範子にも同意を求めるので、仕方なく曖昧に首を縦に振ってみせた。

「私も文学は嫌いじゃない。学生時分にはいろいろと読んだ」

唐突に文学趣味を表明した男は、キサラギを知っているかと、これもまたずいぶんと唐突に問い、範子が何も答えずにいると、キサラギは福岡にある同人誌の名前で、自分の伯父《おじ》が同人だったと説明した。

「そんな影響で、私も学生時分に、短歌をやってた。一度だけ新聞にも作品が載ったことがある。田舎の新聞だがね」

あるいは目の前の男は、文学に趣味のある若い女と会話を楽しむつもりなのかもしれないと、範子はふと気づき、けれど相手になる義理も意欲もなく、なにより範子は短歌が嫌い、というより短歌が好きだという男が大嫌いだったから、融和的な気分を演出したほうが得策だとは思いながら、むっつりと黙り込んでいた。

「三十一文字でもってひとつの宇宙を描き出す。こんな優れた文学は世界にも類例がない。日本だけのものだ。英文学にはこんなのはないだろう」

たしかに英詩に短い詩はあっても短歌はないので、ええと範子がうなずくと、日本古典詩の礼賛者は大いに満足の態《てい》で笑みを浮かべた。

「三十一文字で宇宙が描けるのに、まったく小説などは無駄だ。学生時代にはずいぶん小説を読んだが、まったく時間と労力を無駄にしてしまった。あんたは川端康成の『雪国』というのを読んだかね」

「いいえ」

「あれはいい。なんていうか、詩的で、雪国の雰囲気がよく描かれている。それになんといったって主人公の名前がいい」

小説の否定者による小説批評に返答のしようなく範子が黙っていると、男はまた口を開いた。

「主人公の名前は島村という。実は、私も島村というのだ」

くくくと喉から洩《も》れる声が聞こえ、男が何か冗談をいっているらしいと範子が気づいたとき、「島村」は話に区切りをつけるかのように雑誌をぱたりと閉じ、ポケットから出した煙草に火をつけた。

「いい加減に本当のことをいったほうがいい」

唐突に文学を話題にした男は、また唐突に話題を変えた。いままでの時間に一体いかなる意味があったのだろうかと訝《いぶか》るよりさきに、訊問《じんもん》の再開に心に一斉に緊張と警戒の刺が立つのを覚えながら、範子はかたく唇を結んだ。

「あんたは今日どこへ行った？」

「鎌倉です」と範子は隠しても無駄と判断して答えた。

「鎌倉のどこへ行った？」と当然のようにきかれ、窮地に追い込まれた範子に、そのときひとつの発想が浮かび、善悪を考量する暇もなく口をついて出ていた。

「別荘です。彦坂さんの鎌倉の別荘へ行ったんです」


範子が解放されたとき、時刻はすでに九時を廻っていた。

帰り際に、範子を迎えに来た初老の刑事が顔を見せ、大変だったね、気をつけて帰りなさいと、玄関まで見送ってくれ、それが久しぶりに聞く人間の言葉であるように感じられて、範子は表に出たとたんにたくさんの涙をこぼした。

彦坂の別荘を訪れたことはまだなかったけれど、それが昼間に行った古寺からさほど遠くない、海へ向かったあたりにあると範子は聞いていて、とっさに苦し紛れの嘘をついたのであったが、管理人夫婦だけしかいないはずの別荘の方に問い合わせられたら、嘘が露見するのは明らかで、引き続く訊問に次々と辻褄《つじつま》あわせの嘘を重ねながら、範子は己の軽率を呪《のろ》い、追いつめられた獣のように怯《おび》え、絶望し、ところが意外にも訊問者たちは虚偽を暴くべき証拠を示さぬままに範子を解放し、しかしそれが何故かと詮索するだけの気力は範子には残されていなかった。

腰から下が冷え切って自分の身体ではないようで、下腹部に嫌な疼痛《とうつう》があって、頭も痺《しび》れて痛かった。暴力の恐怖と不安は依然皮膚にまとわりついて、ずたずたに引き裂かれた神経から噴き出す血のように涙が止まらなかった。

人間というものが、修辞も何もないごく単純な脅迫で容易に人間でないものになってしまう、罵声《ばせい》ひとつで自侍《じじ》や気概や気品が簡単に雲散霧消してしまう、その発見が範子をひどく打ちのめし、自分を含めて人間という者の卑小さに、悔しいと思うより前にただ端的に惨めだった。

古田厳風の手紙について隠し通せた己の手柄を誇る気にもならず、疲労のあまり何も考える力がなく、投げ遣《や》りな気分が全身を蝕《むしば》んで、言葉が通じないならば言葉などはいっそない方が幸せだ、シェークスピアもホメロスも全部無意味だ、樹にぶらさがって歩く猿の方がよっぽど偉いと、自分の大切に思ってきたものをわざと傷つけて、哀《かな》しみを自力でかきたて、新しい涙を鼻の奥で生産した。

高い空から寒風が吹き寄せ、裸になったプラタナスの樹皮をこすり、溝に落ちた木っ端や朽ち葉が身を寄せ合うように汚い水面を揺れ動いた。

外套《がいとう》の襟をあわせ、寒気に震えながら警察署の前の路を駅に向かって歩いて、すると戸を閉めた商店を暗く照らし出す街灯に人の姿が浮かび上がり、範子さんと、静かに声をかけてきた。

黒い人は周囲の闇とひとつになって、巨大な翼を背負うかのように見え、しかしその黒い影の中央に、街灯の明かりを受けた青白いものがぼうと浮かんで、それが鍔《つば》の深い帽子の陰になった彦坂の顔だと知った範子は、言葉もないままその胸に飛び込んだ。

第五章　ソロモン

I　成算なき戦略

昭和十七年の末から十八年の半ばまで、多くの潜水艦がソロモン・ニューギニア方面あるいはアリューシャン方面の輸送作戦に動員された。これは当時「まる通」とか「鼠《ねずみ》輸送」とか呼ばれた、潜水艦乗りにははなはだ評判の悪い作戦であった。

「早い話が、制海制空ともに敵に支配されてしまったために、輸送船での海上輸送ができなくなって、潜水艦にお鉢が廻ってきたというのが実状だったわけです」

当時伊三三潜艦長として、ニューギニアへの輸送作戦に従事した加多瀬稔少佐（当時）はそのように説明した。

「戦前、日本海軍は総力をあげて潜水艦兵力の充実をはかったにもかかわらず、実戦ではほとんど役に立たなかったとの批判がありますが、要するに潜水艦の使用法に問題があった」

第一次世界大戦におけるUボートの活躍を参照すれば明らかなように、潜水艦が存分に力を発揮するのは通商破壊であって、実際潜水艦畑の人間にはそれは常識だったと加多瀬氏はいう。

「ところが、海軍全体がどうしても艦隊決戦にばかり眼を向けていて、輸送について軽視する傾向が最後までぬけなかったんですね。潜水艦についても、艦隊決戦における補助兵力という発想が絶えずつきまとって、戦略が中途半端になってしまった。まあ、これは潜水艦だけではありませんが。結局海軍は日本海海戦の夢から覚めることができなかったんです。バルチック艦隊に対するあの完璧《かんぺき》な勝利――実際には海戦に完璧などということはないし、細かくみれば数々の錯誤があるわけなんですが、あとから完璧な勝利の幻影が作られてしまい、人々の眼をくらませてしまった。武田信玄が勝ちは半ばをよしとするといってますが、けだし名言です。勝利は必ず次の敗因を生み出してしまう。軍隊とは本質的に保守的なものなんです。革新があるとしたら、敗北を契機にする他ないんですね。何故《なぜ》負けたのか。ここに革新の糸口はある。逆説じみますが、負けたことのない軍隊はどんどん旧弊に堕して、知らぬ間に弱くなっていくんです。これはたぶん戦争だけじゃないでしょうね。経済も同じです。日本経済がいまうまくいっているとしたら、その成功の原因が、いずれそのまま失敗の原因になるはずです」

わたしが会った潜水艦関係者は、話が「鼠輸送」に及ぶと、一様に眉《まゆ》を曇らせ、なかにはかなり激昂《げっこう》して上層部への批判を口にする人が多かったのだが、そのなかで加多瀬氏はきわめて冷静かつ客観的に分析を加えてくれた。なにより潜水艦長には豪傑タイプが多い中にあって、加多瀬氏の、どこかの大学の先生といわれても不思議ではない、物静かで紳士然とした落ちついた雰囲気は、わたしには意外だった。

わたしが率直にそのような感想を口にすると、潜水艦乗りは元来臆病《おくびょう》なんですと加多瀬氏は笑った。

「豪傑風にみせているのは、内心の臆病を覚られないようにするためですよ」

たしかに潜水艦は大変な代物である。とりわけ戦前の艦はそうで、ちょっとした不注意が大事故につながる。

たとえば潜行時、万が一ハッチが閉め忘れられたなら、分を刻まぬうちに艦は鉄棺《てつかん》となって永遠に水底へ消えるだろう。あるいは浮上時、命令伝達を誤り、艦橋ハッチを開放する前にディーゼルエンジンを起動させるならば、艦内には急激な減圧が生じ、乗員の鼓膜が破れてしまう。

これが急速潜行ともなれば、艦橋の見張り員を収容し、両舷機を止め、複数あるハッチを閉め、バラストタンクのベント弁を開き、潜舵《せんだ》を操作する、幾つもの作業をほんの数十秒間に誤りなく完了せねばならず、わずかでもタイミングがずれればたちまち沈没するのだから、こうした難作業を指揮する者には、ときに臆病なまでの用心深さが要求され、かといって軍の指揮官である以上繊細一方ではやはり務まらず、大胆にして細心とはいうけれど、言葉でいうほどものごとは易しくない。

「だいたい船とは水に浮かんで進むのが有史以来の姿なので、それがわざわざ水に潜ろうというのだから、無理があるに決まっているんです」

現在は工作機器メーカーの重役を務める加多瀬氏には、幾度か手紙や電話で取材を申し入れた末、ようやく日本橋の会社近くの喫茶店で会うことができた。

電話口では、取材にはあまり気の進まない様子がみてとれ、会うまではわたしもかなり緊張していたのだが、席に着くなり「あなたは古田巌風さんじゃないですか？」と問われ、びっくりした。

巌風というのはわたしが戦前に、「新青年」などに小説を発表していた頃のペンネームで、いまはほとんど知っている人はいないはずである。古田という苗字《みようじ》と年齢、それから作家であるとの話から、見当をつけたのだという。

「『義経一代記』を読みましたよ」とさらにいわれて、まったくもって汗顔の至りであった。ちなみに『義経一代記』は若かりし頃の拙作である。もちろん現在は絶版で、なんだかよそで生ませた息子に突然出会ったような気にさせられた。が、そんなこともあって、親しい雰囲気が出来上がり、いろいろと有益な話を伺えたのは、わたしにとっては有り難かった。

加多瀬氏は喫茶店から、銀座のはずれにある酒場に誘ってくれた。店の名前は、経営者である海軍士官の未亡人であるママさんの希望で明らかに出来ないが、海軍ＯＢが多数集まってくる店で、そこを知ったのもわたしには大きな収穫だった。

わたしはそれ以来ずいぶんと同じ店に通い詰め、多くの貴重な情報を得た。以前別のところに書いたが、鹿児島の中学の同級生で、海軍兵学校へ進んだ旧友のＫ氏と偶然再会したのもこの店である。

加多瀬氏はかなりいける口で、しかし酒が入っても物静かな口調は変わらず、広範な話題について語ってくれた。

ただ唯一、話が「特攻」に及んだときだけ、やや感情を面に出されたのが印象的で、とりわけ「回天」特攻隊については、「あれは間違いです」とはっきり断言した。「特攻」の思想は決して戦争末期に限ったものではなく、いわば宿痾《しゅくあ》として海軍の体質のなかにずっとあったものだと加多瀬氏は分析してみせた。

「真珠湾の特殊潜航艇、あれにしても乗組員の収容が不可能なことは、専門家には自明だったんです」

加多瀬氏は開戦劈頭《へきとう》、特殊潜航艇を積んで出撃した潜水艦の水雷長を務めた。加多瀬氏は特殊潜航艇による泊地奇襲に賛成ではなかった、いや、そもそもハワイ奇襲作戦自体に疑問があったのだという。日本海軍の仮想敵国は一貫して米国であり、したがって日米戦争の戦略戦術について幾多の研究が蓄積されてきたのは当然であるが、しかしながら開戦劈頭、六五〇〇キロも離れた敵基地を空母艦隊でもって空爆するなどという奇想天外な作戦は、少なくとも海兵を出てからおよそ十年を海軍に暮らした加多瀬大尉の常識にはなかった。

工業力に格差のある米国と我が日本が互角に渡り合える条件は「距離」にある。日米のあいだには広大な太平洋が横たわる以上、日本が米本土を攻撃することは到底できない相談である。しかし逆にアメリカが日本を攻めるにも、同じく「距離」の壁を越えなければならない。

南方の資源を確保し、国防圏内に防御を固める日本に対して、米艦隊は遥かな洋上を渡って来襲する必要がある。これは日本海海戦におけるバルチック艦隊の運命が証左するごとく、艦隊決戦の大きなハンデとなる。ここに勝機はある。そうして潜水艦隊こそは、決戦に先立ち渡洋中の敵艦隊を追躡《ついじよう》し、戦力を漸減させると同時に、島嶼《とうしよ》に建設された敵基地への補給線を破壊するところにその戦略的な意義があるのだとは、潜水艦乗りたちのほとんど信仰ともいうべき思考法であった。

それをこちらから打って出るというのではまるで話が逆であり、真珠湾に敵主力が在泊している保証はあるか、荒れる海上での燃料補給は可能か、大船団の長距離行動が気づかれずにすむのかなど、海の戦についてわずかでも知識を有する者なら、たちまち浮かんでくる幾つものリスクはこの際おくにしても、これでは長年にわたって蓄積した戦術研究が台無しだと思えば、未曾有《みぞう》の大作戦への興奮は興奮として、不満を覚えずにはいられなかったという。

「そんな大戦略については、こっちは意見をさしはさむ余地はありません。命令を遂行するだけなんですが、特殊潜航艇については、水雷長たる私の管轄ですから、いまだに後悔があります」

加多瀬氏は他にもいろいろと興味深いエピソードを披露してくれ、そのひとつが、同じ真珠湾攻撃の際に起こった、伊二四潜水艦「機密金庫紛失事件」で、これに係わる奇談もすでにわたしは別のところで書いた（拙書『失われた遺書』）。

戦争の記憶がどんどん薄れ忘れられていく現在、是非体験談を手記の形で書かれることをすすめたのに対して、加多瀬氏は笑って首を横に振られ、わたしが書いてもよろしいかとの提案には、快諾して下さった。

しかしここでは、昭和十八年初頭の時期における、潜水艦隊の成算なき奮闘ぶりの実例として、加多瀬少佐乗艦の伊三三潜の行動を追うことにしたい。

これを最後に加多瀬少佐が潜水艦に乗ることは二度となかった。

「軍人としても個人としても、いろいろな意味で後悔の残る出撃でした。軍の指揮官というのは実に責任が重い。大の虫を生かすに小の虫を殺すなんて、口では簡単にいいますが、実際に自分の判断で部下を死なせるというのは、人間には耐え難い重圧です。二度とああいう立場にはなりたくない。もっともいまは石油ショックで、会社の方でも首切りをしなくちゃならないんです。上に立っていうのはなんでも苦しいもんです。まあ、それでも、殺すわけじゃないですからね」

そういって加多瀬氏は笑った。もういちど潜水艦に乗ってみたいと思いますかときいてみると、しばらく考えてから、加多瀬氏は答えた。

「二度と乗りたくないですね。船はどれも嫌です。公園のボートだって嫌なくらいですから」

II　ラエ沖の悲劇

伊三三潜がドックでの四カ月の補修作業を終えて、呉を出撃したのは、昭和十七年も押し詰まった、暮れの二九日であった。

十七年六月のミッドウェー海戦を境にして、米軍の大反攻が開始され、数次にわたったソロモン沖海戦の勝敗は一進一退と見えたものの、天王山ともいうべきガダルカナル攻防戦で日本軍は敗退、ニューギニア戦線でもバザブア守備隊が全滅するなど、日本軍は苦戦を強いられ、ガダルカナルと、ニューギニアのブナからの撤退が決定され、前線はしだいに北へと後退を余儀なくされていた。

昭和十七年八月に潜水学校甲種学生を修了した加多瀬少佐は、呂一九潜水艦長、伊三八潜水艦艤装《ぎそう》員長を経て、同じ年の十二月四日、歴戦の猛者《もさ》である木暮《こぐれ》中佐のあとをついで、伊三三潜艦長に着任していた。

引き継ぎを無事すませ、装備の確認や物資の積み込みもあらかた終わり、あと三日で横須賀出航という十六日になって、ようやく先任将校が顔を見せた。

艦長の片腕ともいうべき水雷長兼先任将校に補任されたのは、木谷紘平大尉。潜水学校乙種学生を修了したばかりの新鋭である。着任がぎりぎりになったのは、加多瀬が是非木谷大尉をと司令部に願い出たからで、加多瀬と木谷は開戦劈頭、真珠湾奇襲に出撃した伊二四潜で先任将校と航海長としてコンビを組み、信頼関係には篤《あつ》いものがあったのである。

「艦長、よろしくお願いします」

照れ臭そうに、それでも神妙に挨拶《あいさつ》した木谷に、こちらこそよろしく、と挨拶を返しながら、加多瀬は思わず笑みをこぼした。

というのも、木谷はこの秋、加多瀬の下の妹と渋谷《しぶや》の教会で結婚式を挙げ、式のあと親族とごく親しい知人が、会食した席で、加多瀬のところへやって来た新郎が、いまと同じような調子で、よろしくお願いしますと頭を下げたのを思い出したからである。そのときも加多瀬は、こちらこそよろしくと、いまとまるっきり同じ返事をしたので、それも考えれば笑いを誘った。

つまり加多瀬にとって木谷は義弟ということになるわけで、その意味でも信頼は確固たるものがあったのである。

こうして、ようやく陣容を整えた伊三三潜は、十九日に横須賀を発って呉へ向かい、すぐに潜航訓練にかかったのであるが、当初は順風満帆という具合にはいかなかった。

呂号潜水艦で経験を積んだとはいえ、大型艦を指揮するのは加多瀬もはじめてで、士官下士官も新米が多く、本来ならば三ヵ月くらいは訓練期間が欲しいところだったが、戦争の推移は待ってくれないのが辛《つら》かった。加えて艦体には故障箇所や不備があり、一度などは荒天通風口の弁に異物が詰まって、危うく沈没の危機に見舞われることさえあった。

それでも潜航指揮官たる木谷大尉を先頭に、士官から兵卒に至るまで志気は高く、なんとか短期間で訓練作業を終え、予定より二日遅れただけで、二九日には呉を出航したのであった。

ラバウルに到着したのが、明けて十八年正月の八日。元日の朝は、太平洋上、形ばかりの御神酒《おみき》でもって祝った。この間、十二月三一日には、ガダルカナル撤退が大本営で決定され、一月二日にはニューギニアのブナ日本軍が玉砕、ソロモン方面の制海権制空権はいよいよ米軍の手に落ちつつあった。

ラバウルに入港するとすぐに加多瀬は上陸し、第一潜水戦隊司令部へ挨拶に伺候して、命令を受け取った。

命令の内容はニューギニアのラエへの物資輸送であった。司令部参謀の峰少佐から詳しい説明を聞いたものの、なにしろ物資輸送などは訓練したこともなく、加多瀬は戸惑わざるをえなかった。そもそも潜水艦には人員用のハッチが四つあるだけで、垂直になった梯子《はしご》で昇り降りするようになっているのだから、荷物を搬入するにも搬出するにもはなはだ具合が悪い。さらに厄介なのは、陸揚げ地点であるラエは絶えず敵哨戒機《しょうかいき》や哨戒艇が眼を光らせているので、日没直後を狙《ねら》って迅速に作業をすませる必要があるという。

こいつは大変なことになったと思ったものの、とにかくやるしかない。さっそく各掌長と相談して、作業手順や人員の配置、非常時の手当ての段取りを決め、兵員に通達した。三日ほど上陸して休息し、一月十一日、兵員居住区いっぱいに弾薬や医薬品、食糧などを積み込み、甲板には米の詰められたドラム缶を乗せて、伊三三潜はラエ沖に向けて出撃した。ドラム缶というのは、誰が考え出したものか、なかなかの工夫で、艦体後部のケプスタンを回すことで止め綱を切れば、自然と海上に漂って、あとは大発が収容するという仕掛けである。

ラバウルを出、ニューブリテン島を回り込み、ウンボイ島を左手に見てニューギニア東岸を目指す。昼間は深度四十で潜行し、ウンボイを離れてからは夜間も潜行、ときおり潜望鏡深度にまで浮上して、艦位の測定と敵の有無を調べつつ、途中で速度を調整して十三日の日没二時間前に、目標地点から一浬《カイリ》の海域に到着した。

潜望鏡深度まで浮上して偵察すると、緑が鬱蒼《うっそう》と繁る湾の上空を偵察機が一機旋回しているのが見えた。

「あいつがいるうちは迂闊《うかつ》に動けませんなあ。この辺りの海は透明度が高いから、飛行機からだとかなり深く潜っても発見される恐れがあります」

潜望鏡を覗《のぞ》いた木谷大尉がいい、まずは予定通り、日没と同時に深度三十で揚陸地点へ向かうと決まった。

「あとは運次第というわけですな」

木谷の言葉に加多瀬はうなずかないわけにはいかなかった。物資の陸揚げ作業中に敵に発見され、攻撃を受けたら、潜水艦はひとたまりもない。敵が来るか来ないか、これぱかりは予想がつかない。まったく運次第。敵が急襲してきた場合は、甲板作業員の収容を待たずに、急速潜行する手はずになってはいるものの、実際にそうした場面で部下の兵員を見殺しにできるかどうか、加多瀬は不安でたまらなかった。

日没まで三十分ほどになった頃、水中聴音室からスクリュー音聞こゆの報告が突然入った。あるいは発見されたかと、艦内には緊張がみなぎったが、どうやらそうではないようで、しかしそれからも断続的に聴音室から報告の声が届くようになった。このまま敵艦があたりを哨戒《しょうかい》し続けるなら、揚陸作業は断念しなければならない。

いちおう予定通り、日没と同時に深度三五で移動を開始し、目標から一〇〇〇メートルの地点で艦を止めることにした。

幸いなことに敵艦のスクリュー音は消えている。念のため十分ほど待っても状況は変わらない。そこで潜望鏡深度への浮上を命令して、潜望鏡を覗いた加多瀬は、とたんに啞《あ》っと声をあげた。なんと岸がすぐ目と鼻の先にあるではないか。艦の位置計測を誤ったと知って冷や汗が出たのは、うっかりすれば珊瑚礁《さんごしょう》に座礁して身動きがとれなくなっていたかもしれないと思ったからで、しかしいまはそんな反省をしている場合ではなく、急いで確認した空には哨戒機の姿は消えて、艦船の影も見えない。

「奇跡の驚くべきところは、奇跡が本当に起こることだとチェスタトンがいってますが、けだし至言というべきですな」

自分も潜望鏡を確認した木谷大尉がいかにも彼らしいユーモアを交えていい、とにかく失敗は失敗として、チャンスを逃してはならないと判断し、即座に浮上、総員、揚陸作業配置につけの号令を発した。

艦橋ハッチをあけて表に出ると、すでにあたりは薄暗く、甲板作業員と艦橋見張り員が配置についたときには、潜水艦の浮上を認めた友軍の大発が三隻、陸からこちらへ向かいつつあるのが認められた。

揚陸作業指揮官の木谷大尉が艦橋天蓋《てんがい》に仁王立ちになって、見張り員が必死で望遠鏡に眼を押しつけるなか、よし！　それ！　とかけ声も賑《にぎ》やかに、四つあるハッチからバケツリレーの要領で荷物が運び出され、艦体に横づけになった大発に投げ込まれていく。

加多瀬はいつでも潜行できる態勢が維持されているか、油圧手や潜舵手《せんだしゅ》や電気室と頻繁に確認をとりながら、聴音室からの報告に神経を尖《とが》らせて発令所に立ち、いまにも何か取り返しのつかない事件が出来《しゅったい》するのではと、またも冷や汗で身体を濡《ぬ》らした。

大丈夫、自分は運は強いのだと、さして根拠のない信念を肝に据え、ほどなく揚陸作業は順調だと伝令から報告があったときには、自分は運は強いが女運だけは悪いのだと、つけ加える余裕も生じた。

胃の腑《ふ》がただれるような緊張と不安の三十分が過ぎ、まもなく各ハッチから終了の声があがって、作業員、見張り員、それからラエからの便乗者の収容が報告されると、一番から四番までハッチ閉鎖の報告が入り、上から降りてきた木谷大尉が元気よく声をかけてきた。

「陸揚げ作業終了。総員潜行配備完了しました。もう大丈夫です。あとは一目散に逃げるだけ。夜逃げの要領です」

いわれるまでもなく加多瀬は即座に急速潜行を号令し、それからドラム缶の切り放しをしたあと、文字どおり一目散に離脱を開始した。

帰路はとくに危険もなく、伊三三潜は十五日の〇四〇〇、無事ラバウルへ帰還した。

こうして第一回の輸送作戦は、若干の齟齬《そご》はありながらも成功裡《り》に終わった。さらに伊三三潜は一月十九日、一月二七日と、二回のラエ輸送を行い、いずれも似たような経緯で無事に務めを果たした。

回を重ねるごとに、揚陸作業には習熟してきて、自信もつき、しかし「まる通」業務にいくら習熟しても仕方がないとの思いは、加多瀬のなかで募る一方だった。

「潜水艦の使用法が間違っているのではないかという疑問は当然ありましたが、それ以上に、補給の見通しなく前線を延ばし、押されるとただずるずる後退していくやりかたが歯がゆくて仕方がありませんでしたね。それに、やっぱり私も潜水艦乗りでしたから、艦長になった以上は、洋上で敵艦に向かって魚雷を撃ち込んで手柄をあげたいという気持ちも正直ありました。呂号潜の艦長のときは偵察任務しかしなかったし、考えてみると、中尉時代にはじめて潜水艦に乗ってから、私の乗った艦は一度も敵艦をしとめたことがなかったんです。輸送の軽視はけしからんなどと口ではいいながら、私もやはり海の武人のイメージから離れられなかったのかもしれません」

こうした加多瀬の焦燥とは裏腹に、この頃から多くの潜水艦、それも高性能の新鋭艦がソロモンあるいはアリューシャン方面の輸送任務に投入され、それと反比例するように米軍の攻勢を受けた日本軍の前線はじりじりと後退を余儀なくされていった。開戦直後に日本軍が制圧した海域や島嶼《とうしょ》には、米軍の飛行機が飛び交い、米軍の艦艇が行き来し、ただ潜水艦だけが、孤立した陣地への補給を、まさに夜陰に紛れるこそ泥のごとくに果たしているのだった。

伊三三潜の四回目の行動は、二月六日、今度も前回までと同様、ラエへ補給だった。

出撃の前夜、加多瀬は木谷と一緒に、ラバウルの料亭で酒を酌み交わした。二人とも酒に強く、いくらでも飲めたが、明日のことを考えて早めに切り上げ、宿泊用の兵舎まで夜道を歩いた。

「南国の月もいいもんですな」

木谷が立ち止まって夜空を見上げた。黒い紙を切って貼《は》り付けたような椰子《やし》の葉陰に明るい月があって、やわらかな潮騒《しおさい》を響かせる海一面を銀色に輝かせていた。

加多瀬も歩みをとめて、ふたりでしばらく顎《あご》を並べた。

「月がこんなにきれいなのに、新婚そうそう男ふたりで月をながめなくちゃならんのだから、軍人てのは実に気の毒なもんだ」

加多瀬がからかうと、木谷は珍しく淋《さび》しそうな顔になった。

「よく私なんかのところに来てくれたもんです」

「まったくだ。軍人のところにだけは嫁にいかないといってたのに、全体どうやって口説いたんだ？」

実のところ妹の範子を部下に紹介したのは加多瀬自身で、木谷ならば文句はないと、縁談を積極的に進めたのも加多瀬だった。

「月に願いをかけたんですよ」

加多瀬が思わず吹き出すと、木谷は声をあわせて笑った。

「これは冗談ですが、つまり、不肖木谷紘平、一世一代の勝負に出たんですな」

「というと？」

「そいつは機密事項です」

「そういわずに教えろ。後学のためだ」

「たしかにチョンガーの先任、もとい、艦長には、今後の戦略研究の事例として有益かもしれませんな。よろしい、委細報告しましょう」

木谷は笑い、敵を知り味方を知れば百戦危うからずと、まずは警句を引用してから、少々もったいぶって説明した。

「まずは偵察。敵の戦力を徹底的に分析したわけです。すると敵の最大の関心事は英文学、それもシェークスピア方面であるとの情報が得られた。敵の急所は判明した。そこで三日三晩飲まず喰《く》わず、眠らず休まず、バルチック艦隊を迎え撃つ秋山参謀さながら考え抜き、ついに東郷元帥もびっくり仰天の作戦計画を立案したんです」

「どうしたんだ?」

「なに、シェークスピアの台詞《せりふ》を暗記して、敵前で披露したんです。『十二夜』の冒頭に公爵が出てきて、恋の悩みを切々と訴える台詞があるんですが、こいつを覚えて、阿佐ヶ谷のお宅を訪ねていって、玄関先でいきなりかましたわけです。いうならばシェークスピア魚雷をお見舞いしたわけですな。シェークスピアの芝居のなかでは『十二夜』が一番好きで、学校でも勉強したと聞いていましたからね」

「英語でか?」

「そうです。日本語じゃ恥ずかしくてとうてい口にできる台詞じゃありません」

「よくそんなことをしたもんだ。妹はびっくりしただろう」

「眼をまるくしてましたね」

玄関に立った恰幅《かっぷく》のよい軍人が、いきなりシェークスピアを朗唱する様子と、それを呆然《ぼうぜん》と見つめている妹を想うと、加多瀬はおかしくてたまらず、久しぶりに大きな声を出して笑った。

「まったくもってあきれた男だ」

「しかし作戦は成功でした」

「いくら成功でも、なんでもすりゃいいってもんじゃない」
「あえて断言しますが、艦長もそれくらいはしないと恋は永遠に実りません」
「おれはそこまで進化できんよ。それよりどんな台詞なんだ」
加多瀬が要求すると、酒が入っているせいか、舌の滑らかになっていた木谷は、にわか役者となって海上の客席に向かって朗々と声を張り上げた。

If music be the food of love, play on;
Give me excess of it, that, surfeiting,
The appetite may sicken, and so die.
That strain again! it had a dying fall…

意味は分からぬものの、英語の耳に心地よいリズムが、潮騒とひとつになって、生暖かい南国の夜気に響くのを、加多瀬はほろ酔いの陶酔のなかで聴き、悲しみとも寂寥《せきりょう》ともつかない、透明な水が心の器いっぱいに溢《あふ》れるような気持ちになりながら、やがて台詞をいい終えて、芝居がかった仕草で光を帯びた海に向かって一礼する海軍士官に、力強い拍手を贈った。

明けて十八年二月六日〇九〇〇、伊三三潜はラバウルを出港した。このたびの輸送任務も順調に進んで、二月八日、日没後三十分ほどの時刻、ラエ海岸の沖あいに浮上した。毎度のごとく、岸から大発が波を蹴《け》立《た》てて現れ艦に横付けになると、そこへ荷物が次々に投げ込まれていく。加多瀬は木谷大尉と並んで艦橋天蓋に立ち、作業の進み具合を監督していた。

「本当ならば私は司令塔にいるべきだったんですが、やはり馴《な》れというか、油断があったんでしょう。なんということもなく外に出てしまったんです。あと数分で作業が終わろうかという頃でした」

陸の方で突然信号弾が上がった。敵機空襲の合図である。加多瀬はとっさに「作業中止」「潜行用意」の号令を発した。

「即座に潜行すべきでした。しかし甲板にはまだ大勢人が残っていた。私は上空を眺めて、とりあえず敵機が見えないので、兵員を全員収容してから潜行しようと判断したんです。実際には、甲板に取り残されたとしても、岸へ泳ぐなり、大発に乗り込むなりすれば助かる可能性はあった。ところが、私は、とにかく部下を見殺しにはできないという一心で、それから、なんとなく敵機はすぐにはこないんじゃないかという、妙な見通しもあったんですね。もちろんこれは私の勝手な希望であって、しかし人間は、というか、私という人間は、土壇場に追いつめられると、単なる希望的な観測にすぎないものが確乎《かっこ》たる現実であるように思いこんでしまう傾向があるらしいんです。先任将校は横で早く潜行をするようにと叫んでいたんですが、私はぐずぐずしていて、ほんの数十秒だったんでしょうが、その数十秒の逡巡《しゅんじゅん》が致命的だった」

　岬の向こう側から敵爆撃機が二機、戦闘機が一機現れた。

　最初から獲物の所在を知っていたかのごとく、真っ直《す》ぐに降下してきた戦闘機が、薄闇に紅《あか》い火矢を残して機銃を掃射した。早く潜行を、とまたも叫ぶ木谷の声を聞いたときには、艦橋の鉄板に黄色い火花が散って、霰《あられ》でも降ったかに、かんかんと乾いた音が立ち、左肩に焼け付くような痛みを加多瀬は感じた。しかし怪我ですんだ加多瀬は幸運だったので、甲板にいた兵員たちは最初の機銃掃射でもって、あたかも誰かの見えない巨大な手になぎ払われたかのように次々と倒れ、傍らの木谷の軍服も崩れ落ち、急いで助け起こそうと腕を伸ばせば、その太い首のあたりにはまるく穴が開いて、鮮血が猛烈な勢いで噴き出していた。

　致命傷であるのは一瞥《いちべつ》して明らかだった。こりゃいかんと茫然《ぼうぜん》となったとき、鼓膜を破るような爆発音とともに、足下が揺れ動き、艦は右へ大きく傾いた。反射的に腹這《はらば》う姿勢になった身体へ海水が滝のごとく降りかかり、爆撃を受けたと知ったとたん、旋回した戦闘機が再度降下して来るのが見え、木谷の身体を引きずったとき、誰かの、はやく潜るんだという声が聞こえ、それはすでに事切れているはずの木谷の声と思え、声に弾《はじ》かれたように身体が動いて、艦橋ハッチからなかへ飛び込んで、急速潜行、全速前進と加多瀬は声を張り上げた。

　艦は前のめりに潜行して、すると司令塔は被弾の破孔から海水が激しく噴き出し、応急の処置を命じながら、各部署に被害状況を確かめ、陸からだいぶ離れて、深度四十への潜行を命じたとき、第二の爆弾が炸裂《さくれつ》し、鈍く濁った爆発音が聞こえるのに続いて艦体が激しく振動し、電気が消えた闇のなかで、悲鳴のような騒音をあげて器物がいっせいに弾け飛び、もろともに加多瀬は水浸しの床に叩《たた》きつけられた。

艦には十五度以上の俯角《ふかく》が生じて、潜舵《せんだ》動きません、ポンプききません、と悲痛な報告が伝声管から次々届いたときには、艦の深度はどんどん大きくなって、見る間に五十を超え、破孔から猛然と侵入する海水の響きのなかで、深度七十、八十、と叫ぶ声が闇に響いて、このままでは圧潰《あっかい》だと思えば、敵飛行機が手ぐすね引いて待ち受けているにしても、海底で鉄屑《てつくず》になるよりましで、急速浮上、メインタンク、ブロー、後進かけよ、と声をあげ、続けて、砲戦用意と命令を発したときには、深度は一〇〇を超え、さらに一二〇にまで達し、そのとき外殻タンク内に空気が噴出する音がたしかに聞こえ、同時に急速な後進がかかって加多瀬はまた器物と一緒に前方の壁に叩きつけられ、それでも沈降は止まらず、あるいは高圧空気が足らないのか、外殻の破孔が致命的な傷になったのか、だとすればもう駄目だと、恐怖と絶望が黒い塊になって喉元《のどもと》にまで押し寄せ、艦体の構造が軋《きし》む嫌な音を聞きながら、加多瀬は眼をかたくつむってそのときを待ち、それはどんなものなのか、一瞬でかたがつくものなのか、苦痛は長引くのか、できれば一瞬であって欲しいと願い、しかしその奇妙なほどに静かな覚悟の時間は長く続いた。

沈黙のなかで世界全体が静止したように感じられ、あるいはすでに自分は死の側にいるのかと疑い、もう何万年、何十万年の時間が経過して、海底は陸となり、まわりには見渡す限りの荒れ地が続いているのだとの幻想がにわかにわきあがり、砂漠を渡る清涼な空気を胸一杯に吸いたいと痛切に願ってラッタルに手をかけたとき、不意にどこから か音楽が聞こえて、あれは何だろうと、不思議に思って耳を澄ませば、誰かがピアノを弾いているらしく、ピアノにあわせた歌声も聞こえ、どこかで聞いたことのある曲だと思い、なんという曲だったか、記憶を探りながら、殺風景な狭い灰色の通路を歩いて、正面に現れた木の扉を開けば、飾り鈴が軽やかに響いた。

いつもの小さな椅子《いす》に尻をつけると、正面には「グランド・オダリスク」の裸婦の絵がかかり、からからと鳴る音はカウンターの向こうの女がマドラーで氷を鳴らした音であり、水割りのグラスを横に置いた女が、熱いおしぼりを手渡しながら、いらっしゃい、加多瀬さん、珍しいわね、と声をかけてきた。

「あれはなんていう曲だったかな」

おしぼりで手と顔を拭《ぬぐ》い、水割りのグラスを手にした加多瀬は背後の古ぼけたピアノに眼を向けた。

「シューベルトよ。夜の賛歌」

髪を後ろに撫《な》でつけた男がピアノの前に座って、鍵盤《けんばん》を叩き、美声とはいいがたいしわがれ声でドイツ歌曲を歌い、やがて演奏を終えた長身の男は、加多瀬の隣のスツールに腰を下ろした。

カウンターの他に四人が座れる卓が二つあるだけの店には、加多瀬たち以外には、カウンターの端で酔いつぶれ眠りこけている客がひとりいるだけで、喪服といってもおかしくない黒い服を着た志津子がシャンソンのレコードに針を落とすと、店はいっそう閑散とした雰囲気になった。

「古田の件は聞いただろう」と昆布谷《こんぶだに》は挨拶もせずにいきなりきいてきた。

「新聞で見た」

「ありゃ殺されたのさ。あいつは自殺するようなやつじゃない。おれは中学時代から知っているからな。葬式でもみんなそういってた」

「殺されたっていうのか？」

「そうだ」

「誰が殺したっていうんだ？」

加多瀬がわざと笑いながらきくと、水割りのグラスを手に持った昆布谷は、黒白入り混じって見事な銀髪と見える長い髪を手で梳《す》いた。

「梶木って人物を知っているか？」

「梶木？ 知らんな」

加多瀬が答えると、梶木平太郎なら私は知ってるわよと、カウンターの向こうに立った志津子が口を出した。

「右翼でしょう。フィクサーっていうのかしら。なんであいうのが力があるのか知らないけれど、防衛庁なんかにもずいぶん影響力があるって貴藤から聞いたわ」

「金さ。要するに金」

昆布谷ははき捨てるようにいい、口をつけぬままグラスを卓に置いた。

「古田は梶木の金脈人脈を調べていたらしい。亜細亜《アジア》通商っていう国策会社があったのは知ってるだろう。終戦の頃に梶木という男は亜細亜通商の専務か何かだったらしいんだが、まあ、ようするに筋者さ。亜細亜通商には海軍からかなりの金が流れていた。それはおれも知っているんだが、終戦後にGHQが調べたときには、もぬけの殻だったらしい。はっきりしたことは分からんが、その辺のことを古田は調べていた」

「貴藤にも聞きに来たっていってたわ」

「おやじさんは、梶木平太郎と面識があったのかね」

「戦争前にはなかったみたいね。防衛庁時代には何度か会ったらしいわ」

志津子が昆布谷に答えたとき、店の扉の飾り鈴が鳴って、談話は一時途切れた。

新客はこの店には珍しい、西洋人の男性で、髪を長く伸ばし、派手な色のリボンを巻いたパナマ帽と上着を身につけたところは、一見若者のようであったが、病的に痩《や》せこけて骸骨《がいこつ》の形が浮き出たような顔には一面に深い皺《しわ》が刻まれ、さほど上背のない身体をカウンターの椅子に落ちつけ、いらっしゃいと、挨拶《あいさつ》した志津子に向かって開いた口に歯がなく、木株にあいた黒い洞のように見えた。

男は日本語ができないようで、レースの袖飾《そでかざ》りのついたブラウスから出た、いくつもの指輪のはまった朽ち木みたいな手を振って何事か伝えようとし、困った志津子が、昆布谷さん、お願い、と助けを求めた。

昆布谷は椅子ひとつおいて隣にいる異国の老人に英語で話しかけ、うまくいかないと見ると仏語、独語と言葉を変え、旧友のいつもながらの語学の才能に舌を巻きながら、戦後、防衛庁をはじめ、あまたあった仕事の誘いをすべて断り、中野で古書店を細々営んできた昆布谷の、潔い身の処し方を加多瀬はあらためて思い、歯にしみないよう少しずつ冷たい水割りを口に含んだ。

一方では、貴藤大佐のごとく、警察予備隊の創設時から自衛隊に係わり、旧海軍の人脈を存分に活用して政官界の中枢に位置し続ける人もあるわけで、どちらがよいと判断する資格は自分にはないと加多瀬は思ったけれど、ただ戦前戦中には海軍省内で絶えず同志として密接な距離を保ち、終戦工作にも共に中核となって働き、しかも舅《しゅうと》と娘婿《むすめむこ》の関係にもあるふたりの男が、いまになって互いをどのように考えているのか、加多瀬に興味がないわけではなかった。

老人にはイタリア語が通じたようで、志津子が老人のためにラム酒を小さなグラスに注いで出したあとも、昆布谷と老人は妙に親しげな様子で会話を続け、何が話題になっているのか気になったものの、それがイタリア語であると分かるばかりの加多瀬は、きいてみるのも業腹で、黙って水割りに口をつけ、志津子も電話をかけるところがあるからと、戸口脇《わき》のコイン電話で話をはじめてしまい、ひとり放置された加多瀬は所在なく、目の前の裸婦のポスター絵を眺め、隣に貼られた旧海軍の艦船を撮った何枚かの写真、そのさらに隣の棚の酒瓶、ラベルに常連の名前が記された酒瓶の列、そのあいだにはさまれた何冊かの本のなかから一冊を腕を伸ばして手にとった。

古田利明著『失われた遺書』。

扉の頁を開くと、墨で著者の署名と、一九七四年七月十二日の日付、「アンカー、志津子様」と宛名《あてな》が並んで記されている。一年ほど前に加多瀬のところにも同じものが献呈本の形で送られてきた。

何度か会って取材を受け、この同じ場所で一緒に酒を飲んだこともある、同年輩の、つまりもう老齢といってよい作家は何故死ななければならなかったのかと、新聞では読んでいたけれど、今日昆布谷からその名前を聞かされてはじめて現実味を帯びた、知人の死に加多瀬は思いを向けた。

昆布谷は殺されたといったけれど、新聞に飛び降り自殺とあった以上、恐らくそれに間違いはなく、であるならば、いったいいかなる心境が、あの必ずしも快活ではないものの、また健康に不安を抱える様子ながら、それでもなお十五年戦争の出来事を記録に残すことこそが作家たる自分の使命なのだと、人生の残り時間を燃焼のうちに過ごすべき覚悟を披瀝《ひれき》し、加多瀬の心にかすかな嫉妬《しっと》の痛みを与えた人物をして、生の積極的な断念へと導いたのか。

加多瀬は老眼鏡を取り出してかけると、なおも低い調子で続く異国語の会話を耳に入れながら、死者の遺した痕跡《こんせき》、かつて驚きのうちに読了した本の活字を拾い読みした。

Ⅲ　失われた遺書

……水雷艇「夕鶴」の火災沈没事件の直後から、山浦少将を責任者とする調査委員会が設けられ、徹底的な原因の究明が進められた。

当初は佐世保湾内に侵入した潜航艇の仕業ではあるまいかなどと、風説もしきりに立ったが、昭和九年のこの時期では、某国による攻撃には現実味はなく、この線は最初に否定された。

むろん兵員に対する身上調査は綿密に行われた。本人の素行は当然のこと、係累から交友関係に至るまでが調べられた。

その過程で機関科の下士官にひとり、左翼運動家と付き合いのある者が見つかり、調査委員会は一時色めき立ったが、同郷の幼なじみ同士にすぎないと判明し、まもなくその者の潔白は証明された。

夜中に水雷艇に横づけする怪しい舟を見た者があるという証言もあった。警察と憲兵の協力を得て事実関係を調査したところ、結局話の出所は地元漁師で、この老人はアル中で虚言癖のある人物だと判明した。

この老人の息子という方が、いまも佐世保《させぼ》におられて、話を伺うことができた。

「海軍の船が燃えて沈んだという話は町の人間はみんな知っておりました。しかし絶対にいっちゃならんと、警察から厳しくいわれまして、うっかり噂などしようもんなら、たちまち引っ張られる感じでした。船の残骸が浜に打ち寄せられたりもしましたが、そんなものを拾うとえらいことになりそうで、しばらくは子供にも浜に行かないようにいいつけたりしていましたね。父親ですか？　大変でしたよ。当人はもちろんですが、私の監督が悪いと、警察から町会の役員から、もうさんざん叱《しか》られました。しばらくは父親も子供も外に出さんようにしておりました。ただ父親は最後まで、自分は本当に舟を見たんだと言い張っていましたが――」

この証言からも、当時の海軍の防諜《ぼうちょう》へのぴりぴりした雰囲気は伝わるだろう。

実際、海軍にとって、この事件の影響は深刻であった。とくに火災の原因が人為ではなく、積んでいた酸素魚雷の自然発火ではないかとの推測が高まるにつれて、関係者のあいだには重苦しい空気が流れた。

酸素魚雷はいわば日本海軍の秘密兵器であり、欧米列国の魚雷に較べて、はるかに高い性能を密《ひそ》かに誇っていたのだから、問題は大きかった。

かくして海軍の屋台骨を揺るがしかねぬ事件の原因究明は、海軍技術研究所に場所を移すことになったのである。（古田利明『失われた遺書』）

「古田さんが死んじゃうなんてね」

電話を終えた志津子がカウンターの向こうから声をかけてきた。本から顔をあげた加多瀬は、そのとき横に昆布谷がいないのに気が付き、振り向くと、背後の卓にグラスごといつのまにか席を移していて、イタリア人の老人と向かい合わせに座っている。

あらためて見れば、小ぶりなグラスを指輪だらけの指で唇に運ぶ老人は、人を小馬鹿にしたような薄笑いを絶えず浮かべ、言葉の響きも揶揄《やゆ》的な印象があって、全体に下品きわまりなく、しかし一番不思議なのは昆布谷が熱心に話し込んでいることで、妙に思った加多瀬が、彼らは知り合いなのかね、と小声できくと、志津子はそちらを一瞥《いちべつ》しただけで問いには答えず、古田さんが、とまたその名前を口にした。

「お客さんから聞いたんだけれど、人間は自分が死ぬべきときを本当は知っているっていうのね。大抵の人間は気がついていないけれど、というか、気がつかないふりをしている。それで結局は長生きする。自殺する人というのは、自分の死期がずっと以前に過ぎてしまっていることに急に気がついた人なんですって」

「そんな話はおれもどこかで聞いたな」

「そう？　でも、古田さんもそれじゃないかしら」

志津子は空になった加多瀬のグラスに新しい酒を注いだ。加多瀬は薄くしてくれと頼んで、氷を鳴らしてマドラーをくるくると回転させる、きれいにマニキュアを塗った指先を眺めた。

「しかし、おれたちの世代の人間は、みんなとっくに死期を逃して生き延びているんでね」

志津子は黙ったまま笑みを浮かべ、加多瀬は白くてふっくらとした頰《ほお》にうがたれたえくぼに向かってまたいった。

「優秀なやつは全部死んだからね」

志津子は水割りのグラスをコースターの上に置いた。

「じゃあ、あれね、加多瀬さんはとっくに死人というわけね」

「そうさ。死人が飯を食い、酒を飲んでる」

「だから結婚しなかったわけ?」

「死人に結婚なんかできるわけないさ」

「でも、加多瀬さんが結婚しなかったのは別の理由よ」

「どういうこと?」

いたずらっぽく動く黒い瞳に向かって質問しながら、加多瀬は目の前の女性と自分が結婚する可能性もあったのだと思い、しかしいまさら心が疼《うず》くには遠い出来事でありすぎた。

十七年の六月にミッドウェーで榊原が戦死してから、加多瀬と志津子のあいだにはそのまま結婚してもおかしくない雰囲気が生まれ、しかし加多瀬は死んだ友人への気遣いから一歩を踏み出せぬまま、まもなく志津子は当時大連に住んでいた兄のもとへ行き、遠く離れてみてようやく決断した加多瀬は手紙を書き、ところが返事はなく、それきりになってしまった。実は志津子はすぐに返事をしたためたのであったが、海軍省気付の手紙は手違いから加多瀬の手元に届かず、一年もしてからようやく届いて、あわてて連絡をとったときには、志津子はすでに大連の金融業者と結婚していた。

志津子は詳しく語りたがらなかったけれど、終戦の混乱のなかでかなり悲惨な目に遭ったらしく、志津子が貴藤氏の世話になって銀座に店を出していると加多瀬が知ったのは、戦後もだいぶ経った頃のことであった。

手紙の行き違いについて加多瀬は志津子にいったことはなく、とすれば志津子は軍務の忙しさに紛れてほったらかしにされたと思っているに違いなく、しかし志津子の方もこのことに触れる素振りはなくて、いずれにせよ遠い昔の話であった。

いま、結婚の言葉が出て、ひょっとして志津子が昔日の恨みを不意に口にするのではと、何故《なぜ》ともなく思った加多瀬の耳には全然違う言葉が返ってきた。

「妹さんがいるからよ。加多瀬さんはつまり妹さんと結婚したようなものね」

「変なこというなよ」

加多瀬は笑ってみせながら、ラエ沖で木谷を死なせてしまったことが、兄妹で実家に暮らし続ける変則的な生活を続けてきた原因のひとつであると思わないわけにはいかず、だからといって、いまさら反省するには兄妹の暮らしは着実に時間のなかに刻印されてしまっていたけれど、十八年の春にソロモンから日本へ帰って、結婚して半年にもならぬうちに未亡人となった妹の顔をみたときの辛《つら》い気持ちが、ラエ沖での一瞬の機銃掃射の音響とともに甦《よみがえ》り、胸に痛みを与えた。

加多瀬は話題をもとの場所へ戻した。

「おれは別に優秀でもなかったが、少なくとも戦争中に死ぬはずだった。十八年のラエでね。だいたいが潜水艦を沈没させておきながら、艦長が生き延びたなんてのはおれくらいのものさ」

「一生の不覚」

「そのとおり。どかんと一発喰《く》らって、あとはてっきり沈むばかりだと思っていたからね。ところが、おれが前後不覚になっているあいだに浮上したらしくてね。それで運び出された。まったく余計なことをするやつもいるもんだ」

加多瀬はラエの基地で眼を覚まし、自分が三日間昏睡《こんすい》していたこと、そのあいだに伊三三潜は、なんとか修理してラバウルまで戻れないものかと、故障箇所の検討をしている最中、新たに現れた敵駆逐艦の魚雷攻撃で沈没したこと、兵員の大多数は脱出して無事だったことを聞かされたときの、取り返しのつかない失策に気づいた者の恐怖と、潜水艦が鉄の棺桶《かんおけ》に変わる最悪の事態を避けることができた安堵《あんど》がひとつになった、身の置き所がない、寝床の上で四肢が自然とねじれ、呻《うめ》き声が洩《も》れてしまうような激しい感情を、久しぶりに身内に甦らせ、その唐突な記憶の回帰を不思議に思い、背後で続いて耳に粘りつく異国語の会話のせいではないかと理由もなく考えて、そのときはじめて自分が先刻からその耳障りな声に苛立《いらだ》っている事実に気がついた。

「海軍一のヘボ艦長さ。だから二度と船には乗せて貰えなかった」

「でも、誰かがいってたわ。加多瀬氏はソロモンから帰ってから軍務に眼の色が変わったって」

加多瀬の自嘲《じちよう》に志津子が言葉を重ねたとき、背後の囁《ささや》き声がいっそういやらしく耳について、眼のくらむような怒りが、殺伐として荒れた感情が、まさに突発的としかいいようのない仕方で湧《わ》き上がるのを加多瀬は覚え、それはいっそうの自嘲の響きを加えた言葉となって、抑えがたく口から洩れた。

「小人物には失敗させるもんじゃない。一度失敗した人間は、失点を取り返そうとして、いよいよ失敗を重ねる。失敗っていうのは『回天』のことさ。あんな馬鹿げた作戦を立案するのに血眼になっていたんだからな。とんでもない話さ。あれは無駄に人を死なせる作戦だ。おれはずっと輸送船団の研究をやってたんだが、ラバウルから帰ってからはまるで関心がなくなってしまった。そんな地味なことをやってられるかってなもんさ。どこかで一気に負けを取り返そうてんで、海大時代に話を聞いた『回天』に飛びついた。こいつで一挙に形勢挽回《ばんかい》だ。戦局だけじゃない。艦長でありながら、艦を見捨てておめおめと生き延びた己の恥を雪《すす》ごうというわけさ。ひとりの人間が恥を雪ぐために大勢の若い人を無駄に死なせた」

「『回天』は別に加多瀬さんが発案したり発明したわけじゃないわ。『回天』の参謀になったのだって、命令に従ったにすぎないわけでしょう。あなたは与えられた仕事をしただけ」

志津子が穏やかな、しかし押しつける調子でいい、来たときと同様、加多瀬の激情は出し抜けに去って、ただ喉の渇きを覚えてグラスを摑《つか》んだ指だけが、一瞬の激昂《げっこう》の余韻を残して小刻みに震えている、それを他人の指であるかに加多瀬は観察しながら、いったいいまの突風はどこから吹き寄せてきたものかと訝《いぶか》しく思い、年齢を重ね、戦時の記憶も遠くに去り、往時を想うことで揺らぐような感情などとうに失われていると、諦念《ていねん》に似た感覚のなかで、肉体の衰えに諦念するのと同じ仕方で考えてきた自分のなかに、少なくとも一瞬間は我を忘れて言葉を迸《ほとばし》らせるべき熱が残されていることにむしろ驚かされた。

水割りを含むと奥歯にしみた。いまの一幕を昆布谷に目撃されたかと思い、後ろの席を見ると、卓に空のグラスが置かれているだけで人の姿がない。昆布谷が声をかけずに帰るのはおかしかったが、気がつかぬうちに店から出ていったのは疑いなく、連中はいつ帰ったんだと志津子にきくと、志津子は問いから逃れるように、私もちょっと出なくちゃならないの、さっきの電話は貴藤だったの、と言い残し、ちりんと鈴を鳴らして扉の向こうの暗がりへ消えた。

店には加多瀬と、カウンターの端に突っ伏して眠る男だけが残され、志津子が買い物などで客を置いて店をあけるのはときおりあることではあったけれど、加多瀬は何か釈然としない気分を抱いたまま、また薄い水割りに口をつけ、それから所在ないままに目の前の本に眼を落とした。

……「夕鶴事件」から五ヵ月後、調査委員会は解散した。提出された分厚い報告書の末尾には、「火災ノ原因ハ遂ニ不明トセザルヲ得ナイ」と記された。

その三年後には日華事変がはじまり、「夕鶴事件」はしだいに忘れられ、太平洋戦争から終戦、海軍の解体と続くめまぐるしい時代の進展のなかで歴史の表舞台から消えていった。

たしかに戦艦「大和」をはじめ、海軍の誇る艦船が次々と太平洋の海底に沈んでいったのであり、基準排水量六〇〇トンにも満たぬ水雷艇の事故などは、忘れられて当然であった。

わたしにしても、旧海軍のことをあれこれ調べた際、昭和九年の「夕鶴」の事故の話を耳にする機会はあったのだけれど、格別に注意をひくものではなかった。

わたしが「夕鶴事件」にあらためてつき当たったのは、まったく別の筋を追う過程で、いわば偶然からであった。

真珠湾攻撃に出撃した五隻の特殊潜航艇とその乗組員、いわゆる「九軍神」についてわたしは調べ、遺族をはじめ作戦に関係した人々に会って話を聞いて廻っていたとき、ちょっと風変わりな出来事の話を耳にした。それが伊二四潜内で起こった「機密金庫紛失事件」である。

七年の月日を隔てた二つの事件、「夕鶴事件」と「機密金庫紛失事件」、これらを結びつける糸はもちろん当初はなかった。ところがである。ひとつの証言が、互いに無縁とみえる出来事の間に隠されたつながりを明らかにしてくれたのである。

証言をしたのは入江《いりえ》義明氏。入江氏は真珠湾攻撃当時は少尉、特殊潜航艇乗組員中、ただ一人の生存者である。

伊二四潜搭載の特殊潜航艇は、艇長入江義明少尉、艇付森下勇治一曹、昭和十六年十二月八日、二二四〇、オアフ島沖を発進した。ところがジャイロコンパスに故障があり、潜望鏡による視認のみで湾内に潜入しようと悪戦苦闘したあげく、湾口西一五キロの地点で座礁沈没し、森下一曹は戦死、入江少尉は浜に泳ぎ着いたところで力尽き、米軍の捕虜となった。

入江氏は昭和二十年に帰国、その後は埼玉の実家で農業の傍ら運送業を営んで、いまも健在である。わたしが入江氏を訪ねたのは一昨年《おおとし》の秋、その際、わたしは森下一曹が漏らしたという「秘密」を、入江氏の口から聞かされたのである。

森下一曹の告白――。それは驚くべき内容を含んでいたのである。（古田利明『失われた遺書』）

セキなんです。その名前を加多瀬は聞き、カウンターの一番端で眠る男へ眼をやると、男は起きあがる姿勢になって、ちょうど彼の正面に貼《は》られた空母の写真に眼を据え、またセキの名前を口にすると、榊原大尉をやったのはセキなんです、とはっきりした口調でいい、そのとき、はじめて覚醒《かくせい》したのか、ゆっくりと胡麻塩《ごましお》になった頭を巡らせると、加多瀬の姿を発見して驚いたように小さな眼をみひらいた。

「こりゃ、どうも、失礼しました。みっともないところをお見せして。いつのまに眠っちまったんだろう」

男は自分の居所を確かめるように首を巡らせ、加多瀬はテレビなどによく登場する、退職間近の老刑事みたいな風貌《ふうぼう》と身なりの男を観察し、はじめて見る顔だと確認した。

「ピアノはどうなりました。誰か、ピアノを弾いていたでしょう」

氷の溶けた水割りのグラスを摑んだ男がきくので、もう帰りましたよ、と加多瀬は教えた。そうでしたか、と納得いかぬ風に、まだ寝ぼけたような表情でうなずいた男がグラスに口をつけるのを見て、かなり酩酊《めいてい》の様子らしいと見て取った加多瀬は、相手にすると面倒なことになるとは思ったものの、榊原大尉の名前はやはり気にかかった。

「榊原をご存じですか？」

加多瀬が質問すると、男はびっくりしたようにまた小さな眼をまるくした。

「ええ。ずいぶんお世話になりました。あの人は格好のいい人でしたね。絵に描いたような海軍士官、男が惚《ほ》れるなんていいますが、まさにそれでしたね。白いマフラーかなんかを、こう、パアーっとなびかせてね」

鼠《ねずみ》色の背広の腕を男は豆でも撒《ま》くみたいな格好で振ってみせた。

「航空隊ですか？」

紅《あか》く染まった顔色と、呂律《ろれつ》の怪しい言葉から、相手の酩酊ぶりは明らかであったけれど、質問が口から出るのは止められなかった。

「ええ、そうです。わたしは整備ですけどね。これです、こいつに乗ってたんです」といって男は目の前に貼られた空母の写真を指さしてみせた。

「真珠湾もミッドウェーも、こいつに乗って出撃しました。榊原大尉も一緒にです。いい船ですよね。凄《すご》い船だ。飛行隊は日本一、いや、世界一。あんな見事なチームは古今絶無でしょう。わたしなんかは、片隅にちょこっといただけですけどね、零戦隊も艦爆隊も本当に強かった。みんな威勢がいいし、正直だし、気持ちのいい人ばかりでした。いまの日本じゃ、あんなのは作れない。いまの軟弱な連中には到底無理だ。あんな素晴らしいものには二度とお目にかかれない。もう全部消えてしまった。わが青春、まったくもって、わが青春てやつです。あれですか、そちらは榊原大尉とはどんなご関係で？」

「海兵の同期です」

「それは失礼しました。じゃあ五七期ですか。わたしもね、これでもいちおう士官なんです。といっても本物じゃない。特務士官ていうやつです。あなたから見たらものの数には入っていない、けちな野郎です」

ここでときおり遭遇する、この種の酔っぱらいが加多瀬は一番苦手であったけれど、最初に聞いたセキの名前がどういうわけだか気にかかった。セキというのは、と質問すると、男は不意に黙り込み、じっと目前の写真に眼を据え、酔漢に特有の気分の変転が男を襲っているらしいと観察し、すると、そんなことをわたし、いいましたか、と男が逆に聞いてきた。

「ええ、セキがどうのといってました」

「関っていうのは、昔の部下の名前です。整備科の一曹です。わたし、そんな名前をいいましたか」

再度の問いかけに加多瀬がうなずくと、男はまた黙りこんだ。照明の少ない、穴蔵の底めいた酒場は、音楽も酔客のざわめきもなく、都会の喧噪《けんそう》が遠くに聞く潮騒《しおさい》に似て微《かす》かに忍び込んでくるだけで、ときおりどこかで響く水音は、雑居ビルの壁に埋め込まれた下水の配管に違いなかった。

「夢を見てたんです、いま。おかしな夢ですよ」

男がいまこそ夢から覚めたとでもいいたげな表情でいった。

加多瀬は男の見た夢がどんなものなのか知りたいという、得体の知れぬ熱望に駆られ、どんな夢を、と聞こうとしたとき、男があっと叫んでたちあがり、ぎょっとなった加多瀬は男の足下の床を肥えた鼠が駆けるのを見た。

「鼠か。銀座にも鼠はいるんですね」

男は照れ臭そうにいってスツールに腰を戻し、それから急に思いついたように、わたしはコウブリともうしますと自己紹介をした。

「顔に、手を振るの振る、と書いてコウブリ。珍しい名前だとよくいわれます」

加多瀬は顔振と名乗る小柄な男の顔を正面から見た。


森下一曹の告白——。

入江氏は訥々《とつとつ》とした調子で語り続けた。

「格納筒が一度発進したら、生還できるとは自分も森下兵曹もまったく考えていませんでした。ふたりとも独身の三男坊、後顧の憂いはほとんどなかった」

もちろんこれが特殊潜航艇乗組員の選定基準のひとつであったことはいうまでもない。分隊が編成されて訓練がはじまると、乗組員たちのあいだに、大義に殉じて死を決した者同士の連帯が、身分を超えて育《はぐく》まれたのは当然であった。とりわけ同じ潜航艇に乗り組む者同士ともなれば、結びつきには強いものがあっただろう。

「森下兵曹は無口な人でしたが、色々と話をしました。もっともたいした話をしたわけでもなくて、互いの家族のこととか、子供の頃の思い出話だとか、他愛のないことばかりでしたが、それでも本当の兄弟以上の結びつきだったと思います。それで森下兵曹は自分に告白したんでしょう」

入江氏は縁側から小春日和の日差しを浴びた庭先に眼をやった。東武東上線の沿線は昭和三十年代から急速に宅地開発が進んだが、川越《かわごえ》からさらに二十分ほど下ったこのあたりまで来ると、古くからの農家の面影が色濃く残っている。白樫《しらかし》や楠《くす》の大木に囲まれた敷地には、母屋の向かいに二階が蚕棚になった茅葺《かやぶ》きの納屋があって、軒先から干し大根がたくさん吊《つ》るしてある。見事なまでに枝を広げた楓《かえで》の大木が、わずかに紅く色を変えはじめていた。

入江氏がまた口を開いた。

「真珠湾へ向けて出撃する少し前だったと思います。まあ、かための盃《さかずき》というのも変ですが、森下兵曹とふたりで酒を飲んだんですが、その席で、森下兵曹がどうしても聞いて欲しいことがあるっていうんです。なんだと聞くと、自分にはずっと隠していることがある、それが苦しくて仕方がないというんですね。こちらも酔っていましたから、だったら是非いってみろ、どうせ一緒に死ぬ仲じゃないかといったわけです。それで聞かされたのが、夕鶴の事件だったわけです」

昭和九年、森下一曹は当時、横須賀海兵団を出て二年目の二等兵、水雷艇「夕鶴」に乗艦し、砲術分隊に所属していた。「夕鶴」は昭和八年の暮れから、揚子江《ようすこう》方面の警備任務につき、九年の四月に上海を出、馬公を経て、六月十六日に佐世保に入港した。その夜には半舷《はんげん》上陸が許され、森下二等兵も久しぶりに日本の土を踏みしめた。

そして翌日は、問題の十七日である。

この日は森下一曹は居残り組であった。上陸できないとなれば、船でこっそり酒盛りでもするしかなく、前日に町で買って、密《ひそ》かに船に持ち込んでおいた牛肉を、海兵団で一緒だった仲間ふたりと喰《く》おうということになった。

もちろん見つかったら大変である。ひとりが鍋《なべ》と固形燃料、ひとりが醤油《しょうゆ》と砂糖をこっそり用意し、消灯後の深夜、密かに魚雷調整室に入り込んだ。

ところが固形燃料にうまく火がつかない。そこで倉庫から揮発油を持ち出した。魚雷調整室に電灯はともせないから、蠟燭《ろうそく》を立て、ようやく肉が煮えたと思った頃、うっかり倒した蠟燭の火が揮発油に引火した。知らぬ間に油が床にこぼれていたらしい。大あわてで消火しようとしたものの、火勢はいよいよ強まるばかりで、手の施しようがなくなった。三人は魚雷調整室から逃げだし、まもなく魚雷に引火して爆発を引き起こした。

「森下兵曹はわたしにそう語りました。自分はもう取り返しのつかないことをしてしまったんだと、泣きながら告白したんです」

実に驚くべきことには、当時の海軍部内を震撼《しんかん》させた「夕鶴」火災沈没事件、その真因は乗組員のちょっとした不注意にあったのである。（古田利明『失われた遺書』）

「アンカー」を出た加多瀬は、似たような酒場の扉が並ぶ、狭い通路の端にあるエレベーターを使って階下に降りた。朝から降り続いた雨はあがっていて、たたんだ傘を手に泰明《たいめい》小学校の前まで路地を歩き、空車の紅いサインを出して停車していたタクシーの一台に乗り込んだ。

阿佐ヶ谷、と行き先を伝えようとして、急に気が変わった加多瀬は、本郷、と別の地名を口に出し、自分の気まぐれに苦笑した。

もっともこの気まぐれには原因がないわけではなかった。ひとつは、阿佐ヶ谷の家で同居している妹が友人たちと二泊三日で京都へ旅行に出ていて、遅くなっても小言をいわれる心配がないこともあったけれど、なによりも先刻店で会った顔振という男から聞いた話に原因はあった。

古田の著作に眼をとめた顔振は、知人の編集者に勧められて、自分も戦時中の体験記を現在執筆しているのだと破顔し、取材というほどではないが、横須賀や呉など、戦前戦中に縁のあった場所を歩いてまわっているのだと語った。

「わたしなんぞが本を出すなんて、まったくもってお笑い種《ぐさ》なのは承知しております。それでも、あなたにしか分からない軍隊や戦争の姿があるはずだ、なんておだてられますとね。軽率な話です。わたしなんかにまともな文章なんて書けるはずもない。手紙ひとつきちんと書けないんですから。しかし書く以上は、正確に書きたいんです。わたしの知るところを忌憚《きたん》なく書きたいんですね。ところが、困ったことに、記憶ってやつ、こいつはまったくあてにならない。何事も、いいように、いいように、つまり自分に都合のいいように考えてしまうんですなあ。都合の悪いことはみんな忘れてしまう。まあ、だからこそ、人間は生きていけるのかも知れませんがね。なんでも覚えていたらえらいことだ。しかし書く以上はね。いい加減は許されない。だって、それはずっと残るんですからね。そうでしょう？　永遠とはいわないが、ずっと残っていくんですよね。だから歩くんです。休みの日には朝から晩まで歩いてます。歩いているうちにいろんなことを思い出す。それを書き留めておくんです。榊原大尉の昔のお宅へも行きました。わたしは一度だけ遊びに行ったことがあるんです。大東亜戦争のはじまる前です。遊びに来いといわれて、整備の何人かで行ったんです。すごく緊張しましたよ。ライスカレーを御馳走《ごちそう》になって、あれは実にうまかった。ライスカレーたって、軍隊で出るようなやつじゃないですよ。いろんな珍しい香料の入った本格的なやつです。わたしはカレーが好きでよく喰うんですが、あんなのにはその後お目にかかったことがない。本郷に行って、まっさきにカレーのことを思い出しましたよ」

有楽町から本郷通りへと、渋滞のなかを自動車は進み、雨に濡れた道路に滲《にじ》む紅いテールランプの連なりを夢幻のごとく加多瀬は眼に捉《とら》えながら、まもなく神田橋で首都高を潜《くぐ》りぬけて、聖《ひじり》橋を過ぎ、東大正門まで来たところで車を停めた。

眼についた路地を入って、このあたりの住宅街はかつての森川町のはずであったが、電柱に貼《は》られた町名表示に森川町の表示が見当たらないのは、町名が変わったからに違いなく、道筋にも変化はあったとみるべきで、うろ覚えの記憶だけで目的地に到達するのは難しそうだった。五分ほど歩いてみて、あたりをぐるりと散歩して帰るくらいが、酒場での気まぐれの帰結にふさわしいと考え、とたんにタクシーに傘を忘れてしまった失策に気が付いて舌打ちしたとき、不意に見覚えのある銀杏《いちょう》に行き当たった。注連縄《しめなわ》を張りめぐらせた銀杏の脇《わき》には小さな鳥居、柱も笠木《かさぎ》も真新しく、ごく最近になって建てられたもののようであったが、銀杏との位置関係は昔のままで、奥に続く神社杜《もり》と藪《やぶ》のくらがりも、時間を超えて同じくらがりの印象でそこにたたずみ、冬枯れて裸になった樹の固くごつごつした皮膚に触れて加多瀬は空を見上げた。

雨上がりの冴《さ》えた月が雲間にあった。腕時計で時刻が十一時過ぎであるのを確認してから、加多瀬は背をかがめて鳥居を潜り、社殿の脇を抜けて、群れる魚みたいに濃密な葉をつけた枝を夜空に黒々と広げた楠の木の下に立てば、小径《こみち》をはさんだ向かいが榊原と志津子が結婚して住んだ借家のあった場所に違いなく、記憶の断片が奔流となって意識の奥底から流れ出すのを自覚しながら、いま目の前で暗く寝静まっている家の姿と、記憶のなかのそれとを重ね合わせ、かりに空襲で焼けなかったにせよ、同じ家であるはずはないと考え、それでもそうせずにはいられなくて、小径と庭を隔てる低い生け垣へ身を乗り出せば、右手の甲に鋭い痛みが起こったのは植物の刺《とげ》、生け垣に絡まった蔓薔薇《つるばら》の刺のせいに違いなく、不意に青臭い草の香りが鼻いっぱいに広がって、翼の生えた陶酔がみるみる加多瀬の身体を遠くに運び去ろうとしたとき、突然背後に足音が立った。

誰かの眼に映った不審な人物、夜中に他人の家を覗き見する男の姿を加多瀬は思い、あわてて楠の下から出て小径を左へ進むと、衣服に薔薇の刺が刺さって、絡み付いてくる枝が驚くほど強情な抵抗を示すのに逆らって身体を強引に前へ進めれば、鞭《むち》のようにしなった青枝が手に打ち当たって、しかし構わず小径から道路に出て、そのまま歩速を変えずに本郷通りまで来たところで、ようやく歩みを緩め、動悸《どうき》と荒い息がおさまらぬうちに本郷三丁目の地下鉄口の階段を降り、自動販売機で切符を買い、人影のまばらな丸ノ内線のホームから電車に乗ったときには、全身が汗に濡《ぬ》れつくして加多瀬は小さく身震いした。

銀座駅に電車が滑り込んで、青白い蛍光灯の照明に充《み》たされたホームが硝子《ガラス》越しに眼に映ったとき、加多瀬ははじめて自分の行動を、もういちど自分が「アンカー」に戻って志津子の所在をたしかめようとしているのを知った。

何故《なぜ》そうすべきなのか、判然とはしないけれど、どうしても志津子の顔を見なければ安心できないとの病的な感覚に支配されるまま、銀座駅を地上に出、数寄屋《すきや》橋から泰明小学校の前を通って、雑居ビルの立ち並ぶ路地に歩を進めた。

飾り鈴を鳴らして、見慣れた木の扉を開けば、店内には人影がひとつもなく、といって閉店したのではないようで、いつものようにランプ型の仄暗《ほのぐら》い照明が空間を充たして、足を踏み入れれば天井から吊《つ》り下げられた錨《いかり》と舵輪が鈍い光を放った。

カウンターには片づけられぬままにグラスや灰皿がいくつか出たままになって、先刻まで座っていたスツールに腰を降ろすと、目の前で「グランド・オダリスク」の娼婦《しょうふ》が冷たく微笑《ほほえ》み、かさかさと奇妙に乾いた音がするのは、カウンターの奥の棚のターンテーブルのうえでレコードが空回りしているのだった。

志津子とは二度と会えぬかもしれない、いや、そもそも志津子なる女は実在したのだったろうかと、脈絡のない思念に身を任せた加多瀬は、規則正しく回転を続ける黒い円盤を見つめ、それからカウンターの上に置かれた書物と小型の冊子に眼を移した。

書物は古田利明の『失われた遺書』、先刻加多瀬が出しっぱなしにした本に違いなかった。小冊子には見覚えがなく、手にとってみると、それはスケッチブックであり、黒と黄色のモザイク模様が表紙になった葉書大の帳面はかなり古いもののようで、粗悪な紙は変色しかかって、綴《と》じ具の針金には赤く錆《さび》が浮いている。

最初から何枚かに、鉛筆デッサンにクレヨンで彩色した絵が描かれていた。一枚目は海辺の風景で、手前に松らしい樹木が並び、その向こうに二艘《そう》の小舟が係留された岩場が覗《のぞ》かれ、画面の上半分が緑と紺の海になっている。二枚目、三枚目も同じく海の風景、ひとつは日の出で、水平線に接した空が橙色《だいだいいろ》に塗られ、一点から灰色の海面に一筋黄色い光が走り、もうひとつは絶壁の上から深緑色の入江を眺める構図だった。

作者の署名はなく、ただ絵の右下に鉛筆で日付らしい文字が小さく記され、最初が「S15/11/3」、続く二枚が「S15/11/9」となっている。

はじめて見る絵に違いないのに、これを自分は知っていると、強烈な既視感に襲われながら、小刻みに震える指でさらに頁をめくれば、四枚目から七枚目まではどれも複葉の練習機が、それぞれ異なる構図で描かれ、しかしそれらには日付はなく、八枚目、九枚目がまた海辺の風景で、日付はともに「S15/12/1」。

そうして次の一枚が空白であるのを視たとき、加多瀬は啞《あ》っと驚愕《きょうがく》の声をあげ、何故自分が驚かなければならないのか、不可解な思いに捉《とら》えられると同時に、先刻聞いた男の言葉、榊原大尉を殺《や》ったのは関なんですといった、夢見る男の言葉が意識の舞台に躍りでて、身体が支えを失ったように気味悪く浮き上がり、これは艦が急速潜行するときの体感に違いなく、重油と汗の臭いが充満する悪い空気に鼻を詰まらせながら、あわててカウンターを両手で摑《つか》んで身体を支え、その格好で、かつてない切迫感に背中を押されるまま、『失われた遺書』の頁を再び開いた。

……「夕鶴」の火災沈没事件は三人の水兵の些《さ》細《さい》な不注意が原因であった。戦後四半世紀を経て明らかになった、この驚くべき物語には、しかし続きがある。それは真珠湾を目前にした潜水艦のなかで起こった。

入江氏の話をさらに聞こう。

「森下兵曹もふたりの同僚も、結局は口をつぐんだんです。『夕鶴』の事故原因は分からずじまいになった。それでも森下兵曹自身は、ずっと気に病んでいたんでしょう。格納筒の乗組と決まって、やっぱり胸にしまっておくことができなくなった」

話を聞いた入江少尉は事の重大さに驚いたものの、しかしいまさら真相が明らかになったからといって、誰も幸せになるわけでもないと考え、このことは他言するなと釘《くぎ》をさした。

「そのときは森下兵曹は納得したようにみえたんですが、日本を出航して、真珠湾への出撃が近づくにつれて、また迷いだした。それで森下兵曹は告白文を書いて、出撃後に開封して欲しいと艦長に託したんです」

それを入江少尉が知ったのは、ハワイ攻撃までもう二日もない頃だったという。

「わたしはびっくりして、とにかく大変なことをしてくれたと思いましたね。真相が明らかになることで、色々な人に迷惑がかかるのはともかくとして、日米開戦という、晴れがましい舞台が汚されてしまう、そんな気持ちが強くありました。海軍が一丸となって大国アメリカと戦おうとする矢先、そのような身内の醜聞を流すのは利敵行為だくらいに考えたんです。それで本人は気持ちが晴れるのかも知れないが、遺《のこ》された者たちのことを考えろといった覚えがあります。いまになってみれば、ずいぶん残酷なことをいったものだと思います」

入江少尉は森下一曹に「遺書」を取り返すようにいった。しかし、一度艦長に渡してしまったものを、いまさら返してくれともいえないのは当然だった。そこでふたりは窮余の一策を案じた。すなわち艦長室から盗み出すことにしたのである。

「『遺書』が機密金庫に仕舞ってあるのは分かっていました。いま考えると、実にとんでもないことをしたものだと思います」

そういって笑った入江氏は、やはり特殊潜航艇の乗組ということで、どうせまもなく死ぬんだから、少々のことは許されるといった甘えがあったんだろうと、当時の心理を冷静に分析してみせた。

ふたりは艦長室の留守を見計らい、入江少尉が見張りに立って、森下一曹が機密金庫を持ち出した。鍵《かぎ》がないので布にくるんで兵員便所に運び、バールでこじあけ、無事に「遺書」を取り戻した。

あとは金庫を艦長室に戻すだけだと安堵《あんど》したとき、思いがけないことが起こった。敵駆逐艦が接近し、急速潜行と総員戦闘配備が下命され、しかも電気系統と排水ポンプに故障があって、艦が沈没の危機に見舞われたのである。

兵員が狭い艦内を走り回り、とても金庫をこっそり返すどころではなくなってしまった。仕方なく入江少尉らは金庫を兵員便所に置いて配置へ戻った。

幸い艦は安定を取り戻し、敵駆逐艦にも発見されずにすんだ。が、今度は機密金庫がなくなったとの衛兵伍長《ごちょう》の報告がもたらされるや、艦内は大騒ぎになった。

「まったくとんでもないことをしてしまったと、真っ青になりました。もう真珠湾どころじゃない。潜水艦内で機密書類がなくなるなんてのは前代未聞の事件ですから。大捜索がはじまったんですが、便所にありますともいえなくて、見つけてもらったときには心底ほっとしましたね」

こうして、事なきを得たのであると、入江氏は日灼《ひや》けした顔に刻まれた笑い皺《じわ》をなおいっそう深くして笑った。

「艦長や先任には本当に申し訳ないことをしたと思います。いつか謝りたいと思っていたんですが、もう、三十年近くも経ってしまいましたからね」

わたしたちが縁側から眺めた庭に、小さな女の子がふたり出てきて、放し飼いの鶏に餌《えさ》を与えはじめた。入江氏は昭和二七年に結婚してからも兄の一家と一緒に住んでいる。子供はいない。女の子たちはお兄さんのお孫さんたちである。

話が一段落したところで、入江氏はわたしを母屋の裏手に案内してくれた。そこでわたしは思わず声をあげた。裏庭いっぱいに色彩々《とりどり》の秋薔薇《ばら》が咲き乱れていたのである。一画には小さな温室もあって、そこも薔薇で溢《あふ》れている。

「こいつが私の唯一の趣味なんです」と入江氏は眼を細めた。

実家に戻ってしばらくした頃から栽培をはじめ、知り合いから種や株をわけて貰い、近頃では自分で交配もしているという。入江氏が薔薇を栽培しはじめたきっかけが面白かった。

「真珠湾なんですよ。名前は忘れてしまいましたが、潜水艦に薔薇の栽培を趣味にしている下士官がいて、色々と話を聞いているうちに、日本に帰ったら是非自分もやってみようと思ったんですね。一度出撃したら生きては帰れないと覚悟を決めていたのに、おかしな話ですよね」

入江氏にも海兵の同期会などから誘いがかかることがあるそうだが、一度も出席したことはないという。

「捕虜になったからというわけじゃないんですが、やっぱり死にそこねたというか、死んでいった人間にあわせる顔がないという気持ちはありますね」

入江氏は小さな黄色い花をつけた薔薇の枯れ葉をそっと毟《むし》った。

「この頃、森下兵曹のことをよく思い出すんです。そういえば、森下兵曹も薔薇に興味を持って、日本に帰ったら自分も育てて、珍しい品種を作り出してひとやま当てたいなんて、まあ、冗談でしょうが、いってたんですね。他にもそういうことをいっていた者がたくさんいました。戦争があそこで終わっていたら、潜水艦隊に薔薇の栽培が流行《はや》ったかもしれないなんて思ったりもするんです。おかしいと思われるかもしれないが、わたしが生き延びたのは、こうやって薔薇を育てるためだったんじゃないか、いまではそんな風に思うんですよね」

入江氏が笑うと、あかるい秋の日差しのなかで、うなずいてみせるように薔薇がいっせいに風に揺れた。

深夜一時、泰明小学校の正門前から線路のガードを潜《くぐ》り、帝国ホテルの脇《わき》をぬけて日比谷通りを渡って、加多瀬は日比谷公園に足を踏み入れた。先刻までは雨上がりの月が皎《こう》たる光でもって空を支配していたのに、またも空には雲が湧き出したのか、ぶあつく一様な灰黒の材質に夜空は覆われ、公園の木立ちのあいだには冷たい霧が流れた。濡れた土を踏んだ加多瀬は、雲形池までくると、しばし足を停めて、黒い池の面を眺めて放心した。

池の中央の鶴の噴水は水をとめていて、霧と暗がりのなかでは形の判然としない鉄塊に変わって、池辺の街灯のわずかな明かりをうけた水面に動きはなく、底がないかに見え、この水は地下で海に続いている、そのような幻想が出し抜けに浮かび上がり、しかもこの海に続く井戸は、海底に沈んだ死体が集まる場所であり、腐乱した死骸《しがい》が幾重にもなってそこに堆積《たいせき》して、四肢を互いに絡ませあい、押しあい、ぶつかりあい、しかしそうした動きが微妙な平衡を保って、いま水は重たく静まっているのだ。

こんな時刻なのに公園には結構人影があって、対岸の街灯の下を、人が二人、三人と、幽鬼のような青白い横顔を見せて通り過ぎ、右手の林の奥に人がとりわけ蝟集《いしゅう》する一画があって、ひとかたまりになった人影の頭上を覆って白い幕がかかっているように見え、眼を凝らしてみれば、白い幕と見えたものは一本の桜の木であり、満開の花の下で、花見が行われているのだった。

人々は茣蓙《ござ》に座り、あるいは傍らのベンチに腰を下ろし、酒を飲むでも重箱をつつくでもなく、沈黙のうちに満開の花を眺め、あるいは闇に意味なく頭を巡らせ、あるいは首をうなだれ、それは発話が禁忌になった古代の密やかな儀式めいた印象をもたらした。死者たちの花見の宴。そのような言葉が頭を過《よぎ》って、しかし戦慄《せんりつ》も動揺もないまま加多瀬は池を離れ、沈鬱《ちんうつ》な花見の人々を横目に霞門へ向かって歩いた。

霧の微細な粒子があたって頬や鼻先が冷たくなるのを感じながら、祝田通りに出ると、いっそう稠密《ちゅうみつ》な霧が流れ寄せ、正面に海軍省の黒い建物が、濃霧のなか幻影のごとく浮かび上がった。

ゆっくりと通りを渡った加多瀬は、東の通用門から敷地に足を踏み入れると、赤煉瓦《あかれんが》の三階建てビルへ真っ直《す》ぐ向かった。

Ⅳ　桜花幻影

歩哨《ほしょう》に軽く敬礼して、裏口から海軍省の建物に足を踏み入れたとき、おい、加多瀬、と背後から声をかけられて、振り向けばそこには清澄少佐の長身があった。手に重そうな風呂敷包みをさげた清澄は、やはりどこからか戻るところだったようで、挨拶を返した加多瀬が廊下を歩き出すと、そのまま肩を並べた。

「こんな時間に大変だ」

清澄は加多瀬をねぎらうようでも、自嘲《じちょう》するようでもある半端な口調でいい、あとは互いに黙ったまま三階までのぼって、西側にある軍令部まで一緒に来ると、少し話ができないか、と加多瀬を誘った。

海軍省事務局からいったん聯合《れんごう》艦隊参謀に転勤し、つい一週間ほど前に再び陸上勤務になり、加多瀬と同じ軍令部配属になった清澄の顔はすでに幾度か見かけていたけれど、第一部と第二部で部署が違い、また清澄が自宅から通うのに対して、加多瀬は高輪の山本権兵衛伯の旧宅である、軍令部の宿泊所に寝泊まりしていたために、話をする機会はいままでなかった。

清澄は、電灯は一部ついているのに、人影はない一部一課の狭い部屋にぎっしりと並べられた机のひとつに風呂敷包みを置くと、奥の扉を開いて、作戦室と呼ばれる小部屋に加多瀬を導いた。

清澄が壁のスイッチを入れると、裸の電球が寒々しく灯って、帽子を被《かぶ》った男の顔に濃い陰が生じた。当直員が寝泊まりするために、作戦室には簡易寝台が置かれて、清澄は椅子《いす》のひとつを加多瀬にすすめ、自分は寝台に腰を下ろした。当直なのかと加多瀬がきくと、依然帽子を脱がずにうなずいた清澄は一度立ち上がると、木の床を靴できしませ、扉の脇にある棚から半分ほど中身の残ったウイスキーの瓶とコップふたつを取り出してきて、まあ一杯やろうといって、コップを加多瀬に手渡した。

やはり帽子を被ったまま、加多瀬は手のなかの硝子《ガラス》器に琥珀《こはく》色の液体が注がれるのを見つめた。自分のためにもウイスキーを半ばまで注いだ清澄は、乾杯の心持ちで軽くコップを捧《ささ》げる格好をした。

「身体の方はどうだ？」

生《き》のウイスキーに口をつけ、それからふうと熱い息を吐いた清澄は、酒が介在することでふたりのあいだに親密さが急速に育ったとでもいうように、軽い調子できいてきた。

「もうずいぶんいい」

負傷した左肩のあたりをさすってみせながら加多瀬は答えた。

「負傷ともいえないくらいの傷さ」

「頭の方はどうなんだ？」

清澄が笑いを意図して含みこませた声で問い、もうだいぶいい、と加多瀬も調子をあわせた。

「ときどきぼんやりすることがあるが、勤務には支障はない」

「そうか。なんといっても士官は頭脳が一番大事だからな。まして艦長ともなればそうだ」

ああ、と同意を示しながら、加多瀬は苦い自嘲がこみあげるのをこらえて、薄い笑いを顔面に浮かべた。

本意ではなかったとはいえ、艦を見捨てて助かった事実は、艦長職にあった加多瀬を底深く打ちのめして、自分が二度と潜水艦に乗ることはあるまいとの確信をもたらし、また艦の指揮官たる自信も跡かたなく失われていた。それどころか、ニューギニアのラエ沖で輸送物資の揚陸作業の最中、敵機の攻撃を受け、意識不明となったところを救出されて、ラエからラバウル、ラバウルから内地へと、二月半ばに後送されて海軍病院に収容されたときには、高熱が続いて下がらず、脳膜炎が疑われるほどの病状で、幸い熱が平常に復して危機を脱してからも、肉体の消耗と意識の混濁がはなはだしく、軍務への復帰はとうてい難しいと思われたくらいであったから、一月間の入院で、わずかな意識障害が残るくらいで回復できたのは奇跡とも思えた。

三月十六日付で加多瀬は軍令部、第二部の水雷兵器担当に配属された。艦長失格の烙《らく》印《いん》を押された病み上がりの人間にやらせるには少々荷が重いようにも思われ、命令は意外であったけれど、加多瀬は与えられた業務に集中することで、内心の空虚を埋めようとしていたのだった。

「おい、今日は何年の何月だ」

急に清澄がいい、放心から帰還した加多瀬は、え？ と聞き返した。

「今日は何年何月だ？」

「おれはそんなにおかしくみえるか？」

加多瀬が笑って見せると、清澄は真顔で応答した。

「なんだかぼんやりするようだったぜ。どうも昔の貴様とは違う気がする」

「今日は十八年、四月四日、いや、もう零時を過ぎたから五日か」

「記憶はどうなんだ？」と清澄はたたみかけた。

「知り合いの軍医からちょっと聞いたんだが、記憶喪失だったっていうじゃないか」

「そんな大袈裟《おおげさ》なもんじゃないさ。頭を打ったりすると、しばらくぼんやりすることがあるだろう。あれと一緒さ。いまじゃ、思い出したくないことまでいろいろと思いだしちまった」

加多瀬の笑いに清澄は同調し、それぞれのコップに酒をつぎ足した。

実際には海軍病院の寝台で眼を覚ましたときには、いままで自分が何をしていたのかまるで記憶がなく、栄養補給と睡眠の繰り返しのおかげで体力が回復するのに歩調をあわせて、記憶も急速に取り戻されたものの、若干の意識障害が残っているのは間違いなく、ときどき身体が透明な穴に落ち込んだかに外界との疎隔感に捉えられることがあって、あるいは自分がいま夢の中にいるのではと疑われるような感覚に襲われ、そんなときには、ついいましがたまで自分が何をしていたのか、どうしても思い出せず、無理に思い出そうとすれば頭が割れるほどの痛みに悩まされた。といって始終そうなるというわけでもないから、いずれ治まるだろうと、加多瀬は自分の症状を深刻には考えず、人にもいわず、事実日常の業務に支障はなかった。

「まあ、病み上がりだ。あんまり無理せずにやってくれ」

清澄がいい、おれに話というのはそんなことか、と加多瀬がからかうように問うと、ひとつ情報がある、と清澄は答えた。

「海軍大学校さ。貴様もたしか試験に受かっていたはずだな」

「ああ」

「六月頃に再開されるらしい。そうなればおれも貴様も入校だ」

「無期延期じゃなかったのか」

「方針が変わったのさ。要するに長期戦を覚悟したわけだ。将官の育成が必要だということだろう。もっとも時局が時局だから、教育期間は大幅に短縮されるだろうがな。とにかくこれでおれも貴様も当分のあいだ潮風には縁のない陸暮らしというわけさ。どうだ、いいしらせだろう」

清澄は白い整った顔に皮肉な笑いを浮かべた。それからコップの酒を呷《あお》った。

「いまさら海大といわれてもな」

言葉とは裏腹に、清澄の声にはどこか安堵《あんど》するような響きがあって、一年ほど前、開戦まもない頃に会ったときに較べて全体に弛緩《しかん》した印象を、観察する加多瀬の眼に映した。

「あと三年、いや二年でいい。それまでいまの状態で持ちこたえりゃ、アメリカの方から折れてくるさ」

清澄は手にしたコップに眼を据えて、誰にいうともなくいい、やはり一年前、開戦直後の勝利の余韻のなかで、明るい見通しを語った加多瀬をたしなめたときの鋭さはすっかり消えていて、相手の脆弱《ぜいじゃく》さに苛立《いらだ》ちを覚えた加多瀬はあえて反論を試みた。

「しかし二年もつだろうか？」

「もたせるのさ。もちろん、それにはいくつか条件を満たさなきゃならん。国防圏をぐっと縮小して守りを固める。それから、どこかで一度は、主力同士の決戦で勝つ必要がある」

国防圏の縮小は必然的に制海権の喪失を招来し、石油をはじめとする南方からの物資輸送ができなくなり、結局はじり貧になるのは自明で、しかしそんなことを作戦の中枢にある海軍士官が知らぬはずはなく、加多瀬は別方面に話を進めた。

「アメリカは艦隊決戦なんかに応じるだろうかね。いまのまま、じわじわと勢力を伸張させていけばいいんでね。あえてリスクを冒す必要がない」

「アメリカだって余裕はないさ。アメリカが現在急速に軍備を拡大しているのは間違いない。数字を見ればはっきりしている」

今後日本が軍備を拡大できないこともまた数字を見ればはっきりしていると、加多瀬はたちまち思ったけれど、我慢して言葉を呑《の》み込んだ。

「急速な軍備の拡大は必ず体制に軋《きし》みを生む。これは歴史をひもとけばすぐに分かることだ。ましてアメリカは自由主義の国だからな、成り立ちからして無理はきかない体質だ。ひょっとすれば、アメリカじゃ遠からず赤色革命が起こる可能性もある。そうなればしめたものだ」

またもやアメリカ自壊論かと、加多瀬は失望した。軍令部勤務になってまだ数週間にしかならなくとも、たとえば今後二年間、戦争を継続できる見通しは、海兵同期きっての秀才が得意とする「数字」をどうひねくりまわしても立たなかった。そうして、結局出てくるのは「数字」とはいっさい無縁の、付け焼き刃で具体性のない社会学と心理学。

「しかし、まあ、おれたちがむきになって議論しても仕方がない。結局決めるのは上だからな」

清澄の発言に、上？上とはなんだ、と加多瀬の内心にたちまち疑問が湧き出た。戦争を遂行するに実質的な決定権を行使してきたのは、清澄を代表とするような課長クラスの人間ではなかったか。

「上というのは、誰のことだ？」

問うた加多瀬に向かって清澄はちらりと盗み見るような視線を寄こし、一瞬捉《とら》えたその眼は、加多瀬の問いが含意するものを理解しているのは明らかだった。

「上は上さ」

軽くいなす調子で清澄はいい、同じ調子を変えずに言葉を接いだ。

「もう少し飲むか？」

空になった加多瀬のコップに清澄は眼を向け、しかし床に直に置いたウィスキーの瓶には手を伸ばさず、帽子を脱いで、うなだれた項《うなじ》をさすった。汚く伸びた襟足から大量の雲脂《ふけ》が散って、濃い疲労の匂いがたちこめ、自身の身体の隅々にも酸化した油みたいに重苦しい疲労が沈殿しているのを覚えると、加多瀬は本格的に議論をはじめる意欲を失った。

「花の時期だからな。花見酒ならもう少し飲んでもいいだろう」

清澄がいい、加多瀬はあらためていまが桜の季節なのだと思い、もう何年もゆっくり花など見たことがないと、あわただしく余裕のない己の生活を顧みたとき、また清澄の声が聞こえた。

「貴様は最近、鎌倉へ行ったか？」

「鎌倉？」

加多瀬がきき返すと、上体を前に倒し両肘《ひじ》を脚に乗せた低い姿勢から、清澄が上目遣いの視線を寄こした。

「鎌倉だ。行ったか？」

「いや、行ってない。中学の頃に何度か行ったきりだ。何故だ？」

「別に意味はない。ただ鎌倉あたりは桜がきれいだろうと思ったのさ」

そういって白い歯を見せた清澄はウィスキーの瓶を摑《つか》んだ。

清澄と別れ、軍令部の自席に座った加多瀬は、先刻の酒のせいか、軽い頭痛を覚え、しばらく指でこめかみを揉《も》み込んでから、午後のあいだに机に置かれていた書類やメモを順番に見ていき、そのとき薄汚れた封筒のひとつに、業務上の通信とは明らかに違う青インクの流麗な文字を見つけ、裏を返せば「志津子」の文字がたちまち眼に飛び込んできた。

いま一度表に返した加多瀬が剝《は》がれかかった切手に捺《お》された消印をたしかめると、十七年六月三十日の日付があって、一年近くも前の手紙が何故今頃と思ってみれば、封筒には付箋《ふせん》が何枚か貼られていて、海軍省気付で届いた手紙は二ヵ月近く海軍省内に留め置かれたあと、潜水学校へ送られ、しかしその時点では加多瀬は呉にいたから、またしばらく間を置いて呉に届いたときにはすでに横須賀に戻っていたという具合に、すれ違いが繰り返されたあげく、あきれたことに手紙はラバウルまで往復していた。

加多瀬は机の引き出しを開け、志津子から榊原の形見にともらった銅製のナイフを取り出すと、封を開き、便箋に眼を落とした。

「前略

いまさら斯様《かよう》な御手紙をさしあげる事にどんな意味があるのか、妾自身《わたし》、自分の心うちを量りかねてをります。それでも、何も御連絡をさしあげぬままでは、心苦しく、また加多瀬様にも申し訳なく、斯《こ》うして拙《つたな》い文字をつらねるしだいです。

妾が急に貴方様《あなた》の前から姿を消したことをお恨みかもしれません。けれども、当時はどうしやうもない事情がございました。事情と申しますのは、妾の病です。これを人様に知られるのはとても苦しいのですが、思ひ切つて申し上げやうと思ひます。

病と申しますのは、心の病です。昨年の冬、榊原の戦死の報《しら》せを聞いた前後から、ときをりひどい頭痛に悩まされ、ぼんやりしてしまふことがあつたのですが、自分がはつきりとをかしいと思ふやうになつたのは、今年の二月頃、貴方様が榊原の画帳を持つてみえた晩のことです。あれから妾はどうしやうもない不安感と、恐ろしい妄想に悩まされるやうになりました。此《こ》の様に申し上げることが、貴方様にとつてどれほどの嫌悪の因となるか、妾はよくわきまへて居るつもりです。心の病ゆゑに貴方様に頼ったのだ、当時の妾の振る舞ひを思へば、左様に解釈されても仕方がないからです。

正直なところ、妾自身、どのやうに考へてよいか、いまもつて分かりません。いづれにせよ妾の病はしだいに篤《あつ》くなり、たう〳〵専門医に診て頂くことを決意し、世田谷《せたがや》の

N博士に相談したところ、しばらく入院するやう勧められました。

　このことは誰にも言へず、大連の家族にも黙つたまま、ただ貴藤大佐ひとりに御相談して、一ヵ月ほど入院いたしました。この決断には大変な勇気がいつたことはご理解頂けるのではないでせうか。当時の妾はひどく取り乱し、二度と正気には戻れぬのではと思へば、あらゆる望みを失つたやうで、それで貴方様にあのやうな失礼で乱暴な手紙を書いてしまつたのです。かへす〳〵も恥づかしく、いまもつて慙愧《ざんき》の思ひにたへません。ただ妾は、貴方様だけには病を知られたくなかつたのです。何卒《なにとぞ》ご容赦下さい。幸ひ、N博士の親身の看護のお陰で、一月の入院加療で病は癒《い》え、その後は大連の兄の家で暮らしてをります。

　すぐに連絡を差し上げるべきだとは、重々承知してゐたのですが、気持ちの整理がなか〳〵つかず、今頃になつてしまひました。近頃はずゐぶんと元気になり、内地へもひとりで旅行できるまでになりました。ただ、貴方様にお会ひすることは当分できさうにもありません。怖いのです。あの夜を思ひ出すのが本当に怖いのです。妾の病の原因が貴方様にあるなどといふのではありません。けれども、貴方様から榊原の画帳のなかの桜と煉瓦《れんが》の洋館の絵をみせられたときから、妾の妄想の一切がはじまつたやうな気がしてならないのです。

　予感はそれ以前にもありました。と云ふのも、貴方様が来られて、古田厳風と云ふ作家の本を手に取られた時、妾は妙な気が致しました。妾はあの瞬間まで、あの書棚に左様な本がある事に気付いて居なかつたのです。毎日書棚には目を留め乍《ながら》、あの本には全然目が行つて居らなかつたのです。さう思つてみれば、古田巌風と云ふ名前を妾は前から知つて居た様に思へて参つたのです。

妾は不安になり、そんな矢先、貴方様が榊原の画帳を持つて来られたのです。妾の不安はいよ〳〵大きく、心は乱れ、さうして……」

そこまで青い文字を眼で追ったとき、にわかな眩暈《めまい》を覚え、加多瀬は医者からいわれた通りに、規則正しい深呼吸を繰り返して、不意に襲ってきたあの感覚をやり過ごそうとした。

外界の一切がきわめて冷淡でよそよそしい、自分とは無縁な異形の姿をとり、机も椅子も窓も、ひとつひとつの事物が、ひとつひとつ独立した事物とは見えず、何か実体のない一様な材質の連なりに変わる感覚、ラエ沖での遭難以来ときおり見舞われるこの感覚は、何故自分がここへ来たのか、海軍省のこの場所へ来たのか、それが思い出せないと知ったとき、いよいよ切迫感を増して、時計を見ると午前一時半過ぎ、こんな時刻にわざわざ霞ヶ関まで来たからには、何かしら急用があったに違いないのに、何ひとつ思い出せなかった。

ここへ来る前、どこにいたのか、それも思い出せなかった。冷たい霧のなか日比谷公園を歩いて海軍省まで来た、そのあたりまでは覚えていたけれど、さらに向こうはそれこそ霧の奥に隠されているようで、加多瀬は自分がこの世界へふと湧《わ》いて出た存在であるかに感じ、恐慌に襲われかかる神経に、落ちつけ、落ちつけ、と繰り返し語りかけて冷静さを強い、それでも否応《いやおう》なくこみあげる不安と恐怖を抑え込むべく、部屋の電灯を消して、神経に障る視覚映像を遮断し、暗がりにその時間が過ぎ去るのを待った。

数十秒、長くても数分のうちに、それは自然に消え去って、身に慣れ親しんだあたりまえの時間と空間が回復されるはずだった。徒《いたずら》に焦ったり無理に意識に正気を強制するのは禁物だった。

加多瀬は暗がりに眼をつむり、呼吸の数を、ひとつ、ふたつ、みっつと数えはじめ、するとそのとき出し抜けに、黒い意識の空間に、ひとつの映像が鮮やかに浮かび上がった。

小高い丘陵を一面に覆う桜、周囲の松の緑との対照で仄暗《ほのぐら》く沈み込んだ白色が固い材質で出来ているかに動きを止め、その下方に青銅屋根の尖塔《せんとう》を持つ赤煉瓦の洋館がある。鎌倉だ、鎌倉の桜、これは清澄の最前の言葉の連想が産み出した幻想にすぎない、捏造《ねつぞう》された映像にすぎないと、記憶像を否定しながら、しかし桜を私は見た、赤煉瓦の洋館を見た、現実に見た、その印象が消しがたく根を張り、榊原のスケッチブック、そうだ、あそこで見たのだと思い出し、次の瞬間には黄ばんだ画用紙の空白が意識の舞台に登場して、あるはずの絵がないのは何故《なぜ》なのかと疑念が生まれ、ないはずの絵があるのは何故なのかと疑念は形を変え、いままでとは異なる意識の惑乱に息苦しくなり、ひとつ、ふたつ、みっつ、と声を出して呼吸を数え、しかし混乱はますます収拾がつかなくなり、手の施しようがなく、それからは、あらゆる記憶の断片が爆発的に広がって意識の領野に奔流となって溢《あふ》れ返り、発狂への恐怖はありながら、かつて経験したことのない至福感が眩《まばゆ》いばかりの光とともに到来し、白光に網膜を灼《や》かれた加多瀬の身体は、軽々と彼方へ運び去られた。

こんな時刻なのに公園には結構人影があって、対岸の街灯の下を、人が二人、三人と、幽鬼のような青白い横顔を見せて通り過ぎ、右手の林の奥に人がとりわけ蝟集《いしゅう》する一画があって、ひとかたまりになった人影の頭上を覆って白い幕がかかっているように見え、眼を凝らしてみれば、白い幕と見えたものは一本の桜の木であり、満開の花の下で、花見が行われているのだった。

人々は茣蓙《ござ》に座り、あるいは傍らのベンチに腰を下ろし、酒を飲むでも重箱をつつくでもなく、沈黙のうちに満開の花を眺め、あるいは闇に意味なく頭を巡らせ、あるいは首をうなだれ、それは発話が禁忌になった古代の密やかな儀式めいた印象をもたらした。

死者たちの花見の宴。そのような言葉が頭を過《よぎ》って、しかし戦慄《せんりつ》も動揺もないまま加多瀬は池を離れ、沈鬱《ちんうつ》な花見の人々を横目に霞門へ向かって歩いた。

霧の微細な粒子があたって頬《ほお》や鼻先が冷たくなるのを感じながら、祝田通りに出ると、いっそう稠密《ちゅうみつ》な霧が流れ寄せ、正面に海軍省の黒い建物が、濃霧のなか幻影のごとく浮かび上がった。

ゆっくりと通りを渡った加多瀬は、東の通用門から敷地に足を踏み入れると、赤煉瓦の三階建てビルへ真っ直《す》ぐ向かった。

歩哨《ほしょう》に軽く敬礼して、裏口から建物に入った加多瀬は、階段を三階まで昇り、西側にある軍令部まで歩き、第二部の部屋の隅にある棚から鍵《かぎ》を選び出すと、地下の資料室へ向かった。

裸電球が淋《さび》しく灯った廊下を歩いて、資料室の扉を開け、入り口脇のスイッチを入れると、書類の詰まった棚の列や古ぼけた机がいくつか置かれた、殺風景な部屋に橙色《だいだいいろ》の光が落ち、ちょうどいまから一年前、この同じ場所で過ごした時間、年甲斐《としがい》もなく胸を疼《うず》かせ逡巡《しゅんじゅん》と迷いのうちに過ごした時間を加多瀬は思い出し、結局は榊原のスケッチブックを返すことを口実に本郷を訪れる決心をしたのだったと、あの陶酔の一夜を、潮騒《しおさい》に似て一晩中鳴りやまなかった樹木のざわめきとともに回想し、しかし、逃げ出すように自分の視界から去って行った志津子とのことは、もう決して取り返せぬ過去に属するのだと、加多瀬は苦い笑いを浮かべて、左手の磨《す》り硝子《ガラス》の扉のついた棚へ歩み寄った。

穴に鍵を挿し込んで施錠を解き、扉を引けば、「極秘」と書かれた赤い紙の貼《は》られた綴《と》じ本の列が現れた。

目的の資料はすぐに見つかった。水雷艇「夕鶴」の記録簿。「夕鶴」火災沈没事件に関する調査資料はさらに重要度の高い機密扱いに違いなく、手続きを踏まなければ簡単には参照できないだろうが、乗員名簿くらいならと考えた見通しは間違っていなかった。

和綴じされた書類束を引き出し、机に運んで加多瀬は頁を開いた。水雷艇「夕鶴」、昭和八年六月編成の乗組員名簿、そこに加多瀬は探していた名前をすぐに見いだした。

森下勇治　二水　（横志水37＊＊）

そうして続いて同じ第一分隊（砲術）のなかにもうひとつの知った名前を発見したときには、それがそこにあるのを自分ははじめから知っていたように感じた。

関善太郎　二水　（横志水37＊＊）

加多瀬自身の手でハワイまで運び、特殊潜航艇での出撃を見送った森下、同じくハワイ作戦で榊原が搭乗した艦爆の整備員だったという関、ともに横須賀海兵団の志願兵であり、兵籍番号からみて同年兵に違いない二人の人物が、ここでこうして結びついた暗合にはいかなる含意があるのかと加多瀬は思いを巡らせ、しかし即座に加多瀬の眼は、同じ場所に並んで記された、予想していなかったひとつの名前に引きつけられた。

水上茂幸　二水　（横志水37＊＊）

　榊原が搭乗していた艦上爆撃機の操縦員の名前がたしか水上ではなかったか。兵科が飛行兵でなく「水」、すなわち水兵となっているのは、後に術科学校へ入校して兵科を変えたと考えれば辻褄《つじつま》はあい、これは森下と関がやはり整備兵でなく、水兵になっているのと同じ事情だと考えられた。

　加多瀬は棚へ戻ると、ハワイ空中攻撃隊編成の資料を探し出し、急降下爆撃隊の名簿のなかに水上茂幸一曹の名前を見つけた時点で最初の直感は確証された。

　昭和八年に二等水兵であった水上は、昭和十六年には一等飛行兵曹、ハワイ作戦時の榊原機のやはり操縦員なのだ。とするならば、関と水上、榊原の搭乗機の操縦員と整備員が海兵団の同年兵であり、昭和八年から九年当時、同じ水雷艇の同じ分隊にいた事実は何を意味するのであろうか、しかもその船が佐世保で謎《なぞ》の沈没をした船であったとするなら。

　加多瀬も「夕鶴」事件についてはおおまかなところは耳にしていた。結局は火災沈没の原因は不明になったはずだと記憶を手繰ったとき、自分はその原因を知っている、そのことがごくあたりまえの事実として記憶の場に存在しているのを発見して、加多瀬は愕然《がくぜん》となった。

　自分がそれを知るはずは絶対になく、すると今度は青いサイダー瓶を手に提げてハッチに消えていく森下一曹の後ろ姿が脳裏《のうり》に甦《よみがえ》って、あのとき、格納筒の発進の直前、自分は森下一曹から「夕鶴」での出来事について告白を受けたのだったと思い出され、だが即座に、贋《にせ》の記憶だそれは、と否定する声が頭蓋《ずがい》に響いて、自分はどうして「夕鶴」の乗組員名簿のなかに森下の、そして関の名前があるのを知っていたのだろうか、いや、そもそも「夕鶴」の乗組員名簿を調べてみようとしたのは何故だったのかと根本の疑念に捉えられ、にわかにあの感覚の到来、周囲の事物がよそよそしい異物と変じる感覚の到来の予感に肌を粟立《あわだ》て、薄暗いはずの照明が急に眩《まぶ》しく感じられはじめ、そのとき、榊原大尉ヲヤッタノハ関ナンデス、と誰かがいう声が聞こえ、その声はたちまち他の誰かの声に重なり、気ハ優シクテ力持チ、鼠デモソウナンデスガ、アアイウタイプガストレスニハ一番弱インデスヨ、それからは梢《こずえ》で鳥が鳴き交わしはじめるように、無数の声が、互いに絡みあい、混ざりあい、響きあいしながらいっせいに放たれはじめた。暗イトンネルガ第一ノ書物ト第二ノ書物ヲ繋《ツナ》イデイル、ソウ考エルノガ最モ合理的デアルノハタシカニ間違イナイ、合理的ダカラ正シイトハ限ランガネ／歴史トイウノハ悪イ夢ノ集積ナノカモシレン／案外ソウデモナイカモシレマセンヨ、潜在能力ハ自分デハ気ガツイテイナイ場合ノ方ガ多インデス／実ハ柳峰導師ガソモソモノ出発点ナンデス／銀座ニアル店デ、ツマリ酒場ダ、数寄屋橋ノ交差点カラ、泰明小学校ノ裏手ヲ入ッタビルノ四階ニアル、店ノ名前ハ分カラナイ／彼女ハ船ダ、羅針儀モナク海原ヲ行ク船ダ／シューベルトヨ、夜ノ賛歌／porta in infinitatem コイツ、コノ言葉ダ、鍵ニナルノハ………

………加多瀬、おい、加多瀬。

振り返ると、部屋の戸口にひとりの人が立ち、その人は繰り返し加多瀬の名を呼び、背広姿の長身が清澄であるとの理解が訪れた瞬間には、わめきたてる無数の声を押しのけて、加多瀬と呼ばれた男が返事をした。

「清澄か、なんだ？」

「なんだじゃないぞ。そんなところにぼうと突っ立って、貴様はやっぱり変だ」

自分の変調を他人にさとられることへの怯《おび》えが、加多瀬の身体をたちまち防御の固い鎧《よろい》で覆いつくした。

「ちょっと考え事をしてただけだ」

笑いを浮かべた加多瀬は、機密書類の棚の硝子扉が閉じられているのをちらと確認すると、そこから二、三歩離れて、別の書棚から資料を引き出して眺める格好になった。戸口の灰色の背広が動き出すのが眼の端に映り、硬く荒い靴音が男の内心をそのまま表出するかに天井に響いた。清澄は躊躇《ちゅうちょ》なく加多瀬が機密資料を置いた机の前に立ち、広げたままになった綴じ本を上から見た。

「軍令部員でも、鍵は勝手に持ち出せない決まりだ」

資料から眼を離さずに清澄がいい、頁をめくる音が鋭く空気を震わせた。

「どうしても調べておきたいことがあったんでね」

加多瀬の弁明は聞かずに、清澄は同じ語調でつけ加えた。

「早いところこいつをしまって、鍵を返しておいた方がいい」

「そうする。だが、きわめて重大な話なんだ。榊原の件だ。『夕鶴』の事故は知っているだろう。あのとき『夕鶴』に乗っていた水兵のなかに、榊原の搭乗機の操縦員と整備員がいた。こいつが何を意味すると思う？」

語るうちに発見の興奮が加多瀬の身体を火照《ほて》らせ、だが相手はいよいよ冷たい声で応答した。

「なんの意味もないさ」

「しかしだ、もしかりに、その問題のふたりが『夕鶴』沈没の原因を作ったのだとしたら？」

「どういうことだ？」

清澄がはじめて視線を加多瀬に向けた。

「つまり、魚雷調整室で酒盛りをしようとした水兵の不注意から火災になって船が沈んだんだとしたら」

そこまでいったとき、ちょっと待て、と清澄が遮った。

「いまなんていった？」

「『夕鶴』沈没の原因さ。あれは水兵の不注意が引き起こした事故だ」

「何故《なぜ》そんなことが分かる？」

「聞いたのさ、森下一曹から。森下一曹は格納筒の乗組で、おれとハワイまで一緒だった男だ。その森下から直接聞いた。そう、おれは聞いた」

それは贋《にせ》の記憶にすぎない、そのように叫ぶ声を聞きながら、しかし一度生まれた確信は意識の岩盤に根を下ろし、素早く茎を伸ばし枝を広げた。

「森下もあのとき『夕鶴』にいた。ふたりの仲間と酒盛りの最中に火事を起こした。ふたりの仲間が誰だか、名前は森下はいわなかった。だが、海兵団で同期の人間で、同じ分隊に当時いたのが水上と関だったとするなら、彼らが仲間だと考えるのが自然だとおれは思う。つまり森下、水上、関の三人が『夕鶴』事件の犯人とみて間違いない。森下は出撃の土壇場になって、秘密を抱いたまま死ぬ気になれなかった。それで先任将校であるおれに言い残して、死んだ」

失われた遺書——。その言葉が出し抜けに頭に浮かんで、それはいったいどこで聞いた言葉だったのだろうかと、加多瀬が記憶を探りだしたとき、低く響く笑い声が耳に流れ込んできた。

「加多瀬、貴様はやっぱりおかしい。少し休め。手続きはおれがしてやる」

いきなりの病人扱いにむっとなった加多瀬は笑う男を睨《にら》み付けた。

「まあ、座れよ」といってなおも頬《ほお》を笑いにゆるませたまま清澄は、自分から椅子《いす》に腰を下ろし、加多瀬も書棚から歩いて、清澄が前にした机とはふたつ離れた机の、端に置かれた座席に着いた。そうしてみると、何か査問でも受けるような雰囲気が生まれて、加多瀬は気分を害し、しかしかすかな不安が兆すのも否定できなかった。

長い脚を組み、煙草を取り出して火をつけた清澄が口を開いた。

「いいか、いまの状況をよく考えろ。いまおれたちは何をしている。アメリカとの戦争だ。こいつは絶対に負けられない戦だ。軍人だけじゃない、日本人全員が、ただ勝つことだけに集中している。いまは戦争に勝つに益すること、それ以外はしてはならない。おれたちには時間も余力もない。少ない戦力と時間を最大限効率的に運用していかなければならないんだ。いまこの時点で、昔の事件を蒸し返すことになんの意味がある？　それがほんのわずかでも戦局を有利にするだろうか。答えは否だ。むしろ混乱を招来してまずいことになる。とすれば蒸し返すべきではない。こんな理屈は貴様にはとっくに分かっているはずだ」

「しかし、事実は事実だ」

自分がひどく幼稚なことをいっているような気がして、何か言葉を加えなければならないと思い、しかし出てきた文句はただの繰り返しだった。

「事実は事実、ということだ」

「事実は認めよう。『夕鶴』の事件が貴様のいうとおりだとしてもいい。だが、戦争が終わってからにしろ。この戦争が終わったら、いくらでも調べたらいい」

加多瀬は同僚の理屈を認めた。けれども感情の器の底に頑固に動かぬ塊があった。

「しかし榊原の事件に係わりがある以上はほうってはおけないさ。いや、もちろん係わりがあると決まったわけじゃない。だが、偶然の一致というにはあまりにも奇妙だとは思えないか」

「榊原の件も同じだ」

清澄の介入の仕方は鉈《なた》で何かを断ち割るように殺風景な地下室に響いた。

「あれも済んだ事件だ。いまさら蒸し返しても利益はない」

相手の断定調と、何より利益の言葉に加多瀬の感情は熱を帯びた。

「ひとりの士官が毒で殺された。これは利益がどうのという問題じゃない」

「あれは事故ないし自殺さ。貴様もそれは認めたはずだ」

「状況が変わった。是非とも『夕鶴』事件との関連を調べる必要がある」

「いいか、よく聞けよ、加多瀬」

清澄が机の上でぐいと上体を前方に乗り出し、しかし斜めの位置にいる加多瀬には、清澄が架空の論争相手に向かっているように見えた。

「貴様が榊原の件にこだわる気持ちはよく分かる。しかし貴様に、いや、おれたちにそんなことをしている時間があるか。戦局は難しいところに来てるんだ。ガダルカナル以降は陸軍との関係も悪い。東条だってあてにならない。下手すりゃ、よってたかって海軍が叩《たた》かれることになりかねない」

「士官が何者かに殺された。それはたいした問題じゃないというのか？」

「殺された証拠はない」

「これから探すさ。おれが探してみせる」

押し殺した清澄の声が怒気をはらんで空気を震わせた。

「いい加減にしろよ」

「いいか、よく聞け。この戦争で死んだのは榊原ひとりじゃない。大勢の人間が死んでいった。おれたちがこうやって話をしているあいだにも、死んでいるやつがいる、そのことを考えろ。貴様だって、ラエで部下を死なせただろう」

一番の急所を的確につかれて、加多瀬は顔面から血の気が失《う》せるのを自覚し、反射的にふくれあがった憤怒の爆発を喉元《のどもと》でかろうじて押さえ込んだ。清澄は投与した薬の効き目を確かめる者の眼で加多瀬を窺《うかが》い、引き続いた沈黙のなかで、感情の荒波がしだいに引いていくなか、自分は失格者だという、慙愧《ざんき》と屈辱と諦念の砂地が露出し、ただ論争相手に対する意固地な気持ちだけが点々と岩のように残った。

「死んだのは榊原だけじゃない」

清澄が勝利者の余裕を誇示する吐息とともにいうのへ、暗鬱《あんうつ》な穴に落ち込みながら、かろうじて加多瀬は意地を張った。

「戦闘で死ぬのと、謀殺されるのは、同じじゃないさ」

それは、そうだ、と即座にやわらかい口調で清澄が応答した。

「しかし、死は死だともいえる」

「違うさ」

「違うかもしれん」

清澄は無理に逆らわなかった。

「しかし少なくとも、いまのところ謀殺は貴様の想像にすぎない。調べるのはかまわん。だが、まずは現在の状況を考えてくれ。どこにプライオリティーを置くべきか。榊原の問題が貴様にとって重大なのは分かる。しかし他にも大事な問題はあるはずだ。誰だって自分の大事なものを犠牲にして戦っているんだからな。ときには命を犠牲にしてだ」

榊原の問題は海軍という組織の問題であると反論が直ちに浮かんだけれど、加多瀬はもう議論を続ける気持ちはなかった。

加多瀬から言葉がないのを見計らって、清澄が椅子から立ち上がった。

「よく休めよ。自分じゃ気づいていないかもしれんが、顔色が悪いぞ」

貴様こそと言葉を返そうとして、清澄が海兵の頃から青白い顔色の持ち主であるのを加多瀬は思いだし、ああ、そうする、と素直な言葉を返した。

「もっとも近頃のひどい飯じゃ、顔色が悪くなるのも仕方がないか」

薄く笑った男は背中を見せ、硬い靴音を残して扉の向こうへ消えた。

V　ベニスの商人

加多瀬は火の気のない資料室の椅子にそのまま座り続けていた。

背中から肩に血が行き届かず、凍りついたように冷たく凝って、先刻からはじまっていた頭痛がしだいに度を増していた。

加多瀬はたったいま手帳に記したばかりのメモを読みかえした。

一　九年、「夕鶴」の事故原因は三人の二水の不注意である。水上茂幸、森下勇治、関善太郎。

二　三人は真相を隠し、「夕鶴」事件の原因は不明とされた。

三　三人は横須賀海兵団の同期。「夕鶴」では三人とも第一分隊（砲術）所属。

四　十六年、ハワイ攻撃時、水上は一飛曹、「蒼龍」艦爆隊、榊原搭乗機の操縦員。

五　十六年、ハワイ攻撃時、関は一整曹、「蒼龍」艦爆隊、榊原搭乗機の整備員（つまり水上と関は榊原機の操縦と整備だった）。

六　十六年、ハワイ攻撃時、森下は一曹、格納筒乗組（艇長入江少尉）。

七　水上は九九艦爆の偵察席で機銃弾により死亡（飛行中に負傷し、榊原と操縦を交代？）。

八　森下は格納筒で出撃、戦死。

九　関はハワイ攻撃後、海軍病院に入院したのち退役。

加多瀬はこめかみを指で揉《も》み、それから腕の時計を見た。時刻は午前二時をとうにすぎて、今夜は軍令部室の隅に置かれた古ぼけたソファーで寝るしかなさそうだった。

まずは顔でも洗おうと、立ち上がったとき、先刻まで清澄が座っていた場所に人がいるのに加多瀬は気がついた。

それはレースの襟飾りと袖飾《そでかざ》りのついたブラウスの上に、紫色の派手な色合いのチョッキを重ね、長く伸びた髪にパナマ帽を載せた異国の老人で、茶色く濁った眼でこちらの様子を窺っていた。加多瀬はもう一度椅子に腰を戻し、机についた腕で頬杖《ほおづえ》をして眼をつむってみたけれど、そうすればかえって実在する者の気配が皮膚に撃ち当たって、加多瀬は再び異国の老人に眼をやり、すると老人は皺《しわ》だらけの顔にさらに皺を重ねて笑い、黒い洞みたいに見える歯のない口を開いた。

「そろそろ認めちゃどうなんです？」

「何を？」

反射的に問いを返してから、加多瀬は老人が日本語で話しかけてきたのを知って、その事実こそ、地下室の電灯を頭から浴びて、間違いなくそこに実在していると見える人物が、本当は自分の頭から飛び出た幻影にすぎぬ証拠だと考え、そのときになってはじめて戦慄《せんりつ》が冷気となって背筋を這《は》いあがるのを覚えた。

「私が認めろというのは、少佐殿御自身の欲するところを認めろというんです」

少佐殿という言い方に揶揄《やゆ》と悪意の毒をたっぷり含ませて老人がいった。

「私のことは別に認めてくださらなくて結構。いま少佐殿がお考えのように、妄想で十分です。だいたい私は名前というやつが大嫌いでして。誰が発明したかしらんが、名前なんてものがなかったら、この世界もずいぶんと住み易いものになると思いますね」

「消えろ、消え失せろ」

加多瀬は叫び、顔にたかる蠅《はえ》を追うかに腕を振った。

「御自分で呼びつけておきながら、消えろとは、こりゃまたずいぶんな御《ご》挨拶《あいさつ》だ。北国の偏屈者のドクトルに劣らぬわがままぶりです。いいでしょう。御希望どおり即刻消えましょう。ただ、ひとつ申し上げれば、少佐殿が私に消えろという権利があるのと同様、私にも少佐殿に消えろと命じる権利がある、この点を理解して頂くことだけはゆずれません。なんとなれば、私が少佐殿の病的なおつむから湧いて出た妄想である可能性と、少佐殿こそが私の妄想である可能性は五分と五分、いや、どちらかといえば私の方に分がある。なにしろ少佐殿はどうして自分がここにいるのか、思い出せないとお見受けします。降って湧いたようにここにいる、そんな気がしてならないんじゃないですか？」

「黙れ！　消えろ、ここから消えろ！」

恐怖の虫が体中で騒ぎ出すのを覚えるや怒鳴らずにはいられなかった。老人は加多瀬の激昂《げっこう》ぶりを愉快そうに眺め、上機嫌に笑いだした。

「消えろ、消えろ、つかの間の灯火、人生は動き廻る影法師、あわれな役者。同じ台詞《せりふ》を重ねるなら、せめてこのくらいは続けて欲しいものですな。もっとも私は芝居よりも小説のほうが好きでして、だから私なら人生を役者にたとえたりはしない。むしろ一冊の書物にたとえます」

「一冊の書物？」

「さようです。どうやら思い出していただけた、いや認めていただけたようですな。人生を書物にたとえる。これはきわめて陳腐ではあるが、多くの事柄の理解の助けにはなる。ご存じ、語学の天才たる土蔵の隠棲《いんせい》者の発案です。彼は自分がかつて読み終えた書物、それを再度読みつつあるのではないかと仮説をたてた。実に合理的なる説明です。少なくとも戦場における怪我《けが》と熱病のせいで意識と記憶に一時的な混乱が生じているという、少佐殿の説明よりははるかに優れている。海兵におけるハンモックナンバーの差っていうのは、いつまで経っても埋めがたいものがあるようですな。実際、海軍兵学校の同窓会じゃ、一番の者から順番に座敷に並ぶそうじゃありませんか。土蔵の天才隠棲者は文句無しの一番、少佐殿は何番でしたかな？　まあ、それはともかく、少佐殿がいまや第二の書物を、すなわち、かつて読み終えたのとそっくりな書物を読みつつあるという、ある意味では単純な事実を容認してしまいさえすれば、現在の混乱から逃れることができる。もっとも、それはより大きな非合理の竜巻に呑《の》み込まれることを意味するでしょうがね。つまりは、あれです、非合理を説明するに、よりいっそう大きな非合理をもって、という古くからある方法です。死を恐れるあまり自殺する人間、彼を決して嗤《わら》うべきではない。彼こそが真の合理主義の信奉者です。非合理は徹底すれば限りなく合理に似てくる。むろん逆もまた真なりです」

老人の言葉は否定しがたく加多瀬の腑《ふ》に落ち、しかしこれが幻影であるならば、自分が自分に語っているのと同じであり、腑に落ちるのも当然だと思い、しかしどれほど譲歩したとしても、かように下品でいやらしい「自分」は容認しがたかった。

「ベニスで会ったやつだ」と加多瀬は口に出した。

「ベニスの物売りの男だ。それをおれは頭のどこかに記憶していて、こういう風に出てきている、そうなんだろう？」

相手の正体を暴くことで優位を築くつもりが、最後の弱気な問いかけが、幻たる老人の狡《ずる》い眼の動きと、いっそうの舌の回転を引き出した。

「覚えていていただいて光栄です。まさしく魔術と水の都ヴェネチアの物売り、しかし、ただの物売りじゃありません、人間の欲するものなら何でも用意する万能屋。置いてないのは女性の寛容と蚯蚓《みみず》の目玉くらい。しかも、ただ置いて待つばかりじゃない、出張訪問販売もいたします。だからこうやって極東の地の果てまでやってきたわけでして、少佐殿の欲するものだってむろん御用意できます。だが、そのためには、まず、少佐殿御自身が御自分の欲望を知る必要がある。少佐殿が欲しいものは何です？　エジプトのパロにも勝る巨万の富？　不老不死の霊薬？　世界征服？　いや、答えていただかなくて結構、もう存じておりますよ。それくらい分からないようじゃ、世知辛いヴェネチアで商売はできません。少佐殿の欲するもの、楠《くす》の梢《こずえ》ざわめく褥《しとね》で契りを交わされた女性、グランド・オダリスクの娼婦《しょうふ》……」

「黙れ、黙るんだ！」

癇癪《かんしゃく》を爆発させ、思わず立ち上がった加多瀬をおかしそうに眺めて、老人はいよいよ上機嫌になって続けた。

「黙ってもいいですが、沈黙ってのは恐ろしいものですよ。うっかりすると得体の知れぬ怪物を呼び寄せてしまう。木こりは大声で喋《しゃべ》りながら山に分け入る。そうしないと熊が来るからです。人はいつでも喋っているほうが無難です。もし彼女の話がおいやなら、よろしい、話題を変えましょう。関一曹の話はいかがです」

不意に持ち出された関の名前に虚をつかれ、加多瀬は思わず幻に眼をやり、しかし幻は、幻の言葉にはふさわしからざる生々しい実在感をともなってそこにあり、新たな戦慄を覚えると同時に、そのときになってはじめて老人がつけた品のない安香水の匂《にお》いを、自分がさきほどから嗅《か》いでいたのに気がつかされた。

「関、森下、水上、この三人がかつて水雷艇を沈め、それが榊原大尉の事件と係わりがある。少佐殿の推理に私も賛成です。ところが、残念なことに、森下、水上の二名はハワイで死んでしまった。真相を永遠に抱えたままです。死人にも口がないわけではないが、生きていたときとは役目が違って、蛆虫《うじむし》の集会場にすぎません。ならば残る関はどうか。実は関はだいぶ前から行方不明なんです。恐らく殺されたんでしょう。この点はぜひとも、少佐殿の手帳のメモに加えていただきたいですな」

「何故《なぜ》分かる？」

一瞬相手の怪しいあり様を忘れて、言葉そのものに加多瀬は反応した。

「少佐殿の背広の内ポケット、そこを探してごらんなさい」

加多瀬は思わず背広の胸に手をやった。

「手紙があるでしょう。関一曹の父親からの手紙です。少佐殿が埼玉の実家に問い合わせの手紙を出して、昨日の午後、返事が来たんです。お忘れですか？」

押さえた胸には布地を通してたしかに封書らしきものの感触があって、相手の指摘どおりの場所に指摘どおりのものがあったことに加多瀬は狼狽《ろうばい》し、ひどくいやな気持ちになった。

「もっとも少佐殿はそこに手紙らしきものがあることには気づいておられた。それが証拠に、先刻、役者顔の海軍士官と話をされているあいだじゅう、少佐殿はしょっちゅう胸のあたりを気にされていましたからね。手紙があるのは分かるが、何故あるのかが分からない。それが不安で、出してみるのをためらわれていたんでしょう？」

老人の言葉を無視して、加多瀬は内ポケットに手を入れて封筒を取り出した。封がすでに破かれた茶封筒には、表に海軍省内気付と加多瀬の宛名《あてな》、裏を返せば、埼玉県秩父郡の住所と関利平の名前があり、たちまち加多瀬は昨日の昼過ぎ、軍令部の机に届けられていた手紙を開封したことを思い出し、関善太郎が海軍を退役した直後の春から行方知れずになり、実家では大変心配している、ついては力になって貰《もら》えないだろうかと、最後は懇願に終わる文面もまた記憶の舞台に呼び戻した。

「思い出されましたか？」

「最初から知っていたさ」

相手のからかう調子に反発して加多瀬がいうと、老人は、ふっ、ふっ、と歯のない口から息を漏らして嗤った。

「そいつは失礼いたしました。いや、たしかに少佐殿は知っておられたんです。というよりですね、少佐殿は何もかも知っておられるんです。なにしろ、少佐殿が書物を読まれるのは二回目ですから。ただ第一の書物と第二の書物には若干の喰《く》い違いがある。何故食い違いが生じたのか、これは検討するに値する問題ですが、とにかくそれが混乱の原因になっているだけで、事実を直截《ちょくせつ》に認めてしまうなら、すべては自明となるはずです。そろそろ根本の非合理を認めてはどうです。それもたったひとつです。たったひとつの非合理を認めてしまえば、あらゆる事象が平明な光のなかにたたずむことになる。どうも日本人という人種は、細かい非合理とは平気で付き合うくせに、大きな非合理となると尻込《しりご》みする傾向がある。だから神の子の死と復活の教義は日本では広まらない。しかし考えようによっちゃ、日本人の大好きな自然くらい非合理なものはない。私がいずれ死ぬ。人間にとってこれ以上の非合理はないと思いますがね。いずれにせよ少佐殿はすでに自然の生暖かな懐からは出られて、砂塵《さじん》吹きまくる荒れ野に踏み出しておられるんです。少佐殿は何もかも知ってらっしゃる。たとえば少佐殿は、日本が負けることを知ってらっしゃる」

日本が負ける、その言葉はなんら衝撃もないまま、すんなりと耳を通過し、その場に立ちつくした加多瀬は、眼前に現れた満開の桜を眺め、それはかつて榊原と志津子と一緒に訪れた上野の山に違いなく、筵《むしろ》に食い物と酒瓶を並べて花見の宴に興じる人々のあいだを三人で歩きながら、志津子の着物の襟足から頰《ほお》にかけての肌が満開の桜の色を映すかのように真珠色に輝いて、どうしてそんなに色が白いんですと、感嘆した加多瀬がつい無遠慮に問いを口にすると、ただうつむいて微笑する本人に代わって榊原が、肺病じゃない、身体は至って丈夫だと答えた、その場面を鮮明に瞼裏《まぶたうら》に思い描いた。

「しかし、日本が負ける、海軍がなくなる、そんなことは少佐殿にとっては何ほどのものではありません。結局のところ人生の差し引き勘定はプラスマイナス零《ゼロ》である、この少佐殿の根本思想に私も賛成です。日本が勝とうが負けようが少佐殿の幸福の総量に違いはない。素晴らしい人生訓です。だいたい戦争に負けたからといって日本という国がなくなるわけじゃなし、英国贔屓《びいき》のあの方も、めでたく天寿をまっとうされて、あとから来る人々は戦争があったことなど気にもとめずに、楽しそうに毎日を暮らしていくんですからね。ぶくぶく肥った家畜豚だって、殺されるまでは十分幸せです。まして、食肉になる前に頭がすっかり惚《ほう》けて、肥りすぎの老衰であの世へいけるなら、こんなに幸せなことはない。日本は豚だ。幸福な豚。それでいいじゃありませんか。少なくとも日本人は腹一杯飯が食えるようになる。ローマの美食家よろしく、世界中のあらゆる珍味佳肴《かこう》を試したあげく、あれが旨《うま》いのこれがまずいのといいだすようにさえなる。箸《はし》が立

たこと寒風のなか何時間も行列することを求めて、たった一杯の芋雑炊を求めて、寒風のなか何時間も行列すること

に較べたら、まったく夢のような話じゃありませんか。あとはもう猪突猛進《ちょとつ》、必死の覚悟で脂肪を蓄えるだけです。不幸に見舞われる前に、一刻も早く死ぬためにね。間違ってもアジアの友人たちのことなんか考えちゃいけない。アジアなんてほっときゃいいんです。まわりから何をいわれようが知らん顔していればいい。アジアの友人たちには悪いことしたなんて反省するのは愚の骨頂です。だいたい日本には友達なんか最初からないし、友達でもない者から自宅のパーティーに招待されることくらい迷惑なものはないんですね。大東亜共栄圏の食卓にはみんな嫌々ついていたんです。日本はアジアかヨーロッパかなんて愚劣な疑問を馬鹿な批評家連中が提出したりしていますが、なに、日本はアジアでもヨーロッパでもない、ただ極東に棲息《せいそく》せる一匹の豚です。あらゆる軽蔑《けいべつ》を一身に集める肥満豚、それでいいんです。がつがつと餌《えさ》を喰らい、自分の垂れ流した糞《くそ》すら口にする貪欲《どんよく》な豚、それでいいんです。ひたすら己の肥大せる胃袋に忠実であればいいんです。どうです、少佐殿、あなたは何もかもご存じでしょう？　林立する高層ビルの部屋という部屋のなか、無数の豚どもが餌を喰い散らかし、薄汚い性欲を充《み》たす姿を。むろん知っていて当たり前だ、なにしろこれは少佐殿の思想なんですからね」

自分は何もかもを知っている。夕暮れどきを過ぎてから、突如頭を過《よぎ》った思考を漠然と追いながら、加多瀬は花の咲き乱れる上野の山を、人出はあるものの、戦時とあってさすがに歌舞音曲の響きはなく、灯火管制で提灯《ちょうちん》の明かりもない、ただやたらと酔漢

ばかりが目立つ不忍池《しのばずのいけ》のまわりを歩き、やがて陽が沈みきれば、頭上を覆う白い花は宵《よい》闇《やみ》に紛れて空一面の雲塊のごとくに見え、樹下を息を殺すかに通り過ぎる人々は、まるで地獄をさまよう幽鬼のごとくあり、日本人はもう全部死に絶えて、空気と変わらぬふわふわしたものに変わってしまったのだと思い、一方で加多瀬のふたつの眼は、それら寄る辺なくさまよい続ける幽鬼の群のなかに、かつて見たのと同じ、肌に花の色を映した志津子の姿を発見しようと、意志から離れ浮遊するかに敏捷《びんしょう》に動きまわり、ときにたしかにその姿を見たとの思いに、あわてて近寄り声をかけようとすれば、まるで見たことのないよそよそしい他人の顔がそこにあって、自分の行動のばかばかしさに半ばあきれながら、それでも花の下の薄闇にこそ求める女はあるのだとの思いがやまず、池の周囲に人影がまばらになる時刻になっても、桜のそばから離れられなかった。

「少佐殿はなにもかも知っておられる。この戦争は負ける。レイテで、サイパンで、沖縄で、恐るべき悲惨の果てに、あるいは西日本のふたつの都市で、人類がはじめて目撃する恐怖を含む過程を経て負ける。しかし、そんなことは少佐殿には関係ありません。戦争であろうがあるまいが、人はいずれ死ぬんですからな。爆弾の火で焼かれて死のうが、餅を喉《のど》につまらせて死のうが、死に変わりはない。死は死である。この意味で役者顔の将校さんはまったく正しい。とすれば、少佐殿に唯一係わりのある問題は何か。それは、すなわち彼女です。——さあてと、ずいぶん回り道しましたが、ようやく本題まで辿《たど》りついた。単刀直入に申しましょう。戦争の方はいまさらどうにも手の施しようがないが、彼女を取り戻すのはまだ間に合うんじゃないですか。違いますかね？　もちろん少佐殿が貴藤大佐に遠慮する気持ちは理解できます。彼女は現在貴藤大佐の世話になっているわけでして、しかし、この『世話になる』という日本語はなかなかに含蓄のある言葉ですな。それはともかく、少佐殿は彼女から別れの手紙を貰《もら》ったあと、鎌倉へ行き、このことを悟られた。違いますか？　違わないはずです。何故なら少佐殿は一回鎌倉へ行ったきり、実にあっさりと、彼女の後を追うのをやめてしまった。いくら少佐殿が淡泊な性格だからといって、諦《あきら》めがよすぎやしませんか。あっちの方は案外淡泊でもないのを、私は知っておりますよ。今後数十年に及ぶであろう、貴藤大佐と彼女との関係に気づいたからでしょう？　別に私に隠す必要はない。なにしろ私は少佐殿御自身なんですから。しかしですね、まだ諦めるのは早すぎるというのが私の親切な助言です。そうです、少佐殿は歴史を変え得るという、きわめて特権的な立場に立っておられるのですよ。だったら変えるべきです。繰り返される歴史は茶番だなんていいますが、なに、歴史なんて最初から茶番なんです。茶番を練って固めたものが歴史です。茶番に茶番を加えて何が悪いんです。あえていわせてもらいましょう、少佐殿は己の欲望のためにもっと努力すべきです。いまなら彼女をまだ奪い返すチャンスはある。なにせ恋敵はもう五十歳を過ぎた老人だ。もっとも三十年後に八十歳をすぎて、しかもなお矍鑠《かくしゃく》たる、まったくはた迷惑な老人ですがね。それから彼女は決して喜んで貴藤大佐に世話になっているわけじゃない。決して幸せではない。この点も考慮に加えるべきです。むろん、いまさら幸福などという概念を持ち出すのが恥ずかしいことだくらいは私も弁《わきま》えてはいますがね。しかし恥を忍んで、刎頸《ふんけい》の友たる少佐殿のために申し上げるんです。それに心配じゃありませんか。手紙の様子じゃ、彼女は鎌倉へ行ってからというもの、少々頭がおかしくなっているらしい。何か変なことをされたのかもしれませんよ。軍の機密に係わることだから、なんていって夫婦で呼び出されて、おかしな実験の材料になったのかもしれない。実験ならまだいい。なにやら怪しげなことが行われなかったという保証はないんじゃありませんか。榊原氏の手帳の頁が破られていたのを覚えておいででしょう。ちょうどふたりが鎌倉を訪れたと目される日付の含まれる頁です。あれはたぶん、榊原氏本人が破いたんでしょうな。つまり、鎌倉へ来たことは絶対の秘密だから、証拠を残してくれるなとでもいわれたんでしょう。軍人は軍機などといわれると弱いもんです。それで榊原氏は体よく追い払われて、呑気《のんき》にスケッチなんかしているあいだに、かの麗しきご婦人の身に何が起こったのか。これ以上は申し上げますまい。ただ、あそこには、安積とかいう、いかがわしいペテン師みたいな眼鏡の男がいたことは御注意申し上げたい。あの男には気をつけた方がいい。ドイツで修行をしたというが、薬やら何やら使って、人の魂を物扱いするような人間には大概碌《ろく》な者はありませんからな。まあ、私も人のことはいえませんがね。いかがでしょう？　私の熱意は理解していただけたでしょうか。至誠に悖《もと》るなかりしか、言行に恥ずるなかりしか、気力に欠くるなかりしか、努力に憾《うらみ》なかりしか、不精にわたるなかりしか。以上五つの反省を少佐殿への最後のはなむけの言葉として、私はそろそろ退散いたします。それでは、いずれかの日、いずれかの場所で、いずれかの書物の頁のなかで、またお目にかかりましょう。ああ、それから、ついでながら申しそえれば、『夕鶴』に関する資料はもう一度よくご覧になった方がいいと思いますよ。そうすれば、先程の手帳のメモ書きに、新しい項目を加えることができると思いますがね。では、ごきげんよう」

夜が更けるにつれて、霧が降りた。動物園の獣が寂しげに吠《ほ》える声が夜霧を渡って聞こえた。不忍池に背を向けた加多瀬は、公園前の停車場で乗客のまばらな電車に乗り込むと、日比谷で降り、そのまま通りを進んで日比谷公園に足を踏み入れた。

濡れた土を踏んだ加多瀬は、雲形池までくると、しばし足を停めて、黒い池の面を眺めて放心した。

池の中央の鶴の噴水は水をとめていて、霧と暗がりのなかでは形の判然としない鉄塊に変わって、池辺の街灯のわずかな明かりをうけた水面に動きはなく、底がないかに見え、この水は地下で海に続いている、そのような幻想が出し抜けに浮かび上がり、しかもこの海に続く井戸は、海底に沈んだ死体が集まる場所であり、腐乱した死骸《しがい》が幾重にもなってそこに堆積《たいせき》して、四肢を互いに絡ませあい、押しあい、ぶつかりあい、しかしそうした動きが微妙な平衡を保って、いま水は重たく静まっているのだ。

こんな時刻なのに公園には結構人影があって、対岸の街灯の下を、人が二人、三人と、幽鬼のような青白い横顔を見せて通り過ぎ、右手の林の奥に人がとりわけ蝟集《いしゅう》する一画があって、ひとかたまりになった人影の頭上を覆って白い幕がかかっているように見え、眼を凝らしてみれば、白い幕と見えたものは一本の桜の木であり、満開の花の下で、花見が行われているのだった。

人々は莫蓙《ござ》に座り、あるいは傍らのベンチに腰を下ろし、酒を飲むでも重箱をつつくでもなく、沈黙のうちに満開の花を眺め、あるいは闇に意味なく頭を巡らせ、あるいは首をうなだれ、それは発話が禁忌になった古代の密やかな儀式めいた印象をもたらした。死者たちの花見の宴。そのような言葉が頭を過って、しかし戦慄《せんりつ》も動揺もないまま加多瀬は池を離れ、沈鬱《ちんうつ》な花見の人々を横目に霞門へ向かって歩いた。

霧の微細な粒子があたって頬や鼻先が冷たくなるのを感じながら、祝田通りに出ると、いっそう稠密《ちゅうみつ》な霧が流れ寄せ、正面に海軍省の黒い建物が、濃霧のなか幻影のごとく浮かび上がった。

ゆっくりと通りを渡った加多瀬は、東の通用門から敷地に足を踏み入れると、赤煉瓦《あかれんが》の三階建てビルへ真っ直《す》ぐ向かった。

歩哨《ほしょう》に軽く敬礼して、裏口から建物に入った加多瀬は、階段を三階まで昇り、西側にある軍令部まで歩き、第二部の部屋の一画にある棚から鍵を選び出すと、地下の資料室へ向かった。

目指す「夕鶴」の資料はすぐに見つかった。乗組員名簿の同じ分隊の欄に、予想どおり関と森下の名前を確認したのに加えて、榊原の搭乗機の操縦員であった、水上の名前を発見したのは大きな収穫だった。

加多瀬は大判になった和綴《わと》じの書類を机に置いたまま、しばらく茫然《ぼうぜん》と虚空を眺め、やがて思いついて、胸の内ポケットから二通の手紙を出した。

ともに昨日の午後、軍令部で受け取った通信で、一通は家族からの、もう一通は関一曹の父親からのもの、後者はすでに何回か読んでいた。

加多瀬は午後に一度、公用で外回りをした際に、電車のなかでざっと眼を通しただけの、妹からの手紙を手に取った。範子はこの正月過ぎから金沢の兄のもとに母親と一緒に滞在していて、加多瀬がソロモンから戻って海軍病院に入院しているあいだも、顔を見ることはできなかったけれど、その埋め合わせというわけでもないだろうが、長くて愉快な手紙を何通か貰っていた。

手作りらしい白い和紙の封筒から、折り畳まれた便箋《びんせん》を取り出して、女性が書くには大きくて四角張った、太い万年筆の文字に加多瀬は眼を落とした。

VI　手作りの暗号

「今回の手紙はお知らせが主な内容ですので、短くなることをあらかじめお許し下さい。お知らせとは、私と彦坂さんの婚約式についてです。日取りは四月十一日の日曜日、場所は鎌倉の彦坂さんの別荘です。急な話なので、当日はごく親しい方だけをお呼びする予定です。別荘には小さなオルガンもあるので、安田先生に牧師役をやつて頂いて、午前の十一時から式の真似事でもしやうと計画してゐます。

前の手紙でお知らせしたやうに、本格の結婚式は時局が一段落してからのつもりなのですが、私も彦坂さんも形式には然程《さほど》こだはるつもりはなく、結局は今度の婚約式が実質的には結婚式と考へてよいと思ひます。式のあと、私はそのまま鎌倉に住むことになりさうです。彦坂さんも週末毎に鎌倉に通つて来るさうで、これはつまり、古式ゆかしい妻問ひ婚と云ふわけです。

と云ふわけで、家族にも是非出席してほしいのですが、お母さまは相変はらず体の具合が芳《かんば》しくなく、なにしろ突然決まつたことなので、学《まなぶ》兄さんは仕事の都合がどうしてもつかないとのこと。あとは総子《ふさこ》姉さんですが、子供たちから手が離せず、結局友部さんに親代はりといふ資格で来てもらふことにしました。友部さんに親代はりになつて貰ふ運命に陥つた我が身を、つくづく哀れにも滑稽《こつけい》にも思つてをります(内緒、内緒)。

お兄さまはとても無理ですよね？ いくらなんでもこんなに突然の話では。もし来て頂けたら本当に嬉《うれ》しいのですが、お忙しい身である以上無理は申せません。ただ鎌倉は遠くないので、いつでも好きなときに遊びに来て下さい。大歓迎いたします。

私は切符が取れ次第、鎌倉へ行く予定でをりますので、どんなに遅くとも四月七日頃までにはそちらへ落ちついてゐるはずです。

ところで、お兄さまは元気でお暮らしかしら。総子姉さんがちやんと連絡をくれないので、入院したと聞いたときはずいぶんと心配しました。でも、このあひだ、総子姉さんからやうやく手紙を貰つて(遅い!)、すつかりお元気になられたとのこと、安心いたしました。

金沢はとても美しく静かな町で、離れるのが惜しまれます。春から夏、夏から秋、一番よい季節を逃してしまつたのが残念。兼六園にはまだ一度も行つてません。でも、私は冬が好きなので、こちらの厳しい寒さも心地よく感じられます。それに学兄さんは当分ゐらつしやるやうだから、また遊びに行く機会もあるでせう。

学兄さんと云へば、このあひだ、学兄さんからとても愉快な話を聞いたのでひとつだけ紹介します。

去年の夏、学兄さんが名古屋へ出張して、汽車で大阪へ向かはうとしたときのこと。途中から雨が降り出し、窓を閉め切つたので蒸し暑く、乗客はみんなうと〳〵居眠りをしてゐたさうです。すると一人の若い将校さんが、突然、歌を歌ひだした。それはシューベルトのセレナーデで、学兄さんの好きな曲だから聞きほれてゐると、次にまたシューベルトの『野薔薇《のばら》』を歌ひだした。と、今度は後ろの席に座つてゐた四人の女性が一緒に声をあはせて歌ひだし、たう〳〵合唱になつたつて云ふんです。

どうです、ちよつと素敵なお話でせう。お母さまは、そんな洒落《しやれ》た将校さんは絶対に海軍だと云ひ張つて、でも学兄さんが、あれは陸軍の軍服だつたと証言したので、お母さまがとても悔しがつてゐるのがをかしくつて。

他にもいろいろと報告したいことがあります。でも今日はここまで。短くてごめんなさい。またお便りします。本当は会つてお話できたら嬉しいのですが（十一日はどうしても無理ですか？）。

三月三十日　金沢にて　範子

稔お兄様」

十一日といえば今度の日曜日、予定表が手元にないから、たしかには分からなかったけれど、今週は木曜日から柱島の聯合艦隊司令部に出張する予定で、日曜までに戻れるかどうかはっきりしていなかった。なんとか都合をつけて、あとはうまい汽車があれば、かろうじて午頃までには鎌倉へ行けるかもしれないと、目算をたてた加多瀬は、別の便箋にあった、鎌倉駅から彦坂の別荘への道順を描いた地図を眺め、そのときはじめて地図の横に「追伸」の文字があるのを見た。

「追伸　今度の封筒はいかが？　紙の表だけではなく、裏地もなかなか素敵なんですのよ」

加多瀬は前に貰った手紙にも似たようなメッセージがあったのを思いだし、奇妙な感じを抱いた。いくら手作りが自慢でも、これほどくどく封筒について言及するのは不自然に思えた。裏地？　文字どおり裏を読めとの意味かと察した加多瀬は、和紙をていねいに破って、封筒の裏側を開いた。

予想どおり、紙の一部に、眼を凝らさなければ見えないほどの、ごく薄い鉛筆で書かれた文字が並んでいるのが見つかった。

……肺病の二十面相曰く　グランド・オダリスクは鎌倉の妙厳寺《みょうげん》にあり　その仲人《なこうど》のK大佐に会うべし……

加多瀬は急に煙草が吸いたくてたまらなくなり、しかしソロモンで負傷して以来煙草とは縁が切れていて、手元になかった。それでも諦《あきら》めきれずに、背広のポケットの底に一本くらい落ちてやしないかと、あちこち探れば燐寸《マッチ》だけは見つかった。

加多瀬は資料室の机に置かれた灰皿を物色して、比較的状態のよい吸殻を選び出すと、口にくわえて燐寸で火をつけた。

苦くていがらっぽい匂《にお》いは決してうまいものではなく、吐き気さえ覚えたけれど、汚い煙が口腔《こうこう》から喉《のど》から肺へと広がるにつれ、加多瀬は何か本来の自分を取り戻したような気分になり、いままで禁煙していた分を取り返すかの勢いで、さらに灰皿から選んだ吸殻を立て続けに三本吸い、四本目を口にくわえたまま、机に出ていた和綴じ本を開いた。

加多瀬はもう一度、「夕鶴」の乗組員名簿に並んだ名前を眺め、第一分隊員のなかに、関、森下、水上の名前があるのを確認し、それから第二分隊から順番に主計科分隊まで見ていき、しかし眼につく名前はひとつもなく、最後に士官の編成表の書かれた頁を開いたとき、そこに探していた名前を見つけたのだった。

砲術長（第一分隊）　清澄禎次郎中尉

黒いインクの文字を見つめる加多瀬の頭上、石壁で四方を囲まれた部屋の天井付近で、立ち昇った煙が筋を描いて流れた。

第六章　鎌倉

I　黒百合のある寝室

彦坂の鎌倉の別荘は、かつて外務卿《きょう》を務めた元勲が大正初期に建てた洋館で、江ノ電の極楽寺駅から歩いてまもなくの、木立ちに囲まれた小高い丘の上にあった。外壁は煉《れん》瓦《が》ではなく薄いクリーム色の下見板で、瓦屋根《かわらやね》の平屋の南面と東面には、ゆったりとしたヴェランダが巡らされ、駅へ通じる路から、かなり勾配《こうばい》のある石段を登り切ったところにある、北側の玄関ホールを入ると、両翼に廊下が続いて、正面に暖炉のついた談話室、隣が食堂、他に部屋が八つほどあって、そのうちの五つが寝室に使えるよう調度が調えられていた。

敷地には一郭に管理人と使用人のための住居が建てられ、家屋の近くだけが芝生である他は、常緑の低木や竹が鬱蒼《うっそう》と繁《しげ》って、それでも南側のヴェランダからは、樹木の間に相模湾を望むことができた。

婚約式の前日の土曜日、朝食を済ませた範子は別荘を出て、駅近くのポストに葉書を投函《とうかん》しがてら散歩に出た。

江ノ電の踏切を渡り、極楽寺坂の切り通しを抜けて、そのまま真っ直ぐ行けば海はすぐそこで、海岸通りから砂浜に降りた範子は、靴を水に濡《ぬ》らさずにすむぎりぎりの波打ち際を選んで、曇天にいかにも冷え冷えとした表情を見せた海を眺め、腰をかがめて海藻を拾う野良着の老婆や、砂地に露出した石の黒く滑らかな光沢に眼をとめながら、浜辺を稲村ヶ崎《いなむらがさき》の方角へ歩いた。

彦坂と結婚する、そのことにもう迷いはないつもりだったけれど、いよいよ明日かと思えば、何か悲しみに似た感情がつきあげてやまず、範子は人前では絶対に見せない涙をこぼし、しかし頰をつたう熱い感触には甘美なものが含まれていないわけではなかった。悪夢ともいうべき警察署での出来事のあと、人前では決して見せぬ涙を彦坂に見せたことが、結局は結婚の承諾になったのだったと、範子は回想した。

あの夜、彦坂は鎌倉の別荘に立ち寄っていた。そこへ警察から人が来て、範子が今日来たかとの問い合わせがあり、事情を聞き範子の身に降りかかった災難を知った彦坂は、たしかに来たと刑事に返答を与えるや、自動車を飛ばして阿佐ヶ谷へ駆けつけたのだった。

あとになって範子が、どうしてあの日鎌倉へ行ったのかと問えば、珍しく照れたような笑みを浮かべた彦坂は、霊感が働きまして、やはり範子さんとは見えない糸で結ばれているのかもしれませんなどと、これまた珍しく剽軽《ひょうきん》な調子でいったのだったが、たしかに範子の苦し紛れの嘘《うそ》が、偶然とはいえ彦坂の行動によって露見せずにすんだ事実は、運命的とは少々大袈裟《おおげさ》ではあるけれど、何かしら人智《じんち》を超えた存在の意志が働いているとも思えて、範子はもはや逃れられないと感じ、阿佐ヶ谷から高輪へ向かう自動車のなかで、結婚の言葉は口にされずとも、互いの了解は自然と出来上がった。

あの夜の範子ならば、婚約者のいかなる要求も拒めるだけの力はなかったけれど、彦坂は紳士的な態度を貫き、女中のトキに範子の世話を命じると、自分は会社で寝るからと家を離れ、翌日の午後には、亜細亜通商が確保している警察とのつながりを利用して調べたところ、範子の「容疑」は晴れたらしいとの知らせを持って現れた。

阿佐ヶ谷に戻った範子は、二日後には、やはり彦坂が用意してくれた切符でもって金沢へ発《た》った。それから彦坂は、忙しい仕事の合間を盗んで二度ほど金沢の兄のもとを訪れて、いずれもあわただしい滞在ではあったけれど、母親と兄にていねいな挨拶をし、縁組みへ向けての具体的な相談を交わしたのであった。母親も兄も最初は面食らっていたが、彦坂の物静かで穏やかな人柄が気に入ったようで、また、ふたりとも妙に格式張ったりする性質ではなかったから、話は障害なく進んで、仲人《なこうど》役も本多弁護士に依頼すると決まり、また婚約式が実質的には結婚式になる点についても了解されて、いずれ時局が一段落したら、必ず結婚式と披露宴を盛大に執り行うと彦坂は言葉を重ねて約束した。

砂のなかにきれいな巻き貝の殻を見つけて、範子は手にとった。

範子が子供の頃、毎年夏には必ず家族で江の島に海水浴に訪れ、宿も七里ガ浜の旅館と決まっていた。ある夏、下の兄が貝殻をたくさん集めて帰って、それを粘土の土台に貼《は》り付けて飾りものの船をこしらえ、学校でおおいに褒められたことがあった。何年かして姉の総子は兄を真似て、やはり貝殻を貼り付けた小箱を作って、まだ元気だった父親は、これじゃあ海水浴に来ているのか貝殻拾いに来ているのか分からないと笑い、次の年には範子も貝殻をたくさん拾って帰ったものの、ただ兄たちの真似をするのが気恥ずかしく、また芸がないと思い、さんざん考えたあげく、貝殻を金鎚《かなづち》で砕いて細かくしてモザイク画を作ったものの、思ったほど素材の効果は上がらず、なんだか薄汚れた土壁みたいになってしまい、あまりの情けなさに泣き出してしまった。そんなことを思い出しながら歩いていると、ひどく懐かしくなり、昔泊まった宿屋のあたりまで足を延ばしてみようかとも思ったけれど、稲村ヶ崎の手前まで来て踵《きびす》を返した。

昼前には本多弁護士をはじめ、安田教授や水村女史が到着する予定で、それまでに来客を迎えるべき「主婦」の仕事をしておかなければならなかった。もっとも実際の作業は腕のよい料理人でもある管理人の夫婦と、ふたりの若い女中がするので、しかも昨日からは高輪からトキが来てくれ、範子は指図をして居ればそれでよかったのだけれど、使用人を差配するなど不慣れな範子は、女中と一緒になって厨房《ちゅうぼう》や寝室に入って身体を動かしていないと居心地が悪くて仕方がなかった。

来客三名は今晩は泊まり、友部氏ら、あとの人々は明日になる予定で、肝心の彦坂も大阪に出張していて、昨日届いた電報では、婚約式には当日ぎりぎりになるだろうとのことであった。

あの日、どうして範子が鎌倉へ赴いたのか、鎌倉のどこを訪れたのか、彦坂は一切質問せず、もしきかれていたなら、古田厳風の手紙から妙厳寺からなにから、あらいざらい未来の夫に打ち明けていただろうが、彦坂が何もいわない以上、打ち明けるきっかけは失われた。古田の手紙には紅頭《べにず》中将の名前が登場し、紅頭中将と亜細亜通商のあいだに係わりがあるからには、彦坂に知らせておくのが賢明ではないかとの考えも浮かんだが、いいだすのがためらわれた。ここでも、最初に与えられた危険の匂《にお》いのたちこめる秘密、酸化ウランの言葉が重石になって、しかもそれは警察署の牢獄《ろうごく》めいた小部屋での陰惨な記憶に結びつき、自分が秘密を明かすことで、より大きくて手に負えない秘密を引き出してしまいそうな予感が範子を臆病《おくびょう》にし、一年ほど前の春、桜の樹の下で、お互い隠し事はしないと約束しようなどと口にした自分がひどく幼いものに回想された。

木戸を開け、急勾配の山道を登って、別荘の玄関に立つと、待ちかまえていたように女中のトキがどこからか現れて出迎え、範子のために上履きを揃《そろ》えてくれた。元来別荘は西洋風に靴のまま上がる作りなのだが、いつのまにか靴を脱いで敷き詰められた絨毯《じゅうたん》を踏んで歩くようになっていて、たしかに日本人にはその方がくつろげるのかもしれなかったけれど、どうにも貧乏くさい感じがするようで、自分が「主婦」としてこの家に君臨したあかつきには旧に復そうと範子は密《ひそ》かにもくろんでいた。

「あら、きれいな貝」

着物姿のトキが年齢に似合わぬ若やいだ声を出し、どこで拾われたんです、と範子の手から強引に貝殻を奪い取って眺めた。老婆のする小娘めいた仕草から思わず眼を背けた範子は、自分が子供じみたことをしてしまったように思え、ひとりで赧《あか》くなった。

「あとでどこかへ飾っておきましょう。それより奥様、寝室はあれでよろしいでしょうか」

いまさら捨ててくれともいえずに、先に立って歩き出した老女中に範子は続き、それにしても奥様という呼び名はこそばゆくて、といって他に適当な名称も見当たらず、馴《な》れるのを待つ以外になさそうだった。

老女のうしろ姿を眺めた範子は、焦げ茶の渋い色合いであるにもかかわらず、和服姿がひどく派手やかな、異装なものに映って、近頃はもんぺを穿《は》いた女性ばかり見るせいかとも思ったけれど、気づいてみれば、柿色の帯は高価な紅花染めであるらしく、しかも細密な金糸の刺繡《ししゅう》がほどこされ、半襟もやはり金糸銀糸の入った紅花染めで、全体には必ずしも品がよろしいとはいえないと感想を持った。外出時には男は国民服、女はもんぺを着用するようにと通達が出てはいたけれど、鎌倉に来てからも範子は、スカートにブラウス、上にカーディガンを羽織った格好で通していた。

ふたりが入った建物東端の部屋は来客用ではなく、夫婦の寝室になる予定の一室で、二方が硝子《ガラス》戸《ど》になって採光の優れた気持ちのよい部屋で、独立した浴室も隣にあって、範子はとても気に入っていた。

「ベッドの位置はこれでよろしゅうございましょうか」

トキが聞いたのは、ひとつだった寝台に加え、もうひとつを先刻運び込んだからで、見ると、西側の壁を枕《まくら》に並び置かれたベッドのあいだには三十センチくらいの隙間《すきま》があった。

「これですと、朝日がまともに御顔にあたって眩《まぶ》しいと思うんですけれど、まさか北枕にもできませんでしょう」

そうね、と呟《つぶや》いて範子はしばらく考え、他にうまい配置もないと判断した。

「カーテンを厚地に変えれば大丈夫じゃないかしら」

「さようですね。でも、私なら北枕など気にいたしません」

「あら、トキさんは北枕で寝てるの？」

冗談のつもりでいうと、相手はあっさりと認めた。

「はい。いつもそうしております。なんですか、気持ちが落ちつくようで」

トキは喉《のど》を小刻みにふるわせて笑い、範子は、変な人、とだけ感想を述べ、廊下側の壁に置かれた棚や箪笥《たんす》、書き物机などの配置に思いを移したとき、はじめてベッドの枕元の小卓の花瓶と花に気がついた。

「トキさん、このお花は？」

範子がきいたのは、そこには水村女史が贈ってくれた胡蝶蘭《こちょうらん》の鉢を置いておいたはずだからで、ところがいまは首が妙に細い、不安定な感じのする素焼きの壺に、濃紫《こむらさき》の黒百合《ゆり》が四本挿してあった。

杉田が、と老女中は江の島にある花や菓子を扱う店の名前を口にした。

「今朝方、珍しいものが入ったといって持ってきたんでございます。こんな色の百合があるんでございますねえ」

「蘭は？」

「食堂の方へ運びました」

「どうして？」

範子のわずかに咎《とが》める調子を老女中は職業的な慇懃《いんぎん》さで受け流した。

「杉田に聞きましたら、蘭はあんまり日に当てではいけないんだそうで。ここは一日中日当たりがよろしゅうございますから。それより、奥様」

トキは覗き込むように範子の顔を見た。

「ベッドはこれでよろしゅうございますかしらねえ」

「どうして？」

「ご夫婦のベッドでございますからね」といって、トキはスプリングの弾み具合を確かめるかに、ベッドのひとつを手で押した。

「隙間なく置いた方がよろしいんじゃございません？」

向こうむきになったトキの顔に笑いが浮かんでいるような気がして、範子は少し不快な気分になった。

「これでいいわ」

聞こえなかったのか、聞こえないふりをしたのか、無言のままベッドを回り込んだ老女中は、外界へ向かってめくれあがるように花弁を開いた黒百合に顔を寄せると、ふんふんと、吃驚《びっく》りするほどの大きな音をたてて鼻を鳴らした。

「いい匂い。奥様、この花はとてもいい匂いがします」

娘めいた口ぶりでいって、こちらへ顔を向けた老女の鼻の頭に、しみのごとく茶色い花粉がついているのを範子は見た。

II　予定外の来訪者

本多弁護士と安田教授が連れだって到着したのが午前十一時半、一緒に来るはずだった水村女史は遅れるとのことで、代わりにというわけでもないだろうが、玄関ホールには意外な人物の姿があった。

「まったく偶然に先生方と一緒になったんです。これはまったくの偶然なんです」

狙《ねら》って来たのではないと、聞かれもしない弁明を繰り返したカーキ色の国民服にゲートル巻きの男は佐々木で、玄関から談話室に案内されて、暖炉の前のソファーに腰を落ちつけるまでのあいだに佐々木は、この二月に大阪本社の文化部に配属になったこと、鎌倉へは新聞の取材で来たのであり、取材とは紅頭中将主宰になる神霊国士会の今晩から行われる暁天禊行《けいぎょう》であることを、以前に変わらぬ早口と、以前より格段に大きくなった音声でもって範子に説明した。

「我が輩が誘ったのですよ。かまわんでしょう」

時局に係わりなく、お洒落《しゃれ》に蝶《ちょう》ネクタイをしめた本多氏が、お茶の支度を女中に命じてからソファーの向かいに浅く腰をかけた範子にいった。

「もちろん、かまいませんわ。お昼も食べて行かれるでしょう？」

範子が隣の椅子《いす》へ声をかけると、火の入っていない暖炉やら、窓際に置かれた古風な木の飾り棚やらを、物珍しそうに見物していた佐々木記者が答えた。

「それはありがたい。昨日の夜、大阪を出て以来何も食べていないもので。だいたいこの頃はろくなものを食べていない。栄養補給ができるのは結構な話です」

「たいしたものは出来ませんけれど」

範子が紋切り型の挨拶をすると、たちまち佐々木が切り込んできた。

「そんなことないでしょう。亜細亜通商が後ろについているとあっては、東西の珍味佳《か》肴《こう》が食卓いっぱいに並んでも不思議じゃない。これもまあ闇の一種なわけですが、今回だけは眼をつむろうじゃないかと、道々相談してきたんです。ねえ、先生」

本多氏の隣で煙草をふかしていた安田教授からは、うん、とうなずいて茫洋《ぼうよう》とした眼を前方に向けた以外芳しい返事はなく、すると佐々木が、手洗いをお借りしますと断って立ち上がり、三人になったところで挨拶代わりに範子は安田教授に声をかけた。

「ヘクトールは元気にしてますか？」

「死んだよ」

安田教授は簡明に答えた。

「まあ、いつ？」

「二週間くらい前かな。姿が見えないんで、捜したら、縁の下で冷たくなってた」

「かわいそうなヘクトール」

偽りのない悲しみを表明した範子へ、安田教授は端然として感想を述べた。

「寿命さ。神ならぬ英雄の身では、死は避けられない。今頃は冥界《めいかい》の暗闇をさまよっているんだろうね」

「洗礼を受けさせておくべきでしたな」とそこで本多氏が突然妙なことをいった。

「洗礼さえ受けてあれば、終末には復活して永遠の生を生きられる」

冗談をいっているのかと思えば、必ずしもそうではないようで、安田教授もまた真面目な顔を老弁護士に向けた。

「どうなんでしょう、本多先生、キリスト教では猫も救済されるんでしょうか」

「当然でしょう」

「しかし、聖書のどこかに書いてありますか」

「聖書に？　さあて、どうであったか」

本多氏はしばし沈思黙考の態であったけれど、ほどなく想を得たらしかった。

「それはよく分かりませんが、神様はノアの方舟《はこぶね》で一度は動物たちを洪水から助けたわけですから、今度もお見捨てになることはないでしょう」

なるほど、と呟《つぶや》いて白いものの目立つ頭を小刻みに上下させた安田教授は、一度は納得したとみえたが、だとすれば絶滅動物はどうなりますでしょう、と新規に疑問を提出した。

「絶滅動物？」

「ええ。つまり、洪水の際に助けられた動物というのは、洪水が起こった時点に生存していた動物ということになります。とするなら、それ以前に絶滅してしまった動物はどうなるのか」

どうやらふたりは東京から列車で来る道すがら、似たような話を続けてきたらしいと範子は観察し、珍妙な会話を聞きながら、しかし心は死んだヘクトールに奪われていて、肉親の死を知らされたとでもいうような、顔が青ざめるほどの衝撃をうけ、猫一匹の死に何故これほど動揺しなければならぬのか、自分の心を測りかねた。

「実際のところ、現生する動物種は、絶滅動物種の数に較べたら、ほんのわずかでしかない。ということは、神はほんの少数の動物種を助けたにすぎない。大多数は洪水以前に見殺しにしているわけです」

「なるほど。教授は、つまり、神様がノアの一家および動物たちを助けたのは、気まぐれのようなものにすぎないとおっしゃるわけですな」

本多氏はいい、隣の席にいる初老教授の横顔を窺《うかが》った。やはり横目で弁護士を見た安田氏がうなずいた。

「まったくそうです」

「いや、たしかに、神様は気まぐれでしょう」

「そんな気まぐれな存在を信じられますか？」

いちおうキリスト者であるはずの安田教授が、神の絶対性に対し気軽な疑義を投げつけると、本多氏はとくに面食らった様子もなく返答をかえした。

「信じられますな。そも気まぐれと見えるのは人間の眼にそう見えるだけの話であって、神様のなさることは人間の尺度では推し量れるものではない。まして猫には無理です。それに、気まぐれであるが故に信じられるということもある」

どういうことでしょう？　と直ちに安田教授が敬虔《けいけん》なキリスト者の逆説めいた物言いに食いついた。本多氏は軽く笑みの含まれた声で答えた。

「つまり、逆に、人間世界をめぐるあらゆる事柄に配慮してくれるなどと称する存在はいかがわしいんじゃありませんか。これが全体だなどと宣言する者はどれも怪しい。人間が考える全体などは、神様から見れば、ほんの小さなものにすぎないのかもしれないんですからな。瓶のなかの蟻《あり》は瓶が世界の全てだと思う。瓶を支配するのが神だと思う。しかし本当の神様はもっと広い世界にいて、蟻はときおり瓶に差《さ》し込んでくる光でもって、それを予感できるにすぎない。蟻からすれば、ときおり射す光などというものは、気まぐれとしか思えません」

本多氏がいったとき、佐々木が日本茶の茶碗を載せた盆を抱えて戻って来、あとから茶菓子の皿を運ぶ女中が続いたので、教義問答は一時中断となった。

「お待たせいたしました」

佐々木は給仕よろしく挨拶してから、卓に四つの茶托《ちゃたく》と茶碗を置いた。

「いや、そこの廊下でね、女中さんに会ったんで、自分で運びますからって、持ってきちまいました。どうもギリシア語勉強会の癖が抜けなくて困る」

そういいながら、佐々木は女中が菓子皿を卓に載せるや、間髪入れずに手を伸ばし、新聞記者になってますます不作法に磨きがかかったらしいと範子が観察していると、あっという間に草餅《くさもち》を口に押し込んだ男は、今度は口から食道から胃袋までを一気に洗浄するかにお茶を流し込んだ。

「それにしてもすごい家だ」と口中から食物が消えたとたんに佐々木は喋《しゃべ》り出した。

「いま、手洗いへ行くついでに、ぐるりと見てきたんですが、実に大したものです」

「ヨーロッパや印度の金持ちからみたら些細《ささい》なものですよ」と茶碗を茶托ごと持ち上げた本多氏が佐々木の感心ぶりに水をかけた。

「門を入ってから玄関まで二キロメートルもある屋敷がありますからね」

「そんな広い家に住んでどうするんですかね。まるで無駄ですよ。掃除するだけで大変だ。それに、そんな広い敷地があるんだったら、いくつもに分割して、貧民を住まわしてやればいいんだ」

西洋の下層民のために息巻く佐々木へ、本多氏が、ほほう、と興味あり気な溜息《ためいき》を漏らした。

「佐々木くんは社会主義を信奉しているのですか？」

「とんでもない。変なことといわないで下さいよ」

まわりが笑い出してしまうくらいの勢いで、佐々木はあわてふためいて否定した。

「ぼくは、どんな主義でもありません。主義なんて金輪際《こんりんざい》関係ない。だいたい何々主義っていうのは、すべて不自然なものですからね。日本には主義者はいらないんです」

「つまり、佐々木記者は無主義主義というわけですな」

本多氏は明らかにからかう眼の色で正面に座る若い男の顔を覗《のぞ》いたが、からかわれた本人は至って生真面目《きまじめ》にうなずいてみせた。

「そうです、といいますか、無主義主義ではなくて、ただの単なる無主義なんです」

いやに力んでいった佐々木に向かって、本多氏が眼に笑いを滲《にじ》ませて言葉を重ねようとする寸前、出されたお茶には手を出さず、悠然と煙草をふかしていた安田教授が、彦坂氏は別荘をいくつ持っているのかと範子に質問したのは、思ったことをただ口にしただけなのか、それとも、同行者たちのあいだで面倒な議論が巻き起こるのを事前に避けようとしたのか、範子にはどちらとも分かりかねたけれど、いずれにせよ本多氏の人の悪い揶揄《やゆ》の文句は封じられた。

「ここの他に、軽井沢にもあるって聞きました」

「六甲山にもありますよ。神戸の六甲山です」

範子の返事に重ねるように横から佐々木がいい、一同はちょっとびっくりして国民服の男に眼をむけた。

「何回か行ったことがあるんです」

佐々木が自慢げにいうのへ、範子は疑問をぶつけた。

「私も知らないのに、なんで佐々木さんが知ってるの？」

「まあ、別荘っていっても、会社の保養所みたいなやつです。亜細亜通商ってのは元々関西でしょう。六甲に社員用の施設があってもおかしくない。それでも社長専用のコテッジがありましたからね、彦坂さんの別荘と呼んでもいいんじゃないですか」

その口ぶりから佐々木と彦坂に面識があるらしいと察して、範子はまったく意表をつかれた。範子の驚きを愉快がるように、笑顔になった佐々木は小鼻を膨らませつつ種を明かした。

関西の若い財界人や言論人の集まりが開戦の前年に結成され、中心になっているのが彦坂が大阪にいた時分に付き合いのあった人たちで、その縁で東京に出てきてからも、彦坂は当のグループと係わりを持ち続けているのだと、佐々木は順を追って説明した。

「ぼくも、今年になってから顔を出させて貰っているんです。若くて元気のいい連中の親睦団体みたいなものですが、反面、真面目な議論もずいぶん交わされて、喧々囂々《けんけんごうごう》、毎回大変な騒ぎです。なにしろ論客揃《ぞろ》いですからね。それで、まあ、今後はいろいろとやって行こうと思っているんです。若い者が動かしていかなければ、この国はどうにもなりませんからね」

「いろいろって、どんなことをするんです？」

自分が若い者の代表であるかのようにいう男へ向かって範子がきくと、佐々木はまた答えた。「いろいろです。政治経済から文化教育に至るまで、若い人間の柔軟な感覚から産み出される発想を、社会にぶつけていこうというわけです。もちろん、一番の関心事は、戦時体制の、なんていうか、あれです、戦時体制の、体制づくりですね」

若干語彙《ごい》に窮した佐々木は、すぐに態勢を立て直した。

「日本にとっていまは大事な時期なんです。それは単純に戦争をしているからということだけじゃなくて、つまり、いまがチャンスなんですね。古い体制を一掃して、国家社会に長年溜まった膿《うみ》を絞り出すチャンスなんです。実際、役人連中は若い世代が中心になって、どしどし改革を断行している。しかし役人ばかりに任せてはおけませんからね。むしろ民間の側から積極的に提言を行って、それを役人が拾っていくっていうのが理想的なんですよ。理容組合が標準髪型を決めたり、音楽家の団体が英米音楽の演奏禁止を申し合わせたり、そういうことは詰まらないことかもしれませんが、しかし、それが政府の指導じゃなくて、民間の側から自発的に出てきた点がなにより重要なんです」

やる気十分の指導的民間人の演説が一段落したところで、本多氏あたりから何か一言あるだろうと観察していると、蝶ネクタイの弁護士はいまや草餅を口に頰張っている真最中で、しかも歯でも痛いのか顔をしかめて右手で頰を押さえ、安田氏は茫漠《ぼうばく》たる表情のまま前方に瞳を漂わせている。場が白けてはまずかろうと判断した範子は、それで六甲山の別荘というのは？　と話をもとの地点へ引き戻した。

「会合の場所に彦坂さんが提供してくれるんですよ。だいたい一晩泊まりで集まるんですが、酒も出ますし、それが目当ての連中もけっこういるんですけどね」

佐々木は笑い、それから、あらたまったように半身を範子に向けると、彦坂さんには二回ほど会いましたがと、範子の未来の夫の人物評を披露した。

「物静かであまり発言はされないんですが、実にたいした人物ですね。急所では一座がしんと耳を傾けてしまうようなことをポッンと漏らしたりする。育ちがいいのはもちろんですが、非常に幅広い知見を備えた実務家だとお見受けしました」

妻となる女性に面とむかって悪口をいうはずはないと分かってはいても、ここまで褒め言葉を並べられれば嬉《うれ》しく感じてもいいはずなのに、何故か範子の心は弾まなかった。

「私ともすっかり意気投合しましてね。この前お会いしたときなんか、一晩飲み明かしました」

一晩飲み明かしたとは、修辞学でいうところの誇張法だろうとは思ったものの、いったい彦坂と佐々木のあいだでどんな会話が成立するのか、範子にはまったくといってよいほど想像できず、この二人くらい互いに接点のない人物はないと、自分が観察していた事実に範子は気づかされた。

「金持ち階級にはとっつきの悪い人も往々にしているものですが、あれで彦坂さんはなかなか話せる人物です。庶民感覚もある。本当に範子さんはよい選択をしたと、つくづく思いますね」

佐々木はただ歯の浮くようなお世辞を口にしているのではないようであったが、冗談めかしもせず、真摯《しんし》なまなざしでいう男の顔の裏側に、いやらしい冷笑が浮かんでいるような気がして、思わず相手から眼を逸《そ》らした範子は、急に肌寒さを覚え、暖炉に火を入れようかと思案しはじめたとき、女中のひとりが、お客様がお見えになりましたと伝えに来た。

どなたかしらと問いながら、範子は席を立ち、若い女中は来客の名前を失念したらしく、まごまごしているうちに玄関ホールまで歩いてしまい、と、義兄か水村女史だろうとの予想ははずれ、範子はそこに意外な人物の姿を発見した。

まずなにより眼をひいたのは鯰髭《なまずひげ》に丸い黒眼鏡、少々季節はずれと思える庇《ひさし》の短い麦わら帽に黒っぽい袷《あわせ》の着物、袴《はかま》は穿かず、黒足袋《くろたび》に日和下駄《ひよりげた》、どことなくちぐはぐでありながら、全体にはある種個性としか呼びようのない雰囲気を身にまとった人物が、紅頭中将その人であることは、名乗りを聞くまでもなく明らかだった。

一瞬、古田厳風の手紙の不吉で不可解な内容と、まだ犯人が捕まっていない古田厳風殺害事件の記憶が甦《よみがえ》って、範子は息を呑《の》んで棒立ちになったが、とにかく挨拶をしないわけにもいかないと、言葉を探しはじめたときには来客が一足先に口を開いていた。

「あなたが彦坂君の妻女になる人ですか？」

紅頭中将は意外なほど甲高い声で問い、範子が、はい、とうなずくと、懐から松葉色の袱紗《ふくさ》を取り出し、包みを開いた。出てきたのは立派な水引を結んだ祝儀袋で、礼儀正しく帽子をとって禿頭《はげあたま》を晒《さら》した紅頭中将は、これを範子の横で膝《ひざ》をついて控えていた女中に渡して、再び甲高い声を玄関ホールの空間に響かせた。

「私は明日の婚儀には出られんので、彦坂くんにはよろしく伝えて貰いたい」

ようやく来訪の目的を理解した範子は、あわてて丁重な礼を述べ、そのときになってはじめて亜細亜通商と紅頭中将が宰領する国際問題研究所のあいだには商売上の取引があったことを思い出し、するとたちまち彦坂が桜の下で漏らした「秘密」が身体のどこかでざわめき出すのを覚えたけれど、とにかくこのまま玄関だけで帰すわけにはいかなかった。

他にも客があるけれど、是非お茶なりと召し上がっていただきたいと、範子は何度か遠慮してみせた客に繰り返し申し入れ、このままお帰ししたんでは後で夫に叱《しか》られますと懇願の格好になると、かえって悪いと思ったものか、紅頭中将は玄関の外に待機していた国民服の男にしばらく待つようにいうと、下駄を脱いだ。範子はお付きの人にも上がって貰いもてなすよう女中にいい、差し出された上履きは突っかけずに、黒足袋のまま絨毯《じゅうたん》を踏んだ老人を談話室に案内し、並んで立つと紅頭中将が自分よりもだいぶ背が低い事実を発見して、またも意外の感にうたれた。

時刻はちょうど午《ひる》どきで、食事の用意はすでに調っているはずで、新来の客を先客に紹介すると、すぐに範子は厨房《ちゅうぼう》に行って支度を指図してから、四人になった客を食堂へ案内した。

今度は紅頭中将も遠慮をする素振りを見せず、黙って席に着いた。卓は椅子とセットになった、十人ほどの人数が囲める北欧製の頑丈な長卓で、範子が選んだ淡い水色のテーブル布の上には、パン皿をはじめ、ワイングラスや水のグラス、ナイフとフォークなどが並べられ、中央には黄色い薔薇《ばら》が飾られていた。

メニューは洋食で、コンソメスープと野菜サラダの他に、鶏のローストのマスタードソース和《あ》え、あとはデザートに苺《いちご》クリームという、簡素といえば簡素ではあるが、いまの日本の食卓の平均からしたら贅沢《ぜいたく》きわまりないもので、たしかに佐々木がいうように、亜細亜通商経由の輸入食材の補給があるから可能なので、とはいえ生鮮食品については出入りの闇屋から買うしかなく、近頃は世間の眼も厳しくてそうおおっぴらに闇に頼ることもできなかったから、台所事情は佐々木がいうほど楽なのではなかった。明日の婚約式の会食には、東京から中華の専門料理人に出張を依頼してあり、とにかく婚約式の前後だけは仕方がないとして、その後は出来るだけ贅沢はせず、闇もなるべく抑えようと範子は考えていたけれど、いまどき配給だけに頼っていたのでは飢え死にを覚悟しなければならないのもまた事実であった。

ナイフとフォークの食事は、和服の紅頭中将には少々気の毒で、佐々木の国民服も洋食の卓にはふさわしいとはいえず、また服装に構うところのない大学教師はネクタイをしておらず、蝶タイの本多弁護士だけが居心地良さそうにナプキンを胸に垂らし、給仕をする女中がついだ葡萄酒《ぶどうしゅ》を嬉しげに口へ運んだ。

自家製のパンと、スープが運ばれてしばらくは誰も口をきかず、佐々木あたりが話題を提供するのが妥当かと思われたが、取材相手だからなのか、紅頭中将の前ではいやにかしこまる風があって沈黙を守り、もっともスープを熱いうちに飲もうと思うなら、喋っている暇がないのもたしかであった。

スープが終わって最初に口を切ったのは本多弁護士であった。

「紅頭提督はなんですか、今晩、何か催しをされるそうですが、いったい、どのような趣向なのでしょう？」

本多氏は儀礼的な笑顔を真向かいの男に向け、紅頭中将はパンをちぎりかけた手を止めると、やはり顔を前へ向けたが、黒眼鏡のせいで発話者に眼をすえたかどうかは判然としなかった。

「先刻そちらの新聞記者氏に伺ったのですが、何かなさる予定なのでしょう？」

本多氏が重ねて問い、一方の紅頭中将が硬直したかに動かず、みるみる器が水に満たされるように緊張感が高まって、話題を変えた方がよさそうな風向きだと判断した範子は口を開き、ところが出てきた言葉は思惑とは別だった。

「たしか、神霊国士会というのでしたわね。新聞で読みました。戦勝祈念のための祈禱《きとう》会というお話でしたけれど」

ぎこちない沈黙が通り過ぎて、サラダの器を運んできた白いエプロンの女中が戸口を入ったとたん、硬い空気に阻まれてそこに立ちつくした。

「正式には暁天禊行《けいぎょう》といいます」

紅頭中将が出し抜けに甲高い声をあげ、一同はびっくりして黒眼鏡の禿頭に眼を向けた。

「暁天というと明け方でしょうか。具体的には何をなさるんです」

相手から反応があったことに安堵《あんど》したように本多氏が問うと、

「一口では難しいが」と紅頭中将は答えてちぎったパンにバターを塗って口に運び、しばらく待っても続きは聞かれず、しかし紅頭中将の必ずしも拒否的ではない雰囲気に食卓の空気はだいぶほぐれていて、となればここは佐々木の出番であった。

「以前に宮城前で、別の団体がやはり暁天禊行を決行したという記事を見ましたが、三日三晩、不眠断食を続け、ひたすら頭を低くして、御稜威《みいつ》の高からんことを祈念したとありました。皇運を扶翼することがそのまま国威の発揚につながるわけで、つまりは戦勝の祈念といってよいのではないかと思われます」

斜《はす》向かいに座った退役将官が、かすかにうなずいたのを窺《うかが》って、しかし佐々木はかえって気兼ねするかにつけ加えた。

「もちろん、これは素人考えで、理論的には、もっと複雑で精妙な理屈があるのでしょうが」

すると今度は紅頭中将はこれをひとことで斬《き》って捨てた。

「理屈など別にありません」

「いや、もちろん、西洋流の理論などとは無縁なわけでして」とあわてて佐々木が補足しようとすると、珍しく人の発言を遮って本多弁護士が口を開いた。

「しかしですよ、何の理屈もなしに、三日三晩も飲まず喰わず眠らずなんてことができるものでしょうか？」

「先に行為があるのです。理屈はあとからついてくるなら、ついてくればよい」

紅頭中将がはじめてまとまった発言をしたので、なるほど、とうなずいた本多弁護士は卓にぐいと身を乗り出す感じになった。

「ところで、我が輩の関心事は、その、なんでしたかな」

言葉を滞らせた発言者に、横から佐々木が、暁天禊行と、プロンプター役を買って出たので、本多氏は立ち往生せずにすんだ。

「そうです、その暁天禊行。その目的が戦勝祈願にあるとして、それは客観的にはどれほどの効果があるものなのでしょう？」

しかし、本多先生、と発言者の言葉に否定的なニュアンスを感じとったらしい佐々木が横槍《よこやり》を入れた。

「近頃では、キリスト教会でも、戦勝を祈願する祈禱会を催しているじゃありませんか」

「まったく愚劣な話です」と本多氏はたちまち反応した。

「神様を個人や国家の利益の具にしようというのですからね。心ある教会はさようなことはしていないと思いますが、残念なことには、魔術の誘惑に堕落した教会があるのも事実です。しかし神様はさような祈りなどには耳を貸されんでしょう。相手がどんな神であれ、お祈りするくらいで戦争に勝てるのだったら、こんな簡単なことはない。軍備などいらないことになる。いかがです、紅頭閣下のご意見は？」

論争的な姿勢を明らかにした質問者に対して、極右の代表的存在と目される人物がいかなる返答をするのか、範子が興味津々《しんしん》注目するなか、パンが好きなのか、やたらパンばかりを食べ続ける紅頭中将は素気《すげ》ない調子で口を開いた。

「祈禱では戦争には勝てません」

「では、どうして？　客観的には無意味でも、たとえば主観的な満足が得られるからでしょうか？」

「主観的にも意味はありません。そもそも今度の暁天禊行は戦勝祈願を目的としたものではない」

ほう、と嘆声を漏らした本多氏は、手にしたワイングラスを口へ運ぶのも忘れて、正面の老人の顔を窺ったけれど、続いて紅頭中将の口から出た言葉は、本多氏をしてワイングラスを危うく取り落とさせるほどの驚愕《きょうがく》を与えた。

「この戦争は負けです」

このときばかりは、食卓の会話には関心なさそうに黙々と食事に取り組んでいた安田教授もナイフを摑《つか》んだ手をとめて、隣の人物に眼をやり、硬直したかに身動きのなくなった佐々木が、突然あわてたようにポケットから手帳と鉛筆を取り出した。

「それは、あれでしょうか、文字どおりの意味ととってよろしいのでしょうか？」

本多弁護士が沈黙を破った。黒眼鏡のせいもあるのか、表情を変えずに紅頭中将はうなずいてみせた。佐々木が何かいいだそうとする素振りをみせたが、すぐに気後れしたように卓の人々の顔を窺った。禿頭《はげあたま》の提督が口を開いた。

「日本が負けることなど、たいした問題ではない」

卓の一同はまた度肝を抜かれて、これから先どんな発言が、鯰髭《なまずひげ》の下にちんまり鎮座した口から飛び出してくるのかと、半分は不安になりながら、続く言葉に耳を傾けた。

「肝要は清浄なる高天原《たかまがはら》を地上に荘厳《しょうごん》することであり、その崇高な目的のために、一億臣民が神の子となって無窮に仕える、そのことである。この随神《かんながら》の本義さえ見失わなければ、それでよろしい」

急に威圧的になった物言いに、しかし日頃法廷で検察官と丁々発止のやりとりを繰り返す本多弁護士が動じる道理はなかった。

「すばらしい。紅頭提督は、すなわち、日本人に固く志操を保つべしと、そのようにおっしゃりたいわけですな」

「日本人はとっくに志操など失っておる」

内容とは裏腹に必ずしも不機嫌には聞こえない一律の調子で紅頭中将はいった。

「さようですか？」

興味ありげに眼を細めて本多氏があいづちをうつと、紅頭中将は加えた。

「世間を見回せば、すぐ分かることだ。どこに志操などというものがあるだろうか。日本人は偉大な使命を忘却し、己の欲望の満足にただ汲々《きゅうきゅう》としている。見苦しい限りである」

「提督と同世代の者として、その御言葉にはうなずけるものが我が輩にも多々あります。が、しかし、たとえば前線の兵士はいかがです。彼らは御国のために一身をなげうって奮励しているのではありませんか」

本多氏が問うと、隣で佐々木が、うんうんと同意を示して首を振ってみせた。紅頭中将が答えた。

「戦死して御魂《みたま》となって帰還するなら、彼らの罪は禊祓《みそぎはら》われるだろう。だが、生きて帰れば同じことだ。たちまち志操など失い、罪にまみれ、汚辱を生きることになる」

「それでは、提督は、一度戦場に立った兵士は、できれば戦死したほうがよいと、さようにおっしゃるのでしょうか」

「そのとおり」

尋常ならざる命題をいとも簡単に認めた黒眼鏡の男を一同は胡乱《うろん》な目つきで眺め、すると紅頭中将が自分からまた口を開いた。

「兵士ばかりじゃない、日本人全員が死ぬべきだ」

明るい食堂に、悪夢的な幻影がにわかに立ち現れたように範子は思い、そのとき戸口に着物姿のトキが現れて、壁際に控えていた女中に何事か囁《ささや》き、それからまた戸口へ戻る途中、飾り棚に置かれた胡蝶蘭《こちょうらん》に軽く触れ、優雅な白い花弁が空中に弧を描いた。

「むろん、死ぬというのは、ある種の比喩《ひゆ》と理解すべきなんでしょうが」と本多氏がしばらく続いた沈黙を再び破り、向かい側の人物に一瞬遣《や》った眼には、相手は比喩を語ったのではないかもしれぬ、さような疑いと不安の色があった。

「提督のいわれる日本人の罪、その内容を是非ともお聞かせ願えないでしょうか」

「簡単なことだ。随神の道から外れてしまったこと、これにつきる」

紅頭中将は答え、演壇の講演者よろしくグラスの水で喉《のど》を潤した。

「そも皇国臣民の大使命とは何か。この大宇宙の一角に日本が出現した意義は何か。すなわち、高天原を地上に荘厳すべき神の天業を翼賛申しあげるにある。神人帰一の理想を実現し、人類理想郷を築き上げ、ついには万有万国を修理固成して光華明彩ならしむる、絶対使命を帯びているのである。ところが、昭和の日本人は使命を忘れ果て、皇道をはずれ、国体を破砕し、清澄なる敷島《しきしま》の国をごみ溜《た》めに変えた。この罪は赦《ゆる》さるべきではない。だから死なねばならない」

「しかし、死んでしまったのでは、理想の実現も何もなくなってしまうのではありませんか」

本多氏がややからかうような調子でいったのへ、たちまち紅頭中将は答えた。

「それは逆だ。理想の実現のためにこそ死ななければならない。およそ日本人たる血をうけた者は、赤子ひとりも残さず死ななければならない。そのときこそ、一億臣民はことごとく神とひとつになって、罪汚れは禊祓われ、皇道は久しく護持され、清らかで美しい敷島の国に高天原が出現することだろう」

しだいに狂信者の相貌《そうぼう》を明らかにしつつある論者に対して、いまやはっきりとした敵意をしかめた眉根《まゆね》に表明した弁護士がいった。

「我が輩は浅学にして高天原なる場所はよく存じあげんのですが、どうやら墓場に似た場所のようですな。いや、全員が死んだのでは墓を建てる者もないわけですから、放置された屍骸《しがい》が累々と横たわる場所ということになる。蛆虫《うじむし》と蠅《はえ》と鼠《ねずみ》の跳梁《ちょうりょう》する高天原ということですか」

「まさしくそのとおり」と黒眼鏡は微動だにしなかった。

「一億臣民の屍骸のうえでこそ、高天原は清澄な光を放つ。美しい花を咲かせる」

「なるほど、たしかに長い時間が経過するなら、死体は土に帰る。さぞや植物は威勢よく繁茂することでしょう。桜は色つやを増して大いに花咲くことでしょう。しかしです、そこにはまもなくアメリカ人が大挙してやってくる。桜は伐《き》って、トウモロコシ畑をつくって、牛でも飼って、煤煙《ばいえん》をまき散らしつつ自動車を乗り回して、辻々《つじつじ》にホットドッグ屋を建てることでしょう。あるいは日本列島全体をブルドーザーでもって地均《じなら》しして、極東に睨《にら》みをきかす巨大な不沈空母に変えるかもしれない」

「そんなことは問題ではない」

紅頭中将の甲高い声にはじめて激昂《げっこう》の閃《ひらめ》きが兆した。

「地上に無窮の高天原が出現するとき、それは一個の冷たく美しい、御稜威《みいつ》の大結晶となって、永遠に歴史を凍結させる。天地のはじめより培われたる万古不易の国体は、ここに精華を見、八紘《はっこう》をあまねく照らし出す。その日輪のごとき光のなかでは、異人種は実体のない影のごときものにすぎない。赤心をあきらかにし、死して無窮に生きる、これだけが求められている。日本人は、即刻、いますぐに死ぬべきだ」

「あなただけが勝手に死んだらよろしいでしょう。誰もとめやしません。しかし我が輩は御免被《こうむ》る。かりに一億すべてが死を決意したとしても、我が輩は金輪際《こんりんざい》死ぬつもりはないので、あしからず」

本多氏の吐いた毒のある文句に、黒眼鏡の老人は端然と背筋を伸ばしていた姿勢をわずかに変えて、上体を揺らめかせ、鯰髭が震えて、その口から何か激しい言葉が放たれるだろうと誰もが予感したとき、しかし意外なことに、聞こえてきたのはいままでにない穏やかな、かすかに笑いさえ含んだ言葉であった。

「私はそろそろ失礼しなければならないが。本多さんと、おっしゃいましたな」

向かいの弁護士がうなずいてみせると、紅頭中将は語を接いだ。

「この戦争に日本が負けるのは神意なのです。他にどんな理由もない。随神から離れた日本人への懲罰なんです。そのことは認めてもらえんでしょうかな」

「我が輩はあなたとは別の神を信じておるので、簡単に認めるわけにはいかないが、まあ、よろしい、かりに認めるとしたらどうなります」

本多氏は相手がはじめて示した対話への姿勢を評価したからなのか、一歩妥協してみせた。

「だとするなら、肝要なのは、われわれが神罰を粛々と受け入れることです」

「それで一億揃って死ぬべきだといわれるわけですか」

紅頭中将は問いには直接答えず、しかし相変わらず物柔らかい言葉遣いで続けた。

「日本人が私利貪欲《どんよく》に走り、軽佻《けいちょう》浮薄な文明の沼に沈んだのは事実として、であるとしたら何故神は、日本以上に汚濁した国々を見過ごしにして、日本をことさらに滅ぼさなければならないのか。一見難問に見えるが、しかし答えは明瞭《めいりょう》、日本が使命を果たすべき役割を与えられていたからです。人類の理想を世界に実現する、その使命です。使命をわれわれは汚した。だから真っ先に滅びの悲運に見舞われる」

「まるでユダヤの預言者ですな。しかし国家の滅亡が人間の死を意味するものではない。ローマ帝国はたしかに滅んだが、ローマ人がすべて死んだわけではない」

「日本が国体を失い、皇道を離れてなお日本人が生き延びるべきか。いや、そんなことは断じて許されない。さような恥辱を晒《さら》して生きるべきではない」

紅頭中将の表情に変化はないものの、その言葉には先刻の固い口調で語っていたときよりむしろ熱をはらむかに見えた。

「それが恥辱かどうかは、主観の問題、いわば趣味の問題でしょう」

「違う」と今度こそ紅頭中将は明らかな激昂を示した。

「趣味の問題などと、よく平気な顔でいえるものだ。よろしいか、負けた日本人は、いままで以上に卑俗になり、惰弱になり、国土にごみをまき散らし、なおいっそうの汚辱にまみれるのです。無窮の神はいま、日本人に試練を与えようとしている。恐るべき試練を与えようとしている。それが私には分かるのです。自らが産みだし、よみされた高貴な人種が、無窮の大義への赤誠を示すべき機会を与えたのです。いま死ぬべきだ。一億心をあわせて死ぬべきだ。死んで大宇宙に一輪の輝ける花を咲かせるべきなのです。いまは、その大きな機会なのです。日本人はすでに滅ぶべき秋《とき》を迎えている。日本という美しい国が地上で生きるべき時間はもう過ぎ去った。死期はとっくに過ぎているのです。それを悟らず、おめおめと生きながらえて、卑劣で貪欲で臆病で狡《ずる》い獣のようになって、汚濁の肥え溜めをのたうち廻る。まったく恐ろしい、到底耐え難い」

グラスを摑《つか》んだ紅頭中将の手は小刻みに震えて、卓の布に水がこぼれた。紅頭中将はグラスを口へ運ぼうとして、しかし途中で諦めてまた卓へ置いた。それから、また、日本人は即刻死ぬべきなのです、と沈鬱《ちんうつ》な声でいうと、椅子から立ち上がった。

範子は自分もあわてて席を立ち、ちょっとお待ち下さい、と本多弁護士が論敵に声をかけたそのとき、戸口に女中が現れ、続いて国民服にゲートルを巻いた男が入ってきて、卓の客たちは一斉にそちらを見た。

友部氏がいま到着したのであった。

Ⅲ　ナチス風の敬礼

戸口のところで、九十度近く身体を折り曲げて礼をした友部氏は、食卓を回り込み、末席に席をとるのかと思えば、再び深々とお辞儀をしてから、立ったまま喋りだした。

「本日はお忙しいところ、私の妹、と申しましても、ご存じのように、ええ、私は義理の兄でございます。範子の姉の、名前は総子と申しますが、その総子の連れ合いでございます。友部と申します。東京市内で中学校の教師をしておる者でございます。ええ、本日は、我が妹のために、ご多忙のなか、また時局柄、大変な時期を迎えつつある昨今、遠路を押してお集まり頂き、まことにもって感謝の言葉とてありません」

そういうと、友部氏は両腕を身体の脇《わき》に伸ばして、指先までぴんと張った格好で、三度目のお辞儀をした。

新来の客が何故いきなり挨拶をはじめたのか、わけが分からぬまま、一同はぼんやりと、頭髪をきれいに撫《な》でつけ、定規で引いたように七三に分けた口髭《くちひげ》の男を見つめ、一度は立ち上がりかけた紅頭中将も、虚をつかれ機会を逸したのか、また席へ着いた。

挨拶を続けようとして、戸口にトレイを引いてきた女中の姿を見つけた友部氏は、私には構わず、どうぞお運びなすってと、声をかけ、女中が遠慮をしていると、さあ、どうぞ、お運びなすってと、おいでおいでをする格好で何度も声を張り上げ、仕方なく範子が、運んでちょうだいというと、トレイから順番に食後のお茶が配られた。

お義兄《に い》さんも座ってお茶を召し上がって下さい、と範子が声をかけると、友部氏は、ありがとう、あとで頂きます、と返答してからまた声を張り上げた。

「私には御遠慮なく。紅茶は熱いうちに飲まなければ仕方がない。鉄は熱いうちに打てではないが、冷めた紅茶くらい興ざめなものはないですからな。もっとも、私は生まれながらの猫舌でして、冷ましてからでなければ飲めない体質でして、だから、あとで頂きます。だから私には御遠慮なく、さあさ、どうぞどうぞ、遠慮なさらず」

誰も最初から遠慮するつもりなどなかったのだけれど、こう何度も人から遠慮するなといわれ、立ったままにこやかに見つめられると、なんだか居心地が悪くて、お義兄さん、とにかく座ってちょうだいと、範子が少々険のある声でたしなめたのを掌《て》で制して、友部氏はまた喋りだした。

「私がこうして挨拶しておりますのも、実はよんどころない事情がありまして、明日の式に、ええと、婚約式でしたか、結婚式ではないんですよね？」

紅茶茶碗に口をつけた人々がうなずいてみせた。

「その式にですね、私、どうしても出られない、まったくよんどころない事情が出来いたしまして、それで、いま、こうして御挨拶しておる次第でして、まったく花嫁の肉親の者がひとりも出席できないのでは、ご媒酌の先生をはじめ、来客の皆様方には失礼きわまりなく、親族を代表いたしまして、こうしてお詫《わ》び申しあげる次第です」

友部氏が四度目に頭をさげたとき、唐突な演説の趣旨がようやく明らかになって、食卓にはほっとくつろいだ気分が流れた。

「私個人といたしましても、明日の式、ええと、婚約式ですか、その式に出席がかなわず、高名な諸先生方と親しく交わって、大いに視野を広げ、かつまた精神を涵養《かんよう》すべき千載一遇の機会を逃さざるを得ないことを、まこと痛恨事と存じます。晴れやかな光のなかで、明日はきっと晴れると存じますが」

そこで天気でも調べようというのか、硝子《ガラス》戸へ眼をやった友部氏は、傍らに置かれた古風なリードオルガンに眼をとめた。

「これがオルガンですか。いや、立派なものです。明日はさぞや美しい楽の音を奏でるんでしょうな」

挨拶途中にもかかわらず、そちらへふらふらと歩み寄った友部氏は、オルガンの蓋《ふた》を開け、俯《うつむ》いて鍵盤《けんばん》のあたりに視線を据え、どうも様子が尋常でないと、人々が怪しみはじめた頃合、再び話し出したときには涙ぐんでいた。

「失礼。いま私は、何かきわめて清浄な音楽を耳にしたような気がしたもので。それが我が魂に共鳴して微妙に震えたのです。大変に失礼いたしました」

友部氏はハンカチで軽く鼻のあたりを押さえた。

「このオルガンはどうやらドイツ製であるらしい。蓋のところにドイツ語が書いてあります。ドイツ製品ならば安心です。まして楽器となれば、なにしろドイツ精神の中核にあるのは音楽ですからな。かのベートーベンを産み出したドイツです」

実際にはドイツ製ではなく、ベルギー製であったけれど、そんなことを指摘している場合ではなく、心配になった範子が、お義兄さんと声をかけると、友部氏は我に返ったように狼狽《ろうばい》を示し、あわてて語を接いだ。

「失礼しました。しかし、明日、このオルガンが美しく鳴り渡る、その場面に立ち会うことの出来ない私の無念に免じて、是非御容赦下さい」

それから、ゲートル巻きの演説者は、食卓の人々に向き直って威儀を正した。

「私こと友部拓郎、一昨日、召集令状を受け取りました。明後日には、本籍のございます、山梨の連隊に入営する予定になっております。したがいまして、明日はお世話になった方々への挨拶まわりをどうしてもしなければならず、それで今日のうちに、こうして皆様方に御挨拶すべく参上した次第です」

不意に奇怪な笑いを面に浮かべた友部氏は、ふてぶてしく挑みかかるような視線を食卓の人々に遣《や》り、と、さすがに一同からは声がなく、黙って未来の兵隊を見つめた。

「入隊する以上、一兵卒として、まったく名もなき一兵卒として、私、友部拓郎、粉骨砕身、祖国の勝利のために、奮励努力する所存です。私利を捨てさり、私欲を払拭《ふっしょく》し去って、ただ一個の戦う機械となりおおせて、微力ながら、皇運扶翼の一端を担って参りたいと存じます」

悲愴《ひそう》な決意表明を聞いて、義兄が兵隊に行く、その信じられぬ事実がようやく腑《ふ》に落ちた範子は、腰が浮かびあがるほどの狼狽を覚え、同時に、本当に日本は戦争に負けるかも知れないと、はじめて不安が胸に迫った。

「私、友部拓郎、出征いたします」

そういって直立不動となった友部氏は、敬礼とともに踵《かかと》を打ちあわせる、範子も以前ニュース映画で見たことのあるナチスドイツ風の礼をし、きっと義兄はこの敬礼の仕方を鏡の前で練習したに違いないと想像すれば、ひどくおかしく、また哀《かな》しくて、すると不意に本多氏が手をたたき、佐々木と範子もすぐにこれに続いて、まばらな拍手が白い食堂の壁に反響した。

紅頭中将と佐々木が帰るのを見送り、本多氏と安田教授を寝室に案内したあと、ふたりが散歩に出るというので、石段を降り木戸のところまでやはり見送って、範子が食堂に戻ってみると、友部氏がひとりで昼食を食べていた。

すぐに東京へ戻らなければならないとのことであったけれど、たぶん昼食がまだだろうと、大食漢の義兄のために範子が気を利かせたのである。

範子の姿を認めると、鶏のマスタードソース和《あ》えの皿を前にした友部氏は、ぼくはこんなに旨《うま》いものは生まれてから一度も食べたことがないといい、さも感心したように首をふると、またナイフとフォークを動かした。

「お姉さんは？」

斜向《はすむ》かいに腰をかけた範子は聞いてみた。

「最初はびっくりして、おろおろしていたけどね、いまは落ちついて、千人針を作るっていうんで走り回ってますよ。範ちゃんにも手伝って貰えたらなんていってたけどね、こういう状況じゃ無理もいえない」

「いってくれれば手伝ったのに」といいながら、範子ははじめて義兄が自分を「範子さん」でなく、姉や母親が呼ぶのと同じ仕方で呼んだことに気がついた。

「千人針なんて迷信です。そんな迷信が流行《はや》るようじゃ、日本もまだまだです」

友部氏は笑い、パンをちぎって口に入れると、うむ、とうなって、このパンは実に旨いとまた嘆声をあげた。

「お義兄さん、生きて帰って下さいね」

千人針の作製に奔走する姉の姿や、父親と相撲をとって貰い、猫の仔《こ》みたいに喜んでいた小さい甥姪《おいめい》の様子が思い浮かぶと、熱い感情がこみあげてやまず、思わず言葉が口をついて出た。

「なるべく前の方に出ないようにして、後ろに隠れてたらいいわ」

友部氏は愉快な冗談を聞いたとでもいうように、ははは、と明朗な笑い声をたてた。

「そんな卑怯《ひきょう》な真似はできませんよ、日本男児たる者」

「でも、お義兄さんに死んで貰っちゃ困るもの」

「ええ。しかし、そんなことをはっきりいうのは、範ちゃんくらいなものだ。よく心にとめておきます。正直にいえばね、ぼくもそうしたいんです。でも、たぶん、駄目でしょうね」

どうして、と範子が問うと、友部氏ははにかんだような笑みを浮かべた。

「臆病な人間に限って、いざとなると敵の鉄砲弾が飛んでくるところへ、わあと眼をつむって走っていっちゃうような気がするんですよ」

義兄の話がこれほど明瞭に理解できたのははじめての体験だと思いながら、範子はまたいった。

「駄目よ。ここは一番勇気を出して、後ろに隠れてなくちゃ」

再び友部氏は笑い声を上げ、友部三等兵了解いたしました、と冗談めかした。

「しかしね、少し真面目にいえば、やっぱり隠れているわけにはいかないんです。だって、そうでしょう？　みんなが人の後ろに隠れていようなんて考えたらどうなります。そんなことじゃ軍隊は成り立たない。軍隊だけじゃないですよ。自分ひとりくらいはいいんじゃないかなんて考えたら、社会は成り立っていかない。そうでしょう？　ましてぼくは教師ですからね。教え子に対して手本を示さなくちゃならない立場だ。ぼくが教師になって最初に教えた生徒は、もう徴兵される年齢ですからね。ひょっとすると、同じ連隊で同年兵になる可能性だってある。うっかり変なことはできませんよ」

範子は義兄がかつての教え子と一緒に初年兵として入営する姿を想い、なにか胸をつかれるような思いになったが、友部氏は範子の内心など知らぬげに喋り続けた。

「そういえばね、ぼくはもう覚えたんですよ。軍人勅諭をね。入隊すると必ず覚えさせられるっていうから、だったら覚えていってやろうと思いましてね。結構短くはないんだが、なに、人間やる気になればね。それになかなかの名文なんですよ。ちょっとやってみましょうか？」

そういうと、友部氏は喋りながらも、それだけは忘れなかった食事を一時中断して、ナイフとフォークを置き、胸を張る格好になった。さわりだけですよ、と断って友部氏ははじめた。

「我が国の軍隊は世々天皇の統率し給う所にぞある。昔神武天皇の躬《み》ずから大伴物部《おおとももののべ》の兵《つわもの》どもを率い、中国のまつろわぬものどもを討ち平げ給い、高御座《たかみくら》に即《つ》かせられて天《あめの》下《した》しろしめし給いしより二千五百有余年を経ぬ。此間《このかん》世の様の移り換るに随《したが》いて、兵制の沿革もまたしばしばなりき。古は天皇躬ずから軍隊を率い給う御制にて……ええと、軍隊を率い給う御制にて、なんだったっけ、軍隊を率い給う御制にて、ええと」

そこで行き詰まった友部氏は、「軍隊を率い給う御制にて」を三回繰り返したところで断念した。

「覚えた積もりだったんだがなあ」と残念そうにいった友部氏は、少々悄気《しょげ》た格好でまたナイフとフォークを手に取った。気の毒になった範子は席を立ち、厨房《ちゅうぼう》へ行って鶏の皿をもうひとつ用意して貰い、義兄のために食堂へ運んだ。

「こりゃありがたい」正直な笑みを見せた友部氏は、さっそく鶏肉にナイフを突き立てた。

「当分は旨いものも喰えませんからね。もっとも軍隊の飯は、家の飯よりもいいかもしれないが」

しばらくは友部氏は鶏に集中して、それから急に思いついたように顔を上げた。

「範子さんはいい結婚をしましたね」

「別によくないわ」

「いや、いいですよ。とてもいい」

「よくないわ」

「そんなことはない。断然いいです」

「そんなによくないわ」

相手の妙に頑固な反応に、友部氏は驚いたように眼をみひらいて、義理の妹の白い顔を窺い、それから妥協するかに別の話をはじめた。

「立派な子供を産んで下さいね。彦坂さんには会ったことはないが、範子さんと彦坂さんなら、優生学的に見ても、きっと優秀な子供が産まれますよ。東亜の将来を担うべき大事な人材です。子供は宝です。親にとって以上に、国家にとって大切な宝なんです。範子さんの子供は、あれですよ、いずれは日本の指導者に、いや、世界の指導者になるかもしれません。高潔で気骨のある、立派な人に育ててくれなきゃ困ります」

人並みに育ってくれればそれでいいと、範子はいおうとして、しかし、それもなんだか陳腐な言葉のような気がした。

「わたしは質より量で勝負しますわ」

範子がいうと、破顔した友部氏は口の中のものを吹き出す勢いで笑いだした。

「そりゃいい。どしどし産んで下さい。もう十人でも二十人でも、どんどん産んで下さい」

喉を鳴らして水を飲み、笑いを収めた友部氏は続けた。

「それにしても、女性はうらやましい。子供を産む、そのことでもう国家社会に多大なる貢献ができるんですからね。そこへいくと男なんて哀しいもんです。いくら学問をしたところでね、それが本当に役に立つのか、よく分からんのですからね。そういえばね、ぼくはひとつだけ心残りがあるんですよ」

「何かしら？」

皿に残った鶏の最後の一切れを口に運んで、しばらく咀嚼《そしやく》してから、友部氏は「桃太郎の海鷲」と満面に笑みを浮かべて答えた。

「ご覧になりましたか？」

範子が首を振ると、友部氏は解説した。

「長編の漫画なんですが、日本でははじめての作品です。動画技術ではディズニーにも負けないくらいのものらしい。実にたいしたものですよ。是非とも観たかったんですがねえ。『ハワイ・マレー沖海戦』は観たんです。あれもなかなか凄《すご》い。円谷《つぶらや》英二ってのは才人ですよ」

友部氏はナイフとフォークを空いた皿に置くと、また水を飲み、満足げに軽く頭を下げた。デザートを召し上がる？　ときくと、ええ、とうなずいてから、すぐに立とうとする範子を引き留めた。

「ひとつお願いがあるんです」

椅子に座り直した範子は、斜向かいの国民服の男の、薄い鼻髭《はなひげ》のある顔を窺《うかが》い、その硬い表情を見ると、不意に姉とその幼い子供たちの顔が浮かんできて、出来うる限りのことはしてあげようと考えたとき、友部氏がいいにくそうに切り出した。

「この鶏の料理、お代わりできませんか？」

Ⅳ　逃避行及び深夜の酒宴

義兄は午後の二時に帰っていった。

江ノ電の駅まで範子は見送り、歩きがてらに、また電車を待つ間に、友部氏はさっき食べたばかりの昼食についての感想をあらためて述べ、それから、洋芥子《ようがらし》と和芥子の成分の違いについて語り、よい蜆《しじみ》と悪い蜆の見分け方という話をし、去年閉店になった九段下の洋食屋を惜しみつつ、範子が渡した砂糖の袋と果物の缶詰のお土産を重たそうに抱えて、電車に乗り込んでいった。

別荘に戻った範子は、寝室の書き物机でペンをとって、姉と、女学校時代の友人宛《あて》に手紙を書き、ついでに金沢の母親と兄にも葉書を書いて、投函《とうかん》を女中に頼んだときには三時を廻《まわ》っていて、どこまで行ったものか、本多氏と安田教授は散歩から帰らず、水村女史も到着せず、急にぽっかり時間が空いてしまった感じで、客間の書棚に揃えられていた、古い世界文学全集のなかから「チェーホフ集」を選び出して読みはじめ、しばらくした頃、水村女史から使いが来た。

来たのは範子とも顔馴染《かおなじ》みの、目白の若い女中で、小さな包みと手紙を渡すようにいいつかっていた。水村女史に何といわれてきたのかとたずねると、ただ持っていくようにいわれただけだとの返事で、水村さんはどうしたのかとの質問には、首を傾げるばかりで埒《らち》があかず、範子はお使いに駄賃を渡し、勝手でお茶を飲んで行くようにいうと、寝室の机で手紙を開封した。

「前略。

突然のお便りに驚かれるかもしれませんが、わたしとしては他に手だてもなく、かうして文章をしたためる次第です。

とても残念なのですが、貴女の婚約式には出席できなくなつて仕舞ひました。貴女がこの手紙を読まれる頃には、わたしは恐らく日本にはゐないでせう。行き先は今は云へませんが、最終的には欧州のどこかに落ちつくことになると思ひます。わたしはひとりではありません。男性と一緒です。去年の大晦日《おおみそか》のパーティーで貴女も会つた、画家のMと云へば、貴女も思ひ出してくれるでせう。

Mと云へば、貴女も思ひ出してくれるでせう。

からなつた経緯を詳しく書いてゐる時間はありませんが、Mが以前に係はつてゐた同人誌の件で幾度か警察に召喚され、反戦論文を掲載した廉《かど》で逮捕を逃れ得ない状況になつたと云へば、おほよその見当はつくだらうと思ひます。つまり、これは正真正銘の逃避行です。

逃避行などと云ふと、何かロマンチックなものを連想させますが、実際はそんなものではないと、わたしはよく分かつてゐるつもりで、前途に薔薇色の夢を描いたりはしてをりません。それでも、Mから一緒に逃げてくれないかと云はれた瞬間には、自分のなかにこれほどの情熱が残つてゐたのかと、驚き呆《あき》れました。もつとも、情熱にまかせ、なにもかも捨てて、とまで考へるにはわたしも年齢をとりすぎてをり、持ち出せるだけのお金や貴金属類は持ち出すつもりで、逃避後の事を考へてあらゆる手を尽くす自分が、蛇のやうに狡賢いことにも驚き呆れました。

貴女《あなた》から預かつた文鳥のアステアは元気です。目白の姪《めい》たちにもすつかり可愛《かわい》がられてゐますから、心配はいりません。わたしが名前にふさはしく、タップダンスを仕込んでおきましたので、やらせてみて下さい。口笛を二回吹くと踊り出します（嘘です）。一つだけ心残りなのは、貴女の婚約式に出られず、約束したオルガン奏者の役目を果たせないことと、それから目白の温室の植物たちです。もし可能ならば、貴女に『相続』してもらへたら嬉しいのですが、事が発覚したあと、叔父《おじ》が何と云ふか分かりません。せめて貴女の好きなサボテンだけでも、うまく叔父を丸め込んで、持ち出して貰へたらと思ひます。

それにしても、結婚おめでたう！　貴女の決断に敬服します。はじめて貴女が彦坂氏に会つた日に、わたしが電車のなかで云つたこと、覚えてゐるかしら。貴女は決断の出来る勇気のある女性だと云つたこと。心から祝福します。それから、貴女の結婚はわたしにも利害があるなんて云つておきながら、こんなことになつて、でも恨まないで下さい。

貴女はもしかすると、わたしの今度の決断を、勇気ある行動だと思はれるかもしれません。だとしたら、それは間違ひです。わたしはむしろ勇気の足りなさから、今度のことを決心したのです。今の日本で、逮捕された恋人の帰りを待ちながら、ひとりで生きていくだけの勇気がなかつただけの話です。かりにMのことがなくても、どん〳〵息苦しくなる日本に居続けることが辛《つら》く、どこでもいいからどこかへ逃げ出したくて、むしろMからの誘ひはひとつのきつかけにすぎないのかもしれません。さう考へると、自分が本当にMを愛してゐるのか、それもなんだか自信が持てません。でも、わたしのことも祝福して下さい！　他の誰よりも、貴女にこそわたしは祝福されたいのです。書きたい事、書くべき事は、まだ沢山ありますが、時間がもうあまりありません。わたしの『逃避行』はまだ誰も知らず、知るのはたぶん貴女が最初でせう。事が明らかになるまで胸に仕舞つておいて下さい。安田先生や本多先生にも黙つておいて下さい。

それから、この手紙の件で、刑事が来るなどの迷惑を貴女にかけてしまふ虞《おそれ》がありま す。知らせずにおかうかとも思つたのですが、貴女にだけはどうしても事前に(?)知つておいて欲しかつたのです。だから、この手紙はすぐに焼き捨てて、同封の別の手紙だけを残して下さい。そちらは刑事に見せても問題にならないやう細工しておきました。最悪の場合には、彦坂氏が力を貸してくれるでせう。結婚早々、貴女が夫に借りを作ることになつては心苦しいのですが、やむを得ない事情だと考へてお許し下さい。

今は晩の七時。アステアは籠《かご》の中で眠つてゐます。オデュッセイアのギリシア語の持つていくのは聖書だけにしやうと思つたのですが、オデュッセイアのギリシア語の本も持つていくことに今決めました。いづれ未来には、また一緒に机を囲んで勉強する機会もあらうかと思ひます。オデュッセウスだつて、結局はイタケーに帰り着いたのですから。どんなときにも希望だけは失つてはならないと思ひます。

心残りは尽きませんが、そろそろ筆を擱《お》かなければなりません。お元気で。いつまでも美しいペネロペイアのやうに（ゴルゴーンやキルケーの称号は剝奪《はくだつ》してさしあげます）、毅然《きぜん》として優しくあって下さい。

宵闇に沈む目白にて　水村顕子

加多瀬範子様

追伸　結婚のお祝ひを贈ります。昔イタリーで買って気に入ってゐたものです。受け取って下さい」

午後になって顔を覗《のぞ》かせた春の日が、ゆるりと西側へ廻って、ヴェランダの白いペンキが橙色《だいだいいろ》を帯び、反対に薄暗く冷え込んできた寝室の机で、範子は同じ文面を二度繰り返して読み、動悸《どうき》が不規則に胸うつのを重苦しく感じながら、指示にあった「警察用」の便箋《びんせん》の、ごく平凡に結婚を祝福する文章にざっと眼を通してから、隠された暗号でも探し出そうとするかに、また丹念に最初から読みはじめた。

範子が一番衝撃を受けたのは、Mという人物に思い当たるところがなかった点で、年末の作曲家のパーティーで出会った人の顔を順番に並べてみて、画家だという男にも何人か会ったのは覚えていたが、「画家のM」に該当する顔は浮かんでこなかった。

あるいは意図的にイニシャルを変えてあるのかとも思ったけれど、それでもなお勘に触れてくる顔はなく、あるいはMとは架空の存在であり、そもそも手紙自体が手の込んだ悪戯《いたずら》ではないか、明日になれば水村女史はひょっこり顔を見せて、どう、吃驚《びっく》りしたでしょう？　と意地悪く笑うのではあるまいかと、範子が想像を巡らせたのは、最初の衝撃が去った後、しだいに身体を襲ってきた底深い寂寥感《せきりょうかん》のせいであった。

狡《ずる》いわ、と範子は呟き、贈り物の包みを解くと、小さな木箱が出てきて、蓋《ふた》を開ければ黒天鵞絨《ビロード》の上に載った真珠のイヤリングが現れた。つまんでみた指先に、銀の細工の冷たい感触が伝わった。

梶木が彦坂とともに鎌倉の駅に降り立ったのが午後の六時、すぐに彦坂は駅前の商店街から鶴岡八幡宮《つるがおかはちまんぐう》の参道を歩き出した。

前夜に京都を発ち、早朝に東京に着いて、京橋の会社に顔を出し、それからは待ちかまえていた秘書の先導の下、分刻みのスケジュールで逓信省やら銀行やらをまわって、最後に鎌倉へ向かうといわれたときには、明日婚約式が行われる海沿いの別荘だろうと、てっきり思っていたから、これではまるで方向違いで、しかし黙って梶木は後に続いた。

用心棒をつとめるようになってから半年あまり、ほとんど変化がないように見える主人の顔色や感情を微妙に感じとれるようになっていて、いまは気軽に話しかけるべきときではないと梶木は判断した。

不機嫌と呼ぶのが正しいかどうか、少なくともいま話しかければ、生命のない物同然の扱いを受けるに違いない彦坂の気分をもたらしたものが、京都での一泊にあるのは間違いないようで、それが証拠に、夜行ではほとんど眠れない彦坂は、たいがいは梶木を相手にカードゲームをして時間を潰《つぶ》すのが常であるのに、昨夜はほとんど口を開かず、じっと座席で考え事をする様子で、東京に着いて仕事をしているあいだは、いつに変わらぬ淡々とした表情を見せていたけれど、秘書を帰して梶木とふたりだけになったいまは、また昨夜来の物思いが還《かえ》ってきているようだった。

京都の貴船《きぶね》神社の近くに、彦坂の家の古い奉公人が料理旅館を開いていて、いまは開店休業の状態になっているその二階家に、あの女がいた。あの女とは大連にいた女、鎌倉の寺にいた女で、梶木はそれが榊原志津子の名前を持ち、海軍士官の未亡人であり、彦坂の単なる愛人ではないことを摑《つか》んでいた。

もっとも、彦坂が女を忠僕ともいうべき老夫婦のところに住まわせ、関西に出張するたびに必ず貴船に泊まっている以上、「他人」ではありえなかった。関西出張のついでに寄るばかりでなく、彦坂は貴船への訪問自体を目的に東京を離れることもあって、しかも他の妾の所へは秘書たちを平気で連れて行くくせに、貴船には決まって梶木ひとりを同行させ、会社の人間にも内緒にしているのが不可解で、それとなく質問してみるたびに沈黙と冷笑に撥《は》ね返されるのであったが、一度だけ彦坂が、あの人はビジネスパートナーですと漏らしたことがあって、海軍士官の未亡人がどうしてビジネスパートナーなのだと、梶木は冗談だろうと思いはしたのであるが、たしかに女は彦坂の来訪をただ待つばかりではなく、東京や大阪へも単独で旅行し、一度などは上海まで行ったらしく、彦坂の意を受けてのことなのだろうと思えば、あの女はいったい何者なのだ、彦坂の何なのだと、秘密へいま一歩踏み込めぬもどかしさが昂《こう》じ、梶木自身が亜細亜通商の他の社員から受けているのと同じ、幾分倒錯した嫉妬《しっと》めいた気持ちさえ抱かれたのだった。

梶木は密かに調べる気になり、といっても自分で動くわけにもいかなかったので、北島組で梶木が眼をかけている学生くずれの舎弟に調べさせたものの、女がしばらく脳病院に入っていたのが分かったぐらいが収穫で、たいした情報が得られないでいた矢先、久しぶりに会った関東共栄会の飯岡が、あの女は貴藤大佐の「これ」だといって小指を、といっても飯岡の小指は両手ともに欠けていたから、架空の小指を立ててみせたので、やや納得できた気になった。

貴藤大佐なる人物が海軍と亜細亜通商をつなぐ鍵であり、関東共栄会にも多大な影響力を持つ人物であるのは梶木も知っていた。貴藤大佐の情婦であるならば、貴藤大佐があの女を彦坂への連絡役に使っていると見るのも不自然ではなく、しかし、だとしたら何故《なぜ》女が彦坂の「囲われ者」風になっているのかが今度は不可解だった。

門を閉ざした八幡宮前を右へ進み、商店はそろそろ店じまいの時刻になって、ぽつんぽつんと窓明かりや店明かりが点在する道路を道なりに歩いて、鎌倉宮の手前で左に折れると、屋敷杜《もり》の連なる路《みち》は急に暗くなり、梶木は用意の懐中電灯を点《とも》した。

「だいぶ暗いですね」

梶木はこらえきれずに口を開いた。彦坂からは答えがなく、懐中電灯の光の輪が照らし出す足下を見つめ、しかしいよいよ寂しくなるあたりの様子に不安も覚えはじめた梶木は、どこまで行くんです？　と単刀直入にきいてみた。

「きいておきませんとね、いきなりガンと撃たれたんじゃ対処できない」

「その点なら大丈夫、危険はない。それにもうすぐです」

そういったきり彦坂は黙り込んだが、いまの短いやりとりで、明らかな緊張が並んで歩く男にはあると梶木は感じとり、少なくとも女のところではないようで、行き先への興味と不安が同時に胸を圧した。

亜細亜通商の腹心の者にさえ秘したまま彦坂が誰かと会うのは、いままでのところ京都の女に限られていたから、梶木の興味と不安は無理もなく、しかも近頃とみに彦坂は活発な動きを見せるようになっていて、亜細亜通商の他に子会社をいくつも作り、腹心の部下を社長に据えて、海軍から流入する巨額の資金を利用しながら、闇で得た裏金を巧妙に世間の眼から隠す一方、軽井沢や箱根の土地を買い集めたり、関西の私鉄電車の株を買ったりし、さらに資産の一部は上海や香港の金融市場を通じて外貨に替え、スイス銀行とも密《ひそ》かに取引をしているのを、全貌《ぜんぼう》を摑んでいるわけではないものの、梶木は自然と知り、そうした派手な動きは暗黒の裏街道に棲《す》む者どもの眼にとまるのは必然で、だから彦坂は関東共栄会との結びつきを一段と強化はしていたけれど、いつどこから鉄砲弾が飛んでこないとも限らないと思えばこそ、主人の緊張がそのまま梶木にまで伝染するのは仕方がなかった。

彦坂がいった通り、左手に黒い鉄柵《てっさく》が現れたのはまもなくで、砂利道の続く敷地の奥には、小高い丘陵の森に押しつぶされそうな格好で、尖塔《せんとう》のある洋館が青白い月明を浴びて佇立《ちょりつ》していた。

「海軍国際問題研究所」と書かれた看板のある門柱の前に立った彦坂は、鉄扉を押して敷地へ足を踏み入れ、門柱の上に神社の狛犬《こまいぬ》のごとく向かい合わせに置かれた、三本の尻尾《しっぽ》と翼のついた奇妙な動物の鋳像を、妙なものがあると眺めながら、梶木は後に続いた。

砂利を踏み、玄関扉を開けて、ステンドグラスの飾り窓の下に、日章旗と海軍旗が並び置かれた踊り場を正面に見る玄関ホールに立つと、事務職員風の中年女性が現れて頭を下げるのへ、彦坂は来意を告げた。

「亜細亜通商の彦坂です。貴藤大佐にお会いしたい」

貴藤大佐という人物の顔を、廃屋のごとくに静まり返った洋館の、左翼奥の一室の扉が事務職員の手で開かれた一瞬、梶木は眼にとめ、しかしなかに入った彦坂が即座に扉を内側から閉じたので、地味な背広の上に載った、さほど大きくない顔についた目鼻立ちは明確には印象に残らず、念のため廊下から外へ通じる裏口を確認してから、扉の傍らの骨董品《こっとうひん》みたいな古風な椅子に腰を下ろして待つあいだ、もっとよく見ておくべきだったと残念でならず、機会があるなら、今度は絶対に逃してはならないと念じたのは、貴藤大佐の握る巨大な権益を思ったからで、具体的に何だというわけではないが、とにかく顔を見知っておいて今後に損はないはずであった。

少なくとも梶木が彦坂の側に貼り付くようになってからは、巨大な利権の中枢に位置するふたりの人物が直接会うのはこれがはじめての機会のはずで、わざわざ鎌倉で、それも余人を交えずに面会するとなれば、いったいどのような密談が交わされているのか、梶木は好奇心のあまり吐き気を催すほどで、しばらく立ち聞きを試みたけれど、ぶあつい木の扉に阻まれてそれもかなわず、しかし梶木は、彦坂の京都以来の様子からして、この密談は貴船の女、「榊原志津子」に係わりがあるに違いないと直感した。

学生くずれの舎弟の調べでは、「榊原志津子」の夫は真珠湾攻撃で戦死し、その後まもなく海軍機関で働きはじめたということだったから、その機関とは国際問題研究所に相違なく、このとき貴藤大佐が「手をつけた」と見ることができる。ところが十七年の四月には、「榊原志津子」は豪徳寺の脳病院に入院して、五月のなかばに退院してからそのまま兄のいる大連へ行き、彦坂が大連で「榊原志津子」に会ったのが同じ年の十一月、その間の半年あまり、おとなしく大連にいたのかどうかは不明であったけれど、ふたりのあいだに「関係」が生じたとすればこの十一月のときに違いなく、「榊原志津子」は彦坂と会ってからすぐ内地へ戻ったようで、鎌倉の寺にいたのが一月、やはりあそこで彦坂と会ってからすぐに京都へ移り、それからは京都を拠点に東京や上海へ飛び回っていた。

こう考えてみると、彦坂と会ってからにわかに「榊原志津子」は活発に動きはじめ、思えば彦坂の方もそれは同じで、十一月に大連であの女に会ってからというもの、急にあわただしくカネを動かしはじめたのだったと思い返されて、ビジネスパートナーの言葉もなんとなく納得された。

問題は貴藤大佐と「榊原志津子」の関係がどうなったかで、貴藤大佐の情婦であるがゆえに「榊原志津子」が彦坂にとって重要なのだと梶木は考えていたけれど、ひょっとすると、あの女自身に何か価値があって、それを彦坂が貴藤大佐から奪い取ったのかもしれないと、発想が浮かんできて、もしそうだとするなら、いまこの扉の奥では、女をめぐる話し合いが行われているのかもしれず、あの女に「女」としての価値があると認めるにやぶさかではなかったものの、それ以上の何があるのかは皆目分からず、しかしたしかにあの女がいまや彦坂の「懐刀」的な位置についているのは疑えなかった。

あんな女を信用していいのかと、またも嫉妬めいた感情に梶木は駆られ、そのとき不意に、十一月に大連から帰る船のなかで彦坂が漏らした言葉、梶木君は占いを信じますかと問うた言葉を思い出した。

いい占いなら信じると梶木が答えると、彦坂は皮肉に笑い、もし必ず当たる占いがあるとしたらどう思うかとさらに問い、自分は大連でそんな占いをする女に会ったのだといったときの、どこか興奮を隠せぬ様子だった彦坂を意識に呼び返した梶木は、ひょっとしてその大連の占いの女が「榊原志津子」だったのではあるまいかと考え、もちろん必ず当たる占いなどはこの世にあろうはずもないけれど、たとえばあの女は彦坂にとって幸運を運ぶ女、少なくとも彦坂がそのように信じるだけの何かがあるのかもしれないと想像した。

かりに扉の向こうで「榊原志津子」を巡るやりとりが行われているのだとしても、単純に「女」を巡る争いであるはずはなく、もっともこれは梶木の勝手な想像にすぎず、男が話しあうというとすぐ女偏に思いを巡らせる自分がひどく卑小にも思えてきて、いずれにしても一切は分厚い扉に阻まれているのであり、梶木は歯がみしながら、いまに見てろよ、と誰に向かっていうのか判然としない台詞《せりふ》を呟いてから、おとなしく廊下の椅子《いす》に戻り、彦坂から貰った英会話の本を広げた。

文法などどいいから、例文をひたすら唱えて暗記するのが上達の早道であると、彦坂の教示に忠実に、並んだ英文をひとつひとつ口で唱えていき、Mary goes to church every Sunday morning. なる例文を梶木が口の中で何度も唱えている最中に扉が開いて、密談はきっかり四十分で終わったのだった。

彦坂はすぐに廊下を玄関へ向かって歩き出し、貴藤大佐が姿を見せることはもちろん、途中で事務員がお茶を運んで入室するようなこともなくて、結局顔を見る機会は与えられなかった。

見たところ彦坂の表情には来たときと変化はなかったけれど、どんな話をしたのかと聞ける風向きではないと、即座に判断した梶木は、ごくろうさまでしたと、ていねいに頭をさげた事務職員の女をがらんとした玄関ホールに残して、もときた路をいつもの調子でせかせかと歩く彦坂に黙って続いた。

ほとんどの店舗が戸を閉め、灯火管制で異様に暗い商店街を抜けて、鎌倉駅へ戻ったときには、今度こそ別荘へ向かうのだろうと思っていたら、またも予想ははずれて、彦坂は品川までの切符を買うよう梶木に命じた。

意外そうな梶木の顔に向かって彦坂は、今日は高輪に帰りますとだけいい、改札を抜けてホームに立つと、口にくわえた細長い葉巻に銀のライターで火をつけた。

明かりを点《とも》さぬまま、寝室の硝子《ガラス》戸を開けてヴェランダに出ると、遠くに潮騒《しおさい》の音が聞こえた。

本多氏と安田氏と、三人での夕食は七時半に終わった。手紙の依頼にしたがい、範子は水村女史の出奔についてはいわず、少々心苦しく思いながら、水村さんは明日になると連絡があったと嘘をつき、食卓のふたりからは格別の追及はなかった。夜の早い本多氏は八時に寝室へ向かい、安田教授も入浴のあと、しばらくは暖炉のそばで新聞を読みながら煙草をふかしていたけれど、九時前には寝室へ消えて、範子は明日の準備の確認をすませてから風呂に浸かり、使用人を下がらせて寝室へ戻ったのは十時だった。

夜になってかえって気温はあがったようで、青臭い植物の香りを含んだ生暖かな夜気が湯上がりの頬に心地よく、草木萌動《ぼうどう》の気などと古くさい言葉を浮かべた範子は、今日は特別暖かいのだとしても、もうすっかり冬の残滓《ざんし》は拭い去られたのだと思えば、当分は暖房用の燃料の心配をしなくてすむと考え、すっかり主婦然とした発想になっている自分がおかしかった。

もっとも燃料問題は笑い事ではなく、別荘には専用のボイラー室があり暖房と給湯が出来るようになっていて、以前は通いのボイラーマンが管理をしていたらしいのだが、肝心の石油はとっくに世間から姿を消しており、集中暖房は当然使えず、風呂だけは浴室を改築して薪《まき》でたけるようにしてあったけれど、暖炉以外に暖房器具が何もないのは心細かった。別荘に到着して暖房が使えないと知ったときには、四月中旬ではまだまだ肌寒いかもしれないと、婚約式の来客のために少々心配したのだけれど、ここ数日暖かいので助かった。

彦坂は範子を当面は鎌倉に住まわせるつもりのようで、いずれ疎開の必要があるなら最初から鎌倉に住んだ方が話が早いというのがその主な理由で、範子もここが気に入ってはいたけれど、実際に住むとなると、なにしろ大きすぎて不便は少なくなかった。それになにより、結婚するからには夫の近くにあるべきではないかとの平凡な考えもあり、現実に疎開が日程に上るまでは高輪の家に住みたいと考え、おそらくはこれが範子が夫に対してする最初の要求になるはずだった。

一昨日《おととい》の夜には満天を鮮やかに飾っていた星は、ごくわずかが鈍い光を放つばかりだった。範子はいまこのとき、どこかで、例えば洋上を行く船の甲板から、同じ星空を眺めているのかも知れぬ水村女史を想い、午後に手紙を読んだときの不安や胸騒ぎや怨嗟《えんさ》は、柔らかな夜気に包まれてどれもきれいに拭い去られ、年上の友人の行路の無事を心より祈りながら、春の大気をいま一度胸一杯に呼吸して寝室へ戻った。カーテンを閉め、灯火が洩《も》れぬよう隙間《すきま》を埋めて吊《つ》るされた暗幕の具合を確認してから、書き物机のスタンドを点せば、薄いベージュの壁紙にスタンドの笠《かさ》が長く影をひいた。

昼間に読みさしたチェーホフを机に広げて、活字を追いはじめ、そうしていると異国のホテルに独りあるような気分になり、寂寥感《せきりょうかん》がじわりと心の地面にしみ出した。最低限の身の回りの品を持ち込んだだけで、ここが自分の場所であるとの感覚がいまだ持てない以上、それは当然だと思った範子は、あらためて点検する眼で寝室を眺め、家具や窓飾りをひとつひとつ見ていき、最後に、並び置かれたふたつの、ひとつは毛布がきれいにかけられ、ひとつは白い敷布を空に晒《さら》したベッドに眼をとめながら、彦坂の今夜の不在に安堵《あんど》している自分をあらためて観察し、これはつまり、「初夜」を迎えるにあたっての「処女の羞《はじ》らい」というものかもしれぬと、日頃《ひごろ》、見たり聞いたりするたびに嗤《わら》わずにはおられない言葉をわざと思い浮かべ、さらには「三つ指ついて末永く」だとか「処女の印」だとか「人形みたいに眼をつむって」だとかの、おそろしく気恥ずかしいイメージを次々と引きずり出して、しかし、いつもなら幾分なりとも気分を浮き立たせるに効能のある範子の諧謔《かいぎゃく》も、今回はさして役に立たず、かえって心は沈み込んだ。結婚直前になると女性はメランコリーに陥ることがあると、以前婦人雑誌で読んだ記事を範子は思い出し、結局は自分も世間並みの人間だと考えると、気持ちは少しくつろいだけれど、また空白のベッドに眼を向けるならば、白い敷布から薄闇《くらやみ》に不安の冷気がたち昇るようで、範子は机に向き直ると、チェーホフに戻った。が、やはり小説には没入できなくて、本を閉じた範子は、自分の不安の中核に、すでにこの世には存在しない「古田巌風の手紙」、それがあるのをいやいやながら認めた。

とても正気とは思えぬ内容の大半はもう忘れかけていたものの、ただ危険の印象だけが重苦しく残存し、なにより兄宛《あて》の通信を自分の一存で抹殺《まっさつ》したこと、その判断に自信が持てなかった。封筒の裏に暗号文の形にして最低限のメッセージは送っておいたから、もしあの手紙が狂人のたわごとでなく、本当に大事な通信であったなら、すぐにでも兄の側から問い合わせがあるはずだと思えば、最低限の義務は果たした気にはなれたが、自分のせいで兄に何かしらの災厄がふりかかるのではとの恐怖が拭いきれなかった。

チェーホフをやめにした範子は、同じ棚から出してきたアラン・ポーを広げて『赤き死の仮面』を読みはじめた。大好きな小説だけに、読書の快楽がしだいに身体を遠いところへ拉《らっ》し去って、そのとき範子は不意に、自分は小説を書いたらどうだろうと思いつき、鎌倉でも高輪でも時間だけはたくさんあるだろうから、アガサ・クリスティーばりのミステリーを書き、閨秀《けいしゅう》作家と呼ばれるのも悪くないなどと、天啓のごとくに与えられた夢想を追い、そのときまた突然に、一度だけ会った探偵小説好きの海軍士官の鬚面《ひげづら》が、ひどく懐かしく虚空に思い描かれて、同時に正月以来ずっと気になっていた、年賀状の羊飼いの台詞が思い出された。

「わしの一番の自慢は楽しみは、牝羊《めひつじ》たちが草を喰《く》ふのや、仔羊《こひつじ》たちが乳を吸ふのを見てることとぢや」

シェークスピアの戯曲の一節であるのは間違いなかった。しかし、出典がどうしても分からず、憎らしい、と範子は呟いて、虚空の鬚面を睨《にら》みつけた。

梶木と彦坂が高輪についたのは午後十時半、若い女中が開けてくれた玄関戸の敷居をまたぐと、見知らぬ靴が一足あって、すぐに奥から国民服の若い男が顔を覗かせた。

「おかえりなさい。先に着いちまったものだから、女中さんにお願いして、飯を食べさせてもらっていました」

つるんと悪びれぬ笑顔で挨拶したのは、たしか佐々木とかいう新聞記者で、話の具合から彦坂とは約束がしてあったらしいと見て取った梶木は、主人に軽く頭をさげて、ふたりが奥の居間に消えるのを見送り、その間、あたかもそこに存在しない人間であるかに、彦坂の傍らの男を佐々木は無視し、心中昏《くら》い怒りが密かに燃えあがるのを梶木は覚えたけれど、そうした扱いには慣れっこにもなっていた。

梶木は台所の横に与えられた三畳間ほどの部屋へ入り、拳銃を小机に敷かれた布の上に置いて上着を脱いでいると、足音をたてずにいつのまにか女中が入ってきて、いきなり抱きつかれたのにはびっくりした。これが刺客だったら一巻の終わりだと反省しながら、梶木は背中と腰に腕を回し、女の髪の匂《にお》いを嗅《か》いだ。

同じ家の壁一枚隔てたところで始終一緒に寝泊まりする以上、今年で十八歳になる千葉の農家の娘に手を出すなという方が無理な話で、もっとも普段は老女中のトキの監視の眼が厳しくて、おいそれと同衾《どうきん》するわけにもいかなかったけれど、トキが鎌倉の別荘へ「出張」したとたん、娘は餌《えさ》をあさる野良猫めいて大胆になり、梶木はまったく苦笑せざるをえなかった。

強く抱きしめて唇を重ねてから、遮二無二むしゃぶりついてくる、それこそネコ科の大型動物を想わせる、硬くて肉付きのよい身体を腕で引き離すと、梶木は、あとでな、あとでな、とあやしてから、まずは飯と酒を頼むわ、と囁《ささや》いた。

少々色黒なのが疵《きず》ではあるけれど、決して不細工ではない顔に拗《す》ねたような笑みを見せて娘は出ていき、しばらく待つうちに、徳利の冷や酒と上等な缶詰をいくつかあけて運んできた。女中を攻略した戦果はなにより、彦坂やトキの眼を盗んで貢がれる食糧や酒や煙草であり、性欲の満足は二の次で、むしろ近頃では、愛撫《あいぶ》から性交に至る一連の運動は、物資運搬者に対する報酬の様相を呈していて、それも梶木の苦笑の種であった。梶木のみるところ、彦坂は使用人男女の密かな関係を察しているようで、しかし皮肉めいた文句すら、しゃれた鼻髭の下のこぶりな口から洩れたことは一度もなく、もちろんこの寛容は梶木には有り難かったけれど、彦坂なる人物のとらえどころのない印象をまし加える結果にもなった。

零時近くになって、新聞記者は帰っていった。梶木はいつもの習慣で家の周囲をひとわたり点検して家に戻ると、彦坂が、つきあいませんかと誘ってきた。

居間のマホガニーの卓には、上等なウイスキーやつまみの皿が出ていて、厚地のガウンでくつろいだ格好の彦坂は、サイドボードからグラスを出してくれて、注いだ酒を梶木にすすめた。押し頂く格好でグラスに口をつけた梶木は、珍しく彦坂が朱《あか》い顔をしているのを上目遣いに見た。

「いまの男が何をしに来たかわかりますか？」

葉巻に銀のライターで火をつけた彦坂が口を開いた。分からないと梶木は首を振った。

「脅迫です」

「脅迫？」

彦坂は薄い顔の皮膚を笑いにふるわせてうなずいた。

「いろいろと能弁に語ってはいましたがね。結局はそういうことらしい」

「あの野郎、ふざけやがって」

梶木は席を蹴《け》りかねない勢いでいきりたち、これは主人の手前そうすべきだとの計算もあったけれど、新聞記者だという若僧に対する憎悪も底にはあって、海軍時代、何も知らないくせにやたらと威張り散らす、海兵を出たての甲板士官の顔に重なり、先刻の玄関で、路傍の石ころでも見るみたいにこちらに向けられた眼を思い出すと、自分でも扱いかねるほどの憤怒が身を焦がした。

「いくら要求してきやがったんです？」

「カネじゃないものが欲しいそうです。といっても結局はカネもあるんでしょうが。人間は根本的に欲張りな動物ですからね。図に乗れば、あれも欲しい、これも欲しいと言い出すんです。もっとも理屈はもう忘れましたが、彼が主張するには、決して強請《ゆす》りじゃないそうで。正義のためであるらしい」

彦坂はおかしそうに鼻を鳴らし、煙草の煙を吐き出した。

「で、どうします？」と梶木がいつでも始末をつける用意があるとの思い入れで顔を覗《のぞ》き込むと、彦坂は値踏みするような眼で梶木の顔を見てからいった。

「まあ、放《ほう》っておきましょう。たいした情報があるわけでもない」

「どんなことをいってきやがったんで？」

やや踏み込み過ぎかと思い、梶木が主人の顔を窺えば、そこには依然笑いの皮膜がかかっていた。

「ひょっとして、女偏《へん》のあれですか？」と冗談めかすと彦坂は声をあげて笑った。

「社長もいよいよ結婚されるわけですからね。女偏のネタは痛手です。少なくとも奥さんにばらされちゃね」

相手の愉快に追い打ちをかけるべくいうと、とたんに彦坂の顔から笑いが消える気配を察した梶木は、首をすくめるようにしてグラスの酒を飲んだ。

「結婚はとりやめです」

彦坂が口を開き、さすがに驚いて梶木は短い声を洩《も》らした。

「そいつは、どうも。しかし、それじゃあ、明日は？」

「婚約式はします。いまから来客に連絡できませんからね。しかし、婚約は必ずしも結婚に結びつくわけではない」

なるほど、といってうなずいた梶木は、つまり、やり逃げというわけですね、と続けようとして言葉を呑《の》み込んだ。

「梶木くんは、いま一番何が欲しいですか？」

しばらく黙って酒を飲んでいた彦坂が唐突にきいた。わたしですか、と返事してから、梶木は質問の答えと、質問者の意図とをともども考えた。

「やっぱりカネですかね」

とりあえず無難なところをいうと、たちまち彦坂が疑義を呈した。

「カネなんてものは、いつ紙屑《かみくず》になるか分かりませんよ」

「つまり、カネそのものじゃなくて、財産といいますか」

「財産にしたところで、他人がそれを財産だと認めてくれるから財産なのであって、他人が自分のものだといいだしたら、いつでも財産じゃなくなる」

へえ、とさも感心したかに梶木はうなずいて見せた。

「むろん財産は大事です、私がいま蓄財のために見苦しく奔走しているのも、せいぜいが、老後を安楽に暮らせるだけのものを蓄えようとしているにすぎません」

「ご冗談を」とさすがにこの言い種《ぐさ》には梶木は笑いを抑えられなかった。が、彦坂の方は存外真面目に先を続けた。

「本当ですよ。個人が、個人の力だけで財産を守ろうとしたら、膨大な費用がかかります。たとえていえば、いま百円の財産があるとして、これを守って行こうと思ったら、千円のカネがかかるんです。何であれ何かを守るには莫大《ばくだい》なカネと労力がいる。梶木くんは日本という国が好きですか？」

また唐突に彦坂が質問し、相手の意図を測りかねた梶木が、まあ、嫌いということもありません、と曖昧《あいまい》に返答すると、たちまち彦坂が言葉を重ねた。

「私は嫌いです。日本くらい嫌な国はありません」

彦坂の顔には発言内容を裏切らぬ、はっきりした嫌悪の情が浮かび上がって、言葉の異様な激しさとともに梶木をたじろがせた。

「しかしです、日本という国くらい有り難いものもない」と次にいったときには、ガウンの男から一瞬の激情は消え、仮面のごとき薄ら笑いが戻っていた。

「人の財産をほとんどただ同然で守ってくれるんですからね。誰も頼んだわけでもないのに、勝手に守ってくれる。まったく有り難い話です」

彦坂は、ははははは、と梶木が耳にするのがはじめての、びっくりするほど大きくて耳障りな笑い声をたてた。

「しかし私は疑り深い質《たち》、といいますか、臆病でしてね、いつまでも日本を信用してはいられない。近頃《ちかごろ》では、頼りになるかどうか、雲行きも怪しいですからね。見捨てられる前にこちらから見捨てる。これが商売の鉄則です。しかし、それからが大変だ。個人が自分の財産を自分で守る、つまり個人が本当に個人になろうとすると、想像を絶するほどの莫大なエネルギーがいる。頭のなかだけで個人主義を標榜《ひょうぼう》したり、自分は自由だと思ったりするのは簡単なんです。誰にだってできるし、カネもかからない。しかし、そんなものは幻想でしかない。まるで無意味です。無一文の人間が頭のなかで百万長者になった自分を思い描くより虚《むな》しい。そこへいくとさすがに西洋人はすごい。個人が個人であるための巧妙な仕組みが出来上がっているんですからね。本当の意味で自立した貴族が存在しうる。そこへいくと、日本の華族なんて名前だけのものです。何々伯爵だ公爵だといったって、自前の軍隊を持っている人なんてひとりもありませんからね。もっともだいぶ前から西洋も、ナショナリズムなんて下らないものに汚染されて、個人が圧殺されつつある現状はこちらと変わりませんがね。ジル・ド・レ公のような本格的個人はもう出ないでしょう」

ほとんど話し相手の反応に頓着《とんちゃく》しない彦坂は、明らかに酔っぱらっていると梶木は観察し、感情の揺らぎをほとんど見せることのない主人の、まったくはじめての酔態を前にして、この男もやはり普通の人間なのだと嗤《わら》う気分と、判然とは理解できないながら、その言葉の得体の知れなさへの、背筋が寒くなるような戦慄《せんりつ》とをこもごも味わい、目の前の人物が酩酊《めいてい》するまで飲酒することになった原因は、やはり結婚の急な取りやめにあるのではないかと平凡に想像し、ひょっとしてその原因は京都貴船の女にあるのではないかと直感が浮かんだ。

「つまり、私は個人でありたいんです。これが私のしたいこと、欲望のすべてです」

彦坂は聞き手の受け答えにはかまわず、グラスの酒を口に放り込み、

「私は正統的なエゴイストなんです」といってから、何がおかしいのか、酷薄そのものの表現とも思える乾いた笑い声をまた喉《のど》から洩らした。

「人間は誰だってエゴイストだが、正統となるときわめて少ない。しかも、おもしろいことに、自分はエゴイストじゃないと思いこんで生きている人間が世の中にはたくさんいるんです。私は別に、どんな人間にもエゴイスチックなところがあるだとか、人間の本能や本性がエゴイスチックだなんて、通俗かつ陳腐な意見がいいたいわけじゃない。本能や本性ではなくて、人間の存在の仕方がそうだというんです。この世界のあり方が人間にエゴイズムを強いるんです。そうは思いませんか？」

急に水を向けられた梶木が、哲学は自分にはちょっと、と小声でいったときには、最初から答えなど期待していなかったらしく、彦坂はもう喋りはじめていた。

「現在を生きる、そのことからして人はエゴイスチックたらざるをえない。どんな生き

方をしようとです。国や社会や他人のために尽くそうとする立派な人もいるでしょう。しかし彼が尽くすのは、現在の、あくまで現在の、いまある国や社会や他人であって、決して過去や未来の国や社会じゃない。人間は過去の人間、すでに死んでしまった人間から財産を受け継ぎ、断りもなく勝手に使う。過去の人間が苦労して産み出した文明の利益を享受する。もちろん過去の人間は財産だけではなく、さまざまな借財も残すでしょう。しかし、いまある人間は借財を返済したりしない、ただ未来に先送りするだけです。財産は使うが借金は返さない。ずっとそうです。人間の歴史はいってみれば借財の累積の歴史です。いまや借金は膨大だが、後から来る人間に押しつけてしまえば、どうということはない。どんなに莫大な負債を抱えた会社だって、資金が回転してるあいだは潰《つぶ》れませんからね。未来の人間だって、また同じように次の世代に借金を先送りするでしょう。それがどんどん続いていく、これが人間の歴史です。期限のない手形を切り続けるのが人間生活の実相です。これをエゴイズムと呼ばずして、何をエゴイズムと呼んだらいいんです」

彦坂は葉巻を口にくわえ、まったくですねと、あいづちを打ちながら梶木は卓のライターをとって火をつけた。うまそうに煙を吐き出した彦坂は、そこにはじめて目前に人を発見したとでもいうように梶木の顔をみつめ、きまりの悪くなった梶木は、さ、さ、飲んで下さいと調子を出して、ウイスキーを相手のグラスになみなみと注いだ。

「梶木くんはヒロポンはやりますか?」

ようやく自分にも理解できる話が出たと安心しながら、ときどきやります、と梶木は返答した。

「もっとも最近はご無沙汰《ぶさた》ですがね」

「ようするに、人間ていうのは、ヒロポンを打ち続けているようなものだということです」

「なるほど」

「今日ヒロポンを打って元気になる。ツケは次の日に廻るでしょう。しかし、翌日にはまた打つ。そうして毎日打ち続ける」

「しかし、それじゃあ、いつか身体を壊しちまう」

「当然です」

彦坂は口髭《くちひげ》の下の唇を歪《ゆが》めた。

「それでも、中毒になった人間が明日のことを考えますか？」

「考えません。絶対考えません。それだけは請け合える」

この種の話題なら任せておけとばかりに梶木は勢い込んで返答した。彦坂は深くうなずいてみせた。

「未来のことを考える人も大勢いるでしょう。ツケを未来に残すべきではないと、頭ではいくらでも考えられるでしょう。しかしです、やっぱりヒロポンは打たないわけにはいかない。何故なら、今日打たなければ、それですべておしまいになるからです」

彦坂はしばらく黙って、煙草とウイスキーを交互に口に運んだ。

さまざまな形と色の酒瓶の並んだサイドボードに置き時計があって、針はとうに零時を廻っていた。先に寝《やす》んでよいといわれて自室に退った女中が、情人の到来を待ってじりじりしながら猫みたいに眼を光らせている様子を思えば、梶木の口元は自然に綻《ほころ》んだが、「饒舌《じょうぜつ》」な主人はまだ解放してくれる気配はなかった。

「梶木くんは前に人を殺したことがあるといっていましたね」

はい、と答えた梶木は、いよいよ自分の領分になってきたと、身を乗り出す感じになった。

「実はね、私も殺したことがあるんです」

彦坂がいうのへ、梶木は大袈裟《おおげさ》にのけぞってみせた。

「そいつは、おみそれしやした。御自分で殺したんで？」

「自分で殺しました。ずいぶん昔、といっても十年にはなりませんが。首を絞めました」

最初は酔った上での冗談か、せいぜい誇張だろうと思ったのだが、淡々と報告する仮面の陰から、正真正銘の殺人者の顔が一瞬覗けたと梶木は感じ、血の匂いが周囲に濃厚にたちこめたように思って、小さく身震いした。

「人を殺しては何故いけないのか。子供の頃から私はこれが疑問で、あれこれと考えたものです。それで出たのは、法律があるからという、きわめて単純な結論でした。殺人は法が禁じている。では、なぜ法は殺人を禁じるのか。誰かが自分を勝手に殺しに来たんでは困るからです。自分も殺さない代わりに人からも殺されない。自分が殺す権利を放棄する代わりに人も同じ権利を放棄する。それを保障するのが法である。これはどんな法律の教科書にも書いてありますが、実に納得できる説明です。きわめて正しいと私は思います。ところが、この考え方は必ずしも広く支持されているわけではない。むしろ、人間の自然な本性のなかに人の生命の尊厳を知る力があるのだという考え方のほうが、一般には支持されている。笑っている赤ん坊を見れば、どんな悪人でも自然と笑みがこぼれてしまうはずだというわけです。私はこの思想に我慢がならなかった」

彦坂はグラスを卓に打ちつけ、といってもさして力がこめられたのではなかったけれど、かつんと鳴った硬い響きは、天井に下がった電灯の、淡い緑色の硝子《ガラス》の笠《かさ》のせいで、くすんだ光に満たされた居間の空気を確実に震わせた。

「法がある以上、私は人を殺さない。だが、自分のなかには、自分の内部には、自分の内側には、人殺しを押し止《とど》めるものはなにひとつない、このことを是非とも証明してみなければならないと、私は考えたんです。私は自分が人を殺す場面を、さまざまな相手をさまざまな方法で殺す場面を想像してみた。夜、寝床に入ると、必ずひとりは殺した。これまでにもう何千人殺したか分かりません。しかし想像で殺すのと、現実に殺すのでは、雲泥の差がありますからね」

「そりゃ、まったくそのとおりで。理屈と実際は違います」

梶木が経験に裏打ちされた見解を披露すると、彦坂は軽くうなずいてみせた。

「どうしても殺してみる必要があると、私は考えるに至った。これは、さっきもいいましたが、私が個人たるためにも必要な手続きに思えたんです。法を保障するものは国家ですが、よく考えてみれば、国家などというものに格別の根拠があるわけでもない。国家転覆を国家は法で禁じているが、その法自体を支えるのもまた国家だとすれば、これはどう見ても矛盾している。それに国家なんてものがいつまでも頼りになるなんて、馬鹿でもない限り考えられません。個人が個人であるためには国家などあてにしている場合じゃないと、これはさっきもいいました。つまり、国家が支える法もあてにはならないということです。個人は、いつでも軽く法くらい超えてみせなければならない」

「しかし、どうして、そんなに苦労して個人にならなきゃならんのです」

殺人者であるとの告白を聞いて、同類の気安さとでもいうべき気分の生まれていた梶木は質問した。彦坂は一瞬虚をつかれたかに眼をみひらき、それから河豚《ふぐ》のごとく頰を膨らませたかと思うや、あははは、と心底愉快そうに哄笑《こうしょう》した。

梶木はぎょっとなって、上等のガウンを着た男の様子を窺い、このまま発狂されたら困ったことになると、不安の暗雲が胸中にたちこめたとき、ようやく笑いの発作を沈静化させた彦坂が、依然笑いの余韻を残して切れ切れの言葉を吐いた。

「こりゃ、おかしい。いや、失礼、しかし、おかしい」

どうやら正気らしいと見て取って、安心した梶木は相手に調子をあわせて、えへへへと笑った。

「何故といわれると、たしかに困ってしまいますね」

まだ笑いながら彦坂がいった。

「まあ、一口にいえば、個人だけが真の人間だと考えるからです。個人でない者、つまり大多数の人間は、そうですね、何でしょうね」と彦坂は自問し、何ですと具合よく挿入された梶木の合いの手に応《こた》えて、蟻《あり》みたいなものですね、と言葉を接いだ。

「蟻ですか？」

「ええ、まあ、そんなものでしょう。蟻を馬鹿にしちゃいけませんよ。蟻は人間に負けないくらい立派で秩序ある社会を作っていますからね」

「つまり社長は蟻の行列を踏んづける人間というわけで？」

「別にわざわざ踏んだりはしませんよ」

「しかし人を殺しなすったんでしょう？」

グラスを口に運んだ男は黙り込み、相手の気分の変転を扱いかねた梶木が、用心深く沈黙を守っていると、再びその品のよい口は開かれた。

「八年ほど前の話ですがね。殺しました」

軽い口調に引きずられて、元来お喋《しゃべ》りな梶木はつい口を出した。

「とうとう殺《や》りましたか。で、どんなやつです？」

「女です」

「そいつは大変だ。女ってやつは業が深いっていいますからね。化けて出ませんか」

余計なことをいうなと警告する声は聞きながら、梶木の腹中では躁《さわ》ぎの虫が騒ぎ廻って押さえがきかなかった。ガウンの男は相手の言葉には構わずに続けた。

「私には子供がひとりあるんですが、殺したのはその子の母親です」

「そいつは、どうも」とさすがに口ごもった梶木を尻目《しりめ》に、ガウンの男はまた続けた。

「気持ちのいいもんじゃありませんが、悪いことをしたとは、たしかに思いませんでしたね。もっとも、ついつい逆上したのも事実でしてね。純粋に、まったく理性的に殺すまでには至りませんでしたが、まあ、そうやって長年の課題は果たされたわけです」

「警察の方はどうしたんです？」

「父親がもみ消してくれました」とつまらなそうに答え、空いたグラスを、とんと卓においた彦坂は、もう酔っているようには見えず、普段の平静な顔付きが戻ってきていて、たったいまなされた異常な告白を何か夢のなかの出来事のように思い返しながら、そろそろ話もおしまいらしいと察した梶木は、明日の予定を事務的な調子で確認した。

するとと彦坂は、鎌倉の婚約式を思い出したのか、再び口を開いた。

「あの人を私は蟻の社会から救い出してあげようと考えたんですね。つまり、個人として、あの人を愛したり憎んだりしたいと考えたんです。それだけの力量があの人にはあると、私は期待したんです。あの人は個人としての私を愛してくれるんじゃないか、少なくとも憎んではくれるんじゃないか、愛するんでも憎むのでもどっちだっていいんです。しかし、それは結局私の思いこみなのかもしれません。結局はあの人も面白くもない日本の女のひとりにすぎない、私の買いかぶりにすぎないのかもしれない。そう考えれば、諦めもつくというものです。それに、まあ、私にとって、結婚などというものは、結局道楽みたいなものですからね」

「道楽にかまけている場合じゃないと、誰かにいわれましたか」

相手の饒舌に乗じて梶木がいうと、彦坂はゆっくりと顔をこちらへ巡らせ、明らかな観察の眼で眺めはじめたので、梶木はきまりが悪くなった。梶木の眼を一瞬捉えた彦坂は小さくうなずいてみせた。

「結婚をやめた原因は、梶木くんが想像しているのでだいたいあたっています」

「京都ですか」と思い切って梶木はいってみた。彦坂はまたうなずいた。

「ただし、あの人が、つまり京都の人という意味ですが、私たちの結婚に横槍《よこやり》を入れた理由は、たぶん梶木くんが考えているのとは違うでしょうね」

「さようで」

「あの人は、彼女を、つまり婚約者の彼女を不幸にしたくないんだそうです。私と結婚するということは、すなわち不幸を意味するらしい」

彦坂は乾いた笑いを洩《も》らした。

「しかし、どうして京都の意向に従わなきゃならないんです？」

何か弱みでも握られているのかとの思い入れで梶木が一歩踏み込むと、この世のあらゆる事象を侮蔑《ぶべつ》するかの笑いを彦坂は顔に浮かべた。

「いまのところ、あの人を味方にしておくのが得策なんです。そのために結婚をやめるくらいは安いものだ。しかし、結婚をよせとは、まったく無用の同情です。無用の同情くらい世の中に害になるものはない。私が唯一破壊したいと思うものがあるとしたら、それはこの無用の同情というやつ、とりわけ女の女に対する同情です」

それだけいうと彦坂はつと立ち上がり、明日になればいろいろと分かるでしょうと、謎めいた言葉をひとつ吐いて、同じ部屋に人間など最初から存在していなかったとでもいうような素振りで寝室へ向かい、深夜の酒宴は終了した。

V　婚約式

範子と彦坂の婚約式は十一時からはじまった。

出席したのは安田教授と本多弁護士の他に、範子の女学校の恩師である布川女史と、やはり女学校時代の友人がふたり、あとは彦坂が連れてきた亜細亜通商の重役が三人という顔ぶれで、水村女史の欠席については、急に都合がつかなくなったと連絡があったとだけ範子は来客に伝えた。

婚約式といっても、セレモニーについては全部水村女史の企画だったから、肝心の演出家兼オルガン奏者が欠席では形にならず、結局はただ一同で会食をするというシンプルな形に落ちついた。

最初に彦坂と範子が立って、それぞれ来客への感謝を述べてから、彦坂が婚約へ至る経緯をごく簡単に披露し、時局が落ちついたらきちんとした結婚式を挙げるつもりであると述べたところで、安田教授の音頭で一同で乾杯した。

あとは順次運ばれてくる中華料理に舌鼓をうちながらの歓談となったけれど、安田教授の無口は仕方ないとして、今年で還暦を迎える布川先生はどうかといえば、眼にし耳にするあらゆる事象に対していちいち感嘆の声を挙げつつ、終始一貫にこにこ笑うばかりで、範子の友人たちはともに既婚者であるから、おっとりと落ちついているのは順当といえ、三人とも初老である会社の重役連はまるで畏《かしこ》まって、これでは会話が弾まないのではと心配されたが、そこはさすがに本多弁護士、食卓の客に万遍なく気を配りつつ、賑《にぎ》やかに会話をリードしてくれたお陰で、なごやかな雰囲気が自然と出来上がって、これならまずまずであると、やや緊張のあった範子も明るい気持ちになった。

範子の気分を反映するかに、朝のうちは曇っていた空も、会食がはじまる頃には日が射すようになり、天井の高い食堂には硝子《ガラス》戸を通して光が溢《あふ》れた。いまどき人が話をするとなると、戦争や苦しくなる生活が決まって話題になるのだが、その種の会話はひとつもなくて、鎌倉の古跡や湘南《しようなん》の海に続いて、本多弁護士が海外在住時代の思い出を語り、洋行経験のある安田氏、彦坂と、順番に話を引き出して、ことに彦坂にはあれこれと話題を振りながら、布川女史や範子の友人たちに、範子の夫となるべき人物の人となりをそれとなく紹介する配慮も示してくれた。

食事もだいたい終わって、杏仁《あんにん》豆腐のデザートが出た頃、本多氏が布川女史にスピーチを頼み、英語学を専門とする老婦人は、これほど困惑した人間も珍しいくらいに困惑を示し、それでも椅子から立って型どおりの祝福の言葉を短く述べてから、この結婚は色々な意味で新しいのであって、何から何まで新しく、素晴らしく新しいのだと、具体的に何が新しいのか不得要領のまま、「とっても新しい」という文句を最低十回は口にして挨拶を終わった。

続いて本多氏に促された安田教授は、ぼくはさっき乾杯をやったから、と遠慮をし、では、我が輩が一言と、いよいよ真打ちが立ち上がった。

「まずは若いおふたりの門出、まさに新しい門出を祝福申し上げたい。聡明《そうめい》にして教養あるおふたりが、きっと立派な家庭を築かれるであろうことは、ここに参集せられた方々の誰もが疑わぬことであります。おふたりの幸せはすでにして約束されていると申し上げて、異論はあるまいと信じます」

タキシードに蝶ネクタイの老弁護士は、ややしわがれた、しかしよく通る声で口上を述べると、卓をぐるりと見回し、一同がうなずくのを満足そうに眺めてから再開した。

「しかしながら、個人の幸福や不幸が国家の運命と直結し、それに左右されることもまた、時代の真理であることを指摘せぬわけにはまいりません。いま現在、われわれの祖国である日本はいかなる運命に見舞われつつあるのか？　むろんこれは神のみぞ知ることではありましょうが、一国の運命とは国民の意思と無縁に決せられるものではない。ある意味で、日本の運命は、われわれ自身が握っているのだと考えて、あながち間違いではあるまいと思います。であるならば、われわれ自身がどのような運命を望んでいるのかと、問うべきではないか。われわれはいったい日本の、どのような運命を望んでいるのか？　そのようにいうなら、日本の勝利であると、誰もが声を揃えて叫ぶことでしょう。しかし、では、その勝利とは何であるか。いかなる勝利を望んでいるのか。このことを深く考える必要がある。英国や米国を占領すれば満足なのであるか。あるいはもっと極端に、英国人米国人を皆殺しにすれば満足するのか。もしも戦争なるものを、集団と集団の凝固せる憎悪のぶつかりあいと解するなら、相手を皆殺しにせずには気がすまぬのかもしれません。しかし戦争とは、さようなものでは断じてない。考えてみていただきたい、たとえばわれわれは、アメリカのどこかで、家族のために日々畑を耕し日曜毎に教会で敬虔《けいけん》に祈る、ひとりの農夫を憎むことができるでしょうか。芝居見物とパブで飲む一杯の麦酒《ビール》だけを楽しみに、ロンドンの工場で汗まみれで働く工員を憎むことができるでしょうか」

弁護士は一度切ると、範子がはじめてみる、切迫したといってもよいくらいの、きわめて真剣な表情でグラスの水を飲み、それからまたはじめた。

「戦争は憎悪の産物ではない。むしろ争いの現実が憎悪の感情となって表出されるにすぎないのです。では、いったい何が戦争を引き起こすのであるか？　利害です。利害の対立です。では何故《なぜ》、人間の利害は対立するのか。答えはひとつでしかありえない。神様がそのようなものとして世界を、人間をつくられたからです。神は人間をひとつのものとしておつくりにはならなかった。複数のものとして、多数のものとして、たくさんの国家や、民族や、階層に分かれたものとしておつくりになった。もし最初から神が人間をひとつのものにつくられたなら、争いもなく、戦争もありえなかったことでしょう。しかし、神はそうはされなかった。人間がバベルの町を築き、ひとつの国民になろうとした、まさにその瞬間にこそ神は地上に降り立ち、民をばらばらにして全土に散らされたのです。何故か？　何故そんなことをなさったのか？　むろん人間に完璧《かんぺき》な答えなど用意できるはずもありません。ただ、少なくともいえるのは、争いも、戦争も、神がその御意志において人間に与えられたということです。人類の歴史は戦争の歴史であるといっても過言ではないと、あまたの歴史家がいっておりますが、たしかに全能の神が世界をつくられ、その世界が過去において、現在において、そして未来もまた、このようである事実は否定できない」

一同はいまや食事の手をやすめて、しだいに熱を帯びる演説者の言葉に聞き入った。

「むろん我が輩は、神が自らの愉《たの》しみのために戦争を与えたのだとは思いません。退廃せるローマの貴族のごとく、人間同士を争わせ、殺しあわせて喜ぶような、悪趣味かつ残忍な方であるはずがない。では、いったいどうして？」

演者は天井の一画を睨《にら》み付け、範子は一度も見たこともない本多弁護士の法廷での弁論ぶりを一瞬彷彿《ほうふつ》とさせられた。我が輩はこう考えるのです、と静かに本多氏は再開した。

「すなわち、神は人間により大きな財産を与えようとされ、戦争はいうならばその副産物、まったく有り難くない副産物だということです。もちろん我が輩とて、副産物などという安易な言葉で呼んでいいほど、戦争の悲惨を軽視できぬくらいは弁《わきま》えております。勝つにせよ、負けるにせよ、戦争は恐るべき傷跡を文明社会に残す。しかし、であればこそ、神が与えられようとしている富は大きいのではあるまいか。戦争という巨大な犠牲を払ってなおあまりある偉大な宝を神様は人間に与えようとなさっているのではないか。笑わないで頂きたい。根拠のない妄想を語る者だと、笑わないでいただきたい」

誰も笑う者はなかった。普段よりやや青ざめたように見える本多弁護士は、卓に置かれてあった、もうぼろぼろになった黒革の聖書を手にとって、しかし頁は開かずに、また口を開いた。

「その宝とは、まさに人間がひとつにではなく、たくさんのものとしてつくられた、そのこと自体であると、我が輩は考えます。なるほど最初から人間がひとつのものであるならば、戦争はなかったでしょう。しかし、そのことで失われるものがあまりにも大きいと神が考えられたとしたら。人間がひとつではない、たくさんに分かれていること、その事実こそが世界を豊饒《ほうじょう》で生き生きとしたものにするのだと、神が考えられたとしたら。さよう、人間がひとりひとり別の存在であること、その別々の存在が、決してひとつになるのではなく、別々なままに結びあうこと、別々なままに豊かな関係をつくり上げること、それこそを神様が望まれているのだとしたらどうでしょう？　しかも神様は、そのための手段を人間に与えてくれている。それはいうまでもなく、言葉であり理性であり人間の智恵に他なりません」

老弁護士はそこで胸のポケットから縁なしの老眼鏡を取り出し、はじめて聖書の頁を開いた。

「神は人間をエデンの楽園から追放された。人間が神の命令に背いたからです。しかし背くようしむけたのは神ご自身です。蛇の仕業などではない。そもそも神は何故、楽園に智恵の樹を置かねばならなかったのか、そうしてまた何故、そこから実を取って食べてはならないなどと命令したのか。人間に禁を破らせるためです。人間が禁を破るであろうことを神は知っておられた。かりに蛇が誘惑しなかったとしても、早晩人間は自ら蛇を生み出してでも禁を破ったことでしょう。人間は禁断の木の実を食べ、智恵を得た。そうして楽園から追放された。神が人間に自由を与えられたのです。善も悪も同時にな す力を与えられたのです。いうなれば、ばらばらの、多数のものとしての人間を、互いに利害を対立させあう者として、決してひとつにはなれぬ者として、智恵だけを財産として与え、争いの荒野に追放されたのです。自由に智恵を働かせ、智恵を元手に、豊かな人間の関係という大きな財産をつくり上げるよう期待されているのです。であればこそ、皆さん！　自分をかたく保ち、精一杯智恵を働かせて下さい。戦争という、この最悪の争いのさなかにあってこそ、智恵と理性を働かせて下さい。戦争がかりにひとつの狂気であるとしても、狂気から眼を逸《そ》らしてはならない。狂気のなかに正気に至る細き路《みち》を探し出さなければならない。神様は人が互いに争い、殺しあうことを、深く悲しんで居られるでしょうが、しかし、それを赦《ゆる》しても居られる。苦渋のなかで、しかしやはり赦して居られる。神様が赦さないのは、人間が智恵を捨てること、我を忘れて自ら狂気に飛び込んでいくこと、それです。『出エジプト記』の三十二章に、次のような記事があります」

そういって本多氏は聖書の頁をめくり、ところがなかなか目当ての章句に行き当たらないらしく、まもなく諦めて本を閉じ、老眼鏡を外した。

「イスラエルの民をエジプトから導き出したモーセは、シナイ山で神から律法を与えられる。モーセがひとりで山へ行ってしまったので、民は急に不安になる。大変な危機に見舞われた民は、祭司アロンに相談した。するとアロンが民が持っていた金を集めて鋳固めて金の子牛をつくって、それを民は喜んで祀《まつ》り、飲み食いし、歌い踊る。そこへモーセが帰ってきます。モーセは怒り、絶望し、あげくに神から恐ろしい命令を受け取ります。金の子牛をあがめた民を殺せと神はいわれる。同胞を、兄弟を、隣人を殺せといわれる。モーセはレビ人に命じて民三千人を殺させたと聖書にはあります。まったく恐ろしい、魂が凍るような話です。それにしても何故、神はそこまで激しく厳しい罰を下さねばならなかったのか。我が輩が考えますには、決して民が邪教の神を崇《あが》めたからではない。偶像を崇拝したから、それだけではない。むしろ砂漠の危難に際して、民が歌い踊ったこと、我を忘れ、理性を失い、何かにひたすら没入しようとした、そのためであると考えます。神は人が智恵を離れ、我をなくして狂気の淵《ふち》に飛び込んでいくことをこそ赦さないのです。誤解を恐れずに、我が輩は断言いたします。人間の争いや対立は、人間が地上にある限り決してなくなることはない。むろん我が輩とて争いも対立もない地上の楽園への憧憬《しょうけい》は、我が青春の貴重な思い出の数々とともに、深く心に刻まれております。人類がまさしく人類としてひとつになり、誰も苦しまず、悲しまず、人類すべてが微笑みをもって朝日を迎え、穏やかな語らいとともに夕陽を送る、さような理想郷の到来を望んでなお余りあるものがあります。けれども、我が輩はやはり断言せざるをえない。地上の人間たちが理想社会を築きあげ、人類はついにひとつのものになったのだと胸を張った、まさにその瞬間にこそ、神様は再び人間を散らされるのです。対立と争いは決してなくならない、というより、対立と争いこそがまさしく世界の豊かさの根拠なのです。対立と争いは、憎しみの根拠であると同時に、愛の根拠なのです。対立と争いを愛に転化することこそが、世界を光り輝かせるのです。神が望まれているのはそのことです。隣人とは私と同じ者、等しい者の謂《い》ではない。私とは別の者、等しくない者、根源的に対立をはらんだ者であり、であるが故に、この世界を豊かで光輝ある世界に変えうる存在なのです。どうか、みなさん！　理性と智恵を働かせて下さい。この狂気じみた時代にあって、自棄になって、自分を捨て去り、狂気に自らすすんで没入したりしないで下さい。毒をくらわば皿までなどと考えないで下さい。毒は食べても、皿を食べなければ命が助かることだってあるのです。そのことを知って下さい。具体的に、まったく具体的に、自分の生活を、そしてこの戦争を考えて下さい。よく見て下さい。眼をみひらいてよく見て下さい。戦争を推進する者も、戦争に反対する者も、彼らは等しく戦争を見ていないのです。戦争は決して国民の狂気の祭典ではないことを思い出して下さい。日本という国がはじめて遭遇せる未曾有《みぞう》の危機にあって、砂漠の恐怖の力に負けず、不安に耐えて、金の子牛のまわりで歌い踊らないで下さい。どうかお願いします」

老弁護士は、どこか起承転結を欠いたと感じられるスピーチを不意に終えると、興奮を無理に抑えつけたような難しい顔で椅子に腰をかけ、ひとりにだけ特別に用意されていた赤葡萄酒《あかぶどうしゅ》を、喉を鳴らして飲んだ。

彦坂が鎌倉の別荘を出たのが午後一時三十分、待っていた二台の自動車のうち、一台に三人の重役とふたりの秘書の五人が、少々窮屈な格好で乗り込み、もう一台に彦坂と梶木がゆったり座席に腰を下ろして、一行はすぐさま東京へ向かった。

三時過ぎから、陸軍省の幹部との会合を皮切りに、例のごとく分刻みのスケジュールが九時頃まで続いて、しかしその後は彦坂に予定はなく、恐らく夜にはもう一度鎌倉へ戻るつもりなのだろうと梶木は想像し、いくら結婚はやめるつもりでも、向こうがすっかりその気で待っているとするならば、こんな絶好機を彦坂ともあろう者が逃すはずはなかった。単に色好みからだけでなく、堅気の娘を騙《だま》し、残酷に傷つける機会であればこそ、彦坂という冷酷たる獣は逃さないのであると梶木は確信し、そうでなくちゃあ社長じゃないと、穏やかな顔で車窓の景色を眺めている後部座席の男に代わって、ひとりで残忍な笑いを浮かべた。

梶木君、と声をかけられて、助手席の梶木は首をねじ曲げて後ろに顔を向けた。

「梶木君は、何故戦争は起こるんだと思います？」

「戦争ですか。そうですね」とまずは答えた梶木は、婚約式を終えたばかりの主人の機嫌がかなりよさそうだと観察し、やはり今夜の餌への期待が気分を弾ませているのだろうと思い、内心でほくそえんだ。

「やっぱり欲じゃないですかね。欲がなけりゃ戦争も起こらんでしょう」

「人間に欲がなくならない限り、戦争はなくならないというわけですか？」

「そういうことです。日本だって、いろいろ理屈はいってますが、要するに欲があるからアメリカと戦争したわけでしょう」

自分が人をはじめて殺したときも、恨みがあったわけでもなく、まったくの欲得ずくで殺したのであり、いわばひとりで戦争をする気だったといおうとして、しかし隣でハンドルを握る運転手の耳を梶木は気にした。

「いま会食の席で、ある人の話を聞いたんですが、梶木君とまったく同じ見解でした」

彦坂は愉快そうに薄い口髭《くちひげ》を撫《な》でながら報告した。

「人間の利害の対立は永遠になくならないと、その人もいってましたよ」

「さようで」

「私も久しぶりに感銘を受けました。そうなんです。人類は決してひとつのものにはなれないんです。蟻《あり》じゃないですからね。そう、人間は蟻じゃない。互いに殺しあうからこそ人間なんです」

なお首を曲げたまま、こうした場合主人がただあいづちを打つ機械を欲しがっているのを知っている梶木は、まったくそうなんでしょうね、と機械に徹した。

「梶木君は神はあると思いますか？」

「神ですか？」

「ええ、そうです、神はありますか？」

依然として機嫌よく問いかけてくる彦坂に梶木は返答をした。

「ないんじゃないですかね」

「どうしてそう思います？」

「見たことがないですから。一度でもこの眼でみりゃ、別ですがね」

なるほど、と彦坂はいって、木立ちの影を顔に映しながら、しばらくは車窓から淡い緑をつけはじめた丘陵に眼をとめていたが、穏やかな春の日差しを受けて深い蒼色《あおいろ》に染また相模《さがみ》湾が見えてくると、また口を開いた。

「私も同感ですね。それより、梶木君にひとつ頼みがあるんです」

「何でしょう？」

命令でも指示でもなく、「頼み」といういい方に違和感と緊張を覚え、警戒の虫が騒ぎ立てるのを覚えながら梶木がきくと、あとで話しますといって彦坂は、運転手の白い帽子を、いかにも神経質そうに細くて尖《とが》った顎《あご》で指し示してみせた。


彦坂が現れたのが、婚約式のはじまる十五分前、会食が終わればまたあわただしく席を立って、範子は未来の夫とゆっくり話をする時間はなく、それどころか出がけの玄関先で靴を履きながら、夜の十時頃には戻ってきますと彦坂がいったのへ、お食事はどうしますと範子が背中に向かって問うたのが唯一の会話らしい会話で、食事は済ませてくるとは思いますが、軽くお酒を飲むかもしれませんと答えて彦坂は立ち上がった。範子が自動車まで見送りに出ようとすると、来客の方々をお願いします、と範子を制した彦坂は、あとはトキにいっておきますからと、老女中を呼び、会社の人々を一緒に引き連れて木戸を出ていった。自分にではなく、トキに何事かいいつける様子を見て、範子は少々不満ではあったけれど、これがブルジョア流なのかもしれないとも思い直し、食堂へ戻った。

三時過ぎまで、布川先生や友人たちと、久しぶりにお喋りを楽しみ、友人のひとりが、預けてきた子供が心配だからそろそろ失礼すると席を立ったのを潮に、三人は揃って玄関へ向かい、もっとゆっくりしていって欲しいといった範子の言葉は決してお世辞ではなかったけれど、無理に引き留めるわけにもいかなかった。

本多氏と安田教授は、昨日の日没とともにはじまったはずの、紅頭中将主催の暁天禊《けい》行《ぎょう》を見物に行くといって、女性陣より早く外出していたから、別荘は急に閑散として、範子はなんだか気が抜けてしまい、時間を持て余した。

しばらく談話室のソファーに座って、庭先の木立ちをぼんやり眺めてから、婚約式が無事済んだと母たちに知らせる手紙を書こうと思いたち、寝室へ入ると、トキがいた。

何をしてるの？　と自分でもびっくりするくらい鋭い声が出てしまい、かえって範子が狼狽《うろた》えていると、老女中は別段顔色を変えずに応答した。

「旦那《だんな》様のお布団を用意しておりましたんでございますよ」

見れば、たしかに彦坂の寝台に枕や毛布が置かれていた。

「いいわ、あとは私がするから」

「いいえ、こういうお仕事は奥様がなさることじゃございません。私どもの分担でございますから」

ものいいこそ柔らかいものの、絶対に妥協を許さぬ頑固さに遭遇してやや気圧《けお》された範子は、そのとき、老女中の鼻先に茶色いものがついているのを発見し、この人はまた黒百合《くろゆり》の匂いを嗅いでいたのかと思えば、急に気味が悪くなり、思わず言葉が出た。

「この百合なんだけれど、あとで向こうへ運んでくださる」

老女中は寝台の枕元の棚に置かれた、外界に向かって大きくめくれあがろうとしている濃紫《こむらさき》の花弁に眼をやった。

「でも、何もお花がないと、お部屋が淋《さび》しゅうございますよ」

「胡蝶蘭《こちょうらん》を運んで。一日くらいなら、陽にあてても大丈夫でしょう」

「あのお花もきれいですけれど、こちらの方がよろしいかと」

どうして？　と追及した範子は、胸がざわつくのを覚えた。

「この花の方が寝室にはふさわしゅうございますわ。とくに今夜の寝室には」

年齢にしては皺《しわ》のない、いやにつやつやした皮膚を持つ老女中が上目遣いでこちらを眺め、そこにあからさまな淫靡《いんび》な笑いを認めた範子は、羞恥《しゅうち》とも怒りとも不安ともつかぬ感情が身内にこみあげて、激しい言葉となって迸《ほとばし》ろうとした刹那《せつな》、開け放しになっていた戸口から若い女中が顔を見せて、お客様がいらっしゃいました、と報告した。

すぐに行くと答えた範子は、ベッド脇に立ってまた黒百合に眼を据えている老女中に向かって、とにかく、百合は運んでおいて、とだけ命令口調でいうと、寝室から逃れるように、急ぎ足で玄関へ向かい、すると来客とは佐々木で、昨日と同じ国民服にゲートルを巻いた佐々木は、範子の顔を見るなり、大変なことになりましたといい、言葉を裏切らぬ硬く強張《こわば》った表情に、にわかに胸騒ぎが切迫したとたん、佐々木が報告した。

「水村さんが逮捕されました。それから安田先生にも逮捕状が出たそうです」

範子は佐々木とともに、安田教授を一刻も早くつかまえるべく、神霊国士会の道場へ向かった。極楽寺駅から江ノ電で鎌倉へ出、さらにそこから歩く道すがら、東京支社で話をきいて飛んできたという佐々木の詳しい説明によれば、水村女史が捕まったのは今日の早朝、横浜港で貨客船に乗り込もうとしていたところを捕縛されたという。

範子に意外だったのは、逮捕時に水村女史がひとりだった点で、いったいどのような事情があったのかと、範子があれこれ思案を巡らせるうちにも、佐々木は情報通らしく、水村女史が係わっていたのは詩人や劇作家といった人々を中心にした反戦グループで、基本的には自由主義者の集団であるが、なかに何人か旧共産党系の人間も混じっていたらしく、反戦的な文書を作って密かに流すなどの活動を行い、特高は以前から内偵を進めていたようだと解説し、水村女史はグループの中心メンバーのひとりで、一種のスポンサーというか、かなりの資金を醵出《きょしゅつ》していたらしいと加えた。

捕まったのは水村女史だけなのかとの範子の問いには、全員捕まるのは時間の問題である、なにしろ日本の警察機構の優秀さは国際的にも折り紙付きだと佐々木は胸を張った。

それにしても安田教授にまで累が及んだのは何故なのかと範子がさらに問うと、グループに直接安田教授が係わってはいなかったはずだと答えた佐々木は、おそらく水村女史との個人的な関係が疑われたのだろうと推測を述べて範子を驚かせた。

「だって、個人的関係というなら、私たちだって同じでしょう」

江ノ電の座席に座った範子が疑問を述べると、前に立った佐々木は軽蔑《けいべつ》的な笑いのはらまれた声で、違いますよ、と断言した。

「つまり私的な関係といいますか、ようするに男と女の関係というやつです」

声を潜めていわれた「男と女の関係」の言葉に、まさか、と範子が首を振ると、佐々木は上から押さえつけるように、まず間違いないと、断言を重ねた。

「安田先生も悪い人にひっかかったもんです。結局、水村さんみたいな、カネもある暇もあるっていう、有閑階級が一番質《たち》が悪いんですよ。社会に害毒を流す元凶です。安田先生も運が悪い」

安田教授と水村女史の「関係」とは、新聞記者の下世話な想像力の産物であろうと範子は思ったものの、かりにそうだとして、別に咎《とが》められることではなく、一方的に水村女史だけに責任があるかにいう佐々木の理屈は理解しがたかった。しかし、なによりの心配は水村女史の身の上で、この点について新聞記者は、水村女史の容疑は「言論出版集会結社等臨時取締法」違反であるが、今後の調べ次第では「治安維持法」での再逮捕もあり得、そうなれば重刑は避けられず、ことに海外に脱出しようとしたのが心証という点でも大いにマイナスであると、悪い見通しを重苦しい口調で語り、しかし懸念として表明された内容に対して、語り手がわくわくするような期待を抱いているのは明らかだった。

一方、安田教授については、たぶん無罪になるだろうと、佐々木は推測を述べた。

「安田先生は格別に主義主張があるわけじゃないですからね。ちょっと迂闊《うかつ》だったというだけで。いずれにしても先生は無害です」

無害の烙印《らくいん》を押された大学教授はなかなか見つからなかった。

神霊国士会の禊行は、道場から近い明月院から谷間を奥へ進んだ丘陵の麓《ふもと》に臨時に設営された、白木の露天舞台で行われていた。舞台の周囲のさして広くない地面は、取材やら見物やらの群衆で混雑して、人垣をかきわけて進もうにもままならず、佐々木は範子を舞台の向かい側、竹林に覆われた丘陵の、比較的混んでいない場所に連れていくと、ちょっと探してきますといって、また人群に紛れていった。

四本の柱でとめた注連縄《しめなわ》をぐるりめぐらせ、一郭に大太鼓が置かれた舞台では、三十人ほどの白装束の人間が一方を向いて座り、頭《こうべ》を床にこすりつけ、あるいは柏手《かしわで》を打って何事か唱え、また頭を垂れる仕草を繰り返し、別に全員が息を揃《そろ》えてするわけでもなく、素足が寒々しく眼に映るばかりで、見物としては退屈きわまりなかった。どうしてこんなものを観るためにわざわざ大勢の人間が集まっているのだろうかと、範子が不思議に思ううちにも、陸続と明月院の方から人がやって来た。

驚いたのは屋台店がいくつか出ていることで、どの店の前にも長い行列ができていて、どうやら群衆の目当ては、近頃《ちかごろ》ではすっかり巷《ちまた》から姿を消してしまった、おでんや綿菓子《しで》や黒飴《くろあめ》にあるらしく、それにしても、清涼な緑の木立ちのなか、風に揺れる紙垂や白装束のかもしだす神聖な雰囲気と、口を喇叭《らっぱ》みたいに尖らせた真っ赤な蛸《たこ》が日の丸の鉢巻きをしめた絵柄の、毒々しい綿菓子屋の看板との対照には、何か奇怪な調和があって、範子をいたく感心させた。

ほどなく佐々木は、他の新聞社の人間に聞いたところ、すでに安田教授は連行されたらしいと情報を持って戻ってきた。本多氏はいたかと聞けば、どこかにいるのはたしかなようだが、姿は見えなかったといい、もう一回探してみます、ついでに甘酒でも買ってきますよと、村祭りにでも来ているみたいな、浮き浮きした調子でいい残して、佐々木がまた丘を降りていくのを見送った範子が、本多氏は安田教授を心配して一緒に東京へ戻ったのかもしれない、とすれば荷物をとりに別荘へ向かった可能性もあると、思案をはじめたとき、どどん、と出し抜けに空気をふるわせたのは大太鼓であった。人々がいっせいに舞台に眼を向け、と、ひとりの白装束が正面に立ち、何事か喋り出した。

頭の白鉢巻きにも白い衣装にもまるでそぐわぬ黒眼鏡は紅頭中将に違いなく、最初動きのなかった中将は、やがて矮軀《わいく》に似合わぬ長い腕を滑稽《こっけい》なくらいにふりまわして演説をはじめ、しかし範子の位置からでは内容は聞き取れず、群衆は餌を求める池の鯉《こい》みたいに舞台へ寄り集まり、すると突如として、中止だ、中止と叫ぶ声があがって、刑事らしい国民服の男数人が舞台へ駆け上がろうとし、そこへ舞台とは別に控えていた白装束の一団が立ちはだかってもみ合いになり、騒然とするなか、舞台の紅頭中将はひとりの白装束から、白木の三方《さんぼう》にのせた黒鞘《くろさや》の小刀を受け取ると、三方を尻に敷いて座り込み、小刀を鞘から抜きはなった。

演者がしようとしていることを理解した群衆から、おう、と重いどよめきが起こり、同時に屋台店の行列に子供たちの一団が割り込むのをきっかけに、まわりの大人も我先にと店に群がり出し、どの屋台も秩序を欠いた人の群に占領され、しかしそうした見物人の混乱をよそに、舞台ではゆっくりと紅頭中将が白装束の胸をはだけ、懐紙を剣に巻き、そのとき隙《すき》をついて、右手からひとりの男が杖《つえ》を振り回しながら舞台に駆け上がった。

黒いソフト帽、黒い背広に蝶《ちょう》ネクタイはたしかに本多弁護士に違いなく、それと認めた範子が唖《あ》っと声をあげるあいだにも、蝶ネクタイの老人は紅頭中将の傍らまで進んで語りかける格好になり、なおもステッキをくるくると振り回す様子はまるで手品師のようで、しかしステッキを花束に変える前に傍らに控えていた白装束に突き飛ばされ、腰から落ちて跪《ひざまず》く格好になった老弁護士は、今度は群衆に向かって何事かいいはじめ、それは祈りを捧《ささ》げる人のように範子の眼には映った。

祈る人は屈強な白装束にずるずると引きずられ、舞台袖《そで》から外へ投げ落とされるかに見えた瞬間、おおう、とどよめきが生じて、紅頭中将が刃《やいば》を腹に突き立て、赤い血が装束を汚し、そのときになって、ようやく応援が駆けつけて力を得た刑事たちが防御を破って舞台上に殺到し、大刀を構えていた介錯人《かいしゃくにん》はあわてて刀を振り下ろしたものの、狙《ねら》いは逸《そ》れて、誤ってぶつかった紅頭中将の禿頭《はげあたま》がびっくりするほど大きな音をたて、いよいよあわてた白装束が再度振り下ろした刃は自分の脚を介錯してしまい、刀を抛《ほう》り出して焼けた鉄板の上の芋虫みたいにころげまわり、観客は誰も彼もが突発的な興奮の発作に顔面を歪《ゆが》めて笑い、地元消防団らしい揃いの半纏《はんてん》を着た男たちと、白装束が入り乱れる舞台のスペクタクルに向かって声を張り上げ、あるいは手をたたき、透き通った水色の空の下、一塊となった喧噪《けんそう》はすがすがしい丘陵の森にこだました。

範子が別荘に戻ったのが午後九時、警察と地元消防団の活躍で騒ぎが収まったとき、本多弁護士は舞台脇の草むらで昏倒《こんとう》していたが、他の怪我人《けがにん》と一緒に消防団の若者の担架で病院へ運び込まれる頃には意識を回復していた。

診察を受けたところ、幸い打撲程度の軽傷ですみ、といっても老齢を思えば心配で、医師は入院を勧めたけれど、明日はどうしても出なければならない公判があるからと、老弁護士はきかず、水村女史と安田教授の逮捕を知らされるや、早く弁護の態勢を整えなければならないと、いよいよ気力を奮い立たせ、結局は東京の病院で必ず精密な検査を受けることを条件に帰宅を許された。病院長が事務職員に本多氏の荷物を別荘へ取りに行かせ、さすがにひとりで帰すのは危ないので、範子が病院の電話を借りて本多事務所の所員に連絡した。

迎えが来たのが午後八時、同じ病院にかつぎ込まれた紅頭中将が、重傷ではあるものの命をとりとめたと聞いた本多氏は、しごく満足そうにうなずいて、あの御仁はかなりの石頭らしいと、真面目な顔で感想をいうと、鎌倉駅から列車に乗り込んでいった。

二度ほど病院に顔を出した佐々木は、安田教授の逮捕はやはり間違いないらしいと、本多氏を見舞いがてらに情報をもたらし、しかしその目的はなんといっても紅頭中将の容態如何《いかん》で、死人こそなかったものの、多数の怪我人と逮捕者を出した、スキャンダラスといってよい事件が目前で起こったのだから、新聞記者たる者、眼の色が変わるのは当然で、警察署やら神霊国士会の道場やら、方々を飛び廻《まわ》っているらしく、まるで腰が落ちつかなかった。

水村女史、安田教授の身の上が気がかりで仕方なかったけれど、とりあえずいまは何も出来ないと諦めて、本多氏を見送るその足で、範子は江ノ電に乗って、ひとり別荘へ向かったのだった。

極楽寺の駅で降り、丘陵のゆるやかな登り坂を、この季節には珍しい冴えた月の光を肩に浴びながら歩いて、竹林のところで三叉路《さんさろ》になった辻に出たとき、左手の、密生した竹藪《たけやぶ》がトンネル状になった小径《こみち》の奥にたったいま人影が消えたように範子は思い、その路を十五分ほど行った先には一度だけ訪れた古寺があるはずで、ひょっとしたらいまの人影は「榊原志津子」ではなかったかと発想が浮かんで、あらためて範子は古田巌風の手紙にあった「妙厳寺」と彦坂の別荘がごく近い場所にある事実を意識し、いままで幾度かこの辻を通りがかりながら、自分が左の小径に眼を向けないようにしていた事実もまた意識されて、覆《かぶ》い被さる竹の枝に遮られて月明かりの届かぬ小径の闇に眼を凝らせば、まるで果てがないように感じられ、急に背筋を戦慄《せんりつ》が這《は》い昇って、灯火なくひとり歩く心細さに胸を締めつけられるまま、別荘へ通じる右の路を駆け出していけば、人気のない竹林の辻は、月の青白い光の粒子が降り注ぐだけになり、月光を遮る黒い影が辻の地面に再び生じたのは、それから二十分後、人影はしばらく迷うように立ち止まってから、やがて左の小径へ歩を進め、闇とひとつになった。

加多瀬が到着したのであった。

VI 月下逍遥

竹藪の小径を抜ければ、また頭上から月の光が降り注いで、足下が楽になった。灯火はなかったけれど、駅員から聞いた道順は、三叉の辻を左へ行けばあとは路なりとのことで、それでも行路はどんどんと人里から離れていくようで、やがて再び樹林に入れば、ほとんど手探りで進む格好になり、冥界《めいかい》をさまようかの印象が生まれて大いに不安になり、やはりどこかで路を間違えたかと思い、一度引き返した方がよいかもしれぬと考えはじめたとき、正面に山門らしい構造物が月明かりに浮かび上がった。

門扉は閉ざされていたけれど、すぐ脇の築地塀《ついじべい》が崩れていて、そこから身を潜《くぐ》らせれば急勾配《きゅうこうばい》の石段がのしかかるように現れた。青草と苔《こけ》の濃厚な匂いを鼻に嗅ぎながら石段を登りきって、背の高い樹木に囲まれた敷地正面の瓦屋根が本堂らしく、手前に手洗いの井戸、左手に小屋と呼ぶのがふさわしい建物があり、そこにだけ明かりがあった。破《わ》れ硝子《ガラス》に新聞紙を貼って繕った玄関戸をたたいて案内を請うと、たてつけの恐ろしく悪い戸が開かれて、鼻先が地面につきそうなくらい腰の曲がった老婆が現れた。榊原志津子さんについてお聞きしたいと用件を述べると、奥から、加多瀬か？　と男の声が聞こえて、襖《ふすま》の陰から姿を現した和服の人物は、貴藤大佐であった。

まるで約束でもしてあったかに、不意の訪問に驚いた素振りもなく、あっちで話そうと、庭下駄《にわげた》を突っかけた貴藤大佐は加多瀬を促し、注連縄《しめなわ》の張られた銀杏《いちょう》の大木の脇を抜けて、三和土《たたき》から本堂の月明かりに仄白《ほのじろ》く光る濡《ぬ》れ縁に上がると、潜り戸の闇のなかへ入っていった。

「この寺はおれの実家だ」

燭台《しょくだい》の二本の百目蠟燭《ひゃくめろうそく》、使いかけで溶け固まった蠟が肉芽のごとくに盛り上がった蠟燭に火が点されるのを待って、どうしてここにいるのかと、まずは質問した加多瀬に貴藤大佐は答えた。

「おれは養子で、八歳のときに貰《もら》われてきた。もともとの家は深川なんだが、口減らしに子供を寺にやるくらいだから、どんな家かは分かるだろう」

そういって笑った貴藤大佐は畳に胡座《あぐら》をかき、火の入っていない火鉢を引き寄せてもたれかかった。太い柱に支えられた堂は三十畳ほどの広さがあって、それにふさわしい太さの梁《はり》と高い天井が頭上にあり、中央正面に賽銭箱《さいせんばこ》、その奥が大きな祭壇になって、しかし天井から簾《すだれ》の緞帳《どんちょう》が降り、据えられているらしい仏像や仏具は隠されて、ただ左右に人の背丈ほどの、憤怒の形相もすさまじい明王が二体、簾の前で虚空を睨み付け、さらに左手の一番端には、穏やかな表情の羅漢がぽつんと、木質に広がった染みのせいで、火傷《やけど》を負った人物めいて佇《たたず》んでいた。

ひとつ問えば、無数の問いが連鎖的に引き出されてしまい、あまりに膨大な謎を前に呆然となった加多瀬を尻目に貴藤大佐は、だから自分は本当は坊主になるはずだったのだけれど、養父が希望をいれて兵学校へやってくれた経緯から、寺は深川の弟が養子に入って嗣《つ》ぎ、しかしその弟が子をなさぬまま死んだ十年前から寺は無住になったと、身の上話を続け、いずれも加多瀬にははじめて耳にする話で、興味をひかれぬわけではなかったけれど、その饒舌《じょうぜつ》ぶりは新しい問いを封じるためではあるまいかとも疑われた。

「おれが戻って坊主でもやろうかと思っている。もっとも檀家《だんか》はとっくにいないがね。しかし、余生を過ごすには静かでいい場所だ」

すっかり脂気の抜けた調子でいった男は、相手の問いを先どりするかに素早くつけ加えた。

「おれは予備役になった。まだ発表にはなってはおらんがね。舞鶴でももう仕事はほとんどない。だから、こんなところでぼんやりしているのさ」

笑みを浮かべた貴藤大佐は火の入っていない火鉢に手をかざす格好になって、天井をぐるりと眺め、かすかに煤《すす》を立ち昇らせ揺れる蠟燭の炎に照らされて陰翳《いんえい》の濃くなったその横顔を窺った加多瀬は、前に立つだけで胸苦しくなるほどの緊張を与えられるのが常であった、かつての教官から鋭さが消え、隠居老人めいた剽軽《ひょうきん》さが、もうすでに寺の住職だといっても不自然でない短く刈った髪から匂《にお》い立つように感じると、苛立ちに似た気分が急速に生まれて、相手が黙ってしまったので、今度はこちらが何かいわなければと、思いを巡らせたあげくに出た言葉には、どこか論難する調子があった。

「日本はどうなりますか？」

加多瀬がいうと、火鉢の脇の老人は顔を横に向けたまま、目玉だけを音がするほど大きく動かした。

「日本はどうなりますか？」

加多瀬が問いを重ねると、貴藤大佐は気がなさそうに答えた。

「なるようにしかならんさ。ただ、なるようにしかならない。それだけだ」

「どんな風になります」

加多瀬がまた問うと、ぴりりと神経の震えを眉根《まゆね》にあらわして、貴様が知っている通りさ、といってから貴藤大佐は窺《うかが》うように加多瀬の顔を見た。

「私は何も知りません」と加多瀬は相手の視線をはねかえした。

「しかし、貴様も昆布谷に会ったんだろう。それでおれの話を聞くためにここへ来たんじゃないのか？」

「昆布谷は狂人です。あの男は狂っている」

加多瀬が切口上にいうと、貴藤大佐は、そいつはおれも同感だ、といって低い笑い声を洩《も》らした。

「しかし、昆布谷が狂人なら、おれたちだって棒組みだ」

「おれたち」の言い方に動揺を与えられた加多瀬は相手を遮った。

「催眠術だと思うんです」

「催眠術？」

「そうです。つまり鎌倉で、私は何か強い暗示をかけられた。すべてはそのせいだと考えられる。同じように鎌倉で心理実験をうけた榊原夫人が、一時的に精神に変調をきたしたのも、やはり暗示をかけられたせいだと考えれば説明がつく。榊原夫人から手紙を貰ったんです」

「いつ、貰った」と貴藤大佐が視線を寄こした。

「最近です。もっとも、手紙が出されたのは一年前くらいですが」

その返事に沈思する風の貴藤大佐に向かって、加多瀬は言葉を重ねた。

「催眠術で強い暗示をかけたんです」

「誰が、何の目的で？」

口頭試問みたいな口調で貴藤大佐が問うた。

「目的は分かりません。が、暗示をかけたのは古田巌風と、研究員の安積とかいう男です」

暗示をかけたうえで、鎌倉を訪れて心理実験を受けた記憶をなくすようにした、だから自分は長いあいだ鎌倉へ行ったことを忘れていたのだと加多瀬は説明を加えた。

「人から聞いた話では、催眠術でそれくらいは容易にできるそうです」

なるほど、と呟《つぶや》いた貴藤大佐は、また火鉢に手をかざすと、火鉢の灰にしばらく眼を据え、それから口を開いた。

「ひとつの仮説ではあるな。安積が催眠術を使えるのは事実だ。ドイツじゃ軍が心理学を重用して薬物の研究もずいぶん進んでいる。安積はドイツで心理学の防諜《ぼうちょう》への応用を勉強したらしいからな。しかし、だとしたら、ひとつ聞くが、貴様がかけられた暗示の内容はどういうものだ?」

それは、といいかけて加多瀬が口ごもっていると、二冊の本、という貴藤大佐の声が聞こえた。

「すでに読み終えたはずの本を、もう一度読みつつある。そういうことだろう？　つまりこの現実はかつて一度経験した現実である、そういう話だろう？」

加多瀬がうなずくのを確認してから大佐は続けた。

「もし貴様の仮説が正しいとして、つまり暗示か催眠術かしらんが、そういう方法が使われたのだとしたら、その暗示を与えたのは安積でも古田でもないな」

「何故《なぜ》です？」

加多瀬の問いに、貴藤大佐ははじめて、特有の鋭く突き刺さる視線を寄こした。

「おれが暗示を与えられた時点では、安積にも古田にもおれは会っていなかったからさ。海兵の教官時代、ひとりの学生に会った時点で、おれの妄想、とりあえずそう呼んでおくが、おれの妄想ははじまった。学生というのはいうまでもなく昆布谷だ。昆布谷が相談があるといっておれのところへ来た。それからさ。つまり、おれたちに奇妙な妄想の暗示を与えたのは昆布谷ということになる」

貴藤大佐が自分と同じ妄想を共有している。そのはじめて遭遇したはずの事実には、しかしすでに驚きも衝撃もなく、最初から知っていたような気さえして、「おれたち」という言い方も自然に腑《ふ》に落ちたばかりか、短い告白を聞いてむしろ安堵《あんど》するような心持ちになったのは何故なのかと、己の心のうちを探りながら、きっとそうでしょう、と勢い込んで加多瀬は受け取った。

「意図したかどうかは分かりませんが、昆布谷の狂った頭に生じた考えが、どういいますか、つまり、われわれの頭に――」

加多瀬が言葉に窮していると、伝染したか、と貴藤大佐はいって笑った。そういうことです、と加多瀬がいうと、笑いを消した大佐が暗鬱《あんうつ》な声できいた。

「その仮説で貴様自身は納得できたか。それで安心できたか？」

言葉につまった加多瀬は、うつむいて自分の膝《ひざ》に眼を落とし、貴藤大佐も火鉢の灰を見つめて口を開かず、沈黙のなかに蠟燭の穂芯が焦げるかすかな響きだけが聞こえた。すでに人類はみな死滅してしまい、いま最後に残されたふたりの人間がこうして暗がりに向かい合っている、そんな幻想がにわかに湧《わ》き起こるや、虚《うつ》ろになった心に、志津子はいまどうしているだろうとの思いが流れ込んでくれば、自分が貴藤大佐に問いたいのは、何より志津子の行方であると思い至り、しかし出てきた言葉は中心からはややずれていた。

「榊原は何故死んだんでしょう？」

火鉢の横の男がゆっくり顎《あご》を上げた。

「その問いは、十七年にミッドウェーで死ぬはずだった榊原が、何故十六年にハワイで死んだのか、そういう意味の問いか？」

そうじゃありません、と加多瀬が否定するのを遮って貴藤大佐がいった。

「第一の書物において、おれの長女と結婚するのは海兵五七期のクラスヘッド、昆布谷知親《ともちか》中尉、第二の書物においては、同じく五七期クラスヘッドの清澄禎次郎《ていじろう》中尉。第一の書物において、十八年の春に昆布谷は少佐、役職は海軍省大臣官房副官、第二の書物では、発狂して海兵を中退、紅頭柳峰と号して鎌倉に隠棲《いんせい》。あるいは、第一の書物で十八年春に貴藤儀助《ぎすけ》大佐は航空戦艦『伊勢』艦長、その後、少将に昇進して、海軍省軍務局局長から軍令部第一部部長を歴任、第二の書物では、舞鶴鎮守府参謀、ほどなく予備役編入」

淀《よど》みなくいって貴藤大佐は、海兵の教官時代と変わらぬ癖で、思わせぶりに一息入れてから結論を述べた。

「つまり第一の書物と第二の書物には多少のズレがある」

「そういう問題じゃありません」と加多瀬は苛立《いらだ》ちを隠さずにいった。

「じゃあ、どういう問題なんだ？」

「第一の書物も第二の書物も関係ない。ようするに、十六年十二月、ハワイ攻撃の最中の航空母艦上で榊原が何者かの手で殺害された、そのことだけが問題なんです」

「殺害の証拠があるか？」

「いまのところ、確たる証拠はありません。しかし、私は事件に深く係わったと見られる人物を指摘できます」

「誰だ？」

「清澄です。清澄少佐です」

一瞬のためらいを押さえ込んで加多瀬が口にした名前を、貴藤大佐は否定も肯定もせずに沈黙した。蠟燭《ろうそく》の炎が揺れて板壁から天井に張《は》り付いた影が大きく揺らめき、と、火鉢の横の男が首を巡らせ、その視線をあとから追えば、光の濃淡に呼応して三体の仏像がいっせいに笑いだしたかに表情を変えるのが見えた。

「昭和九年の『夕鶴』の事件はご存じでしょう。佐世保で火災を起こして沈没した船です。あの事件に関係があると考えられるんです」

そういって加多瀬は、顔を斜めに向けた男に向かって説明すべく、手帳を取り出すと、蠟燭にかざして明かりを確保し、黒い鉛筆の文字に眼を落とした。

一　九年、「夕鶴」の事故原因は三人の二水の不注意である。水上茂幸、森下勇治、関善太郎。
二　三人は真相を隠し、「夕鶴」事件の原因は不明とされた。
三　三人は横須賀海兵団の同期。「夕鶴」では三人とも第一分隊（砲術）所属。
四　十六年、ハワイ攻撃時、水上は一飛曹、「蒼龍」艦爆隊、榊原搭乗機の操縦員。
五　十六年、ハワイ攻撃時、関は一整曹、「蒼龍」艦爆隊、榊原搭乗機の整備員（つまり水上と関は榊原機の操縦と整備だった）。
六　十六年、ハワイ攻撃時、森下は一曹、格納筒乗組（艇長入江少尉）。
七　水上は九九艦爆の偵察席で機銃弾により死亡（飛行中に負傷し、榊原と操縦を交代？）。
八　森下は格納筒で出撃、戦死。
九　関はハワイ攻撃後、海軍病院に入院したのち退役。十七年春以来行方不明！
一〇「夕鶴」第一分隊の分隊長が清澄中尉（当時）であった。
一一　ハワイ攻撃時、清澄は「蒼龍」乗組。衛兵司令。

メモの内容をかいつまんで説明した加多瀬は、火鉢の横の和服の男が不意にこちらへ顔を向けたとき、結局自分は何も証明できているわけではない、ただ清澄が「夕鶴」と「蒼龍」に乗っていた事実を指摘したにすぎないと、説明をはじめたときの勢いはみるみるしぼんで、不出来な答案を批評される生徒の気分になってうつむいていると、「夕鶴」のことはよく調べたな、という声が耳に流れ込んできた。

「事故原因はどうして分かった？」

真正面から見つめてくる眉《まゆ》の剛毛の下の鋭い眼に気圧《けお》され、加多瀬がいい淀《よど》んでいると、まあ、そいつはいいさ、と男は目尻に深い笑い皺《じわ》を作った。

「貴様の考えは基本線では間違っていない。ことに『夕鶴』に気づいた着眼は評価できる」

課題のレポートを評価する口調で貴藤大佐はいい、それから、やはり口頭試問でもするかに質問した。

「『夕鶴』がどんな船だか知っているか？」

「といいますと？」

「基準装備や性能について聞いているんじゃない。つまり、あの船の役割だ」

揚子江方面の警備といった答えを期待されているのではないと直感した加多瀬が、分かりません、と答えると、しばしの沈黙をあいだにはさんでから、片頬《かたほほ》にだけ笑いを浮かべた貴藤大佐がいった。

「もうおれには隠す理由がないからな。教えてやろう」

共通の知人の醜聞を語るとでもいうような調子で、酷薄な笑いを貴藤大佐は片頰から歪《ゆが》めた唇にまで広げた。

「『夕鶴』はウランを積んでいたのさ。酸化ウラン三百キログラムを積んでいた」


十時に近くなっても彦坂は別荘へ戻らなかった。

範子は彦坂が戻ったらすぐに入れるよう風呂の用意をいいつけ、それからすこし考えて着替えをした。範子が寝室の箪笥《たんす》から出したのは、前に長兄の一家が東京へ帰省した折り、兄嫁が選んでくれた着物で、やや暗い桜色の地に桜の花びらの白い染め抜きが散った友禅は、かなり奇抜なデザインであったけれど、義姉はモダンな感じが範ちゃんの顔によく似合うと勧めてくれ、範子も一目で気に入った。はじめて袖《そで》を通す着物を身につけ、母親から貰った綴《つづ》れの帯を選び、といってもこれ一本しか持参していなかったから、選択の余地はなかった。

普段洋服のことが多いので、着物の着付けは苦手であったけれど、誰かの手を借りるのもいやで、姿見がないので風呂場から鏡を寝室へ運んで壁にたてかけ、少々苦労して着終えてから、口紅だけ軽く刷《は》いて化粧をした顔を鏡に映してみれば、顔色は良好とはいえず、わずかに黄緑色がかって、明らかに疲労が顔に出ていた。

今日一日、あまりにも色々な出来事がありすぎ、さすがの範子も身軽に対処するとはいかず、とりわけ水村女史と安田教授の逮捕の知らせにはいても立ってもいられぬようで、本多弁護士の怪我《けが》の具合も心配だったけれど、とりあえず彦坂の帰宅を待って相談することが、範子になしうる最高の有効策であるのは間違いなかった。

頬紅があればと思ったけれど手元になく、口紅をいま少し濃く塗り直してから鏡を離れ、長い袂《たもと》を帯に挟んで厨房《ちゅうぼう》に入り、簡単な酒の肴《さかな》の支度をして、そうして動いていれば、不安を忘れていられたが、いつまで厨房にいても仕方なく、談話室に飾られた花の位置を変えたり書棚の本を整理する作業もそう時間がかかるものではなかった。それでもひとり寝室で夫の帰りをただ待つのだけは、昼間の神霊国士会の騒ぎを眼にして以来、身体に巣くってしまった不安感と、得体の知れぬ焦燥と向かいあうことになりそうで、いやでたまらなかった。

ソファーに腰を下ろした範子は書棚に並べられた本の列を眺めた。中段の一画を占めた同型の全集本は、中央公論社発行の『新修シェークスピア全集』で、婚約の記念にと彦坂が探してくれて、昨日鎌倉の本屋から届いた。髭《ひげ》の中尉から貰った年賀状のことをまた考え出した範子は、格好の時間つぶしを得たと思い、羊飼いの出てくる作品はどれであったかと、全集から何冊かを順番に引き出して調べはじめ、やがて『お気に召すまま』のなかに「羊飼い」が登場しているのを見つけて、本をかかえてようやく寝室へ戻ることができた。

書き物机のスタンドを点《とも》して本を広げ、坪内逍遙《つぼうちしょうよう》博士翻訳の戯曲を見ていき、まもなく引用の箇所を発見した。『お気に召すまま』三幕二場、アーデンの森のなか、宮廷から逃げ出したロザリンドとシーリアに同行した道化師タッチストーンが、森の老羊飼いコリンと田舎暮らしについて会話する場面で、さんざん田舎者ぶりをからかわれたコリンが、少々ふくれていう台詞《せりふ》であった。

「わしは正直な労働者でございます。わしは食う物も儲《もう》ける、着る物も儲ける、だれの怨《うら》みも買はない、だれの幸せも羨《うらや》まない、他人が益を得れば喜びます、自分が損したのは断念《あきら》めます」という台詞に続くのが、髭の中尉の年賀状に書かれていた引用で、坪内博士の訳では次のようになっていた。

「わしの第一等の自慢は、たのしみは、牝羊どもが草を喰《く》ふのや仔羊どもが乳を吸ふのを見てることだ」

これを読んだ瞬間、範子は周囲の事物が自分から急速に遠ざかり、きわめてよそよそしいものになったように感じられて、あわてて室内の器物ひとつひとつに確認の視線を向け、寝台の枕元の棚で白い胡蝶蘭《こちょうらん》が意思あるもののように揺れているのに眼をとめたとき、足袋《たび》を穿《は》いた足は冷え切っているのに腰から背中のあたりには熱が生まれて、同じ熱はやがて顔を火照《ほて》らせ、ここは自分のいるべき場所ではないとの確信に激しく全身を打たれると同時に、胡蝶蘭が揺れているのは風のせい、硝子《ガラス》戸のカーテンを揺らしているのと同じ風のせいであると知って、閉まっていると思っていた硝子戸が開いているのだと覚った次の刹那《せつな》には、そこに黒い人影を発見した。

誰なの？　範子の誰何《すいか》の声に、人影はカーテンの陰から室内へ足を踏み入れた。スタンドの明かりを斜めに浴びた人物の顔を範子は見た。

「ウランを買い集めた理由は簡単だ。貴様も知っているだろうが、原子爆弾を開発するためだ。国内にも陶器のうわぐすりに使う酸化ウランは若干はあったが、そんなものじゃ足らない。上海のブラックマーケットから買った」

流れ出した蠟のせいで醜悪な塊に変じた百目蠟燭の明かりに、傷跡めいた陰翳《いんえい》を顔面に貼り付けた貴藤大佐は、驚くほど軽妙な口調で語りはじめたけれど、ときに露出する毒々しい嗤《わら》いが、語り手の押し殺した痛罵《つうば》や憤怒や憎悪の手触りを伝えてきた。

「原子爆弾の開発についちゃ、京都大学の理学部に話をつけて、研究を委託したんだが、とにかくウランがなくちゃ話にならない。カネは一億円用意した。もちろん表沙汰《おもてざた》にはできないカネだ。おれは当時は空き家になっていた国際問題研究所を使って、表向きは戦略研究という形でカネを集めた。あとは上海にコネのある亜細亜通商を通じてウランを集められるだけ集めたわけさ。そこまでこぎ着けるのが大変だった。いまだってたいして変わっちゃおらんが、昭和七、八年当時、原子爆弾といったって、ピンとくる人間はほとんど皆無だったからな。しかも陸軍の連中に嗅《か》ぎつけられて、なんだかんだと難癖をつけられて、まったく面倒なこった。陸軍だ海軍だといっている場合じゃないと、おれは陸軍の連中にも京大の研究を支援するよう説いて廻ったんだが、てんで相手にされない。そのくせ陸軍でも今頃になって研究をはじめたらしい。だったら京大と協力すりゃいいものを、海軍の後追いは御免とでもいうつもりか、理化学研究所で独自にやろうてんだから、まったく馬鹿な話さ。もっとも他の役所も似たようなもので、面子《メンツ》と既得権、そいつを後生大事にするだけで、あとは何かといえば足の引っ張り合い。話がつけば必ず横並び。嫌気もさそうというものさ」

貴藤大佐は寒そうに腕を袖に入れて黙り込み、まるめた背中一面に暗鬱《あんうつ》の刺《とげ》が生えたような印象には、突発した饒舌《じょうぜつ》を悔やんでいる風があって、しかし加多瀬はこのまま黙らせるわけにはいかないと思い、「夕鶴」はウランを積んだまま沈んだのかと質問すれば、ますます陰鬱になった顔でうなずいた。

「大佐は事故原因をご存じだったんですか?」

加多瀬が続いて問うと、またうなずいた貴藤大佐は口を開いた。

「清澄から聞いた」

「清澄はウランのことは知っていたんでしょうか?」

「ウランは清澄に運ばせた。もっとも中身がウランだとは教えなかったが。まったく浅はかな男さ」

浅はかと断罪されたのが語り手の娘婿であるとは理解できながら、この評価を意外に思った加多瀬が、誰が?　と念を押すと、即座に貴藤大佐は、清澄さ、とその名前を重ねて口にした。

「あの男はおれが私物でも運ばせていると勘違いしたらしい。清澄の実家が長崎で古物の商いをやっているのは知っているか？」

知らないと加多瀬が答えると、清澄は上海で貴金属や書画骨董《こっとう》を買い、ウランと一緒に密かに日本へ持ち込み、長崎の実家へ運んだのだと、貴藤大佐は説明した。

「小遣い稼ぎか、あるいは親孝行のつもりかはしらんが、佐世保停泊中の船から、夜間こっそり舟を出して、自分の荷物を運び出したらしい」

そのとき運搬作業を命じられたのが、清澄が分隊長を務める第一分隊の三人の水兵、つまり水上、関、森下だったのだと、貴藤大佐はその三人の名前をはっきり口にした。

「連中の酒盛りは、分隊長の黙認だったわけさ。たぶん酒や食い物も清澄が駄賃代わりに与えたんだろう。それで、夜中に、ドカンというわけさ」

貴藤大佐は火鉢に手を突っ込むと、ドカンの言葉にあわせてひとつかみの灰を空に投げた。灰の大半は火鉢に落下したが、一部はこぼれて畳や和服の膝《ひざ》を汚した。

「困ったのは清澄さ。しかも清澄は、事故の起こった時刻、船にいなかった。むろん正式な許可なしにだ。もっとも『夕鶴』の艦長には、清澄の行動については、少々目をつぶるようにおれから頼んであった。ウランの積み込み、運び出しの都合があったからだ。それで清澄は余裕しゃくしゃく、荷物を実家へ運ぶ手配をしていたのさ。こいつがバレたらどうなるか、清澄が青くなったのは当然だ。ましてや沈没原因にも間接的に係わっているとなれば、えらいことだ。清澄は三人の水兵には厳重に口止めして、おれのところにすっ飛んで泣きついてきた。しかし泣きたいのはこっちの方さ。酸化ウランは舞鶴まで運ぶ予定だったから、船もろとも海の藻屑《もくず》。三百キロがまるまる消えた。しかも事は表沙汰に出来ないから、調査委員会に手を回して隠蔽《いんぺい》工作はしなくちゃならない、おれ自身が責任追及から逃れなきゃならないで、そんなことに数年が無駄に費やされた。京大では細々と研究は続いているが、肝心のウランがなくちゃどうにもならない。一番痛かったのは、事故の後始末でおれ自身が身動きがとれなくなった点だ。紅頭中将を抱き込んだり、いろいろとやってみたが、この数年の遅れは決定的だ。もう間に合わん」

貴藤大佐の左頬《ほお》に痙攣《けいれん》が走って、そこをごつごつした指でしきりに撫《な》でた。袂《たもと》がまくれて覗いた下着はひどく垢《あか》じみて袖口《そでぐち》もほつれ、短く刈った頭が以前より一まわりも二まわりも縮んでしまった印象があった。

「運命でもいい、宿命でもいい、呼び方はなんでもいいが、そんなものに人間は逆らえると思うか？」

貴藤大佐は問い、すぐに言葉を接いだ。

「おれは運命だとか宿命だとか、そういう言葉そのものを毛嫌いしていた。占いだとか運勢だとかもそうさ。全部馬鹿の考えることだと思ってた。昆布谷に会ってからもそうさ。もしこの現実が二度目の現実で、一度経験したことのある現実なのだとしたら、おれが根本から変えてやろうと考えた。しかし、ひょっとしたら、おれ自身、運命か何かしらんが、そうした巨大な仕組みの歯車のひとつにすぎなくて、何ひとつ自由じゃないのかもしれないと考えはじめたのは、『夕鶴』の事故を知ったときだ。おれはな、加多瀬、『夕鶴』が沈むのを知っていたんだ」

そういって貴藤大佐は蠟燭の炎を映した目で加多瀬の顔を見つめてきた。

「『夕鶴』は、昆布谷いうところの第一の書物、そっちでも沈んでいた。おれはまるで忘れていたんだが、『夕鶴』が沈んだと聞いたとたん何もかも一遍に思い出した。思い出すはずさ、なにしろ第一の書物じゃ、おれは事故調査委員会の中心メンバーだったんだからな。皮肉な話という他ない。少しでも思い出していれば、ウランを『夕鶴』に積んだりしなかったはずだ」

冷えきった腰の辺りに生じた不安が背筋をそろそろと這《は》い昇ってくるのを覚えた加多瀬は、相手の言葉を遮るように介入した。

「榊原を殺したのは清澄なんですね？」

貴藤大佐は凝りをほぐすように首をぐるりと巡らせてから、そうだ、とあっさり認めた。

「しかし清澄が殺そうとしたのは榊原じゃない。操縦員の水上の方さ。むろん直接手を下したのも清澄じゃない。整備の関にやらせたのさ」

そう説明した貴藤大佐は、水上と関は海兵団以来の付き合いから、本人たちが希望して同じ九九艦爆の操縦と整備でコンビを組んだらしいと述べ、そこへ運悪く榊原が偵察員で乗ることになったのだと続けた。

「清澄は最初、関に、飛行機に何か細工しろといったらしい。機付の整備ならいくらも機会はある。出撃して飛行機が落ちてしまえば、あとには証拠が残らないというわけだ」

ところが関は元来不器用で気の小さい男だったようで、また飛行機に細工といったって簡単ではなく、結局、関は水筒に毒を盛るという愚策に出た。

「ハワイから帰って清澄がすっ飛んできた。またぞろ舅《しゅうと》に泣きつこうというわけさ。水上はうまい具合に死んでくれたが、どう間違ったか、榊原が毒を飲んだというわけだ。しかも着艦した機の操縦席でというのだから、清澄ならずともあわてるだろうさ」

「水筒には毒は混入されていなかったそうですが」

「詳しくはしらん。が、清澄本人が調査に係わっていたんだから、いくらも隠蔽工作はできただろう」

「しかし、どうして、わざわざハワイ攻撃の時期を選んだんです」

「それも清澄から聞いた。要するにハワイ攻撃を前にして、水上が『夕鶴』沈没の原因を告白する気になったってことだ。なにしろ真珠湾があんなにうまくいくとは誰も思っちゃいない。水上も自分が生きて還《かえ》れるとは思っていなかったんだろう。それで告白する気になったのさ」

事前に相談を受けた関は、思いとどまるよう水上を説得し、とりあえずハワイ作戦が終わるまで待つと譲歩を得たらしいと貴藤大佐は説明した。

「もっとも、水上が生きて還ってきたら、本当に告白したかどうかは分からんがね」と皮肉に笑った貴藤大佐は、いずれにしても、ふるえあがった関が清澄に注進に及んだのだと加えた。

「『蒼龍』に清澄が乗っていた。これはまったくの偶然だが、この偶然がいうならば榊原を殺したといえる。関ひとりだったら何もできなかったはずだからな」

偶然というなら、「夕鶴」事件のもうひとりの当事者、森下一曹が自分と同じ潜水艦に乗っていたのも偶然であり、しかし、そこには単純に偶然で片づけられぬ、張り巡らされた見えない糸の存在を加多瀬は実感し、目の前の男がすぐに似たような感想を述べた。

「偶然なんて単純な言葉で片づけていいものか、おれには分からんが。例の第一の書物でも第二の書物でも『夕鶴』は沈んだ。三人の水兵も清澄も同じく『夕鶴』に乗っていた。第一の書物で清澄が上海から骨董を買ってきたのかどうか、そいつは分からん。だが、三人の水兵は同じように魚雷調整室で酒盛りをした。ハワイ攻撃の航空母艦で、榊原搭乗機の操縦員が水上で、整備が関なのも、恐らくふたつの現実で一致しているんだろう。しかしふたつの現実には決定的な違いがあった。つまり、第一の現実では、清澄は『蒼龍』に乗っていなかった」

そうなんですか？　と思わず問い返した加多瀬は、第一第二の「書物」から、第一第二の「現実」へと用語を変えながら指し示された異様な事態を、自分が半ば既定のものとしつつあるのを知って慄然《りつぜん》となり、これは森閑として暗い堂のなか、蠟燭《ろうそく》だけが点《とも》された演出が暗示作用を発揮しているせいなのだと自分にいいきかせた。

「第一の現実において、『夕鶴』火災沈没事故では十人の死者が出ている。そのうち士官は一名」

貴藤大佐がいった。

「それが清澄だ。清澄中尉。おれはよく覚えている。つまり、第一の現実では、ハワイ攻撃時にはすでに清澄という男は存在していない」

聞いたとたんに、激しく戦慄した加多瀬は身をふるわせた。

「たしかに気味の悪い話だ。おれたちがいまここにこうして存在している、それすら怪しくなってくる。胡蝶《こちょう》の夢というのを昔、中学で習ったが、案外ただのたとえじゃないかもしれん。たとえば、そこで燃えている蠟燭が燃え尽きたとたん、この世界は消えてなくなるのかもしれん」

低く笑う声が暗がりに響いて、瘧《おこり》にかかったかに身体のふるえを押さえられなくなった加多瀬は、これは罠《わな》だ、何かの罠なのだと念じながら、言葉を吐いた。

「あなたは清澄と関を告発すべきだ。榊原を謀殺したのが彼らであるのははっきりしている以上、そうすべきだ」

「存在していないかもしれない人間を告発できるか？」

からかうような眼の色を見て、加多瀬は激昂《げっこう》を明らかにした。

「ふざけている場合じゃない」

「おれはふざけてなどおらんさ」

眼に笑いをためたまま貴藤大佐は受けた。

「第一の現実、第二の現実、そんなものがあるなら、第三第四の現実があったって不思議じゃない。そこではそれぞれ無数の出来事が起こっては消えていく。清澄はたまたまこの現実に存在しているにすぎない」

「清澄は存在している。第一の現実だなんだに関係なく、たしかに存在している。いいでしょう。あなたが告発しないなら、私がします」

「そいつはよした方がいい」

「何故です？」

「証拠がない。告発したって狂人扱いされるだけだ」

「証人がいます。行方不明になっている関を探せば」とそこまでいって、正面の男の眼を捉《とら》えた瞬間、出し抜けに理解が訪れた。あなたが、殺した、と呟《つぶや》くようにいうと、男は曖昧《あいまい》に首を振った。

「あなたが殺したんですね？」

「世の中にはわずかなカネで人殺しをしてくれる便利な連中がいる。もっとも、おれは、ただ、そういう連中のひとりに清澄を紹介しただけだがね」

顔色ひとつ変えずにいう男へ向かって糾弾の文句が迸《ほとばし》り出た。

「あなたは自分のしていることが分かっているんですか？」

自分のしていること、口のなかで復唱した男は、火鉢の底へうつむけていた顔をのろのろと持ち上げると、憎悪に光る目玉で加多瀬を睨《にら》み付けてきた。

「おれのしてきたことが貴様に分かるというのか。え？　貴様に分かるか、おれのしてきたことが。おれが殺した人間はひとりやふたりじゃない」

向かいの男がはじめて見せた、激昂の熱を押し返すように加多瀬はいった。

「古田巌風を殺したのもあなたですか？」

とたんに一瞬の激情を消し去った男の顔に奇怪な笑いが浮かんだ。

「古田を殺《や》ったのはおれじゃない」

誰なんです、と相手の笑いに脅かされた加多瀬が問いを重ねると、貴藤大佐はその名前を口にした。

「榊原志津子だ。あの女がやらせたのさ」

「こんな時間にすみません」

昼間と同じ国民服にゲートルを巻いた佐々木は、カーテンの陰から部屋に足を踏み入れてくると、帽子を脱いで頭を下げた。ヴェランダで靴を脱いだのか、絨毯《じゅうたん》を踏んだ靴下がいやに白いのを眼にとめながら、範子は佐々木が密《ひそ》かに訪問してきたのは、水村女史と安田教授に係わる内密の情報を持ってきたからだろうと推察して、ソファーの椅子を勧めると、しかし佐々木は立ったまま、書き物机の前に立った範子へ向かっていった。

「こういう手段に出たことを許して欲しいんですが、このままじゃ、どうしても良心が咎《とが》めるんで、思い切って来たんです」

いつにない強張《こわば》った声と表情に、どうしたの？　と問えば、ややふるえていると聞こえる声で佐々木は答えた。

「彦坂氏のことです。つまり、範子さんは彦坂氏のことを、どれくらい知ってるんでしょうか？」

「どういうことかしら？」

「関東共栄会という組織を範子さんはご存じですか？」

知らないと範子が答えると、眉根《まゆね》に皺《しわ》を寄せて、うん、うん、と何度か佐々木はうなずいてみせた。

「やくざ者の団体です。それも昔風のやくざじゃなくて、どういいますか、闇商売や麻薬を扱う、明々白々たる犯罪者集団なんですが、実は彦坂氏と関東共栄会に関係があるんです。ご存じでしたか？」

知らないと、また範子がいうと、佐々木は声を潜めた。

「亜細亜通商が関東共栄会に闇物資を流している節があるんです。しかも海軍の資金を流用してです。このことは、我が社では以前から摑んでいたんです。以前、亜細亜通商が関係していた関西の闇組織から内報があったんですね。それで、ずっと調べているわけなんですが、いまひとつ証拠がない。上はやっぱり怖いのか、ぐずぐずしているんで、ぼくが思い切ってぶつかってみたんです」

「何にぶつかったんですの？」

範子の平静な口調に、少々あわて気味に佐々木は答えた。

「だから、彦坂氏にです。実際、こいつは身の危険を覚悟しなけりゃならない。相手は人殺しも平気な連中ですからね」

人の婚約者をつかまえて、いきなり人殺し呼ばわりとは穏やかじゃないと思ったものの、しかし範子は心外であるよりは、これ以上にないくらい深刻な表情をつくって、警戒するかに背後のカーテンに眼を遣《や》る男が滑稽《こっけい》でしかたがなかった。

「ひょっとすると、ぼくはもうすでに狙われている可能性もあるんです。だから、こんな風に、こっそり来たんですが」

「それで彦坂は何と？」

「否定しませんでした。そうなんです。まるで彦坂氏は否定しませんでした。ぼくの憶測を何ひとつ否定しなかったんですよ」

興奮の態《てい》でいった佐々木に範子は冷や水を浴びせた。

「否定する必要がなかったからじゃないかしら？」

「どういうことです？」

「根も葉もない話なら、誰だっていちいち否定したりしないんじゃないかしら」

「そうじゃない。範子さんは何も分かっていない」

佐々木が明らかな激昂《げっこう》を帯びた声色でいい、手元スタンドの薄暗い照明のなかで、顔面がみるみる蒼白《そうはく》になるのが見てとれた。範子は天井の電灯を点そうと思い、扉脇の壁スイッチへ歩みよると、どこへ行くんです、と佐々木がうわずった声をあげ、部屋に満ちた光のなかに「狼狽《ろうばい》」の二文字をそのまま形象化したような格好の男が浮かび上がった。

「とにかく、落ちついて下さい。座って下さい。ぼくも座りますから」

そういった佐々木は、ふう、と深いため息をついてソファーに腰を下ろし、お茶でも持ってきますといった範子に、お茶なんかいらないから、とにかく座って欲しいと重ねて懇願するので、範子は深夜の訪問者を遠くから眺める格好で、書き物机の椅子に浅く腰をかけた。

「別にぼくは範子さんの婚約者をいたずらに中傷しようというわけじゃありません。しかし見てられないんですよ。彦坂という男は範子さんの考えているような人間じゃありません。ぼくは、ひとりの友人として、そのことを忠告したいんです」

それはおおきに御苦労様と、冷笑の文句がたちまち浮かんできたけれど、妙に刺激しないのが得策であるとの判断も生まれて、彦坂はどんな人間なのかと範子は質問した。

「だから、さっきいった通りです。煙草を吸ってもいいですか」

そう断ると、国民服のポケットからくちゃくちゃになった「光」の袋を取り出した佐々木は、紙巻きの皺をていねいに伸ばしてから燐寸《マッチ》で火をつけ、燃え滓《かす》をソファーの前の小卓に置かれていた陶器の灰皿に投げ捨てた。

「はっきりいいます。彦坂は立派な犯罪者です」

「でも、闇が犯罪なら、いまどき犯罪者じゃない人なんていないでしょう」

「そういうことじゃありません」

苛立《いらだ》ちを煙と一緒に鼻から吹き出して佐々木がいった。

「闇といったって、規模が違います。それに扱っている品のなかには、上海から運んだ阿片《アヘン》なんかもあるんです」

「そこまで分かっているんだったら、告発したらいいんじゃないかしら。もし彦坂が罪を犯しているんだったら、法律が裁いてくれるはずでしょう」

範子が突き放すと、椅子から飛び上がらんばかりにして佐々木はいった。

「とんでもない。告発なんてしたら命がいくつあっても足りない。範子さんはああいう連中のことを知らないんです。今日ここに来ることで、ぼくがどれほどの危険を冒しているのか、範子さんに分かって貰えたらと思いますよ」

嘆息を長く引いた佐々木は、吸いさしを灰皿に置いて煙《けぶ》らせ、窺うような視線を範子に向けた。

「どうして、ぼくが、そこまでの危険を冒すか分かりますか」

範子が答えずにいると、佐々木は両手を膝につく格好で、ぼくは範子さんのことが、といったきりしばらく黙ってから、心配なんですと続けた。

「とても心配なんです。心配でたまらないんですよ」

「ひとりの友人として御心配下さって、おおいに感謝しますわ」

「友人」の部分を強調してから、範子はさらにいった。

「でも、かりに彦坂がとんでもない悪人だとしても、その人と結婚しようと決断した責任は私にあるんです。本当に佐々木さんのいうとおりだったとして、そのときになってみなければ、自分がどうするかは分かりませんけれど、まずは彦坂を夫として尊敬するところからはじめるつもりです。なるだけ味方もするわ。その結果はすべて自分で引き受ける覚悟ですから、心配は御無用にお願いします」

こちらへ向けた佐々木の顔には、きわめて短い時間のあいだに、苦悩とも冷笑とも驚《きよう》愕《がく》ともつかぬ、ひとところにとどまらない感情の起伏が浮かんでは消えた。

「彦坂はそんな愛情を受けるにふさわしい人間じゃない」

嗄《しわが》れ声でいう佐々木の言葉に、さすがに怒りを覚えた範子が、しかし、つとめて平静に、もうお帰りになって、と告げると、国民服の男は不意に椅子から立ち上がった。

「ぼくはまだ帰るわけにはいかない。ぼくには、つまり義務がある。そう、義務があるんです。人は人の不幸を見過ごしにすべきではないんです」

妙にのろのろとした動作で、佐々木は灰皿で煙っていた紙巻きをとり、一口吸ってですぐにもみ消した。

「範子さん、あなたはここにいちゃいけない」

「何故ですの？」

急激にこみあげた軽蔑《けいべつ》を隠さずに範子がいうと、佐々木はいよいよ真剣なまなざしを向けてきた。

「怖がらせるといけないと思って、これはいわなかったんですが、古田厳風が殺された事件をご存じでしょう？」

古田厳風の名前を耳にしたとたん、たしかに顔が強張《こわば》るのを範子は覚え、その表情の変化を見て取ったらしい佐々木はにわかに活気づいた。

「私は自分なりに古田厳風という人物に興味を持って調べたんですが、古田厳風を殺したのは専門の殺し屋の仕業です。殺し屋でもなきゃ、ピストルなんか使いませんからね。それで、殺し屋を雇った人間なんですが、彦坂なんです」

「うそです」佐々木がいったとたん、自分でも驚くくらい強い言葉が出た。

「どこにそんな証拠があるんです」

「証拠はたしかにありません。しかし、少なくとも古田の殺害に関東共栄会と亜細亜通商が関係しているのは明らかです。彦坂だって全然否定しませんでした。実に危険な人物なんです、彦坂という男は」

「いくら新聞記者だからって、証拠もなしにそんな風にいう権利はないと思うわ」

「権利はないかもしれないが、ぼくには義務があるんです」

いった佐々木の顔面はみるみる紅潮して泣き出す赤子の色になった。

「あなたを、つまり範子さんを、救い出す義務があるんです」

「そんな義務なんてありません」

「じゃあ、義務じゃなくて、権利だ。ぼくには権利がある」

「どんな権利があるっていうの？」

「ぼくはあなたを愛している」

出し抜けの愛の告白を聞いた範子は、日本人の男性も「愛している」くらいの台詞《せりふ》を女性に向かっていえるようにならなければ、国際社会では相手にされないという、以前にどこかで読んだ女流作家の言葉を思いだし、佐々木はゆうに国際社会に通用する人材であると思えば、おかしくてたまらず、しかしこの場面で笑い出すほど範子は慎みを欠いてはいなかったから、笑いをかみ殺し、一方の佐々木は範子の硬い表情を、自分の言葉が深く魂にまで到達した証拠であると勘違いしたようだった。

「そうなんです。ぼくが範子さんを愛している。そのことだけで、ぼくにはたくさんのことをいう権利があると思うんです。もちろん、今頃になってそんなことをいわれても困るのは分かります。最初からぼくは範子さんが好きでした。しかし、ぼくは、まだ学生だったし、ひとりの女性を幸せにできるかどうか、自信が持てなかったんです。範子さんが婚約したと聞いたときには、諦めるつもりでした。ところが、相手が亜細亜通商の彦坂だと聞いて、心配になった。いろいろと評判のある人物ですからね。しかしぼくは噂や風聞で人物を判断したりはしません。そんな軽率な人間じゃない。だから直接会ってみたんです。会ってみて、正直、さほど悪い印象はありませんでした。むしろ立派な人物だと思った。これは本当のことです」

国民服の男は、範子に言葉を挟む暇を与えずに、右腕を小さく振りながら喋り続けた。

「彦坂に対する世間や新聞社内での悪い評判を信じる気になったのは、実は、範子さんに昨日会ってからなんです。昨日、この家で範子さんの顔を見て、ああ、この人は幸せそうじゃないなと、ぼくは思ったんです。このことは、ぼくを苦しめました。範子さんが幸せになるんじゃなければ、ぼくが諦める意味がありませんからね。それで、思い切って、昨日の夜、彦坂に会いに行って、古田厳風のことや、その他諸々《もろもろ》の疑惑をぶつけてみたんです。それで、はっきりと確信したんですよ。あの男は範子さんにふさわしくない、範子さんを決して幸せにしないことを確信したんです。それで、今日、ここへ来たんです」

あまりに独善的な相手の言葉についていけず、範子が書き物机の椅子に座ったまま絶句していると、居心地の悪い沈黙を真摯《しんし》なる傾聴と考えたらしい佐々木は、いよいよ調子を出してきた。

「彦坂と範子さんでは、こういう言い方はなんですが、階級が違うんです。考え方が全然違ってる。少なくとも、ぼくと範子さんは階級が同じ、といいますか、思想的に共有できるものが多いはずです。家庭や国家や社会について理想を同じくできる。男女という垣根を越えて、共鳴できる部分がたくさんあるんだと思うんです」

目の前のゲートル巻きの男が、彦坂との婚約を破棄して自分と一緒になるべきだと主張している事実をようやく理解した範子は、言葉を挟んだ。

「私と佐々木さんとではずいぶん違ってますわ」

「たしかに違いはあります。しかし、根本のところでは、違いはないんですよ。同じ民族の血をうけた同士なんです。それに、ぼくは範子さんを、いまよりもっと正しい方向へ、理想的な方向へ導いていける、つまり感化していけると思うんです」

どうして佐々木に自分が感化されなければならないのかと、不愉快になった範子は相手を遮った。

「私は今日婚約式をしたばかりなんですよ」

「分かってます。そんなことは、ようく分かってます。しかし、ぼくには時間がない」

佐々木はポケットからまた煙草の袋を取り出すと、ソファーに腰を下ろし、しかし煙草はもう一本も残っていなかったようで、袋を握り潰《つぶ》した。

「ぼくのところにも赤紙が来たんです。昨日、社に連絡したときに聞きました。週前半には実家へ帰らなければならない。だから時間がないんです」

ソファーでうつむいた男の襟足が汚く伸びた様子が眼にとまると、同情の念はまるで湧いてはこず、自分の都合ばかり口にする男への軽蔑はつのり、しかし範子は感情の露出を極力控えた口調でもっていった。

「佐々木さんの気持ちは分かりました。けれど、どう考えても無理な話でしょう。今日はお帰り下さい」

「ぼくのことが嫌いですか？」

ソファーの男がうつむいたまま聞いてきた。大嫌いである、と大声で叫びたい気持ちを抑え込んで範子は静かに答えた。

「好きとか、嫌いとか、そういうことだけで世の中はすまないでしょう」

「彦坂は好きですか？」

「お答えする必要はないと思いますわ」

喉元《のどもと》までこみあげた怒りをまた抑えて範子が冷たくいい放つと、佐々木は皺《しわ》くちゃになった煙草の袋を開いてなかを探り、それからまた握り潰した。

「ぼくが嫌いなんでしょう？」

下から盗み見るような視線を避けて範子はベッドの枕元《まくらもと》の胡蝶蘭《こちょうらん》に眼を向けた。

「はっきりいってもらったほうが余程いいんです。そのほうがありがたい。いいんです。分かってましたよ。ぼくがあなたに嫌われていることくらいはね」

そういいながら探りを入れてくるような卑屈な視線を範子は感じ、いよいよ嫌悪をかきたてられ、一刻も早く会談を打ち切りたいと願ったけれど、佐々木を夫婦の寝室にひとり残して出ていく気にはなれなかった。

「ぼくだって、まさかあなたと結婚できるなんて思ってやしません。ただ、ぼくはあなたに同情しているんです。まったく、とんでもない男にあなたもひっかかったもんだ」

佐々木が出し抜けに鼻を鳴らし、その気味の悪い響きが笑い声だと気づいた範子は、そこにまるで見知らぬ人間を発見したかに感じた。

「しかし、範子さんは、ぼくに感謝してくれなくちゃ困る。範子さんがこんなお屋敷でのうのうとしていられるのも、実はぼくのお陰なんですよ」

明らかな嘲《あざけ》りの口調で不可解な事柄を愉快気に笑う男はいい、範子から無視以外の反応がないのを知ると、一瞬の憎悪を顔面に閃《ひらめ》かせた。

「水村さんと安田先生が捕まったでしょう。あの件じゃ、ぼくも特高に呼ばれていろいろ聞かれたんですよ。特高の刑事は例のギリシア語の勉強会で、ふたりがどんな内容の話をしていたか、しつこく聞いてました。そのときに、ぼくはいおうと思えば、あなたのことだっていえたんですよ。あなたが話していたことを洗いざらいね。そうしていたら、今頃あなたは寒い監房で臭い飯でも食べていたかもしれない。いや、いまからだって、ぼくがその気になれば、あなたをそういう目にあわせることだって出来るんですよ」

「安田先生は、あなたのせいね？」

怒りの余り範子は歯がかちかちと鳴るのを自覚した。

「ぼくのせいじゃありませんよ。そいつは人聞きが悪い」

歯を見せる軽薄な笑いとともに佐々木は応答した。

「もっとも、安田先生にしても水村さんにしても、ああなったのは仕方がないんです。あの人たちはこの国にとって、もうすでに無用の人たちなんですよ。あの人たちが不運だとしたら、無用であることが罪悪である時代に生まれたってことです」

耐えられずに立ち上がった範子は、戸口へ向かい、するとそれより早く佐々木がソファーから離れて扉の前に立ちはだかり、にわかに暴力の危険な匂いがたちこめて、しかし範子はつとめて冷厳に口を開いた。

「どいて下さる」

佐々木は動かずに口許《くちもと》を歪《ゆが》めた。

「一晩でいいんですよ。一晩だけでいいんです。一晩だけぼくに下さいよ。どうせぼくは死ぬんだ」

妙に甘えた口調で、きわめて非常識な事柄を、しかしのうのうといってのけた男に向かって範子は、先刻と全く調子を変えずに、どいて下さるといい、それから、もうすぐ彦坂が帰ってくるわ、と加えた。と、扉の前の男がいった。

「彦坂は来ませんよ」

濁った眼で範子を見た男は繰り返した。

「彦坂は来ません。このことは彦坂も了解ずみです」

て、橙色《だいだいいろ》の炎を揺らめかせて蠟燭《ろうそく》の一本が燃え尽き、そのとき堂の潜《くぐ》り戸ががたんと鳴った。危険の予感に身構えた加多瀬が見たのは、先刻の腰の曲がった老婆で、盆にウイスキーとグラスを載せて運んできた老婆を眼で指して、貴藤大佐はおれの養母だといい、畳に置かれる盆をぼんやりと眺めていた加多瀬が何か挨拶すべきだろうかと考えはじめたとき、かまわなくていい、どうせ耳が聞こえんのだから、といって、大佐は酒瓶を摑《つか》んでグラスに酒を注いだ。

「冷えてきたからな。炭があればいいんだが、あいにくと切らしている。内側から暖めるしかない」

元来飲めないはずの大佐は、つき合うつもりか少しだけ酒に口をつけ、加多瀬もグラスを手に取った。一本だけになった、それも残りわずかな蠟燭の明かりを浴びて、貴藤大佐の顔は一段と暗い陰翳《いんえい》を帯びた。

「女って生き物は適応能力が男とは全然違う。つまり榊原志津子のことだ」

古田厳風を殺させたのは志津子である。貴藤大佐の言葉は、到底信じがたいはずでありながら、不可解な真実の手触りとなって届いてきて、加多瀬を惑乱させ、思考はさまざまな方向へ拡散し、断片化し、眼前の男の声が急速に遠ざかるように感じられ、もはやすべてが架空かもしれず、何もかもが確実ではないとの思いは、喉から食道を通過するアルコールの焼け付く感触が確かであればあるほど強まるばかりだった。

「昆布谷に会っておれの妄想がはじまったとき、おれは三十代の半ばになっていた。この現実が二度目の現実である。昆布谷以上にはっきりと、おれはそのことを確信した。確信しながら、おれが狂わずにすんだのは、たぶん年齢と関係がある。つまり若い人間は自分の未来に無限の時間があると感じるものだ。それが、すでに一度経験しているなんてことになったら、おかしくならない方が不思議さ。昆布谷が狂ったのも無理はない。しかし、人間というものは、当然ながら年齢をとればとるほど、過去が大きくなって、未来は小さくなる。ましておれの場合、軍人だからな、それほど長くは生きられないだろうという予感があった。だから耐えられたんだろう。もっとも、第一の書物じゃ、おれは余程の長生きらしいが」

低い笑いが天井に反響し、三体の仏像が形作る大きな影が揺れた。

「それでも、おれが自分の妄想がただの妄想ではないと、本当に確信するまでには十年はかかっている」といった貴藤大佐は、鹿児島に戻った昆布谷に連絡をとって、思い出したことは何でも書いてよこすようにいい、まもなく昆布谷はそんなことが出来るような状態ではなくなったけれど、幸い古田厳風が登場して、代わって記録を採ってくれ、自分と昆布谷の、ふたつの「未来の記憶」をつきあわせることで、しだいに確信を深めていったのだと語った。

「ところがだ。榊原志津子は、この異様な状況にあっという間に適応してみせた。呆《あき》れるほど早く、しかも的確に、といっていい仕方でだ」

貴藤大佐は残酷な笑いに顔を歪めた。

「つまり志津子は、自分の能力を露骨に利用することにしたのさ。実際、未来の出来事を知っているなら、たしかに金儲《かねもう》けには苦労はない。しかも、あの女は、おれの作り上げた人脈に巧みに入り込んできて、いまや母屋を取られた状態だ」といった貴藤大佐は、榊原志津子が昆布谷や自分と同じ「体質」の持ち主だと判明したとき、志津子を監視する必要から国際問題研究所に所属させたのだと説明した。

『監視』というのは、まあ、嘘じゃないが、おれの本音が別のところにあったのも事実さ。つまり、おれの知っている未来は悲惨きわまりないが、唯一、おれが変えたくない未来があるとしたら、志津子とのことだったといえる。戦争のあと、おれは志津子に銀座に店を持たせるんだが、どういうか、あの女とは長い縁がある。あの女はおれにとって女房以上の存在になるはずだった。そういう関係をおれはこっちの現実でも維持するというか、新たに作るというか、要するに志津子を手放したくなかったのさ。ところが、去年の春頃、さすがに少々精神に変調をきたしたのを無理に入院させて、よくなってからしばらく大連に行っていたんだが、七月に東京へ独りで戻ってきて、古田に会って昆布谷のことを根ほり葉ほり聞いたらしい。それからまた大連に帰って、十一月に東京で会ったときには、志津子は『二冊の本』という異様きわまりない事態をすっかり受け入れていた。そればかりか、志津子はすでに、おれの知っている志津子ではなかった。満州にいた兄一家も再婚相手も終戦の混乱で亡くし、頼る者なく東京の焼け野原に立ち尽くしていた戦争未亡人じゃなかった。男のいいなりになるような女じゃなかった。むしろ男を徹底的に利用してやろうというわけだろう、おれなんかよりずっと利用し甲斐《がい》のある男といまはくっついている。つまり、おれは、とうとう見捨てられたという次第だ。復讐《ふくしゅう》されたのさ。未来のおれが復讐された。昨日の夜、ある男がやって来て、最後《さいご》通牒《つうちょう》を伝えてきた。志津子とも国際問題研究所とも縁を切れというわけさ。しかし、まあ、ただじゃないそうで、手切れ金代わりに、研究所に古田が集めた美術品は全部おれに任せるそうだ」

おもしろい冗談を聞いたとでもいうように笑う貴藤大佐に、その「利用し甲斐のある男」とは誰かと質問すべく、加多瀬が口を開こうとすると、笑う男はいった。

「知らんほうがいい。何も知らんほうが身のためだ。古田が消されたのも、知りすぎたせいだからな。それでなくても、おれや貴様は彼らにとって危険な存在だ」

「彼らとは誰なんです？」とそれでも加多瀬は問わないわけにはいかなかった。

「秘密を独占しようとする連中さ。未来に関する情報を連中は独占しようというわけだ。それで奴《やつ》らは古田を消し、紅頭柳峰、つまり昆布谷についての研究資料一切を闇に葬った。秘密というものは独占されるからこそ価値が生じるからな。ついでにいえば、昆布谷はすでに廃人同然だ」

「だから連中とは誰なんです？」と重ねて聞いたときには、そんなことを知って今更どうするんだと、冷笑するかの声が頭に聞こえた。

「気にするな。やつらはとりわけ危険だというわけでもない。思想も何もない。要するに闇屋だ。どんな国家や社会にもかならずいる寄生虫みたいな連中さ。世間に害毒を垂れ流すだろうが、どのみち日本は腐りきった国になる。ようするにドブ川に糞《くそ》を流すようなものだ。ほっときゃいいさ」

寄生虫みたいな連中のひとりに志津子が数え入れられている事実は、しかし殊更な衝撃も驚愕もなく頭に収まって、「連中」が具体的に誰を指すのか、それもどうでもよい、自分とは関係ない話と思えてきて、鈍感な肉に身体が包まれた具合に、何もかもがしだいに遠ざかっていく感覚のなかで、喉に流し込む酒だけがはっきりと、自分がいまここにある事実を告げ知らせるかに感じられた。

ちらつく蠟燭の明かりに、簾《すだれ》に隠されていない三体の仏像が揺れて、まるで生きて動き出すかに見え、加多瀬は酒酔いを自覚したけれど、酔ったからどうだというのだと、ふてぶてしく投げ遣りな気分が急速にこみあげてきた。貴藤大佐の声が聞こえた。

「すべてが夢だと考えられたら、こんなに楽なことはない。ところが、いくら夢だろうが、殴られりゃ痛いし、殺されそうになれば怖い。昭和十二年の事変から、十六年の日米開戦、二十年の敗戦。レイテ、サイパン、硫黄《いおう》島、沖縄と、どこもかしこも日本兵の屍骸《しがい》の山。本土も空襲で焼け野原、焼け焦げた死体がそこいらじゅうにごろごろしている。そんなものは全部夢なんだと、考えようと思えば考えられる。しかし、夢だろうがなんだろうが、苦しいのだから仕方がない。おれが何もしなければ、何百万人という人間が無駄死にする、そんな風に考えないわけにはいかなかった。だからおれは、国際問題研究所を利用して、政財官界に横断的な反戦人脈を組織したりして、開戦回避のためにあらゆる手を使ったわけだ。結果はご存じのとおりさ。開戦回避どころか、開戦の日付すら変えられなかった。おれは自分が幽霊になったように感じた。単に無力だというばかりじゃなく、おれが何をしようが、どんなに力もうが、あらゆる出来事がすいすいと傍らをとおり過ぎていく。そんな感じだ。おれは実体がない幻の存在で、だから歴史にも国家にもまるで手を触れることさえできない。それでも、おれは、日米開戦阻止に動く一方で、原子爆弾の開発を進めようとした。アメリカより先に原子爆弾を開発することが、日米交渉を進める切り札になりうると考えた。そいつが『夕鶴』の事件で頓挫《とんざ》したことは、さっき話したとおりだが、しかし、かりに『夕鶴』が沈まなくても、原子爆弾は出来なかっただろうと、いまは思う。幽霊なのはおれじゃなくて、日本人の方さ」

加多瀬は急激な眠気に襲われはじめ、グラスが自分の手から滑って畳に落ちるのを無感動に眺めながら、人の声が頭の暗がりに虚《うつ》ろに響くのを聞き続けた。

「日本人は実体のない幽霊みたいなものだ。ふわふわ浮かんで風の吹く方向へただ流されていく。全体にどこかへ進んでいるのは間違いないが、誰がどこへ進もうとしているのかは判然としない。誰も意志を持たず判断もしないまま、自然にどこかへ運ばれていく。意志もなく、判断もしない者に、意志を変えさせたり、判断を変えさせたりできるだろうか。近代国家のなかで、個人の力は小さいなどといいたいわけじゃない。政策決定に携わる人間の権力はある意味じゃ絶大といってもいい。ところが、そうした権力を行使する人間が意志を持っているかといえば、まるでそうじゃない。ふわふわと風まかせに右往左往するだけ。いま血相を変えて聖戦貫徹を叫んでいる連中こそが、もう少しすれば、アメリカとの戦争は本意じゃなかったといいだすのさ。じゃあ、本意は何なんだといえば、何もない。意志のない人間の意志は変えられない。日本人は実体のない幽霊。南方のジャングルで野たれ死ぬのも幽霊なら、空襲で焼け死ぬのも幽霊。戦争が終わって、日本列島にまたぞろぞろと湧《わ》いて出るのも等しく幽霊の種族だ。やつらは自分がなぜそこにいるのか分からないし、また分かろうともしない。戦争が終わってしまえば戦争で死んでいった人間のことなんか誰も思い出しもしない。誰かの犠牲の上に何かがうちたてられるなんてこともなければ、そもそも過去に人間がいたことにすら気がつかない。自分が湧いて出た場所で、青白い顔で、うらめしや、とでも喚《わめ》いてそれでおしまい。いろんな奴がいろんなことを喋っているように聞こえるが、内容なんか何もない、うらめしやと変わらない。たとえ日本中に原子爆弾を落とされたって幽霊どもは驚きゃしない。平気の平左で焼け死んでいく。それで、しばらくすりゃまた懲りずに湧き出して、放射能の毒にまみれながら、何が起こったか考えることもなく、うらめしや、うらめしや、と喚きながら、へらへら笑っているのさ。おれが二冊の本を読んで見たのは、結局のところ、そんな景色ということになるかな。つまり、何をしても無駄ということだ」

残り一本の蠟燭《ろうそく》も短くなり、蠟の沼に穂芯が浮かぶだけになり、黒い煤《すす》をあげる炎が大きく揺れはじめ、人の背丈ほどの明神と地蔵が目まぐるしく表情を変えたかと思うと、背後の潜《くぐ》り戸が鳴って、誰かが堂に入ってくる足音と、人の息遣いを加多瀬は聞いたものの、強烈な眠気のせいで、それが誰であるのか、たしかめる気力がなく、誰であろうと自分にはもう関係ない、そもそも自分はここに存在していない、架空の存在、あるいは、それこそ幽霊みたいなものだとの思いに捉《とら》えられ、このまま眠り込んでしまうこと、それだけが望みとなり、そのくせ頭の芯《しん》だけは冷え冷えと冴えていて、うつらうつらと微睡《まどろ》みに陥りつつある己を冷静に見つめていた。

「忘れてしまえばいい。なにもかも忘れちまうのが一番さ。知ったところで何も出来ないんだからな。それが加多瀬、貴様のためだ。忘れてさえしまえば、連中も貴様をほうっておくさ」

貴藤大佐と、もうひとりの人が眼鏡ごしに加多瀬の傍らから顔を覗き込んできた。

――こいつは驚いたな。加多瀬氏が来ているとはね。私に話というのは、つまりこれですか？

――加多瀬が来たのは偶然だがね。まあ天の配剤ってやつだろう。いま、できるか？

――薬は何を？

――カルモチンだ。

――ブロムワレリル尿素ですか。しかし加多瀬氏はほっといても問題ないんじゃなかったんですか？

——でもない。いろいろと知るべきでないことまで知っているようだ。もっとも知ったからといって、単に気違い扱いされるだけだろうが。まあ、いわば、こいつは本人のためだ。消してくれ。商売道具はここにあるんだろう？

——助かりました。警察から道場に踏み込まれて危うく全部没収されるところでしたからね。まったく助かりました。で、何を消します？

——前と同じでいい。紅頭柳峰に係わる記憶だ。それからついでに「夕鶴」についての記憶と、今日ここへ来たことも消してくれ。

——難しい注文ですね。まあ、やってみましょう。効果のほどは保証できませんよ。

——効果を上げてくれ。

——危険ですよ。

——かまわん。それも運だ。加多瀬はすでに十分長生きしたともいえるからな。退屈な人生を繰り返すくらいなら、死んだ方がいいともいえる。

——どういう意味です？　まさか大佐も例の「二冊の本」なんて世迷言を信じているわけじゃないでしょうね？　柳峰導師の異能力はたしかに認めますが、あれは心理学で説明のつく範囲内の現象です。もちろん従来の心理学じゃ駄目ですけどね。

——心理学などは何も説明できんさ。

——心理学だけがすべてを説明できると思いますね。眼に見えるもの、五感に感じられるものが現実なら、その五感そのものを対象に研究する心理学だけが現実を説明できるんです。さらには、人間の五感を心理学は操作し変形することもできるんだから、いってみりゃ、心理学は現実を作り出すことだってできるんです。いずれ人間は、自分が現実と呼んでいるものが、脳神経の電気的あるいは化学的反応にすぎないことに気がつくようになりますよ。そう遠くないうちにね。

上着を脱がされ、まくり上げられた腕に塗られた冷たい液は揮発アルコールに違いなく、だが続いて深く筋肉にまでつきたてられた注射針は、痛みをひとつも与えなかった。

「大声を出したいのなら、出してもかまいませんよ」

扉の前に立った佐々木の声は、興奮からか畏《おそ》れからか、ひどく嗄《しわが》れて、その顔も口元に下卑た笑いがある以外は、粘土で出来ているかに強張《こわば》って見えた。

「でも無駄です。誰も助けには来ませんよ。何故なら、この家の使用人は全員が、彦坂から言い含められているからです。つまり、あなたは、完全に罠《わな》に落ちているというわけです」

彦坂がここへ来ないと、佐々木が告げたときから、範子は相手が嘘をついているのではないと直感し、絶望と怒りと恐怖に眼を眩《くら》ませながら、婚約式のあと彦坂がトキに何事か耳打ちしていた姿が思い出されれば、一切がきわめて合理的に解釈されるようで、何故彦坂がそんなことをしたのかと疑問に思うより先に、ここにいま自分がいる事実、きわめて無防備な姿でここにいまある自分の迂闊《うかつ》さが呪《のろ》わしく、許しがたく、どうにでもなればいい、どうなっても仕方がないのだと、自分を罰する気持ちにさえなり、目の前の男はそうした心の動きを敏感に察したのかもしれなかった。

「ぼくはもうすぐ死ぬ人間です。ぼくは戦地から生きて帰るつもりはありません。英霊になって祖国へ戻ってくるんです。もしあなたが、ぼくと一夜をともにしてくれるならば、その大切な思い出を抱えて心安らかに死んでいける、笑って死ねると思うんです。その貴重な宝さえあるなら、喜んで敵陣に斬《き》り込んでいけると思うんです。銃後の婦人が、そんな男の最期の願い、ささやかで切ない願いをききいれても、罰は当たらないんじゃないでしょうか」

鼻の奥を熱く潤ませて男はなおも訴えた。

「実際、戦地には自ら志願して慰安婦になった婦人だっているんです。兵士と苦楽をともにしようという、素晴らしい愛国心を持った婦人が大勢いるんです。ぼくは取材をしたからよく知っているんです。みんな普通の家庭の娘さんばかりです。日本人の婦人だけじゃありません。朝鮮をはじめ、亜細亜の女性たちが、欲得ずくでもなんでもなく、まったくの献身の気持ちから、日本軍の野営地で奮闘してるんですよ。あなただって日本の女であるなら、そのような気高い犠牲の精神をわずかなりとも発揮するのが筋というものじゃありませんか」

目尻から涙をこぼしてかきくどく男の言葉に、全身の毛穴という毛穴から電気が放電するかの怒りを範子が覚えるのと、男が扉脇のスイッチを探って天井の電灯を消したのが同時で、いきなり左腕をつかまれ、汗ばんだ掌《てのひら》の気持ちの悪い感触を肌に得た範子は、右腕を振って男の顔を打とうとし、しかし、その動きを予測していた男の手に捉えられ、両腕の自由を封じられたまま寝台へ向かって押されて、脚で相手を蹴《け》りつけようにも着物の裾《すそ》が邪魔で、なんで着物など身につけたのかと思えば、悔しく、呪わしく、奥歯をぎりぎりと鳴らしながら、とうとう寝台に背中から倒され、冷たくざらざらした国民服の布地が押しつけられ、男の尖《とが》った膝《ひざ》の骨が太腿《ふともも》にうちあたる痛さにうっと苦痛の呻《うめ》きをあげたときには、なま暖かい吐息が頬《ほお》にかかって、しかし、あるいはどこかで息をつめ、聞き耳をたてているのかもしれないトキの姿を想えば、絶対に声をあげまいと歯を食いしばって、縛りつけてくる鋼を想わせる、のしかかる身体の重みに耐えて、と、次の瞬間、男がいきなり頭突きをしてきて、硬い頭の鉢が頬骨にぶつかったとたん、眼かららたくさんの黄色い火花が散って、気を失いかけた耳に潮騒《しおさい》の響きが流れ込んできた。

先刻まで聞こえなかったはずの潮騒が聞こえるのは何故だろうかと、しごく冷静に自問したときには、手首に血が通わなくなるくらいに摑まれていた男の指がゆるんでいるのに気がついて、見れば雲脂《ふけ》臭い大頭が寝台の敷布に沈んで、ヴェランダの硝子戸が開いているのだと理解すると同時に、両足で上になった男の身体を思いきり蹴り上げれば、それは重みのままにごろりと傍らで横になった。

起きあがり、着物の裾を直した範子は、寝台の傍らに立つ人の姿を認め、夢のなかで怪物に遭遇したときと同じ激しい恐怖に総毛立ち、押さえた口から細い悲鳴が洩《も》れはじめたとき、大丈夫、死んじゃいません、と人がいった。

「ヒー イズント デッド。ちょいと、おねんねして貰っただけですから、命に別状はありません。ほうっときゃそのうち眼を覚まします」

カーテンが揺れて、冷たい夜風が部屋に流れ込み、正面の胡蝶蘭《こちょうらん》が羽ばたくように首を振った。寝台の脇に立つ人は鼠色の外套《がいとう》に同色の帽子を被《かぶ》った男で、声を聞いてようやく恐怖から幾分解放された範子は、今度は激しい羞恥《しゅうち》に顔が火照《ほて》るのを覚えて、いまいちど裾に手をやりながら寝台に腰かける形になれば、左腿《もも》が痺《しび》れ、ぶつけた頰が熱くて、つかまれていた手首にも鋭い痛みがあって、それらの傷を与えた本人はといえば、彦坂の寝台にうつぶせで長く伸びていた。

どなたです？ と寝台の横の男へ向かって声を発したときには、スタンドの明かりを浴びて帽子の庇《ひさし》の陰になった顔に見覚えがあると思い、なに、ただの行きずりの者です、と剽軽《ひょうきん》な返答を聞いて、正月に妙厳寺という古寺で会った留守番の男だと範子は認め、そのときになって、あの荒れ寺と彦坂の別荘が程近い事実をあらためて思い、そこに何かしらの符合があることを自分は察しながら、いままで意識の奥底に押し込めていたのだと自覚し、しかし、すぐに礼をいうべきだと、意識は闖入者《ちんにゅうしゃ》の方へと戻っていって、ところがどんな風にいえばよいか分からず、また遠い潮騒が耳に届けば、今頃になって鼓動が切迫しはじめた。

「それじゃ、私はこれで。そいつなら心配いりませんよ。脳味噌が少々ぶち壊れたかもしれないが、それくらいでちょうどいいでしょう」

男があいかわらず軽い調子でいった。

「人の婚約者を無理矢理やっちまおうなんて、とんでもない野郎ですからね」

この人は自分と彦坂の婚約を知っているのだと思ったとき、古寺で会って以後もこの人の姿は何度か見かけたことがある、彦坂の取り巻きのなかにいたのではなかったかと、範子は思いを巡らせ、しかし口から出た言葉は別の質問だった。

「江ノ電はまだ走ってるでしょうか？」

「アイ　ドント　ノウ。しかし鎌倉まで行っても東京方面はもうないでしょう」

さきほどから聞かされる下手糞《へたくそ》な英語と、男の上機嫌な様子を不可解に感じながら、範子は子供の頃、幾度か泊まったことのある七里ガ浜の旅館を思いだし、営業している保証はなく、旅館そのものがいまあるかどうかも不明ではあったけれど、何かしらのあてができたとたんに、一刻も早くいまいる場所から逃げ出したい、ただその一事ばかりが心を占領した。

「それにしても、物事ってのはうまくいかないもんですな。何かしようとするとどこからか必ず横槍《よこやり》が入る。生きようと思えば殺されるし、死のうと思えば邪魔される。しかも、この横槍というやつがまた、一本や二本じゃない。何本も出て来ちゃ、物事を引っかきまわすんだから、何が何だか分からない。イット　ダズント　ミーン　エニシング。

「それでは、グッドナイト」

依然として機嫌よくいった男が、硝子《ガラス》戸から出て行き、立ち上がって覗いた月光の降り注ぐ庭先から、人影が消えているのを確認した範子は、急いで持ち出すべき荷物をまとめはじめた。

梶木は懐中電灯で足下を照らしながら、妙厳寺へ向かう路を歩いた。

彦坂から与えられた命令、すなわち佐々木の行動を見張れとの役割を妙な形で果たして、あとは鎌倉に取っておいた宿へ戻るばかりであったけれど、先刻、江ノ電の駅から彦坂の別荘へ向かう佐々木を尾行したとき、同じく極楽寺で降りたひとりの若い男に興味をひかれた。

ひょろりとした長身で眼鏡をかけた男は、駅からまもなくの竹林の三叉路《さんきろ》で佐々木とは逆に左に折れたのだが、そこから先には人家はほとんどなく、とすれば行き先は妙厳寺以外にはないはずで、こんな時刻にどんな目的があってあんな古寺へ向かうのか、妙に気になってしまい、なにしろ夕刻に神霊国士会の道場で佐々木を捕まえてから、ずっと尾行してきた身体はくたくたに疲れていて、男が寺へ向かってから時間もだいぶ経ってしまっていたけれど、たしかめてみぬことには気がすまなかった。

肉体の疲労とは裏腹に、神経はひどく昂《たかぶ》っていて、その興奮は午後に紅頭中将の切腹騒ぎを見たときからはじまったもので、新聞記者がいきなり彦坂の婚約者に襲いかかるような真似をしたのも、あの男が同じ興奮に血を騒がせたからではないかと想像され、部屋に踏み込んで銃把で頭を殴りつけた自分の行動もやはり同じ興奮があったからに違いなかった。

そもそも虫の好かない男への突発的な怒りが、梶木をして覗いていた部屋へ踏み込ませた原因ではあったけれど、いまこうして考えてみれば、新聞記者と彦坂とのあいだには合意が出来ていたとも思われ、婚約を一方的に破棄するのに、自分を脅迫にきた男に婚約者を犯させるというのは、いかにも彦坂にふさわしいやり方とも思えてきて、だとすれば新聞記者の動きを見張って報告せよとだけ命令されていた自分は、彦坂を裏切ったことになるのかもしれず、ならば毒を喰《く》らわば皿までの精神を大いに発揮して、新聞記者に代わって自分が女を犯してしまう手もあったと、ひとり夜道で凄《すご》んでみたものの、実際には、あの部屋で和服の女と向かいあったときの気分は、照れ臭いというのが一番近く、意図とは無縁であれ、一度「正義の味方」として登場してしまうと、同じ路線から外れるのは難しいものらしいと梶木は苦笑いし、似合わぬ役柄を急に与えられて、何を喋《しゃべ》ればよいか分からず、覚えたての英語を妙に連発していた自分を思い返すと、ますます皮肉な笑いが浮かんだ。

寺へ通じる参道の石段を登り切って、懐中電灯を消し、黒い樹木に囲まれ月明に青白く浮かび上がった境内を眺めれば、本堂にも隣の小屋にも灯火は見えず、長い間人跡が絶えていたかの印象があった。

本堂に近づいた梶木は、濡れ縁に上って脇の潜《くぐ》り戸の前に立ち、と、隙間《すきま》からわずかに明かりが洩れて、しかし、しばらく聞き耳をたてても物音は聞こえてこず、無人と判断した梶木は、潜り戸を細目に開け、すると明かりの正体は三本ほど燃えている蠟燭《ろうそく》で、薄暗い光のなかに畳へ直接横たわる人間が見え、傍らの盆にウィスキーの瓶があるところからして、酔っぱらって寝込んでいるらしい男は、海軍士官の制服を身につけていた。

本堂から離れ、裏へ廻ろうとしたとき、梶木は本堂裏の林に物音を聞き、とっさに懐の拳銃《けんじゅう》をつかんで息を潜めれば、何かをこするような音は消えずに続いて、足音を忍ばせて近づいた先に、地面に直接置いたらしい懐中電灯の光が、折り重なる樹木の灰色の肌を闇に浮かび上がらせ、手前に着物の裾をからげ股引《ももひき》になった男の脚が見えた。

男がスコップを使って地面に穴を掘っているのだと理解が訪れたときには、穴の脇に横たえられた人間にも気がついて、つまり、それは墓穴に違いなかった。

和服の男はスコップを傍らに突き立てると、死体を足から引きずって穴に入れ、再びスコップを取って土をかけた。最後に男は下駄《げた》で土を平らに均《なら》して上から枯れ草をまき、拾い上げられた懐中電灯の光が乱れるのを見た梶木が、林から出ようとしたとき、誰だ、と鋭い声がかかって、突き刺さってくる懐中電灯の光の矢を避けて素早く藪陰《やぶかげ》にうずくまった。揺れ動く光はなおもこちらへ向けられ、それは相手が標的はここだと宣言してくれているようなもので、梶木は余裕をもって拳銃を摑《つか》み直した。

男が何度か誰何《すいか》の声をあげ、相手は武器を持っていないようだから、むしろこちらから出ていって、何をしていたのか脅して吐かせようと梶木が立ち上がりかけたとき、彦坂のところの者か、と問う男の声が聞こえた。

「そうなんだろう。だったら、おれは逃げたりはせんよ」

男が近づいてきた。平然とした口調につられ、拳銃を懐から抜いた梶木は立ち上がり、と光の矢に一瞬眼を眩《くら》まされて、あっと狼狽《ろうばい》したときにはいきなりの衝撃を受けて、背中を地面に打ちつけ、体当たりをくらわされたと知ったときには右手を下駄で踏まれ、奪われた拳銃を鼻先につきつけられていた。

「彦坂にいっておけ。姑息《こそく》な真似はするなとな」

相手は銃の扱い方を知っている。なによりその認識が梶木を震え上がらせ、猛烈な嘔《おう》吐《と》感のなかで、違うんです、違うんですと、かろうじて声を出せば、たちまち涙があふれて耳に流れ入った。

「何が違う」

「だから、別に、狙いにきたわけじゃありません」

「じゃあ、何しにきた？」

返答につまったあげく、寺参りにきましたと梶木がいうと、意外にもこれが功を奏したようで、立ち上がった男は愉快そうに笑いだした。

「寺参りに来たんだったら、ついでに墓掘りもやっていけ」

そのときになって梶木は男の正体を直感した。

「あなたは、貴藤大佐ですね」

うなずいた男は、手にした懐中電灯であらためて地面の梶木を照らした。

「狙《ねら》いは安積か。だったら、手間が省けただろう。おれが片づけてやった。ああいう男は生かしておくとためにならんからな。何であれ、知りすぎるってのはよくない」

いった男は、何がおかしいのか、また声をあげて笑い、梶木に立つようにいい、林のさらに奥へ導くと、スコップで穴を掘れと命令した。

いまは銃口は向けられていなかったけれど、従わないわけにはいかず、闇《やみ》のなかに土の匂いを嗅ぐならば、文字どおり墓穴を掘りつつあるのだとの思いに梶木の脚はこんにゃくみたいに震えた。

「おまえは榊原志津子を知っているか？」

相手の言葉にすがりつくように、知っていると答えると、光源の向こうで顔の見えない男がいった。

「だったら、旦那《だんな》の親友は大丈夫だといっておけ。それで分かる」

伝言を依頼する以上、この場で殺すつもりはないと思ったものの、脚の震えはとまらず、こいつは誰の墓穴です、あっちに寝ていた将校さんですか、と問わないわけにはいかなかった。相手からは返事がなく、冷たい汗が全身を濡《ぬ》らすのを覚えつつ、沈黙の恐怖に耐えられずに、私も海軍なんです、と言葉を続けると、黙って掘れと命令が下され、梶木はしゃにむに身体を動かした。

　しばらくは悲鳴まじりの息づかいと、土が掘られる音だけが闇に響いて、と、ようやく男から反応があった。

「所属はどこだ？」

「横須賀海兵団の志願兵であります」

「階級は？」

「一水で満期になりました」

　またしばらく黙ってから男が口を開いた。

「おまえは海軍をどう思う？　好きか、嫌いか、正直にいえ」

「大好きであります。海軍は子供の頃《ころ》からの夢でしたから」

　男は嗤《わら》ったようであったけれど、海軍士官で海軍を嫌う者などいないとは、梶木の絶対の確信だった。

「嘘をつくな」

「嘘じゃありません。満期除隊になったときには三日三晩泣き明かしました」

　貴藤大佐は声を出して笑いながら、手を休めるなと命令し、猛然とスコップをふるった梶木は、上級者の視線のなかで率先垂範ぶりを示すに汲々《きゅうきゅう》としていた軍隊時代の感覚を思い出した。

「大佐殿は海軍が好きでありますか？」

　荒い息をついて梶木が問うと、小さな笑いを洩《も》らした貴藤大佐はいった。

「貴様が海軍と呼んでいるものには何の実体もない。幻みたいなものさ。だから、すごく美しいものにも思えるし、狂気の沙汰《さた》にも思える。実際に経験したって、経験そのものを人間は保持できない。だから、いつだって思い返されるものは紛《まが》い物だ。歴史も何も全部そうだ。紛い物にすぎない。貴様は帆船に乗ったことがあるか？」

「ありません」

唐突な問いに梶木が答えると、明かりの向こうの黒い人が語りはじめた。

「おれはある。訓練で乗ったんだが、あれは素晴らしい。夜、寝ていると、波と風の音しか聞こえてこない。どこでだったか、ものすごい凪《なぎ》になったことがある。波も風もなくなって、海が滑らかな平面になって、まるで歩けそうに見える。それがぐるり三六〇度、見渡す限りに水平線まで続いている。世界が止まって、時間も止まって、空には太陽だけがあって、なんにも動くものがない。甲板にいた人間は全員が息を呑《の》んで、誰も身動きしなかった。おれも動けなかった。ちょっとでも動けば、この見事な光景が壊れてしまうように思ったんだな。これは幻だとおれは思った。こんな凄《すご》い景色がこの世のものであるはずがないと思った。誰かが作った贋《にせ》ものだと思った。そうしたら、左舷《さげん》方向で突然海が盛り上がって、海面が滑らかなまま高い山になって、鯨だ。鯨の大群だ。何十頭もの巨大な鯨が、ゆうゆうと船首を横切ったかと思うと、船の周りを回遊しはじめた。あんな数の群をみたのは、おれはあとにも先にもあのときだけだ。鯨のたてる白い飛沫《しぶき》が陽に輝いて、鯨が吹いた潮が甲板に雨みたいに降ってきた。鯨が挨拶していると、おれは感じた。つまり、鯨は同じ海の生き物とこちらを認めて、挨拶してきたと感じた。そう感じたのはおれだけじゃなかったようで、甲板にいた者がいっせいに帽子を取って、そいつを振りながら、オーイ、オーイ、と一斉に声を上げた。おれも同じようにした。やがて鯨の群は西の方へ消えていった。どうだ、穴は掘れたか？」

掘れました、と梶木が答えて、穴から這《は》い出ると、懐中電灯で穴の具合をざっと調べた貴藤大佐は、梶木に点《つ》いたままの電灯を投げて寄こした。

「掘った以上は、ちゃんと埋めておけよ」

そういった貴藤大佐は、自分のこめかみに銃口をあて、引き金をひいた。

極楽寺の駅には明かりが消え、やはり電車はもう終わっているらしく、旅行鞄《かばん》を引きずるように抱えた範子は、人影のない駅舎の前の木のベンチに座った。

一刻も早く別荘から逃れ出ようと考えれば、ひどく気が急《せ》いて、寝台に横たわる男がいまにも眼を覚ましそうで、気が気ではなく、着物では不自由なので、急いで普段着に着替え、手当たり次第に箪笥《たんす》の衣類や身の回り品を鞄に放り込み、玄関に靴をとりにいくのが怖くて、そのままヴェランダから庭に出ると、使用人に聞き咎《とが》められるのを恐れ、庭下駄を手にして裸足《はだし》で木戸口から石段を下り、駅に向かう路に出てからも、追手が背後に迫る気がして、下駄を鳴らす気にはなれなかった。

しだいに息が静まれば、身体のあちこちが痛く、それでも久しぶりに酷使された裸の足の裏は、土や石や木の根の感触を喜ぶかに暖かく火照《ほて》って、庭下駄《にわげた》をはくと木の冷たさが心地よかった。

潮騒《しおさい》が遠くに聞こえた。見上げれば、月は中天に冴えわたって、虚《うつ》ろになった心にそのまま青白い光線が差し込む心地がした。

目下の問題はこの夜をどうやり過ごすかである。

そう考えると少しは元気が出た気がして、とにかく海岸に出てみようと思った範子は、やはり自分は海辺の洞窟に棲《す》むゴルゴーン三姉妹のひとりであり、だから闇のなかからどんな怪物が出てきたってたちまち石に変えてしまうのだと、自分を励まし、ベンチから立ち上がった。


そこは砂漠であった。加多瀬は、蒸気の濁りのない空の蒼色《あおいろ》と、砂の毒々しいまでの黄土色の接する線に向かって、さまざまな形の、さまざまな大きさの、滑らかな曲面を見せた丘陵が連なる風景を眺め、それから風を背に受けて歩き出せば、足下の砂は音をたてずに崩れて流れになり、しかし流れているのは足下の砂ばかりではなく、そこへ静止していると見える砂山は、必ずどこかでするすると砂が滑り落ちていて、一刻も休むことなく崩れ続け、あるいは風に吹き寄せられてはまた自然の砂の塑像になった。風景はわずかずつ揺れ動き、地形は絶えず姿を変え、宇宙は絶えず変貌している、そのことが何か深い智恵に発する神秘であるかに心に浮かびあがって、ふと振り返って見れば、自らが砂地に刻んだ足跡も程なく途切れ、いまはまだ残っている砂地の窪《くぼ》みも、砂の流れに刻々とかき消されつつあった。

丘陵の向こうに赤い煉瓦《れんが》が見えはじめ、明らかに人工物である石の構造が視野に入ってくれば、それは陸の縁にへばりつくように海へ突き出た廃墟《はいきょ》であり、半ばは砂に呑み込まれつつありながら、密集する石造りの建物群の半ばは砂の届かぬ海中に建ち、しだいに押し寄せる砂の軍勢の最前線では、防砂壁代わりになった建物の窓から、あるいはもとは路地であった建物の隙間《すきま》から、さらさらと音をたてて少しずつ砂がこぼれ、灰色の海に溶け込むように落ち続けている。砂と水の両方の勢力から制圧されようとしているこの石の街は、古《いにしえ》の都ベニスに違いなかった。

迷路のように交錯する石畳と運河の街にさまよいこんだ加多瀬は、石に刻まれた porta in infinitatem の文字を見つけると、トンネルを歩き出した。

一緒だったはずの人々の姿はすでになく、これには出口がないのだとの認識に恐怖したとき、無明の闇に水音が聞こえ、猛烈な喉の渇きを覚えた加多瀬は、足下を流れる水を喉を鳴らして飲み、しかしそれはひどく硫黄《いおう》臭く、しかも海水で、それでも飲むのをやめることが出来ずに飲み続ければ、満足したとたんに胃袋が燃え上がるような嘔吐感が押し寄せ、渇きはいよいよ募って、加多瀬はまた水を求めて、闇のなかを手探りで歩き出した。

第七章　硫黄島

I　ナイフと手榴弾

闇に眼をみひらいたとき、加多瀬は長い長い夢を見ていたように思い、それがどんな夢であったか、思い返そうとしたときにはすでに、心は耐え難い喉《のど》の渇きに占領されつくしていた。

加多瀬は起きあがると、岩壁に顔を押しつけて、そこに付着した水滴を舐《な》め、わずかに渇きがいやされた身体を再び地面に横たえた。地下壕《ちかごう》には燐光《りんこう》のごとき青白い光が射《さ》して、それが月か星の明かりだと知ったとき、加多瀬は縦横に掘り巡らされた洞窟《どうくつ》陣地の最深部から、ここまで自分が這《は》ってきたのだったと思い、朝になったら洞窟から飛び出して自決するつもりだったことも思い出して、はやくもまた襲ってきた焼け付くような渇きの苦しみからまもなく解放される、その事実の発見に微笑が浮かんだ。

何週間ぶりかに見る天然の光は、清澄きわまりないものに眼に映じ、微《かす》かに潮をはらんだと感じられる冷たい空気が流れ込んでくれば、火山島の暑熱に慣れた皮膚に鳥肌を立てた。いまいる位置から洞窟の出口までは二十メートルほどあった。朝になれば、あそこが火焰《かえん》放射の火で溢《あふ》れるのは間違いなく、それまでには出口に到達しなければならなかったけれど、いましばらく休息する時間はありそうだった。

日本軍の組織的抵抗は終了し、硫黄島守備隊指揮官は「玉砕」をすでに打電して、命令を知らなかった残存兵力も、数日のうちには島の数ヵ所に築かれた地下陣地から最後の突撃を敢行し、二万人以上いた日本兵で生き残っているのは数百人、大半は身動きの不自由な病人や怪我人《けがにん》であり、手榴弾《しゅりゅうだん》や黄燐弾《おうりんだん》、あるいは火焔放射とダイナマイトによる米軍の掃討戦だけが、天然壕や坑道陣地に対して継続されていた。

昭和十九年の九月に、硫黄島守備隊司令部参謀として、東西八キロ、南北四キロの孤島に赴任してからおよそ半年、ここへ至る経過はきわめて必然であったと、岩壁に寄りかかった加多瀬は感動なく思い返した。

赴任した九月にはすでにサイパン、グアムが敵の手に落ちていて、十月には米軍のレイテ上陸の報が伝わり、硫黄島基地も連日の艦砲射撃で、三つある飛行場は徹底的に破壊されて、海軍航空隊の将兵が送り込まれてはいても、飛ばすべき飛行機は一機もなく、弾薬庫がやられたために、肝心の砲弾が不足して、しかも補給は時を追うごとに間遠になり、ようやく届いた物資は粗悪きわまりなく、弾薬を収めるべき木箱に竹槍《たけやり》がころがっている始末で、二月に米軍の本格的攻撃がはじまるだいぶ以前から、硫黄島守備隊の「玉砕」は、少なくとも将官にとっては自明であった。

硫黄島が敵の手に渡れば、帝都はむろんのこと日本全土がB24の空爆域に入る。であるが故に硫黄島は死守されねばならず、一分でも一秒でも占領を遅らせることが守備隊の使命であり、加多瀬も参謀として、坑道の掘削場所の決定や、水際の抵抗陣地の設営など、細々とした作戦の立案に参加しながら、結局はどれもこれもが無駄であり、無意味であり、自己満足にすらならないと、口角泡を飛ばして議論を戦わす将官たちをどこか冷笑するような傍観者的な気分があって、しかしそれを覚られてはならないと慎重に構えれば、かえって作戦計画の瑣末《さまつ》な部分にこだわる態度となって表に現れた。

　実のところ、十八年の春にニューギニアのラエ沖で、自身が艦長を務める潜水艦を沈めて戻ってからというもの、加多瀬は戦局の推移を傍観する気分が抜けなくて、短い軍令部勤務を経て、七月に目黒の海軍大学校に入校してからは、冷淡な気分はいよいよ優勢となり、その間、アッツ玉砕、キスカ撤退、ソロモン群島あるいはマキン、タラワ両島の米軍占領と、次々と伝わってくる悲報にも動じるところはなく、当然なるべくしてなったとの感想しか生まれてこず、かといって前途に深く悲観するということもなくて、そのとき、そのときに目の前を通過していく変哲もない景色を、ただ漫然と眼に映しているといった具合で、与えられた課題や仕事をただこなしていく分には、味方の拙戦に悲憤慷慨《こうがい》したり、不安ゆえにかえって上機嫌になる同僚たちよりむしろ能率が上がった。

　大幅に修業期間が短縮されて、十九年の二月末には海大を卒業し、再度軍令部勤務になった頃には、潮臭さはすっかり抜けて、来年度の予算立案のために、実態からはかけ離れた架空の数字をいじりまわす作業に没頭していれば、諸事を忘れられたけれど、心の中核に巣くった空虚感は広がるばかりで、加多瀬は表情がないと人からいわれ、議論に引き込まれるような場合には、熱がないと批判され、視野が狭いと論難された。

たしかに加多瀬は、いま自分がいる場所、海大の教室であればそこが、海軍省の自分の机ならそこが、下宿の部屋に戻ればその場所が、世界のすべてであり、自分の眼の届かないところには空無があるばかりだと感じられることがときおりあって、そんなときには文字どおり視野が狭くなって、病気かと思って医者に見せれば「視野狭窄《きょうさく》症」と病名がついただけで原因は分からず、とりあえず「過労」と診断書には記入され、しかし「過労」でない人間など海軍省のどこを探しても見当たらなかった。

いよいよ逼迫《ひっぱく》する食糧事情や、末期的ともいうべき物資不足は日々目の当たりにしながら、日常の雑務の繰り返しのなかで、日本がいま戦争をしつつあるとの実感はむしろ薄れて行き、ただ日本という国が自らの意志で崩壊に向かいつつあるような感覚を抱いた。加多瀬を内面から蝕《むしば》む虚無は、戦局が悪化すればするほど広がって行き、狂的なまでに勝機を求め奔走する者たちとのあいだに軋轢《あつれき》が生じたのは、だから必然の成りゆきであるともいえた。

「顔」がものをいう軍隊では、加多瀬が軍令部における潜水艦関係者の陳情窓口となるのは必然で、連日のように潜水畑の人間が面会に現れたけれど、加多瀬はほとんど積極的には動かず、要求の大半が単純に無理だとの理由もあったけれど、無理を承知で向こうは頼み込んでくるのであり、無数の無理がせめぎあうのが軍政の実態である以上理由にはならず、では、何故かといえば、加多瀬にも判然とした原因はみあたらず、しかし、あとから思えば、何をしても今更無意味であるとの意識が、いつのまにか働いていていないともいえなかった。

加多瀬が不評を買ったのは当然で、不評を買うどころか憎悪の対象、不満の標的にさえなり、軋轢が誰の目にも見える形を取ったのは夏、海軍省の食堂で、色がついているだけの、味も香りもないお茶を前に三人の士官と面談した際であった。

三人は人間魚雷「回天」の担当者で、すでに海軍大学校にいた時分、加多瀬は「回天」の話を聞き、開発と使用法に関する研究を依頼されたこともあったのだが、とくに関心をひかれず、軍令部勤務になってからも、起死回生の特攻兵器とのふれこみで「回天」の話は幾度か持ち込まれていた。すでに「回天」の開発製造は呉の工廠《こうしよう》ではじまり、とはいえ資財不足から計画通りに製造は進んでおらず、三人のなかで上級者である大尉は、是非とも「回天」の製造を優先してくれるよう熱弁をふるったのであったが、元来特攻兵器には批判的であった加多瀬は、つい「回天」計画そのものを否定するような発言をしてしまい、いきりたった大尉から鉄拳《てつけん》を顎《あご》にくらったのであった。鼻で嗤《わら》った、祖国防衛のために貴重な命を捧《ささ》げようとする純な心を冷笑し、泥をかけたのだと、あとで大尉は息巻いた。

この一幕があってからまもなく、加多瀬は硫黄島守備隊参謀に補任され、陸戦の経験も知識もない人間の硫黄島への派遣は、「やる気がない」と悪評の立った加多瀬への、懲罰的人事の意味あいがあると考えられなくもなかった。

木更津《きさらづ》から海軍の輸送機で島に降り立って数日のうちには、加多瀬は自分がここでは無用の存在であると認識し、しかし、それはいまにはじまったことでもないと思われて、とにかくこの硫黄と暑熱の島が自分の死に場所だと思ってみても、格別の感興は湧《わ》かなかった。日を重ねるごとに、硫黄臭い飯と慢性的な渇きと下痢が確実に活力を失わせて、加多瀬はいよいよ影が薄くなり、一月ほど前にアメリカ軍の上陸作戦が開始されたちょうどその日に、島の北側にある陣地にいた加多瀬は、砲弾の直撃で落盤した岩の下敷きになり、左足を骨折して、それからは擂鉢《すりばち》山の司令部の地下で、傷病者の群に混じって過ごすようになり、その無用性には文句のつけようがなくなった。

熾烈《しれつ》をきわめた戦闘の期間中、大人しく死んでいくことだけを期待される存在となった加多瀬は、渇き、飢え、痛み、それら肉体の苦痛だけが自分というもののすべてになった気がし、大部分の時間は熱のために意識が混濁して、ときおり思い出したように覚《かく》醒《せい》すれば、そのたびごとに本来あるべき場所にとうとう至ったのだとの思いが浮かんできた。

日を追い時間を追うごとに負傷者は増える一方で、満員になった「一般病室」から、七層になった地下壕の別の一画の、将官用の「特別室」に加多瀬は移されたのだが、そこにひとりの男がいて、親切に世話をしてくれたので、加多瀬の苦痛はだいぶ軽減された。

男は民間人で、壕の暗がりに、その狐《きつね》に似た顔を発見したとき、加多瀬が少々驚いたのは、木更津から飛んだ飛行機に同乗していた人物だったからで、もうとっくに内地へ帰還したものとばかり思っていたのだった。

機内で話をした男は娼館《しょうかん》の経営者だといい、硫黄島に店を開きたいので、まずは現地調査に向かうのだと、きわめて生真面目《きまじめ》な口調で所信を述べた。

「決してこれは金儲《かねもう》けが目的ではございません。こういってはなんでございますが、自分はカネなどは腐るほど持っております。カネではなくて、戦地で奮戦しておられる兵隊さんの便宜をはかり申し上げることが、あくまで我が目的でございまして、やむにやまれぬ報国の心情から出たものであります。実際、自分は満蒙《まんもう》辺境、およびフィリピンのネグロス島に立派な店を建てまして、おなご衆も上玉を徴募いたして、将校さんから兵隊さんに至るまで、よくこれだけいい女を集めてくれたと、みな様から大変に感謝されております。いまは国民が一丸となって事にあたるべきときと心得ます。勝手をせず、持ち場、持ち場でお国のために奉仕する。銃後の民の当然の義務でございます」

狐顔の男が嘘《うそ》偽りのない真情を吐露しているのは理解でき、であればこそ、うそ寒い嫌悪を覚えた加多瀬は、あとは機内で男とは口をきかず、名前もきかぬまま邪険な態度をとり続けたから、男があれこれと世話を焼いてくれるのは、少々きまりがわるかったけれど、男の方は、飛行機で一緒だったことを奇縁とでも思ったのか、忠実な下僕さながらに働いてくれた。

日本軍守備隊の抵抗は意外なくらいに長く、ほぼ一月のあいだ続いて、しかしやがて、南海岸から米軍が大挙上陸し、特攻作戦を敢行した海軍航空隊の将兵が全滅し、島北部の守備隊が壊滅し、司令官が「玉砕」の電報を大本営に発信し、最後まで頑強に抵抗していた陸軍戦車部隊が殲滅《せんめつ》させられたと、破局を告げ知らせる情報が次々と、軍隊に特有のデマ、海軍の大艦隊が応援に駆けつけつつあるだとか、沖縄から大編隊の飛行隊が発進しただとか、新型爆弾がもうすぐ到着して敵艦を一挙に沈めてしまうはずだとかいった、根も葉もないデマに混じって、加多瀬の耳にまで届いてきて、長らく日常になっていた砲弾の炸裂《さくれつ》音が聞こえなくなったなと思ったら、ほとんど間をおかずに、洞窟陣地に敵兵が現れ、手榴弾《しゅりゅうだん》や火焔《かえん》放射器でもって、なかに残っていた日本兵の大多数を肉片や黒こげの鮪《まぐろ》のごときものに変えた。

狐顔の男はこのとき死んだのか、以来姿が見えなくなった。それまでに男とは何度も言葉を交わしたはずだったが、意識朦朧《もうろう》としていた加多瀬は何を話したかほとんど記憶になく、機会があったにもかかわらず、何故男が内地に帰還しなかったかも聞きそびれ、ただ洞窟陣地への攻撃がはじまる直前に交わした会話の断片だけが残存していた。

男はベニスに行ったことがあるといった。淫売宿《いんばいやど》の主人がどうして欧州なぞへと意外に思い、聞けば視察に行ったとの返事で、しかし何の視察であったかまでは聞きそびれた。それから男は手榴弾をふたつ持ってきてくれた。加多瀬が自分で頼んだのだったか、はっきりした記憶はなかったけれど、自決にはこいつが一番確実ですと男はいい、どうしてふたつなのだと問えば、万が一不発だった場合の用心にと思いまして、と笑った顔は、男が笑うのを加多瀬が見た最初の機会で、頑丈な歯がむき出しになり、栄養不良のせいか、眼が落ちくぼんで頬骨《ほおぼね》が尖《とが》った面相は、まるで髑髏《どくろ》が笑うようで、ひどく気味が悪かったのを覚えていた。

その同じときであったか、また別の機会であったか、加多瀬は何か礼をしなければ悪いと思い、軍服のポケットから出てきた小さな銅製のナイフ、榊原の遺品の飾りナイフを、どのみち硫黄臭い土のなかで朽ちるのだからと思い、感謝の印に男へ与えた。このときは男は笑わず、大いに恐縮の態《てい》で品物を押しいただくと、手のなかのものをいつまでも真剣な顔で眺めていた。

加多瀬のいる地下壕《ごう》へは、その後二回、攻撃が加えられた。けれども、さすがの米兵も迷路のごとく入り組んだ坑道を一遍に掃討するわけにもいかず、生き残りの日本兵が手榴弾を武器にわずかな反撃を試みもして、用心深く一気には押し寄せてこなかったから、加多瀬にもまだ生き延びる機会が与えられていた。

加多瀬が敵兵の姿を見たのは一度、機関銃を腰だめにした、非常に背の高い兵隊が加多瀬のいる壕に飛び込んできて、そのときは直前に撃ち込まれた黄燐弾《おうりんだん》のせいで息ができず、空気を求めて自然と身体が岩の割れ目に入り込んで、それでもなお苦しくて、地面の砂を手でかいて顔を押しつけ呼吸していたおかげで、機銃弾も放射器の火焔も受けずに済んだ。時計はとうに壊れ、光の射《さ》さぬ穴蔵では日時をはかる術《すべ》がなかったけれど、おそらく、それから数時間のうちに、地上へ向かって移動を開始したはずだった。

洞窟出口の光の色から判断して、夜明けまではまだだいぶ間があると思われたけれど、体力の消耗を恐れた加多瀬は、できるだけ出口付近まで近づいておこうと思い、副木《そえぎ》のあてられた左脚を引きずって這《は》った。

まだ生存者がいる以上、壕のなかで手榴弾を爆発させるわけにはいかず、また、どうせ死ぬのなら、穴蔵の底で死ぬのは嫌だと思い、もう一月以上も見ていない太陽を、いま一度見てから死にたいと切実に願った。

数メートル進んだだけで、昏睡《こんすい》の沼に引きずり込まれかけたが、肩からかけた雑嚢《ざつのう》のなかの手榴弾を手で確認すると、また肘《ひじ》を地面につきたて、そのとき、加多瀬は水音を聞いた。

II　虚像と真相と

水だと思ったとたん、体中の細胞がいっせいに騒ぎだし、狂ったように水を、あの命そのものとも思える、肉を冷たく貫きとおす透明な物質を求めてやまず、加多瀬は音のする方向へ猛然と這い、するとすぐ右手の岩壁に縦に細長い割れ目があって、音はその奥から聞こえてくるのだった。

割れ目は狭く、身体をこじ入れるのに精一杯の幅しかなかったけれど、入って手探りしてみれば、左右に岩壁が迫る様子はなく、ぼうと青い光の洩《も》れる割れ目を背後にして前方へ進むのは容易だった。水音は依然届いていたけれど、手に触れる地面は乾燥しきった砂地で、長いあいだ切らぬ爪《つめ》のなかに砂粒が入り込んできた。

割れ目から十メートルほど進んだとき、前方に光が現れ、霖雨《りんう》に似て淡く降り注ぐ光のなかに人影が浮かび上がった。人影は四つ、いずれも後ろ向きで遠ざかっていく人たちが誰であるのか、加多瀬は瞬時に理解し、かつて何度もこれと同じ場面に遭遇したと思い、それは夢のなかであり、だからこれは夢幻に過ぎぬと知りながら、それでも胸を灼《や》くほどの焦燥に駆られ、おい、待ってくれ、と思わず声が出て、しかし人たちは顧みることなく背中を見せ続けて、加多瀬は立ち上がって後を追おうとし、しかし萎《な》えていた右足はたちまち崩れ折れ、倒れた加多瀬はまた起きあがり、また倒れ、また立ち、そうして何度か繰り返すうちには、右側の岩壁に寄りかかる形で前へ進むことができた。

一番遠くにいるのが貴藤大佐であり、続く黒い衣装の背中が志津子、それと並んで昆布谷、もうひとりの、たしかに既知の人物ではありながら、にわかには名前を思い出せぬ小柄な男の背中は、すぐ手が届きそうなところにあるのに、しかしどうしても手に触れることはできなくて、これは夢に特有の詐術だと理解しながら、それでも追跡をやめることはできずに、転倒を繰り返したあげく、気づいてみれば天然洞穴らしい広い空間へ出ていて、天井のどこかに隙間《すきま》があるのか、上から青い月の光が幅広の帯のごとく射《さ》し込んだ穴蔵には、大勢の人間がいた。

互いに向かい合って二列になった兵隊が長く並び、列は明かりのあるところから光の届かぬ闇の奥にまで続いて、あるいは果てがないのかとも思われ、そのとき、はじめ！と赤剝《あかむ》けた号令が耳をうち、むっとこもった怒気が空間いっぱいに湧きあがるや、片側の兵隊が向かい側の兵隊を拳《こぶし》で殴りつけた。殴られた兵隊は尻から地面に落ち、あるいは膝《ひざ》から崩れ、やがてのろのろと身体を起こすと、再び響きわたった、はじめ！　の号令とともに反対側の兵隊をいっせいに殴った。板塀が倒壊するみたいに人間が倒れ、と起きあがり、殴り、殴られ、倒れ、起き、殴り、殴られ、倒れ、起き、息苦しい沈黙のうちに機械的に繰り返される殴打の往復運動は、加多瀬がここへ来る前からずっと続いていたのであり、これからも永遠に続くのだと思い、水音と思ったものは、兵隊たちが互いに殴り合う肉の響きであったと知るなら、硫黄臭いこの場所は地獄であり、この者たちは地獄に堕《お》ちた亡者の群であり、果てのない劫罰《ごうばつ》を受けているのだと加多瀬は理解し、そのなによりの証拠には、兵隊たちを操る号令は誰が出しているのでもなく、まさに兵隊たち自身が声を揃えて発しているのであり、つまり彼らは自らの命令でもって自らを痛めつけているのだった。

そのとき、加多瀬がいるのとは反対側の暗がりから、ひとりの人が現れた。その人は白い第二種軍装姿の士官であり、目深に被《かぶ》った帽子の陰から覗《のぞ》く顔を見た加多瀬が戦慄《せんりつ》したのは、その顔が加多瀬自身とうりふたつであったからで、いや、ただうりふたつであるばかりでなく、蠟《ろう》でできた仮面みたいな白面には薄気味の悪いうすら笑いが浮かび、それは加多瀬自身がよく知っている笑い、唇を横へ一杯に引き、頬に皺《しわ》ができる形に筋肉を動かしそのまま固定した、鏡のなかで幾度も見た、いまや吐き気がするほどの嫌悪を与える笑いであり、しかもその虚空を見据える眼には狂的な光が宿り、頑固に尖った白い顎《あご》が、冷酷そのものの印象となって薄闇に浮かんでいた。

海軍士官が天井から降り注ぐ明かりの中央、二列になった兵たちを睥睨《へいげい》する位置に立つと、軍帽の鍔《つば》の陰になった顔は黒くなり、一瞬訪れた静寂を貫いて士官の命令が岩壁に反響した。

シネ、全員、シネ！

列が乱れ、無言のまま、兵隊たちは、棒杭《ぼうぐい》やら鉄片やら石塊やら、思い思いの武器をふるって、蛇のように絡まりあって殺しあい、すると、馬鹿笑いするかに口を邪悪に歪《ゆが》めた白い軍服の士官が、手榴弾の発火装置を引き抜いて、危険な火薬臭がたちこめたと思うや、白い閃光《せんこう》が洞窟の岩肌を一瞬照らし出した。

ヤメテクレ、モウ、コンナコトハ、ヤメテクレ、モウ、ヤメテクレ。

悲鳴のごとき、しかし悲鳴にしては細くすすり泣く調子の声が一筋、闇のなかから聞こえていた。

幻影の去ったあとには、高いところから月光の射し込む天然洞穴が残って、そこには死体が、すでに腐臭を放ちはじめた死体がいくつもころがり、しかし、これもまたひとつの幻影にすぎぬのかもしれないと考えた加多瀬は、自分が経験してきた事柄がことごとく幻影であってもおかしくないと、さらに思考を重ねたときには、ひょっとして自分はたくさんの、無数の人生の時間を経てきたのかもしれないと不意に思われて、しかしだとすれば、それらはどれも等価であり、わずかな違いはあるにせよ、それらの違いにはなにひとつ意味はなく、土手をころがり落ちたボールが、少しずつ軌跡を違えながらも、結局は同じ川に落ちていくようなものだろうと考えた。

死が、最後に待ち受けている。誰でも知っているその平凡な事実を加多瀬は認めた。

ヤメテクレョ、モウ、ヤメテクレョ。細い声は消えずに続いていた。死の充満した穴のなかで聞く人間の声は、人間の言葉は、ひどく懐かしく、また珍しい鳥のさえずりのように興味深く耳へ流れ込んできて、加多瀬は声のする方向へ、焚《た》き火跡から拾った木切れを杖《つえ》代わりにして近づいてみた。

声の主は、洞窟《どうくつ》の上部に開いた割れ目の真下で仰向《あおむ》けに横たわり、男が残り少ない生の時間を、光の見える場所で過ごそうとしているのを加多瀬は理解し、自分も同じように横になって、高い天井にあいた穴から、夜空に浮かんだ満月に近いあかるい月を見たときには、真上から明かりを受けた男の顔が既知のものであるのを認めていた。顔振《こうぶり》さん、と加多瀬は声をかけた。

隣で横たわる男が大きく息を吸い込む音がして、それから、誰です、とはっきりした声で聞いた。

加多瀬だというと、しばらくまた荒い息をついてから男がいった。

「加多瀬少佐ですか。ご無事だったんですね」

「ちっとも無事じゃないさ。それより、あんたが硫黄島にいるとはね。これも因縁ていうやつだろうかね」


因縁、宿縁、さような概念ではとうてい摑《つか》みきれない神秘がこの世界にあるのだと加多瀬は思い、しかしなによりの神秘は、自分がいまこのようにしてあること、広大な宇宙の一画にこのようにしてあることだと、これもまた平凡に考えたとき、少佐殿にお願いがあります、と横にいる男が口を開き、加多瀬の思考は遮られた。

「川崎三整のことです」といった男は、空母「蒼龍」で起こった、川崎という三整が殺害された事件の経緯を語り、食糧倉庫に潜んでいた川崎三整に密談を盗み聞きされたと思った犯人たちは、川崎を昏倒《こんとう》させてから海に投げ込んだのだといった。

「殺した犯人のうち、ひとりは分かっています。関という整備兵曹です」

「関なら死んだよ」

「そりゃ本当ですか？」

「本当だ。もうひとりの犯人も見当がつく」

「誰ですか？」

「清澄だ」

加多瀬が断定すると、男は不意の沈黙をもって驚愕《きょうがく》を表現した。

「関と交わしていた密談とは、水上一曹を謀殺する計画だったんだろう」

いうと同時に、蠟燭《ろうそく》の炎の揺れる堂のなかで、意思あるもののように表情を変えた三つの朽ちかけた仏像たちの映像とともに、ひとつの時間の記憶が意識の器に浮かび上がってきて、あとは飛沫《しぶき》をあげて流れ込む記憶の感触そのものに興奮させられ、我を忘れた加多瀬は、清澄に指嗾《しそう》された関は水上の水筒に青酸カリを混ぜ、ところが水上が負傷して偵察席の榊原と操縦を交代したために、着艦直後に榊原が誤って水上の水筒から水を飲んだのだと説明しながら、その言葉がまた新たな記憶の断片を次々と引き寄せて、するとと隣に横たわった男が、水じゃありません、酒です、酒なんですと叫び、加多瀬は男の言葉に意識を向けなおした。

「毒が入っていたのは酒の水筒です。水上一曹はいつもウイスキーを機内に持ち込んでいたんです。榊原大尉が毒入りのウイスキーを飲んだのは着艦してからじゃない。着艦態勢に入る直前です。気つけか景気づけか知りませんが、榊原大尉はいよいよ着艦だという直前になってウイスキーを飲んだ。だから着艦に失敗したんです。そうでもなきゃ、大尉ほどの人が着艦フックを出し忘れるなんて初歩的なミスを犯すはずがない。そうだ、そうなんだ。それで気分が悪くなって、着艦してから今度は水を飲んだんです。あのとき毒を飲んだと思ったが、そうじゃない！」

ひどく興奮して息を荒らげた男の言葉は加多瀬に明快に理解された。

「ウイスキーの水筒はどうなった。見つかったか？」

加多瀬の問いに男は即座に応答した。

「関です。あのとき操縦席を最初に覗《のぞ》いたのは関なんです。そもそもウイスキーを用意したのは関自身なんですから。考えてみれば関があんなに焦ったのは当然だ。なにしろ落ちるはずの飛行機が戻ってきたんですからね。あわてて操縦席を覗いて、水筒を探したんです。即座に拾って、エンカン服か雑嚢《ざつのう》にでも隠したんです。あとで海にレッコすれば証拠は残らない」

男は激しくせき込んで、そのまま昏睡したようだった。

Ⅲ　砂漠の足跡

見れば天井の岩の割れ目から月は消えていた。代わって岩の縁に切り取られた濃紫《こむらさき》の空には星があった。

しばらく眠ったらしいと気づいた加多瀬は、覚醒の原因が猛烈な喉の渇きであるのを知り、まださような生命の活動が自分の身体にあるのを不思議に思った。この島へ来てから幾度も見た、水平線を茜色《あかねいろ》に染め、素晴らしく速い光の矢を濃紺の水面に走《せ》らせる、日の出の光景を脳裏《のうり》に思い描くならば、夜明けまでまもなくかもしれないと、急かされる気持ちになった。

杖代わりの木切れを拾った加多瀬は、立ち上がろうとし、すると、どこへ行かれるんです、と声がして、そのときはじめて傍らにいた男を思い出した。

「日の出でも見ようと思ってね」

とうに死んだと思っていた男に加多瀬が答えると、男は驚くほど強い声で問うてきた。

「自決されるつもりですか？」

そうだ、と上体だけを起こした姿勢で加多瀬がいうと、身体を跳ね上げるように男も起きあがった。

「それはいかんです」

「何故？」

「どうして死なれようと考えるんです？」

どうしてと、直截《ちょくせつ》に問われれば、答えはひとつしかないと思われた。

「死にたいからさ」

「それはいかんです。軍人は戦場で勝手に死んではならんはずです。死ぬなら、戦って死ぬべきです」

いまさら軍人も何もないと、男の言いぐさが笑止と思え、軽い調子で加多瀬は相手をいなした。

「戦闘はもう終わりだ。余計な殺生をしても仕方がない」

「まだ終わっちゃいません。自分はまだ死んでませんから。残念なことに、動けんので、ここへ敵さんが来たら、手榴弾《しゅりゅうだん》を投げつけてやるつもりです」

栄養不足のせいで、それだけがいやにぎらぎらするふたつの眼で、男は加多瀬を睨み付けた。

「やめておけ。そんなことをして何になる。この戦は負けだ」

「負けでも何でも、自分は攻撃命令を受けました。命令された以上、命令に従うのが軍人です。あなただって、司令から突撃の命令を受けたはずです」

「おれはもう軍人じゃない。軍人はやめた。おれは軍人として死ぬわけじゃない」

「そりゃ無責任だ」

男が素《す》っ頓狂《とんきょう》な声を洞窟に響かせた。

「だって、そうでしょう。あなたが指揮官だからこそ、下士官も兵も命令されるまま突撃するんです。死ねといわれれば、黙って死んでいくんです。それを、平気な顔で、やめたなんて、今更どうしていえるんですか」

男は泣き声になって訴えた。

「川崎三整はどうなります。榊原大尉や水上一曹はどうなります。放っておいていいんでしょうか。いや、いいわけはない。自分はあなたに川崎三整の怨《うら》みを晴らしていただきたいと思ったんです。お願いとはそれです。これは怨みなどという、つまり私情からのことじゃありません。そうじゃない」

言葉に詰まった男は、しばらく嗚咽《おえつ》だけを喉から洩らし、それからまた裏返った声でいった。

「無法です。無法を許してはならんのじゃありませんか」

「いまさらどうにもならんさ。すべては過ぎ去ったことだ」

押しかぶせるようにいった加多瀬は、自分は最初から死んだ人間であり、あらゆる出来事はただ傍らを過ぎ去っていたのだと、自分がすでに悟っているのを知り、幽霊といった貴藤大佐の言葉が思い出されると、榊原も志津子も清澄も誰も、自分とは無縁の世界の人間にすぎないのだと感想が浮かんで、自分でも驚くくらいに冷え冷えとした声が口から出た。

「何も変わらない。清澄だっていずれは死ぬ。ここに転がっている死人と同じようになる。榊原も川崎も同じだ」

「違います」男が叫んだ。

「断じて違います。榊原大尉や川崎三整は無法に死んだ。無法ゆえに死んだ。ここにいる人々は、どういうか、つまり、正しく死んだ人たちです」

正しく死ぬ。その文句に心が動くのを覚えた加多瀬は、しかし即座に否定した。

「同じことさ」

「違う。絶対に違う。正しい死に方と間違った死に方とでは千里の開きがある」

「ここの連中が正しく死んだと誰がいえる」

頑固にいいつのる傍らの男に苛立《いらだ》った加多瀬はいった。

「命令した人間が正しくないとしたらどうなる。戦争そのものが間違っていたとしたらどうなる。事実、遠からず日本人はそういう風にいいだすんだ。いま聖戦だなんて文句を声高に口にしている連中こそが、まっさきにこの戦争を糾弾するようになる。この戦争は間違っていた。だから戦争で死んだ人間は全部間違って死んだことになる」

自分の言葉に煽《あお》られ、にわかに激昂《げっこう》した加多瀬は語を加えた。

「実際、この戦争は間違っている。アジアを解放するなんていいながら、日本人はアジアなんて何一つ分かっちゃいない。日本はアジアの国々から恨まれる。恨まれること自体がもう失敗だ。何から何まで失敗だといったっていい。日本はそもそも戦争をする資格のない国だってことだ。そんな戦争で死んだ人間が正しく死んだといえるか。しかも、日本は戦争から何も学ぶわけじゃない。何も積み重ねない。戦争をしたことすらすぐに忘れられてしまう。ここにいる連中は犠牲ですらない。死んで残すものは何ひとつない。犬死に以下の死を死んだ連中だ」

怒りが、どす黒い怒りが、小刻みにふるえる身体から突発的に噴出し、抑えようもなく溢《あふ》れだし、暗い洞窟《どうくつ》に充満した。

傍らの男は激しく嗚咽を洩らし、信じない、そんなことは信じないと、呪文《じゅもん》のごとくに繰り返してから、悲哀に満ちた声色でもって訴えた。

「ここで死んだ人たちは、自分が戦うことで、少しでも、ほんの少しでも、家族や友達が安全でいられると信じて死んでいったんです。それを、私は犬死にとはいわせない、断じていわせてなるものか」

「誰も感謝なんかしやしない。もっともあんたがどう考えようと、あんたの勝手さ。だが歴史は冷酷なものだ。というか、歴史になるならまだましさ。歴史なんて誰も本気で考えやしない」

怒りはいよいよ残酷な言葉を引き出し、壊しはじめた器物を徹底的に破壊しつくさなければ気がすまぬとでもいうように、加多瀬はさらに言葉を重ねた。

「馬鹿な戦争をして、大勢の人間が死んだ。ただ、それだけだ。与えられる名誉はそれだけ、たった、それだけだ。昔、大勢の狂人どもがいました。そいつらが気違いじみた戦争をして死にました。ただ、それだけだ！」

男が不意に立ち上がって、よろめき歩き出した。

「どこへ行く？」

「夜襲をかけるんです。敵の陣地を攻撃するんです。命令に従って、自分は戦うんです」

男の声はすでに正気を失った者に特有の上調子があった。やめろ、と加多瀬が声をかけても、短い首を頑固に張った男は答えず、やむなく、これは命令だと加えると、憎悪の刺《とげ》の生えた言葉が撥《は》ね返ってきた。

「あんたはもう軍人じゃないんだろう。やめたんだろう。だが、おれは勝手にやめたりしない。そんな無法はできない！」

いきりたって前へ進もうとした男は転倒し、妙な呻《うめ》きをひとつ洩らすと、あとは動かなくなった。

底深い静寂が洞窟を支配し、沈黙する死者たちのあいだで、加多瀬は同じ場所に横たわり続けていた。

夜明けまでに外へ出るだけの気力も体力もすでに残っていないようで、自決するまでもなく生命の火は遠からず消えるに違いなく、それでも渇きだけは依然気が狂わんばかりに身体を苦しめていた。まわりで腐臭を放つ死者たちと、自分を区別するものは、このの耐え難い渇きがあるかどうかにすぎないと思われて、しかしそれはたしかに自分がまだ生きている証《あか》しに違いなく、一刻も早く苦痛から逃れたいと願う一方で、何故自分だけが生きているのかと疑念を生み出した。

先刻の激昂はまだ尾をひいて、燠火《おきび》となって身体の奥に燃え、あるいはその炎だけが生命を絶やさず燃やし続けているのかもしれぬと思えば、すでに怒ることをやめて冷たい肉塊に変わった死者たちの沈黙が身に迫った。

加多瀬は潜水艦に乗艦していた頃に繰り返し夢想したイメージ、文明が滅び、人間がすべて死に絶えた陸地に降り立ち、水色の海と空と鋭い対照をなして広がる赤茶けた砂漠をひとり行くイメージを想い、まさしくいま自分は砂漠にあって、渇きに苦しんでいるのだと考えれば、身体の奥から熱が全身に広がるようで、すると今度は、幻想のなかの自分は靴に砂を流れ込ませながらどこまでも歩いていたのだったとの想いが浮かんで、誰もいない世界のなかで何故自分は歩いたのか、砂漠をどこへ向かおうとしていたのかと、また疑問が浮かんだ。

いったい自分はどこへ行くつもりだったのか。答えは見つからず、ただ歩き続けること自体が目的なのだろうと考えたとき、「無法」の言葉が、それを叫んだ男の、孤立無援の印象とともに頭に甦って、あるいは自分がまだ生きているのは、死者たちの沈黙の言葉を聞き取るためではないかと思い、暗がりに眼を向ければ、屍骸《しがい》はそれぞれが孤立しながら、しかしひとつひとつ確固たる存在を主張してそこにあった。

自分が砂漠を歩くのは、死の沈黙の内実を聞き取るためである。そのような言葉が不意に浮かび上がり、それが一体何を意味するものか不明なままに、しかし加多瀬にはひとつの確信が生まれていた。

自分はやはり歩かなければならない、まもなく流砂や風にかき消されるにしても、砂地に点々と足跡を残して歩かなければならないと。

突如として洞窟に光が満ちた。驚いて首を巡らせれば、背後の横穴から明るい光が洩《さ》れ込んでいて、いま昇ったばかりの太陽の光が、海をわたって、そこへまっすぐ光を射し込んでいるに違いなかった。つむった瞼《まぶた》に、陽光を浴びて輝く波濤《はとう》が浮かび上がった。

加多瀬は手榴弾の入った雑嚢《ざつのう》を肩から外すと、砂地に置いた。それから、木切れにすがって立ち上がった時点では、自分が何をしようとしているのかまだ分からなかった。

水が欲しかった。はっきりしているのはただそれだけだった。

水を求めて加多瀬は歩き出した。

エピローグ

庭に出ると、舞い落ちた銀杏《いちょう》の葉が池の面に波紋を作った。

洗濯籠を抱えた範子は、茄子《なす》と南瓜《かぼちゃ》畑の隣に立てられた物干しに、洗ったばかりの衣類をひとつひとつていねいに皺《しわ》を伸ばしてかけていった。

槿《むくげ》の生け垣を挟んだ隣家からラジオの賑《にぎ》やかな音楽が聴こえ、その同じラジオから終戦を告げる玉音放送が流れてから三月近くが経過して、しかし戦災を逃れた金沢の街は、八月十五日を境にとくに何かが変わったとも感じられず、古都の落ちつきぶりは以前のままであった。とりわけ範子が居候する長兄の家は、市の中心街から犀川《さいがわ》を越えた、山桜で有名な松月寺に隣接した閑静な場所にあったから、都会の喧噪《けんそう》からは逃れ、蟬の声がやんだあとは、早朝、裏手の森で啼《な》く鳥の声が一番の「騒音」で、夜には犀川の水音が静かに部屋を満たした。

硫黄島守備隊の玉砕を知ったときには、母親は相当に力を落とした様子であったけれど、持病の眩暈《めまい》は悪化もせず、最初はあれほど嫌だとだだをこねていた北国の水がよほど肌にあったものか、日本帝国の瓦解《がかい》と軌を一にして健康になり、栃木に疎開していた姉の総子から、農家の人間の意地の悪さを呪《のろ》う文面と一緒に、友部氏が無事復員したとの報せが届いたのが先週、近頃の新聞でよく見かける文句を使うなら、範子の家族に「戦争が残した傷跡」は、二番目の兄の戦死ということになるわけであったが、実際には海軍省から正式の戦死の報知はまだ届いておらず、てっきり死んだと思っていた夫や息子がふいに帰ってきたと、奇談を紹介する新聞記事を眼にすれば、ひょっとしたらの思いを範子は消せずにいた。

「傷跡」というならば、家族のなかで範子が受けたものが一番大きいともいえて、しかし、あれからすでに二年半余りの時間が経過して、どれもこれもが自分とは無縁の、架空の物語のように感じられていて、だから一昨日《おととい》の新聞に、彦坂が旧宮家の子女と結婚したと記事が載ったのを見たときも、彦坂の肩書きが「日欧文化通商協議委員会」理事長となっているのが眼をひいたくらいで、格別の思いはなかった。

金沢に戻ってからしばらくは、東京の知人と連絡をとるのが億劫《おっくう》で、親しかった人々の消息は分からなかったけれど、何度か本多弁護士から連絡を貰い、結局安田教授は不起訴になったこと、水村女史は「言論出版集会結社等臨時取締法」違反で懲役二年の有罪判決を受け、しかし上告審では、同じく有罪にはなったものの、執行猶予がついたと報告があった。

それが十九年の正月の話で、水村女史は福岡の実家へ帰ったとのことであったけれど、住所が分からず、また水村女史宛《あて》の通信にはきっと官憲の検閲があるだろうと思えば、手紙を書くのもはばかられて、ぐずぐずしているうちに二十年になり、三月の東京の空襲以後は本多氏からも音沙汰《おとさた》がなくなり、少々心配していたところ、やはり一昨日の新聞に掲載された、「新憲法を考える」と題された座談会に本多弁護士は登場していて、連合国軍の占領下で憲法制定の手続がきちんととれるのかと、ひとり懸念を表明しているのを見るなら、老弁護士の気骨に衰えはないと推察された。

洗濯物を干し終えた範子は、二階の部屋にあがって、机代わりの卓袱台《ちゃぶだい》の前に座った。天気のよい晩秋の日曜日、子供の学校の運動会があるというので、兄も義姉も母親も朝から弁当を持って見物に出かけていて、ひとり留守番を引き受けた範子は、掃除と洗濯をすませて一息つき、机の上のざら紙の束を手にとって、そこに記された鉛筆の文字に眼を落とした。

昨夜遅く、ようやく完成した範子の処女小説の題名は『マクベス殺人事件』。とある劇場で「マクベス」を上演中、マクベスを演じる役者が舞台で殺害されるという趣向のもので、たまたま芝居を観ていた海軍士官が鮮やかな探偵ぶりを発揮するのであった。小説を書き始めたのは金沢へ戻ってしばらく経った頃で、探偵小説を書くと決めてはいたものの、いざ筆を持てば難しく、最初は構想ばかりが大きくて途中で頓挫《とんざ》を余儀なくされ、幾度か失敗したあげく、大幅に規模を縮小してようやく仕上がったのが、つまり『マクベス殺人事件』であった。

書き上がりはしたものの、どうするあてもなくて、それでもとにかく完成にこぎつけた満足感のなかで、最初から読み返しはじめたとき、玄関に声がした。

階段を降りて玄関口で返事をすると、戸が開いて、少々むさ苦しい茶の背広を着た男が現れて、訝《いぶか》しげな範子の視線を受けとめた団栗眼《どんぐりまなこ》を見て、阿佐ヶ谷の家で一度会った鬚《ひげ》の中尉だと気づき、といってもいまはきれいに鬚が剃《そ》り落とされていたので、すぐには分からなかったのである。

木谷さんですね、と膝《ひざ》をついて範子がいうと、ご無沙汰しておりましたと、帽子をとって頭を下げた木谷は、阿佐ヶ谷へ行ったところ無人の様子で、近所の人にきいたら金沢の住所を教えてくれ、こうして参上したのだと説明した。

「阿佐ヶ谷の家はどうなってました？」

範子が聞くと、焼けてませんでした、と木谷は答えたけれど、しばらく姉の一家が住んだあと、ずっと空き家になっていた家が戦災をまぬがれたことは、兄の東京在住の知人がすでに知らせてくれていた。

うなずいて見せた範子へ、木谷は居ずまいを正す風な格好になった。

「加多瀬少佐には、ずいぶんとお世話になりました。とりわけ、ニューギニアのラエでは、危ないところを加多瀬少佐のお陰で助けて貰いました」

木谷の訪問がつまりは弔問であると理解した範子が当惑したのは、兄の戦死が確定していない以上は当然であり、そのように伝えると、木谷は団栗眼をさらに大きくして驚愕《きょうがく》を表し、それから、硫黄島が玉砕と聞いたので、てっきりそうだと思ったんですが、と大いに狼狽《ろうばい》の態《てい》で弁解し、しかしだとすれば、加多瀬少佐は生きているのかもしれない、海軍省に帰ってきちんと調べてお知らせするといって、範子の希望を膨らませた。

遠来の客をこのまま帰すわけにもいかず、かといって誰もいない家に男性ひとりを上がらせるのもはばかられて、範子が少々困惑していると、実は、もうひとつ用件があるんです、と玄関先に立ったままの木谷が切り出した。

「線香をあげるつもりで来ておいて、ついでのように、こんなことを申し上げるのが非常識なのは十分承知しておるんですが、このことは、いちおう加多瀬少佐も了解済みの事項なんです。それに、金沢では、また今度いつ来られるか分かりませんし」

なんだか要領を得ない口上を述べた木谷は、晩秋だというのに汗がでるのか、首筋のあたりをハンカチで拭《ぬぐ》ってから、妙に胸を張って瞑目《めいもく》するので、何をするのかと思っていると、また汗を拭い、せきばらいをし、髪をかきあげ、どうにも落ちつかない風情に、どうかされました？　と範子が声をかけたとたん、私と結婚して下さい、と木谷が口を開いた。

あまりに唐突な申し出に、思わず範子が笑い出すと、木谷も笑顔になった。

「もう少しスマートに行くつもりだったんですが、駄目ですなあ。やっぱりいざとなると難しい。実は、告白すれば、本当は詩を朗唱する積もりだったんです」

相手の笑顔に引き込まれた範子が、どんな詩を朗唱するつもりでしたの？　と質問すると、木谷は足下に置いた鞄《かばん》から一冊の本を取り出した。これです、といって手渡された本は、範子も持っている、アーデン版のシェークスピア叢書《そうしよ》の一冊、『十二夜』に違いなかった。

「冒頭に公爵の台詞《せりふ》があるでしょう。あれをやろうと思ったんですが、どうも駄目だ」

「是非お聞きしたいわ」

「いや、駄目です。まともな神経の人間にできることじゃありません」

一度しか会ったことのない女性にいきなりプロポーズするのが、まともな神経といえるだろうかと、揶揄《やゆ》の文句が頭に浮かんだけれど、範子はそれはいわずに、本を開いて、オリビア姫への恋に悩む、オーシーノ公爵の台詞を眼で追ってみた。

If music be the food of love, play on;
Give me excess of it, that, surfeiting,
The appetite may sicken, and so die.
That strain again! it had a dying fall...

本を手にしたまま、やがて顔をあげた範子は口を開いた。

「私は、オーシーノ公爵とは結婚するつもりはありません」

一瞬真顔になった木谷は、しかし、すぐにまた笑い皺《じわ》を目尻《めじり》に寄せて、大きくうなずいて見せた。

「分かりました。これで、きっぱりあきらめがつきます。まあ、さっきのは聞かなかったことにして下さい」

笑顔ではあるけれど、さすがに木谷は落胆の色を隠せぬ様子で、すると範子が、シェークスピアを木谷に返しながら、またいった。

「オーシーノ公爵とは結婚できませんけれど、羊飼いコリンとなら、考えないこともありません」

謎《なぞ》をかけられ妙な顔になった木谷を範子は下から覗《のぞ》き込むように見つめた。

「年賀状を下さったでしょう」と微笑した範子は、記憶にある羊飼いの台詞を、やや芝居がかって口にした。

「わしの第一等の自慢は、たのしみは、牝羊どもが草を喰うのや、仔羊どもが乳を吸うのを見ていることじゃ」

また一瞬真剣な顔になった木谷は、みるみる底抜けの笑顔になり、大きな目玉をくるりと動かして何かいおうとしたけれど、そのまま黙ってしまい、今度は照れ臭そうに本を鞄にしまった。

とりあえず自分の処女小説を読んで貰う人間が見つかったらしい。不意にそう気づいた範子は、ちょっと待って下さると断って、スカートの裾《すそ》を翻して急な階段を駆け上がっていった。

参考文献

『航空母艦　蒼龍の記録』　蒼龍会編　一九九二
『潜水艦伊16号通信兵の日誌』　石川幸太郎　一九九二　草思社
『九軍神は語らず』　牛島秀彦　一九七六　講談社
『飛龍天に在り―航空母艦「飛龍」の生涯―』　碇　義朗　一九九四　光人社
『図説　帝国海軍―旧日本海軍完全ガイド―』　野村実監修・太平洋戦争研究会編著　一九九五　翔泳社
『別冊歴史読本57号　日本海軍総覧』　一九九四　新人物往来社
『海軍ジョンベラ軍制物語』　雨倉孝之　一九八九　光人社
『海軍オフィサー軍制物語』　雨倉孝之　一九九一　光人社
『ミッドウェー』　淵田美津雄・奥宮正武　一九九二　朝日ソノラマ
『機動部隊』　淵田美津雄・奥宮正武　一九九二　朝日ソノラマ
『空母艦爆隊―艦爆搭乗員死闘の記録―』　山川新作　一九九四　光人社ＮＦ文庫
『奇蹟の雷撃隊―ある雷撃機操縦員の生還―』　森　拾三　一九九四　光人社ＮＦ文庫
『どん亀艦長青春記―伊号不沈潜水艦長の記録―』　板倉光馬　一九九五　光人社ＮＦ文庫

『伊58潜帰投せり』　橋本以行　一九九三　朝日ソノラマ
『海底十二万浬』　稲葉通宗　一九八四　朝日ソノラマ
『潜水艦気質よもやま物語』　槇　幸　一九九四　光人社NF文庫
『完本・太平洋戦争』　1〜4　文藝春秋編　一九九四　文春文庫
『自伝的日本海軍始末記』　高木惣吉　一九九五　光人社NF文庫
『ある無能兵士の軌跡最終巻　総年表ある無能兵士の軌跡』　彦坂　諦　一九九五　柘植書房
『軍用機メカ・シリーズ14　九七艦攻／天山』　一九九五　光人社
『軍用機メカ・シリーズ11　彗星／九九艦爆』　一九九四　光人社
『軍用機メカ・シリーズ5　零戦』　一九九三　光人社
『写真日本の軍艦　第12巻　潜水艦』　一九九〇　光人社
『写真日本の軍艦　第3巻　空母I』　一九八九　光人社
『昭和戦争文学全集4　太平洋開戦―12月8日―』　一九六四　集英社
『潜水艦隊』　井浦祥二郎　一九九二　朝日ソノラマ

本書はフィクションである。したがって登場人物、団体等はすべて虚構である。（筆者）

解説

大森 望

この文章を書くために、単行本版の『グランド・ミステリー』をひさしぶりに読み返した。最初から最後まで通して読むのはこれで三度めだから、もちろん筋立ては鮮明に覚えている。にもかかわらず、ほんの一瞬も退屈しなかった。読むたびに新しい発見があり、時間を忘れて没入してしまう。小説を読む喜びに関するかぎり、『グランド・ミステリー』はまちがいなく一九九〇年代最高の一冊に数えられるだろう。とにかく抜群に面白い、超弩級《ちょうどきゅう》の傑作なのである。

ただし、それがどのような小説であるかについては、たぶん読者によって無数の見方がある。たとえば……。

日本海軍の潜水艦と空母を舞台に、不可能状況での毒死事件と「盗まれた手紙」事件を扱う歴史ミステリ。

迫真のリアリティで一個人の視点から太平洋戦争の裏面を活写する大岡昇平ばりの戦記文学。

戦争論と日本論を徹底的に突き詰める思想小説。

スティーヴ・エリクソンの向こうを張る、魔術的リアリズムを駆使した現代文学。謎《なぞ》の武器商人やら怪しい予言者や謎めいた研究所が登場する、(セオドア・ローザックの『フリッカー、あるいは映画の魔』やローレンス・ノーフォークの『ジョン・ランプリエールの辞書』の系譜に連なる)一大通俗伝奇ロマン。

戦時中の文学サロンに集う浮世離れした人々の人間模様を描く恋愛小説。

戦争のどさくさにまぎれてのし上がっていく天才的実業家と、汚れ仕事を一手に引き受ける忠実な部下とのコンビを軸にした痛快ピカレスク。

ふたつの現実を巧妙に重ね合わせる歴史改変SF……。

じっさい、本書の刊行当時に出た二十あまりの書評を見渡しても、評者と媒体によって、同じ小説の書評とは思えないほど見方が違う。読者がそれまで読んできたものを映し出す鏡のような小説なのかもしれない。

あえて最大公約数的に形容すれば、「本格ミステリのモチーフと戦記文学の背景とSFの設定を借り、現代文学の方法論を使って書かれた一大エンターテインメント」という玉虫色の表現に落ち着くだろうか。

それだとさっぱりイメージが湧《わ》かないんですけど、という未読の方のために、ここはひとまずタイトルに敬意を表し、ミステリ的に要約してみる。

昭和十六年(一九四一年)十二月八日、南雲忠一中将率いる日本海軍の機動部隊は真珠湾奇襲作戦を敢行する。映画『トラ　トラ　トラ！』や『パール・ハーバー』でお馴《な》染《じ》みのこの歴史的大事件の陰で、ふたつの不可解な小事件が起きていた。

ひとつは九九式艦上爆撃機の搭乗員毒死事件。出撃を終えて空母・蒼龍に着艦した榊原大尉が操縦席で謎の服毒死を遂げたのだ。毒が混入された水筒の水を飲んだことが死因とされるが、事件後の調査で水筒から毒物は発見されていない。榊原大尉はいつどこでどうやって毒を飲んだのか？　しかし、真珠湾攻撃成功の祝賀ムードの中、毒死事件は自殺もしくは事故としてうやむやのうちに処理される。

もうひとつは、伊二四号潜水艦で起きた「盗まれた手紙」事件。事実上の特攻任務に赴く特殊潜行艇乗組員が出撃の直前、艦長に託した遺書。それが何者かの手によって金庫ごと盗み出されてしまう。いったいだれが、なんのために遺書を盗んだのか？

この二つの事件が物語を牽引《けんいん》するエンジンであることはまちがいない。前者の空母では、整備兵曹の顔振《こうぶり》清吉が、後者の潜水艦では先任将校の加多瀬稔大尉が視点人物となる。毒死した榊原大尉の友人だった加多瀬は、真珠湾攻撃から帰国したあと、未亡人となった榊原志津子を見舞い、事件の真相を探りはじめる。

……と、このあたりまでは、たしかにオーソドックスな歴史本格ミステリに見えなくもない。眉《まゆ》に唾《つば》をつけるミステリ愛好者のためにあわててつけ加えておけば、この二つの謎（前者はハウダニット、後者はホワイダニット）には――奥泉作品としては例外的に——きちんとした合理的解決が与えられる。本書冒頭に引用される昭和九年（一九三四年）の水雷艇「夕鶴」火災沈没事故が重要な意味を持ってくる展開も、歴史ミステリの王道を行くものだろう。史実に取材したリアルなパズラーという側面だけをとりだしても、『グランド・ミステリー』は一級品の風格をたたえている。あるいは、大量死の現場を背景とした本格ミステリの系譜——チェスタトンの傑作「折れた剣」から、谺健二の鮎川哲也賞受賞作『未明の悪夢』や、辻真先『悪魔は天使である』まで——に加えてもいいだろう。

しかしこれは、『グランド・ミステリー』というプリズムのほんの一面でしかない。逆に言うと本書は、スタンダードな歴史ミステリの傑作を一冊書けてしまうだけのトリックとプロット（および綿密な時代考証と完璧《かんぺき》にパスティーシュされた架空の史料）を惜しげもなく捨て石に使って建築された、とてつもない物語の大伽藍《だいがらん》なのである。しかも、精緻《せいち》を極めるその設計図には、意図的にある種の歪《ゆが》みが導入されているから、端正で明快なミステリのつもりで読んでいた読者は、中盤以降の展開に茫然《ぼうぜん》とすることになる。

通常のミステリでは、ひとつの事件に対して複数の解釈が並立することはあっても、探偵役が最後に提示する解釈が唯一絶対の特権的な〝真相〟となり、最終的にその現実に収束する。しかし、奥泉光は単一のわかりやすい現実に満足しない。このあたりの姿勢は、エンターテインメント小説というより、たとえばアメリカの現代作家、スティーヴ・エリクスンの作品群を連想させる。奥泉光自身の言葉を借りれば、言葉の論理に従って小説を書けば、小説内現実が多層化するほうが普通だと思います。言葉にはそういう性質がある。たとえば今こうしてインタビューを受けてることを書いたとしても、急に五年前のことを書くことは可能だし。そういう飛躍が自由にできるのが小説だとすれば、小説内現実がひとつでありつづけるのは不自然だとさえ言える。

近代小説はひとつの現実をつくりあげる方向でやってきたし、必要なことだったんでしょうが、その役割が終わった現在は、むしろ多層化していくのが普通だろうと。エリクソンなんかのやりかたが珍しいわけではない。その同じ流れにぼくもいるかな、と感じることもありますね。（SFマガジン一九九八年六月号、『SFインターセクション』第15回より。以下同）

ただし、アンチミステリ的に現実を多層化させてゆく『ノヴァーリスの引用』や『葦と百合』などの初期作品と違って、本書では、べつのジャンル小説的な仕掛けを導入することで、エンターテインメントとしての読み方を拒否しない構造が与えられている。SF読者にとっては直観的に把握しやすい構造だが、そうでない人のために、多少の解説は必要かもしれない（以下、**本書の小説的なトリックに言及します。くれぐれも本文読了後にお読みください**）。

小説の鍵《かぎ》を握るのは、「同じ人生を二度くりかえす人々」というアイデア。ケン・グリムウッドの『リプレイ』や、木内一雅原作、渡辺潤作画の漫画『代紋TAKE2』などとも共通するSF的な設定だ。本書の中では、登場人物たちの最初の人生が「第一の書物」、二度めの人生が「第二の書物」と形容される。タイムマシンに乗って過去に遡《さかのぼ》るわけではないものの、第一の書物で得た「未来の知識」を生かして歴史の流れを変えようとする人物が出てくる以上、一種の歴史改変SFとして読むことも可能だろう（というか、SF読者ならかなりの確率でそう読むはずだ）。

その証拠に、本書のプロットを伝統的なジャンルSFの文法に従って再構成することはそれほどむずかしくない。

物語の起点は、「第一の書物」の昭和五十年代。舞台は銀座（数寄屋橋の交差点から泰明小学校の裏手を入ったビルの四階）にある志津子のバー、〈アンカー〉。海軍OBたちのたまり場になっているこの酒場で、太平洋戦争中の思い出話が語られ、常連客たちの背景が明かされる。メンバーは、昆布谷知親、加多瀬稔、顔振清吉、貴藤儀助。やがて、この常連客四人に志津子を加えた一行は、休暇を利用してヨーロッパに親睦《しんぼく》旅行に出かける。パナマ帽の老人に導かれ、ヴェネチア某所にある洞窟《どうくつ》の暗がりに足を踏み入れた五人は、無限への入り口（porta in infinitatem）をくぐることになる……。

と、たぶんここまでがプロローグ。本文の始まりは、「第二の書物」の昭和十年前後になるだろうか。視点人物はおそらく貴藤儀助。昆布谷と〝再会〟し、「第一の書物」をおぼろげに思い出した貴藤は、太平洋戦争の悲劇を食い止めるため、なんとか日米開戦を回避しようと必死に工作する一方、原子爆弾の開発準備に着手する……。

こんなふうに構成すれば、フィリップ・K・ディックの傑作『高い城の男』や、ジェリー・ユルスマン『エリアンダー・Mの犯罪』、エリクソン『黒い時計の旅』などの流れを汲《く》む時間SFになるだろう。

ただし、注意しなければならないのは、『グランド・ミステリー』の場合、こうしたSF的解釈が唯一絶対の〝現実〟ではないということ。加多瀬は国際問題研究所の安積に催眠術をかけられて奇怪な妄想を植えつけられたのかもしれない。ある種の天才だった昆布谷が発狂し、その妄想が周囲に影響を与え、貴藤や彦坂はそれに巻き込まれ、振りまわされているだけなのかもしれない。SF的な解釈は、エンターテインメントの読者によりどころを与えるための方便だという可能性もある。

このあたりの事情を、著者はこう説明している。

> いちばんむずかしいのは、タイムトラベルならタイムトラベルのリアリティですね。なぜ時間旅行が可能なのかについて、かなり厚みのある疑似科学でリアリティを構築するのが正統派のSFだと思うんですよ。もう一個のやりかたとして、タイムトラベルはできるんだ、と(笑)。とにかくできることにしてしまおうという書

き方もある。ぼくはそのどちらでもないんです。前者の方法はとても無理だし、後者の嘘臭さにも耐えられない。どうせ虚構なんですけど、一定のリアリティはほしい。だから、科学的説明抜きで読者にある程度のリアリティをもって受け止めてもらうにはどうすればいいかが問題になるわけです。『グランド・ミステリー』でも、合理的な説明としては、トンネルをくぐると別の現実に到達するというような話があって、イメージとしてわかりやすい。でも、それが本当かどうかはわからないという書きかたをしています。主人公たちの考えに同調して読む人も当然いるだろうけど、それが正しいかどうかは最後までわからない、それこそ催眠術で植えつけられた情報かもしれないという可能性を残したくなる。それは、リアリティをどうつくるかの問題だと思うんですね。（中略）

SF的な出来事自体についてはそういう（妄想かもしれないし現実かもしれないという）両義性を保ちたいんです。SF的な出来事が起きました、という形にはしたくない。起きたかもしれないし、起きてないかもしれない。その狭間の、まさしく両義的なところに主人公を置きたい。単純に言えば、主人公が見たものは夢かもしれない。その問題がたえずぼくの中心テーマになるんです。他者との関わりの中でできあがっていく現実と、個人が幻想する現実。それは必ずずれている。そのズレこそ現実なんだというのが、おそらくぼくの小説の主張だと思うんです。だからどうしても主人公を両義的な場所に置きたい。

この両義性を迷宮感覚にまで高めるべく駆使されるのが、奥泉マジックとも言うべきアクロバティックな小説技術。作中に引用される古田利明の『失われた遺書』と顔振清吉の『整備兵曹の太平洋戦史』は、いずれも「第一の書」で書かれたものだが、その記述が「第二の書」の同一時点の描写と並置され、読者はどちらの書を読んでいるのかわからなくなり、眩暈《めまい》にも似た感覚に襲われる。引用であることが明示される前記の二冊はまだしも地の文と区別しやすいが、さらに作中には、『失われた遺書』のあとに古田利明が執筆したべつのノンフィクションからの引用も（それと明示しないまま）挿入される。たとえば第五章「ソロモン」は、古田利明が聞き出した加多瀬の回想（古田の著書からの引用）で幕を開け、「第一の書物」で起きた木谷の悲劇的な死の顚末《てんまつ》が語られる。しかしそのクライマックスで引用はシームレスに地の文へとつながり、「第一の書」昭和五十年代の銀座〈アンカー〉に移動し、加多瀬はその中で故・古田利明『失われた遺書』を読みはじめる。

さらに、〈アンカー〉を出て帝国ホテルの脇《わき》を抜け日比谷公園に足を踏み入れた加多瀬は、「死者たちの花見の宴」という言葉をキーワードに、「第二の書物」の昭和十八年へと入り込んでゆく。同じ花見の場面が三度にわたってくりかえされ、読者はM・C・エッシャーのだまし絵に迷い込んだような気分を味わうことになる。

もっとも、こうした魔術的な仕掛けが抜群の効果を発揮するのも、吟味された建築資材が最高の居住性を保証していればこそだろう。こういう複雑な小説構造をまったく意識しない読者でも、波瀾《はらん》万丈のエンターテインメントとして十二分に本書を楽しめる(狐につままれたような気分はいくらか残るかもしれないが)。

「どた馬」「貧乏神」「豆だいふく」が登場する悪夢のようなしごきの場面と、金井美恵子の《目白》シリーズを思わせる範子のパート(「目白のおばさん」ならぬ「目白のお姉さん」まで登場するのだから、意識的なパスティーシュだと思ってもそう的はずれではないだろう)との鮮やかな対比。じょじょに事件の真相が明らかになってゆくスリルとサスペンス。加多瀬や木谷(コナン・ドイルを原書で読んでいたりする)や範子はもちろん、友部氏のような愛すべき小人物も、絶対的な〝悪〟の象徴でありながらどこか憎めない彦坂も、それぞれ圧倒的にキャラが立ち、それこそ京極夏彦の小説を読むように強く感情移入できるし、登場人物たちの会話もディスカッション小説の楽しさに満ちている。

「組織の中の人間」という隠しテーマや、ついにその名で呼ばれることのない天皇の問題、西欧的な価値観と日本的な価値観の二項対立など、まだ言及していない重要な部品も少なくないが、もう紙幅がつきた。しかし重要なのは、それらの要素すべてが完璧《かんぺき》に融合し、『グランド・ミステリー』の物語に結実してることだろう。現実の人生はやりなおすことができないが、本は何度でも読みなおすことができる。今度は真新しい文庫版で、四度めにこの小説を読み返すときが楽しみだ。

(二〇〇一年三月)

解説

三浦しをん

傑作です。

それ以外に評しようがない小説だとの思いを、この文庫を読み終えたみなさまもきっと抱いておられることだろう。

しかし考えてみれば、奥泉光氏の書くもので傑作以外の小説はないのであった。読んでいて、「このひと、まじで天才や……」と感じる作家が何人かいるが、奥泉氏は確実にそのうちの一人（しかも最高峰）だ。

私がはじめて読んだ奥泉氏の小説は『石の来歴』で、たしか二十年ほどまえ、高校生のころだった。「なんかものすごいものを読んだ」と大興奮し、以来、奥泉氏の小説をたぶんほぼすべて読んでいると思うのだが、氏は「ものすごさ」の度合いをどんどん増しながら、精力的に執筆をつづけておられる。これほどの才能を持った作家と同時代に生き、新作をリアルタイムで読むことのできる幸せがいかに大きいものか、書物を愛するひとならばおおいに賛同してくださるはずだ。

だが、忸怩《じくじ》たる思いもある。二十年のあいだに、私自身も一応は「小説を書くこと」

をなりわいにするようになったのだが、奥泉氏のような作品をぜんっぜん書けないどころか、思いつくことすらできないという、残酷なこの現実。才能の差と言えばそれまでだが、氏の小説を愛読しつづけた二十年はなんだったんや！　と自身の不甲斐《ふがい》なさに吼《ほ》えたくもなる。「好みの服と似合う服はちがう」と、諦《あきら》めとともに自分を慰めるしかない。

さて、前置きというか恨み節というかはこれぐらいにして、奥泉氏の天才性は那辺《なへん》にあるのか、本書『グランド・ミステリー』を例に少々考えてみたい。

急いでつけ加えると、ここで言う「天才」とは、「なんの努力もなく、寝ながらでも小説書けますよ」という意味では決してない。勝手な推測だが、奥泉氏にだって、「どうもうまく書けないなあ」と呻吟《しんぎん》する日もあろう。小説を書くために、膨大な量の資料を読みこみ、綿密な準備をしておられることとも思う。だが、そういった苦労や努力の跡、もっと言えば作家個人の「ひけらかし（「これだけがんばって書いたんですよ、すごいでしょう」といった類《たぐい》のもの）」が、作品からはまったく感じられない。作者の姿は文字の背後に消え去り、作品が作品それ自体として生命を宿し、生き生きと脈動しはじめる。

つまり奥泉氏は、「小説」という表現に非常に愛されているひとなのだ。私が氏を天才だと感じるのは、それゆえである。無論、なにかに愛されるためには、努力が必要なのは言うまでもないところだ。

奥泉氏の「ものすごさ」を端的に表しているのは、圧倒的な構成力だろう。私は今回、この解説もどきを書かせていただくにあたり、本書を再読しながら構成表を作ってみたのだが、「作中で引用される（架空の）書物」「第一の書物」「第二の書物」が見事に絡まりあっていることを改めて認識した。ＳＦやメタフィクションの技巧を究極まで駆使しつつ、三島由紀夫割腹事件や『吾輩は猫である』など、現実に起こった出来事・先行作へのオマージュ、遊び心にもあふれているという、常人には到底考えつかない、成し遂げられない離れ業。

しかし同時に、もしかしたら奥泉氏は小説を書きはじめる際、詳細を極めた構成表などは作っていないかもしれないな、という気もした。特に後半、「桜花幻影」で加多瀬が何度も場面をループするあたりから、一気呵成《かせい》にラストへなだれこむ流れは、構成云々《うんぬん》を事前にいくら考えても到達できないだろうきらめきとグルーヴがある。技巧を研究し、考えつくしたからこそ現出せしめられる、技巧を超えて小説がいよいよ輝きだす瞬間。登場人物が作者の制御を振りほどき、そのひと（登場人物）の深遠に降りていく瞬間。小説を読むスリルと喜びに満ち、物語が持つ不思議な力に触れられる瞬間。

これらの瞬間が本書に到来しているのは、奥泉氏の小説技法に対する自覚性、試行錯誤に裏打ちされているのはもちろんだが、なによりも、書くことに対する天性の没入力と熱狂によるところが大きいのではないかと思う。だからこそ、技巧のかぎりをつくしているにもかかわらず、冷たさや「ひけらかし」は微塵《みじん》も感じられず、ただただ読者を巻きこみ揺さぶる奔流、情熱の塊としか言いようのない小説となって、本書はいまここにあるのではないか。

技巧と情熱の対比（「努力・思考と天才性・熱狂の対比」とも言えるかもしれない）でいうと、もうひとつ、「語り」の問題がある。奥泉氏は小説表現における「語り」においても、非常に自覚的かつ実験的な作家と言えるだろう。人称・視点に工夫とたくらみをこらすことによって、作品に多層性、重声性が付与されている。

本書の場合、基本的には三人称一元で語られる。加多瀬、範子、梶木など、「一元」の視点がどこに置かれるかは節によって異なるが、とにかく、視点人物になっているひとが見聞きし感じたことなどが、三人称で語られるわけだ。

しかしごくたまに、三人称多元の語りが混在する。たとえば、視点は加多瀬に置かれているのに、「困った志津子が」といった主語が出てくる。厳密に言えば、志津子が本当に困っているかどうかは加多瀬にはわかりようがないので、三人称一元を貫くならば、「志津子は困ったようで」などと描写されるはずの箇所だろう。

だが、この微妙な語りの揺らぎが、本書により重声性をもたらしていると思う。「第一の書物」と「第二の書物」の内容に微妙なずれがあるように、語りにもわずかな揺らぎがあり、それらが共振しあい、登場人物たちの声が響きあい増幅していって、読者にめまいを引き起こさせる。七章「硫黄島」で、地下壕《ちかごう》をさまよう加多瀬が聞き取ろうとする「死の沈黙の内実」。それを語る無数の声とは、もはや三人称一元も多元もない、本書自体に満ちていた声、かすかな揺らぎの向こうから、揺らぎが重なりあった響きから、生じ、聞こえてくるなにものかの声なのではないかとすら思える。

本書における微細な語りの揺らぎも、構成と同様、計算や技巧のみではなく、生理的ななにか、小説表現によって真理のようなものと通じあった瞬間が生みだした揺らぎなのではないかと感じるのだ。

むろん、構成や語りといった七面倒なことを考えずとも、本書は読んでひたすらおもしろい小説だ。どの登場人物にも、「いるなあ、こういうひと」という生々しさと楽しさがあり、特に私は友部氏が好きである。芋やらなんやら遠慮なく食べ、どこかで聞きかじったようなことをしたり顔で述べ、家庭ではそれなりにいい父親。つまりは小人物、小物である。いったい、「自分は友部氏ではない」と言い切れるひとがいるだろうか。少なくとも私は、「おおぅ」と赤面しつつ友部氏を応援せずにはいられぬ。

奥泉氏は卑屈でかっこつけの小人物を書くとき、ただでさえ冴《さ》えた筆が異様に冴えると個人的には思っているのだが、作中で生き生きとご活躍される友部氏を見ると、自身の恥部を暴かれたがごとき思いがして、「もう、もうやめてあげて！　お願い！」と笑いながらも悲鳴を上げてしまう。友部氏の愛すべき凡庸さと善良さ。凡庸であり善良であるがゆえに、時流に飲みこまれ、危険な流れをむしろ後押しするような言動すら取ってしまうわけだが、しかしそれを非難できるほど冷静で賢明な人間などいるまい。

あいかわらずの健啖《けんたん》ぶりを示し、「やっぱり隠れているわけにはいかないんです」と言って、本書から退場した友部氏。彼の「その後」については、エピローグでさりげなく触れられており、とてもうれしい気持ちになる。と同時に、「友部氏、なんだかんだ言って『隠れた』んだな……」と、またも赤面するような気持ちにもなる。友部氏のエピソードからだけでも、「どうでもいい登場人物」など一人もいない、という姿勢で奥泉氏が執筆しておられることがうかがわれるというものだ。

本書の読みどころは友部氏だけではなく、当然ながらほかにもたくさんある。加多瀬と志津子の仲は、範子の結婚は、どうなるのか。榊原を殺したのはだれなのか、「夕鶴」が沈んだのはなぜなのか。恋愛小説としても推理小説としても、息もつかせぬ展開を見せる。

私がなによりも胸打たれるのは、本書が「戦争と人間」「組織と個人」について、これ以上なく真摯《しんし》に追求した小説である点だ。本多弁護士は、本書の終盤でこう語る。

隣人とは(中略)私とは別の者、等しくない者、根源的に対立をはらんだ者であり、であるが故に、この世界を豊かで光輝ある世界に変えうる存在なのです。

私たちはみな、この言葉を深く心にとどめ、これについて思考し、情熱をもって実践しなければならないだろう。奥泉氏が思考と情熱のかぎりをつくし、この小説を存在せしめたように。

私が奥泉氏の小説を愛するのは、小説技巧の極を堪能《たんのう》できるからだし、刺激的で豊潤な物語を味わえるからだし、登場人物が愉快でずるくてチャーミングで、まさに「隣人」であるかのような感覚を覚えるからだ。しかしなによりも、それでも世界と人間への希望と信頼を捨てずにいたい、と感じられるから、奥泉氏の小説を愛する。奥泉氏の小説が宿す、ひとが本来的に持つさびしさ。そのさびしさを超えて、一瞬だけ通じあえたときの喜び、照れくささ。それが描かれるときのきらめき。切ないほどのきらめきの背後からまたも忍び寄る孤独の影。それらを愛する。

もし、奥泉光氏の小説を読むのは本書がはじめてだ、という読者がおられたら、次は『神器　軍艦「橿原《かしはら》」殺人事件』をお読みになってみてはいかがだろう。これもまた、戦争を通して、人間とは、日本人とはなんなのかを追求した作品だ。本書のミステリ的な要素に心惹《ひ》かれたかたには『シューマンの指』を、よりSF的な要素をというかたには『鳥類学者のファンタジア』を、個人的にはおすすめする。冒頭でも述べたとおり、傑作以外はありませんので、安心して、ひきつづき「奥泉光ワールド」をお楽しみください。

グランド・ミステリー

奥泉《おくいずみ》 光《ひかる》

平成25年 9月25日 初版発行
令和7年 6月25日 8版発行

発行者●山下直久

発行●株式会社KADOKAWA
〒102-8177 東京都千代田区富士見2-13-3
電話 0570-002-301（ナビダイヤル）

角川文庫 18147

印刷所●株式会社KADOKAWA
製本所●株式会社KADOKAWA

表紙画●和田三造

●お問い合わせ
https://www.kadokawa.co.jp/（「お問い合わせ」へお進みください）
※内容によっては、お答えできない場合があります。
※サポートは日本国内のみとさせていただきます。
※Japanese text only

ISBN978-4-04-100825-6 C0193

本書は、一九九八年三月に小社より刊行された単行本を文庫化したものです。